巨岩碎涛

张新安 著

作家出版社

目　录

第一章　首长颍川新港视察
误打误撞命案突发

大海的声威，万万不可小觑。

风起波涌，怒浪滔天，其势排山倒海，如迅雷疾风，万马奔腾，无情而猛烈地冲撞向辽阔的海岸线。当波涛以山崩地裂之势，撞击到怪石嶙峋的巨岩时，其声如滚滚惊雷、战鼓喧嚣，“哗”地又被反弹回大海，卷起千堆雪。

颍川市宽阔的滨海大道上，车水马龙，熙熙攘攘的人流中，不时有美腿和勾肩搭背的男女走过。

下午两时许，古老的镇海寺外门庭若市，热闹异常，一派太平盛世歌舞升平的景象。马路两边摆摊算命的、趴在地上讨钱的、挑着花篮唱民间小调的、售老鼠药的、唱大鼓书的，卖胡辣汤、水煎包、生氽丸、肉盒子的摊位更是叫卖声此起彼伏不绝于耳，喧嚣嘈杂，乱得像牲口市似的。

一个四十多岁的男子，披头散发，衣衫褴褛，上衣背后缝着一块白布，上书一个斗大的“冤”字，乍看像是精神病人，其实他神志正常，是专门装扮出这副败相，以引起人们关注的。他叫聂凤翔，街面上的人们都喊他老聂。但见他无所事事地东瞧西瞅，发现地上有尚可吸两口的烟蒂，就弯腰捡起来，夹到唇间，点燃后边贪气地吸着，边扯起嗓门，如泣如诉地唱道：

钞票、钞票，
是谁发明了钞票！
你变黑成白、变丑为美；
错的成对、卑者成尊；

父子反目、仇敌相吻。
你在世间横行霸道，
有人为你引来杀身祸，
有人因你去坐牢。
谁说你是法力无比的宝物，
你分明是杀人不见血的钢刀。

此时，几辆警车载着公安民警和武警官兵，戛然停在镇海寺附近正在兴建的颍川港大门外的停车场。车门打开后，率先从车内麻利地跳下来一位年约三十八九岁的中年男子。四方脸，身高一米八多，胖瘦适中，体格健壮，浓重的剑眉下，闪烁着一双极具穿透力的大眼睛。他就是颍川市公安局分管刑侦工作的副局长吕胜。"雷支队，你率武警和刑警支队清查院内和施工场地，动作要快。"吕胜话音刚落，只见旁边一位中上等身材的女民警迅速跟上来。她肌肤白皙，结实丰满，漂亮而耐看的鸭蛋形脸庞上，镶嵌着一双水灵灵的眸子，犹如两池盈盈秋水，透着灵性、聪慧、大气而又果敢的神情。

她就是雷支队，名叫雷鸣，是烈士雷振川的女儿。雷振川生前曾师从中国步法追踪的奠基人马神仙，在步法追踪领域深得马神仙真传，是全省公安系统出了名的"神眼"。几年前，在侦破一起敲诈案时，不幸壮烈牺牲。雷鸣高中毕业后，根据有关规定，被保送到中国刑警学院学习，四年后，以优异成绩毕业。但她放弃省公安厅机关的优越环境，坚持申请到基层锻炼，并要求到颍川市公安局刑警支队工作，立志继承父亲遗志。一次，在处置一起劫持儿童的突发事件中，她利用歹徒要纯净水的机会，单枪匹马在歹徒接水时，敏捷出手，一招缠腕冲拳，将歹徒四脚八叉撂出去丈余远，然后锁喉别背，将歹徒生擒活捉。事后她的事迹很快传开，被群众誉为"孤胆英雄"，记二等功一次，并获得了"全国优秀人民警察"的称号，由副主任科员提拔为大队长。去年全市统考选拔干部，她的考分名列前三名，脱颖而出，走上颍川市公安局刑警支队支队长的岗位，成为了全省最年轻的支队长。

接到命令后，雷鸣有力地一挥手，身后蓄势待发的武警战士牵引两条纯种德国牧羊犬便冲到前边，刑警支队政委吴国发、女民警何惠敏等十多名民警紧随其后，从新建的颍川港大门进入院内执行清查任务。

另一边吕胜率留下的民警清理镇海寺门外的流动摊点和闲杂人员。只见他健步来到老聂跟前，淡然一笑，像老朋友似的轻轻拍着聂凤翔的肩膀道："老聂，看你的头发，足有尺把长了吧？该剪剪了。"

"我的冤枉不洗清，永世不剪这冤屈头！"

"今天这里有事儿，你先回，明天再来，好吗？"

"恁一撵，我知道，大车小车就要到。"聂凤翔傻乎乎地笑着，知趣地离去。

吕胜转身望去，见镇海寺外闲杂人员已经清理得差不多。这时，他斜挂在左肩肩章上的对讲机呼叫："吕胜，我是一号，你那边准备得怎么样了？车队马上就到，马上就到。"

吕胜往颍川港工地内扫视一眼，见外围哨兵均已到位，于是歪着脑袋对着塞在肩头的对讲机回答："贺局，我们已经按要求完成清场任务。"

此时，一个年约五十岁出头的男子与几个人一起步履急促地走出颍川港大门。他叫文章华，中等身材偏瘦，身着灰色西服，鼻梁上架一副近视眼镜，是颍川港的一名副总设计师。海港的主要领导和总设计师到北京去争取资金，这次被临时通知的接待任务，只好由他出面，随行的几位都是工程技术人员。就在他们略显紧张地站在一块巨石上向远处张望时，只见在一辆警用指挥车的引导下，两辆银灰色面包车徐徐驶了过来。颍川市公安局局长贺国庆神情严肃地手握对讲机跳下车，机警地环视一遍四周环境，然后疾步走向面包车，礼貌地拉开车门，一位中央首长含笑偕夫人走下车。接着省委书记、省长鱼贯而下，后面一辆车上相继走下颍川市市长张政明、副市长潘登高等陪同人员。

文章华见状急走几步迎上前，满面笑容，恭敬、热情且带着几分拘谨地说道："欢迎、欢迎！欢迎各位首长在百忙中莅临颍川港。"由于过分紧张和激动，他的声音中明显有些颤抖。

"这位是中央首长，这位是首长夫人，这位是省委齐书记，这位是麻省长，"一旁的张政明举止得体地向文章华介绍道，然后又侧身向各位首长介绍，"这位是颍川港副总设计师文章华同志。"

宾主寒暄过后，张政明对文章华说："各位首长在百忙中莅临我市，视察正在兴建中的海港工程，下边就听你这个专家的介绍喽！"

众人簇拥着来宾，相互轻声交谈着走进会议室。各自落座后，工作人员娴熟地打开悬挂在墙壁上的液晶屏幕，然后彬彬有礼地把遥控器递给文章华，文章华站起身，一页一页地讲解起来。

辽阔的大海，天水一色。奔涌的波涛，有节奏地拍击着蜿蜒的海岸线。清新的空气中弥漫着一股淡淡的，大海边空气中特有的鱼腥味。听完文章华的介绍后，中央首长一行兴致盎然地来到海边，环视着正在紧张施工的码头。作业区、物流作业区、综合配套服务区及预留发展区，一圈下来首长情不自禁地感慨道："规模好大哟！"

"是啊，这个港口建成投入使用后，年货物吞吐量可达三亿多吨，集装箱吞吐量一千多万标准箱，港口等级达到三十五亿吨，是个完全可与德国的汉堡、荷兰的鹿特丹、比利时的安特卫普等世界级海港媲美的。可以说是设施先进、功能完善、管理科学、运行高效、文明环保的现代化国际一流的深水港。"文章华适时扼要介绍着，语气中充满着由衷的兴奋与自豪。

"嗯！科学发展，跨越式发展，就是要敢于向世界一流的水平迈进，"中央领导接着文章华的话茬儿发表宏论道，"城因港兴，港为城用。港口是国民经济腾飞的跳板，是发展外贸经济的重要平台。纵观世界百年来的城市经济发展史，发展快的发达城市，几乎都是和港口密切联系在一起的，诸如美国的洛杉矶港、韩国的釜山港、日本的神户港，还有你刚才讲的那几个……"

负责外围警卫的民警三五人一组，若即若离地跟随在首长们周边行行停停。就在这当儿，雷鸣以其刑警特有的洞察力，发现市长张政明与文章华除鼻梁上的眼睛框宽窄有别外，二人的个头、体态、面貌居然如孪生兄弟一般，相似极了。惊讶之余，她想把自己的发现告诉身旁的技侦科副科长林忠，扭头正欲搭话，正巧与林忠火辣辣的目光不期相撞，她这才意识到，原来林忠早在凝视着自己。

上中等个头，长得清雅俊逸文质彬彬的林忠，鼻梁上架着一副半框方形钛板近视镜。他与雷鸣是高中时的同班同学，雷鸣保送到中国刑警学院那年，林忠考入了本省的公安专科学校，毕业后经过全省统考入警，便与雷鸣又成了工作中的搭档。每有大案，二人必一同出现场，朝夕相处，相互仰慕，只是都羞于将窗户纸捅破而已。这会儿四目相撞，雷鸣只觉得心里"扑通"一下，脸庞上顿时晚霞般泛起一片红晕。她腼腆地低头定了定神，朝林忠莞尔一笑，这才往首长行进的方向俏丽地努努嘴，把自己的发现悄悄说给了林忠。林忠仔细把二人打量一番，颇觉惊异地点头道："好眼力，难怪有位哲人说，世界上常常有着惊人的相似……”

出人意料的是，就在首长们饶有兴致地视察工地的时候，镇海寺大殿西侧的小山丘上，在茂林修竹的遮掩下，正潜伏着两个人。其中一个瘦高个，蓄小胡子，面目阴沉者用望远镜望了张政明一会儿，把望远镜递给身旁的年轻人，低声提醒道：“马彪，认准了！就是那个指指点点正在说话的人。”马彪年约二十二三岁，五短身材，甲字脸型，断弓眉，露孔鼻，天生的一双三角眼，不举目时半阴，举目时半阳，倒有几分高深莫测。此人虽长着一身横肉，但却也匀称，给人以非但不臃肿虚胖，反倒有几分孔武、雄健之感。

马彪心不在焉地接过望远镜，漫不经心地瞅一眼道：“嗯，晓得啦！”说着把望远镜还给对方，狐疑地问：“石助理，那人是谁呀？”

“不该问的就别问，我们老总可不喜欢多嘴多舌之人，你只要认准该你认准的那个人就行了，咋这么多废话！”石助理没好气地训斥马彪几句，又操着阴阳怪气的腔调，不放心地追问马彪，“能确保万无一失吗？”

马彪大大咧咧地嘟囔道：“用人不疑，疑人不用。你就把心放肚里吧。不是给你喷哩，就我这眼神，蚊子从眼前一飞，就能认出是公是母来，何况一个大活人！快，别光在这儿磨叽了，我得赶紧想法儿去盯上他。”说完，二人心照不宣地起身轻拍一下身上的土，鬼鬼祟祟地离去了。

市区一条宽阔的马路北侧，悬挂着“颍港丝绵品总厂”的牌子。在院内办公楼的三层，石助理轻轻敲了两下总经理办公室虚掩的门，屋内应声传出“进来”的声音。石助理拘谨地推门进屋，来到硕大的老板桌前，对双腿高跷半躺在老板椅上的人低声唤道：“表哥！”

那人此时正用两个手指掐着因谢顶而显得发亮的前额，见石助理走近便双眉一皱，反感地欠欠略显臃肿的身子纠正道：“看看，又忘啦不是！”

“咳！你瞧我这记性，”石助理腰弓得像刚炒熟的虾米，象征性地轻轻往自己脸上掴一巴掌，赶紧改嘴叫道：“高总，那个事我已叫马彪过眼啦。”

高总，高一峰，年约四十出头，长得大嘴叉子圆胖脸，两条腿粗而且短，小腹部脂肪堆积过多，像扣着一个小钢锅，走起路来小外八，一扭一摆的，活脱脱像个鸭儿跩。俗话说，人不可貌相，海水不可斗量。休看高一峰其貌不扬，但他脑袋瓜灵泛，为人处世胆大心细，善于用钱公关，做起生意来既圆滑又精明。国家实行市场经济后，仅有初中文化的他从带领几名乡亲搞修修补补的工程队起家，捞到了第一桶金。完成原始积累后，又倒腾了两处破产企业的地皮，狠赚了一笔，便一发不可收拾地涉足了房地产开发，手中的钱从此就像滚雪球一般，越滚越大。

颍川市企业改制时，高一峰又买下了原"颍川市丝绵品总厂"，过了把厂长瘾。前年，在他的后台兼铁哥们儿、市政府分管工业的副市长潘登高的运作下，与港商林老板串通，搞假合资，将"颍川市丝绵品总厂"改名为"颍港丝绵品总厂"，高一峰又顺理成章地自封为厂长兼总经理。

听完石助理的汇报，高一峰若有所思地衔着嘴里的一支烟，然后骄矜地扔给石助理一支。石助理忙不迭掏出打火机，诚惶诚恐地给高一峰点燃，自己从桌子上捏起烟，一直拿在手中未敢点上，一味呆若木鸡地恭听高一峰表态。

高一峰狠吸几口，使劲吐出一片凌乱的烟雾，正言厉色道："扳倒树掏老鸹，这次千万要弄稳当。别再像上次，撅着屁股望天，净干有眼无珠的事，让那两个尿事没办的小子捉了我们的冤大头，蒙走两万块，叫我们哑巴吃黄连，有苦道不出。"

石助理忙点头哈腰解释道："高总这回请放心，这小子自幼习拳练武，又是武警退伍兵，言谈举止看他也怪讲义气。去年退伍后，不想在农村修理地球，到城里托人，想在事业单位找份工作，结果被人骗了，连请带送，几千块退伍补助费花了个屌蛋精光，连工作的影子也没见着，准备结婚的对象气得也跟他吹了。他眼下急着筹钱，打算买辆车，自己跑出租。"言毕，侧立一旁，恭候高一峰发话。

"去吧，先到财务上以我的名义，拿一万块钱预付给他。告诉他，事办利索后，十万块钱一个子儿都不短他的！"

"我马上去办。"石助理弓腰退下。

市区"仙客聚酒店"的一个包间内，马彪与两个年龄大小与他差不离的年轻人呈三角形对坐，三人邻庄居住原本是同学，早就熟识。内中光头，左腮帮处有一明显刀疤者，叫刘道光。此人贪婪自私，嗜赌爱嫖，心黑手毒，可肚长胆，是个三句话说戗了就与人掂刀拿棍玩儿命的半吊子。前些年，他在广州干保安，闲暇时，便到牌场去消磨时光，一来二去，竟然成瘾，一天不赌手发痒，后因欠赌友赌债不还，双方发生斗殴，刘道光用板凳将对方砸伤，自己腮帮子处也挨了一刀，事后担心被公安机关处理，吓得连夜逃回颍川市。另一个脸色苍白，留寸头的，名叫李海深，此人平素不善言谈，属于那种哑巴抓驴——闷逮的性格。他是一个自幼就少人说无人管的孤儿，初中勉强毕业后，家里农活不想干，城里打工怕吃苦，好逸恶劳，自暴自弃，抱着混一天少两晌的心态，整日在街头胡呲狗游，干些偷鸡摸狗、掂包绺窃的勾当。

刘道光返回颍川市后，某天在一个十字街口等红灯时，恰巧碰上李海深用一支长长的镊子，伸到一个年轻人裤子的斜兜里偷手机，被年轻人发现，将其打倒在地，刘道光一看是李海深，挺身而出，假装拉架，暗助李海深逃跑，二人自此纠合到一起。前日马彪又与刘道光通过手机联系上后，三人这会儿便聚到一起。身旁各依偎着的小姐们，衣着暴露、脸上涂抹得俗不可耐。六个人时而动手动脚地打情骂俏，时而吆五喝六地推杯换盏，大快朵颐。吃喝至酒酣耳热之际，马彪朝三个小姐挥挥手道："你们先回避一会儿，俺哥儿仨有正事商量。"三个小姐闻言愣了一下，马上知趣地起身扭动着腰肢离去了。

马彪起身把门关严，返身落座，表情诡秘地对二人说："道光、海深，咱哥儿仨自幼情同手足。哥退伍后混得人不人鬼不鬼，几个退伍安置费也连吃带送花干净了。现在哥是寡妇尿泡——光出不进。农村不想待，打工受气不挣钱，做生意又没本钱，真是到了案板上下象棋——无路可走的田地了。"说到这儿，马彪仰脸灌下一杯酒，长叹一声，接着宣泄心中的不满道："哎！退伍回来这年把时间里，我算是看透了，如今的人敬的是钱。有钱你是大爷，没钱你龟孙不如。要不俗话咋说：拐子有钱，走歪步合款；哑巴有钱，打手势好看；哥我要是有钱，对象也不会到别人家去生孩子啦！日他娘，看来想改变命运，还得靠自己，得想法儿弄钱！"说到这儿，马彪握起青筋凸暴的拳头，使劲在空中晃了晃。然后鼓着因酒精刺激而充满血丝的眼珠，直愣愣地打量着刘道光、李海深二人，直言不讳地和盘道明请二人吃饭的目的："不瞒二位老弟，眼下有个发财的机会，就看恁俩有胆量干没有了。"

"罗锅上树，我和海深正前（钱）缺哩，有啥挣钱的门路，哥快说。只要能挣钱，叫俺上山掏老虎娃子，俺也敢去。"

马彪闻言接着对二人道："哥前几天在网上认识了个哥儿们，他愿意出十万块钱，与我做一笔交易。明说了吧，就是把一个人做了。这笔钱对我们太重要了，机不可失，时不再来。点儿我已踩好，二位老弟如果愿意跟我干这件事，咱们就对天盟誓，同打虎，同吃肉。如果前怕狼后怕虎不想干，我也绝不勉强。但我丑话先说到前面，往后咱车走车路，马走马路，谁也别坏谁的事。否则，别怪我马彪翻脸不认人。”

海深听后一怔，胆怯地道：“干这种事，让公安抓住，吃饭的家伙难保啊！”

刘道光直眉瞪眼的，像个好斗的公鸡，拧着脖子放炮道：“怕个屌！人为财死，鸟为食亡；二十年后，又是一条汉子。”他瞅着马彪嚷叫道：“论年龄，彪哥老大，我是老二，海深老三。彪哥，我去端水，你说咱咋‘湿’吧？”李海深“扑哧”笑道：“彪哥说的是宣誓的‘誓’。”

这时，只见马彪从兜里掏出几张早已准备好的皱了吧唧的纸片来，上面是他不知从何处摘抄的一些东西。他扫视刘道光、李海深一眼，厉声道：“没有规矩不成方圆，我参考清代洪门三十六誓，给咱仨也编了几条，恁俩听听中不中。”

刘道光快嘴薄舌哼唧道：“彪哥，清代是咋誓的，也让俺长点见识、开开眼，给俺念念呗！”

马彪翻看一下手中的纸片，答应道：“行，想听我就念给你们：

一、自入洪门之后，尔父母即是我父母，尔兄弟姐妹即是我兄弟姐妹，尔妻即是我嫂，尔子侄即是我子侄。如不遵此例，不念此情，即为背誓，五雷诛灭。

二、今晚入洪门之后，不得叹息埋怨入错，如有此心者，死在万刀之下。

三、倘若被官兵捉获，此乃天降横祸，不得供出洪门兄弟，亦不得计较旧仇乱供兄弟。如有乱供兄弟，不念洪门结义之情者，炮打雷轰……”

刘道光张着嘴巴听入了神，手中的烟头烫着了手，慌忙对着被烫的手指吹了吹，情绪激动地感慨道：“娘的！过去的人也挺仗义的嘛！”

李海深也“啧啧”地吧唧几下嘴，随声附和道：“乖乖，过去的人也不傻呀，规矩定得还怪周全哩。”

马彪见自己的招数起了作用，心中暗喜，越发兴奋，接着因势利导，煞有介事地一字一顿地说：“刚才念的三十六誓不赖吧？我归纳归纳，也给咱提炼几条誓言，恁俩听听，看中不中：

一、处事交友不可不义，做事践约不可不信，尊上友下不可无礼，有恩有仇不可不报。见钱不取，一场大罪。

二、顺我者昌，逆我者亡。听我者聋，视我者瞎。有敢图谋咱仨者，咱仨吉而彼凶，咱仨生而彼亡……”

刘道光、李海深听到这儿，不约而同地苦笑道：“彪哥，你念的俺似懂非懂，咱也不是啥门，有领导听领导哩，没领导听哥哩！彪哥，咱仨谁跟谁呀，从小光肚在一块儿长大的，你咋说俺咋办不就妥啦！要不，你就写出来，让俺俩也好好学学。”

马彪瞪二人一眼，埋汰道：“看恁俩这学问！干脆，咱也学古人歃血为盟吧。”

二人问：“杀鸡为盟！啥是杀鸡为盟？”

马彪听后忍不住忒儿地笑了说：“杀鸡？还杀猴呢！不过，你们别说，还真是有杀鸡的！想当年红军长征路过彝族地区，刘伯承和小叶丹歃血为盟时，不就是杀鸡了吗！今儿个，咱也别杀鸡了，太麻烦。道光，我说你写，你的字好。”言毕马彪念，刘道光写，无非是些同生死，共患难；有福同享，有难同担；不能同年同月同日生，但愿同年同月同日死；若有反悔，天诛地灭；谁若背叛，五雷轰顶，乱枪打死之类的陈词滥调。写完，三人各自签上自己的名。马彪又看了一遍道：“鸡不杀可以，但这个不能省。”说着把无名指放进嘴里，横下心来使劲一咬，血就涌了出来。在自己签的名字上，狠狠地一摁。年轻人都争强好胜，刘道光、李海深被马彪一激，一个个谁也不愿当软蛋、草包，遂也相继咬指摁了血指印。

三人达成不可告人的交易之后，马彪收了盟言血书，端杯感慨道：“愿上苍保佑我们哥儿仨要风得风，要雨得雨，出手顺利，马到成功！”说罢，三人同时举杯，一饮而尽，接着呼兄唤弟地狂吃豪饮起来……

晚霞似锦。黄昏时分，文章华头戴凉帽，右腋窝下夹着一个半旧的黑色文件包，下班后不紧不慢地步行回家。路上，他不时礼貌地与熟识的人打招呼。不远处，马彪、刘道光、李海深鬼鬼祟祟，若即若离地跟踪在其身后。马彪两道阴鸷的目光死死盯着文章华，生怕跟丢了。

文章华的住处是个坐北朝南的独门小院，建筑形式颇具北京四合院的风格。正屋三间，西厢房两间是文章华的书房，东厢房两间是厨房。此时，文章华的妻子正在厨房做饭。文章华进院后，未跟妻子打招呼，像寻常一样，习惯地径往书房。令他完全没有想到的是，此刻，马彪、刘道光、李海深也像影子一样尾随而至。

马彪示意李海深留在门外望风，轻轻推开虚掩的大门，和刘道光一前一后蹑手蹑脚但动作又极其敏捷地蹿进院内，刘道光推开正屋四顾无人，给马彪往西厢房努努嘴，二人随即直扑过去。文章华正在换休闲服，蓦然看到两个横眉立目、面目狰狞的陌生人不请而至，马上意识到来者不善，不免大吃一惊，情急之下，有点惶然不知所措地厉声质问道："恁……恁要干啥？恁找谁？我……"

马彪、刘道光也不搭话，扑上前来，用戴白手套的手，一人捂嘴、一人卡颈。文章华见二人出手狠毒，意识到欲索其命，不禁惊恐万状，求生的本能使他奋力挣扎着讲理道："咱无冤无仇的，恁这是弄啥哩？要钱——我给、给……"

温柔的羔羊，哪里是凶恶豺狼的对手。顷刻之间，文章华挣扎了几下，便窒息死亡，瘫倒于地。马彪撂下文章华，阴冷的目光在屋子里扫视一遍，最终停留到书柜上，催促刘道光道："快！把这家伙放倒，压到他身上，省得他再反应过来。另外，他家里不报案便罢，报案也是被书柜砸死的。"伪造完现场，马彪向刘道光挥挥手，刘道光会意急忙先行离去。马彪随后脚踩一张报纸，抹着地板上的足痕倒退而出，在屋门外弯腰折起那张报纸，也逃离了现场，这一切，都是在极短的时间内完成的。

文章华的妻子做好饭后，像往常一样拉开厨房门，站在门口用围裙擦着手，招呼文章华吃饭："老文，饭做好啦，吃饭！"连唤几声，无人应答。文妻纳闷地向西厢房走去，边走边体贴地自言自语："没说在外吃呀！这老头子今儿个是咋的啦，喊半天也不应声。"说着不经意地推门往屋内一瞅，不禁大惊失色，稍一愣怔，便恐慌地嘶声呼叫起来……

警灯闪烁，警笛刺耳。贺国庆、吕胜赶到现场时，雷鸣已和技侦科民警先期到达，正在紧张有序地勘查现场。他们有的拍照，有的弯腰仔细地在地板上寻找可疑痕迹、物证。吕胜走上前，声若洪钟地叮嘱现场民警道："要一点一点地仔细勘查，千万不可遗漏丝毫有价值的物证。"

门外，一位年过五旬，体态消瘦的民警，左手摁着腹部，右手举起纯净水瓶，在往嘴里送服药片。雷鸣无意间转身看到，关心地劝他："老科长，你就别硬撑了，还是到医院确诊一下，究竟是胃病还是别的原因，查清楚了才好对症下药。光吃止疼片哪成呀！"

老科长咽下药，不介意地回答："不碍事，吃点药就止住疼了。这段时间案件一个接一个，等几天再说吧。我虽然跑不上去了，但还是可以给你们出点主意的嘛！"老科长叫卫民安，从部队转业到颍川市公安局，是原刑侦科科长，去年刑侦大队升格为刑警支队，卫民安因年龄超过五十岁，被"一刀切"了下来，任命为副处级侦察员，算是退居到了二线。也就是那一次，雷鸣经过民主推荐、考试、面试、公示，脱颖而出，走上了刑警支队支队长的岗位。

石助理走到高一峰办公室敲门进屋，喜形于色地向高一峰报信道："高总、高总，大功告成！"

高一峰面色铁青，气不打一处来，两只充满血丝的眼珠子怒视着石助理，狠狠地骂道："成事不足，败事有余。告成个屁！"

石助理一怔，正琢磨高一峰发火的原因时，手机响了，他接听几句，忙捂着手机低声对高一峰说："那小子打的电话，要钱哩，咋办？"

"还要钱哩？给他个脸朝前！告诉他，弄错人啦，一个子儿也不再给了。"愤怒的高一峰气呼呼地说。

"弄错人啦！"石助理半信半疑地嘟哝着答，"好！我这就给他回话。"转身刚走两步，高一峰又没好气地唤他道："回来、回来，再给他三千元，让他哪儿远滚哪儿去，别再在这儿给我惹麻烦！"

第二章　勘查现场雷鸣巧推理
谋不成高一峰献毒计

时钟已指向晚十点，颍川市公安局小会议室内仍灯火通明。在贺国庆主持下，文章华死亡原因分析会正在紧张进行。雷鸣首先汇报道："昨天接报后，刑警支队全力以赴，在勘查现场的基础上，连夜开展工作，走访一百多名文章华的亲戚、同事、朋友、邻居，他们反映，文章华是个工程技术人员，生前为人本分，作风正派，与人为善，平日专注于海港设计工程的研究，别说是与他人有深仇大恨、令对方必欲除之而后快的矛盾，就是鸡毛蒜皮的小口角也不曾与人发生过，所以仇杀、情杀的可能性几乎不存在。他死在自己家中，很难让人相信是意外。"

技侦科副科长林忠接着从技术勘查的角度汇报道："据其亲属反映，文章华珍藏在另一个书柜下面的、据说价值不菲的一对质地晶洁的青花松竹梅兽耳八棱罐和一枚纹饰清晰的东汉龙虎纹铜镜完好无损，室内并无明显翻动痕迹，这表明入室盗抢特征不明显。另外，文章华在厨房做饭的妻子，也没有听到厮打、喊叫、呼救声。尸检证明，文章华系窒息性死亡，究竟是否是书柜压颈导致的，还有待证据进一步证明。总而言之，现在认定他杀无据，不认定他杀也无据。"

"文章华身上压的书柜，是别人压的还是自己拉倒所致？"贺国庆目光如电，尖锐地质问。他听了半天，感到不得要领，又急于得到确切答案，所以不禁直截了当地追问起来。

林忠略加思索答道："我们初步分析，极有可能是文章华猝发心脏病，心绞痛一时难忍，欲跌倒的瞬间，他抓住了书柜，借以支撑身体，不想因用力过猛，把书柜拉倒，书柜的上沿恰好压到他的颈部，导致了悲剧的发生。”

贺国庆不满地接着打破砂锅问到底：“你这个可能能说明什么？同志们，我们办案，不能靠模棱两可的‘可能’，对不对？”他环视众人，意味深长地沉默了一会儿，直接点将道：“吕局长，谈谈你的高见。”

吕胜掩上手中的笔记本，侧目瞅瞅雷鸣道：“还是请雷支队说吧！”贺国庆默不作声地把目光移向雷鸣。雷鸣见局长盯着自己，吕胜也点了自己的将，心知推辞不掉，于是便挺了挺身板，一改平时的轻言细语，胸有成竹地侃侃而谈道：“今天下午，吕局带领我们找了个与文章华身高、体态相同的人，到现场进行了模拟试验，从不同的角度、上中下等部位拉倒书柜，结果证明，书柜最上层隔板的边沿，都很难压到拉柜人的颈部。”雷鸣环视众人，接着条分缕析道：“这种可能被完全排除后，我们便得出如下结论：如果文章华是因为书柜压颈而死亡的，那么，书柜就必须能够压到文章华的颈部；而试验证明，书柜不可能压到文章华的颈部，所以，文章华的死，就不是因为书柜压颈而造成的……”

雷鸣一番推理，语惊四座，一石激起千层浪，登时引起与会人员的极大兴趣与共鸣，话匣子一下子打开了，人们议论纷纷，各抒己见，由衷地表示佩服和赞叹。

贺国庆摆手示意大家安静，把深沉的目光又投向吕胜，显然是期待吕胜的意见。吕胜顺着雷鸣的推论，语气坚定揆情度理道：“假如雷支队刚才的推理成立，意外和自杀死亡便可以排除，那么，剩下的死因便只有一个，那就是他杀。文章华死于何人之手？是何人要了文章华的命？文章华因何被害？死亡性质如何确定？不搞清这些，乱麻一团，破案将无从谈起。”

“还有不同意见吗？”贺国庆环视与会人员，带着总结的口气归纳部署道：“同志们，文章华死亡的疑点很多，尚有不少未知数需要我们破译。基于已知情况，大家倾向于文章华是死于他杀。既然是他杀，人命关天，就是我们工作的重中之重。因此，我建议马上成立专案组，力争快侦快破，使文章华的死因早日水落石出……”

在装修得像五星级宾馆一样金碧辉煌的豪宅内，潘登高身着棉丝方格睡衣，斜歪在客厅的意大利真皮沙发上，旁边的高档落地台灯洒下柔和的灯光，屋里一片静谧。潘登高凝视着手中当天的《颍川日报》发愣。第一版报眼位置，双行加粗的大标题赫然在目："著名学者、设计师文章华猝死家中，死因为何警方尚无定论。"他心中"咯噔"一下，眉头略皱，正欲往下看内容，门铃突然响了。妻子谷蕊忙从卧室出来开门。自从潘登高当了副市长后，诸如此类开个门、关个门，沏茶倒水送个人之类的事情，就像是她法定义务一样，总是由她代劳。谷蕊将门拉开一道缝，探头一瞅，热情地说："是一峰啊，你咋这时候跑来了？"说着她打开门将高一峰让进屋，同时柔声地提醒潘登高："登高，一峰来了。"

门后的墙角边放着一排拖鞋，高一峰进屋后，懂礼数地主动挑边上给客人准备的拖鞋换上。也不待让，径往客厅落座。一看便知他是潘登高家的常客，且关系非同寻常。

谷蕊问高一峰喝茶还是饮料，高一峰忙推说不渴。谷蕊就拿了罐饮料放到高一峰面前，婉言对潘登高说："你们说话吧。我出去办点事儿。"说着心虚地暗暗朝潘登高瞄一眼，见潘登高面若枯井，带搭不理，一副不置可否的神情，谷蕊嘴一噘，索性抽身而去。原来，她刚刚收到一个信息："心情预报，早晨到上午想你，下午转为很想你，受此情绪影响，傍晚时将转为暴想。预计此类心情将一直持续到咱们见面后为止。"信息很无聊，但对谷蕊却别有一番滋味。不巧的是，潘登高少有地守在家中，就在她正寻思如何找理由外出时，不想高一峰登门造访。她心中暗喜，趁机借故脱身而去。

"你忙去吧，嫂子，自己人别见外。"高一峰客气地欠了欠身道。

潘登高自然不会想到谷蕊此去是给他找"绿帽子"戴，像谁欠他二斗黑豆钱没还似的。他阴沉着脸凝视着谷蕊关门离去，随即陡然暴怒，气呼呼地站起身，使劲抖动几下手中的报纸，然后狠狠地摔到高一峰脸上，怒不可遏地吼道："笨得连猪都不如！高一峰呀高一峰，你让我怎么说你好啊！这辈子你能干回板正事不能？"

"大哥，一是小弟无能，用人不当。二来也是那小子命大！哼，他躲得过初一躲不过十五，我再想办法不行吗？"高一峰哭丧着脸辩解。

"唉！"潘登高无奈地叹息道，"要说，这样做也是下策。我毕竟受党的教育多年，若非迫不得已，何忍下此毒手。"

他很快又换副面孔，操着十分委屈的语气接着道："可话又说回来了，这个张政明也着实欺人太甚，令人可恼可恨。他刚调来时，我好心好意让你给他买辆'皇冠'轿车，结果他狗咬吕洞宾，不识好人心，反说我是变相行贿，我好心倒落了个驴肝肺。后来，那辆车我坐了，他在市长办公会议上又点名批评我坐车超标，尤其不该让企业买车，弄得我鸡猫狗不是的。更不能容忍的是，在我担任常务副市长的问题上，他在省领导面前没少上赖药，致使我升迁之事泡汤。我看透了，他的存在，是对你我的最大威胁。说不定哪天，咱就栽到这小子手里了。”

潘登高沉默片刻，接着横下心来，阴沉着脸狠狠地道：“哼！人善被人欺，马善被人骑；量小非君子，无毒不丈夫。他不仁，也休怪咱不义。我非出出这口恶气，给他点颜色看看，大不了也就是个鱼死网破。”

“要不，你告诉我他哪天下县，我亲自驾车撞他去。弄出个车祸，不死也让这小子伤筋动骨脱层皮。”高一峰讨好地瞅潘登高一眼，阴险地再献毒计说。

“算啦、算啦！”潘登高不耐烦地回绝说，“欲速则不达。人算不如天算，冷静观察些时日，再伺机行事吧。”说到这儿，他换了副口气，不无后怕地补充道：“这次，幸亏你用的人没给警方留下把柄，否则，后果不堪设想、不堪设想啊……”潘登高把目光投到高一峰神情怅惘的胖脸上，语气温和地询问道：“怎么与他们了结的？”

高一峰如实告诉潘登高：“先付了一万，因为杀错了，又给了他们三千，让我给打发了。”

“你这又是失策，为啥不给够人家！这些人命都不要啦，还怕啃你那一口。将来不出事便罢，出事就非毁到少给人家这钱上不可！”潘登高心细如毛，不悦而无奈地沉思片刻，果断地叮嘱高一峰，“去吧，这段时间少来往，叫恁那个表弟口中千万把好门，言谈话语招呼着点儿，别嘴里连个热屁也噙不住。”

颍川市的夜晚，华灯绽放，交相辉映；高大的楼房前，霓虹灯五颜六色，流光溢彩。在“海韵休闲中心”门外的人行道上，聂凤翔耸肩缩颈，不着调地唱道：

冠冕堂皇话说尽，做事男盗女又娼；
善恶分明终有报，从无强盗好收场。
君子失时不失相，小人得志便猖狂；
街上驴儿学马走，端底还是驴儿样。

寅年要吃卯年粮，光打净来净打光；
东手接来西手去，两只空拳见阎王。
有了千钱想万钱，当了皇帝想成仙；
听说鸡价卖得好，连夜磨得鸭嘴尖。

有钱的王八大三分，没钱的博士门角蹲；
不信君看筵中酒，杯杯先敬有钱人。
有钱到的是杭州，无钱杭州冷飕飕；
扒掉民房建高楼，民脂民膏在里头。

事无难易在诚心，哪怕山高水又深；
一朝权去财势尽，眨眼之间断六亲。
终日奔波假作忙，前人栽树后人凉；
吃了黄连无处诉，好似雪上又加霜。

宽阔的马路上，谷蕊熟练地驾车缓缓而行。听到手机铃声响，她一手驾车，一手忙拿起手机接听：“老地方，行，我马上就到。”

谷蕊在“海韵休闲中心”门外的停车场停稳车，然后轻车熟路，不慌不忙地从“海韵休闲中心”大厅乘电梯上楼，在一个房间前按了按门铃。屋内人像是在门后专候着，应声闪开一道缝，接着从这门缝中探出一个油头粉面、长方脸男人的脑袋来，屋门随着这颗脑袋的伸出而被拉开一大半。谷蕊警觉地朝走廊左右瞄了瞄，见空无一人，忙闪身进屋，急不可待地把手中的银灰色真皮小挎包往床上一撂，展开玉臂，身子猛然往上一蹿，环抱住眼前这个看上去年龄要比她小七八岁的男子。他叫罗金虎，经营着一家物流公司。他与谷蕊既非同学，又非老乡，原本是云南的老虎，内蒙古的骆驼，谁也不认识谁。但这天底下的事有时就是怪，只因罗金虎不断到谷蕊担任主任的储蓄所存取款，一次谷蕊在给罗金虎办理一笔取款业务时，不知是有意或是那会儿脑子抽筋了，居然鬼使神差地主动将自己的名片送给罗金虎说：“再存款找我，可以算我的任务。”原来，这银行里的员工都有吸储任务，且直接与奖金挂钩。从那以后，能说会道的罗金虎便与谷蕊一回生两回熟，三回四回热乎乎。从你请吃饭，他请跳舞开始，蹚水般由浅入深，心照不宣地便苟合到了一起。潘登高以工作忙为借口，经常不回家，十天半月回趟家，也是喝得醉醺醺的，倒头便睡。谷蕊的生理需求得不到满足，常常涌起无名之火。由开始的嘟噜、埋怨、吵闹到心灰意冷，最后发展到习以为常，也懒得与之争长论短了。直至遇到善解人意的罗金虎，压抑已久的情感陡然迸发，如干柴烈火般一发而不可收拾。她想：要说有错，是你姓潘的在前，我姓谷的在后。哼！兴你包“二奶”，就不兴我找“二爷”！于是便也撵时尚，赶时髦，背着潘登高搞起了“姐弟恋”。道德的防线一旦坍塌，势必形同决堤的江河，一泻千里，锐不可当。从此便经常与罗金虎偷寒送暖，幽期密约。虽然只是片时之欢，却也如久旱得甘霖，使她感到心惬意爽，痛快淋漓。

有道是：人心隔肚皮，虎心隔毛皮。罗金虎从一开始与谷蕊交往，便心怀鬼胎，意在财色双收。他既为谷蕊妙曼的姿色、副市长夫人的身份所折服，又贪婪地把终极目光盯到谷蕊所掌管的钱上。当然，其狼子野心，被情障所困的谷蕊刚开始并未觉察出，意识到时却已悔之晚矣！

此刻，她仰视着罗金虎亢奋的长脸，含情脉脉、甜言软语地撒娇：“亲爱的，思念你不仅是甜蜜的忧伤，痛苦的期待，幸福的惆怅；更是一种不想思念而又不能不思念的无奈。当你漫不经心地思念我时，我已经思念你很久了。”

“我的心肝，你不仅俊美可人，而且伶俐聪颖，居然准确地道出了我思念你的心声。”罗金虎顺着驴腿摸驴蛋，讨好而狡黠地随声附和着，激情难遏地紧紧拥着谷蕊狂吻起来。欲火在燃烧、在升腾，经过一场狂风暴雨般的“热身”活动后，谷蕊美丽的胴体已经一览无余地呈现在罗金虎的眼前，他心旌摇曳，枯苗盼雨般三五下扯去自己的衣服，犹如眼中闪烁着绿光的饿狼，急不可待地扑了过去……

晚饭后，吕胜在医院担任护士长的妻子谭静泓蹲在水池边洗衣服，嘴里半开玩笑半嗔怪地嘟囔道：

有女莫嫁警察郎，
一年四季守空房；
十天半月回趟家，
脱下一堆脏衣裳。

吕胜听到装作没听见，头枕双臂斜躺在沙发上，仰面凝视着天花板出神。他翻来覆去调了几个身，然后翻身坐起，拿起电话，迟疑了片刻，终于按下一串号码。只听对方开玩笑地问："吕胜吗？这么晚了，有啥急事骚扰我？"

"是我，贺局，睡不着，压力大啊！关于文章华之死的事儿，我有点想法，想向您汇报一下，可以吗？"吕胜心事重重地向贺国庆道明自己的想法。

"那有什么不可以的，我又不是什么高级领导！正好我今儿个值班，办公室见。"

吕胜放下听筒，起身倒了半杯开水，又从几个小塑料瓶里倒出几粒药片，托在手心，推开母亲的门，孩子气撒娇般提醒道："妈！该吃药了。"

正在看电视的吕母接了药，望着吕胜，用母子间特有的语气慈爱地问："这么晚了，还出去呀？"

"嗯！命案压头，反正也睡不着……"吕胜深情地注视着母亲，说完转身而去。

望着儿子的背影，吕母爱怜地摇头叹息道："干这工作，整天风里来雨里去，没日没夜的，多不容易啊！"

夜风徐徐，凉爽宜人。走出家门，吕胜顿感头脑清醒了许多。当他敲开贺国庆办公室的门时，贺国庆正在对着墙上挂的《命案攻坚一览表》沉思。见吕胜进来，忙让吕胜坐到沙发上。

茶几上，放着一瓶白酒，一小塑料袋花生米。贺国庆打趣地努嘴对着酒瓶示意道："这可不算违犯五条禁令啊！"

"更不会有深更半夜，来蹭局长的酒喝之嫌吧？"

"当然、当然。"贺国庆说。

谈笑间，吕胜毫不客气地抓起酒瓶，用一次性茶杯给贺国庆和自己各斟半杯酒说："有此等好事，不多来几趟才傻呢。"

"做梦娶媳妇，你想得美。"二人说笑着举起酒杯相互礼让，"喝！"

几口酒下肚，吕胜慢慢地剥着花生米就嘴道："贺局，杀人放火，必有因果。我隐约感到，文章华被害的背后，似乎隐藏着更深层次的原因。遗憾的是，我们现在已知数奇少，未知数太多，这必然导致案件侦破陷入进退两难的境地。退路没有，出路在哪儿呢？"

"是啊！我也感到蹊跷得很呢。他一个技术人员，与人无仇，与邻无怨。既不争权，又不夺利，平白无故地就死了，而且死因不明不白、诡异莫测……”贺国庆由衷地感慨，说着他往嘴里撂了一粒花生仁，“咯咯嘣嘣”地嚼着，接着动情地说道，“刑侦民警的最可贵之处，就在于能够从扑朔迷离、纷乱如麻的案情中，理顺头绪，发现端倪。否则，还要我们干什么？我们还怎么让党和人民信赖？”

“实践表明，一起案件的成功告破，需要分析科学、组织有力、排查到位三个环节，其中任何一个环节出了问题，案件都破不了。而在文章华之死的案件上，我们恰恰缺乏科学地认定案件性质，致使我们陷入破案的盲区。在这种极不明晰的情况下，我认为不宜兴师动众，大兵团展开侦查。五眼枪打兔子，光有响头没准头，于破案无补。古人云：‘鸷鸟将击，卑飞敛翼；猛兽将搏，弭耳俯伏。’为了避免打草惊蛇，我看还是公秘结合，在相对保密的状态下，充分发挥技术、情报、隐蔽力量这三大刑侦支柱的优势，秘密排查，寻找突破口为好。”听了贺国庆的意见后，吕胜坦诚地道出了自己的想法。

“嗯！大智不智，大谋不谋。含而不露，兵不厌诈，皆为创造最佳战机，出奇制胜也！”贺国庆颇有同感地沉吟着点头赞许，“别无良策，从现有的现场条件看，也只好按你的思路行事了。来——再抿一口……”

颍川市城乡接合部，马彪、刘道光、李海深租赁的一个农家小院内，刘道光、李海深龟缩在弥漫着烟、酒、破鞋、烂袜子混合气味的屋内喝闷酒，马彪在院子的一个旮旯处，焚烧从文章华家拿回的那张擦地板痕迹的报纸和手套。眼看着灰飞烟灭之后，马彪用脚踢散未燃完的灰烬，然后折身回屋，不耐烦地咆哮道：“别瞎尿喝了，咱赶紧商量商量下步咋办吧。钱——我们现在最缺的、急需的是钱，有钱能使鬼推磨，没钱寸步都难行。”

刘道光醉眼惺忪地放下手中的酒杯，讨好地说：“彪哥，反正咱仨拴到一根绳上了。你咋说小弟咋办不妥了。俺跟海深是磨道里的牲口，听你吆喝就是！”

李海深心有余悸地说道：“咱干的那件事儿，公安能善罢甘休吗？依我看，三十六条计，走了是便宜，咱还是远走高飞为好。”

马彪轻蔑地瞟李海深一眼，自信地说：“你懂个屌，越是危险的地方越安全。那件事儿，咱来无影，去无踪，加之咱与那人是云南的老虎、内蒙古的骆驼，谁也不认得谁，就是累死公安，也怀疑不到咱哥儿仨头上。你小子光想报纸上有名，电视上有影，还不够资格哩！”

“就是不走，咱也不能嘴巴搁到锅台上，光等吃呀。”刘道光发财心切，冷不丁插话嚷叫道。

“这话说得在理，”马彪皮笑肉不笑地一咧嘴，杀气腾腾地说，“哼！杀一个人得抵命，杀一百个也是抵命，咱要干就把事干大。老鼠娶媳妇，小打小闹成不了气候。往后，咱要干一下是一下，心慈手软就是对自己的犯罪。尤其是对威胁到我们的人，一定不能留活口。”他扫视刘道光、李海深一眼，言犹未尽地补充道，“咱瞅准机会再干它几把，等手中有了钱，再到南边去一趟，买几支枪。有了那玩意儿，能壮胆，能自卫，还能增强咱的攻击能力。”

刘道光兴奋不已，一拍大腿：“太好啦！上次咱手无寸铁，那人要真的跟咱拼起来，咱非掉底不可。要是有了枪……”

“喜形于色，心软意活，顾头不顾腚，是干咱们这一行的大忌。”马彪打断刘道光的话，板起面孔，鸡猫狗不是地数落刘道光一番。然后诡秘地朝二人招招手，刘道光、李海深会意地把头凑近马彪。马彪低声对二人附耳道：“咱得想法儿绑个大款，捞他一把。”接着，如此这般地向二人道出自己的想法……

次日一大早，李海深便骑摩托车到一豪华小区门前守候，见一辆奔驰轿车开出，马上像狼追猎物一样尾随上去。轿车顺滨海公路驶进市区，从一个十字路口“刷”地驶过，李海深蹄爪不停地赶到时，红灯恰好亮，他忙刹住车，无奈地摇摇头，眼睁睁地看着目标绝尘而去。

第二天，李海深继续到豪华小区门前跟踪奔驰，这次颇为顺利，一直跟到挂着“颍川市电子元件总厂”牌子的大门外，眼睁睁地看着奔驰驶进厂区。李海深索性把摩托车停到不远处的人行道上，扎在人堆里装着看下象棋，等候奔驰轿车出来，以便掌握其行动规律。岂料，他憨狗等羊蛋，直等到日落西山，仍未见奔驰的踪影，只得无精打采地打道回府。

没等李海深停稳摩托车，马彪便着急地问：“咋样？”

“不中。”李海深摇摇头，垂头丧气地向马彪讲了自己跟踪奔驰车的情况说：“彪哥物色的对象倒是很阔气，那车亮得能照人脸。就是这家伙出没无常，跟了几天，别说掌握他的活动规律了，连人长的啥样都没见着。嗨！这家伙警惕性高，简直是太狡猾啦！”

“别屙不出屎赖地硬，不会撑船怪河弯，明儿个看我的。”马彪鄙视地说道。

次日黄昏时分，马彪垂头丧气地回到藏匿的小院，像一摊烂泥，“扑通”一声歪倒在床上。

刘道光、李海深三步并作两步走过去问：“彪哥，咋样？”

马彪神情颓然，有气无力地答：“我也没跟上。”言毕，长叹一声，抖抖精神，一个鲤鱼打挺儿坐起，咬牙切齿地低声道：“哼！天无绝人之路，活人不能让尿憋死，咱先放这家伙一马，再想点别的办法。”

当一个新的黎明降临的时候，旭日东升，雨过天晴，湛蓝的天空显得格外晶莹透彻。聂凤翔像一个不和谐的音符，在灿烂的阳光照耀下，让人们觉得更加灰头土脸。他像个数嘴子卖药的似的，眼忙手忙嘴不闲，边寻觅地上的烟蒂，边虽不着调，但却有滋有味地数白道：

鞘中宝剑休要磨，
杀人钢枪莫装药。
不义之财你别取，
大姑娘莫认干哥哥。
我说这话你不信，
头掉时难买后悔药。
哈——哈——哈！

下午三时左右，位于颍川市东郊、闹中取静的一幢小高层楼房四层西单元房内，一个年方二十出头的女子，心慵意懒地翻身起床。藕色的窗帘没有拉开，虽然午后的骄阳光辉灿烂，但照射进屋的光线却显得暗淡混浊，使她婉若置身于云雾氤氲之中。她乌黑的秀发潇洒地披散在肉嘟嘟的粉肩后，刚好露出姣美的花容玉貌。这着实是个美人坯子，她五官周正，俊俏的瓜子脸白里透红，轻施粉黛，淡妆素抹，显得楚楚动人。一袭薄如蝉翼的低领乳白色睡衣，裹着她高挑匀称的身体，若隐若现地透视出她丰满的酥胸。轻移碎步，那修长的腰肢即似轻风摆细柳般婀娜多姿，浑身散溢着引领时尚的气息和性感，顾盼神飞的丹凤眼闪动之间，勾魂销魄、充满着令男人难以抵挡的万种风情。在客厅，她对着硕大的穿衣镜孤芳自赏了一会儿，甚觉索然无味。是啊，笼子就是再精美，关在里面的金丝鸟仍然毫无欢快可言。她又百无聊赖地在屋里溜达几圈，只觉得心中有一种说不清，道不明，心焦意乱的感觉。为了排遣孤独的煎熬，她便想到了他。于是，她抓起手机，按数字键时，却按出内存的一幅照片来。那是她与潘登高的头部特写。记忆犹新的是，当时她给他说，她这个手机照相清晰度不够，意在想让他给自己买一款她看中的手机。不想他竞说她是尤物。她不知道什么是尤物，可是却觉得不是一个好词儿，就问是啥意思，岂料他解释说“尤物”就是可爱的玩物。她一听就气上心头，买手机的想法也不跟他讲了。直到今天，想起这事她仍感到憋气窝火。原本耐看的面孔突然就像八月的天气一样，由晴变阴，扭曲起来。一股怒火冲上脑门，抓起手机狠狠摔到地上。发泄一通后，她仍怒气未消，又气呼呼地“扑通”歪倒在沙发上，玉腿高跷，晃动着沉思了一会儿，自己宽慰自己想，气归气，眼下还得靠他包养。于是变换面孔，拿起茶几上的电话听筒，几乎未假思索便拨出一串号码。待对方接听后，她娇滴滴地柔声说：“潘哥，我呀！柳婉玉。人家都认不出你是啥模样啦，是不是又有三奶啦？再不来，人家可又要去舞厅了。”

对方略一迟疑，马上随机应变道：“好好，是不是又想我啦？真是心有灵犀啊。刚才我还思念你呢。行！等会儿见。”拄着拐棍上床，情场老玩家潘登高一番酸得倒牙的甜言蜜语，搅得柳婉玉心旌荡漾，神不守舍。

关上手机，潘登高心花怒放地哼着小曲，扫视一眼墙上的挂钟，摞起案头的文件、材料，离开办公室，钻进在楼下恭候他的一辆银灰色“皇冠”轿车，直驶到一家门脸装饰得异常豪华气派的宾馆门前。这家宾馆是市里的定点单位，潘登高无数次地到这里参加会议，甚至小住几天，他来这里，那是再正常不过了。下车后，潘登高特意回转身叮嘱司机：“你先回吧，需要接时，我给你打电话。”言毕，潘登高佯装进楼，顺着旋转门绕一圈，走出来时见车早已掉头而去。忙离开宾馆，边走边从提兜里摸出一副墨镜和一顶深褐色礼帽。他戴上墨镜，又将帽檐压低至眉心处，这才放心地拐弯抹角来到他金屋藏娇的地方。

潘登高喘着气开锁进屋，反手关上门。柳婉玉看潘登高这副打扮，甚觉滑稽可笑，忍俊不禁又异常尖刻地嘲笑道：“哟，大市长啥时改行干特工啦！猪鼻子插葱，还真像（象）呢！看来呀，这包二奶是不怎么正大光明，要不怎么像做贼一样，偷偷摸摸的呢！”

“嘘——”潘登高把右手食指竖到嘴边，做了个让柳婉玉低声嚷叫的动作，然后把礼帽、眼镜摘下来递给柳婉玉。

柳婉玉接过顺手扔到沙发上，转过身来，像只饿急的馋猫闻到了鱼腥味，三步并作两步猛扑过去，双手环住潘登高的脖颈，二人四目近距离相视片刻，双唇便慢慢地贴在了一起。潘登高抄起柳婉玉修长的腿，将其抱到床上，柳婉玉像久旱的禾苗渴盼甘雨，闭目喘着粗气，迫不及待地扒下潘登高的衣服，二人亢奋地扭滚到一起……

一阵暴风骤雨过后，望着塌架的黄瓜、蔫下来了的潘登高，柳婉玉没话找话说地打趣道："这才多会儿呀，看把你累的，看来潘哥近来日理万机（鸡），没闲着呀！"

"此话怎讲？"潘登高眯缝着眼问。

"三岁小孩拉车，没劲呗！"说完，柳婉玉自个儿倒先"咯咯"地笑了起来。直笑得潘登高不好意思地抬身要拧她微翘的鼻尖。柳婉玉顺势把头拱到潘登高赤裸的胸前，嗲声嗲气道："哎！咱说正经的。这种不明不白，不人不鬼，无所事事，天天像坐监一样的日子，我可是过够了。人家要你快点兑现承诺，明媒正娶，将我'转正'。也省得你整天偷偷摸摸，像做地下工作似的。"

潘登高闻言触电般吃惊地激灵翻身坐起，用苍白无力的话语开导柳婉玉说："骑着毛驴想骏马，当了王侯思公卿。你们这些女人呐，就是不知足，这山望着那山高。你说，现在的衣食住行，不比你过去整天蹲在那儿给人家洗臭脚强吗？再说啦，要离得成，我早离了，还用得着你逼吗！"

柳婉玉也不甘示弱，反唇相讥道："哼！我们女人不知足！别站着说话不腰疼了，你们男人才贪得无厌呢，有的人简直连小小的麻雀都不如。"

"越发不着边际了，此话怎讲？"潘登高莫名其妙地追问。

柳婉玉故作姿态地晃了晃脑袋，娓娓而道："我见过某位画家画的一幅《麦场无人时》水墨画，画面上没有吃饱的麻雀在地上叨麦，吃饱的便知足地趴在石磙上歇息。而你们这些当官的，自己的工资基本不花，老婆基本不用，抽烟基本不买，喝酒基本靠送，这还不满足，为了敛财，时不时地还卖官鬻爵吃回扣，动辄贪污受贿几百万、上千万甚至上亿，几辈子都吃不完花不完用不尽，还仍不罢休。你说，究竟是谁不知足啊？"

"好一个伶牙俐齿的小丫头！咱不扯这些好吗？"潘登高被柳婉玉抢白得张口结舌，心里虽然窝火，但又不敢与掌握有他把柄的她翻脸，加之也不屑与她一争高低。他心中十分清楚，他们两个人现在是狗皮袜子没反正，即便争，也争不出个表里来。再说啦，兔子急了还咬人哩，万一把她惹急了，她反咬一口，在网上上演一出小三反腐的闹剧，到头来吃亏的还是自己。想到此，潘登高只得装糊涂了，施展软化手段，柔声央求柳婉玉道："宝贝，咱不扯这些伤感情的事好吗？"

"好啊，那咱就扯该扯的嘛。"柳婉玉寸步不让，杏眼圆睁，噘着涂得猩红的小嘴，不依不饶地嘟囔道："咱丑话说到前头，让我偷偷摸摸地给你当一辈子二奶，最后鸡飞蛋打一场空，我不干……"

阳光明媚，天清气爽。近段一直在破解文章华离奇死亡之谜的雷鸣，忙里偷闲，利用星期天的时间，一早便带着学雷锋小组的民警，买些水果、方便面等礼品，到市敬老院学雷锋，做好事。这项活动，他们雷打不动，已坚持几年了。

几个男民警挥帚打扫环境卫生，女民警勤快地帮老大娘洗衣、梳头，雷鸣像亲闺女般，给一位不能自理的老太太洗脚，洗完擦干后，把老太太的脚放到自己腿上，又小心翼翼地给老人剪脚指甲。老太太高兴得合不拢嘴，饱经沧桑的脸上乐成了花，赞不绝口道："儿女一大群，不如一个人。雷支队长比亲闺女都孝顺。"

夸得雷鸣不好意思地急忙劝阻道："大娘，您老就别说了，这都是我们应该做的。"

老大娘越发来劲道："好闺女，人俊心眼儿好还有本事，往后要找不上个好婆家，那算老天瞎眼了！"

正在不远处扫地的林忠听老大娘讲雷鸣找婆家的事，停下手中的扫帚，满脸堆笑，一语双关地插话道："人家雷支队呀，是独身主义者。"雷鸣妩媚地瞅林忠一眼，反唇相讥道："去、去，怕别人把你当哑巴卖呀！"他们二人是高中时的同学，说话原本就无拘无束。

敬老院里荡漾着欢声笑语，其乐融融。就在这个时候，雷鸣的手机突响，她扫视一眼来电号码，接听道："喂，吕局，我是雷鸣。"

吕胜道："市郊望海楼村昨夜发生一起盗牛杀人案，你马上带人到现场，我正在去的途中。"

"知道了！"雷鸣迅速组织民警离开敬老院，警车风驰电掣般直奔案发地。

已经赶到案发现场的吕胜，正紧张有序地组织民警以案发现场为中心，辐射排查，寻找线索。受害人吴天坤卧倒在血泊之中，从他两眼怒视苍天，扭曲变形的脸上，人们可以猜想到他临死前是何等的痛苦。

雷鸣率刑警急如星火地赶到时，法医正在解剖尸体，见到雷鸣，吕胜安排："你和国发、惠敏找知情人做一下笔录。"

一中年男子很快被吴国发找来。何惠敏坐在旁边等待记录。雷鸣让他坐下说："我们是颍川市公安局刑警支队的，找你了解昨夜吴天坤被害的情况，你要如实提供，不得隐瞒或说假话，否则，是要负法律责任的，明白吗？"

"我明白。"中年男子答。他点燃一支烟，纳头沉思一会儿说："昨夜凌晨一时许，大概有四五个人偷偷摸摸钻进俺庄。他们鬼鬼祟祟在村里转几圈，发现庄后一家养的有牛，便用撬杠掏墙打洞。尽管声音轻微，但还是惊醒了睡梦中的户主。当他意识到是盗牛贼光顾时，便拼命呼喊捉贼。俗话说邪不压正，盗牛贼闻声便跑。当他们逃到十字路口时，我和吴天坤恰巧巡逻到此，便用手电照住他们，喝令他们站住，接受盘查。这伙人急于脱身，其中有个人喊声'打'，这伙人便疯狗般挥舞着撬杠、匕首向俺俩打来。俗话说好手难抵人多，俺俩边吆喝庄里人快起来捉贼，边节节后退。天坤奔命时被东西绊倒，这伙人撵上去竟活活把他扎死。"

这时，悄悄过来几位中老年男女农民，有的插话诉苦说："唉！他大姐，俺养只牛都不得安生呀。为防盗牛贼，有的人和牛睡一间屋，那味啊，就甭提了；有的睡觉时把牛缰绳系到腿上，啥点子都想了，还是挡不住。"

一个中年妇女谨慎地朝门外瞅瞅说："盗牛贼忒胆大，去年把俺的牛偷走不说，还在门上贴一张'你养牛，俺发财；你再养，俺还来'的纸条，你说气死人不。"

一老汉捻捻银灰色胡须，不紧不慢地讲道："去年大年三十夜，邻村的王老汉在堂屋看完春节联欢晚会，回拴牛的屋里睡觉，一推门，看到后山墙被挖开个大窟窿，朝外一看，三个人正前牵后赶着他家的'对子牛'，大摇大摆地往庄后走。见此情景，王老汉顿时像被勾走了魂，他能眼睁睁看着自己精心饲养的牛，被人白白偷走吗？便发疯般吆喝着撵了上去。三个盗牛贼竟毫无人性地用砖头把王老汉砸晕在地，牵牛而去。所幸的是，在村民的帮助下，当场逮住一个叫水旺的。论说，应该把他送到派出所，但王老汉最关心的是如何讨回他的'对子牛'。你们猜咋着？后来在村主任的调解下，盗牛贼用牛换回水旺，王老汉算白挨了几砖头。"

"那个叫水旺的住哪庄，他们当时问了吗？"雷鸣插话追问。老汉答："贼人嘴里能有实话！事后听说是编的假名假庄。”

耳闻农民的血泪哭诉，目睹群众天天熬夜护牛的情景，雷鸣鼻子一酸，热泪夺眶而出。可以看得出，此时，她的心情沉重得像灌了铅。凝视着面前一个个忠厚、本分、饱经沧桑的面孔，雷鸣忍悲哽咽地说：“大爷大娘们，你们喂头牛都不得安宁。为了保牛，有的连命都搭上了，这都怪我们没有尽到责任啊！”

天已黑透。两间农舍昏暗的灯光下，吕胜、雷鸣等民警边饥不择食地吃着方便面，边你一言他一语地议论如何侦破这起盗牛杀人案。雷鸣放下泡方便面的纸碗提议：“千人擂鼓，一锤定音。咱们还是听听吕局的高见吧！”

众人不约而同地把焦灼的目光投向吕胜。吕胜堪称刑侦战线的一员骁勇战将，几十年的刑侦生涯，历经数百上千起大案要案的磨砺，使他养成一套与众不同的思维方式。了解基本案情后，他常常陷入沉思和奇想之中，在奇想中归纳推理，渐次把扑朔迷离、眼花缭乱的案情表象梳理得因果分明、有条有理，进而使案件由不可知而知，不可破而破，峰回路转，柳暗花明。

在众人的期待下，吕胜做了个习惯性的动作：“这起案件，现有条件仅能判断出凶手是一伙心狠手辣，以盗牛为目的的惯犯团伙。怎样迅速锁定嫌犯？类比推理的方法告诉我们，如果两个以上对象在若干特征上相同，那么它就有了同一性。依据这一原理，在本案嫌犯尚不明确的情况下，我们最好本末倒置侦查，先以案发地望海楼为中心，一个村庄一个村庄地向四周扩展，走访群众、搜集丢牛案件，获取犯罪线索和犯罪证据，掌握作案规律，从被侵害对象、作案时间、人数、手段、工具、逃向、销赃渠道等方面切入，层层剥笋，拔萝卜带泥，进而达到案件胜利告破之目的。”

“姜还是老的辣。”雷鸣赞同地补充，“机不密则事不宜。我们最好化整为零，化装秘密侦查……”

吕胜的手机响，他瞅瞅来电显示号码，赶紧接听道：“贺局，我是吕胜。在望海楼案发现场，刚刚研究完侦破方案。”电话中传来贺国庆的声音：“同志们吃好，后勤工作一定要跟上。”

“有啥条件打啥仗，将就吧，破案以后，你再好好慰劳大家吧！”吕胜打趣地说。

望海楼一带的农村，突然出现了一些游村串户做小生意的人，他们有的骑自行车，有的步行。在田间地头，人们发现他们更多的是打听农民养牛、丢牛的事儿。

太阳黑子连续两次发生爆炸，高温天气提前降临大地。中午时分，烈日当空，溽暑蒸人，在一路边小卖部，身着便衣的雷鸣与何惠敏支好自行车，擦把额头的汗，去买纯净水解渴。业主是个年约六旬的老大爷，他仔细端详雷鸣，迟疑半天试着问："古代的人会算，现在的人会看。你们不是收破烂儿的吧？"

雷鸣嫣然一笑反问："那我们是干什么的？"

业主警惕地左盼右顾一眼，引颈低声道："是来破盗牛杀人案的吧。要是，纯净水我免费供应。你们大热天来到乡下，为老百姓办事，我也得表表心意。"

在另外一个地头旁，两名身着裤头背心的男民警正在与群众交谈，一个憨厚朴实的中年男子抱一捆甘蔗放到民警面前，先对民警竖起拇指，又"啊，啊"地劝民警吃甘蔗，原来这是个聋哑人。

群众的恐怖心理、怕惹事心理终于消除，不少知情人在晚上将民警约出庄举报犯罪线索。

如血残阳，缓缓坠下山去。明月当空，碧空万里。在望海楼村临时驻扎的农舍内，吕胜正在主持召开盗牛杀人案排查情况碰头会。雷鸣打开笔记本汇报："这几天，我们十多个小组分头密查，暗访了五十多个村庄，两千多名群众，找到五十多个丢牛线索，筛选归纳后，感到应把重点嫌疑人冷开化，作为突破口。不少群众反映这两年光见此人卖肉，却极少见他购买过牛、羊、猪，销赃特征十分明显。如果他能开口说话，我们就可以顺藤摸瓜，找到盗牛贼。"

"马上传讯冷开化。"吕胜果断拍板。

雷鸣率警而动，在颍川市近郊，与早已等候在那里的派出所民警会合，简单交换意见后，在派出所民警的带领下，他们偃旗息鼓，弃车步行，摸到冷开化紧闭的家门前。就在雷鸣示意吴国发翻墙入院开门时，恰巧冷开化骑摩托车赌博回来。车灯一晃，他似乎感到不妙，扔下摩托车，掉头朝附近一家医院的楼上跑去。雷鸣等民警们飞追上去，在三层洗手间将欲跳窗而逃的冷开化抓获。

雄鸡高啼，天将拂晓。在临时驻扎的农舍内，雷鸣主审，另一名民警做记录，冷开化坐在小板凳上，困乏得上眼皮打下眼皮。吕胜踱步到冷开化跟前，递给他一支烟问："知道你干的事是啥性质吗？"

冷开化无理赖三分地狡辩："我拿钱买东西，有啥错，什么性质不性质！"

"一头价值两千多块的牛，八百多块就卖给你了，这正常吗？这叫销赃，是要被判刑的，你知道不？"

"啥？判刑！"冷开化触电似的弹跳起来哀告道，"我儿子马上要结婚，我要是被判刑，谁来操办呐！求求你们，千万别判我。"

"我们可以给你个从宽处理的机会，但，你要老老实实地交代，经常低价卖给你牛的人。"吕胜明确地答应冷开化。

"真的？"冷开化仍觉不放心地追问。

"你应该相信法律。"吕胜一字千钧地回答。

"中，只要能从宽，我一定竹筒倒豆子，全部讲出来。"冷开化长叹一声，无可奈何地交代：

"这两年，给我送牛、羊、猪的人经常换，但我都是给苏庄的梁满仓结账。他开下子一个什么'经济开发总公司'不见做啥生意，但花钱却很大方。"

"梁满仓是干啥的？"

"他前几年因抢劫被法院判六年刑，刑满释放后，无正当职业。"

"梁满仓现在何处？"

"此人很少回家。居无定所，租房不超过一个月就换地方。不过……"

"接着往下说。"雷鸣威严地穷追不舍。

"我说我说。"冷开化鸡啄米似的点头道，"明天上午，梁满仓过生日，他的那伙朋友在市内'鸿祥酒家'给他庆生，我也接到了邀请……"

正午时分，颍川市公安局贺国庆办公室。贺国庆、武警支队参谋长、吕胜等在进行图上作业。贺国庆在地图上双手一抄，然后有力地晃晃紧握的右拳："就这样，行动吧！"

颍川市公安局院内，四十多名身着作战服，肩挎微冲的武警官兵、百余名公安民警已列队完毕，整装待命。

贺国庆等领导来到队列前，贺国庆手举半导体喇叭筒短动员道："现在，我们要执行一项紧急抓捕任务，到现场后，大家要服从指挥，慎用枪支，以免误伤群众。同志们，党考验我们的时候到了，出发！"

随着贺国庆一声令下，参战民警、武警官兵一个个如离弦之箭，飞奔至停在队列不远处的两辆大巴车上，人员上齐后，两辆大巴车一前一后，毫不引人注意地驶出颍川市公安局的大门。

装修豪华的“鸿祥酒家”四个具有隶书意味的楷体金字招牌十分醒目。一层大厅里，高朋满座，人声鼎沸。二层一间宽敞明亮的雅间内，烟雾弥漫，十多人乱哄哄地嬉笑言谈。雷鸣、何惠敏身着服务员工作装，举止大方地出出进进，上菜倒水。

凉菜上齐后，紧挨梁满仓坐着的一个满脸霸气的大块头恶声粗气地喊叫道：“小姐，倒酒、快倒酒！”

何惠敏沉着老练地打开酒瓶盖，从梁满仓跟前开始，给每人斟满一杯酒。大块头挥手示意何惠敏退下，干咳一声，阿谀谄媚道：“在梁大哥三十五岁大寿之日，弟兄们欢聚共贺，下面请梁大哥致祝酒词，大家欢迎。”

几声“稀里哗啦”的掌声响过后，梁满仓志得意满地扶桌而起道：“诸位哥们儿！过去，大家精诚团结，同打虎、同吃肉，干得不错。往后，我们仍然要坚定不移地高举宋江大哥的伟大旗帜，以时迁老前辈的高招为老师，以做江湖人、办江湖事为宗旨，以坚持团结奋斗、共同努力、有福同享、有难同当为原则，做到名声为主，金钱为先，多劳多得，有功者奖，当场兑现……”

“好，中，要得！”桌中叫好声不断。

梁满仓觉得该讲的话已讲完，于是便举杯对同伙道：“来，为我们自己以及全家的幸福，干杯！”

“好、好，干、干杯。”同伙们参差不齐地站起，相互碰杯后一饮而尽。

“坐，坐，大家今天一定要尽兴啊，哈哈！”梁满仓话未落音，同伙们便觥筹交错、开怀畅饮起来。

这时，警方的两辆大巴车，不事声张地停到“鸿祥酒家”附近。车门打开，参战民警、武警官兵犹如下山猛虎，直扑目标。

冲在前面的民警迅速将“鸿祥酒家”大门及周围封锁。后边的疾步上楼，在何惠敏的接应下，拥入雅间，乌黑的枪口对准梁满仓一伙，厉声喝道：“不许动，举起手来！”

大块头困兽犹斗，凶相毕露地从腰间“刷”地拔出一把铮亮的匕首，挥舞着拒捕。立在其身后手端酒壶的雷鸣眼疾手快，扔掉酒壶，出其不意，一招砍颈撇腕，把大块头击得眼冒金星，匕首飞落，摇摇晃晃跌倒在地。

梁满仓见势不妙，以肘“哗”地击碎背后窗户玻璃，纵身跳下，先落地的那条腿“咔嚓”骨折，他咬牙挣扎着尚未爬起身，早被守候在窗下的两个民警，用脚踩了个狗啃泥，瘸着腿被民警架了出来。

这时，几辆警车灯闪笛鸣地飞驰而来。大块头耷拉着霜打一样的脑袋被同伙背下楼，其他被抓人员一个个双手抱后脑勺，和梁满仓、大块头一起，垂头丧气地被分别押上警车……

第三章　故人叙旧案中有案
大佬拈花内有奸情

时间已近午夜，贺国庆办公室的电话骤响，他拿起话筒说："我是贺国庆！好，好，我这就到。"放下话筒，他赶紧让警令室通知吕胜，马上到局大门口等他。然后往兜里塞个笔记本，抓起帽子，匆匆下楼，在楼下碰到一路小跑赶来的吕胜，由于不知道上级意图，不好多讲，只好扼要地催吕胜道："快走，张市长在办公室等着呢。"

警车穿过夜幕，直接驶进市政府大院。贺国庆、吕胜下车后疾步进楼。在二层楼梯口处的一个房间门口，一个肤色白皙，鼻梁上架副眼镜，看来像秘书模样的中年人迎上来，彬彬有礼地对贺国庆说："贺局，市长他们都在等你们呐，快进屋吧！"

"谢谢！让您久等了。"贺国庆应酬着，与吕胜加快脚步，在一个办公室门口，他们收脚止步。贺国庆轻敲一下门，里边传出："国庆吧，请进，快请进！"贺国庆、吕胜推门进屋。见市长张政明、副市长潘登高等正你一言我一语地交谈着什么。贺国庆、吕胜进屋后未敢直接落座，贺国庆恭敬地对张政明他们说："让各位领导久等了。"

张政明爽快地挥挥手道："坐、坐，听你们汇报是临时决定的，不存在等不等。"贺国庆、吕胜忐忑地在一个靠角的沙发上落座后，张政明直截了当，开门见山道："市委金挽群书记在中央党校学习，还得些时日才能回来。尽管学习十分紧张，但他仍然很关心文章华同志死亡的问题。刚才我们通电话时，他特别强调，一定要迅速搞清死因，如果构成案件，一定要不惜一切代价，全力以赴予以侦破，给市领导、死者亲属和全市群众一个满意的结果。"

潘登高神情严肃，语调激昂，适时插话强调："挽群书记的意见，代表着市委、市政府的意见，我们要完整地、全面地、不走样地落实好。不知你们公安局的工作进展到什么程度了？"

张政明正想知道，便也催促道："是啊，谈谈你们的意见。"

吕胜清清嗓子，正要回答，贺国庆机敏地以帽遮手，放到吕胜腿上做了个暗示的动作，巧妙地制止住他。吕胜心领神悟地欲言又止，随机应变道："贺局，还是你向诸位领导汇报吧。"

贺国庆思路清晰、老成稳练地汇报道："一个学者型、国内颇有影响的海港设计专家突然死亡，我们公安机关在深感痛心的同时，更重视死因。两次解剖尸体，反复勘查现场，先后排查、访问近百名文章华的生前亲朋好友，令人遗憾的是，到目前为止，既未发现矛盾点，也没找到他杀的因果关系。在突发心脏病，因心中难受，抓支撑物时拉倒书柜，致压颈窒息死亡和他杀二者之间，一时难下定论。也就是说，从现有条件看，都无可能又都不能排除。因此，为尽快确定文章华死亡的性质，我们在明察暗访、梳理分析的同时，前两天我专程到省公安厅去了一趟，请省刑警总队的专家来把脉会诊，协助攻坚。"工作中严肃认真，讲话时逻辑严谨，从来不说过头话，是他一贯的工作作风。"有啥条件打啥仗，有多少证据说多少话"，是他办案所遵循的原则和口头禅。

"这个想法好！只要有利于工作，我看完全可以多策并举。"听完贺国庆的汇报，张政明颇为欣赏地强调："人命关天，一头系着百姓，一头连着公安。你们一定要加大工作力度，广泛收集证据，科学推理分析，首先把文章华的死因问题搞清楚。不能不明不白、糊里糊涂的，哭了半天，还不知道是谁死了呢，这不行。"

"是！我们一定竭尽全力，加快工作步伐。"贺国庆、吕胜不约而同地起身表态……

贺国庆办公室，电视机屏幕上，唇红齿白、端庄漂亮的女主持人，正在播报颍川市新闻："近日，我市警方胜利打掉一个盗牛杀人犯罪团伙，主要嫌疑人梁满仓等十多人被一网打尽。据警方透露，近年来，这伙人交叉结伙，先后盗牛一百多头，猪二十多头，羊六十多只，并残忍地将农民吴天坤杀害。目前，此案正在进一步审理中。"

贺国庆关上电视，显得有点心事重重地来到走廊另一端吕胜的办公室。

当贺国庆敲门进屋时，吕胜正在聚精会神地看录像，办公桌上的稿纸上，记着一些东西，几个硕大的问号尤为醒目。见局长屈尊驾临，吕胜忙起身礼貌地客气道：“贺局，有事我过去呀，还劳驾您……”

贺国庆含笑道：“就这么几步远，又跑不大脚。”说完话锋一转叹道：“唉！文章华之死真相大白不了，心中这块石头就落不下去。食不甘味、寝不安席啊！”说到此，他蓦然想起此行的目的：“哎，吕胜，文章华那事，有新的线索吗？”

“我、我——”吕胜面呈为难之色，吞吞吐吐，欲言又未敢畅言。

“你今儿个是怎么啦？平时口若悬河，嘴皮子挺利索的嘛！”贺国庆觉得吕胜今天的表现有点反常，甚觉惊奇和意外。于是微微一笑，变换语气，用商量的口吻关切地询问道：“怎么，遇上掰扯不开的难题啦，说出来看看我能不能帮助出个主意。”他把“难题”二字说得特别重，明显有强调的语意。

吕胜听后只觉得心头一热，如实地对贺国庆坦言道：“有件事，因为现在还没有十成把握，原打算完全弄明白之后再向您汇报的。既然您问了，我也只好实话实说了。”他观察一眼贺国庆的面部表情，接着字斟句酌道：“昨晚碰头排查情况时，雷鸣对文章华之死提出个新的见解……”说到这儿，吕胜注视着贺国庆，戛然而止，默思不语。讲出来好不好，是不是为时过早，他心里十分纠结。

“什么见解？”贺国庆着急地追问，“你倒是讲呀，别嘴里半截肚里半截的。”

事已至此，吕胜担心再捉迷藏，弄不好会引起贺国庆的误解，于是索性鼓起勇气道：“雷鸣认为，文章华之死极有可能是一起谋杀、政治谋杀！被谋杀的对象应该是张政明市长，而非文章华。由于他俩长得太像了，所以文章华便成了替死鬼……”

“什么？你昏了头、吃错药啦！简直是天方夜谭，一派胡言！”未等吕胜讲完，贺国庆便神色愕然，忙不迭地打断吕胜的话，摇头否认道：“张市长任期内，招商引资、城乡一体化建设、建桥修路、市政建设、下岗职工再就业、重点项目建设等方面所取得的成就，那是有目共睹的嘛，平心而论，张市长总的看还是党性强、干实事，作风正派、与人为善的。当然，他原则性强，工作标准要求高，有时批评人不分时间，不讲场合，同志间言高语低的也在所难免。自己的牙还咬自己的舌头呢，何况众口难调呢。但要说他与有些人的矛盾发展到你死我活，不可调和，甚至到了水火难容，有些人必欲除之而后快的程度，我看未必有。”

话既然已经挑明，吕胜也就少了许多顾忌，他显然不能苟同贺国庆的看法，也直抒己见道：“政绩和案件是两个不同的概念。从刑侦理论而言，在一起案件没有侦破之前，我们做任何推断都不为过。况且，今天的官场简直成了利益场，再说啦，这些年为情、为官、为利，领导干部重金雇凶杀害领导干部的恶性案件，发生得还少吗？”为了佐证雷鸣的见解，吕胜进一步举证道：“贺局，你再看看这段监控录像。”吕胜熟练地把录像定格到张政明让文章华给中央首长做讲解的画面，贺国庆弯下腰仔细审视良久，咋舌惊叹道：“嗯，绝了——你还别说，二人的高低、胖瘦、脸面头，还真有着惊人的相似，简直就像一对双胞胎。造物主法力无边呐，有时世界上的事儿就是这么巧，巧得令人简直不敢相信。”发完感慨，他马上又切入主题道：“吕胜，长得像又能说明什么呢？世界上长得像的人多了去了！”

吕胜据理力争道：“贺局，你不是经常要求我们透过现象看本质吗？文章华早不死晚不死，恰恰死在他与张市长相遇的次日，我看雷鸣的联想、判断，还是有一定道理的。尽管大胆了点，但这没有什么不对。古人说，‘聪者听于无声，明者见于无形’嘛！”

“那你是聪者还是明者呢？”贺国庆大智若愚，既含而不露又意味深长地以其人之矛攻其人之盾问。

“耳聪目明应该是一个刑警应具备的基本素质，否则，你会让我分管刑侦吗？”

“哈哈——”二人会心地大笑一阵后，贺国庆再次言归正传，认真地问吕胜：“有证据吗？”

吕胜摇头做为难状：“没有，两手空空，一无所有。”

“注意，有多少证据说多少话。没有证据，咱俩刚才的话算没说。”贺国庆说着转身离去。走到门口时，忽然又回转身补充道：“大胆假设，小心求证，祝你们成功！”

乌云密布，天黑得像一口倒扣的大锅。远处，不时传来“呼噜噜、轰隆隆”的滚雷声，一场暴风雨眼看就要在午夜来临。马彪租住房屋的小院内，马彪、刘道光、李海深正弯腰撅腚，点炮似的凑在一起捣鼓着什么。一截约半尺长的无缝钢管的两端，引出正、负极两根电线，分别连接在一个在儿童玩具商店随处可买的，两块钱一个的儿童玩具小闹钟上。此时，闹钟的指针正在“滴滴答答”地旋转，当分针旋转到十一时整时，三人慌得捏叉似的迅速躲开，但见刺眼的蓝光一闪，无缝钢管“轰”的一声爆炸了，响声旋即淹没在震耳欲聋的雷声中。爆炸的火光辉映出马彪、刘道光、李海深三人因惊喜而扭曲变形的狰狞面孔，他们异口同声得意地惊呼：“成功了，管用！”马彪狂妄地笑着，不可一世地吹嘘道：“有了这玩意儿，咱的胆子就壮多了。”

当一个新的黎明降临的时候，旭日东升，雨过天晴，湛蓝的天空显得格外晶莹透彻。吕胜一上班，便召集雷鸣、吴国发和一大队长冷一飞、二大队长王海涛、三大队长胡长生，分析研究从哪里选择突破口，解开文章华死亡之谜。集思广益后，吕胜总结道：“正如大家所讲，这是一个老虎啃天，无法下嘴的难题。我们要知难而上，不言放弃，发扬敢于攻难克险，啃硬骨头的精神。在目前案情尚不明朗的情况下，首先要继续过细研究现场物证，努力让死人说话，从中发现蛛丝马迹。其次，杀人放火，必有因果。我们要不怕麻烦，尽量扩大线索，看是否能从中找出文章华被害的因果关系；另外，在外松内紧的情况下，我们要快侦快破同类案件，用滚雪球的办法，通过甲案带出乙案，以期早日使文章华的死因真相大白。”

“是！”就在大伙儿异口同声表态，将要分头去展开工作时，一名中年男子，风风火火，急头怪脑地推门进屋，边上气不接下气地喘着粗气，边心慌意急地对吕胜道：“吕局长，我给您汇报个事儿。”

为稳定来人情绪，吕胜起身相迎，热情与来人握手并诙谐地打趣道：“欢迎、欢迎！这不是‘革制品贸易公司’的龙一山龙经理吗？哪阵风把你给吹来了？你老兄可比三年前发福多了。”

“是啊，是啊，饱食终日，无所用心嘛！”龙一山顺着吕胜的话音打哈哈说。望着龙一山堆满赘肉的脸庞，三年前那次惊心动魄的经历，宛若昨天，又清晰地浮现在吕胜脑海：

那年，龙一山与广东茂林市“惠元进出口有限公司”签订了一份交易额达一百二十多万元的皮革制品合同。白纸黑字，双方约定货到付款。两汽车皮革制品卸进“惠元进出口有限公司”的仓库后，该公司总经理吉惠元，热情设宴招待随货同行的龙一山。席间，龙一山、吉惠元推杯换盏，庆贺双方合作成功。汉大心实，丝毫没有觉察到内中有诈的龙一山酒足饭饱后，提出让吉惠元如约付款。吉惠元含笑推托说："会计已下班，明日办理汇款不迟。"

次日一大早，龙一山找吉惠元办理汇款手续时，但见办公室人如黄鹤，仓库内货已转移，这才知道上当受骗，但时已晚矣。

颍川市公安局以合同诈骗立案后，龙一山所在公司的董事长万达，来到公安局，恳请吕胜亲往茂林办案。

责无旁贷，况且一百二十多万并非小数。吕胜高度重视，于是亲率五名民警，由龙一山引路，首先到广东省公安厅通报案情，取得了广东省公安厅的支持，并明确作出"如吉惠元执意不退还诈骗的巨款，可以把其传讯到颍川市，依法处理的决定"。

翌日，吕胜冒名顶替，化装成"革制品贸易公司"董事长万达，前往吉惠元处索款。他和龙一山驾一辆挂地方车牌的车，住进茂林市政府招待所，其他民警乘一辆警车，住到另外一家宾馆。

安顿好后，吕胜便让龙一山打电话约见吉惠元，同时告诉吉，万董事长要见他。吉惠元做贼心虚，担心被颍川警方抓走，索性给吕胜来了个小鬼不见面。吕胜便让龙一山三邀五请，不厌其烦地约吉惠元吃饭，面议还款事宜。

吉惠元狡猾得像只狐狸，他自知理亏，像耗子怕见猫一样，拒不与吕胜照面。吕胜欲擒故纵，放长线钓大鱼，不急不躁，装出无可奈何的样子，一味示弱。经过几天的缠磨，加之吉惠元派人暗中对吕胜、龙一山进行了监视，认定他们不是公安民警后，逐渐打消了担心被抓的戒备心理，答应可以与吕胜见面，但时间、地点必须由他确定。为了迷惑吉惠元，吕胜满口答应下吉惠元提出的条件。

这天时近黄昏，吕胜被吉惠元派的车，左拐右转拉到一幢四周布满打手、阴森森的库房内。二人寒暄过后，一接触正题，吉惠元便蛮不讲理，以质量问题为由，胡搅蛮缠，毫无还款之意。

为免打草惊蛇，吕胜强压怒火，巧妙周旋。为了麻痹吉惠元，分手时，吕胜欲擒故纵，主动让步，对吉惠元说："生意不成人情在嘛，考虑到贵方困难，吉老板只要付给我们八十万元，让我们公司基本保住本，双方纠纷即算了结。"

吉惠元听后喜不自胜，拨浪鼓似的点头赞同说："噢，万老板果然气度非凡，是个干大事的，这个意见倒是可以考虑的啦。"

如此接触几次后，吉惠元的戒备心理基本打消，加之自恃其父是当地颇有头脸的官员，在茂林市无人能奈何于他，与吕胜接触时就慢慢疏于防范，无所顾忌起来。而吕胜，则要的正是这种效果。

这天晚上，吕胜再次给吉惠元打电话，假戏真做，热情诚恳地道：“吉老板，看来我这次把钱带走有困难。公司有事，急需我回去打理，我不能再等了。来日方长啊！作为生意场上的朋友，明天行前，我想请吉老板来市政府招待所喝早茶，请吉老板一定拨冗赏光啊！”

吉惠元不知是计，认为吕胜已无计可施，不得不滚蛋了。于是以胜利者的语气，洋洋自得地欣然答应道：“可以可以，咱们是不打不相识的啦。近距离接触，可以相互加深了解的啦。”

次日八时刚过，大腹便便、身长腿短的吉惠元自驾豪华“奔驰”轿车，到市政府招待所赴约。趁二人见面握手之机，吕胜顺势擒住吉惠元的右手腕，埋伏在旁边的民警，如离弦之箭，同时从不同方向扑了过去，众人七手八脚，逮猪娃般把吉惠元连推带拉往车里捺。吉惠元知事情不妙，抓住车门杀猪般号叫道：“绑架——绑架——有绑架的啦！”

此时正是上班、喝早茶时间。人来人往，纷纷扰扰。听到喊声，上百名不明真相的群众“呼啦”围将过来，将吕胜一行团团裹在中间，七嘴八舌，吵吵嚷嚷，阻止吕胜他们抓人。

为防节外生枝，危急时刻，吕胜只得向群众出示证件及传讯吉惠元的法律文书。

“噢，原来是公安机关的执法行动。”围观的群众明白事情的原委后，陆续主动离散。

车出市区，行到一个十字路口时，吕胜技高一筹地把吉惠元转移到警车上，让警车拉着吉惠元绕道而行。自己则与另外两名民警顺道继续直行。不多时，吉惠元之弟率几名打手，驱车风驰电掣般追赶上来，气势汹汹地堵在吕胜的车前。吕胜矢口否认见过吉惠元，同时亮明公安身份，几个人扒着车窗上朝里张望，吉惠元确实不在车内，只得悻悻而去。

吉惠元被押回颍川市后，害怕被追究刑事责任，只得老老实实地电话告诉公司会计，如数把诈骗的货款汇给“革制品贸易公司”。

想到此，吕胜收了收神，感慨道：“光阴如箭，眨眼工夫，这事已过三年多了。”

“可不咋地，要不是你把吉惠元那个孬种逮到颍川，钱根本讨不回来，我也得被追究玩忽职守的责任。”龙一山感恩戴德地说着永生不忘，万分感谢的客套话，话锋一转，冷不丁没头没脑地对吕胜说：“我怀疑俺的董事长出事啦！”

“究竟是咋回事？”吕胜追问。

龙一山定了定神，回忆说：“昨晚，万达设宴，请公司几个中层以上的管理人员。席间，他公开了与秘书齐炫炫同居的事情。万达年近六旬，夫人、子女都在台湾的台南市，说白了就是他包养齐炫炫。齐炫炫刚二十出头，老牛吃嫩草，虽然大家早已心知肚明，但还是表示了祝贺之意。临散场前，万达特意安排，让司机今天上午九时到齐炫炫的住处接他。刚才，司机按时去接，等了好长时间却不见他出楼，打手机无人接听，敲门也没人开。我觉得情况反常，就急忙来报案。”

“雷支队，你先带人过去看看啥情况，我随后就到。”有警必接，吕胜当即调警前往。

齐炫炫居住的“天然居”，小区临街是底商高层居民楼。楼后是错落有致的别墅群。龙一山带雷鸣等民警在其中一幢别墅门前的空地上停下车，指点道：“炫炫就住在这儿。”

刚刚下过一场透雨，别墅外空旷的水泥路面的坑洼处，尚存有镜面一样的积水，其他地方被冲刷得干净如洗，别说人留下的足迹，就连鸟爪子印也不会留存，已经毫无勘查价值。雷鸣下车后，老到地首先观察一下四周环境，然后命人叫门。在无人开门的情况下，雷鸣果断决定让民警用专用开锁工具开锁。

“咯啪、咯啪、咯啪”，正是难者不会，会者不难。只这么三五下，锁便被打开，但牛头锁上却扣着安全链，门仅能被推开一条缝隙，人员仍然进不去。情急之下，民警只得锯窗而入。一层未见异常，雷鸣和林忠等民警搜索着打开二层的卧室门时，一幅惨烈场景登时映入眼帘。

床上，横陈着一具没了头颅的尸体。死者一丝不挂，肩部靠床帮，凶手显然是垫着床帮，把死者的脑袋割了去的。地上，有一摊已经凝固的血。苍白的尸体煞是瘆人。

在靠墙放置的大床底下，蜷缩着一个赤身裸体，披头散发，哆哆嗦嗦，嘴塞长筒袜，被尼龙绳反剪双臂的女子。拉出来一看，不是别人，正是齐炫炫。

“快，解开绳子，先用床单把她裹起来，送医院。”雷鸣忙而不乱，在安排人员解救齐炫炫的同时，提醒民警注意保护现场。一男民警尴尬地迟疑不前，雷鸣瞪他一眼吼道："都什么时候了，你还……快！"

颍川市"温泉洗浴中心"一个雅间内，马彪、刘道光、李海深用浴巾裹腰，躺在床上。三名着超短裙、无袖低领背心的按摩女，刚给三人按摩结束，掂起工具离去："先生，你们好好休息。"

刘道光色眯眯地盯着小姐们性感的背影，吃蜜带糖瓜地"嘻嘻"讪笑着，流声流气道："打飞机，今天咱哥儿仨也算开洋荤了。"

马彪一尥蹶子翻身坐起，没好气地打断刘道光的话："没钱，你开个屁荤！定时炸弹咱们也捣鼓成了，得赶紧想法儿派上用场，用它换钱啊。"

公安医院抢救室走廊内，雷鸣与何惠敏焦灼地在走廊徘徊，等待着向齐炫炫询问情况。一名穿白大褂的医生从抢救室出来，雷鸣迎上前礼貌地问道："医生，病人的情况现在如何？"医生心平气和地告诉雷鸣："病人只是受到惊吓，神志已基本恢复。"

"我们可以和她交谈吗？比如问她一些问题。"

"我看可以。"医生点点头，肯定地回答。

在齐炫炫病床前，雷鸣询问，何惠敏记录。

吕胜驾车赶到案发现场，在林忠的引导下，从门锁开始，对现场进行了细致观察。工夫不大，雷鸣做完齐炫炫的笔录，又返回现场，吕胜对雷鸣、林忠说："谈谈情况吧！"

林忠纳闷地说："邪门了，又是一起怪案。屋门上锁并扣上安全链，窗户、墙壁、楼顶完好无损，严实得别说是人，就是一只耗子也钻不进去。嗨！就这，万达居然被人杀了，头颅也不翼而飞，恁说怪不怪。"

吕胜眉宇紧锁，瞥雷鸣一眼："说说你问的情况！"

雷鸣汇报道："据齐炫炫讲，昨晚，送走客人后，她与万达洗过澡，双双上床，二人正在甜蜜做爱时，陡见火光一闪，接着响起一声炸雷，随着雷声，一个足球大小的火团像风火轮一样，'骨骨碌碌'滚到他们床前，她当时就被吓得魂飞魄散，人事不省。醒来时发现已被捆绑，直到我们把她送到医院。至于万达遇到了什么，她说自己一无所知，把自己洗得一干二净。故事虽然前所未闻，但这也太离谱了，我觉得她是在竭力掩盖真相。"

“一派胡言，无稽之谈。哼！给我们玩点子，她毛叶子还嫩了点。”从不信邪的吕胜与雷鸣有同感，他甚觉齐炫炫所言十分荒谬。然后针对林忠的疑惑，对雷鸣说：“跟绑齐炫炫一样，把我的双手反绑上，你们关上门都出去。”停了一会儿，吕胜喊道：“推门！”雷鸣从外面推门，安全链果然已经被扣上。吕胜取下安全链，通幽洞微，一把稳拿地对给他松绑的雷鸣说：“雕虫小技，作案手法简单得近似白脖子，甚至连十几岁的小孩都不如。这种鬼蜮伎俩，瞒得了别人，却瞒不得我。没有家贼，引不来外鬼。盯紧齐炫炫，将她和她出院后见的第一个男人一起抓获。”布置完，他超脱地转身对林忠说：“与文章华之死丝毫无关，咱们走。”

第四章　宅院施爆满市扰动
歹徒脱壳潜形匿踪

夕阳沉落，夜幕降临。毫无丧夫之痛的齐炫炫，小心翼翼地拉开屋门，伸头探脑往院里瞅了几眼，自认为无人监视时，便放心大胆地右挎一个黑色小坤包，闪身出屋。

齐炫炫的一举一动，早被在对面高层楼房内蹲点监控的林忠等民警，尽收眼底并发出信号："长剑注意！目标出动，目标出动。"

"长剑明白。"守候在"天然居"小区大门外的吴国发，持对讲机背过脸轻声回答。吴国发的旁边，亭亭玉立着打扮入时的何惠敏。为了执行这次跟踪任务，何惠敏还真的刻意打扮了一番，不仅化了浓妆，还特意戴上了一副披肩假发，把前额的刘海儿垂至眉宇间，俨然换了个人似的。二人身着便衣，宛若一对热恋的情人。

齐炫炫走出小区，沿人行道走了一会儿，突然招手拦了一辆出租车，掉头而去。

吴国发、何惠敏急忙也跟着拦下一辆出租车。为确保不被甩掉，上车后，吴国发出示警官证，对司机说："公安局的，跟紧前边那辆车。"司机点头表示明白。

在一个十字路口，齐炫炫乘坐的出租车刚过去，"刷"地亮起红灯。情急之下，吴国发果断指使司机："冲过去！"紧紧咬住齐炫炫乘坐的出租车不放。

车到滨海公园门口，齐炫炫下车。这时手机铃响，齐炫炫看了看来电显示号码，柔情地接听道："卜如意，你在哪儿呀？好、好，我马上到。"

吴国发、何惠敏尾随其后，像漫步在花前月下的恋人，与齐炫炫若即若离，保持着一种不被怀疑的距离。

公园内一尊高达数米的白色大理石大禹雕像旁，一男子扔掉手中的烟头，焦灼不安地来回走动。齐炫炫望见那熟悉的身影，离老远便娇滴滴地叫喊道：

“卜如意！”

“炫炫！”

二人像磁石一样，三步并作两步，心荡神摇地迎上去拥抱到一起。

卜如意怜爱地说：“我的好炫炫，你受委屈啦！往后我一定好好报答你。”

齐炫炫抑制不住心头的喜悦，轻轻推开卜如意说：“亏你出的好主意，快把人家给吓死啦，还不都是因为你。”稍顷，又通情达理地接着道：“话又说回来了，天底下没有白给的东西。不吃苦中苦，难得甜上甜。为了咱俩的幸福，我就是上刀山下火海，也无怨无悔！”讲到这儿，齐炫炫把头埋到卜如意胸前，心情复杂地叹道：“弄到最后，不知道能继承这老家伙多少东西？”

“现在考虑这些为时尚早，这事只能等万达的后事料理完，公安又没怀疑到咱头上，再去考虑。咋样，他们没怀疑你吧？”卜如意极为关切地问。

“傻瓜！要怀疑，我还能在这儿见你？他们也就是例行公事，问问情况，被我编了个诡谲怪诞的骇人故事，便给打发了。咯咯、咯咯！”讲到此，齐炫炫洋洋自得，放荡地发出一阵浪笑。

“公安真是那么好蒙的？”卜如意心有余悸，仍不放心地问。

“门上的安全链从里边扣着呢，证明无人进出屋。我被捆绑，万达的头不翼而飞，表明与我无关。哼！没有证据，他们光怀疑又有什么用。”齐炫炫自信地说着，从挎包里摸出一个金光闪闪的银行卡和一个红色塑料皮小本本，交给卜如意道：“这是那个老家伙的银行卡和办在我名下的房产证，你先收藏好……”

就在卜如意、齐炫炫柔情蜜语，男欢女爱，做着发财梦的时候，不远处的何惠敏已用手机短信，向雷鸣报告了这边的情况。片刻工夫，雷鸣率十多名民警，悄悄将卜如意、齐炫炫包围。“行动！”雷鸣一声令下，民警四面合围，神兵天降，冲上去将齐炫炫擒获，卜如意挣脱后拔腿狂奔，民警穷追不舍，眼看快要追上时，卜如意猛然收步转身，挥拳朝民警眉心击来。民警眼疾手快，摆头躲过这一毒招，同时进步抢占卜如意中门，双掌快如闪电，截手锁喉，连环进招，一盘肘将卜如意击跌于地。其他民警尾追过来，将卜如意双臂反剪，砸上背铐。

嘈杂热闹的夜市，路边一大排档边，马彪、刘道光、李海深正围坐在一个小方桌旁喝啤酒，一辆警用面包车拉着警笛飞驰而过。李海深心虚胆怯地问：“彪哥，老公们是不是又有啥行动了？”

马彪白李海深一眼，以老大自居的口吻教训道：“你呀，小心有余，经验不足。这事儿哥在部队经的多啦。俗话说，多鸣之猫，必不捕鼠；咬人的狗不叫。哼，这都是虚张声势！”说完白李海深一眼，狂傲无道，不知天高地厚地接着道：“吃饱喝足，今晚咱哥儿仨再跟老公们玩一小把……”

颍川市公安局刑警支队审讯室内，卜如意、齐炫炫在分别接受审讯。齐炫炫低头啜泣，头脑中坦白与顽抗在激烈地斗争；卜如意则无精打采地闭目呆坐，前额冒出豆大的汗珠。突然，他双膝“扑通”跪地，声嘶力竭地号叫着恳求道：“让我喝点酒，我说，全告诉你们！”

雷鸣满口应允：“可以满足你的要求，不过，得先把问题交代完，我给你买一斤酒，外加一只烧鸡。怎么样？”

卜如意想：“染坊里倒不出白布，既然被公安抓进来了，一切幻想都是自欺欺人，反正扛不过去，早晚都得说，不如早说早利亮。”思索了一会儿，心一横交代道：“那好，我说！我与齐炫炫自幼两小无猜，青梅竹马。中学毕业后，为减轻家庭负担，便结伴来到颍川市打工。我们原本想通过自己的劳动和汗水，攒一笔钱，然后回家结婚，自己干一家公司或企业。开始，我在一家电脑公司搞平面设计，齐炫炫在‘宴宾大酒楼’当服务员。一次，万达到齐炫炫打工的酒楼请客，一见面便被齐炫炫的清纯、漂亮所吸引。从那以后，黑瞎子装佛，面善心不善的万达魂就像丢在了这家酒楼里，成了那儿的常客。为找回丢失的魂，他三天两头去宴宾客，摆阔气，真实意图其实就是想与齐炫炫多接触，因此，每次都点名让齐炫炫服务。一来二去，慢慢就与齐炫炫熟识了。终于有一天，万达投出诱饵，提出愿出高薪聘请齐炫炫到他的公司上班，这正对齐炫炫的心思，因为她早就想离开那常遭人冷言冷语、伺候人的地方。与我商量后，觉得机会难得，便应允了。开始，万达放长线钓大鱼，对齐炫炫还不敢太放肆，只是以谈业务陪客为由，吃饭时叫上齐炫炫，后来便开始得寸进尺，对齐炫炫动手动脚。齐炫炫向我哭诉后，我当然异常愤怒。转念一想，君子斗智不斗勇，便一拍大腿叫好说，这可真是打着灯笼也找不到的发财机会啊！这货如真是酒后稍有不检点，别再干过分的事，咱在人屋檐下，不得不低头，忍一言风平浪静，退半步海阔天空，将就着过去算了，假若他居心不良，欺人太甚，他不仁，也别怪咱不义，咱就捉这家伙的冤大头。后来在一次酒后，那货下迷药将炫炫强奸了。于是，我就发誓要报复万达，设计了让齐炫炫答应当万达的'二奶'，让万达以齐炫炫的名义买房、存钱，然后伺机将万达干掉的美人计。开始齐炫炫不同意，埋怨我说，'你怎么能想得出这样的馊主意呢，不行咱远走高飞算了。'我苦苦相劝说，咱总不能鸡飞蛋打，人财两空吧？有道是量小非君子，无毒不丈夫。况且，把这货做了，我既能雪夺妻之恨，又能缩短咱们打拼创业的时间，在我的劝说、要挟下，为了不失去我，齐炫炫终于答应了。"

"万达的头呢？"雷鸣问。

"装在尼龙网兜内，坠一个水泥块，和刀一起，扔到海滨公园的湖里了。"卜如意如实交代。

颍川市公安局刑警支队办公室，雷鸣整理着卜如意的讯问笔录，发自内心地赞佩道："吕局，你真厉害，一眼看穿他们的诡计。"

吕胜顾左右而言他，内心虽然对这起凶杀案迅速告破充满着喜悦，表面却故弄玄虚地逗雷鸣道："人有十大优点，其中五点是外在的，五点是内在的。内在的五点是思维、记忆、想象、分辨、说话。"讲到这儿，吕胜绷紧脸戛然止声。

雷鸣性急地刨根追问："那外在的五点呢？"

吕胜眉宇间闪动着幽默的神情问："想知道吗？"

"当然想啦，快说呀！"雷鸣单纯地回答。

吕胜装着一本正经地道："那本局要是不想告诉你呢？"

"你真会捉弄人！"雷鸣发现自己被愚弄，白皙的脸上登时泛起一片红晕，啼笑皆非地轻轻推了吕胜一下，以示不满。

"好啦、好啦，别闹了。"吕胜言归正传，鞭辟入里地解释道："这个案件乍看令人眼花缭乱，目迷五色，其扑朔迷离之处，在于门上的安全链扣着，确实很能迷惑人。模拟试验后我恍然大悟，原来简单得不能再简单了。"吕胜倒背起双手示范道："你们看，双臂被反剪，手指却是完全可以活动自如的。卜如意通过电视天气预报节目，知道近期有一场大雨，这有利于冲刷痕迹，毁掉证据。于是，便把作案的时间定在大雨之夜。当晚，齐炫炫在酒桌上貌似体贴，实是别有用心地动员几个中层管理人员轮番给万达敬酒，把万达灌得酩酊大醉，人事不省。夜深人静后，里应外合，把卜如意迎进屋。卜如意杀死万达后，为逃避嫌疑，挖空心思，自以为高明地设计了把齐炫炫裸体捆绑，然后掂着万达的头颅关门逃离现场，齐炫炫用仍然能活动自如的手把门锁上的安全链放到槽里，然后返回房间，给我们表演了一出蜷缩到床底下，装神弄鬼的把戏。卜如意煞费心机，自以为天衣无缝，可以瞒天过海，逃避追击。没想到，模拟试验后，我马上就把它识破了。”

“虽然简单，那你在案发现场说还不如一个十来岁小孩老到呢，这又是咋回事？”林忠求知心切，满腹疑团地问。

“噢——”吕胜含蓄地一笑道：“说来话长。那还是我担任刑侦科副科长时，一次，我带几个人在东岗镇侦破一起纵火案，上午十时许，村民老蔡着急上火地到派出所报警称，他头天卖树的两千多块钱，锁上门到村代销点买包烟的工夫，回来竟不见了。

“派出所的同志说，虽然不是什么惊天动地的大案，但却十分蹊跷。正好我在呢，搂草打兔子，让我捎带着查查。老蔡五十出头，老实巴交的，一看就不是那种刁钻滑怪之徒。据他提供，钱是放在枕头下的，打算买烟回来后就去存到银行，离家也就放屁的空儿，屋门还上了锁。回来时门锁、门窗完好无损，别说人，就是只猫狗也进不去呀！

“说真的，刚开始我也感到不可思议。好在，我始终有一个最基本的判断，那就是老蔡的钱一没插翅膀二没长腿，既不会自己飞也不会自己跑，假如老蔡没报假案，那就一定有人拿，我要找的，就是这个神秘的拿钱人。

“反复查看现场后，我独自坐在屋内思考了一会儿，脑海里突然神奇地产生出‘偷钱需要进屋，进屋必须开锁，锁被偷梁换柱，偷梁换柱者必是偷钱之人的逻辑关系’。于是便问老蔡，从早晨起床到去买烟这个时间段内，有没有人到过你家？老蔡想想说，大约八点多时，就俺庄的铁猫去找过我，缠着要给我走‘大方’，我说没空，一会儿得去集上办事，俺俩坐堂屋当门喷了会儿，他就走了。他还是个十四五岁的孩子呀！再说，他也没俺家门上的钥匙呀！老蔡不认为铁猫会偷他。我不同意他的看法说，除了这个熊孩子，不会再有第二人，赶紧找去吧，别等他把钱逛荡完了。

“东岗镇巴掌大个地方，很快，民警便从网吧把铁猫找到派出所。开始，铁猫矢口否认偷钱。我木匠推刨子，直来直去地对他说，恁聪明个孩子不学好！该讲实话了，别认为自己做得天衣无缝，瞒得了别人，却瞒不了我。你这事咋干的我都知道。

“这熊孩子愣头愣脑地眨巴几下眼皮，不怔不惧地问，咋干的？

“咋干的！你知道老蔡卖树有几个钱，便装着找老蔡下棋，喷空儿时趁老蔡不留意，用你事先预备的、与老蔡家一模一样的锁，进行了调包。然后躲在老蔡家附近等待机会。停了一会儿，不知门锁已被你调换的老蔡锁门去买烟，你趁机开锁进屋，翻找并偷走枕头下的钱，又用他家原来的锁锁上门，然后到网吧去玩，是也不是？”

“铁猫听后既吃惊又大惑不解地问，叔，我干这事时，你在旁边看着哩吗？”

“案件不大，却被你办得有声有色，真是经验大于学问……”林忠听后受益匪浅，由衷地叹为观止道。

更深人静，月落星沉。李海深骑摩托车带着刘道光，刘道光肩上挎着一个小帆布包，来到光明机电厂家属院附近。二人把摩托车停放到路边，步行到院墙根，刘道光踩着李海深的肩膀翻墙入院，在一个小独院门前，放下一包东西，又敏捷地顺原路离去。大约隔有半个小时，刘道光放置的那包东西突然“轰隆”一声巨响，独院的门楼和相邻的东屋被轰然炸塌。所幸东屋是厨房，没有人员伤亡。

爆炸声刚落音，龟缩在租赁房内的马彪，便从兜里摸出一张新的手机卡，换入手机，为逃避追查，他一个卡从不使第二次。电话很快被拨通，听到对方的应答声后，马彪问：“你是光明机电厂王厂长吧？我姓啥名谁并不重要，你也别问了。重要的是你刚才听到响声了吗？”

“听到了。”王厂长不知对方何意，如实回答。

“那是你的副厂长家被炸了，是我安排的。老弟近来手中有点紧巴，听说你为人挺仗义的，想请你资助几个。”

王厂长闻言知夜猫子进宅，来者不善。反应颇快地诉苦说：“朋友，咱明人不说暗话！我家这两年连着有几件大事，都赶到一块儿了。小孩上学，盖房，老人有病动手术，哪有多余的钱呀！”

马彪“哈哈”大笑，软硬兼施道：“不讲工资发不发，厂长照坐桑塔纳。

你当厂长这么多年，进料、进人、提拔调整中层干部，油水不少，房子装修得那么好，说没钱，谁信呐。天阴不准备，你晴（情）准备啦！否则，想炸恁家易如反掌，就是公安局的人住在恁家，也看不住。你信不信？”马彪说话时语气咄咄逼人，充满杀机。

王厂长担心闹僵了生出更大麻烦，心想只要对方敲诈的不多，权当花钱消灾了，于是蹚水般试探对方的口风道：“朋友，扶危济急是中华民族的传统美德，既然你给我张这个嘴了，那就说明咱有缘分，没多有少，恁哥我认了。”

马彪见对方入彀，便毫不客气地开价说：“一百万嫌多了点，十万总可以吧？这对你来讲也就是老虎吃蚂蚱，小菜一碟。”

买卖不投心事。经过一番争执，马彪显得不耐烦地应允道：“三万就三万吧，你把钱用报纸包好，装进塑料袋，放在自行车前的篓子里，明晚六点，在北环路小桥西侧等候，有一个骑自行车的中年妇女去取。不准报警，不准耍滑头，否则，马上让恁家再‘轰隆’一声。”讲完，马彪得意地把卡从手机中取出，掰碎扔掉。

“敲诈，敲诈！”放下电话，王厂长怒不可遏地要报警。

妻子苦口婆心地劝阻道：“俗话说，财去人安乐，值当上辈子欠他的。别弄得到头来公安局抓不住人，再生出别的事端来……后退一百步说，即便抓住一个，他的同伙能善罢甘休吗？”

王厂长见妻子讲的不无道理，一时又想不出其他更好的办法，怀着啥贵不吃啥，谁赖不缠谁，好鞋不踩臭屎的心态，只得点头自认倒霉。

光明机电厂，吕胜、雷鸣闻报即率警到案发地勘查现场，由消防部门确认爆炸物种类，民警提取现场物证，分头走访该厂干部、工人，排查受害人的矛盾点。

次日晚六时许，正值下班高峰，车来人往，川流不息。王厂长这才意识到，打电话人之所以把交钱时间定到此时，是为了混在熙来攘往的人海中，便于脱身。他按照打电话人的要求，心情不免有些紧张地独自骑一辆七八成新的自行车，车前的篓子里放着用黑色塑料袋装的三万块钱，来到北环路小桥西侧等候。其间，来来往往有几个骑自行车的中年妇女，从他身边走过。王厂长惊恐不安地恭候着，但这些妇女无不匆匆而过。就在王厂长焦灼等待之时，李海深骑摩托车从王厂长来的方向“刷”地驶过。工夫不大，这辆摩托车后座上带着马彪，又折回到王厂长跟前，李海深佯装打听路，问王厂长道：“师傅，十里堡离这儿还有多远？”心乱如麻的王厂长正寻思如何回答时，但见马彪展臂抢走王厂长车篓里的那包钱，李海深一只脚点地，熟练地抹把掉转车头，摩托车“吼”地一声，绝尘而去。

眼睁睁看着二人夺去钱消失的背影，王厂长恍然大悟，一股无名火呼地冲上脑门儿，他狠狠啐口唾沫，破口怒骂道：“呸！你个鳖孙！人渣、缺德鬼，权当给恁娘买药吃了！”

颍川市公安局会议室内，贺国庆、吕胜、雷鸣、林忠、吴国发、何惠敏等人，在认真听取省刑侦专家关于文章华死因的勘查结论。贺国庆首先介绍说：“为慎之又慎，我们请省刑警总队唐总队长和痕迹、法医等刑侦专家，协助我们鉴定文章华的死因，下面请唐总反馈鉴定结果。”

唐总队长叫唐天标，五十出头，中等身材，四方脸，灰白的头发有点谢顶。入警以后，他一直奋战在刑侦战线，从侦察员干起，一步一个脚印地走上领导岗位，身经百战，侦破过不少大案要案，是公安部特聘专家。听完贺国庆介绍，唐天标端起保温杯，呷了口水，慢声细语道：“根据颍川市公安局的要求，我们重新对文章华的尸体进行了解剖，发现他的喉部皮下呈条状瘀血，颈部被书柜压迫部位形成的沟索，无生理反应。这表明，文章华是受外力作用致窒息死亡的。从他颈部表面没有留下弧形指甲痕或指头印分析，凶手作案时可能戴有手套。压在文章华颈部的书柜，已经超过文章华的行为能力。因此，可以认定，这是凶手欲盖弥彰所做的障眼法。换而言之，这个现场的伪造痕迹是显而易见的……”

距颍川市公安局不远处一西餐厅的单间内，马彪、刘道光、李海深正在举杯庆贺他们首爆告捷，敲诈得手。酒足饭饱后，马彪志得意满地对刘道光、李海深说：“海深早就提出离开颍川市，我看现在是时候了。海深马上回去退房、收拾东西，道光去车站买票，咱们到云南买家伙去。”趁着酒兴，马彪得胜的猫儿欢似虎，气焰熏天，疯狗咬日头——不知天高地厚地道：“不辞而别，有失风度。恁哥俩先头里走；耗子掀门帘，我就在这儿再给老公们露一小手。”

“哥，你可招呼着点，让老公斗着了可是比害眼还厉害。”刘道光、李海深叮嘱一句，掂起小帆布包要走，马彪道：“把这个包留下，你们去吧，等会儿咱火车站进站口见。”

目送二人离去后，马彪从衣袋里摸出一个手机卡，换到手机上，拨出一个号码。吕胜设置在振动位置的手机响了，他瞅一眼来电显示，是个陌生号码，因担心影响唐总队长讲话，本不想接听，但又怕误事，于是，便以手捂嘴，压低声音问："哪位？"

"你是吕局长吗？"

"我是吕胜！"

"我就是你们正在找的，前天炸那个副厂长家的人。"

"你怎么知道我的手机号码？"

"吕局长真是贵人好忘事啊，大接访开始时，你们的手机号码不是都在报纸、电视上公示了吗？"

"嗯！不错，是有这码事，你是不是也去上访了？"吕胜与对方打着哈哈，故意拖延着时间，同时，飞快地在笔记本上写下一个手机号码，递给雷鸣，做了个让她速去监测、抓人的手势。雷鸣会意地匆忙而去。吕胜接着委婉地与对方继续周旋道："有啥解不开的疙瘩，可以向有关部门反映嘛。世界上没有过不去的桥，没有解决不了的难题，何必不计后果，非要搞爆炸，危害他人，扰乱社会秩序？"

"我没钱，活得低三下四，为了弄几个钱，才这样干的。"

"可是据那位副厂长讲，并没有任何人向他索要钱财啊。"

"哈哈哈——这你就不懂了吧！炸副厂长，吓正厂长。副厂长修房，正厂长出血，不同样达到要钱的目的吗？"

"噢！原来是这样！你知道吗？你的行为已经在颍川市造成了极坏的影响，你为啥给我打电话？"

"听说你这个人很仗义，所以就想和你聊聊。"

"既然是这样，大丈夫行不改名，坐不改姓，敢作敢当，那你能不能告诉我你的尊姓大名，何方人士？"吕胜转守为攻，尽量拖延时间。

"你别给我耍点子了，傻瓜才会告诉你呢。"马彪反应极快，几乎是未加思索地断然拒绝。

为稳住对方，吕胜进一步激将道："看来，你还是没种。如果是条汉子，咱俩可以当面聊聊。见面地点搁在市区、市郊、野地、外地都可以，时间由你定，地点任你选，我单枪匹马，只身赴约。你如果怕我带人，我步行、骑自行车、摩托车都可以。如果还害怕，你不是会搞那玩意儿吗，你可以做点准备，到时候如果发现对你不利，咱俩可以同归于尽……”

“你是在想点子抓我吧？”马彪越听越心虚，他禁不住打了个冷战，腮帮子上的肌肉不由自主地痉挛几下，未等吕胜讲完，便狡猾地打断吕胜的话说：“耗子找猫，你让我送死啊！没门儿，你是干啥的，我是干啥的？拜拜！”说完，“啪”地关上手机。猛然一怔，方迷瞪过来，喃喃自语道：“毁透，跟这家伙说的时间太长了。”马彪警觉地扒开窗帘朝外一望，不禁大吃一惊，他发现西餐厅门前刚刚停下两辆警车，几名民警正从车上往下跳。马彪知事不妙，忙取出手机卡扔到墙角，然后拉开屋门，正巧见一个手托托盘的男服务生走来。正是狗急跳墙，人急智生。急于脱身的马彪灵机一动，陡生恶念，待其走到门口时，一把将男服务生拽进屋。服务生稀里糊涂地问：“干啥呢！咋回事？”马彪也不答话，反身关上门，手起掌落，对准男服务生颈部劈去。男服务生大脑瞬间缺血“哼”了一声，便软绵绵地休克于地。马彪三下五除二剥下男服务生的衣帽，换到自己身上，深吸了口气，稳定一下情绪，这才掂起他的帆布包，从容走下楼去。

西餐厅门外，雷鸣接到林忠的电话：“目标在二层、在二层楼上出现。”

雷鸣答：“明白！”言毕拔出手枪，往楼里一挥，一马当先，率警冲向二层。在一层楼梯口处，正与匆匆下楼的马彪走碰头。正是智者千虑，必有一失。擒人心切的雷鸣，无论如何也没有想到马彪会来这一手，凤眉一瞪，着急上火地喝令马彪道：“赶紧，赶紧过去。”

马彪龇牙一笑，点头闪开身，朝外张望着，扯起喉咙吆道：“哎——那位先生，你的提包！”边喊边朝外跑。

守候在外围的民警不打一想，以为是餐厅的服务生在追赶遗忘了提包的顾客呢，压根儿就没有把他与给吕胜打电话的嫌犯联系到一起，在眼皮底下，任由马彪大摇大摆地逃之夭夭。

马彪顺马路大步流星跑了一蹦子，然后转身钻进一条偏僻的胡同。

雷鸣率民警冲上二层楼，几支乌黑的枪口同时对准屋内，飞起一脚踢开房间的门一看，只见男服务生迷儿八瞪地正从地上爬起身，雷鸣厉声问道：“怎么回事儿？”尚未完全清醒的男服务生，侧侧歪歪，语不成句地手指屋外道：“打、跑……”雷鸣这才如梦初醒，恍然大悟地一跺脚道：“嗨！快追，那个拿包的小子。”

男民警返身往外追，雷鸣在屋内仔细搜索一遍，在墙旮旯里发现马彪扔掉的手机卡。雷鸣从衣袋里掏出一个小塑料袋，小心地用两个手指夹起手机卡，装进小塑料袋内，跟着冲出楼外。

此时，吴国发和三四个男民警，早已顺马彪逃跑的方向飞追上去。

在一个丁字路口，民警们发现了马彪扔掉的服务生的工作服。吴国发收住脚步，和民警们简单交换一下意见，兵分两路，一路一直往前，一路朝岔开的胡同里追去。

胡同深处，一左腿有点瘸的老汉，右手掂一个画眉鸟笼，嘴里逍遥自在地哼着地方小曲："太阳出西落在东，树梢不动刮大风；正月十五放烟火，就数瞎子看得清；两个秃子来打架，头发抓得乱哄哄……"一摇三晃地到街上遛鸟，正巧与飞奔而来的马彪迎头相遇，马彪一把夺过老人的鸟笼，又掉头从原路往回逃。在一个拐角处，他飞快地从包内取出灰白的假发和胡须，把自己化装成一个老者，将包隔墙扔到院里，然后手托鸟笼，挡住半边脸，不紧不慢朝胡同口走去。

不明就里的老人还以为是年轻人与他闹着玩的呢，忙着腿一蹬一拐地吆喝着追赶道："你这个熊孩子！干啥呢？当心我的画眉……"

吴国发等民警与须发斑白，手托鸟笼，步履蹒跚的马彪擦肩而过，加快步伐地往胡同深处撵去。

马彪回首望一眼民警远去的背影，脸上闪现出一丝得意的冷笑，在一无人处扔下鸟笼，一把抹去假发、假须，又七拐八弯，鬼祟地穿过几条小街，转到繁华的大道，招手拦住一辆出租车，对司机道："火车站！"

在约定的地点，满头大汗的马彪与等候多时的刘道光、李海深会合，马彪气喘吁吁，添油加醋地给二人讲了刚才失手漏蹄，稍慢一步便被抓的经过后道："本想试试老公的能耐，没想到玩掉底了，八成是被他们的 GPS 定上位了，差点儿没把我玩进去。耗子舔猫屁股，真危险！赶紧窜，趁他们还没有布置好堵截人员，咱快点进站。"

警车穿梭。颍川市各要道口、高速公路收费站，武警战士身着作战服，胸挎微冲，和公安民警并肩执勤，盘查可疑人员。

吕胜办公室，雷鸣、吴国发、林忠等民警扫兴地推门而入。雷鸣掏出在现场提取的那枚手机卡，装到自己手机上，拨通吕胜的手机，一看号码，正是吕胜刚才所接电话的号码。雷鸣取出手机卡递给林忠道："肯定是持假身份证买的，查也不一定能发现有价值的线索，马上检验，上面是否留有指纹。”

林忠接卡而去，雷鸣噘着小嘴，窝火憋气地把枪往吕胜办公桌上一放，懊恼地自责道：“真窝囊，匆忙中让那小子钻了个空子，眼睁睁地看着已经罩住的鱼儿漏网了，你说气人不气人。”

吕胜淡然一笑，宽慰雷鸣道：“布袋里抓兔子，这小子早晚跑不了。我想提醒你的是，我们的这个对手胆大心细，反侦查能力很强，似乎还对我们的工作模式相当熟悉，这足以说明，此人可不是鸡鸣狗盗的小蟊贼，切切不可等闲视之。”

办公室的套间内，潘登高遣兴陶情，在挥笔作画。高一峰敲门而入，触景生情，纳着小架，极尽阿谀巴结之能事道：“噢——老板今日雅兴不浅啊！”

潘登高聚精会神画好手下的这一笔，方挺起腰板，掂笔“哈哈”一笑道：“平生就这么点爱好，整日忙于政务，也给荒疏了。今天忙里偷闲，练练笔！”

高一峰举止猥琐地伸头探脑往画案上瞅一眼，见画面上一色荷花，红绿披偃，生机勃然，掩苒不脱。拍马屁地咋舌夸赞道：“出淤泥而不染，濯清涟而不妖。形神兼备，栩栩如真。画得好，画得好呀！”

“哼！”潘登高凝神静气审视着自己的画作，有力地在花叶上捺一笔，冷笑道：“不染，那得看水源是否污染！再说啦，环境和心态也决定着审美的价值取向，同是荷花，宋朝的杨万里吟出了‘接天莲叶无穷碧，映日荷花别样红’的秀色，而明朝的于谦却认为‘芙蓉好颜色，可惜不禁霜’。”

二人谈诗论画，高谈阔论一阵子。高一峰用试探的口吻，向潘登高道明来意道：“那事干完后，我常常夜做噩梦，心绪不宁。是否托人打听打听，得实底后也好想点化解的对策，免得到时措手不及。”

潘登高用不屑的神情斜视高一峰一眼，牙关紧咬，一字一顿斥责道：“此地无银三百两。你想学林副主席，自我暴露呀？”他重重地扔下手中的画笔，沉吟道：“唉！是福不是祸，是祸躲不过。有道是，小势可造，大命难为。事到如今，已无退路，也只有听天由命，顺其自然喽！贺国庆这个人呐，我还是比较了解的。此人头脑清醒，观念超前，忠于职守，立场坚定，柔中有刚，疾恶如仇。政治敏锐性、驾驭全局的能力、鉴别能力超凡出众，尤善审时度势，临机决断，站在战略的高度洞察事态的本质和发展趋势。‘命案必破’是他的终极追求和常挂在嘴边的一句话。另外，还有那个姜太公摆卦摊，老谋深算，经验丰富，屡破大案，喜怒无形于色，点子特别多的老油条吕胜；再加上风风火火，敢打敢拼，见到案件不要命，总是有办法从纷繁复杂的案情乱象中理出头绪，拿出解决办法的刑警学院高才生雷鸣。”讲到这儿，潘登高忽觉脑瓜一阵眩晕，扶案定了定神，不无忧心地接着长叹道：“唉！老文的事真要立了案，这几个人折腾起来，鱼网装猪，咱的蹄爪非露出来不中。未雨绸缪，有备无患，你还真得有个思想准备……”

昆明筇竹寺。天王殿、大雄宝殿、华严殿宏伟肃穆。大雄宝殿的明柱上醒目地刻着金字对联。上联是：“春梦惯迷人，一品朝衣，误了九寰仙骨。鸡鸣紫陌，马踏红尘，教弟子向哪里跳出？”下联为：“空山曾约伴，八闽片语，相邀六诏杯茶。剑影横天，笛声吹海，问先生从何处飞来？”

大殿内供奉的五百罗汉，各俱形态，眉目传神。喜、怒、忧、乐，宛若从内心透出，极为真切自然，一尊尊俨然若活人，令人叹为观止。这些罗汉有老有少，有坐有立，有的衣衫褴褛，有的帽履整洁，有的慈眉善目，有的怪诞狰狞，有的伸足，有的屈膝，有的打坐，有的拄杖，有的持珠，有的合十，千姿百态，不一而足。

马彪、刘道光、李海深信步观游，少顷来到大雄宝殿，绕到殿后时，但见佛像后放着一张方桌，上摆一沓卦签。桌旁端坐着一位身着红色袈裟，精神矍铄，胸飘美髯，慈眉善目，气宇不凡的老和尚。刘道光、李海深懒散地跟在马彪身后，马彪上前求卦于老和尚：“师父，算得灵吗？”

老和尚目光如炬，端视马彪片刻道：“指点迷途君子，提携久困英雄。信则灵，诚则灵。这位施主，求卦如问路，老衲从来不打诳语。卦好你别高兴，卦赖也休烦恼。”

马彪不好意思地咧嘴“嘿嘿”一笑，不以为然地附和道：“好赖都中，好赖都中，师父只管如实算就是！”

老和尚再次举目观马彪一眼，出口成章道：“为恶必灭，为恶不灭，祖上必有余德，德尽必灭；为善必昌，为善不昌，祖上必有余殃，殃尽必昌。吾观施主外貌颇似昌隆，但内则隐含祸端。犹如薄云半遮日，幸福之中，伴随着风波；似秋草逢霜，虽有才有能，但生活中却常遇困苦，甚至有刀光血影之灾，忧心劳神之患……”

“有刀光血影之灾？”马彪低声回味着，始心悦诚服地收敛此前的傲慢无礼，恳求道：“师父如能给我破破灾气，我感谢你一辈子。”

老和尚闻言，神闲意定地捻须沉吟道：“天机不可泄露。既然施主有求，那就讲个寓言，施主自己悟吧。”

老和尚和颜悦色，娓娓而谈道：“一天傍晚，两个好朋友在村头林边散步，忽见一人惊慌失措地从树林中跑出。两人见状，询问原委。那人忐忑不安地如实相告，我在一棵树根下挖出了一坛子黄金。

“两人听后感到十分可笑，这人幸运地挖到黄金，居然被吓得魂不附体，真是愚蠢至极，太不可思议了！忙问那人黄金在何处。

“那人说，君子不立于危墙之下，还是敬而远之为好，那玩意儿形同洪水猛兽，是会吃人的，难道你们不怕？

“两人异口同声道，不怕，你快告诉我们黄金在哪儿吧。根据那人的指点，两人很快找到那坛黄金，一个个高兴得心花怒放，眉开眼笑道，黄金会吃人，简直是天下奇闻，太可笑了。

“笑够了，两人开始合计怎样处置这坛黄金。一个提议，咱先想法把它运回家。另一个说，现在运人多嘴杂不安全，这样吧，我在这儿看守着，你回家拿些饭菜，咱在这里吃过饭，等更深人静后，再往家里运。

“另外一人回家拿饭，留守者寻思，要是这坛黄金都归我多好啊！于是，便开始琢磨独吞黄金的点子。

“等了一会儿，拿饭者匆匆返回，留守者不由分说，劈头就是一闷棍，那人登时脑浆崩裂，吹灯拔蜡翘了辫子。

“想到大功告成，留守者心悦意爽地开始用饭。他想，吃饱了有劲好运黄金。岂料刚吃一半，便觉腹内肝肠欲断，疼如刀绞。明白饭菜内已被下毒，挣扎了一会儿，也蹬腿暴毙。临死的时候，他悔恨莫及地哀叹道，黄金真的会吃人啊！”

打完这个比喻，老和尚以赤诚之心，直言无隐地点化马彪道：“人不贪婪，必无横祸。施主若能行为谨慎，修德养性，则可防灾厄迭至的惨境。如放荡不逊，得陇望蜀，必招悲运；轻者牢狱，重则血光。切记切记，务怀戒心。”

马彪吐下舌头，觑刘道光、李海深一眼，从兜里摸出一张百元钞票，递给老和尚道：“谢师父指点迷津。”

老和尚两手合十，双目微闭：“阿弥陀佛！”

走出大雄宝殿，马彪回头扫视老和尚一眼，六神无主，心情复杂地对刘道光说：“你别看这个老秃驴人不惊貌不压众，眼还怪毒哩。”

几乎是与此同时，老和尚亦举目漠视着马彪、刘道光、李海深渐去渐远的背影，轻轻摇了摇头，微闭双目，口占一偈：

世间善恶永不差，
善似青松恶似花；
有朝一日严霜过，
只见青松不见花。

颍川市罗曼咖啡厅，柔和的灯光下，雷鸣、林忠皆身着便衣，中规中矩地相对而坐，一边品着咖啡，一边漫无主题地闲聊。作为刑警，他们是绝少有这种空闲和机会的。

林忠深情地注视着雷鸣洋溢着青春气息的面孔，他和雷鸣虽然从初中时就是同班同学，参加工作后又在一个锅里舀了几年勺子，但像这样相对而坐的机会却并没有过，心中不免有几许忐忑甚至紧张。掏心窝子说，他从上初二时，已开始想入非非，暗恋上了雷鸣。青春的萌动是热烈而真诚的，平素自习、郊游、上学、放学，林忠总是设法接近她。而雷鸣却像个高傲的公主，对林忠的主动接近始终不热不冷，装聋作哑。高三行将毕业时，林忠想到高考后同学们将天各一方，自己追求雷鸣将再无机会时，不免觉得有点儿心急火燎，多少次他都想拦住雷鸣，直接向她表达自己对她的爱慕之情，哪怕只说一个字，只要能让她明了自己的心意也好。但他每次暗暗鼓足勇气，将要付诸实施时，却总是又胆怯了。担心啊！他担心雷鸣翻脸无情，给自己扮个大长脸，让自己下不了台。是啊，雷鸣就像一朵圣洁的莲花，怎是自己这双笨拙之手所能摘采的。多少年来，每当夜深人静，意念中浮现出雷鸣时，他总是用这样的内心宽慰浇灭心中行将点燃起的爱火。

咖啡厅优雅的环境，以及壁间传来轻柔的音乐，使他的情感像冰河下的暗流一样涌动着。他觉得时机终于成熟了，决心利用这次难得的机会，大胆地向雷鸣吐露出自己的心声。他全神贯注，目不转睛地凝视着雷鸣俊丽生动的脸庞，脑海里正搜肠刮肚，思忖用什么恰到好处的语言表达时，不想早已被雷鸣觉出了异样，她停下在咖啡杯中缓慢搅动的勺子，俏丽地忽闪几下那双深潭般晶莹幽亮眸子上方的丹凤眉，明知故问道：“怎么啦林忠？魂不守舍的，在发什么愣？”

林忠听闻方猛地醒过神来，由衷地赞叹道：“女大十八变，越变越好看。你真美！我、我……”

雷鸣见林忠像刚下过蛋的老母鸡，脸憋得通红，结结巴巴半天，也没说出个之乎者也来，不禁嫣然一笑，细声轻柔地调侃道：“今天你说话怎么吞吞吐吐的？快说说，你‘我、我’了半天，究竟想告诉我什么？”

“我、我在学校时就对你……”林忠欲言又止，偷偷朝雷鸣充满着成熟女性气质的脸上瞅一眼，试图窥察出雷鸣对自己笨拙表白的反应。

而此时，心里比镜子都明白的雷鸣却面若枯井，毫无表情，含情脉脉却故作心不在焉地不言不语，好像是在无声地告诉林忠，说呀，我正在等着恭听下文呢。

林忠见状一急，索性单刀直入，直截了当地追问雷鸣：“这么多年，难道你就真的没有意识到，我对你执着的……”“追求”两个字，他仍然没有勇气说出口。

人非草木，孰能无情。雷鸣何尝不清楚林忠的心意，尽管林忠的话都说到这个份儿上了，但她仍盘马弯弓，引而不发，揣着明白装糊涂，温纯、委婉、含蓄地回答道：“本人肉眼凡胎，一向庸钝不灵，你我之间，除了同学、同事关系外，我还真的没有特殊的感觉，望学兄见谅。”

“装迷没福，自来的迷有福，就你的鬼点子多。依我看，你的智慧啊，应该用到侦破文章华被杀的案件上。”雷鸣不冷不热的话语，让林忠感到一头雾水，他甚至都有了被冷落被愚弄的感觉。为了缓和这极度令他尴尬的气氛，他只好用这种岔开话题的方式，难为情地自己给自己找台阶下。

一提到文章华案，雷鸣的神情马上变得凝重起来。她像是对林忠，又似自言自语地道：“是啊，杀害文章华的凶手为什么要杀害他，凶手是谁？如何才能早日破案呢？”

林忠突然想起一件事，倾身对雷鸣说：“哎，差点儿忘了告诉你，你提取的那个手机卡，检验结果已经出来，卡上留有一枚右手食指双箕斗型指纹和大半枚纹理不甚清楚的拇指指纹。”

“好！”雷鸣听后，舒展眉头，漂亮的脸庞上掠过一丝喜悦，马上安排林忠说：“放大妥存，以备比对。”

“一定照办，在下愿效犬马之劳！”林忠调皮地冲雷鸣做个鬼脸。

贺国庆签阅完案头的几份急件后，如约驱车来到张政明办公室，汇报了唐天标总队长等专家对文章华案把脉问诊后给出的结论。

听罢，张政明起身踱步考虑片刻，对端坐在迎面沙发上的贺国庆说：“侦破这样一起疑难案件，当然没有比捏死一只虱子容易。所以，我也就不提那些什么限期破案、此案必破之类的口号性要求啦。但你们一定要全力以赴，力争早日破案！”

贺国庆起身坚定地表示：“请张市长放心，我们一定自我加压，超常工作，此案不破，我主动辞职。”

“嗯——”张政明用满意的目光注视着贺国庆，简洁而有力地鼓劲道：“辞职的话先不要讲，我相信颍川市公安局的办事能力，文章华案告破之日，我亲自去给有功人员披红戴花！”

“感谢市长的支持和鼓励。”言毕，贺国庆欲抽身告辞，被张政明唤住道：“慢！还有一件事，我正要找你呢。”

“哦！”贺国庆一怔……

颍川市公安局办公大楼内，一个年龄不足二十岁的小姑娘，搀扶着一位六十开外的老太婆，吃力地一层一层往上爬楼梯。碰到上下楼的民警，她们就打听吕局长在哪层办公。在民警的指引下，二人来到吕胜位于六层的办公室。她们在门前踌躇了半天，毅然推门进屋。老太婆拘谨地冲办公桌前的人问道：“你就是吕局长吧？”

吕胜停下手中正在翻阅的卷宗，应声答道：“是啊！大娘，你们从哪里来？找我有事吗？”

老太婆见问，蓦然“哇”的一声哭跪到吕胜面前。事出意外，吕胜于心不安地赶紧把老太婆搀起，扶坐到沙发上，并安慰惊魂未定的小姑娘几句，同时热情地倒上开水，放到她们面前，然后才耐心地询问道：“大娘，您有啥憋屈事，尽管说，政府是会给您做主的。”

老太婆拈袖沾沾双眼的泪水，悲切地对吕胜说：“吕局长，听说你是神探，查案比老包还灵验呢。俺想让你查查，我那可怜的儿子究竟是咋死的。三四个月了，不明不白啊。”

小姑娘看母亲没有把来意说清楚，忽闪着两只黑白分明的大眼睛插话补充道：“叔叔，俺是青龙洼的，俺哥叫刘大义，平时身子骨像铁块一样结实，啥病都没有。三个多月前，说死就死了。头天死，第二天俺嫂子艾小芒就把俺哥埋了。还没过五七哩，她就跟俺邻村的单身汉孙金娃公开同居了。前些天，他俩又私奔。村里人都在背后捣他俩的脊梁骨，怀疑俺哥是被他俩害死的，劝俺来请您，去给俺哥开棺验尸，查查俺哥到底是咋死的……”

与越南一河之隔的云南省红河县。距边境线零公里处的一个边贸集市上，人头攒动，摊点林立。在一棵大树旁边，马彪正在与一名戴黑头巾，穿黑衣黑裤，肩头斜挎傣锦包的年轻女子低声交谈。

黑衣女子把右手食指、拇指叉开，成八字状问：

“这个，是吧？”

“有吗？”马彪点头。

“当然。”

“好货孬货？是假家伙不是？”

“肯定是一顶一的尖货。从那边弄来的嘛！”黑衣女子打了个指向中国边境对面的手势。

“卖价多少？人民币。”马彪买枪心切，着急地询问价钱。

“六四式每支三千元，外带五十发子弹，现钱现货。如果先生愿意，微冲、手雷什么的都可以提供的嘛。”黑衣女子如数家珍。

“能不能先看看货？”马彪试探地问。

“这个当然。”黑衣女子答应着，警惕地朝四周扫视一圈，然后向正在不远处转悠的一名矮个儿男子招招手。

矮个儿男子疾步走来，看黑衣女子一眼。黑衣女子努努嘴，矮个儿男子从腰间抽出一支乌黑铮亮的六四式手枪来，黑衣女子接过来递给马彪。

马彪惊喜地观看一遍，熟练地打开保险，扳起击锤，“哗”地拉套管上膛，枪口对地击发一下，清脆的钢音，令他满意地点点头：“嗯，不错。”

黑衣女子警惕地左顾右盼一番，没等马彪话落音，便神情紧张地一把从马彪手中将那枪夺了去，同时从挎包内迅速地掏出一个黑色塑料袋，把枪装进去，三下五除二包好，怕被人发现似的匆忙塞进挎包问：“相得中吗？”

马彪点头道：“还行！”随即掏出钱，点了，交给黑衣女子。

黑衣女子从挎包内掏出枪和一盒子弹，慌慌张张地递给马彪，催促道："快走，小心眼线。"说完，像一阵风，转眼便消逝于人海之中。

马彪若无其事地离开集贸市场，回到旅馆，兴奋地对刘道光、李海深道："枪杆子里面发大财，咱们终于有真家伙啦！"他喘了口气，接着感慨道，"他娘的，河里没鱼市上看。在这儿买枪，简直像在咱那儿买土豆一样容易。回头你们好好练练瞄准和射击！"马彪掏出手枪，抖开塑料袋，扳起击锤，拉套管顶膛，对地扣动扳机，击锤却纹丝不动。马彪着急地把枪放到眼前一瞅，愤怒地"啪"一声狠狠摔到地上，咬牙切齿地号叫道，"妈的，让这个越南娘们儿给耍啦！玩一辈子鹰，没想到在这破地方，让鸟把眼给啄啦！"

红河县城，"满天星歌舞厅"霓虹灯闪烁，流光溢彩，歌舞升平。舞厅内，马彪、刘道光、李海深坐在舞池边，一个个跷着二郎腿，唇边叼着烟，边喝啤酒嗑瓜子，边云天雾地地神侃。马彪两道贼亮的目光，探照灯般不安分地在舞厅里瞅来扫去。

昏暗的灯光下，乌烟瘴气，成双成对的男女搂抱在一起，踏着如泣如诉的柔靡节拍，如痴如醉地摇晃着身躯。

旋转的彩灯，不时将人群的身影拉长又缩短。借着摇曳的灯光，马彪注意到不远处一位衣着入时，年约二十出头，中等身材，高颧骨，厚嘴唇，却天生一双漂亮大眼睛的女子，正跷着腿，嘴里含着吸管，坐在被人遗忘的角落里。大概是因为相貌平平，她一直未能引起男士的兴趣，"入选"率低得可怜，只得眼巴巴地坐在那儿当"壁灯"。

"真乃天意。"马彪想。遂向刘道光使个眼神，流里流气冲那女子努努嘴，轻声道："进了庙门，便是香客。既然她来舞厅，必然是想寻求刺激，一般是不会拒绝男性邀请的，看哥今儿个怎样把这个小娘儿们玩到手。"

目标选定之后，马彪操着挑逗的神情，火辣辣地朝那女子投去色眯眯的目光，却吃惊地发现那女子也正惺惺相惜般操着妩媚、多情的目光，渴求地窥视着他。就在二人四目相撞的刹那，马彪含蓄地朝那女人示以微微的一笑，继而起身，不卑不亢，落落大方地朝那女子走去，在她面前屈身伸出一只手来，声音甜甜地礼貌相邀道："这位小妹，能请您跳一曲吗？"

那女子巴不得地应邀起身，含情脉脉地莞尔一笑，脸上飞起一片红晕，然后小鸟依人地伸手搭在了马彪伸出的手臂上，二人双双步入舞池。

南方人有种特别的姿容。比如眼前的她，身材娇小，却没有一点儿的臃肿，脸盘瘦瘦的，颧骨却比较高。皮肤虽然不白，却带着健康的浅褐色。尤其是眼白，分外的大，眼珠一转，顾盼生情。俗话说，人不可貌相。她的容貌虽然难称上是美人，但舞跳得却十分地道，不仅乐感极好，而且腰肢灵活，步法娴熟老练，称之为舞场老手，绝不是溢美。

“本人不常涉足舞场，还请小妹多多指导啊。”马彪没话找话地与那女子搭讪。

“真的还是假的哟？到这种地方玩的人，哪有不会跳舞的嘛！”她翻眼瞅马彪一眼，对马彪的话显然有点半信半疑。

“真的，平日里忙于生意，就是想学，也没时间啊，这次出差到贵地，少了许多应酬，才抽出身来消闲解闷。我看你小妹也是个本分厚道之人，所以才向你请教的。”油嘴滑舌的马彪故作憨态，装出一副笨拙朴实的模样。说话间，不时地轻轻踩一下那女子的脚尖：“对不起，又踩到你的脚了，小妹多包涵。”

“没得关系，看来你是真的不会跳喽！放松点，妹来教你，包你两三天就跳得有模有样。”那女子也有了与马彪套近乎之意。

“感觉实在太好啦，跟着小妹跳，我还真的不觉得局促。”马彪蹚水似的又试着往那女子胸前靠近一些，近得几乎能感受到她的体温和心跳。

一曲终了，两个萍水相逢之人，已经俨然像一对难分难解的恋人，相见恨晚地坐到了一起。马彪打个响指，招来服务小姐，讨好地征求那女子的意见：“小妹，用什么饮品，您尽管点。”

那女子毫不客气地点了两杯XO，两听太子奶。马彪故意从西服里摸出一叠百元大钞，从中抽出两张递给服务小姐，大方地摆谱道：“余钱算你的小费，不用找了。”

“呦，真看不出，你这个北方帅哥，出手还蛮阔气的嘛。”那女子惊讶地夸赞。

顺杆子爬一向是马彪的手段，经那女子一夸，虚荣心得到满足，别人说他胖，他越喘，真的就不知道王二麻子贵姓了，忘乎所以，就越发洋洋自得，夸夸其谈地说：“我始终认为，有钱不花那等于是废纸。干我们这行的，钱来得快，花时也如流水。”转而又自我介绍道，“我叫马彪，当过兵，打过工，现只身一人独闯江湖，敢问小妹芳名？”

那女子漂亮的双眸直愣愣地注视着马彪，也落落大方地自报家门道：“我叫刀水莲，丈夫因从境外贩毒，在那年‘严打’时被武警击毙。现独自一人在这里生活，如觉方便的话，欢迎大哥改日到我家做客。”同时毫无保留地给马彪留下了自己的手机号码。

欢娱时光短，一晃便到了舞厅收场的时间。马彪盈盈欲笑地约刀水莲说：“小妹，赏个脸，明天再教教我行不？”说着，护花使者般拥着刀水莲走出舞厅。

刀水莲正寻思至此一别，还能不能再与面前这个北方帅哥见面了呢，见马彪恋恋不舍地相约，正中下怀。于是爽快地答应道：“我一个独身女子，了无牵挂，有啥子不可以嘛。既然彪哥说了，咱明天老地方不见不散也就是喽……”

张政明留住贺国庆后，冷不丁发问：“赵家坟，听说过吗？”

贺国庆不以为然地淡然一笑：“略有所闻，不就那个明朝正德年间当过礼部尚书、文渊阁大学士的赵紫晕的墓地吗？”

“是啊！”张政明眉宇一闪，神情凝重地接过话茬儿道：“赵氏后裔认为这是一块风水宝地，为了沾风水，死后都埋在赵紫晕墓周围，日积月累，现在已有两万多个坟头，占良田沃土三百多亩，成为颍川市死人跟活人争地的典型的土葬墓群。随着城市的逐年扩大，现在这块坟地已经被裹进市区，不伦不类，群众意见纷纷。”

贺国庆颇有同感地接过话说：“这确实与我们这座新兴的旅游城市极不协调。在近两年的人代会上，几乎都有代表提议把这块墓地迁走或平掉。”

张政明略显激动地说：“是呀！为落实人民代表的提案，市委、市政府决定，除留下赵紫晕的坟墓重新修葺作为一个景点，由政府保护，其他坟头或平或迁，这样既有利于市容市貌，又节约了土地；既搞了旅游开发，又体现了移风易俗的时代风尚，何乐而不为呢？对有墓主的，政府发给适当补贴，一律平掉，然后建一个让市民和游客休闲、游乐的现代化广场。”

贺国庆点头称是。张政明叹口气说：“然事与愿违，坟主们不理解政府的良苦用心。七天了，赵氏家族的数千人仍在与平坟工作组对峙着。”说着，张政明喊来秘书，用遥控板打开 DVD 和电视，视屏上立即显示出清晰的画面：

赵家坟赵紫晕墓前，纸灰香火，烟霭袅袅，不少人膜拜磕头。

偌大一片坟地，周围挖了一道战壕似的环形深沟，几辆推土机和二百多名手持铁锹的平坟工作队队员被拒之沟外。

壕沟内，一个络腮胡，光膀子的彪形大汉和一个腰粗得像水缸似的中年妇女，唾沫飞溅，一唱一和地煽动族人对抗平坟工作组："老少爷们儿，挖咱祖坟，破咱风水，除非江水倒流，日头西出，否则，就是说破大天也不能答应！"

"对，坚决不答应！"在水缸女人的带领下，众人一呼百诺，齐声附和。为护坟，赵氏家族总动员，坟地里黑压压人头攒动，群情激昂。男女老幼妇女儿童，少说也有两三千口子，他们一个个手持铁锹、木棒、铁棍，高举着"誓死保卫赵家坟"的巨幅横额，哄嚷、驱赶平坟工作队。

二百多名平坟工作队队员就像波涛中的一叶扁舟，顷刻间便被淹没。赵氏族人有的破口谩骂，有的对被围攻的平坟工作队队员推推搡搡。平坟工作队队员被迫弃车撤退。彪形大汉手持半导体喇叭，兴奋而得意地站在一个高大的坟头上鼓动："谁敢动赵家坟坟头上一锹土，一根草，就抹他的爪、剥他的皮、要他的命……"

看到这儿，张政明关掉电视，神情严峻地对贺国庆说："情况就是这样。看来，公安政法机关不介入，市委、市政府的部署就将落空。怎么办？说说你的想法。"

"这——"贺国庆面呈为难之色。

张政明似乎一眼便看穿了贺国庆的心思。他理解地一笑，操着不容置疑的口吻要求道："这个决定，是请示过挽群同志、并经挽群同志同意的。什么非警务活动之类的话，就不要再说了。党委领导下的公安工作，必须服从服务于经济建设这个大局。警务活动和非警务活动你怎么截然分开？好啦！时间紧迫，任务不能打折扣，事态也不能再闹大。明早八时，你们准时介入，我专候佳音！"说罢，少有地起身送客。

贺国庆知道，张政明已经把话说到了这个份儿上，板上钉钉，已不允许他再讨价还价。于是只得硬着头皮明确表态道："请市委、市政府领导放心，回去我们马上研究部署，采取有效措施，平息事态发展，确保平坟工作顺利落实。"

"行，那就拜托了！"张政明动情地紧紧握住贺国庆的手，用饱含信任的目光端视着他那敦厚、沉毅的面孔，良久，良久。

赵家坟不远处的一幢高楼顶层，潘登高用望远镜观察着坟地乱哄哄的情景。阴沉着脸，生气地放下望远镜，愤然对身旁城建、规划、城管等单位的负责人感慨道："无知、愚昧、文盲、法盲，无法无天，成何体统，咱们走。"

长河落日，夜幕降临。赵家坟坟地帐篷林立，篝火堆堆。青壮年男子，轮流值班，发现平坟工作队员靠近，就用原始的方法，"咣咣、咣咣"敲锣报警，众人闻声而动，一窝蜂似的冲过去拼命。

法不责众的传统观念和门宗观念，在他们头脑中根深蒂固。他们工也不务了，农也不干了，商也不经了，一个个聚集坟地，专司保坟，执意要与政府打一场旷日持久的"赵家坟保卫战"。

剑拔弩张，混乱不堪的赵家坟附近，聂风翔仍嫌不够热闹似的，加忙添乱凑热闹地唱道：

奔奔忙忙，何日算了？
画栋雕梁，藏身不牢；
人情世事，絮絮叨叨；
风花雪月，人人所好；
笑看眼前，朗朗乾坤好热闹。
嘻，哈哈……

一辆桑塔纳轿车，在通往青龙洼的崎岖小路上颠簸行驶。车到村头，戛然而停。从车上跳下两男两女四个人，他们是身着便衣的雷鸣、林忠、何惠敏和陪同前往的镇党委王副书记。

王副书记走到路边询问一位正在干活儿的村民："你们刘村长呢？"

村民热情勤快地问："是上边来的吧？我给你们找去。"

工夫不大，一个四十出头的中年人，一溜小跑着过来朗声道："噢，是王书记和各位领导来啦，失迎失迎，咋不提前打个招呼呢！"

王副书记依来前商量好的口径，郑重地向刘村长介绍："咱长话短说，这三位是市里派到咱镇普查禽流感的同志，来你们庄开展工作，不该问的别多问，村委会积极配合就行了。"

"欢迎欢迎！那是那是！"刘村长热情有加地把雷鸣一行往村里让。雷鸣等与王副书记握手告别。

贺国庆接受任务回到办公室，马上召开党组会，明确责任，调集警力，反复思索如何稳妥处置赵家坟的事，他踱步沉思，希望能理出一个既能确保平坟进行，又不使事态扩大的两全其美的办法来。陡然，他疾步来到办公桌前，抓起电话，急促地拨出一串号码：“喂，张市长吗？我是贺国庆。赵家坟的事儿，警力已经部署完毕。但我斟酌再三，觉得还是采用以理服人，攻心为上的方法好。因此，我建议：一、以市政府的名义，印发一封给赵氏家族的公开信，宣传破除迷信，移风易俗和殡葬改革的道理，同时申明暴力抗法应承担的法律责任；二、连夜召开市直机关三级干部会议，统一思想，严令干部在平坟问题上不能打邪腿，不能拉偏套；三、抽调两千名机关干部，由您坐镇指挥，包户到人，分头做赵氏族人的疏导工作；不要求墓主的亲属亲自动手迁坟、平坟，他们能保证不阻挠即可。”

对贺国庆的建议，张政明显然有了认同感。权衡再三，他纳谏如流，满意地拍板道：“好，就按你说的办。不战而能屈人之兵，当然再好不过。”

旭日东升，阳光灿烂。颍川市武警支队院内，数百名训练有素，威武雄壮的武警战士，身着作战服，有的手执盾牌、橡胶棒，有的挎微冲，紧急集合。与此同时，在颍川市公安局，贺国庆一声“出发”的命令，五百多名防暴民警如离弦之箭，飞奔警车、卡车，在刺耳的警笛声中，呼啸着驰出颍川市公安局的大门。

第五章　平坟保坟风波陡起
淫妇阴狠毒杀亲夫

此时的赵家坟坟地，赵氏族人严阵以待，剑拔弩张。坟地四周的几辆宣传车上，高音喇叭声情并茂地播放着颍川市政府告赵氏家族的公开信。大批赤手空拳的平坟工作队员，几乎是同时在壕沟搭上木板，从不同方向拥进赵家坟。这支庞大的“说理队”队员，一个个笑容满面，热情有加。他们有的往村民手中塞公开信，有的两三个人拉一个，转眼之间，生生把护坟的赵氏族人“肢解”得七零八散，只剩下儿童和老人。

射人先射马，擒贼先擒王。贺国庆派一辆警车，专门把彪形大汉、水缸妇女等几个组织者“请”上车。

赵氏族人以为他们是被公安局抓走，纷纷惊呼：“公安局抓人了！公安局抓人了！”正是三人成虎，流言像刮风般迅速在保坟者中扩散开来，赵氏族人又由保坟，转为要求公安局放人……

其实，警车并没有把彪形大汉等人送往公安局，而是拉到距坟地不远处的一家酒店门前，在二楼一个装饰得金碧辉煌的雅间内，身着便装的贺国庆面含微笑，和颜悦色地迎接住他们。彪形大汉大概从仪表上看出贺国庆是唱戏的拿掸子，不是个凡人，便直眉愣眼，暴跳如雷地吆喝道：“为啥抓俺们，俺犯了啥法？”

“误会、误会！”贺国庆哈哈笑道：“不瞒各位，我就是市公安局局长贺国庆。大家千万不要误会，跟公安局打交道的，也不全都是坏人嘛。今天不仅不是抓你们，而且还是我请诸位的客。”

彪形大汉等人听闻贺国庆这么说，顿时竟如同坠入五里烟雾之中，一个个洋鬼子看戏，傻了眼。有的感到吃惊，有的在那儿发愣怔。疑惑间，但见服务员果然一盘子一碟地端上酒菜来。贺国庆热情地给彪形大汉等人一一斟上酒，和风细雨道："各位乡亲，咱今天是一家人不说两家话，诸位一定要吃好喝好，千万别客气噢！"

"哦——"彪形大汉等人面面相觑，惊讶得半天说不出话来，每个人心中恰同十五个吊桶打水，七上八下的，他们搞不清这个公安局长今天唱的是哪一出。

贺国庆彬彬有礼地起身高举酒杯，逐个与彪形大汉等人碰过后，遂边喝边吃边张家长李家短地与他们闲聊起来。从风调雨顺、国泰民安，南水北调、西气东输，伊拉克审判萨达姆，神舟六号上太空，到每亩地的投入与产出，外出打工吃干扒净年纯收入，天南地北，海阔天空。

酒过三巡，菜过五味。麦秸秆性子的彪形大汉实在憋不住了，酒杯往桌上一蹾，粗门大嗓地吼道："贺局长，俺们都是木匠推刨子，直来直去的性子。你找我们来，不就是因为平坟的事吗？要怎么办请说了。这样老藤缠树，绕来绕去的俺们受不了。"

"痛快，我就愿意跟你这样的实在人打交道。"贺国庆等的就是这句话。他心平气和地说："既然话说到这儿了，我也就把话向诸位挑明了。公开信你们可能都听到了，看到了，我要告诉你们的是，像前几天那样继续对抗下去，不仅于事无补，还会给颍川市的社会稳定造成严重危害。加之现在正值旅游旺季，好事不出门，坏事传千里，再闹腾下去，影响就更大了。"

"那、那我们总不能眼睁睁地看着别人挖俺祖坟，破俺风水吧？"彪形大汉脑门青筋凸暴，拧脖子瞪眼，高嗓大门，气呼呼地嚷叫着诘问。

贺国庆扫视彪形大汉一眼，单刀直入道："俗话说，明白人好讲，糊涂人难缠。道理公告中讲得一清二楚，我就不多啰嗦了。"讲到此，贺国庆把话锋一转，接着柔中有刚地说道："实话告诉你们，诸位的尊姓大名，可是都在我的花名册上。解铃还须系铃人，你们几个点起来的火，还得请你们熄灭。否则，我就执行公务。那时，人坟皆不保，就悔之莫及了。"言毕，贺国庆"刷"地拉开窗帘，有力地挥手遥指远处，对彪形大汉说："你们看吧！"

彪形大汉等几个人伸头探脑朝窗外一瞅，但见赵家坟四周一队队，一列列的武警、防暴警察，正在龙腾虎跃地练擒敌拳，喊声一片，气冲云天。

彪形大汉等人看得目瞪口呆，张飞逮耗子，大眼瞪小眼。哑口相觑片刻，彪形大汉抹了把额头沁出的汗珠，油条泡汤，软了下来……

云南省红河县“满天星歌舞厅”门前，马彪提前赴约。等不多时，刀水莲款款而至。马彪三步并作两步，急迎上前，二人俨然一对老情人，勾肩搭背，进入舞厅。找好座位叫来饮品，东扯葫芦西扯瓢地闲聊了一会儿，便迫不及待地拥抱着旋入舞池。

在靡丽调情的乐曲声中，马彪、刀水莲相偎相依，如痴如醉，多情地陶醉到忘我的境界。第二曲未了，刀水莲眉飞色舞，嗲声嗲气道：“彪哥，我有些累了，找个地方休息一下嘛。”

马彪正求之不得呢，于是毫未犹豫地爽快应允道：“恭敬不如从命，一切悉听小妹安排。”

二人双双离开舞厅，坐上一辆出租车，在郊区一座小山下，刀水莲叫停。二人下车后，刀水莲说：“这里清静，咱上去坐坐。”

曲径通幽，满山的茂林修竹，在晚风的吹拂下，涛声如歌，景色宜人，此处果然是个谈情说爱的理想处所。二人心照不宣地寻到一片平坦的草坪，席地而坐，先是相互动手动脚调了一会儿情，之后马彪情难禁地脱下西服，铺到草丛上，这时候刀水莲泛着红晕面孔已不由自主地贴到马彪胸前。马彪一低头，两个人的唇就贴到一处，刀水莲顺势环挽着马彪的脖子，二人暴风骤雨般狂吻起来。彪悍的北方汉子碰上柔情的南方女子，稍有动静便擦出了火花，一个干柴，一个烈火，欲火升腾着，燃烧着。刀水莲像剔去了骨头一般，浑身软绵绵地塌了架，嘴里喘着粗气，撩人的“哼哼”着，未等马彪动手，早已心忙意急，主动解开了自己的衣扣……

张政明在办公室与几位副市长一起看录像资料，贺国庆在座。画面显示，赵家坟附近，赵氏族人正围着几名民警，脸红脖子粗地吵吵嚷嚷着要求放人。几个愣头青挥锹舞棍，跃跃欲试地还想对民警动武。就在这剑拔弩张的紧急时刻，一辆警车飞驰而至，停稳后，彪形大汉、中年妇女等人笑吟吟地走下车。只听彪形大汉扯起喉咙吆喝道：“老少爷们儿，大家千万别误会，刚才公安局不是抓我们！那是贺、贺局长请我们过去说说话。俗话说，听人劝，吃饱饭，从现在开始，大家该干啥干啥，咱听政府的。”

赵氏族人由惊讶到动摇，再到三三两两离开坟地。群体突发事件往往如农村的露水集，来的快，散的也快。领头的人一旦泄劲或者转向，就意味着大势已去。即便有几个心有不甘者，也成了车道沟的泥鳅，兴不起大浪了。人们陆陆续续到庄里排队领迁、平坟补偿款，一名中年妇女边走边对同去领款的老太太说：“二婶，咱麻利去领。下午五点以前领的，每个坟头多发五十,五十呐！”

张明政笑呵呵地让关上电视，频频点头称赏道：“好！好你个贺国庆！攻心智取，不战而屈人之兵，没开一枪，没伤一警，没抓一人，就把事态平息了。这次矛盾化解得好，公安机关功不可没，要好好总结总结经验。”

几天之后，赵家坟坟地，几辆推土机像撒欢儿的牛犊，欢快地在迁走坟茔之后的地块上平整土地。推土机的后边，已展现出偌大一片良田。

从青龙洼密查回来的雷鸣、林忠、何惠敏，一个个倦容满面地来到吕胜办公室。显然，他们是刚刚回来。吕胜忙起身给每人倒杯开水，以示热情。雷鸣给林忠、何惠敏使个眼神，瞪着两只水汪的大眼睛，快人快语、一字一顿道：“哎！我说吕局，这是不是也太便宜了点儿，我们窝憋在一个小村庄里几天，总不能一杯白开水就打发了吧！”她转而俏皮地问林忠、何惠敏：“你们俩说，吕局是不是得出点血，好好地慰劳慰劳咱们呀？”

何惠敏说：“应该，应该。”

林忠道：“我看可以！”

吕胜漠然地瞅雷鸣一眼，故意逗她道：“唔，看来这次密查收获大大地！那今天就由雷大支队请客，咱好好给她祝贺祝贺。”

雷鸣漂亮的小嘴一噘，埋怨吕胜：“我们辛辛苦苦给你干几天活，你吕局铁毛老公鸡，一毛不拔，也太抠门了吧！”

吕胜绷起脸打哑谜：“谁抠门啦？这俗话说，听话听音，锣鼓听声。堂堂中国刑警学院的高才生，你听明白了，刚才吕某人是说让你请客，可没说让你买单呀。”

雷鸣一时语塞，当她和林忠、何惠敏恍然大悟又上吕胜的当时，忍俊不禁哈哈大笑起来，一个个笑得前仰后合，热泪盈眶。

四个人无拘无束地说笑一阵，吕胜言归正题：“好好，快别闹了，谈谈密查的情况吧。”

三人面面相觑，你推我让了一番，最终还是由雷鸣汇报说：不少群众反映，刘大义正值旺年，人高马大，体壮如牛，能吃能干，且为人老实憨厚，平时从不惹是生非。死亡的当天，还帮本村村民建房呢。和泥垒墙、搬砖递瓦，干起活来一个顶俩，次日说肚子痛就死了，确实蹊跷。还有村民看到，埋葬刘大义的当晚，孙金娃就溜到艾小芒家鬼混……

林忠补充：不少村民反映，艾小芒生性轻浮，好吃懒做爱打扮，是个拆了房子放风筝，只顾风流不顾家的娘儿们。她与孙金娃长期勾搭，由偷偷摸摸发展到明目张胆，公开通奸。一次，刘大义大白天在家中将二人捺到床上，恼怒之下骂二人几句，艾小芒就寻死觅活，喝药上吊，闹着要离婚。庄户人娶个老婆不容易，况且还有一双年幼的儿女牵肠挂肚，这种丑事传出去又让人笑话，刘大义只得打掉牙往肚里咽，忍了。艾小芒认为刘大义对她的迁就是软弱可欺，愈加肆无忌惮，得寸进尺。有一年隆冬季节，纷纷扬扬的大雪把世界变成了银色。上灯时分，刘大义从邻居家喝闲酒回到家，不见了艾小芒，东西屋、厨房找一遍，艾小芒无踪无影。他意识到艾小芒趁他不在家，又去偷情，于是便一摇三晃地循着雪地上的脚印跟踪上去，一路追到邻庄孙金娃家。

到了那里发现屋门紧闭，从里边不时传出二人打情骂俏的淫声浪调。

“哼，这俩死不要脸的狗男女！”刘大义一时气得怒火中烧，七窍生烟，借着酒劲儿，怒不可遏地冲上去，挥动两只有力的拳头，雨点般擂起门来。

屋门“呼”地从里面拉开，只见艾小芒趿拉着鞋，双手扣着胸前的衣扣，横眉立目，出现在刘大义面前。刘大义正要明知故问她来这儿干啥时，但见艾小芒杏眼倒竖，捋着凌乱的头发，故伎重演，耻耐个脸辞色横厉地喝斥道：“我说你这是吃饱撑的啦？嫌恁大姑奶奶不好就离婚。”说话间，手起掌落，“啪啪”两记清脆的耳光，干净利落地掴到刘大义面颊上，直打得刘大义眼冒金星。压抑已久的恶气，一下子被这两巴掌打得迸发出来，他怒恨无比地转身从院里抄起一把铁锹，踢开门，将艾小芒、孙金娃狠狠拍了一顿，直打得孙金娃跪地讨饶，艾小芒哭爹唤娘。

刘大义只图一时解气，但他有所不知的是，自那以后，在孙金娃的心中，也埋下了对他刘大义仇恨的种子。而这仇恨的种子，又是迟早要发芽的。

麦子埋腿弯的季节，一个明月高悬的夜晚，艾小芒、孙金娃偷偷摸摸在一块麦田边幽会，二人压卧得身旁的麦子倒伏一片。艾小芒无精打采地整理着衣服，唉声叹气地埋怨孙金娃：“这样偷偷摸摸，啥时候是个头，你总得想个法子呀！”

孙金娃目露凶光，杀气腾腾地放出狠话道："有他无我，有我无他，干脆把他灭了。要不……"大概意识到话说过头了，孙金娃话欲出口马上打住，偷偷睨视艾小芒一眼，言不由衷，胁肩谄笑地试探道："要不，咱俩从今往后一刀两断？"

艾小芒长叹一声，答非所问道："离婚，大义肯定是不会同意。再说，要是他没了，俺那俩孩子谁养活？"

孙金娃狡黠地龇牙一笑："我保证视如己出。再说，我手中还有几万块钱哩，要不是大义在那儿碍手碍脚，我早就想给恁儿子盖几间出厦的新房啦！"

艾小芒听后喜上眉梢，登时乐得七颠八倒，一头扎到孙金娃怀中，紧紧搂着孙金娃的脖子撒娇道："我的好乖乖儿，早知你有此心，俺早把刘大义个兔孙处置啦。"

孙金娃见已达目的，暗自窃喜。进一步撩拨艾小芒说："一只黑猩猩不小心踩到长臂猿拉的大便上，长臂猿又是道歉，又是温柔地帮黑猩猩擦洗干净。黑猩猩看长臂猿极有德操又善解人意，于是便以身相许，嫁给长臂猿。别的猩猩费解地问黑猩猩，你怎么能爱上长臂猿呢？黑猩猩感慨地回答：猿粪(缘分)，猿粪（缘分），都是猿粪（缘分）啊！"

"哈哈，你这熊货就是能……"艾小芒淫腔浪调地讪笑着，又与孙金娃狎昵一阵子。孙金娃推开艾小芒正色道："咱俩的事反正就这一堆了，把大义灭了，咱做长久夫妻，我包你下半辈子过上好日子。"

"万一他家里人报案呢？"艾小芒担心地问。

孙金娃色胆包天，索性一不做，二不休，破釜沉舟道："万一败露，咱一个人兑一个头，烧棉袄捉虱子，情豁上老本啦！"

农村集市。南来的，北往的，担担的，卖饭的，钻辘锅哩卖蒜的，牵羊抱鸡赶集的，十分热闹。路边，一个卖老鼠药的壮年汉子为吸引过往行人，招徕生意，扬起顸顸的嗓门，操着大鼓书的腔调，抑扬顿挫地高唱着叫卖歌：

"老鼠药，药老鼠，大的小的都逮住。老鼠药，不用问，马前子，桃花信；闻着香，吃着甜，它吃到肚里不安然。大老鼠吃了蹦三蹦，小老鼠吃了不能动。"

"呼呼啦，呼呼啦，一夜能跑七八家。走东家，串西家，啥好东西都呼啦。吃谷子，光嗑皮；吃玉米，光吃脐；挤个眼，想个点，站着啃个红薯片，光吃中间一小点，外边留个小圆圈。

“吃小鸡，吃小鹅，吃鸡吃鹅它光咬脖，一咬咬死一小窝。

“老鼠牙，赛钢板，又咬柜，又咬箱，光咬恁哩好衣裳，冬咬棉，夏咬单，二八月专咬你的夹布衫。

“小老鼠，尾巴长，窜上东梁爬西梁，一滑掉到大床上，吓得小孩直喊娘；不吃饭，脸发黄，爹娘心里着了忙，又打针，又吃药，花有一百多钞票。

“小老鼠，牙又尖，逢年过节跑得欢，吃大馍，啃枣山，又吃鸡，又吃鱼，腻了还想吃粉皮。又吃米，又吃面，临走还屙一面板，全家人吃不上干净饭，你看讨厌不讨厌。咬咬牙，跺跺脚，赶集去买老鼠药。”

观者如墙，孙金娃狡诈地里外转了两圈，瞅瞅四周没有熟人，撂给卖老鼠药的两块钱，拿药赶紧离去。走到一家个体诊所门前，又进去要了一个用过的注射器。

月黑如墨外加阴天的晚上，艾小芒正在厨房做晚饭，忽听后窗响动，忙打开窗子向外张望，见墙根处站着孙金娃。孙金娃递过“毒鼠强”、注射器，又比划几下怎么用，转身消逝于夜色之中。远处，传来几声犬吠。

帮邻居建房的刘大义，疲惫不堪地回到家中。艾小芒一反常态，殷勤地从厨房端出两盘菜，掂出一瓶啤酒，分外体贴地劝说道：“给别人干活也不知道掩点滑，快喝口酒解解乏。”

艾小芒少有的、过分的热情，倒让刘大义感到十分的奇怪。由于过分，他就觉得艾小芒今天的表现有点反常，心中这就不免产生了些许不知是悲是喜是福是祸的惶恐与忐忑。然而，出乎他意料之外的是，酒中有诈，而且是取其性命，这是他做梦也不曾想到的。

又饥又渴的刘大义见啤酒瓶尚未开启，便更是毫无戒备地用牙咬开瓶盖，“咕咚咕咚”对嘴饮了一气，打个嗝儿，又抽一气。菜尚未叨几筷子，便觉得身体发软，头昏脑涨，腹部疼如刀绞。挣扎中，刘大义似乎明白了艾小芒下毒，但已身不由己。他无助地一把抓住艾小芒的手，痛苦地对艾小芒说：“孩、孩他娘，咱、咱咱、咱可是结、结发夫、夫妻啊……”

毒性发作，刘大义眼翻目瞪，牙关紧闭，口吐白沫，四肢抽搐。

艾小芒把庄里开诊所的王医生找到家，邻居和刘大义的几个堂兄堂弟也闻讯而至。王医生凭着多年行医的经验，判断出刘大义的症状是中毒，乡里乡亲，低头不见抬头见的，加之又深知艾小芒的为人，为避免招惹是非，他对症投药，给刘大义注射一针解毒药，多一事不如少一事地建议说：“这病我拿不严，先打一小针顾顾急，赶快送市里大医院吧。”

几个年轻村民闻言忙开来一辆机动三轮车，七手八脚把刘大义抬了上去。机动三轮车将要启动时，刘大义的母亲拦住艾小芒焦急地问：“小芒，带钱没有？”

“有有有。”艾小芒满口应承。

机动三轮颠簸着，“突突”地快驶到市郊时，艾小芒突然叫停车，嘟噜道：“真是人到事处迷，刚才只顾慌哩，咋忘记带钱了。你们先在这等会儿，我到前边庄里，去找俺姨先借点。”

车厢里，刘大义口吐白沫，痛苦地抽搐。众人焦灼地一根接一根地抽烟，眼睁睁地看着刘大义的抽搐渐渐无力、缓慢，在等待去“借钱”的艾小芒中，魂赴冥界。

“千山鸟飞绝，万径人踪灭。”初冬的第一场雪下得特别大。北风挟着犀利的哨声，掠过茫茫旷野，无遮无拦地将落在坟头上的雪掀飞，填到低洼处。刘大义凄凉的孤坟裸露出来。

吕胜、雷鸣、林忠、吴国发、何惠敏等技侦民警，眉毛上挂着银霜，鼻孔里冒着白气，在灰蒙蒙的长空与冰天雪地之间忙活着。几个雇来的村民和民警混杂在一起，一锹锹吃力地掘开坚硬的冻土，刨开刘大义的墓穴。

趁人们埋头撂土之机，吕胜给雷鸣使个眼色，二人踏雪直奔庄里而去。冷得鬼都龇牙的天气，村里家家封门闭户。在雷鸣的指引下，二人直奔刘大义家。

此时的刘大义家，人去室空，大门落锁。好在墙头不高，吕胜转到东墙边，双手按墙，纵身往上一跃，跳到院里。转身又拉着雷鸣的一只胳膊，帮雷鸣跳进院。吕胜扫视一眼杂乱无章的院落，顺手从屋门旁抓起一个小抓钩，弯腰在厨房南山墙根的粪堆里，仔细寻觅起来。他先除掉积雪，又一层层地扒着，陆续找到一个马口铁啤酒瓶盖、啤酒瓶和一个注射针管。

看着这几样东西，吕胜脸上掠过一丝不易觉察的微笑。他扔掉抓钩，搓搓双手，送到嘴边哈口热气，诙谐地说：“有衣没帽，不够一套。大概就是这些了。”

雷鸣从兜里掏出塑料袋，把三样东西分别装好，二人又不露声色地返回刘大义的墓地。身后的茫茫雪地上，留下他们长长的、坚实的足迹。

位于颍川市一条繁华大街的一家歌舞厅的包间内，潘登高、高一峰每人拥抱着一个年轻妩媚的舞女，踏着闭路电视里播放的音乐节拍，正扭腰撅臀地跳舞。尽兴之后，潘登高挥挥手，俩舞女知趣地退了出去。潘登高歪坐到沙发上，高一峰给他倒杯啤酒，潘登高一饮而尽。高一峰又移移身子凑近点儿，递给潘登高一个银行卡："大哥，一百万，不成敬意。"

潘登高漫不经心地接过卡，操着一副无所谓的神情，翻来覆去把玩着，默不作声。高一峰埋怨道："我感到不平衡的是，丝绵总厂自从挂上合资企业的招牌后，香港的林老板，没投一个子儿，空手套白狼，每年净拿走二百万，这是不是太、太那个……"

"嫌疼了不是？鸡肠小肚，鼠目寸光。你呀，生来就是破庙里的小鬼，上不了琉璃大殿，掂泥兜子的本性难改呀！"潘登高打断高一峰的话，呷口啤酒，不管对方能否接受得了，劈头盖脸训斥高一峰一通。他操着无可置疑的口吻点化道："按现有产值，你们丝绵总厂每年享受国家合资企业'两免三减'纳税优惠政策的款数，应该不下一千万吧？除去给人家的两百万，你们还净落七八百万呢。如此好事，哪找去呀？嗯！要是没有这块金字招牌，你享受啥？"

说到这儿，潘登高扫视高一峰一眼，意犹未尽地接着补充道："少了一个马掌钉，丢了一个马掌；丢了一个马掌，少了一匹战马；少了一匹战马，失去一位骑士；失去一位骑士，少了一位将军；少了一位将军，败了一场战争；败了一场战争，失去一个国王，少了一个国王，失去一个国家。所以呀，一个马掌钉的作用绝不可低估。这块合资企业的招牌就相当于那个马掌钉，你懂吗？为了这块招牌，我是托熟人，拉关系，费尽心思，你知道想了多少点子吗？"

高一峰见潘登高莫名其妙地发了火，心想，我不就是说说自己的想法吗，至于滥发淫威，狗血喷头地这样熊我吗！然，尽管心中不满，表情上还是龇牙一笑，顺风转舵附和道："大哥所言极是。不过，仅仅转账之劳，把咱的钱打到他账上，经他的手再转给咱，他支个名，每年就轻而易举地拿走两百万，也确实太便宜了。"

潘登高叹口气，委婉地向高一峰解释道："皮之不存，毛将焉附。给你说过多少次了，你怎么花岗岩脑袋，就总是不开窍呢！凡事不要大处不看小处看嘛。古人说，干大事岂能算小账。年底，按秘密协议如数给林老板兑现。常言道：钱财如粪土，仁义值千金。要取信于人，一分不少。到时间如果能抽出身，我跟你一块去深圳。”

高一峰阿谀谄媚地点头答应：“说归说，做归做。我是那抠屁眼子吮指头的人吗！大哥指到哪里，小弟我就打到哪里，保证照办不走样。哥别生气了，来来，再干一杯、再干一杯！”

刘大义坟头的土，很快被刨完。在低于地面约二十厘米处，露出了呈东北西南向口的棺材天板。

雷鸣老练地从头上拔根头发，捏着举到眼前试试风向。然后抓过一把铁锨，在上风口处画了个弧线，让村民再扩宽一些，以便开棺后让林忠等法医站在上风口解剖尸体，提取检材，尽量少闻腐尸发出的恶臭味。因为她深有体会，闻一次得恶心几天。

尽管是寒冬腊月，众人事先还站在了上风口，但撬开棺材天板的瞬间，一股浓烈的尸臭味依然钻进人们的鼻孔，熏得在场的人头晕目眩，胃搅肠翻。村民们不由自主地往后趔。而摆弄死尸早已习以为常的林忠等法医，却麻利地戴上手套，毫不犹豫地跳下墓穴。他掀开蒙在刘大义尸体上的被盖，刘大义的衣服已经浸透尸水，林忠拨开衣服，看到尸体已经开始腐败，腹壁干燥，已经呈革样化。林忠用手术刀划开尸体的腹腔，小心翼翼地拨开腐肉，用镊子提取了肝脏、肺、胃等部分器官回去化验。

颍川市市区一家邻街小吃店，门面不大，却因炒柴鸡、小酥肉、烩肉皮、蒜闷凉粉、焦炸春卷几个拿手菜而闻名。店内没有单间，都是用木板隔开的小间，饭菜可口，荤素自选，经济实惠，吃个便饭倒也说得过去。身着便衣、鼻梁上架着一副变色镜的雷鸣，正与一个年近三十，有几绺头发染成棕黄色的年轻男人在靠墙的一个隔间内吃饭。二人分主次对坐，桌上摆放着两荤两素四个菜，一瓶白酒。雷鸣看着那男的几杯酒下肚后，低声问：“黄毛，我托你打听的那个事儿，办得咋样了？”

黄毛本名叫黄晓生，是雷鸣布建的特情。三年前，“春光旅店”女老板夏荷花的丈夫刘殿卿突然失踪。夏荷花对外放出口风，称刘殿卿到南方跑生意去了。而刘殿卿所有的亲戚几乎全不相信，一口咬定是夏荷花勾奸夫，害亲夫，把刘殿卿谋害了，并到公安局报案，要求公安机关查个水落石出。

刘殿卿活不见人，死不见尸。如果说是外出做生意，却杳如黄鹤，音信全无；如果是被夏荷花谋害，又空口无凭，缺乏证据。为了澄清事实，搞清楚刘殿卿是死是活的真正下落，经过周密策划，精心设计，雷鸣巧设“美男计”，大胆从看守所提出寻常有小偷小摸毛病，那次又因打架斗殴致人轻伤的黄晓生，其人长得像模像样，年龄上也与夏荷花相差无几。经过雷鸣的启发教育，黄毛表示愿意戴罪立功，充当公安机关的耳目。然后持雷鸣帮他办理的假身份证，以企业营销人员的身份，长期包房，住进“春光旅店”，寻机贴近夏荷花，进而顺藤摸瓜，从夏荷花口中套出刘殿卿的真实下落。不用说，所需经费，自然全部是由公安机关提供。

黄毛有时外出谈“生意”，回旅店后便有一搭没一搭地设法接近、取悦夏荷花，千方百计地与之套近乎、献殷勤，讨其好感，并时而善解人意地给夏荷花买些小礼品，约夏荷花吃顿饭，并且顺其自然，恰到好处地让夏荷花知道了他至今仍然是一人吃饱，全家不饿的大龄青年，并想在颍川市成家立业的打算。

一来二去，日久生情。随着时间的推移，二人之间的关系也神奇地发生了变化。当然，这种变化正是雷鸣和黄毛所期望的。后来，二人竟然由眉来眼去、偷寒送暖发展到如胶似漆、一日不见如隔三秋的程度。其间，夏荷花暗中对黄毛进行了多方考察，甚至偷偷地到黄毛的老家，打探其婚姻状况。幸亏雷鸣虑事周密，早有安排，才没有露出破绽。在一次酒后，夏荷花吐露真言，表白了要与黄毛结束露水夫妻的生活，共结连理的心迹。

黄毛则引而不发，不急不躁地故意吊夏荷花的胃口说：“夏姐如此看得起，真让我受宠若惊。不过，我的心病夏姐也得体量，如果恁那一口子突然回来了，告你个重婚罪，告我个第三者插足、破坏他人家庭罪，怎么办？”

黄毛暗暗瞅瞅夏荷花的表情，见夏荷花垂眉不语。遂装似无奈地长叹一声，假装泄气地紧逼一步道：“依我之见，还是等你与他办了离婚手续后，再合计咱俩的事吧！”

“什么？”夏荷花见黄毛突然打起了退堂鼓，立马拧眉竖眼，气闷心郁地质问黄毛：“你不是在耍我吧，担心啥！姐实话告诉你，他回不来了……”

“你光这样说，他万一要是回来了呢？”

“我敢保证，他肯定回不来了。难道我的话你还信不过吗？”

“口说无凭。空口白话，你让我怎么相信！反正我心里不踏实。”

在黄毛巧妙周旋和步步激将下，不知是计的夏荷花为了彻底消除黄毛的顾虑，觉得无法搪塞，只得吐露实情。她色眯眯地注视着黄毛，狡黠而恳切地俯耳对黄毛说：“姐给你明说了吧，一坟两人。还回来个鬼哟，这下，你该放心了吧？”

“一坟两人！死啦？”黄毛探得真情后，为证实没有听错，又专门佯装吃惊地反问一句。

“天知地知你知我知！”夏荷花不置可否地点点头。

“咳！你真够存得着气的。早告诉我，没准我的孩子你都怀上了。”

“去你的，净说些不叨菜的话。”

二人插科打诨说笑了一会儿，黄毛看看手机上的时间说：“直顾喷空哩，都快吃晚饭了。今天别自己做了，我到超市去买些酒菜，咱好好庆贺一番。”借机脱身，一去不返。

工夫不大，正在做着梅开二度美梦的夏荷花听到敲门声，以为是黄毛买菜而归，匆忙开门，一看面前站着的却是几个陌生人。此正是雷鸣得到黄毛的情报后，率警前来对夏荷花实施抓捕。

被传讯到刑警支队的夏荷花经法律教育，政策攻心，不得不交代出她与一名常住房客勾搭成奸，被刘殿卿发现后，多次遭到毒打，恼怒之下，铤而走险，趁刘殿卿醉酒之机，与奸夫合伙将刘殿卿活活勒死，装进麻袋，埋入刘殿卿奶奶的坟里，奸夫作案后惊恐万状，害怕被抓住枪毙，不辞而别，听说后来遇车祸死亡的犯罪过程。

根据夏荷花的交代，吕胜、雷鸣率警在刘殿卿奶奶的坟中，挖出了刘殿卿被麻袋装着的尸骨。一起云遮雾罩的失踪命案，终于胜利告破。自那以后，黄毛也就歪打正着，顺理成章地开始了他的特情生涯。在雷鸣的悉心点拨下，先后协助警方破获过几起大案，充分显示出他在这方面的天赋和才能，成了雷鸣的第三只眼，被雷鸣满意地称之为“一号特情”。

当下，黄毛见雷鸣询问，忙放下酒杯，十分老到地四周环顾一番，眯细着眼失望地答道：“不就老文那事吗？光俺这行伙的哥们儿，我不知请过多少回了，可始终没有打听到头绪。从目前的情况看，咱市面上的小赖毛干这活的，可能性不是太大。我分析十有八九是流窜作案，要不就是干罢活后溜了。他妈的，不怕坐地虎，就怕独角兽，打一枪换一个地方，不好逮。”

雷鸣听后忍不住笑道：“呦，你小子，还久病成良医了呢。”

黄毛“哧溜”喝一杯酒，沾沾自喜，越说他脚小他越扶墙走地恭维道：“那当然，近水知鱼性，居山识兽踪嘛！我这几手还不都是跟你学的。”

“嗯！”雷鸣不置可否地叮嘱道，“不管咋说，你一定当个事儿办，多留点意，在不漏风跑气的情况下，打听的面再宽点。”说完，从兜里掏出一沓百元大钞，潇洒地抽出两三张撂到饭桌上，用半认真半开玩笑的口吻警告道：“你小子要敢吃里爬外，看我怎样收拾你。”言毕，轻轻按一下黄毛的肩膀，先自匆匆离去。

雷鸣刚进办公室，便接到吕胜打来的电话，让她马上过去，谈谈刘大义尸检的事。雷鸣立即唤上林忠，来到吕胜办公室。林忠把刘大义的尸检、物检报告递给吕胜，简明扼要汇报道：“经检验，刘大义系‘毒鼠强’中毒死亡。在刘大义院内提取的注射器、啤酒瓶内的分离物中也含‘毒鼠强’成分，啤酒瓶盖上有个不易察觉的针孔，与注射器的针头吻合。”

吕胜皱眉翻看完检验报告单，似乎早在意料之中地道：“看来，嫌犯非艾小芒、孙金娃莫属了。”

雷鸣、林忠点头称是。说话间，雷鸣担心地隔窗看看外面的天气，发愁地说：“眼下冰天雪地的，咋去抓他们呀？”

吕胜冷静分析道：“这正是我想提醒你们的。对于此类勾奸夫害亲夫的低智能犯罪分子来说，从抓捕成本到抓捕实效考虑，兴师动众倒不如守株待兔，让他们自投罗网好。具体办法是你们秘密做好刘大义家人的工作，让他们适可而止地放出口风，迷惑艾小芒、孙金娃，称公安局验尸后，认定刘大义是死于滚肠痧急症。所有的犯罪分子都抱有侥幸心理，二人一旦听到这样的风声，我料定用不了多久，这对狗男女就会不请自回的。”吕胜扫视雷鸣、林忠一眼，思忖片刻，言犹未尽地接着补充道：“这一网如果没罩住鱼，咱们到时候再对症下药，采取别的办法。”

此时，在云南省红河县西郊外，幽静空旷的小山上。马彪、刘道光、李海深无所事事，正漫无目的地游逛着。

刘道光用埋怨的语气嘟噜马彪道：“真是英雄难过美人关。彪哥，我看那个叫刀水莲的娘儿们，把你的魂都给勾走了吧？整天围着她的石榴裙转，我看你是乐不思蜀，把咱此行的目的，早抛到九霄云外去啦。”

马彪狠狠地瞪刘道光一眼，骂道：“你懂个屁！这里山高林密，天高皇帝远，对我们而言，利在便于隐身，弊是人生地不熟，弄不好被人卖了还帮人家数钱哩。前几天那事不就是例子吗？所以我想，要想在这儿办成事，就必须依靠当地人。再说，刀水莲也确实对我一片真心。我想，索性娶了她，日后弄到家伙，杀回去再干几桩大买卖，然后还回到这儿藏身，咱兄弟仨也算有个相对稳定的落脚之地了。”稍停，马彪意犹未尽地又道，“咱仨身上都背有命案，被公安逮住便杀头。所以咱往后必须加倍小心，用两条办法对付公安。一是多研究报纸、电视上宣传的老公们的破案方法，以便我们从中吸取教训，堵塞漏洞，把别人的失败变成咱的经验，绝不步他人的后尘；别人的作案方法，咱们也一概不用。每次行动，都要周密设计，干则必成；二是聚散结合，干事时同心协力，得手后马上分散，远走高飞。另外，咱们往后联系，也要定时，用专用手机卡。嘿嘿，何仙姑走娘家，咱给老公们来个云里来，雾里去，让他们晕头转向摸不着咱的气。”

“高！飞机上下棋，彪哥果然是高手，几年特警没有白干。”刘道光、李海深赞不绝口。

马彪自鸣得意道：“二位老弟，既然这样，明天咱就入乡随俗，帮助我把与刀水莲的事办了。”

听话听声，锣鼓听音。刘道光知道马彪主意已定，赶紧献殷勤道：“我先找个档次高点的酒店，定个雅间，咱热热闹闹，好好庆贺庆贺。”

“嗯！”马彪赞许地点点头，“这话我爱听。”

说话间，李海深的手机蓦然响动起来，他掏出瞅瞅，嘻嘻笑道：“是孟娜娜发的信息。”

刘道光好奇地伸头想看看是啥内容，猴急地问：“又是带色的段子吧？”

李海深得意忘形，洋腔怪调地念道：“很久没见你了，俺很想你，想得要死；俺曾用土豆片割过动脉，用头往一大块豆腐上撞，用降落伞跳过楼，用面条上过吊，啥法都想了，可阎王爷不收，俺还是没死成。哥呀！你就成全成全恁这个痴情于你的傻妹妹吧，赶快来请俺撮一顿，撑死俺算了。”

三人听罢，忍俊不禁，“哈哈”大笑。李海深怡然自得地赞不绝口道：“嘿嘿嘿，你别说，这个小娘儿们还怪会编哩。”

马彪眼珠一转，打断李海深的话，狡黠地言归正传说：“就是弄到枪，随身带也不安全，拆散邮寄，倒不失为上策。这样吧，改日海深先回颍川。”马彪显然是早已谋算成熟地掏出一张纸，递给李海深，叮嘱道：“按我上面设计的，一条一条办好。然后，电话告诉我们地址。”李海深把那张纸叠几折，金贵地装了起来。马彪言犹未尽，顿了一下，只见他目光冷漠地扫视李海深一眼，阴冷地提醒道：“女人有的是。对于孟娜娜，你可以亲密接触，但千万不能动真情，听明白了吗？日后，她可能对我们还有用呢！”语气中充满着令人捉摸不透的玄秘。

李海深听后，肩头不寒而栗地颤动一下，迟疑片刻，木讷讷地眨巴几下眼皮，似懂非懂地点点头道：“彪哥，没钱难办称心事儿！我现在兜里只有百十块钱了，路费、租房的钱……”

“别说了！”马彪不耐烦地打断李海深的话，蹙眉思忖了一会儿，狠狠地道：“置买家伙的钱，不到万不得已的时候，咱不能轻易动，那是咱往后挣钱的本钱。解决经费问题，看来咱只有再干一把了。”

龙吟虎啸帝王州，
旧是东南最上游。
青嶂四周迎面起，
黄河千折挟城流。

这几句诗，道出了徐州的形胜。徐州市扼着河南、山东、安徽、江苏四个省的咽喉，又是陇海、津沪两大铁路动脉的交会处，近郊丛山环抱，形如外城，而翻过环绕的丛山，便是一马平川的大平原，这样易守难攻、险峻异常的地理位置，自古以来自然是兵家必争之地。

位于徐州市城南方向的云龙山，幽深绝俗，峰峦秀拔。在云龙山南麓城乡接合部的一所农家小院内，艾小芒正忙着做晚饭。孙金娃放稳卖菜的破三轮车，拍打几下身上的尘土，一头钻进屋，惊喜地对艾小芒说：

“好消息，好消息，下午我三弟打来电话，说公安局给大义开棺验尸，结果不了了之，说是得陡病死的。”他讨好地侧目瞄艾小芒一眼，吃猪肉念佛经，假充善人地感叹道：“唉！说来大义也怪可怜的，死了还净多挨一刀，开肠剖肚受二茬罪，结果又原封埋了。”

通报完消息，未等艾小芒搭腔，孙金娃接着用商量的口吻征求艾小芒的意见说：“眼看快过年了，既然没事，咱回去吧。唉！俺哥嫂太胆小，光怕沾着了，撵我几回啦。”见艾小芒不言语，孙金娃看看艾小芒的面色，接着说：

“如果想出来，等过罢年，咱把两个院的粮食、值钱的东西卖掉，再远走高飞，找个合适的地点安家，到那时，你情等着得法啦！”

艾小芒“扑哧”一笑，仍顾虑重重，心有余悸地提醒孙金娃：“别是公安局设的圈套，诱咱回去的吧！”

“嗨，真是娘儿们家，头发长见识短。退一百步说，就算他们真抓住咱，咱俩就给他们来个有病不吃药，硬挺着不承认。他们没有证据，不超过二十四小时就得乖乖地放咱回家……”

除夕之夜的颍川市内，年意浓浓，机关企业、商家店铺门前，悬灯结彩，蔚为壮观。华灯初上，五彩缤纷。聂凤翔似乎也显得比往日兴奋地沿街瞅瞅这，看看那，嘴里喋喋不休地信口诌道：

檐前蛛网，自在分明；
蝇蚊投之，欲脱不能。
天堂大路无人走，
牢门紧闭有人敲……

贺国庆办公室，墙上的挂钟指向晚八时。贺国庆关切地对吕胜说：“刑侦工作没日没夜，年头忙到年尾，栉风沐雨，废寝忘食，实在太累了。明天大年初一，除值班民警外，如果没有特殊情况，我看就让大伙儿休息两天，过个囫囵年吧！”

吕胜凝视着窗外灰蒙蒙的大千世界，若有所思地向贺国庆道出自己的想法：“据刘大义的妹妹提供，艾小芒、孙金娃已潜回家中。今晚，我想率人去抓捕他们。”

贺国庆用异样的神情盯着吕胜方正的脸庞。说实话，他打心眼里喜欢吕胜这种敬业精神，正是这种公而忘私的精神，带出了一支智勇双全，能征善战的刑侦队伍，使颍川市近几年的刑侦工作年年在全省名列前茅。这会儿他见吕胜求战心切，而且理由充足，稍加思索，便爽快地批准道：“也好，早晚都得干的事，早干为好；以免夜长梦多，节外生枝。”

“我这就去组织人。”吕胜向贺国庆告辞。

吕胜离去老远了，贺国庆陡然想起什么似的，疾步从屋内追到走廊，冲吕胜疾行的背影高声提醒道:“行动前，一定要让大伙儿吃顿热乎饭，回来实报实销。”

刺骨的寒风中，二十多名民警和配合此次行动的武警战士列队待命出发。吕胜往腰间插上手枪，一溜小跑来到队列前，胸有成竹地做简短动员道:“同志们，天寒地冻，道路泥泞，已中我们欲擒故纵之计的艾小芒、孙金娃必然放松戒备，这恰好为我们出其不意、攻其不备创造了条件。今晚，正是将此二人擒拿归案的良机，出发！”

吕胜一声令下，参战民警分乘四辆警车，驶向目的地。

在距离青龙洼约两公里远的一个三岔路口，吕胜命令弃车步行，兵分两路。由雷鸣率何慧敏、冷一飞等民警抓艾小芒，吕胜则率吴国发、王海涛等抓孙金娃。

颍川市内，奇光异彩，火树银花，鞭炮声此起彼伏，声声入耳。在这阖家团圆的除夕之夜，市民们尽情地享受太平盛世带来的幸福和天伦之乐。有的张罗年夜饭，有的阖家其乐融融地相聚在一起看春节联欢晚会。而吕胜家，此时却是另一番景象，冷冷清清、苍苍凉凉。谭静泓吃力地从床上抬起身，她头发凌乱，满脸病态，有气无力地从腋下拿出体温计，对着灯光看了看，喃喃地对坐在床头的吕母说:“我说骨头咋像散了架似的，烧三十八度五。”

吕母接过温度计，心急火燎地说:“我打电话，叫吕胜马上回来，送你上医院。”

“妈！”谭静泓急切劝阻，“千万不能让他知道，就是重感冒，也不是啥大病……”

“唉，这孩子，平时忙，大过年也不进家，咱家过的是个啥年哟！”一向通情达理的吕母，禁不住埋怨起吕胜。

谭静泓莞尔一笑，宽慰吕母说:“妈，全中国的警察，没有几个不是这样的。只要大家能过上安宁祥和的年，我身体受点儿苦，那又算得了什么呢。”说着，她挣扎着下床，从小柜上拿起一瓶输液水，加上药，插上一次性输液针管，挂到床头的墙上，让吕母用一只长筒袜系紧自己的左手腕，自己扎针输液。

夜静更深，寒气袭人。雷鸣率警悄然摸到艾小芒院外，冷一飞纵身翻墙入院，轻轻打开大门。参战民警迅速入院，堵住屋门和窗口。冷一飞“砰”地一脚踹开门，雷鸣等民警迅速敏捷地冲进屋内，分头向东、西房间扑去。在东间，将已被惊醒欲起身的艾小芒按在床上。艾小芒惊慌失措地连声哀求：“别吓着孩子，别吓着孩子了！我跟你们走。”

“快穿好衣服！”雷鸣厉声命令，同时麻利地抓起床头的一件棉袄撂给艾小芒，几个民警架起艾小芒，一溜小跑，将艾小芒押往庄外的停车处。

吕胜率警将孙金娃的房屋包围后，翻墙进院，一年轻民警运足劲儿，用肩头“扑通”将屋门撞开。参战民警扑进屋，用手电筒往床上一照，床上空空荡荡的无人。吕胜往被窝里一摸，感觉热乎乎的，知道孙金娃刚离床，不会跑远。当即喝令：“搜！”

参战民警应声分头往床下、顶棚上、门后寻找。吕胜环视屋内，见东山墙有两个半人高的粮囤，周围堆放着农具、破衣烂被等杂物。近前仔细一瞅，发现孙金娃用一堆破塑料膜盖着头，龟缩在两个粮囤中间的夹缝里，遂给身边的一名武警战士打个手势。训练有素的武警战士“哗啦”打开枪刺，一个勇猛有力的刺杀动作，“刷”地往粮囤里一捅，厉声断喝：“出来！”

孙金娃顿时吓得屁滚尿流，哀声讨饶：“别开枪，别开枪，我出去。”哆哆嗦嗦掀开头上的塑料膜，自己撅着屁股，乖乖地爬了出来。

就在民警扭着孙金娃走到屋门外时，孙金娃突然一蹦老高，挣扎着杀猪般扯开嗓门号叫起来：“爸、三弟，杀人啦，抢劫啦，快救我呀！”

孙父闻声而起，衣服没顾上穿，手持木棍，赤条条地从东院跳墙而来，挥棍向扭着孙金娃的吴国发打去。吴国发鸣枪示警，孙父置若罔闻，仍扑上前夺人。吴国发照孙父腿部开一枪，孙父应声倒地。

听到枪声，正在屋内搜查的吕胜等人冲出屋观察动静，发现从西院越墙而来的孙金娃的三弟孙金来，正挥起抓钩欲砸一民警，这名民警此时正双手扭着拼命挣扎、又蹦又跳、企图脱逃的孙金娃，对背后突如其来的袭击毫无觉察。说时迟，那时快，吕胜猛跨一步，照准孙金来的腿弯狠踹一脚，将猝不及防的孙金来踹了个狗啃泥。岂料螳螂捕蝉，黄雀在后。吕胜刚站稳脚，正欲召集人员速离现场时，躺在他身后黑暗处的孙父，格楞着一条腿陡然跳起，运足力气，对准吕胜的后脑勺“砰”地就是一棍。吕胜听到风声，知事不妙，机警地急忙摆头躲闪，孙父的棍顺着他的耳根处劈将下来，落到肩上。吕胜顿感浑身发凉，天旋地转，眼前发黑，一头栽倒于地。孙父仍不罢休，再次举棍，照准吕胜头部猛击下来。在生命攸关的危急时刻，吕胜居然鬼使神差地苏醒过来。发现孙父正要挥棍打来，他不由得陡吃一惊，慌忙就势一滚，孙父这一棍“啪”地击到地上。吕胜在躲过这致命一棍的同时，对准孙父的手腕扣动了扳机。孙父手中的棍子应声落地。吕胜咬牙忍痛爬起身，厉声喝道：“撤！快撤！”

吴国发、王海涛协同两个武警战士押着撒泼耍赖、死活不走的孙金娃刚来到出庄的路口时，但见七邻八舍不明真相的村民闻声而起，一个个手持木棍、铁锹、抓钩，蜂拥尾追上来。

俗话说好手难敌人多。民警手中虽然有枪，但怎么忍心、也不能对准群众开啊。他们很快便被村民们围裹在中间。你拉我拽，纠缠围攻中，村民们蛮不讲理地从民警手中夺走孙金娃，有的人还乱糟糟地起哄吆喝道：“抓住他们，撂到塘里喂鳖！”

场面异常混乱，群众的冲动多于理智，说服已经难以奏效，吕胜审时度势，当机立断，决定暂时放弃孙金娃，先安全撤离险境，再作计议。卫民安双手捂腹，被一名年轻民警搀扶着走在前面。

三岔路口，雷鸣听到枪声，登时意识到吕胜他们抓捕孙金娃遇到了意外，马上着急地对冷一飞说：“不好，吕局那边可能遇上了麻烦，你先押艾小芒回局，我带人过去看看。”

冷一飞听后一百个不答应道：“支队长，不是我跟你抬杠，遇到这样的险情，理应我们堂堂五尺高的汉子往前冲，还是让我带人去增援吧。”

雷鸣巾帼不让须眉，不容争辩地命令道：“别争了，我单身一人，无牵无挂，快走。”

雷鸣硬是强行把冷一飞推上车，然后率几名民警，驾车朝枪响的方向冲了过去。与吕胜会合后，雷鸣赶到前面，鸣枪示警，厉声警告道：“我们是公安局的，抓捕嫌犯，大家不要上当受骗，赶快各回各家睡觉去吧！”

村民们大致了解真相后，慢慢停下追赶的脚步，也不跟着起哄了。吕胜清点人数，见一个不少，即命上车返回。

警车驶进市区，昏昏沉沉、头疼欲裂的吕胜，忍痛给乘坐在另一辆车上的雷鸣打电话：“你直接送老科长到医院检查。”说完，就又昏昏欲睡地歪倚到座椅的靠背上。

第六章　马彪放荡恋浪女　雷鸣深情诉林忠

颍川市公安局刑警支队审讯室，整洁严肃，山墙上贴着“坦白从宽，抗拒从严”的标语，标语下方摆放着两张三斗桌。吴国发等四名民警坐在桌子后面，连夜对艾小芒进行突审。艾小芒戴着锃亮的手铐，耷拉着脑袋，嘟噜着蜡黄的脸，塌腰缩颈，死气沉沉地呆坐在木凳上，一副软磨硬抗，冥顽不灵的神情。

室内静得令人心慌，无形中可以给被讯问者造成巨大的精神压力。双方对峙良久，吴国发冷不丁问道：“艾小芒，政策已经给你讲过，你也考虑这么长时间了，说说你跟孙金娃的关系吧。”

“我跟孙金娃没啥关系。”艾小芒抵触情绪十分严重。

“刘大义是怎么死的？”

“得急病，你们不是已经验过尸了吗？”

“你不要东扯葫芦西扯瓢的。要想人不知，除非己莫为。纸里是包不住火的，你想隐瞒事实，侥幸过关的想法，趁早打消。给你个从宽处理的机会，你说实话，刘大义究竟是怎么死的？”

“得急病！”艾小芒石头狮子灌米汤，滴水不进。

时光在悄然流逝，双方僵持多时，艾小芒牙关紧咬，闭口不吐露实情。吴国发起身到门外打电话，对方传来吕胜的声音：“什么？态度恶劣！她是不见棺材不掉泪，该报捕报捕。不怕犟，就怕晾，先晾她几天再说。”

“明白。”吴国发关上手机，折身进屋。

雪过天晴，阳光普照。颍川市人民医院，吕胜半躺半卧在病床上，头上箍桶般缠着白色的绷带，左腮处青紫一片。上午九时左右，在雷鸣、何慧敏的陪同下，贺国庆率局党委成员带着鲜花，到医院探视、慰问吕胜。病床前，贺国庆诙谐地与吕胜开玩笑道："大难不死，必有后福。但往后再出警一定要慎之又慎，多危险呐！"

吕胜有点难为情地要起身，被贺国庆抢先一步摁住。吕胜重新歪下身，赧然一笑道："大江大海都过了，没想到在小阴沟里翻了船，真他娘的窝囊。"

谭静泓在一旁心疼地向贺国庆介绍吕胜的伤情："左耳膜穿孔，听力暂时下降，所幸没伤着大脑。"

在放射科，雷鸣、何惠敏趁贺国庆与吕胜谈话的空，一起去取卫民安做的核磁共振结果，医生看完清晰的胶片，极讲究分寸地询问雷鸣："病人是你的什么人？"

"同事。"雷鸣如实回答。

医生听了点点头，实情相告说："病人肝后叶有一个鸡蛋大小的病变体。也就是说，病人患的是肝癌，而且已经到了中晚期。想吃想喝想玩想乐尽量满足他吧，属于患者的宝贵生命，大概最多还有半年。"

雷鸣的脸忽地沉了下来，眼圈也泛红了，一汪泪水在她那黑白分明的大眼睛中滴滴溜溜打着转，她紧抿下唇忍住，不想让泪水溢出眼眶，但实在忍不住了，那晶莹的泪珠"嘟噜"顺着面颊滚落下来……

颍川市公安局会议室，由贺国庆主持开会。雷鸣向局党委成员介绍卫民安的病情后，贺国庆心急如焚地表态："我们的同志，饥一顿、饱一顿，风里来、雨里去，积劳成疾，积劳成疾啊！得了这种不治之症，我们要不惜一切代价，挽救和延长卫民安同志的生命。"讲到这儿，贺国庆若有所思地转而安排分管财务的钱副局长："这样的病，不是一两个钱能治好的。老卫的家庭条件，没这个能力啊！你抓紧让财务科筹点钱。下午，再动员机关民警捐些，连夜送卫民安同志到省肿瘤医院治疗。"言毕，他心情沉重地率先从衣袋里掏出一千块钱，放到会议桌上。此举犹如无声的命令，与会者纷纷慷慨解囊，奉献出自己的爱心。

一大早，刀水莲就按照当地男女求婚的风俗，亲手把一只大红公鸡杀掉，洗净剁成块放到锅里，加上香茅草、姜、葱、蒜等作料清炖，炖熟后盛到盆里，高兴地端到场坝上。她羞怯地避开其他小伙子的目光，显然是有所期待。

工夫不大，马彪上穿深蓝色无领对襟长袖，下穿大裤脚长裤，肩挎白布坎肩走来，满脸堆笑地问刀水莲："农呃农（妹妹呀妹妹），你做的鸡肉怎么这样香呀？放的是凤凰山上的青辣椒，孔雀湖里的盐巴，芳草园里的香茅草吧？是不是为客人预先做的？"这派话，当然是刀水莲事先教给他的。

听着马彪半生不熟的云南话，尾随其后的刘道光、李海深忍俊不禁，扭头捂嘴发笑。

刀水莲落落大方地答："岩龙呃岩龙（哥哥呀哥哥），我这盆鸡肉里放的是最普通的香茅草，最普通的青辣椒和盐巴，只不过是呀，加上了我一颗炽热的心罢了。如果岩龙不嫌弃的话，就请来尝尝吧！"刀水莲说完，拿出一个早已准备好的小凳子，让马彪坐到自己的身边。

马彪装模作样地坐下说："我们家乡有句俗话，一起抬才轻，一起吃才香。"

刀水莲答："岩龙呃岩龙，放开来吃才香甜，放开来做才利索，这里人多嘴杂，干脆我们抬到林子里去吃，那里又凉爽又安静。"

马彪当即点头表示同意，二人端着鸡肉，掂着凳子，走进林子深处。

次日中午，红河县一中档酒店的雅间内，马彪、刀水莲身着当地民族服饰婚礼服，刘道光、李海深及刀水莲的亲朋好友参加，在吃婚宴酒。席间，众人热热闹闹，频频举杯，祝贺马彪、刀水莲百年好合，永结同心。

趁星期天的上午，雷鸣驾一辆普桑，与林忠一起，到吕胜家探视已经出院的吕胜。车到颍川市公安局家属楼楼下，雷鸣停稳车，与林忠分别提着水果、牛奶、方便面等，一口气登上三层，敲响了吕胜家的门。

吕胜头上的绷带已经拆掉，只是左腮处还有一小块发紫，此时正在客厅看书。打开门一看是雷鸣、林忠，忙把书放到沙发上，唤谭静泓道："静泓，快看谁来啦！"

正忙着料理家务的谭静泓从厨房走出来，急忙接过雷鸣、林忠手中的礼品。让座后，给每人倒杯开水，然后亲昵地挎着雷鸣的胳膊，与雷鸣亲热地依偎着坐到一块儿。

俗话说干啥说啥，卖啥吆喝啥。一阵寒暄过后，吕胜三句话不离本行，对雷鸣、林忠说："文章华猝死案至今仍无眉目，侦破这起棘手的案件，我考虑首先必须查清此案的作案动机，关键是要准确判断出案件性质。另外，要尽快摸清孙金娃的潜址，力争早日将其抓获归案。"

快人快语的谭静泓自豪中又不无揶揄地打断吕胜的话，对雷鸣、林忠摆理道："恁看看、恁看看，我们家的福尔摩斯简直都快成侦破狂了；张口不离案件，闭口就是嫌犯。那年，孩子发烧、痢疾，他到外地抓人，半月不进家。靠山山倒，依水水断，气得我把俺俩的结婚照镜框都摔了。当时我想，等他回家后，我非让他跟案件、跟嫌犯过去不可。可气归气，一看到他那疲惫不堪的模样，就又心疼起他来，还得支持他破案，恁说我算啥人？"

"嫂子，今年的'十佳警嫂'非你莫属。"雷鸣由衷地感慨道。

谭静泓故意嗔怪地瞪吕胜一眼，拉起雷鸣道："走，咱姊妹俩上那屋说话去，让他们'案件'去吧。"

雷鸣顺从地跟随谭静泓来到卧室。谭静泓关切地对雷鸣说："雷鸣，姐给你说句心里话，你也老大不小了，该考虑考虑自己的终身大事了。"

雷鸣故意调皮地给谭静泓打哈哈道："有人说爱情可遇而不可求，那我就耐心地等着遇呗！"说着自己已先言不由衷地咯咯笑出了声。

谭静泓向外努努嘴，低声试探地说："你呀！简直是身在宝山不识宝。人家林忠论品德、论长相，那可是没得褒贬，知根知底的，恁俩多般配呐。不赶紧下手，小心让别的姑娘抢走了，到时候你哭鼻子都来不及。"讲到这儿，谭静泓偷偷瞄一眼雷鸣的面部表情，变换口气，委婉地低声征求雷鸣的意见说："你要是不好意思开口，姐我现在就去给你们把话挑明了，行不？"

雷鸣嫣然一笑，含羞地娇声唤道："嫂子，你就别……"

"雷鸣，吕局难得在家一天，咱就甭打扰了。"雷鸣一个别字未出口，忽听到客厅里传来林忠催她走的声音。雷鸣正好顺梯下楼，忙打住说到嘴边的话语，顺从地应声道："好，来啦！来啦。"说着，像钻天的云雀，红着脸从屋里跑了出去。

车到滨海路一僻静处，林忠迟疑了半天，才吞吞吐吐地对雷鸣说："老同学，俺、俺想请你帮个忙。"

"你有啥忙，我又能帮上你什么忙，老学兄不是没话找话说吧？"雷鸣不以为然，心不在焉地反问。

"是、是这样。"林忠不好意思地吞吞吐吐道，"刚才吕局给俺介绍个谭静泓医院的护士，俺想请你替俺参谋参谋，看看中不中？”

“嗯……你说什么？”雷鸣开始没在意，待品过味后，陡吃一惊，急忙触电般猛打一把方向盘，“嘎”的一声把车停到路边，俯在方向盘上，一双凤眼利箭般直刺林忠，语气尖刻地挖苦道：“要不要本姑娘恭喜啊？吕局会有闲心管你这事，是谭医生牵的线吧？”

林忠木讷讷地反问：“你咋知道的？”

雷鸣说：“别问我咋知道的，你坦白，到底是谁给你牵的线？”林忠诡异地说：“你不都知道了嘛。”

雷鸣不无揶揄地嘲讽道：“果然是谭医生。怪不得我刚才看你给谭医生套近乎呢。”

林忠“嘿嘿”一笑，忽闪几下眼皮，故装得意地向雷鸣炫耀道：“咋样？你不把鄙人当个杏核弹，还不兴人家吗？”

见林忠一本正经的傻样儿，雷鸣啼笑皆非，觉得又可气又可笑。于是便一反往日的温柔，窝火憋气地扯起嗓门冲林忠吼道：“人家，人家个鬼！刚才谭医生……”雷鸣欲言又止，她的心理素质无疑是超乎常人的，直到这时，她仍然不想把谭静泓刚才要给她向林忠提媒的事儿告诉林忠。因为在她看来，她和林忠之间早已是心照不宣，这层窗户纸捅破之时，就是水到渠成，瓜熟蒂落之日。至于有没有让人撮合的形式，已经没那么重要了。

林忠见雷鸣撂了句半截话，急于知道下茬，忙迫不及待地追问道：“谭医生，她怎么了？”

雷鸣并不作答，却扭转身去，虎视着林忠憨厚的脸庞，同时双手攥成拳头，交替着抡起来，雨点般捶打向林忠的胸脯。嘴里还不停地撒野道：“好你个林忠，光天化日之下，竟敢给本队长瞪着两眼说瞎话，竟敢给本队长说瞎话！”

林忠喜形于色，担心急坏了雷鸣，忙含笑赔不是道：“好，好，别闹了。我还以为你是石头狮子灌米汤，滴水不进呢！露馅了吧？”经过此番火力侦察，目的达到的林忠心满意足，得意洋洋地道：“这就叫用将不如激将，吕局刚教的，我是现学现卖。”

“行，真行！”雷鸣半嗔半喜，啼笑皆非地瞪林忠一眼，嘟囔道：“你们这些臭男人，耍阴谋、施诡计，合伙编圈让本姑娘往里跳。”

在雷鸣言不由衷的埋怨声中，二人不约而同地跳下车，相依相偎着走向海边，放眼远眺波涛翻滚、天水一色的大海。海面上，波光粼粼，海鸥翱翔。不时有快艇“刷”地驶过，无情地把水面犁开一道浪沟。

林忠说：“雷鸣，很早就想给你说，怕你不高兴，才编了假话。你不怪罪我吧？”雷鸣妩媚地半眯起迷人的双眼，轻轻摇摇头说：“不怪。你以为我不知道吗？心有灵犀一点通，很多时候，话是不需要挑明的。我们的行话是什么？”看林忠没有马上回答，雷鸣接着自言自语道：“证据！你的眼睛早就告诉了我，你对我的所思所想。”

林忠说：“我当你是不食人间烟火的仙女呢！原来也有七情六欲啊。”

雷鸣若有所思地举目向大海深处远眺片刻，转眸凝视着林忠，感慨万千地展露自己的心迹说：“哪能呢，作为一个女性，我何尝不需要我所爱的、爱我的人的体贴和温暖呢。但是，为了共和国的稳定，为了辖区的老百姓能安居乐业，我们所肩负的神圣职责，决定了我们随时将面对危险甚至牺牲；决定了我们必须要用已经超负荷的血肉之躯，义无反顾地去切除危害我们伟大祖国肌体的社会毒瘤，与社会上那些最阴暗、最肮脏、最丑恶的人渣，甚至杀人不眨眼的亡命之徒进行长期的血与泪、生与死的搏杀。这——也正是我久久压抑自己的情感，迟迟没有向你表白爱意的实质所在。”

讲到动情处，雷鸣委屈得只觉得鼻孔一酸，一串晶莹的泪珠“嘟噜”夺眶而出。林忠见状，赶紧怜爱地递给雷鸣一片纸巾。雷鸣接了轻沾几下面颊，顺势靠偎到林忠怀中，接着深情地对林忠表白道：“男大当婚，女大当嫁。林忠，我答应你，等文章华猝死案成功告破之后，我就嫁给你。”沉默片刻，见沉浸在爱意中的林忠没有搭话，雷鸣意犹未尽地接着补充道：“把我的一颗纯洁赤诚的心和我的全部……”

林忠静静地听着，深情地注视着雷鸣艳美绝俗的脸庞，动情地附耳低声对雷鸣表白道：“我爱你！”

窗户纸一旦被捅破，一切扭捏、矜持就都是多余的了。雷鸣热情地依偎着林忠，同样爽朗地答道：“我也爱你！等文章华案成功告破后，我一定当你的新娘。”

“中，中中！你知道吗，等待有时也是一种幸福。事业天大，为了咱们共同钟爱的公安事业，咱们就是付出再大的奉献和牺牲，也应该无怨无悔。”看到希望的林忠欣喜若狂，展臂紧紧将雷鸣拥在怀里，顿觉有一种无形的暖流在血液中汹涌翻滚，使得雷鸣陶醉得慢慢地闭拢长长的睫毛，微微翘起下颚，等待林忠炽烈而深情的亲吻。而林忠此刻却按捺不住澎湃如潮的心情，一时激动得不知所措。他可爱得近乎于傻地轻轻移开雷鸣，忽地跃身跳到一块褐色的巨大岩石上，动情地挥动着双拳，敞开嗓门，对着大海放声呼喊道："啊！大海作证！"

"哗——"呼喊声和着汹涌波涛，在天地间回荡。

已是午夜时分，刀水莲早已脱衣躺下，马彪赤裸着上身倚床抽闷烟。他愁眉紧锁，一副坐卧不安，心烦意乱的模样。刀水莲懒洋洋地从毛巾被下伸出赤裸的手臂，轻轻地摩挲着马彪发达的胸肌，慢声细语劝慰道："好啦，好啦！不就是想弄几条破玩意儿吗？愁眉苦脸，长叹短吁的，值当吗？"开导马彪几句后，刀水莲长叹一声，接着对马彪说："枪能壮胆，也能索命。我是怕你……唉！我原来那个死鬼穆天雨，要不是有枪，咋能死无葬身之地？"正是旧情难忘，讲到这儿，刀水莲的思绪禁不住又陷入令她时至今日仍然感到毛骨悚然、不寒而栗的血腥往事的回忆之中：

朦胧的夜色中，公安民警、武警战士悄然将大毒枭李惠春的贴身保镖穆天雨坐东朝西的三层小楼团团包围。

"砰，砰，砰"，随着三颗红色信号弹升空，埋伏在院墙外的武警战士跃身而起，一名战士飞起一脚，将院门踢开。几乎是与此同时，"哒，哒，哒——"一串子弹从二楼射出，踢门的战士猝不及防，当场中弹牺牲。

穆天雨的残暴行径，顿时激起公安民警、武警战士的无比愤慨，他们同时举起微冲、手枪，将子弹集中射向穆天雨。穆天雨躲在二楼，凭借坚固、结构复杂的楼房，轮流用冲锋枪、手枪、手榴弹等多种武器，不断变换位置，隐蔽地向公安民警、武警战士扫射，负隅顽抗。

武警战士三次向穆天雨发射催泪弹，皆因楼房窗户上装有钢纱网而被弹回，致使警方一时难以将穆天雨击伤或击毙，更不要说生擒活捉了。

在紧绷的对峙时刻，现场指挥员放下望远镜，审时度势，调整警力，决定运用调虎离山，围三缺一的战术，急令楼后东墙外的两个战斗小组撤退，迂回到远处隐蔽潜伏，张网以待，守株待兔。同时，采取措施，逼穆天雨往楼外逃，继而歼之。

在正面火力的掩护下，突击队员利用楼房死角，将飞锚抛向三层，然后拉着绳索，攀爬到楼顶，再从楼顶吊到二楼，以强大的火力，压制住穆天雨，用手雷炸开钢纱窗，成功地向楼内发射两颗催泪弹。

穆天雨鼻眼流泪，咳嗽不止，呼吸几乎窒息，不得不逃退到一楼。

“穆天雨，放下武器，举手投降，是你的惟一出路！”武警战士向穆天雨喊话劝降。

冥顽不化的穆天雨狂妄地咆哮：“来吧，老子今天和你们拼了！”凭借有利地形，穆天雨继续疯狂地端枪向武警战士扫射，封锁住大门，使武警战士接近不得。

现场指挥员下令：“突击队员，上。”

一名年轻的武警战士应声抱起炸药包，麻利地匍匐前进，刚到大门口，穆天雨一梭子子弹射来，这名战士中弹负伤，只见他头一软，昏倒于血泊之中。

“嗨——”现场指挥员愤怒得咬牙切齿，狠狠将拳头砸到大腿上。就在他准备下令，让第二梯队冲锋时，“哒，哒，哒！”穆天雨疯狂扫射的枪声，惊醒了血泊中的战士，只见这名英勇的战士咬紧牙关，坚强地抹一把眯住双眼的鲜血，双目喷火，怒视着穆天雨藏身的小楼，吃力地连打几个滚，贴近墙根，拼尽全力，拉响了炸药包。

“轰——”年轻的战士用血肉之躯，把穆天雨赖以藏身顽抗的小楼炸开一个缺口。门外的武警战士旋即又往缺口内连发两颗催泪弹，穆天雨支撑不住，狗急跳墙，急切撞开东墙的窗户，手提微冲，腰缠装满弹夹的子弹袋，仓皇跳窗向东逃窜。当穆天雨越过一条小水沟，正准备往一片茂密的甘蔗地内钻时，被撒到这一片设伏的武警战士一个点射，击中腿部。穆天雨恼羞成怒，掉转枪口，发疯般向武警战士扫射。这时，设伏的两个战斗小组的武警战士一齐开火，眨眼之间，穆天雨罪恶的身躯像半截朽木，“扑通”一声栽进臭水沟……

回忆到这里，刀水莲蓦然惊恐地紧紧搂住马彪，声嘶力竭地惊叫道：“不、不！彪哥，我不能再失去你！”

马彪轻轻拍着刀水莲，像抚慰一个惊魂未定的孩子，自命不凡地说：“这不是错在有枪上。没有枪不是更容易束手待毙吗？再说啦，依我看，你的前夫他也是笨得掉渣，他单枪匹马地跟公安、武警明搭明里对着干，那不是拿鸡蛋撞石磙，自找粉身碎骨吗？只有保护自己，才能消灭敌人，他应该隐蔽地对抗。这正是膏药人人会卖，各自熬炼不同。水莲，你在这一带熟，为了我们的幸福，你一定要成全我。”

刀水莲沉默了一会儿，仍然有点勉强地答应道："好吧，改天我去找找天雨的把兄弟云中龙，托他帮你想想办法。"

马彪见刀水莲答应帮他买枪，愁容顿开，转忧为喜，更加觉得娶刀水莲这步棋的高明。他激动得手脚无措地捧起刀水莲的脸庞就是一阵狂吻，同时口中不停地喊叫着："我的活菩萨我的小宝贝儿，这回你可帮老公的大忙啦！"刀水莲的虚荣心随着马彪肉麻的夸赞也膨胀起来。两个人又是一阵颠鸾倒凤。激情过罢，马彪仰面躺着，喘着气问刀水莲："水莲，你为啥从来没问过我是做什么生意的？"

心满意足的刀水莲拢了一下蓬乱的秀发，操着一副玩世不恭的神情答："管你做啥子生意的，只要对我好，你上山掏老虎娃子都行！"

吕胜伤愈上班后，决定再次提审艾小芒。由雷鸣主审，何惠敏记录。雷鸣坐在桌子边上，注视着艾小芒，沉默不语。艾小芒继续施展胡搅蛮缠的伎俩质问："为啥抓我，你们赶快放我出去，我想我的儿子。"

证据，是能使嫌犯低头认罪的有力武器。待艾小芒欲盖弥彰地胡搅蛮缠一阵子后，雷鸣拉开抽屉，不紧不慢地一一把啤酒瓶、瓶盖、注射器摆到桌面上，漠然地用食指和拇指夹起瓶盖，对着从窗户玻璃射进屋内的一缕阳光，用一只眼瞄着瓶盖上的针孔，操着近似于调侃的语气，旁若无人地说："刘大义真是太不经磕绊了，就这么大一个窟窿眼儿，他一个五大三粗的壮汉就撑不住了。"

艾小芒一愣怔，雷鸣却不急不躁，冷冷地继续对艾小芒旁敲侧击说："谁不知道保头啊，人家都说了，你还执迷不悟个啥呀！你也不想想，孙金娃要是不老实交代，我们咋想起来收集这些扔了无人捡，一文不值的破烂货。"艾小芒一直认为孙金娃和自己一样，也被公安抓了，又听雷鸣这么一说，心中不免也打起了自己的小九九。迟疑间，只听雷鸣又有板有眼，条分缕析地道："那天，孙金娃把'毒鼠强'和注射器交给你，你用注射器针头把啤酒瓶盖扎个孔，先抽出点啤酒，把无色无味的'毒鼠强'稀释后，抽到注射器内，然后推入啤酒瓶内。不明内情的刘大义喝下去中毒后，你为达到置其于死地的目的，半路以借钱为由，故意拖延时间，致使刘大义失去了最宝贵的抢救时间。"

雷鸣的离间计、物证和一番缜密的推理，有力地击在了艾小芒的致命处。艾小芒听傻了，脑袋慢慢像塌了架的黄瓜，蔫了下来。她想："刚才公安讲的跟看见了似的，和她干的一样。孙金娃个龟孙家儿要是不说，人家公安局哪能知道得这么清楚。哼！你个挨千刀的、该万剐的，把俺好端端的一个家拆零散，我二话没说，你却先倒打一耙，又反过来啃我一口，把我出卖了！中，你个龟孙言而无信，也别怪姑奶奶我无情无义了。”想到此，艾小芒只觉得热血灌顶，突然像打了鸡血，歇斯底里地破口大骂孙金娃：“孙金娃，你个龟孙家儿蹲着尿泡，不算个汉子，你他妈不是人……”

省肿瘤医院。手术室的无影灯下，医生们正在紧张有序地给卫民安做手术。经过四个多小时的手术，医生从卫民安肝部摘除了一个五厘米见方的病变体。

几天之后，陪护民警小王去取药时，医院收费处提醒他：“预交的医疗费已经所剩无几，该续交押金了。”

“知道了！”小王不置可否地点点头离去。返回病房后，他看卫民安似睡非睡地躺着，以为他睡着了，便轻声对卫民安的妻子方雅娟转告说：“嫂子，医院催咱交押金呢。”

方雅娟迟疑半天说：“家里实在拿不出了，要不，我回老家找亲戚借去。”

卫民安突然吃力地睁开浮肿的眼皮，招手把小王唤到床前，叮嘱道：“小王，医生再开药方，你拿药前，先出去把处方复印一份。医院里药太贵，这个院我不能再住了，咱回家自己买药吃，然后定期来复查，不一样吗？”

方雅娟插话道出自己的想法说：“老卫，你在市局干这么长时间了，组织上总不能眼睁睁地看着你等死吧！你要是张不开嘴，我去找你们领导要求要求！看能不能再给解决点医疗费。”

卫民安深情地注视着妻子苦楚的面孔，他理解妻子此时的心情和苦衷，但又不愿降低自己做人的准则，便坚定地阻止道：“不当家不知柴米贵。我知道局里经费紧张，有时出去抓人，都是民警们自己垫钱。咱得体谅啊！再说，我因病已经耽误工作了，哪能再给组织上添麻烦呢。念咱夫妻一场的分儿上，往后我的事儿，你千万别再向组织上提任何要求了……”说到这儿时，卫民安腹部一阵剧疼发作，他皱眉闭上眼睛。

方雅娟无奈地轻叹一声，小声嘟囔道：“唉，你也太……”话未出口，就憋屈得“哇”地一声痛哭起来，积郁在她心中多日的情感的洪水，陡然像决堤的闸门一样，排山倒海倾泻出来，她不忍心丈夫因缺钱离她而去，望着丈夫黄皮寡瘦的面孔，她的心碎了……

小王见状，禁不住转过身去，掏出手绢拭泪。卫民安豆大的泪珠，也从眼角滚出，顺面颊落到耳根。

黄昏时分，雷鸣整理干净办公桌上的东西，正准备下班，忽然接到黄毛打来的电话，约她在老地方见面。雷鸣自己驾车，警惕地故意绕几个弯，赶到的时候，黄毛已找好桌子，在那儿恭候。雷鸣佯装一本正经，诙谐地问："黄毛，是不是又想蹭顿饭吃啊？"

黄毛涎皮赖脸道："哪能啊，您就是借给我个胆，我也不敢蒙神探啊。拿人家钱，就得给人家干事。我是忠于职守，无事不登三宝殿啊。"

雷鸣听后不置可否地抿嘴一笑，瞅黄毛一眼道："那就赶紧点几个菜，咱边吃边聊，完了还有事呢。"

其实，黄毛早已把菜点好，见雷鸣催他点菜，马上冲服务员吆喝道："上菜！"稍顷，服务员便端上两荤两素四个菜，一瓶酒来。

黄毛殷勤地把酒斟一满杯，起身哈着腰，毕恭毕敬地双手抬到雷鸣面前。雷鸣用筷子把酒扒拉到一边，谢绝道："让我酒驾呀？安的什么心！"说着夹起一块焦黄的炸春卷，细嚼慢咽地问："老文那事有消息啦？"

黄毛八辈没喝过酒似的，先贫气地引颈灌下一满杯酒，才摇头答道："那事是瞎子打枪，没有目标。不过，上次你不是让我扩大搜集情况的范围吗？这几天，我就四处打电话，找亲朋好友聊天，想从中发现线索。昨晚，我给在清远市打工的一个把兄弟喷大空时，他告诉我，咱这儿有个叫孙梦飞的，最近到那边去了，干的是卖菜的生意。一次，我的这个把兄弟无意间，从一个老乡嘴里听说此人真名叫孙金娃。除了坐台小姐，外出打工哪有改名的。我这个把兄弟怀疑此人在咱这儿犯啥事了，问我听说过这个人的事没有，我也觉得蹊跷，但不知对你们有用没用？"

"有用没用不都让你说完啦！"雷鸣表面不动声色，心中却一阵惊喜想，真是找人不如等人。遂含而不露地给黄毛斟满一杯酒，面色凝重地叮嘱道："黄毛，这事你从现在就忘掉，对谁都不能再提起，知道了吗？"

"明白！"

雷鸣抽身站起，从兜里掏出两三张百元面值的钞票，放到桌上："结账剩下的归你，我有事先走一步。"

刚迈出门，雷鸣又转回身，对黄毛说："把你那个把兄弟的姓名、手机号码给我。"黄毛给服务员要纸，服务员撕下一张记菜名的纸给黄毛，黄毛写了递给雷鸣。

事不宜迟，雷鸣没顾上回家，就又返回局里，向贺国庆、吕胜汇报了黄毛提供的信息。

贺国庆把放大镜放到地图上，游移着寻找了一会儿，用手一点，对站在身边的吕胜说："这儿，清远，地级市，位于豫、鲁交界处。"

雷鸣担心黄毛信息的可靠程度，踌躇不决地征求贺国庆、吕胜的意见："去，还是不去？"

贺国庆应机决断道："偶尔得到的线索，有时可信度则更高。普遍撒网，重点拿鱼。这样的事，宁可信其有，不可信其无。夜长梦多，机会耽误不得！"

吕胜点头赞成道："局座言之有理，我马上组织精干警力，连夜赶往清远市。"

贺国庆关心地嘱咐道："带足经费，要多依靠当地同行。"吕胜点点头，与贺国庆握手辞别。

两辆警车，载着吕胜、雷鸣、吴国发等民警，像离弦之箭，撕开夜幕，驰往清远市。为了捕捉战机，这样的行动对于吕胜、雷鸣来说，早已是家常便饭。

一夜颠簸，吕胜一行来到清远市。在市公安局刑警支队办公室，年轻精干的陈光远支队长倒茶敬烟，热情地接待吕胜一行道："全国公安是一家，颍川市的案件，就是清远市的案件，我们一定鼎力相助，完成这次抓捕任务。"

"谢谢！"吕胜礼貌地说。

陈光远豪爽地表示："一家人不说两家话，何必言谢。根据你们通报的情况，我看首先要摸清嫌疑人的潜址，然后再动手。"

吕胜点头称是："这样最好。"

陈光远见吕胜无异议，接着提议："你们先找个宾馆住下，车辆暂不要动，以免打草惊蛇，前期工作我们先做。"稍停又补充道，"晚上，我给诸位远道而来的同行接风洗尘。明天早上，咱到小吃一条街品尝品尝清远的传统风味小吃肉盒、胡辣汤。"

"太客气了！"吕胜说着感谢的话，把黄毛提供的手机号码交给陈光远说:“这是知情人的手机号，机主叫赵辉，据说是在蔬菜市场卖菜；可以通过此人，查摸孙金娃的具体潜址。”

清晨的蔬菜市场，熙来攘往，人声鼎沸。一个年约而立之年，长方脸，尖下颌，高鼻梁，脸庞晒得黝黑的摊主腰间的手机铃响起。他掏出接听，对方挂断。稍顷，手机又响。他有点不耐烦地再次掏出接听时，两个着工商制服的年轻人出现在他的摊位前，翻着一个本子问:“你叫赵辉吧？”

“是！”

“你的摊位管理费交错了，耽误你几分钟时间，请跟我们到所里核实一下。”

赵辉安排邻近的摊主帮他看会儿摊，边走边纳闷地嘟囔道:“不可能呀，我照章交费，一月一清……”

位于蔬菜市场大门口的工商所办公室内，陈光远和一名民警让赵辉坐下，微笑着对赵辉自报家门道:“我们是公安局的，为了避免给你造成不必要的影响，所以才采用这种方式，把你请来，望不要介意。”

赵辉的神情突然紧张起来，有点惶惑地问:“我老实本分地做生意，没干过一点儿犯法的事，你们找我能有啥事？”

为了打消赵辉的紧张情绪，陈光远含笑解释说:“跟公安机关打交道的，难道说都是干过坏事的人吗？我们今天找你，主要想问一下孙金娃，也就是孙梦飞的住处。”

“原来是为这事，吓我一跳！八成是黄毛这小子多嘴。”赵辉明白陈光远二人的来意后，神情马上自然了许多，咧了下嘴，尽其所知提供道:“其实，我并不认识姓孙的。几天前的一个晚上，下雨没事，老乡们聚到一块喝闲酒，有人说又来个老乡，在老家时好像叫孙金娃，出来咋还改了名呢！俺们议论几句，有人打岔说，开鱼行不问鳖市，做自己的买卖吃自己的饭，操那么多闲心干啥，喝酒，喝酒！大家一笑了之，根本就没当回事儿。前天，我与把兄弟黄毛电话里闲聊，我知道他好打听这类闲事，就给他讲了。听说，姓孙的在大清河西岸，桥头附近卖菜，在朱庄附近租的房。”

“谢谢你的配合，这事你就不要对别人讲了。”陈光远送走赵辉，径往宾馆，向吕胜反馈排查情况:“据赵辉提供，姓孙的租住在城乡接合部的朱庄一带，属河沿分局辖区，咱现在就去与他们接洽一下，以便开展工作。”

陈光远带领吕胜一行，直接来到清远市公安局河沿分局局长办公室，扼要介绍道:“这位是颍川市公安局吕局长，这位是河沿公安分局的孔局长。”

孔局长四十挂零，上中等身材，胖瘦适中，举止谦恭儒雅。浓眉下，一对明亮深邃的大眼睛，闪烁着沉毅、聪慧的光芒。听罢介绍，他热情地紧握吕胜等客人的手让座道:“欢迎，欢迎！”

吕胜简要介绍案情后，陈光远安排说:“据说此人在大清河西岸朱庄一带租房藏匿。市局意见，如情报可靠，由你们局协助抓捕。”

孔局长毫不犹豫地表示:“这没问题，我马上派人去查摸此人的潜址。”说着，他立即拨电话唤来刑警大队刘大队长。吕胜从文件包里取出一张照片，递给孔局长:“这是嫌疑人的照片。”

孔局长接过粗略扫视一眼，转手把照片递给刘大队长说:“你马上带几个人，到朱庄一带暗访有无此人。如在，就地控制;如不在，千万不要打草惊蛇，先摸清其具体潜址和周围环境，留俩人秘密监视，晚上捂窝。”

时间不长，刘大队长匆匆返回，向孔局长、陈光远、吕胜、雷鸣汇报查摸情况说:“经朱庄治保主任辨认，在该庄租房住的确有其人。来的时间不长，租住的两间房距大清河不远，地理位置比较偏僻。该房原来是一位五保老人的，五保老人去世后，空闲一段时间，前不久由村委会租给这个姓孙的。据邻居提供，此人隔两天去邻县菜农处批发一次蔬菜，然后在桥头市场零售。今天没出生意，十有八九是又批发菜去了，返回的时间早晚不定，我已安排两名民警，在其租住房附近蹲点守候。”

金乌西坠，当遥远的天际那一抹璀璨壮观的橘红色霞光，在人们的不经意间慢慢消失之后，夜幕悄悄降临了。孙金娃神色怡然地哼着小曲，蹬着一辆半新不旧的三轮车，车上装着批发的蔬菜，径直来到租赁房不远处的大清河岸边。那天夜晚，吓得屁滚尿流的他逃脱公安机关的抓捕后，急如漏网之鱼，慌似丧家之犬，连夜离家出逃，躲到这远离家乡的地方。孙金娃认为这里天高皇帝远，颍川市公安局再也奈何他不得，加之花钱买了个假身份证，改名孙梦飞，以为从此便可以逍遥法外，高枕无忧了。只见孙金娃放下菜车，活动一下腿脚，步行回到住处。他是想先吃点东西，然后回来洗菜，洗泡过的菜看起来支棱棱的，新鲜干净又压秤，还能卖个好价钱。

守候在不远处的两名民警见孙金娃拉灯进屋，马上通过手机短信报告情况。刘大队长看后对孔局长、吕胜等人说:“蹲点守候民警报告，目标在租住房内出现。”

吕胜抓人心切，催促雷鸣等人道："咱也赶紧过去吧。"说罢与孔局长握手告别。

行前，孔局长特意叮嘱刘大队长："我们情况熟，行动时一定要冲在前面。"

几辆警车，悄然驶出河沿公安分局的大门。

且说孙金娃回到租赁房后，先晃晃保温瓶，感觉到里边还剩半瓶开水，于是便从筐里拿出两个馍，端出一小碗咸菜，狼吞虎咽地就着吃了一个多馍，又倒半碗开水，"咕咕咚咚"一饮而尽，抹把嘴，抬身出屋，带上门，为抄近道，他绕到屋后，顺便在屋后撒了泡尿，然后翻墙返回大清河岸边去淘洗菜。

吕胜、雷鸣、刘大队长等人在朱庄村头弃车步行。刘大队长轻车熟路，领人直奔孙金娃住处。

此时，正在岸边弯腰淘洗菜的孙金娃，忽听一阵杂乱急促的脚步声，他警觉地抬头一看，约有十多人正匆匆朝他住的方向奔去，有的还掂着枪，不禁陡吃一惊，心想："乖乖，别是冲我来的吧！不管是不是，三十六计，走了是便宜，先躲躲再说。"于是，心有鬼的他当即扔下正在淘洗的菜，三下五除二脱掉衣服，用手举过头顶，狡猾地游到大清河东岸。

蹲点守候民警接应住众人后，往院里指指。刘大队长打个手势，几名民警迅速从两边包抄到屋后，门外的民警翻过低矮的墙头，直扑孙金娃住处，撞开门一看，屋内虽亮着灯，但却不见了孙金娃其人。吕胜打着电筒，顺着屋后的一趟脚印，一直追踪到岸边，望着水边浸泡着的一堆莱，追悔莫及地说："咳！又让这小子给跑啦。"

孙金娃游过大清河后，穿好衣服，摸摸兜里仅有十块钱，他到一路边店，买两袋方便面，两瓶纯净水，便匆匆躲进附近的一片树林中。

吕胜简单与雷鸣交换意见后，对症投药，和刘大队长商量道："找人不如等人，留两名民警在屋内守候，其余民警还是先撤回去吧。"

次日晚十一时左右，饥饿难耐的孙金娃抱着侥幸心理，打算取出藏在住处的几百块钱，然后连夜逃之夭夭。于是，他又趁着夜色返回大清河西岸，鬼鬼祟祟，有气无力地往住处摸，不想被朱庄的群众发现，马上报告河沿公安分局值班室说："朱庄庄外，有个人像你们找的那个姓孙的……"

警情似火，孔局长马上启动快速反应机制，紧急调集近百名民警，以瓮中捉鳖之势，团团将孙金娃出现的地域包围。吕胜、雷鸣等接到电话，也立即驱车赶到。霎时，包围圈一带警灯闪烁，如照妖之镜，在夜色之中分外壮观；

警笛声声，似劈鬼炸雷，令犯罪分子胆战心惊。包围圈形成后，警方迅速展开地毯式搜索，像铁箍一样把孙金娃箍到包围圈内。

有钱走遍天下，无钱寸步难行。回屋取钱心切的孙金娃在夜色掩护下，东藏西躲，迂回到住处。在院外，他狡猾地先往院里投一块半截砖，见没有动静，又拿腔作调地咳嗽几声，试探屋内是否有设伏民警。经过一番“火力”侦察，见屋内确无动静后，便诡谲地绕到屋后，翻墙入院，蹑手蹑脚靠近屋门，伏身贴着门又听了一会儿，见屋内毫无声息，觉得万无一失后，这才决定进屋。他不打开门，而是狡猾地摘掉门档，像乌龟一样，俯身伸头往屋里钻。没想到刚钻进屋上半截身，便被守候在屋门后的雷鸣用强光手电筒一照，抬腿就是一脚，踏鳖头般，紧紧地踩住孙金娃伸进来的脖颈。鄙夷地厉声喝道：“叫你小子还跑……”

周末的下午，在颍川市繁华街道的一个大商场内，罗金虎、谷蕊每人戴一副茶色变色镜，漫无目的地这儿瞅瞅，那儿看看。当他们来到二楼服装专柜时，谷蕊在一套款式新颖的衣服前驻足不前，仔细翻看，表现出极大的兴趣。而后，又看看标签上的价格，自言自语嘟哝道：“四千八百八十八元，啥面料的，这么贵！”

罗金虎马上摆出大老板的派头，做出伸手从公文包拿钱状道：“试试，相中就买下。何必给自己的想法打别呢！”这气派，这风度，引起不少顾客向他们投去惊异与羡慕的目光。

买过服装，二人又在商场逛了一会儿，眼看快到晚饭时分，便相约来到一家豪华酒家。雅间内柔和的灯光下，谷蕊身着新买的高档服装，与罗金虎相拥而坐，俨然一对相敬如宾的夫妻。他们面前的餐桌上，菜肴十分丰盛。二人频频举杯互敬。几杯酒下肚，罗金虎开口道：“蕊，有件急事还得请你帮个忙。”

“只要能办，我一定尽力为之。”谷蕊毫不要滑地满口应允。

“是这样，我最近与广西谈了一笔生意，合同已签，急需履行，想请你帮忙筹一笔款。”说着，罗金虎狡诈地窥察一下谷蕊的面部表情，从桌面上推过去一个纸条：“这是账号。”

谷蕊为难地扫视罗金虎一眼，心有余悸地犯难道：“你这不是害我吗，是犯法啊？”

“哪里，哪里！”罗金虎“嘿嘿”一笑，咄咄逼人地纠缠道：“就三十万，堂堂市长夫人，银行的大主任，干这点事还不是易如反掌吗？再说啦，也就是暂时解解我的燃眉之急，赚到钱后，如数填上不就得了！”

谷蕊凝视着杯中的红酒，慢慢地把酒杯举到眼前，轻轻晃动着，双目凝视着酒在杯中打旋。已经踏入陷阱的她，此时此刻，已辨别不出杯中的酒是苦还是甜。罗金虎看出谷蕊脑海中正在进行着办与不办的激烈斗争，阴冷地一笑，进一步施展软化谷蕊的伎俩，低三下四地恳求道：“蕊，为了我们的感情天长地久，我希望……”

情可令人聪明，也可使人愚蠢。早已被这场糊涂的爱折腾得神魂颠倒、五色不辨的谷蕊，神情发呆，沉思良久，“咕咚”一口灌下杯中的酒，心一横，慨然答应罗金虎：“是福不是祸，是祸躲不过。好吧，我答应你！”

颍川市公安局刑警支队审讯室，吕胜、雷鸣、吴国发正气凛然地端坐桌前，何惠敏掂笔准备记录。大腹便便，赖头赖脸的孙金娃先发制人，屁股没落座便虚张声势，贼喊捉贼，倒打一耙，胡喊乱叫道：“我抗议，你们随便抓人，我犯了什么法？你们公安局今天不说清楚，我跟你们没完。”

吕胜成竹在胸，稳操胜券，以柔克刚道：“孙金娃，有理不在言高，你不要冲动。我问你，如果走的端行的正，你跑个啥？”

“我是合法公民，有行动自由，你们管得了吗？你们为什么抓我？”

吕胜神情坦然，心平气和地对孙金娃说：“抓你，自然有抓你的理由。恁庄那么多人，我们为啥不抓，单抓你呀？”

“既然有理由，还问我干啥，你们该咋办咋办不妥了。”孙金娃无理赖三分，愣头愣脑打断吕胜的话，顽固地拒绝交代罪行。他心里比啥都清楚，说了是一枪两眼，不说兴许能滑溜过去。加之与艾小芒六月的腊肉，有盐（言）在先，发过血誓，订立过攻守同盟，所以很是自信。

“这货，瞪着两眼说瞎话。”看到孙金娃软磨硬抗，死乞白赖的样子，脾气急躁的吴国发直气得火不打一处来，一时血涌脑门，冲过去鹰捉小鸡般劈胸将孙金娃提起，照屁股就是一脚。

“老吴……”吕胜见状，急忙飞身冲了过去，一把将吴国发甩开，奋力推到审讯室外，埋怨道：“你着什么急呀！性子急喝不得热稀饭。”

吴国发气呼呼地辩解道：“时间紧，任务重，你不打，他不供。做半天思想工作，不如踹一脚。我看这货整个儿就是新买的木鱼，欠揍！”

“糊涂！荒谬！”吕胜毫不留情地数落吴国发几句，转身返回审讯室，见雷鸣正苦口婆心地对孙金娃晓之以理道：“孙金娃，要想人不知，除非己莫为。鸟飞过去还有影呢，老鼠满地跑，哪能不留印。你认为做的事人不知，鬼不觉，但毕竟还是有知道的呀！”

“谁知道？”孙金娃迫不及待反问。但马上又觉得说走了嘴，赶紧放屁打侧脚，自我遮羞地追问道：“啥事？”

“啥事！你问我，我问谁呀？”雷鸣转守为攻，威严地怒视孙金娃一眼，给林忠使个眼色，林忠会意地打开了电视。

屏幕上马上显示出艾小芒目光惊恐、胆怯，额角冒汗，交代问题的画面，但没有放声音。

无私者多勇，有理者语响。雷鸣厉声质问看到画面慌了手脚，抓耳挠腮的孙金娃：“孙金娃，你知道艾小芒在说啥吗？”

孙金娃如坐针毡地欠欠屁股，浑身不自在地问：“说啥？”

“她是在交代你如何把药和注射器送给她，合谋毒杀刘大义的犯罪经过。”

孙金娃听后一怔，头冒虚汗，正寻思如何自保时。忽听雷鸣斩钉截铁地又道：“孙金娃，‘零口供’这个法律术语你听说过吗？我们办案重的是证据，你现在就是一个字不交代，那只能说明你态度不老实，但法律照样可以定你的罪，而且要加重处罚。”

话语不多，却一针见血，稳、准、狠地打到了孙金娃的七寸上。孙金娃听后精神崩溃，顿时面无人色，绝望得咬牙切齿地骂道：“这个言而无信的臭婊子，可把我害苦了。”他哭丧着脸，像一条断了脊梁骨的癞皮狗，“扑通”跪倒在雷鸣面前哀告道：“我交代，我老实交代……”

南北山头多墓田，
清明祭扫各纷然，
纸灰飞作白蝴蝶，
泪血染成红杜鹃。

清明时节，刘大义的妹妹肩扛铁锨，搀着母亲来到刘大义坟前。她挥锨往刘大义坟头添土圆坟，刘母在坟前摆上馒头、水果、一个鸡、一块刀头，点燃一刀纸，悲怆地哽咽道：“可怜的孩子，娘给你送钱来了！”

刘大义的妹妹从地上找了一根枯树枝，沉重而缓慢地扒拉着未燃的纸，喃喃地道：“哥，是公安局给你申了冤，报了仇！你在天之灵如果有知，可以含笑九泉了。”

颍川市一家餐馆的单间内，餐桌上早已摆好几盘精美的凉菜，大人、小孩也已经热热闹闹地入席。端坐在主位的，是一位年已八旬、面色红润、长相富态的老太太。她的旁边，空着一个座位，这显然是给什么人留的，人们迟迟不开席，看来也是在等待着这位座主。一中年妇女看看表，着急地说：“都十二点多了，咋还不来。昨天说好的，他提前过来。”有的说：“大哥工作忙，再等等。”

议论间，贺国庆手提一盒寿糕，推门而入，像做错了什么事似的，忙不迭向主位上的老太太解释道：“妈，我刚散会，让您老久等了。”

贺妈妈颤巍巍地伸出手，把贺国庆拉到她旁边的空位上，满脸乐成了一朵花：“你忙，妈不怪你……”

贺国庆起身举杯道：“妈，今天，是您老的八十大寿。我代表全家祝您老福如东海长流水，寿比南山不老松。”人们陆续起身，觥筹交错，共饮下这杯祝福酒。放下酒杯，贺国庆抄筷往母亲碗里夹可口的菜。这时，放在桌上的手机突然响起，他放筷接听，对方传来吕胜急促的报告声：“贺局，市西郊颍川河河滩的草丛中，发现一具无头女尸。”

“什么？注意保护现场，我马上到！”言毕，礼貌地俯在母亲耳畔说了几句话，匆匆离席而去……

第七章　无头案牵出大毒枭
奸猾商设局套高官

晴日，无风。位于颍川市西郊的颍川河北岸河堤处，突然陆陆续续停了一大片警车。二道堤上，吕胜、雷鸣、林忠、吴国发等民警，一个个冰霜满面，遥望着三百米开外，河滩里一个土岗上没胸高的草丛。

草丛中，隐约可以看到一个呈长条状的、白花花的东西。

这是一具赤裸的无头女尸，死者的头颅从齐肩处被砍掉，不翼而飞。苍白而僵直的躯干暴露在光天化日之下，犹如一个硕大的“谜”字，摆在吕胜、雷鸣等技侦民警们的面前。

为保护现场，吕胜在空中从东往西画个“U”字形弧线，命令民警以尸体为中心，在三百米范围内，拉起一道警戒线，然后在荒草丛中寻找到一根干树枝，独自跌跌撞撞地跑下河滩，沿着通往河边的一条南北走向的羊肠小道，先小心翼翼地环绕警戒线仔细搜索一遍，然后从河边开始，用树枝拨拉着荒草，避开草丛上所有能发现的、被人踩踏过的痕迹，先辟出一条可以接近中心现场的通道。随后，他又驻足默不作声地遥遥观察着惨不忍睹的尸体，脑海里不停地寻思着怎样开展工作。他十分清楚，现场勘查是案件侦破的先导，于是喊道：“技术上过来几个人，录像、照相，固定现场情况后，马上勘查。一定要认真过细，千万不能漏掉蛛丝马迹。”

早已做好准备的林忠闻声而动，和技术人员、法医一起，顺着吕胜辟出的通道，接近中心现场。拍照、录像后，又在地面和草丛中，寻寻觅觅，过篦子般搜寻作案分子可能留下的痕迹、物证，力求尽可能多地发现每一个细微的、有价值的痕迹、物证。

这时，贺国庆心急如焚地驱车赶到案发现场。吕胜、雷鸣迎上前。未等贺国庆询问，吕胜便指着现场汇报道："是一具无头女尸，附近群众上午十一点多发现的。林忠他们正在现场勘查，看完马上把尸体运往火化所进行尸检。"他十分自然地观察了一眼贺国庆面部的表情，接着汇报道："刚才我进去看一遍，基本可以认定这是第一现场。因为尸体创口处有一摊血，血泊中有一绺头发，地面有被砍断的杂草。这表明，凶手就是在此处将受害人的头颅割下来的。至于其他情况，只能等勘验完现场后才清楚。"见贺国庆默思不语，吕胜言犹未尽地接着补充道："分析凶手不会把人头带走，割掉后扔进距现场南边约二十米远的河里的可能性较大。据群众反映，由于挖沙所致，这一带水深两米至十米不等，我已安排人找渔民用撒网、滚钩打捞。河底不平，打捞上来的可能性估计不大。"

贺国庆表情严肃地点点头，叉着腰环视着案发现场周围的环境，条理分明地安排吕胜说："侦破这样的案件，查明尸源是关键。这样，你马上调警，市内三个分局协同作战，以案发现场为中心，辐射排查周边村庄、街道、社区、学校。要重点了解昨天失踪的女性村民、女学生、打工人员。一经发现，必须寻踪觅迹，一人不漏地查清楚失踪者的来影去踪。如果有外出打工旅游的、串亲访友的，一定要在电话中听到其声音。"

夜幕降临，云南省红河县几条主要街道灯火通明。刀水莲肩挎款式新颖的泰国产鳄鱼皮小坤包，脚穿高跟鞋，浓妆艳饰，迈着富有韵律的步子，款款走进一家茶楼，自己寻找到一张紧靠角落，不甚引人注目的圆桌落座后，动作优雅地从小坤包内取出一盒韩国烟草人参公社出品的薄荷型香烟，缓缓抽出一支，夹到涂抹得猩红的嘴唇上，点燃后狠抽一口，又怡然自得、有意无意地喷出一串烟圈儿来，让睹者感到她是那样的惬意、潇洒，富有个性。

茶楼内，彩灯炫目，清音幽韵，茶香扑鼻。大厅古色古香的条桌前，几个身穿民族服饰的漂亮佳丽，正在遵照"烫壶温杯，群鹤沐浴；开盒赏茗，佳人入宫；悬壶高冲，洗去陈颜；高山流水，春风拂面；关公巡城，韩信点兵；夫妻好合，翻江倒海；斟茶敬客，闻香通灵；鉴赏汤色，三品人生"的茶艺八大程序，进行着赏心悦目的茶艺表演。她们一个个动作优雅地把小紫砂罐放到火上烘热后，放入适量的特级陈年七子普洱陈茶，然后执罐在火上不停地抖动，待茶叶散发出一股诱人的清香时，陡然冲入开水。只听"哧嚓"一声，罐内茶水翻腾，化成泡沫溢出罐外，宛若一朵盛开的绣球花。待泡沫落去，复又冲入沸水，然后才将这道色如琥珀，晶莹透亮的“响雷茶”，倒入一枚造型精美别致的小茶盅内，双手礼貌地举起，递给愿意品尝的茶客，同时唱道：

香茶一杯敬朋友，
香茶一杯献客人；
一道香茶一道情，
喝下香茶情更深；
喝下香茶叙友谊，
情深意浓一家亲。

刀水莲欣赏一会儿，因为心中有事，便觉得索然无味。她招招手，一男服务生迈着匆匆碎步来到她跟前。刀水莲表情矜持地安排道：“来壶特级七子普洱，一碟瓜子，一碟茶糖，噢！拿两只茶杯。”

“好嘞，您稍等。”服务生礼貌地退去。

约等半支烟工夫，一个脸膛棕黑，中等身材偏瘦，高颧凹腮肥垂耳，两眼却骨碌碌贼精的年轻人，径直找到刀水莲桌前。刀水莲忙欠身让座：“哟，中龙老弟，恁大哥出事后，也难见你的尊容了。坐坐，如今在哪儿发财呢？”

云中龙赧然一笑，习惯性地用上唇往下裹了一下被烟熏成了焦黄色的大龅牙，油嘴滑舌地解释道：“大嫂千万莫误会，那次严打对我宽大处理后，财路也断了。近两年只顾为生计奔忙，请大嫂见谅。”

刀水莲不置可否地白云中龙一眼，尽管内心对云中龙疏远自己有点生气，表面上仍不失风度地给云中龙冲上一杯茶，放壶时，顺势把桌上的烟推到云中龙面前。云中龙也不客气，抽出一支叼到嘴上，自己点燃后问：“大嫂找我，肯定有事喽？”

刀水莲把右手放到桌沿下，老练地比划个扣动扳机的手势，压低声音道：“北边来几个朋友，想买几支，大嫂我想托你帮忙找找货。”

云中龙四下瞅瞅，面呈为难之色，心有余悸地说：“上次严打以来，那玩意儿实在不好搞了。再说，下家可靠不，万一翻了船，咱吃饭的家伙可就完、完了！”

说话间，云中龙一连打几个哈欠，丢魂似的，露出一副神不守舍的难受表情。刀水莲知道他这是毒瘾发作，马上慷慨地从皮包里抽出两张百元钞票，推给云中龙，大包大揽道："这种担心你大可不必。下家是胳膊窝里伸头，身里人。"说着，刀水莲像川剧变脸演员似的，突然换了一副面孔，目射凶光，恶声恶气，咬牙切齿地泄愤道："老公们杀了我丈夫，我要报仇！我要报仇！我没有能耐，但可以借别人的手，给他们捣乱，让他们鸡犬不宁。中龙啊，这件事你办好了，也算对得起你死去的大哥了。"

云中龙猥琐地夹过桌上的钱，试探地问："要多少？可得付现钱噢。"

"能亏待你！"刀水莲点点头，报数道："两长三短，多配子弹。"

云中龙抬身狠狠抿下嘴唇，抓起茶杯"咕咚"饮一大口茶，将茶杯往桌上一撂，眼看着茶杯在桌面上打着旋险些掉落地下，也不扶一下，哈欠连天、眼泪巴巴地向刀水莲告辞道："你候信吧！我得赶紧找地方……"云中龙滑稽地做了个注射毒品的动作，径自转身而去。

颍川市公安局会议室，贺国庆、吕胜、雷鸣、吴国发以及三个分局的公安局长、分局分管刑侦工作的副局长，正在听取林忠关于无头女尸的尸检情况汇报。林忠表情凝重，脉络清晰地汇报道：

"尸体概况：无名女尸，自第七颈椎上缘处缺失，残存尸长一百四十厘米，尸体仰卧，双上肢上举微屈，双手美甲，粉红彩绘，左手五指图案为猫脸、狗脸，右手五指图案为山水。死者肌肤洁净，浑身上下无任何胎记、疤痕之类具有个性的人体特征。

"尸表检验：尸僵存在各大关节，尸斑呈暗紫红色，颈部距离断缘下三厘米处，有一横行创口；会阴部无损伤，小腹部无妊娠纹，处女膜三点、九点处陈旧性破裂。

"解剖检验：一字形切开胸腹部皮肤，皮下组织、肌肉无出血点，肋骨无骨折，胸腹腔无积血，脏器无损伤。双肺呈肺气肿，肺浆膜下点，片状出血，气管、支气管有血性泡沫，心脏浆膜下有点状出血；胃内食物移向十二指肠，可以认定死亡时间为最后一餐二至三小时左右。

"尸检意见：死者头颅缺失、颈部大部分缺失，此系本人无法形成，可以认定属他人所为，符合生前窒息死亡的一般尸体特征；死者残尸加上头颅及颈部统计学计算，分析认为死者生前身高应为一米七十厘米 ± 三厘米；根据耻骨联合面形态特征推测，死者年龄应为二十五岁 ± 三岁。”

听完林忠的汇报，贺国庆转而征询吕胜的意见：“吕局，谈谈你的看法。”

吕胜做个习惯性的动作，稍加思索道：“今天对案发现场周围的排查，基本没发现有价值的线索。排查中发现，案发现场附近一所专科学校，有一名女生离校，通过查找，该生到其姑妈家串门，侦察员也与其通了电话，线索因此被排除。

“从已知情况判断，凶手应为成年男性，倾向一人作案，熟人作案，但不排除两人结伙的可能性；作案动机应该是具有明显因果关系引起的杀人。从美甲特征推断，死者生前爱打扮，社会闲散人员或从事服务性行业人员的特征较为明显。据此推断，我们首先要尽快查明尸源，以便进一步确定案件性质。另外，我建议市局刑警支队、三个分局合成一个拳头，同时在全市范围内进行‘地毯式’排查，根据死者美甲的关键个性特征，重点排查歌舞厅、美容美发厅、美甲店、网吧、洗浴中心、茶社、宾馆等公共娱乐场所，以及近日去向不明的女性从业人员。排查中，还可以通过这些场所的业主及从业人员扩大线索，通过他们提供符合尸体特征的人员。”

在吕胜设想的基础上，贺国庆高屋建瓴补充道：“凶手心狠手辣，手段残忍，把人杀死，还惨无人道地把人家的头颅砍掉，如此残忍，能有啥深仇大恨？我分析一是熟人作案，二是为了逃避打击，给我们侦破此案设置障碍。依我之见，重赏之下，必有勇夫。除了吕局长刚才部署的之外，我看有必要再采取两个措施：一是连夜印制悬赏通告，公布死者手指美甲的照片，对提供线索找到头颅或协助公安机关查明尸源者，予以重奖；二是宣传科马上与电视台联系，我今晚发表电视讲话，适当公布案情，发动社会各界群众，踊跃提供案件线索，积极协助公安机关破案。”

讲到这儿，贺国庆呷口水润润嗓子，用炯炯目光扫视与会人员一眼，接着严肃地强调：“我要特别指出的是，案件侦破后，要实行倒查，哪个辖区如果走过场，发生漏查，就追究哪个辖区领导的责任。同志们，泥鳅再狡猾，也逃不过渔人手；鸟打过滚的地方，总会有羽毛脱落。凶手在考验我们的刑侦水平和破案能力，市委、市政府和全市人民在关注着我们，行动吧！”

当晚，颍川市电视台新闻节目中，身着白色警服、肩扛三级警监警衔的贺国庆，出现在电视屏幕上，向全市电视观众发表电视讲话：

广大市民朋友们：

昨天上午十一时，在我市西郊颍川河河滩，发现一具无头女尸，经公安机关尸检认定，死者身高一米七零左右，年龄在二十五岁上下，肤色较白，双手指甲美甲成粉红彩绘，左手五指图案为猫脸、狗脸，右手五指图案为山水。

为尽快破案，打击犯罪，请社会各界群众积极向公安机关提供线索，对协助公安机关找到死者头颅者，奖励现金一万元；协助公安机关破案者，奖励现金三万元。公安机关郑重承诺，对提供线索者予以保密和保护。同时，我们也正告那些胆敢以身试法的犯罪分子，天网恢恢，疏而不漏。只有投案自首，才是你们的惟一出路，我们颍川市公安机关有信心，有能力，给全市人民创造一个平安和谐的工作、生活环境，不破此案，绝不收兵！

深圳，一家五星级宾馆的套房内，潘登高、高一峰、柳婉玉正在悠闲地看电视，等待着林老板的到来。柳婉玉掰瓣橘子，毫不避讳高一峰在场，阿谀谄媚地塞到潘登高嘴里。潘登高捂歪着嘴正要说些什么时，门铃响了，柳婉玉忙起身去给来人开门。

房门拉开，但见一个年约五旬，上中等身材，体态适中，油头粉面，双眼细长而有神，衣着考究的壮年人，出现在她的眼前。在他的身后跟随着一位身材窈窕，秀发披肩，浑身上下充满着青春气息的妙龄女郎，如出水芙蓉，亭亭玉立。潘登高慌忙囫囵吞枣地咽下口中的橘子，迎上前亲热寒暄道：“哟，林老板大驾光临，欢迎欢迎！”热情有加地把林老板礼让进屋，嘱咐道：“小柳，快给客人沏茶。”

林老板满面春风，笑吟吟地谦虚道：“都是老朋友的啦，你们千里迢迢来看我，我过来一下，那当然是应该的啦！”接着又向潘登高介绍与其同来的女郎道：“这位是我的司机兼秘书江萍小姐啦！”

潘登高、高一峰一一与江萍握手：“江秘书，幸会，幸会。”

柳婉玉给林老板、江萍每人沏上一杯茶水后，知趣地躲进套间，斜歪到床头看电视去了。潘登高话入正题，志得意满地向林老板介绍道：“林老板，由于受国际市场的影响，去年丝绵制品效益不是太可观。但损失由我方承担，丝绵总厂仍然按照贵我双方协约，付给贵方红利二百万元。黄金非为贵，信誉值钱多吗！哈哈哈！”言毕，给高一峰使个眼神，高一峰忙起身，恭恭敬敬地把一个早已准备好的银行卡递给林老板：“您收好，密码照旧。”

林老板毫不推辞，笑逐颜开地接过转交给江萍，高兴得合不拢嘴地称赞：“贵方言而有信，一诺千金，以后我们当然可以继续长期合作的啦！”

谈笑间，潘登高瞅一眼手腕的表道：“哎哟，该吃饭啦！小柳，走，今天咱们请林老板的客，以感谢林老板对颍川市经济发展的支持。”

柳婉玉应声从套间钻出来，与高一峰先一步出屋。林老板拉住潘登高，从兜里掏出一个银行卡，低声说：“返还给你的五十万，请潘市长收好的啦。”

潘登高朝门外睥视一眼，同样放低声音说：“暂放你处，回头按我提供的账号汇走。”

林老板会意地点点头，重新把银行卡装进衣袋。

小孩的脸，八月的天，说变就变。昨天还是艳阳高照，溽热蒸人，转眼便惊雷滚滚，风起雨落，浇下一场透雨来。为了不失战机，早日侦破无头女尸案，吕胜、雷鸣、林忠、吴国发等刑侦支队的民警，分头到各分局，与参战民警一起冒雨开展工作。他们每人持一份悬赏通告，对分工排查区域内的餐馆、浴池、发廊、酒吧、网吧、歌舞厅、洗脚城逐个访问、清查、澄清底数。饿了啃袋方便面，渴了喝口纯净水。正是“军井未汲，将不言渴；军食未熟，将不言饥；军火未然，将不言寒；军幕未施，将不言困。夏不操扇，雨不张盖，与众同也”。与参战民警同淋雨、同流汗、同熬夜、同忍饥，这种表率作用，极大地鼓舞了士气。

深圳市装饰豪华，气派非凡的蛇餐馆，门脸上方二龙戏珠造型的霓虹灯次第闪烁，五光十色，绚丽多彩。两辆流线型豪华轿车一前一后徐徐停到门前，从第一辆车里走出来的是林老板、江萍；第二辆车里钻出来的是潘登高、柳婉玉和亲自驾车的高一峰。在林老板的引导下，几个人鱼贯迈进蛇餐馆。

刚踏进大厅，潘登高的眼球便被墙壁上悬挂的一帧笔墨细润圆劲、风格奇古不媚、构图精巧别致、赋色沉着典雅的工笔重彩“美女戏蛇图”所吸引。

画面上一位身着薄如蝉翼超短裙，肌肤如玉，貌若天仙的摩登女郎，樱唇微启，齿若含贝，风情万种地在舞动着一条长约丈余、粗似碗口，背部黑褐色夹杂黄横纹条的眼镜王蛇。蛇身缠绕着女郎的纤纤细腰，蛇头从女郎腋下探出，女郎气定神闲地握着眼镜王蛇高昂的扁颈，眼镜王蛇吐出的尖端呈深叉裂状、细小而长的舌头，几乎要舔到女郎表情丰富的脸庞。整幅画构思奇巧，精妙绝伦。使人既感到惊恐与刺激，又感到人世间无不存在着美与丑、善与恶的强烈反差。

驻足欣赏良久，粗懂丹青的潘登高情不自禁地赞叹道："意得神传，笔精形似。"

林老板提醒他上楼时，他仍忘情地赞不绝口道："好画，好画呀！"

进入雅间，少不得又是一番礼让。林老板、潘登高谦让不过，只得坐到中间。林老板的右侧坐着江萍，潘登高的左侧坐着柳婉玉，高一峰只好屈尊下就，坐在了下手。

服务员彬彬有礼地先在每人面前泡上一杯茶水，然后笑容可掬地递过菜单，请客人点菜。高一峰粗略翻看几眼，递给林老板，尊重地礼让道："林老板情况熟，还是你点吧。"

林老板绅士派头十足地以手挡住菜单，忙不迭推辞道："哪里哪里，今天是客随主便，还是烦请潘市长点好啦！"

潘登高忙微笑着摆手道："别别，我不善点菜，还是一峰代劳吧！"

"好，都不点我点。既然来深圳了，咱就挑几样没吃过的特色菜，一饱口福。"说着，高一峰又仔细翻看一遍菜单，凉菜点了双味骆驼筋、碎椒狗肉、脆爽凉瓜、麒麟豆腐，两荤两素四个凉盘。热菜点了百花煎蛇脯、四珍炒蛇柳、脆皮炸龙衣、七彩炒蛇丁，又问服务员："你们店最有特色的是哪道菜？"

服务员脱口而答："本店最有名的招牌菜是'仙女乘龙舟'，堪称国内一绝。"她帮高一峰往后翻着菜单指点道，"在这儿呢，每道六千六百六十六元。"

"什么原料啊，这么贵？"高一峰闻价吓了一跳，蹙眉问道。

服务员介绍说："仙女，是用绝对正宗的东北长白山老山参，经过秘制加工后，精雕成神态逼真的仙女。仙女乘的龙舟，则是选用万龙岛上的优质眼镜王蛇，开膛剖肚，佐以强身健体的十多种名贵藏药炮制，然后整形成龙舟，经大、中、文三道火清蒸后，将仙女立于龙舟之中，再加入百年老汤烹制，出锅后色香味俱佳。这道菜的特点是，眼镜王蛇味道鲜美，有清热祛火解毒之奇效；老山参为百草之王，万药之首，具有安神益智、滋阴壮阳、延年益寿、返老还童之神效。"

高一峰听得兴趣盎然，讨好地觍着脸瞅瞅潘登高的面色，承颜厚色道：

“老板，人见稀罕物，必然寿诞长。要不咱来一个，品尝品尝！”

菜点完后，服务员又问：“先生，请问你们需要什么烟酒？”

高一峰癞蛤蟆趴到鏊子上，鼓着肚子硬撑，大大咧咧地模仿广东话道：“当然是软中华、人头马啦！”

颍川市市委大门前，聂风翔席地而坐，眯细着双眼，一板一眼地念念有词道：

不必张罗，
自古来多去也多，
贫富随时过。
莫做贪心货，
叫声我的傻大哥，
日月如梭，
但得些清闲，
逍遥欢乐，
你苦心钻营干什么？

正是锯响便有末。悬赏通告张贴、贺国庆电视讲话的次日上午，雷鸣便接待了一位年约四十出头，但由于打扮得体，仍风韵犹存的中年妇女。她自我介绍道：“我叫杜娟，是颍川市今宵情歌舞厅老板，看了公安局张贴的悬赏公告后，我确定死者就是肖妙音。”

“你怎么确定死者就是肖妙音呢？”

“肖妙音今年二十四岁，是我们歌舞厅的签约歌手。她这次美甲，是拉着我一块去的，右手美甲的山水图案，还是我帮她挑选的呢。加上你们公布的死者的身高、肤色，所以我敢肯定，死者十有八九就是肖妙音。”

“能具体谈谈肖妙音的情况吗？”雷鸣以商量的口吻问。

杜娟几乎未假思索，满口答应道：“可以。不过，小孩没娘，说来话长，这事得从头讲起。肖妙音人长得漂亮，天生一副金嗓子，酷爱唱歌，一心想当一名歌唱家。高考时，第一志愿报的就是音乐学院，不想名落孙山；复读一年，再考又失败，为减轻家庭负担，她便应聘到我经营的歌舞厅。她天姿国色，瓜子脸，丹凤眼，齿排碎玉，唇若涂朱，身材颀长匀称，乌黑的长发飘逸在肩头，尤其是那双晶莹得宛若一泓秋水的眸子，像会说话似的，勾魂摄魄，要多迷人有多迷人。粉扑扑的脸蛋上那两个深深的酒窝，笑起来清纯甜美，要多好看有多好看。凝眸顾盼你一眼，便会令你神魂颠倒，终身难以忘怀。我常与她开玩笑，说她简直不是人，就像那九天仙女下凡尘。

"性感迷人的长相，甜美圆润的歌喉，使得肖妙音一出场便光彩照人，魅力四射，很快便走红了。不少有钱没处花的老板、经理，打赌似的把大把大把的票子甩到台面上，竞相点肖妙音出场。在这些款爷中，有个做图书生意的，叫贾英豪，对肖妙音尤为倾情，不仅舍得花钱，而且大献殷勤，场场不落，曲曲献花。开始，肖妙音不大理睬贾英豪，但好女缠不过软磨汉，贾英豪投其所好，又是许愿一定设法帮肖妙音圆读音乐学院的梦，又是承诺今后送肖妙音出国深造，就像膏药一样，贴上了肖妙音。在贾英豪的硬缠软磨下，肖妙音终于答应与贾英豪交往。后来，二人的关系发展到贾英豪签订合同、宴请生意场上的朋友，都请肖妙音作陪。二人出双入对，看来关系已非同一般。

"正是天有不测风云，人有旦夕祸福。一天，贾英豪突然不辞而别，肖妙音多方打听，才得知有人举报贾英豪印刷非法出版物，盗印学生教材，在警方准备拘捕他时，他闻风逃出境外。肖妙音为此大病一场，伤心透了。"

"后来呢？"雷鸣追问。

"后来！"杜娟再次沉浸于对往事的回忆之中说，"肖妙音的心绪刚刚平静下来，有个名叫陈统的出租车司机，又闯入了她的生活。自打认识肖妙音后，陈统每天晚饭后把车停到肖妙音家附近，等着接肖妙音。肖妙音午夜下班，他又在歌舞厅门前等着送。开始，肖妙音不坐，他就开车跟着肖妙音。俗话说，诚能烁金。何况人心呢？陈统风雨无阻，如此一个多月，终于以至诚之心，打动了感情出现空白，正需要爱心抚慰的肖妙音。她终于答应与陈统交朋友，截至出事前，二人仍保持着恋爱关系。"

"除贾英豪、陈统这两个人之外，肖妙音还与谁交往比较密切？谁可能杀害她呢？"听了半天，对肖妙音的死因，仍不得要领的雷鸣再次追问。

杜娟沉思了一会儿，一退六二五，婉言答道："我来的目的就是告诉你们死者是谁。至于凶手是谁、为何杀害她，这我就不知道了。"

深圳市蛇餐馆雅间内，潘登高、林老板、高一峰频频举杯，柳婉玉、江萍各自施展软功，轮番劝酒。高一峰满面通红，已有几分醉意。他醉眼惺忪地往桌子上睨几眼，急的狗不得过河似的，大呼小嚷催服务员道：“俺的仙、仙女乘龙、龙舟，咋、咋还不上？”

服务员礼貌地回答说：“先生稍候，马上就到。”

又等了半天，这道菜仍没端上来。高一峰等得实在不耐烦了，再次高门大嗓喝问：“怎么搞的，那道菜咋还不上？”

服务员满脸堆笑：“先生，不好意思，我再去催一下。”

眨眼工夫，服务员返回给高一峰回话说：“先生，实在抱歉，你们点的那道菜卖完了。”

高一峰闻言勃然大怒，红头脸愤然呵斥道：“你们这是搞的什么鬼，一会儿说马上到，一会儿说卖完了，叫你们经理过来！”

服务员见高一峰要找经理，顿时吓得脸都变了色，战战兢兢哀求道：“各位领导，你们千万别、别这样，经理一来，就会把我辞掉的。说实话，你们点的那道菜，我、我压根儿就没有记到菜单上。”

“咋回事？小看我们啊，难道我们付不起钱？”高一峰大为光火，不依不饶，非要去找蛇餐馆经理。难为得服务员“扑通”跪到潘登高面前，嘤嘤啜泣，哽咽着道：“潘市长，我错了，你千万别跟我一般见识，俺也不是小看各位领导，就是想让你们省点儿。这样，俺那残疾多病的爸爸，就能少交点提留了。”

“你——”高一峰气得满脸乌青，粗暴地吼道，“你这小妮唱的是哪一出呀？”

潘登高摆摆手，强压住高一峰的火气，拉服务员站起身问：“小姑娘，你怎么认识我呀？”

服务员眼泪汪汪地抬头，委屈得像做了什么错事一样地答：“俺老家就是颍川市的，来这儿打工前，俺在电视上不断看到过你！呜呜——”

颍川市公安局吕胜办公室。吕胜、雷鸣、吴国发等正在分析无头女尸案。吴国发分析说：“是不是陈统发现了肖妙音还有其他异性朋友，且不愿嫁给他，而愤然杀害肖妙音呢？”

“不可能。”雷鸣直抒胸臆，“陈统爱肖妙音还来不及呢，并且与肖妙音正在密切相处中，怎么可能忍心杀害肖妙音呢！”

吕胜深思熟虑地决断说：“现在下任何结论都为时过早，国发负责，马上设法正面接触陈统。另外，肖妙音的父母已经到火化所认过尸体，并且确定死者就是他们的女儿肖妙音。”稍加思索，吕胜又叮嘱雷鸣道：“雷支队，你马上带人到受害人家一趟，从贾英豪、陈统这两条线索入手，看能不能再扩大或发现一些新的线索。”

颍川市繁华的大街上，吴国发驾一辆挂地方车牌号的普桑，冷一飞坐在前排右侧，紧紧咬住一辆看上去有七八成新的红色夏利出租车，车主正是陈统。他个头高大，皮肤黝黑，圆胖脸，虽然五官齐全，但各个“零件”却显得都不是那么“精致”，所以只能用长相平平来形容他。吴国发感慨地对冷一飞说：“俗话说，好汉无好妻。”

冷一飞接道：“赖汉子找个娇滴滴。”

二人交谈着，跟踪观察陈统几圈，但见陈统接客、下客，毫无异常。吴国发拨个电话，报了陈统的车牌号，要求前方执勤的交警配合。

在一个十字路口，陈统驾的车被交警打个靠边停车的手势，截了下来。陈统嘴巴嚅动着，牛倒沫似的嚼着口香糖，极为不满地与执行公务的交警争长论短道：“我一没违章，二没肇事，为啥扣我的车？你们交警想罚钱，总得找个正当的理由吧！”

交警心中有数，也不与之争辩，礼貌地打个敬礼：“请出示驾驶证、行车证。”就在交警磨磨蹭蹭验证的当儿，吴国发、冷一飞已尾随而至，吴国发向陈统出示警官证后，道明来意说：“我们是刑警支队的。你叫陈统吧？找你问点事，希望你积极配合。”

“找我问啥事呀，耽误挣钱谁负责？如今是市场经济，时间就是金钱……”陈统拧头怪脑，满嘴的牢骚。

吴国发不屑地瞅他一眼问：“悬赏通告你看到没有？”

陈统大大咧咧地答：“通告啥！从早上睁开眼到半夜摸黑回家，只顾忙着挣钱哩，哪有工夫看啥鸡巴悬赏通告啊。”

“肖妙音被人害死啦！你知道吗？”吴国发为了让陈统少磨牙掉嘴，便直截了当把肖妙音被害的噩讯告诉了他。

“啥！你说啥？怪不得这两天她不辞而别，我还以为她外出赶场走得急，没顾上给我打招呼呢，哇——”说着，陈统在大庭广众之下，竟号啕大哭起来。男儿有泪不轻弹，陈统哭得惊天动地，死去活来。

待陈统宣泄一阵后，吴国发耐心劝他道：“人死不能复生，你要真对肖妙音有情有义，就应该协助公安机关找到杀害她的凶手。像你这样一味地悲伤，是无能的表现，知道吗？”

陈统抹把眼泪，向吴国发、冷一飞讲述了他和肖妙音相识交往的过程：

“那是一个大雨滂沱的午夜，肖妙音下班后孤单单地站在今宵情歌舞厅门前的台阶上等车，正巧拦住了我的车。在送肖妙音回家的路上，我知道了肖妙音当歌女，很为她惋惜。当我询问肖妙音有无男朋友时，肖妙音唉声叹气，诉说了自己的不幸。

“爱美之心，人皆有之。可以说是一见钟情，我当时就为肖妙音温柔漂亮，言谈举止所表现出的颇有素养的气质所倾倒，顿生怜香惜玉、英雄助美之心，于是主动提出，每天免费接送肖妙音上下班。开始，肖妙音尚有戒备，时间长了，看我憨厚老实，对她毕恭毕敬，由生到熟，慢慢的我俩也就互有来往了。但由于她一直嫌我无学历，言谈话语中不时仍流露出瞧不起我的意味。为了改变她对我的看法，一次，我跪在肖妙音面前发誓说：‘妙音，只要你愿意，我明天就把车卖掉，资助你报考音乐学院，我参加成人自学，给你陪读，天涯海角，五洲大地，你走到哪儿，我就追随到哪儿。海枯石烂，永不变心。只要能拥有你，今生今世当牛做马，我都认了。’正是诚能烁金。肖妙音被我的真爱感动得失声痛哭。经我好言相劝，肖妙音方止住哭声，突然出乎意料地扑向我，紧紧地将我拥抱在怀中表露心迹说：‘陈统，人的美丽在心不在貌。我看得出，你是一个忠厚善良的人。靠劳动吃饭，很不容易。说心里话，我现在确实很想爱你，但是，你知道吗，我不想连累你，不想坑害你，我是一个不好的女人，一个配不上你的不好的女人啊……’肖妙音欲言又止，伏在我的肩头，委屈、悲伤、痛苦地失声恸哭起来。

“电闪雷鸣，骤雨倾盆。哭着哭着，肖妙音蓦然不顾一切地冲向雨中，似乎是想借这瓢泼大雨，洗刷压抑在自己心间累积已久的郁闷、痛楚和屈辱……”

讲到这儿，陈统抹一把早已被泪水模糊的双眼，对吴国发唏嘘哀叹道：“自那以后，我就隐隐约约感觉到，肖妙音可能有什么难言之隐。但由于怕伤害她，我始终都没敢问，因为我太爱她了，可是我、我做梦也不曾想到有人会把她残忍地杀害。”

镇海寺街一条偏僻的巷子内，雷鸣、何惠敏根据杜娟提供的大概方位，一路打听，终于找到了肖妙音的家。

雷鸣轻轻叩门："请问这是肖妙音家吗？"

开门的是肖妙音的弟弟肖妙常。见是两个陌生人，他疑惑地问："你们是……"

"啊，我们是颍川市公安局刑警支队的，可以进去吗？"

"请进。"

痛失爱女，肖妙音的父母肝肠寸断，哀痛欲绝，此时正以泪洗面，沉浸在无比悲痛的精神折磨之中。肖妙常不知雷鸣、何惠敏的来意，把二人让进屋后，耷拉着脸，神情木然地倚门呆立。三间老式房屋中，飘荡着闷郁、凄凉的气氛。

正对屋门的山墙上，悬挂着一张肖妙音洋溢着神韵、笑得非常甜美的生活照，观之更令人扼腕叹息，感到尘世生灭无常。

听说是民警来了，肖妙音的父母眼泪像断了线的珠子，大颗大颗无声地涌出眼眶，顺面颊滚落下来。他们泣不成声地求告雷鸣："她大姐，多好的闺女啊，只因下了学没有走对路，前天出门时还活蹦乱跳的一个人，说没就没了。你们一定要抓住千刀万剐的凶手，替俺可怜的女儿报仇啊！"

由于受到这种强烈哀伤气氛的感染，雷鸣的眼睛也湿润了。她忍悲而问："出事前，你们发现妙音有什么异常吗？"

二位老人面面相觑，寻思良久，摇摇头。

"她说过什么话或者让家人保存过什么东西吗？"雷鸣又问。

二位老人再次摇头。这时，肖妙常突然一头扎进里屋，转眼间掂出一只棕色的中号密码箱说："这是上个月，俺姐让我替她保管的。她再三交代，任何人都不准打开。所以，我也不知道里面装的是啥东西。"

雷鸣眼睛一亮，马上吩咐何惠敏："呼叫吕局。"何惠敏拨通电话，把手机递给雷鸣。雷鸣汇报道："吕局，肖妙音生前交给她弟弟一个密码箱，现已提取，不知内装何物，怎么办？"

吕胜答："你稍等，千万别动，我马上到。"

时间不长，吕胜便急如星火地率林忠等三四位民警驱车赶到。雷鸣手指密码箱对吕胜说："就是这只。"

吕胜俯下身，将耳朵贴近密码箱，凝神屏气听了一会儿，对林忠说："搬到院里，打开看看。"并特意提醒道："千万小心，一定要确保万无一失。"

民警谨慎地把密码箱掂到院里，退到旁边。林忠趴在地上，先对这只密码箱仔细研究一番，然后用专用开锁工具，眨眼便把锁打开，像拆卸炸弹引线一样，小心翼翼地将密码箱慢慢掀开。箱子内，映入人们眼帘的不是爆炸品，而是报纸。林忠将报纸一张张揭开取出。

“啊！”就在最后一张报纸被掀开拿掉的瞬间，在场的人全都惊愕了。

箱子里，整整齐齐码着米黄色的塑料袋，经验丰富的吕胜、雷鸣一眼便知是海洛因。

节外生枝，出乎意料，这是怎么回事儿？吕胜、雷鸣纳闷地回到办公室。雷鸣、林忠、吴国发等民警坐在沙发上，低声议论着这箱不可思议的海洛因，吕胜电话向贺国庆汇报新发现的情况：“贺局，在肖妙音家，提取到一个密码箱，内装海洛因，足有五公斤。另外，我们还侦知肖妙音遇害前接到的最后一个手机号码，林忠他们正在排查机主。”

贺国庆像是在思索什么，良久，方揆情度理地对吕胜说：“看来，肖妙音被杀的背后，另有文章啊！你们一定要顺藤摸瓜，尽快查个水落石出。”

“是啊！”吕胜英雄所见略同地说，“肖妙音一个唱歌的，既不会制造，又没有外出购买过，数量如此巨大的毒品，她是从哪儿弄来的呢？”

吴国发恍然醒悟地插话道：“难怪肖妙音对陈统说她是个不好的女人，是否就是指她涉毒的事？”

年约四十的禁毒支队支队长苏纯正，正在埋头阅卷。吕胜不速而至。苏纯正忙放下手中厚厚的卷宗，起身打哈哈道：“神探局长一向公务繁忙，今日突然大驾光临，想必有要事指导，本人愿洗耳恭听！”

吕胜咧嘴瞥苏纯正一眼道：“没工夫与你磨牙嗑嘴，赶紧把你们近期掌握的吸毒、贩毒人员，给我提供个名单。”

苏纯正指指微机，爽快地回答：“没问题，我马上发到你信箱里去。”

“有大鱼吗？”吕胜询问。

“据群众举报，‘清心茶楼’以喝茶为幌子，实际上是个吸毒窝点。我们化装侦查过几次，但没有熟人介绍，进不了三层，因缺乏证据，我们暂时还没动它，但正在秘密调查。”苏纯正扼要地介绍道。

“还有挂上号的吗？”

“噢，文华书社经理孔文华，有几个骚钱，再不知道咋着浪白了。已被我们强制戒毒两次，最近又复吸了，且有以卖养吸之嫌，据特情反映，此人经常光顾‘清心茶楼’。”

颍川市图书一条街。街道两边的门面房全是经营图书业务的，古今中外名著，各种版式的图书，在这条街上应有尽有。当然，内中也不乏乱七八糟的盗版书。

文华书社经理孔文华，脸刮得净光，上着咖啡色鳄鱼牌夹克衫，下穿长条深色西式直筒裤，脚蹬意大利产白色牛筋底休闲鞋，正忙着批发书。

这时，一个身材魁梧，上唇蓄一字胡，鼻梁上架一副方框茶色水晶眼镜，雍容闲雅，气度非凡，年约三十七八岁的中年人，提一只高级密码手提箱，昂然阔步直入书社，操着一口纯正的吉林口音问：“你们的孔经理在吗？”来人虽然经过刻意化装，但熟知他的人们依然可以辨认出，他就是吕胜。

孔文华见来者气宇轩昂，非同一般。马上起身相迎：“请坐，本人就是孔文华，请问先生尊姓大名，从何而来？”

来人也不答话，放下密码箱，牛气地掏出一叠名片，夹出一张递给孔文华道：“免贵姓范。”

孔文华双手接过名片一看，但见上面赫然印着“吉林省图门市博文书画社发行部主任：范世龙。”孔文华放下名片，满脸堆笑，油腔滑调道：“噢——范主任！有朋自远方来，不亦乐乎。欢迎欢迎。”说着话锋陡然一转，又滔滔不绝地卖弄道：“啊，吉林好啊，一号陨石，那可是对天体起源、元素起源、生命起源和宇宙射线、基本粒子、空间科学的研究，都有重要价值啊！还有长白瀑布，落差近七十米，那可真如白练悬天，银龙飞舞；水落幽谷，白浪滔天；声似钟鼓齐鸣，势若万马奔腾啊。”

大概是觉得扯得太远了，孔文华自我炫耀一番后，又知趣地变换话题，询问吕胜道：“嘿嘿，不知范主任千里迢迢，找我孔某有何贵干？”

吕胜哈哈一笑道：“在我们那疙瘩早闻孔老板大名，孔老板手眼通天，经营有方，在中国的图书出版界哪个不知，谁人不晓啊。所以，小弟此次专程到颍川市，是想与孔老板洽谈一笔生意。不知孔老板意下如何？”

“好，好呀！我是很乐意与你们东北人打交道的。嗯！豪爽仗义，不像南蛮子，狡猾小气还工于心计。”孔文华又是一番逢迎，然后把吕胜拉到里屋，低声问，“什么生意？”

吕胜道："我社与北京一家出版社签订了独家承销《当代世界娼妓内幕》一书的合同，该书内容翔实，图文并茂；刺激可读，装帧精美，销路看好。光在东三省的订数，就已经突破了六位数。价位五五对折，贵社如有意在颍川市独家二级批发，我们就不再另觅合作伙伴了。"

"没问题。"孔文华当即拍板。他扫视一眼墙上的挂钟道，"今天我请客，聊表地主之情。咱吃海鲜去，具体事宜饭后接着谈不迟。"

孔文华亲自驾车，把吕胜拉到一家海鲜城。二人点了蛏子王、蝶贝、石斑鱼、对虾，外加一瓶白酒，边吃边聊，相互交换对国内图书市场趋势的看法。

就在谈兴正浓，酒酣耳热之际，吕胜突然哈欠连天，涕泪交加，刚才还精神抖擞的，转眼便形同放了气的轮胎，软瘪了。孔文华以为吕胜喝多了，关切地问："范老弟，不是喝多了吧？看你这体格，再喝这么多也没事呀。"

"哦，不好意思！"吕胜装作羞于启唇的模样，苦楚地说，"我这个人染上个坏毛病，每天总得……"说着，他抬起一只手，放到嘴边，做了个吸食毒品的动作："总得吸几口才舒服。"

孔文华登时心领神会道："唔，真是英雄爱好略同，实在太巧啦。不瞒老弟，为兄我也有此爱好，哈哈哈哈——"

吕胜听后像抓住救命稻草一样，强打精神睥睨孔文华一眼，旋即又无精打采地耷拉下脑袋，眼泪巴巴地说："这次出差，乘车坐船，携带不便，要是在我们那疙瘩……"

孔文华闻言心领神会，凑近吕胜，俯耳宽慰道："老弟甭发愁，我知道一个去处，正宗的境外四号，包你过瘾。走，我现在就带你去。"

第八章　雷鸣闹市识破骗局
吕胜冒险独闯毒窝

风和日丽，天清气爽。颍川市繁华的中心广场人稠物攘，沸反盈天。宽约两米，铺着彩色防滑瓷砖的人行道上，雷鸣下着莱卡棉白色西裤，上穿鱼纱丝玫瑰红长袖衫，足蹬一双棕色半高跟皮鞋，俏俊的鼻梁上，架一副椭圆形渐变茶色里奇波士平光镜，左肩斜挎棕色牡丹王牌真皮抛光小坤包，不疾不徐地行走着。她着便装虽然没有比着警装威武，但却显得更加妩媚、俊秀。

像春天对花，大海对鱼的诱惑一样，纯朴高雅、魅力四射的雷鸣，吸引了无数道贪婪的、色眯眯的目光向她投来，甚至就连路边正在钉鞋后掌的瘸子修鞋匠，也耷拉着下颌，酸溜溜地瞅着雷鸣那颀长的侧影，乃至右手抡起的锤子“咚咚”地敲在了左手上，竟全然未觉出疼来。

“啪！”

雷鸣听到身后有什么物件落地的响声。与己无关，她心定气闲，全作没听见，未予理睬地自顾走路。

这时，一个年约二十出头，俩大眼、厚嘴唇的小伙子，从后边追上来迎头拦住雷鸣，提醒道：“大姐，你的钱夹掉了。”

“噢，谢谢，你搞错了。”雷鸣薄唇轻启、慢条斯理地对年轻人否认说。

“不对吧！我分明看到，这钱夹是从你身上掉下来的。”一口咬定，纠缠不休。

“你大概看走了眼，这的确不是我的。”雷鸣耐心地再次申明。

争执间，斜刺里又闪出一个凹陡脸、叼着烟卷的男青年，驻足听两句后，此人颇有侠士风度地主动充当和事佬说：“俗话说，好男不跟女斗，有话慢慢说嘛！”

“啊，是这样的。”厚嘴唇给凹陡脸摆理说，“这位大姐的钱夹掉了，我捡起来还给她，她却不承认，搞得我左右为难，走也不是，给也不成，下不了台。”

凹陡脸使劲抽一口烟，将烟蒂“噗”地吐到地上，十分圆滑地提议：“这样吧，你这老弟也别为难了，咱先看看钱夹里有东西没有，如没事由，各走各道，就别瞎费口舌了。”厚嘴唇马上表示赞同，凹陡脸从厚嘴唇手中接过钱夹，打开一看，里面齐整地夹着厚厚一沓纸币，抽出几张一看，华盛顿的头像赫然入目。他情不自禁地失声惊呼道：“哇！这是美元，你们看，还不少呢。”他眉飞色舞，神经兮兮地环顾四周，压低声音道，“既然这位大姐不承认是失主，咱见面分一半，平分得啦。”

“哥们儿正缺钱呢，真是有福不在忙。”厚嘴唇随声附和，然后又显得难为情地嘟囔道：“咳，美元不能直接花，数数有多少，倒不如全给这位大姐，大姐给俺些人民币，你看中不？”

眼前这两个小丑一唱一和，十分蹩脚地唱双簧把戏，对于经多识广的雷鸣而言，简直是小儿科的伎俩，并且从一开始就被她看穿。为了避免他人上当受骗，雷鸣当下只好装聋作痴，虚与委蛇地拉开小挎包，来回翻动几下，婉转地对厚嘴唇、凹陡脸说：“真的不好意思，我随身只带几十块钱，如果你们执意让我用人民币换这些美元，能否稍等片刻，我打电话让男朋友送钱来，他最近出国正好派上用场。”

“好，可以，可以！五千足够！”二人鸡啄米似的点头答应。

雷鸣蔑视二人一眼，仪态从容，含而不露地掏出手机，拨通一个号码：“喂，哥们儿，这里有些美元，人家提出让我用五千块人民币兑换，你马上带钱过来。地点呀！中心广场。哦，对，对！”

凹陡脸见雷鸣中计，瞟厚嘴唇一眼，脸上掠过一丝得意的微笑，悠然自得地点燃一支香烟，刚吸几口，只见两辆车门上喷有“刑警”二字的警车飞驰而至，在他们旁边骤然停下，从车上扑扑腾腾跳下来吴国发等五六个民警。吴国发问雷鸣：“支队长，咋回事儿？”

雷鸣指着凹陡脸、厚嘴唇对吴国发说：“利用假美元街头诈骗，把这二人拿下。”

凹陡脸知事不妙，恶狠狠地骂道：“臭娘儿们，你玩得怪花啊！”说着挥拳照雷鸣眉心打来。雷鸣右腿急撤半步，以左臂格开凹陡脸的右拳，避实击虚，右脚紧跟，抢占凹陡脸中门，同时右手迅猛出招，一势鹰掐嗉，直取凹陡脸咽喉。凹陡脸急撤右步，侧身化解。雷鸣紧逼一步，左掌变拳，一势海底翻花，“啪”的一声，狠狠击中凹陡脸的左腮，直打得凹陡脸眼冒金花，满天星辰，就地转了个三百六十度的圆圈。凹陡脸稍一愣神，更加恼羞成怒地双拳齐出，“呼”的一招双峰贯耳，凶狠地朝雷鸣左右脑门打来。说时迟，那时快，雷鸣双臂截挡开凹陡脸来势汹汹的两个拳头，接着还一招黑熊出洞，贴身靠打，以怀中抱石之势，双掌对准凹陡脸前胸“啪”地推出，凹陡脸应声“扑通”一声，被摔了个仰面八叉。

这时，已经把厚嘴唇生擒活捉的吴国发等人，腾出手来，七手八脚又将凹陡脸逮猪娃般制伏。二人偷鸡不成反蚀把米，耸肩弓背，狼狈不堪地被推进警车。

孔文华拉着吕胜来到“清心茶楼”，车刚停稳，但见从楼里迎面匆匆走出一个五短身材、大腹便便，头发涂抹得油光铮亮，目光锐利而狡黠，拎一个高级密码箱的中年男子。

孔文华忙下车打招呼：“哦！万老板，看来要外出啊？”转而又介绍道，“今天我给你带来一位道上的新朋友，姓范，吉林人，也爱——”孔文华做了个吸食毒品的动作，“这一口。”说完又向吕胜介绍道：“范老弟，这位就是颍川市大名鼎鼎的‘清心茶楼’万老板，万品三先生。”

吕胜忙礼貌地拱手道：“久仰久仰，人在难处拉一把，强似运到烧高香。”

万品三客气地点点头：“既然是孔老板的朋友，那就彼此彼此，不必客气喽！”

二人寒暄时尽管亲热得跟没出五服似的，但万品三仍心存疑虑，有点不太放心地又把孔文华拽到一旁，斜目侧视吕胜一眼，低声问：“过去是否打过交道？此人靠得住吗？”

孔文华为了抬高自己的身份，当下便拍着胸脯打保票道：“哎哟，万老板，难道连我你也信不过吗？经我介绍的朋友，也不是一回两回了，哪个出过差错？”

万品三瞻前顾后，仍疑神疑鬼，老到地点化孔文华道：“老弟，平地跌死马，浅水淹死人。大意失荆州，我不得不防啊！”

孔文华点头哈腰附和道："那是，那是！小心无大差嘛。万老板谨言慎行，举无遗算，佩服，佩服！"

万品三心中有事，一副急于脱身的样子对孔文华说："你觉得没事儿，就过去吧，失陪、失陪！"说完，匆忙离去。

茶楼里，一层二层除大厅外，都是用木板隔开的雅间，有限的空间得到了充分利用。各雅间内高朋满座，茶客盈门，呀呀嘈嘈。孔文华轻车熟路，带吕胜直奔三层。

三层楼梯口，醒目处悬挂着一块"办公重地，茶客止步"的木牌。四个彪形大汉，在昏暗的灯光下，以打扑克牌为幌子，实则干着把守三层楼梯口的勾当。见了孔文华，内中有两个人不约而同地点头打招呼道："孔老板，欢迎光临！"与此同时，却操着异样的目光，警惕地上下打量着尾随的吕胜，一人沉吟道："这位——"

孔文华满脸堆笑，给他们每人敬一支烟，解释道："东北的朋友，刚才已跟万老板见过面。"

四人听说已跟万老板见过面，马上换了一副面孔："好说，既然跟万老板熟识，那就请上楼吧。"

一辆依维柯运钞车，徐徐停到颍川市某银行分理处营业大厅的门前，四名头戴钢盔，身着迷彩服，荷枪实弹的保安人员从车上跳下来，如临大敌般警惕地散布到运钞车四周。这时，从大厅里一前一后走出来四名女营业员，她们每人手掂一根不锈钢狼牙棒，两个人抬着一个上了双锁的镀锌铁皮钱箱，小心翼翼地放进车厢的保险柜内，与押钞保安办理完交接手续后，保安人员锁好车厢，而后登上运钞车，驶向下一个营业点。

如此防范，不可谓不严。但必须絮叨的是，他们似乎淡忘了"家贼难防"的古训。柜台内，几名女营业员，手脚麻利地归置着办公桌上的物品，放好后陆续下班。走在最后的一名女营业员，快走出柜台时，向正在整理账簿的谷蕊打招呼道："谷主任，该下班啦！"

谷蕊埋头应声道："你先走，我得把这几笔账走完。"

此时，整个营业大厅只剩下谷蕊一个人了。她拉开抽屉，拿出早已准备好的几张单据，匆匆填写一份收款报告和汇款委托书，"啪"地盖上分理处营业印章，按照罗金虎提供的账号，办理了汇票。一切做完之后，谷蕊展腰舒口气，离开柜台，拉下并锁好营业大厅的卷闸门，驾车来到一酒店。在一个雅间内，罗金虎像迎接凯旋的勇士一样，翘首恭候谷蕊的大驾光临。

谷蕊邀功似的从小挎包内用两个指头夹出汇票交给罗金虎，软绵绵地说："三十万！"罗金虎笑逐颜开，欢喜若狂地捧起谷蕊的脸蛋，在她额头上猛吻一下，然后双手各执一杯红酒，恭敬有加地递给谷蕊一杯道："来，为我们的合作成功干杯。"

"清心茶楼"三层，弥漫着毒品淡淡的、特有的芳香。十多名吸毒者，有躺的，有站的，有吸的，有闻的。两名裸露着大腿的女人，正在合用一个注射器，迫不及待地相互往大腿上注射毒品，同时，心满意足地发出淫声浪调的呻吟声。

孔文华上楼后，让吕胜等候，独自敲开一个房间，找万品三的老婆买毒品。转眼便拿着两小包白粉走了出来，喜滋滋地递给吕胜一包："走，赶紧找个地方得法去。"

人赃俱在，吕胜见火候已到，转身暗中按一下裤兜里的手机通话键，给雷鸣发出预先设置好的信号。

稍顷，楼下突然人声大作，雷鸣、吴国发、冷一飞、王海涛、胡长生、何惠敏等民警飞冲上楼。楼梯口的四个彪形大汉欲阻拦，被民警别背砍脖，撂翻在地。雷鸣等冲上三层，用乌黑的枪口对准瘾君子们，厉声喝道："不许动，公安局的！都双手抱头，靠墙蹲下。"

与此同时，吕胜一把抹掉小胡子，从腰间拔出手枪，冲进孔文华取毒品的房间，将万品三的老婆拎了出来。孔文华惊诧地问："你、你是？"

"刑警吕胜！"孔文华一听，"扑通"瘫软在地。

控制住吸毒、贩毒人员后，吕胜、雷鸣押着万品三的老婆到屋内依法搜查，把搜出的几大包毒品摆放到地上，撬开万品三的抽屉，吕胜意外地从一个本子里抖落出一封信，打开一看，内容写道：

万品三：

你伤天害理，死有余辜，骗我染上毒瘾，自拔不能。我明确告诉你，你让我保管的那箱东西，算你作为赔偿，归我所有，而且不准再逼我嫁给你。否则，我就报警！

恨死你的肖妙音

原来是肖妙音写给万品三的。吕胜此举，本想通过贩毒人员寻找肖妙音所藏毒品的来源，进而牵出杀害肖妙音的凶手。没承想却歪打正着，竟有了意外收获。而这意外的发现，又使侦破工作产生了事半功倍的奇效，立即把肖妙音与万品三连接到一起。

看完信，吕胜脑海马上产生了“万品三有重大作案嫌疑”的想法，他把信递给雷鸣，立即部署道：“因果关系形成，动机明显，万品三有重大作案嫌疑，马上控制此人。”

“万品三呢？”雷鸣赶紧询问万品三的老婆。

万妻眯着双眼，心里明白装糊涂，闭口无言，拒不配合。雷鸣怒其不争地把肖妙音的信举到她眼前一晃，巧施离间计道：“你傻呀？现在还蒙在鼓里呢！万品三早想甩掉你，逼肖妙音与他结婚……”

“什么？”万妻听说万品三要踹了自己另觅新欢，醋性大发，立马悲愤交集地怒骂道：“万品三，你这个死不要脸的砍头鬼。你不仁，我也不义。你不叫恁大姑奶奶好过，你个鳖孙也别想消停！”骂完，一股脑儿交代说：“万品三要搭乘下午两点三十分的航班，飞往西安。”

吕胜抬腕看表，表针已指向一点二十分。他当机立断，调整警力：“国发负责把这些吸贩毒人员押回局里。雷鸣，马上给机场公安处打电话，让他们控制入口，拦截万品三。快走，咱们赶紧到机场。”

万品三神不守舍地抬头扫视一眼候机大厅墙上的挂钟，见表针已指向一点四十分，他轻轻舒口气，从容地合上手中的一本杂志，背靠座椅，闭目养起神来。自从残忍地杀死肖妙音后，他惊恐万状，噩梦连连，终日生活在提心吊胆之中。为了逃灾躲难，经过反复权衡，他认为与其等着束手被擒，反不如三十六计，走为上策。于是便携带巨款，对妻子谎称前往西安“接货”，其实他已拿定主意，先放个瞒天过海的烟幕弹，金蝉脱壳到西安后，再逃之夭夭，隐姓埋名，从人间彻底蒸发。就在他打着如意算盘，心想再过几十分钟，自己就会像鱼入大海，鸟翔蓝天一样脱离危险，心中好不得意，脸上不由得流露出一丝别人不易察觉的奸笑。岂料，就在他上下眼皮刚碰面，忽觉有人轻拍一下他的肩头，登时浑身一颤，激灵反弹起来问：“谁？”定神一看，原来是一名漂亮的机场女工作人员。只听这位女工作人员答非所问地微笑道：“请问，您是万先生吧？”

万品三猝不及防，不由自主地点点头：“啊对、对呀！”

“贵宾室有人找您，请来一下。”她举止端庄，彬彬有礼。为了不给其他旅客造成心理上的惊慌，所以，吕胜、雷鸣决定在贵宾室对万品三实施抓捕。

万品三忐忑不安地哭丧着由于高度紧张而紧绷的脸，信步跟了过去。他一脚门里一脚门外刚踏进贵宾室，便已感觉到气氛不对劲。只见吕胜、雷鸣及机场公安处的几位民警，正威而不猛地恭候着他。万品三做鬼心虚，企图蒙混过去。他眼珠一滚，随机应变地对吕胜打哈哈道：“对、对不起，我走、走错地方了……”说完转身欲脱身。

吕胜立目怒喝道：“别装蒜了，万品三，你被捕了！”

万品三脸色由红变白，后退半步，陡然转身，撒脚便跑。胡长生和另一名民警从门外闪出，迎头拦住。

趁胡长生掏手铐之机，万品三猛然举起密码箱，朝民警头上砸去，趁民警本能地趔身躲闪的当儿，万品三麻利地把身体缩成一个肉团，像刺猬一样就地打了个滚，“嗖”地蹿了出去。吕胜、雷鸣等民警见状，拔枪而起，从贵宾室冲了出去，和胡长生等一起追赶万品三。埋伏在候机大厅的民警也纷纷起身堵截。万品三见插翅难逃，慌乱中从腰间摸出一把水果刀，照自己的咽喉处划一刀。鲜血顺着万品三的颈部喷出。万品三挣扎几下，踉跄倒地。

吕胜、雷鸣赶来，从万品三上衣口袋搜出手机，取下卡装到自己手机上，拨通雷鸣的手机，二人一看来电显示，正是肖妙音被害当晚，在案发现场出现的手机号码。

吕胜鄙夷地扫视万品三一眼，安排雷鸣道：“快，送医院！”

阴沉的黑夜，旷野里漆黑一团。小雨细细密密，如丝如麻，无声无息地飘洒着。远处，时而响起几声凄凉刺耳，叫笑难分的猫头鹰的啼叫声，令人骨颤肉惊，毛发倒竖。陡然，一道闪电掠过长空，映出一片阴森森的坟地和坟地边刀水莲、马彪、刘道光、李海深满身泥泞，幽灵般的身影。他们一个个獐头鼠脑，正深一脚，浅一脚地往坟地里摸。

走了一会儿，刀水莲猫下腰，捂起嘴，学了两声斑鸠叫：

“咕，咕咕咕——”

坟地中间，接着回应起“叽——叽——叽，嘎——嘎”的鹧鸪叫声。

双方对上暗号后，刀水莲拽马彪一把，往坟地中间指指。几个人绕过一个个坟头，一哧一滑地朝“鹧鸪”叫的地方摸去。

在一个较大的坟头旁，云中龙披着一片白色塑料布，腰插一支短枪，左边别一颗手榴弹，在等候刀水莲一行。在他身后约两米远的地方，晃动着一个手端微冲的人。

与刀水莲见面后，云中龙右手放在腰间，握住枪柄，无声地向刀水莲伸出左手。

刀水莲抹一把脸上的雨水，从小挎包内掏出一沓钱，放到云中龙手中：“一斤半（一万五千元）。”

云中龙面无表情地抓过这沓钱，像玩扑克牌似的攥在手中“哗——”地过一遍，跺跺脚下靠坟边的地方：“这儿，自己挖吧。”旋即又补充道：“那个坟边有锹。”说完朝端微冲的人一挥手，转身消失在夜幕中。

马彪环视四周，见无异常，遂指使李海深：“快去，拿过来！”李海深也不搭话，默不作声地转到云中龙所指的坟头旁，果然看到有一把军用锹，便拿了过去，先在云中龙指点的地方往下挖了几锹，马彪嫌他动作慢，让他把锹交给刘道光，快点挖。

又一道闪电，映出坑里用塑料布包裹的长短枪支。马彪、刘道光、李海深如愿以偿地对视一眼，一个个龇牙咧嘴，显露出喜不自胜的狰狞面目。

颍川市看守所四号监室内，凹陡脸手捧一个重约二两的馒头，含泪凝视着面前的半碗稀菜汤，突然发疯般冲向紧锁的铁门，拼命擂着门呼喊道：“我要求提审，我要求提审！”闷进号子几天来，他就像野马上了笼头，毛都急炸了。

凹陡脸名叫郭海峰。那天他和狐朋狗友王义生狗咬汽车，找错了对象，街头诈骗被抓之后，按说也没形成事实，行政拘留几天，教育教育，下不为例也就可以了。然出乎警方意料之外的是，往监号里一搁，王义生为了争取宽大，就举报了郭海峰的另一桩罪行。

原来，这个郭海峰是个孤儿，少人说，无人管，自幼胡呲狗游，不务正业，养成了偷鸡摸狗的坏毛病。年龄稍长，就更是属穿山甲的，专好往黑道上钻，活了二十啷当岁，基本上没干过一件正经事。去年，他心血来潮，突然打起了海平县大湾镇信用社的主意。

郭海峰首先让经常与他厮混的卖淫女榕榕，带上一瓶酒，两条烟，另外又用信封装上三千块钱，到信用社方主任家，放下礼品就走。方主任的家属不知来者是何人、因何事送礼，正要问个明白，让其把礼品拿走时，榕榕早已照郭海峰的交代跑得无影无踪。

次日，郭海峰便直接给方主任打电话，自报家门道："方主任吗？我是郭海峰呀！"

"噢！哪个郭海峰呀？"方主任一头雾水。

"就是昨天派人去恁家送礼的那个人。我曾两次劳教一次判刑，现在想浪子回头，改邪归正，正儿八经地搞个企业，为咱们海平县的经济发展做点贡献，所以想找你贷五万块钱的款。"为了证明自己赖得烫手，是个不好惹的主儿，他不以为耻，反以为荣地把自己吹嘘成"三进宫"人士，以此给方主任来个下马威。

方主任心平气和地婉言拒绝道："上级有规定，不能跨区放贷。很抱歉，这个事我不能办。另外，无功不受禄，你给我送的东西，必须退还你，如果你不好意思去取，说个地点，我让司机给你送过去。"

郭海峰一听火冒三丈，立马恼羞成怒地恐吓道："姓方的，你的胆子也太大了！面子我都给你足了，你一点面子也不给我。好！我知道你的手机号，认识你的车，骑驴看唱本，咱走着瞧吧！"几天后的一个中午，方主任到县行开会，停在停车场的车在光天化日之下，被人将前后挡风玻璃全部砸碎，并托人给方主任捎话，让其小心性命。

就在方主任担惊受怕之时，郭海峰突然又往其手机上存六百块钱话费，打电话告诉方主任后，又提出贷款问题。方主任坚持原则，拒不贷款给郭海峰，并将郭海峰所送礼品交到行纪检组，同时也往郭海峰手机上存六百块钱话费，算是退还了郭海峰的六百块钱。

郭海峰见方主任是砸烂核桃扔掉仁，软硬不吃。便又厚颜无耻地给方主任打电话，明目张胆地敲诈道："姓方的，钱又不是你的，你为啥不贷给我？跟我作对，我非搞臭你不可，让你当不成主任。"

当天夜里，方主任家便闹起了鬼，院里被砸了黑砖，大门口被人摆了两个花圈，妻子吓得大病一场，刚治好，便又接到一个陌生女人的电话，恬不知耻地对方妻说："大姐，老方说话不能不算数呀，说跟我结婚哩，咋不讲那回事啦，现在我都怀孕几个月啦，再不结，我就告他去。"

女人最恨自己的男人在外边拈花惹草。受到挑拨，上当受骗的方妻与方主任大吵大闹，家里从此没有宁日。方主任反复给妻子解释，反而越洗越黑，百口莫辩。他心知肚明，知道这一切都是郭海峰干的，但又对之无可奈何。他知道，如果贷给郭海峰款，贷多少都会肉包子砸狗，有去无回。若不贷，闹得全家鸡犬不宁，说不定自己还要遭受到更大的伤害。就在方主任左右为难，不知如何化险为夷时，仍不死心的郭海峰又施毒计，用吃喝、唱歌、洗脚、按摩、送红包、嫖娼等手段，从省城找个所谓的记者，写了一篇《浪子回头办企业贷款被骗》的文章，无中生有地诬陷方主任受贿不贷款并声称要公开见报。

白布落进染缸里，黄河之水洗不清。方主任虽然弄不清写文章者是真记者假记者，但他却深知这篇短文万一见报后，对自己的负面影响有多大。为了息事宁人，被逼无奈的他忍垢蒙辱，只得违心地贷给郭海峰五万块钱款，后来自己借钱补上了这个窟窿。

因为涉嫌敲诈，郭海峰被改为刑事拘留。就在雷鸣组织人调查取证，准备将其报捕的时候，郭海峰突然主动要求提审，其意何在？

明显削瘦了一圈的万品三，颈部伤口处贴着一块白纱布，被两名民警从看守所提出来，押到刑警支队审讯室。他的伤口已经基本痊愈，后遗症是虽能说话，但由于声带受损，显得吃力而嘶哑。

雷鸣、吴国发从不同角度，轮番对万品三进行政策教育后，单刀直入地质问："万品三，除贩毒、提供吸毒场所外，其他犯罪行为呢？"

"就这些。"万品三脖子一拧，简直像茅厕里的砖头，又臭又硬。

"怀里揣不下牛头，罪恶瞒不了世人。关于肖妙音之死，我们已经掌握了你的犯罪证据，老实交代，才是你的惟一出路。"雷鸣义正词严地正告万品三。

"哼——"万品三摆出一副死猪不怕开水烫的架势。砂锅里煮鸭头，肉烂了嘴还硬地冷笑一声，耸耸肩道："掌握了证据，你们该咋办就咋办呗，何必再纠缠着问我呢，你们这不是六个指头搔痒，多那一道子嘛！"言毕，狡黠地一笑，双目紧闭，再不言语。

正在监视室里通过闭路电视观察审讯万品三的贺国庆，见万品三是这般态度，觉得再这样耗下去，收效也不会太大，有必要调整一下审讯方式。贺国庆拍案而起，气愤但仍措置裕如地对吕胜说："看见没有，这是一个典型的智力型犯罪分子。他知道自己迟早会被判处死刑，索性顽抗到底。告诉雷鸣，对付万品三急不得，要以智克智，以静制静。先把他单独关进机动号，晾几天再说。”

万品三被关进机动号后，开头几天还沉得住气，每天无所事事，蹲在地上看蚂蚁运食打发时间。然物极必反，一连数天未被提审，像被民警遗忘了似的。寂寞难耐的他，情绪开始变得烦躁不安，像不着窝的兔子一样坐卧不宁起来。须知，人是需要与人交流的，人世间最让人难以承受的不是贫穷，而是寂寞。

郭海峰双手戴着锃亮的手铐，像一只被猫盘软的老鼠，被冷一飞和另外一名民警从看守所提出，押到颍川市刑警支队审讯室，无精打采地蔫坐到雷鸣、吴国发等民警对面的木凳上，首鼠两端地讨价还价道：“我可以帮你们抓住一个你们通缉的要犯，你们能不能对我从宽？”

雷鸣仍然采用微笑审讯方式，指指墙上“坦白从宽，抗拒从严”的标语，真诚地告诉郭海峰：“你应该相信政府的政策，但是，必须对你举报的事实负法律责任。”

“那是当然。不过……”郭海峰嗫嗫嚅嚅又提条件说，“你们让我先吃点肉，我马上说。”

看来，这样的条件似乎早在雷鸣的意料之中，她暗示一眼看押郭海峰的民警，民警会意地走出屋，片刻便拿来两个外焦里软的芝麻烧饼和一块酱牛肉。郭海峰一看眼都绿了，猴急得像饿死鬼一样，慌忙起身就要去接，被雷鸣厉声喝住道：“坐下，放下包袱后，我管你放开肚皮饱餐一顿。”

望着焦溜溜的烧饼、香喷喷的酱牛肉，郭海峰垂涎欲滴又无可奈何地摇摇头，沉默片刻，顺从地说：“你们通缉抓捕的杀人犯龙梦福，明天中午要到我舅家喝喜酒。”

“什么！龙梦福？”雷鸣以为自己听错了，惊诧得几乎要失态地扶案而起。她想，真是无巧不成书。这才真叫踏破铁鞋无觅处，得来全不费功夫呢！杀人狂魔龙梦福的暴行，一幕幕血腥的场景不禁又浮现在她的眼前：

海滩上，龙梦福与本村一名中年村民争渔场，舞刀撒野逞凶。村主任龙太山前往劝解，龙梦福蛮不讲理地破口大骂：“你他妈不就是个熊村主任吗！滚开，少管老子的闲事儿。”话没落音，对准龙太山的心窝“扑通”就是一拳，将龙太山捅个趔趄。龙太山气愤地斥责龙梦福：“你扰乱渔场生产，还行凶打人，我就是要管。”

“他妈的，竟敢跟老子过不去，你以为我怕你！”龙梦福暴跳如雷，杀气腾腾地骂道，“老子杀鸡杀猪杀狗，就差没杀过人了，今天看老子怎么把你当狗杀。”他歇斯底里地号叫着，手起刀落，刺入龙太山左肋下。龙太山“哎哟”一声，跌倒在血泊之中。龙梦福仍不罢休，又举起滴血的尖刀，朝龙太山身上一阵乱扎，残忍地活活将龙太山扎死，然后毫不以为然地抹去溅到脸上的血迹，在众人的惊恐声中，狂笑着扬长而去。当县公安局的民警接到报警赶到时，狡猾的龙梦福已抢夺一条小船，从海上遁逃得无影无踪。

去年的一天下午，龙梦福持一把“五四式”手枪，一把自制火药枪，闯进沙头村一个小卖部打劫。店主的女儿发现是龙梦福，马上向派出所报警。两名值班民警听说龙梦福出现，忙前往抓捕。龙梦福在店里听到动静，越窗而逃，两个民警鸣枪示警，穷追不舍。龙梦福左拐右折，撒脚狂奔，始终未能摆脱追赶的民警，眼看距离越来越近了，龙梦福心生一计，狡诈地举起双手佯装投降，待两名民警走近时，龙梦福突然反转身来，从腰间拔出自制火药枪射击。

两民警猝不及防，随着“嘭”的一声，如雨铅粒向俩民警迎面飞去，二人登时满面开花，中弹倒地，其中一名民警左眼中弹失明。

想到此，雷鸣定了定神，问郭海峰：“你舅家住哪里？叫什么？”

“海平县老龙潭村，叫郑长河。”

“你舅是怎么认识龙梦福的？”

郭海峰眼巴巴地瞅一眼烧饼、牛肉，吸吸鼻孔如实答道：“那年，我舅因养螺场与人发生纠纷，为了压住对方，便花钱雇龙梦福出面摆平，二人从此结成酒肉朋友。”

郭海峰看过讯问笔录并签名按上手印后，雷鸣对看押郭海峰的民警说：“把手铐给他打开。”然后，过去把烧饼夹牛肉递给郭海峰。郭海峰双手颤抖地接过烧饼，像是饿了八天似的，把抓口啖，狼吞虎咽地吃将起来。看着郭海峰朵颐大嚼的吃相，雷鸣感到可笑地趋身向前，俯耳向郭海峰如此这般安排一番……

郭海峰只顾吃，“嗯、嗯”地大嚼着点头表示应允。

次日上午，吕胜、雷鸣、吴国发、冷一飞、王海涛、胡长生、何惠敏等民警和十多名武警官兵，前往老龙潭村对龙梦福实施抓捕。为了避免打草惊蛇，他们在距老龙潭村约两公里处，弃车抄杂草丛生的山间小路，徒步奔袭老龙潭村。他们顶烈日、踏荆棘、穿密林、越崖岭，迂回前进。

几乎是与此同时，被龙梦福曾经抢劫过的小卖店，龙梦福再次不速而至。店主吓得目瞪口呆，不知所措。龙梦福敞胸露怀，斜插在腰间的两把短枪令人不寒而栗。龙梦福“嘿嘿”奸笑着，明目张胆地讹诈店主说：“现在公安到处抓我，是因为我打伤了他们。我为啥打伤他们呢？那是他们想抓我。他们为啥抓我呢？那是因为我抢劫了你的店。如果你不开这个破店，我也不会来抢劫你了；我不来抢劫你，公安也不会来抓我；他们不来抓我，我怎么会开枪打伤他们呢！因此，老子到今天这一步，通通都是因为你开店引起的。所以，今天你必须再给老子三千块钱的消灾费，我去随礼，喝喜酒冲灾，如敢不从或报警，小心你全家的性命。”这与明抢何异？然店主招惹不起，光天化日之下，眼睁睁地被龙梦福敲诈去三千块。

上午十一时左右，吕胜率警赶到老龙潭村前的一座小山坡上，观察地形后，他把警力分成三个战斗小组，分别布置在郑长河家的西、北、南三面。吕胜胸有成竹地与雷鸣分析道：“为了避免误伤群众，撇下东面的山沟，留给龙梦福逃窜，待将其压制、夹击在沟底后，咱再给他来个瓮中捉鳖。”

各战斗小组领命后，迅速隐蔽运动，悄然埋伏到各自的位置。吕胜给同样穿便衣的吴国发招招手，吴国发夹个公文包，随吕胜下山。二人故意绕一圈，走上进村的大路，大摇大摆地来到位于村东南角的郑长河家。

此时，郑长河家门外的一片开阔地上，摆了足有二三十桌席面。靠门口两侧，两班鼓乐，竞相献艺，吹打着喜庆曲牌迎花轿子、云星游、反正调等。院内院外，人来人往，笑语喧阗。吕胜瞅了半天，才在人丛中找到帮忙敬烟倒茶的郭海峰。郭海峰看到吕胜，忙迎上去给吕胜让烟，趁点火的机会，低声向吕胜报告说：“龙梦福已到，正在屋里喝茶。”

说个王八来个鳖，恰在此时，龙梦福突然从屋内走了出来。看到吕胜、吴国发，收脚止步，操着怀疑的目光，警惕地将二人上下打量一番，下意识地按了一下别在腰间的家伙，拧眉瞪眼，迈着八字步，霸道地来到距吕胜约一米左右的地方，指着吕胜骄横地盘问道：“喂！你们俩，也是来喝喜酒的？怎么不像这一片的人呐？！”

郭海峰满脸堆笑，忙纳个小架，过去给龙梦福让支烟，巧妙打圆场解释说：“表舅，这二位是我在颍川市的朋友，做海鲜生意的。今天到咱这儿进货，顺便来约我到市里去……”说到这儿，郭海峰欲言又止，做个搓麻的动作：“嘿嘿！约我去玩几把。”

为迷惑亡命之徒龙梦福，吕胜顺风使舵，不动声色地顺便邀请龙梦福道：“这位老弟如果也有此爱好，可以一块去嘛。只要兜里有‘水’，保证你玩过瘾。”言毕，大摇大摆扬长而去。

龙梦福疑云满腹，一言不发，两只眼直勾勾地盯着吕胜、吴国发渐渐消失的背影，心中仍狐疑不定地转身进屋。

大约过了一个小时，婚宴已经进入高潮，宾客们猜拳行令，推杯换盏。

“出击！”吕胜一声令下，各战斗小组的参战民警如猛虎下山，直扑酒场。龙梦福正举杯狂饮，见民警如神兵天降，大惊失色，抄起一把酒壶砸向冲在前面的雷鸣，雷鸣闪身躲过，龙梦福不敢恋战，拔腿逃命。

酒场登时乱作一团，桌翻人拥，混乱不堪。为避免误伤群众，雷鸣等参战民警冒着流血牺牲的危险，刚开始并没有开枪射击，只是追赶着喝令龙梦福缴枪投降，走坦白从宽之路。

自知罪孽深重的龙梦福置若罔闻，拼命狂奔，同时狗急跳墙地朝冲在前面的雷鸣等民警连开数枪，子弹“嗖嗖”地从雷鸣头顶、耳边飞过。雷鸣毫不畏惧，拔枪还击，步步将慌不择路的龙梦福逼进预设的山沟。

这条山沟呈浴盆状，两边高，中间低，盆底是茂密的杂草、树丛。龙梦福进入盆底后，吕胜立即指挥参战民警抢占有利地形，四面合围，将龙梦福团团包围。

龙梦福意识到地形对自己不利，像炒不熟的蚂虾一样，又蹿又跳，试图冲上沟突围，但被参战民警用火力压回。

突围不成，狡猾的龙梦福索性躲到沟底的树丛中，盘算着拖到天黑以后，再设法冲出去。吕胜见龙梦福深藏不露，马上识破了其拖延时间的诡计，果断命令道：“要尽快结束战斗，龙梦福再负隅顽抗，就将其击毙。”

武警射手闻令而动，几支微冲从不同方向，对沟底进行“地毯式”扫射，逼龙梦福露形。射击范围越来越小，龙梦福无法藏身，猛然像疯狗一样号叫着从草丛中跳将出来，凭借一棵棵树做掩护，妄图杀开一条血路，夺命而逃。没冲几步，一颗子弹击中龙梦福的腿部，龙梦福的身躯摇晃几下，“扑通”又滚到沟底。参战民警喊叫着包抄过去，在生命的最后时刻，龙梦福已经意识到此次是在劫难逃，无力回天了。索性像一条被打断了脊梁骨的癞皮狗，伏在地上大口大口地喘着气，充满血丝的眼珠直愣愣地瞪着步步逼近的民警，当民警正要冲过去将其活捉时，穷途末路的他眼一闭，举枪对准自己的太阳穴，扣动了扳机……

在万品三被单独关押两天后的一个下午，机动号的铁门“咣当”被打开，一个脚砸重镣，头上染几绺棕黄色头发的年轻人，被推进号里。此非别人，正是黄毛。他再一次被雷鸣使用，执行狱侦任务，化名叶知秋，与万品三关在了一起。

黄毛一进监号便“咚咚”地以头撞墙，呼天抢地，寻死觅活。当然，这场假戏真做，都是经过雷鸣精心设计的。

开始，不知就里的万品三，寒心地冷眼旁观，无动于衷。待黄毛碰得头破血流，筋疲力尽，瘫倒于地后，多日没与人说过话的万品三这才慢腾腾地走过去，用关切的语气好奇地问：

“老弟，贵姓？”

“免贵姓叶，叶知秋。”

“唉！何必如此作践自己呢？”万品三表示同情地感叹道。

黄毛白他一眼，操着玩世不恭的口吻道：“反正我是活不成了，让他们拉出去开公判会，丢人现眼还得挨枪子儿，倒不如自己撞死利落。”

“你傻呀！好死不如赖活着，像你这样没撞死，不还得活受罪，你说这是何苦呢！”开导黄毛几句后，万品三试探着摸黄毛的底细问：“老弟，干多大的事呀，如此的想不开？”

黄毛故意装出一副呆头呆脑的样子，含蓄地说：“我拿人家一根绳。”

“拿根绳算个啥事。”万品三不屑地白黄毛一眼，觉得暗自好笑。

“绳那头还拴头牛哩！”黄毛慢腾腾地又补充一句。把个万品三逗得“哈哈”大笑：“你就直接说偷人家一头牛不得了呗，还绕这么大的弯儿干啥。话又说回来了，就是偷头牛，也不至于犯死罪啊！”万品三感到纳闷。

“那，那，还打死了牵绳子的一个老头哩。另外，老公们还说我强奸、抢劫、杀死个三陪小姐。”

万品三听后吃惊地盯着黄毛，惊讶而好奇地道：“咦！抢劫杀人，两条人命，这足够绞炮的材料了。那你究竟杀没有？”万品三打破砂锅问到底。

黄毛故弄玄虚，遮遮掩掩地答道：“为了弄几个钱花，他们吆喝，我，我……”说到此，黄毛神秘兮兮地朝门口张望一眼，压低声音告诉万品三，

“我才不得已而为之的。”

万品三听后长舒口气，不由自主地又想起了自己那本难念的经。于是，同病相怜地自我表白道：“唉！我卖白面，也是必死无疑。事到如今，也只有想开点，咬紧牙关撑，给老公们来个死活不认账。能滑过去万幸，真滑不过去，反正人有生就有死，早晚都得有这一天，况且咱也不算亏呢！”稍停，又感慨道：“同是天涯落难人，咱弟兄俩能在这‘人间地狱’聚到一起，这也是缘分呐。唉！在往黄泉路上走的这程路上，咱哥儿俩就相互帮扶着走吧！”

黄毛止悲恭维道：“喂！咋看你老兄文绉绉的，没想到可肚子长个胆，也是干大事的呢！肚里有墨水，是条汉子。咋进来的？遇到卧底啦？”

“唉，一言难尽，我至今仍没有琢磨透，究竟是在哪个湾子里翻的船。”万品三百思不得其解地摇摇头。

“英雄不问出处。能在这里结交老兄这样的好汉，也算我姓叶的三生有幸！”肉麻的恭维，使万品三忘乎所以地飘飘然起来。

二人正神侃时，忽听看守民警敲门喊道：“叶知秋，有人给你送吃的。”

“来啦！”黄毛给万品三使个眼色，应声走了过去，从大铁门上方的观察孔内，接过一团用报纸包的东西，放到铺板上打开一看，原来是一只烧鸡，几个大饼。

早已未动过荤的万品三眼馋地瞅着烧鸡，没敢言语。黄毛大方地撕下一个鸡大腿，递给万品三：“给，往后咱弟兄俩有福同享。”万品三急不可待地接过去，也顾不上谦让了，贪婪地啃了起来。

月光如水，清冽的寒辉透过铁窗，洒在监号内，更令人浮想联翩，忧思万千。黄毛躺在铺板上，翻来覆去唉声叹气。万品三劝道：“老弟，想开点吧，橱窗里的物件，咱到这一步，只能任人摆布了。”

黄毛索性翻身坐起，向万品三吐露衷肠道：“按说，我也不亏。咱俩朋友一场，临死前我再给你讲个秘密，老兄如有出去之日，也给兄弟留个名。”

万品三点点头，显露出一副竖耳恭听的神态。

黄毛神气活现地吹嘘道：“前年，我撬窗进入一家，想弄几个钱，不想被房主发现，那家伙胆子也不小，竟跟我斗了起来。我‘扑哧’照他肚子上戳一刀，脱身而去。次日想去看看把他扎成啥样了，到他楼下一瞅，乖乖，灵堂已经搭好了，听说还是哪个局的局长哩。”

万品三惊诧地打量着黄毛：“嗯，这个事我听说过，原来是你干的呀！”

黄毛点点头，怒目警告万品三："你要敢拿我立功，看老子咋收拾你。"抛砖引玉已毕，黄毛话锋一转，又替万品三操心道，"你就贩点'那个'，判死刑有点重吧？"

"哈哈！"万品三也得意忘形起来，不打自招道："既然老弟够哥们儿，讲义气，能对我说出掏心窝子的话，那我也不瞒老弟，就是判我死刑，我也不算亏。前段传得贼玄乎的河边那个无头女尸，就是老兄我干的。"万品三阴险地瞅黄毛一眼，余怒未消地愤然道，"哼！我得不到，别人也休想！"

林忠等人头戴耳机，面前的录音设备"沙沙"地转动着，万品三、黄毛的对话，一字不落地被监听监录下来。原来，警方早已在这个监号里安装了监听监视装置，号内嫌犯的一言一行，一举一动，每天二十四小时都在监所民警的掌控之中。

次日上午，黄毛被民警提出去审问，自此风消云散，再未返回机动号。下午，以为叶知秋被拉出去枪毙了的万品三，再次被提出看守所，押到刑警支队审讯室接受审讯。落座后，万品三装腔作势，依然故我，摆出一副一事清百事无的模样，瘸子拜天地，立等着雷鸣、吴国发发问。突然，不知从什么地方传来他嘶哑的声音："前段传得贼玄乎的河边那个无头女尸，就是老兄我干的。哼！我得不到，别人也休想！"

万品三惊恐的眼睛越睁越大，当他省悟过来上了叶知秋的当后，蓦然懊丧地跳起身咆哮道："撅屁股望天，我算有眼无珠。叶知秋，我操你八辈的祖奶奶，操死了扔河里喂鳖！"

"坐下！"雷鸣怒视着万品三喝道。

万品三闻言，垂头丧气，形同霜打的茄子，耷拉着脑袋，"扑通"蹲坐到凳子上。沉思良久，终于有气无力地说："原来想扛着让你们破不了案，没想到你们这么厉害。既然这样了，我交代，把杀害肖妙音的情况全交代出来。"

接着，万品三供述，肖妙音在到"今宵情歌舞厅"之前，曾在"清心茶楼"打过工。她天生丽质，万品三一见倾心，心中便打起了肖妙音的鬼主意。为博得肖妙音的好感，万品三投其所好，施以小恩小惠。肖妙音爱唱歌，万品三就给她买录音机、磁带；肖妙音爱吃西餐，万品三就隔三差五，带她到西餐厅吃个够。为控制肖妙音，万品三施展毒计，在送给肖妙音的一袋茶点中，掺入了海洛因，致使肖妙音在不知不觉中染上毒瘾。

当肖妙音知道上了万品三的当后，为时已晚。她既恨万品三，又必须靠万品三为她提供毒品。一次，肖妙音毒瘾发作，万品三趁人之危，落井下石，故意不给肖妙音提供毒品，已控制不住自己的肖妙音被毒瘾折磨得磕头撞脑，死去活来。为求得一包毒品，不惜跪到地上，搂着万品三的腿哀求："万老板，给我一包，您行行好！再给我一包吧！求求你别折磨我了，我答应你的要求，马上陪你睡觉还不行吗！"

后来，肖妙音为了摆脱万品三的魔爪，毅然决定离开"清心茶楼"，到"今宵情歌舞厅"谋生。为寻求保护，她经过一段时间的观察，投入到贾英豪的怀抱。万品三听说后，气怒万分。为剪除情敌，万品三耍阴谋，施诡计，给公安机关写了一封匿名信，告发贾英豪出版非法出版物、盗印学生教材。在警方准备传讯贾英豪时，他又给贾英豪打匿名电话，通风报信，吓得贾英豪撂下肖妙音，只身远逃他乡。

此后，为了讨好肖妙音，万品三又不惜血本，送给肖妙音二十袋海洛因。然而，强扭的瓜不甜，早已对万品三恨之入骨的肖妙音不仅毫不领情，反而又与忠厚朴实的陈统相爱。万品三获知后更是恼羞成怒，多次在电话中恐吓肖妙音："如不嫁给我，你和你的全家就休想活安生。"同时，要挟肖妙音将二十袋海洛因退还给他。

经过深思熟虑，肖妙音给万品三写了封信，言词犀利地表明了自己的态度。万品三见信后惊恐失措，担心肖妙音举报他贩毒的罪恶行径，遂生杀人灭口之心。

思量好杀害肖妙音的办法后，万品三在收到肖妙音信的次日晚，喝下几大口酒壮胆。然后携刀来到颍川市西郊偏僻的颍川河河滩，电话约肖妙音最后再谈一次，好聚好散。涉世不深的肖妙音不知是计，为了早日摆脱万品三的纠缠，便单身赴约。万品三趁肖妙音不备，活活将其掐死，又行奸尸。为给公安机关破案设置障碍，又索性一不做，二不休，残忍地把肖妙音的头颅砍下，扒光衣服，裹着刀一起，撂进滚滚东流的河水之中。

监视室内，贺国庆手指电视，爽朗而不失诙谐地哑然一笑，对吕胜说："火到猪头烂，功到自然成。狐狸再狡猾，也斗不过好猎手。这小子终于说实话了。"

话刚落音，贺国庆的手机铃突然响起，贺国庆接听后重复道："林忠，你说什么？肖妙音的头颅在案发现场东二百米处漂出来了？"关上手机，他望望吕胜红肿的双眼，催促道："走，咱过去看看。"

滔滔颍川河水，在肖妙音头颅漂起的地方打了几个漩涡，留下一串颇能引发世人思索的涟漪，翻起几个细碎的浪花，又一泻千里，不息地向辽阔的大海奔去……

无头女尸案胜利告破的消息发布之后，引起了中央、省、市多家新闻媒体的关注，各路记者纷至沓来，带着各种各样的问题采访贺国庆。一名记者尖锐地问道：“贺局长，近段时间，颍川市公安机关连破几起大案，当前的社会治安状况，整体上该如何评价呢？”

贺国庆略加思索回答：“各位新闻界的朋友们，我说好，那是王婆卖瓜，自卖自夸。老百姓说好，才是真正的好。我看，咱们也别在办公室听汇报、扒报表、看数字啦，我和各位记者朋友一起到大街上去转一转，看一看，问一问，听一听老百姓是怎样评价的。”

火车站广场，南来的，北往的，人多嘴杂，信息灵通。贺国庆、吕胜、雷鸣和记者们拦住一些群众，询问他们对颍川市社会治安的看法。有的说，公安民警好样的，连破几起命案，大街上掂包绺窃的窃贼也吓得销声匿迹了。有的说，早晚出门锻炼身体，也不担心害怕了。就在人们你一言，他一语，赞不绝口的时候。突然，半路里杀出一个程咬金来，一位体态微胖的中年妇女冒冒失失地扒开人群，挤到贺国庆跟前，快人快语，完全出人意料地质问道：“贺局长，蒙面人也抓住了吗？”

“蒙面人？”这没头没脑的质问，顿使贺国庆如坠五里雾中，一时弄得丈二和尚摸不着头脑，莫名其妙地重复道。

“是啊，火车站这一片，那个光在夜晚祸害大闺女小媳妇的蒙面人……”

第九章　蒙面色狼神出鬼没
雷鸣私访巧探端倪

在这样的场合，尖锐地揭出这样的问题，不免令贺国庆感到有些尴尬。他惊诧地侧过身问吕胜、雷鸣：“你们听说过蒙面人的事吗？”

吕胜、雷鸣几乎是同时不假思索地摇摇头，异口同声答道：“没有，也从未接到过报案。”

贺国庆马上又给“110”指挥中心打电话：“我是贺国庆，你们近期接到过火车站一带，蒙面入室强奸妇女的报案了吗？”

“报告贺局，没有这方面的记录。”值班民警肯定地回答。

贺国庆心思沉重，表情复杂地看看诸位记者，然后转向围观的群众，坚定有力地表示：“感谢大家对公安工作的支持和理解，请大家放心，谁对不起老百姓，我这个公安局长就跟谁过不去。刚才那位大嫂反映的强奸案件，可以说是我们从大街上捡来的。但是，群众利益无小事，我们将立即组织精兵强将全力侦破，争取早日把这个祸害老百姓的蒙面恶魔擒拿归案。大家说好不好啊？”

“好——”贺国庆这番合情入理的话语，让在场的群众心悦诚服，纷纷报以热烈的鼓掌。

返回局里后，贺国庆马上把吕胜、雷鸣、林忠、吴国发叫到办公室，研究采取什么办法，早日破掉蒙面强奸案。他首先征求与会人员的意见道：“群众反映的蒙面人，像一缕飘忽不定的阴风、来去无踪的幽灵，怎么侦破？请大家各抒己见。”

雷鸣习以为常地把目光投向吕胜，毋庸讳言，她打心眼里最佩服的就是吕胜。佩服他丰富的经验，缜密的思维，果断的决策，尤其是善于从看来毫无头绪的离奇案件中，发现其本质和规律的能耐。佩服他以诚待人，言而有信，勇毅力行，与人为善，关心同志，公而忘私的为人处世准则，而正是这些准则，形成了吕胜独特的、颇有人缘的人格魅力。因此，从警以来，她一直把他视为自己最可信赖的老大哥。这时，当她正欲把目标引向吕胜时，殊不知反应敏捷的吕胜早已窥测出雷鸣的企图，急忙抢占先机，机智而不失诙谐地把话题引向雷鸣道："雷支队，还发什么愣呀！想藏之深山，传之后世啊。贺局问你呢，快谈谈你的高见吧！"

雷鸣见吕胜先入为主，把皮球踢给了自己，当着贺局的面又不好争执，只得俏皮地白吕胜一眼，嫣然一笑，十指交叉，放在桌面上，就像一位排兵布阵，运智铺谋的将军，神色自若，落落大方地道出自己的想法："无风不起浪。既然群众有反映，我们就应本着对群众负责的态度，宁可信其有，不可信其无。但从另一方面讲，无报案、无受害人、无犯罪线索，侦破这样的案件，无异于捕风捉影，大海捞针，难度的确非同一般，从何处入手呢？"雷鸣环视众人，接着道："首先必须证实案件是否真正发生过。怎么证实呢？我建议先组织几个排查小组，化装侦查，到案发地段找案、找知情者、找犯罪线索，然后采取滚雪球的办法，由甲案沾上乙案，再由乙案扯出丙案，从中找出规律性的特征，把隐性的线索转化为显性的线索，待理出这团乱麻的头绪后，再顺藤摸瓜，水到渠成地揭开蒙面人神秘的面纱。"

"哎、哎，谁说女子不如男，到底是刑警学校的高才生，雷支队长刚才讲的，不就是一套完整的侦破方案吗？"吕胜啧啧称赞。贺国庆也赞许地点头认同，当即拍板道："行，就这么办。"

次日，十多个排查组出现在火车站一带，走家串户，了解蒙面人的情况。始料不及的是，当民警一提到蒙面人，受访群众便如火烧身，马上推得一干二净，惟恐沾着自己。尤其是受害人，担心来自家庭、社会的压力，害怕暴露后遭到歧视甚至鄙视，惟恐一旦吐露真情，便成了终生有污点，跳进黄河也难洗清的坏女人。因此，只有打掉牙往肚里咽，忍了。没有一人挺身而出，向民警提供关于蒙面人的犯罪线索。他们有的对民警敬而远之，有的闭门谢客，甚至就连看门狗也视主人的眼色行事，龇牙咧嘴，引颈挺尾，往前蹿着冲民警狂吠。

雷鸣、吴国发、冷一飞、王海涛、胡长生、何惠敏等参战民警明察暗访两天，一无所获。回到办公室，一个个牢骚满腹，怒形于色。心直口快的吴国发把笔记本狠狠往茶几上一摔，愤世嫉俗道："什么觉悟啊，我们去除害，反倒成了不受欢迎的人，我真怀疑蒙面人是不是真的存在。"

王海涛也气呼呼地发泄不满道："依我看，不配合就暂时放一放。咱先集中力量侦破文章华被害案，让他们还遭受蒙面人的祸害去。"

身为女性，雷鸣大概最能理解遭人强暴后的悲痛心情。她翻眼瞪二人一眼，毫不留情地批评吴国发、王海涛道："你们胡说些什么呀？请二位别忘了咱们的责任和宗旨！"看二人不吱声，雷鸣缓和一下口气，接着感同身受地又道："平心而论，群众不配合，我也有看法。但我们是否换位思考一下，谁愿意把饱含屈辱和痛苦，在泪与恨中刚刚愈合的伤疤，重新揭开，暴露在光天化日之下呢？我们是否应该体谅到，受害人隐忍着的，不是鸡毛蒜皮的小事，而是令她们肝肠寸断，锥心泣血的伤痛，揭开了那就甚至会影响终生的耻辱啊。"

蒙面人强奸案一时难以找到突破口，排查工作出师不利，一开始便陷入举步不前、进退维谷的节骨眼上。雷鸣在案件碰头会上高瞻远瞩，信心满怀地鼓励大家道："牢骚归牢骚，蒙面人还得找。明天再排查，改变策略，晚上找人。当事人不愿在家谈的，客随主便，到茶社、咖啡店、旅店、公园都可以。用我们执法为民的诚心，感动群众和受害人，争取他们的理解和支持。我坚信，只要方法对头，我们就一定能够打开工作局面，找到那个幽灵般的蒙面人。"

夕阳在远山缓缓下坠，天边那一片绚丽多彩的火烧云燃尽之后，暮色开始无声无息地向人们走来。距火车站不远的夜市，也慢慢地热闹起来。身着便衣的雷鸣，一边麻利地帮助一名中年妇女摆水果摊，一边与中年妇女聊天。中年妇女警觉地盼顾左右，见身旁无人，终于发自内心地说："干你们这一行，也怪不容易的。你问的那个事，说实在的，案好报，但唾沫星子能淹死人呐！张扬出去，毕竟不是啥光彩的事。你说自己正派，是受害人，可人家背后却捣你的脊梁骨说，世界上那么多女人，坏人为啥专门去找你！俗话说苍蝇不叮无缝的蛋，还不是你自己不检点招引来的？她大姐，这理是直的，舌头可是曲的。百口难辩，百口难辩呐！你说谁没有顾虑？"

中年妇女生得一张好嘴，话匣子一打开，就像提起闸门的水一样，滔滔不绝地接着道："就拿俺那个邻居丽君来说吧，以前多好的闺女，打从被蒙面人强奸后，谈的男朋友硬说丽君作风不好，拔腿蹿了。那闺女打那以后，就得了癔病，一犯就又是哭又是笑，到现在还没好透呢，你说人家亏不亏？！”

在潘登高金屋藏娇的爱巢内，柳婉玉微闭双目，懒洋洋地躺在床上。潘登高匆匆穿好衣服。收拾停当后，掏出一沓钱放到柳婉玉床头：“这样不是很好吗，何必非闹着要结婚，搞那个表面形式。”

柳婉玉忽地掀开被子，翻身坐起，抓起钱“哗啦”撒了个天女散花，一脸委屈，嗲声嗲气地埋怨道：“我问你，二奶的角色，你让我扮演到何时？上次到深圳，名不正，言不顺的，低人三分，弄得我好没面子。”

潘登高忙哄劝道：“你这个人啥都好，就是爱想入非非不好。唉，这人太闲了，就该瞎琢磨事了，无事生非吗！要不这样，我先给你找个工作，生活充实了，心绪或许会好些。”

“还让我去给别人洗头啊？”柳婉玉撇着小嘴，不无揶揄地诘问潘登高。没等潘登高想好如何回答，便柳眉一挑，赤裸裸地摊牌道：“要让我工作，得让我到电视台当主持人。去不了，你就得马上娶我。”

看着柳婉玉轻浮幼稚的模样，潘登高轻蔑地“哼哼”一笑，强压心头的火气，略显不耐烦地对柳婉玉说：“你怎么越来越不懂事了呢！我虽然身为市长，但不是万能的呀。再说，当主持人，就你那文化，就你那普通话……”潘登高不屑地欲言又止。他心知肚明，给柳婉玉这样的女人讲道理，不说是对牛弹琴吧，那也是秀才遇上兵，有理讲不通，讲不出个啥表里的。让这样的女人俯首听命的惟一办法，就是“钱”加“哄”。

果然，柳婉玉小嘴一噘，扑上前搂着潘登高的脖子，柔情媚态缠磨道：“有权不用，过期作废。嗯！我不管，俺就是想当主持人嘛。”

正是柔能克刚。潘登高见柳婉玉领导讲话，又有了新要求。心里虽然极为反感，认为这个女人事太多，像这样下去，早晚是潘金莲的竹竿，惹祸的根苗。但为了长期占有她，大面上又不能表现出自己的真情实感，只得装聋作哑，摇头苦笑一声想：难怪古人说，若想一天不得安生，就在家请客；若想一年不得安生，就自己盖房；若想一辈子不得安生，就找两个老婆。真是惟女子与小人难养也！他暗暗骂了一句，无奈地叹口气道：“唉，古有千金买笑之说，为了小宝贝你能高高兴兴每一天，我就尽最大努力试试吧！”

根据卖水果中年妇女提供的线索，在派出所片警的协助下，雷鸣几经周折，先找到丽君的知心好友刘凤美，说服其协助警方做丽君的思想疏导工作，鼓励丽君勇敢地站出来，协助警方早日擒获那个危害一方的蒙面色魔。二人经过一番计议，便买些水果登门拜访，直接接触丽君。

丽君家是独院楼房，上下各三间，外上楼梯。雷鸣和刘凤美不速而至时，丽君恰好正在家里看电视。刘凤美介绍道："丽君，这是我表姐，叫雷鸣，在政法机关工作，待人可好啦！今天没事儿，我们来找你玩的。"

"欢迎，欢迎！"丽君忙从沙发上站起身，热情地拉雷鸣坐到沙发上。三个人你一言，我一语地交谈起来，从化妆品谈到流行色，从工作、理想谈到爱好。说笑间，刘凤美提议道："丽君最爱吃西餐了，雷姐，你就请我们撮一顿吧！"

"好啊，我请客！"雷鸣欣然答应，她细眯起双眼，扮出很活泼、馋馋的模样，笑眯眯地说："哎呀！咱仨的爱好，还真有点相同呢。鱼排、牛排、意大利粉、比萨饼……走，姐今晚请你们吃西餐。"

西餐厅一间用华丽板隔开的房间内，略显昏暗但很柔和的灯光下，雷鸣、丽君、刘凤美一人点一份牛排，边吃边聊，俨然已成了好朋友。牛排将要吃完时，服务员又给每人送上一杯橙色的饮料。接饮料时，雷鸣依事前的约定，暗暗给刘凤美使了个眼色，刘凤美说是要到洗手间，便借故离去。

雷鸣热情地把身子往丽君身边挪挪，用饱含关爱的口吻，轻声细语和丽君商量道："丽君，姐姐想问你一件事，可以吗？"

丽君莫名其妙地抬起头，莞尔一笑答："那怎么不可以。这顿西餐总不能白吃吧！俗话说，无事不登三宝殿。我琢磨你们找我，多少总得有点事的，但不知雷鸣姐要问啥事？"

雷鸣呷口饮料，用充满深情的目光注视着丽君，诚恳地说："丽君，姐姐想告诉你，买肉喂狼，为的是暂时不被狼吃掉。但这能改变狼贪婪、凶残的本性吗？为了给你洗刷屈辱，为了更多的姐妹们不再遭受蒙面恶狼的蹂躏，姐姐想请你讲讲你那晚究竟遇上了什么，以便从中找出蛛丝马迹，早日抓到那个祸害人的歹徒，为民除害。请相信，姐姐是会为你严格保密、为你报仇的。"

丽君深情地注视着雷鸣，目光中充满着渴望与信任。平心而论，她真的不想再抖搂那不堪回首，令她伤透心的往事了。但雷鸣一番情真意切的话语，还是深深打动了她万念灰冷的心扉，压抑已久的憋屈，禁不住陡然排解出来。她"哇——"地一声猛扑到雷鸣怀中，像遭受不幸的孩子见到久别的亲人一样，失声恸哭起来。

“好妹妹，不哭，啊！姐姐是警察，是像蒙面人一样形形色色坏蛋的天敌，姐姐一定会给你报仇的。”此时的雷鸣，角色突然变换得像一位宽厚的长者。她亲切地拍抚着丽君的后背，不停地安慰她。

丽君玉牙紧咬，强忍悲痛，忧伤地抬起头，含泪向雷鸣倾诉起她人在屋中坐，祸从天上来，令她终生难忘的不幸遭遇：

中秋之夜，碧空如洗。全家人吃过月饼、焦馍，劳累了一天的父母上楼歇息了。充满美好憧憬的丽君，毫无睡意。她欢快地撩开窗帘，双手托腮，隔窗遥望着苍穹悬挂的那轮皓洁的圆月，不安分的少女之心，突发奇想地在皓洁如盘的月宫中，寻找起仙女嫦娥、捧酒的吴刚和捣药的小白兔来。遐思冥想中，她不知不觉地带着月亮般的美好意境，甜蜜地进入梦乡。

突然，她被一双在胸前乱揉乱摸的手所惊醒。睁眼一看，一个戴黑色头套的蒙面人，正弓腰屈背站在她的床前。丽君当时只觉得六神无主，惊恐中本能地呼叫起来，然一个“妈——”字未喊出口，便被蒙面人用双手狠狠卡住了纤细的脖颈，恶声恶气地威胁道：“别吭声，再叫就掐死你！”

未经过世事的丽君登时便被吓昏了，蒙面人扒掉她身上的衣服，将她强奸后，临走还把她挎包里的几百块钱洗掠一空。

“还能记得那个蒙面人有啥特征吗？”雷鸣进一步仔细询问。

丽君噩梦初醒般摇摇头道：“半夜三更的，那个坏蛋蒙着面，加之当时吓昏了，也不知有啥特征。”

“再仔细想想。”雷鸣耐心地启发丽君。

丽君蹙眉搜肠刮肚回忆了半天，喃喃地对雷鸣说：“我印象中，那个坏蛋中等身材，胖胖的，身上似乎有种怪怪的、并不是太难闻的气味。”

由于方法得当，排查入室强奸案线索的局面终于打开。晚饭后不久，在一位社区老大娘的陪同下，何惠敏敲开了少妇李巧云的家门。李巧云正在哄孩子睡觉，丈夫是大货车司机，十天半月难得回家一趟。何惠敏开门见山道明来意：“大姐，我是公安局的，想找你了解蒙面人的事儿。”

李巧云闻言登时泪如泉涌，心有余悸地拒绝道：“这事你们就别问了，如果传到孩子他爸耳朵眼里，俺这个家就非零散不可。”

“大姐，你放心，我们绝对守口如瓶，为你保密。”何惠敏打消李巧云的顾虑说。

默思了一会儿，李巧云心一横，咬牙切齿道："为了早日抓住那个该千刀万剐的害人精，我、我说：

'孩子快满月的那天晚上，我刚把孩子哄睡，正准备上床歇息时，一个蒙面人用尖刀拨开门闯进屋来。我马上意识到此人是夜猫子进屋，来者不善，便跪在地上苦苦哀求，你饶了我吧，我生孩子还没满月呢，可怜可怜我吧！蒙面人不由分说，毫无人性地用尖刀逼着我，粗暴地扒掉了我的秋裤……'"

停了片刻，李巧云又补充说，"那个孬孙货个头不太高，胖乎乎的，身上好像还有股不是太难闻的怪味……"

坚冰终于被打碎，案件被警方从"大海"里一个个"钓"出水面。

综合受害人提供的蒙面人的特征，雷鸣很快绘制出《蒙面人作案一览表和案发区域分布图》，报送给吕胜道："吕局，群众的反映，的确不是空穴来风。经过几天的明察暗访，现在已经发现，不到三个月的时间内，有十多名妇女被蒙面人强奸、抢劫，其中四人因反抗被扎伤。"

吕胜看完一览表后，满意地对雷鸣道："走，咱一块去向贺局汇报，捎带议议下步如何展开工作。"

潘登高一个电话，颍川市电视台台长唐浩慌得一溜小跑来到潘登高办公室。俗话说，官大一级压死人。唐浩知道，时下见领导难不说，且有许多讲究，心理学是十分用得上的。譬如你见领导之前，必须先要揣测一番，今日领导的心情是否舒畅，是否有闹心的事儿，血压、血糖是否得到了有效控制，头天搓麻手气是否佳，睡眠质量是否好，挨领导的领导批评了没有？诸如此类问题思虑周全后，你还得连过保安、司机、秘书三关，才能来到领导办公室的门前。虽近在咫尺，但你仍不能像在自己家中一样横冲直撞，贸然而入。你知道领导正在屋里干什么？所以你必须得先礼貌地敲门，假如内有佳丽，也好躲进套间，以免领导尴尬。当然，敲门的次数，轻、重、缓、急，那也是有学问的，你必须敲得恰到好处，既要使领导听到动静，还不能惊吓了领导。如果领导开恩应允你进屋，你就得把握好拘谨、诚惶诚恐到什么程度，尤其是领导高看你一眼，礼贤下士，要给你沏茶倒水，在似起身尚未起身之时，你必须眼明手快地掌握好火候，口中连连表达着"谢谢"，自己抢过水杯，先给领导的水杯中续满水，然后再小心翼翼地、象征性地给自己倒一杯，这一应的礼数做完后，你才可以正襟危坐，做出一副洗耳恭听的样子。假如领导客气地让烟给你时，你又得注意弓腰哈首，双手接烟的姿势。尽管一支烟轻如鸿毛，但礼轻人意重，要知道，那是领导看得起你啊！你需要顺其自然地把自己准备好的、领导喜欢抽的、一盒未拆开的烟拆开放到茶几或领导办公桌上。

当领导没有应允你进屋，敲门的次数最多不能超过三下，事不过三嘛！否则，勉强进去了，映入你眼帘的肯定是黑虎着的脸色，热脸蛋碰上冷屁股不说，万一领导一高兴，想抖抖虎威，劈头盖脑地熊你一顿，那也不是没有可能的。如果出现了这样的场面，你想让领导解决的事情，要么免开尊口，要么十有八九泡汤。此外，领导没让你进屋，你还不能在门外像民警蹲坑一样死守在那儿，那样领导将视你有监视他之嫌，尽管你明明知道领导在屋内正跷着二郎腿看报、下棋或者在跟小蜜亲热，但你都得认为领导是在干革命工作，因为领导就是领导，领导日理万机，永远都是在忙于革命工作的……

值得庆幸的是，这次不是自己主动要求求见领导，而是领导主动提出约见自己，这事就好办多了。在走廊中间，一个秘书模样的年轻人，热情地迎住唐浩道："唐台长，潘市长正在办公室等你呢。"说着引着唐浩来到潘登高办公室门前，轻轻地敲两下门，屋内传出潘登高"请进"的声音。秘书轻轻推开门把唐浩礼让进屋，然后忙掂起暖水瓶，先去给潘登高保温杯中续水，潘登高目视文件，象征性地轻轻挥下手，秘书会意杯中水尚满，便转身给唐浩倒杯水，这才有眼色地掩门而去。

潘登高放下手中的文件，摘下花镜，起身给唐浩让烟。唐浩也赶紧从兜里掏出早已准备好的一盒烟，拆开抽出一支敬给潘登高，然后很自然地将这盒烟撂到茶几上。

二人点燃烟后，潘登高重新坐到自己的老板椅上，像得软骨病似的半躺着道："老唐啊！你们台播的颍川新闻节目，我是每天必看呐！高扬主旋律，帮忙不添乱。懂政治，讲时效；信息量大，品位高。不错，嗯！很是不错！"

唐浩心想，潘登高专门找他来，绝不会仅仅是为了让他听几句入耳的官话、套话吧，定然是醉翁之意不在酒，另有所图。想到此，他不免就觉得心中犹如十五个吊水桶打水，七上八下的。他暗自猜测、盘算着潘登高此番约见他的真实意图，嘴里却仍虚与委蛇道："我们的工作与市领导的要求，还相差甚远，潘市长如果发现有什么不足之处，盼予明示。成绩不说少不了，问题不说不得了。该批评的批评，千万别留情面，我们马上整改。"唐浩以为他们做的某个节目出了偏差，忙习惯性地先表一通态度。

“哈哈——”潘登高掐灭烟，抚掌而笑道：“我能看出什么不足之处啊，更谈不上什么明示。今天让你来，是有个事想与唐台长商量！”潘登高扎了一圈子花腔，终于言归正题。

唐浩赶紧再次表态：“理应效命！潘市长有啥指示尽管讲，只要能办，我一定尽力而为之。”

潘登高呷口茶，神情凝重地对唐浩说：“是这样，香港与我市丝绵总厂合作的林老板，有个亲戚，托林老板给我打招呼，提出想到你们电视台工作。为了吸引外资，促进全市的经济腾飞，早日实现跨越式发展，我这个分管工业的副市长只好舍出老脸，来帮他协调这事啦！”潘登高说瞎话不脸红，他扫视唐浩一眼，变换语气接着道：“当然，人家也不是白让你接收的。林老板主动提出，愿以赞助的形式，补偿给你们台人民币五十万元。五十万、五十万是什么概念啊，顶你们做多少广告呀？老唐，这可是打着灯笼也难找的好事啊！”

“事倒是好事，只是这指标……”唐浩面呈为难之色，欲言又止，迟疑地沉吟道。

“唐台长，你就别强辩理由搪塞我了。我虽然是分管工业的副市长，但也干过几天人事。谁不知道啊，现在的用工制度都是人事代理，啥指标不指标。你要真感到有困难，我把她介绍到《颍川日报》当记者，你可别后悔，啊！”说罢，潘登高乜斜了唐浩一眼，倚在靠背上，再不言语。

唐浩虽然知道潘登高此举完全是公权私用，但他知道胳膊拧不过大腿，在许多时候，因为工作得罪了领导，获罪吃亏的常常是个人。轻者会有小鞋穿，重者甚至会影响到自己的任用和升迁。考虑到此，唐浩当下便见风使舵，清楚不了糊涂了，索性顺水推舟，人情早做，于是便口是心非地表态道：“感谢潘市长对电视台工作的支持，我回去就安排人事科办理有关手续。”

“嗯，我就不写条啦，明天让她直接找你报到就是了。哦！这姑娘叫、叫什么来着……”潘登高故意拿起一张纸条，扫视一眼道：“噢！叫柳婉玉、柳婉玉。”他心想事成，脸上浮现出得意的微笑，骄矜地对唐浩说。

刚刚下过一场小雨，乌云渐渐散尽，不知啥时候，似圆非圆的月亮，像个害羞的少女，无声无息地从遥远的天际钻了出来。本应明亮的月光，被几片薄薄的淡云遮掩得时隐时现，给人平添了几分惆怅。时间已经很晚了，吕胜、雷鸣、吴国发、何惠敏等民警仍在分析、讨论蒙面人入室强奸、抢劫案。

雷鸣汇报排查情况道："从排查情况看，一是案件成立；二是几乎所有的受害人都反映，蒙面人身上有股怪怪的、并不是太难闻的气味。我们准备了各种化妆品、香料和食用油之类的物品，让受害人鉴别，但又一一被受害人否定。本案中，怪味具有特殊性，我以为，此案的突破口，我们就放在怪味上。找到了身上有怪味的人，我看案件十有八九也就破了。现在的关键，也就是我们必须要掌握的，蒙面人身上散发的究竟是什么气味呢？"

"这个问题提得好，我觉得，这种怪味应该与蒙面人所从事的职业有关。"吕胜判断说，"在目前的条件下，我们首先要积极防范，在加强案件多发地段巡逻的同时，在各要道口设立明卡暗岗，二十四小时蹲点守候，在确保无辜群众不再遭受蒙面人侵害的前提下，加大侦破力度，对症施策，以智取胜。其间，假如蒙面人狗改不了吃屎，再敢蠢蠢而动，我们便可以抓现行，至少可以获取寻找蒙面人的重要线索。"

一张硕大的法网，悄无声息地撒开了，蒙面人胆敢顶风作案，等待他的必然是撞网被擒。

刚刚部署完下步工作，吕胜的手机又响了。对方道："吕局，我是'110'指挥中心，刚才接到'宏发房地产开发公司'经理刘宏发的报案，称有一持枪蒙面人，闯入他位于东郊的别墅内，现已被反锁在屋内。"

"持枪蒙面人！"雷鸣等民警不约而同地惊呼，"真是说曹操曹操就到。"

"马上通知各大队，火速赶赴案发现场。"吕胜果断下令，"煮熟的鸭子，这回无论如何不能让这小子飞掉。"

很快，刘宏发位于东郊的别墅四周，便被荷枪实弹的民警包围，参战民警一个个精神抖擞，虎视鹰瞵，随时准备出击。

吕胜以一辆警车做掩护，首先展开政治攻势，手持半导体喇叭向屋内喊话："屋内的人听着，我们是颍川市公安局的，你已经被包围，立即放下武器，才是你惟一的出路。"

连喊两遍，屋内毫无动静。这时，雷鸣、吴国发等民警已乘吕胜喊话，分散屋内蒙面人精力的机会，利用地形地物，机警地运动到屋门两侧。为了吸引蒙面人的注意力，吕胜命令两支微冲在别墅外朝天"哒哒哒"射击。

屋门外，雷鸣对刘宏发使个眼色，刘宏发战战兢兢地用钥匙开防盗门。刚拧开一道缝，一名身着作战服的武警战士早已飞起一脚，将防盗门踢开。雷鸣等民警动作敏捷地举枪冲进屋，"哗啦"顶上火，厉声喝道："放下武器！"

屋里应声传出“别开枪，别开枪，我不反抗”的讨饶声。接着，但见一名中等身材，体态偏瘦的男子双手抱头，双膝“扑通”跪倒在地。参战民警围上去将其反剪起双臂，扭送进警车。

雷鸣特意靠近此人，深深吸了一下鼻孔，觉得没有什么怪味。又从地上捡起蒙面人扔掉的手枪，放在手心掂掂重量，拉一下枪管，没劲地摇摇头说：“假家伙。”

聂凤翔背着个斗大的冤字，在街上逛荡，疯疯癫癫地哼着他自己信口诌的顺口溜：

公安局，不破案，
白吃群众大米饭；
公安局，算不到，
犯罪分子拍手笑；
杀老文，手段高，
凶手至今乐逍遥。

颍川市公安局走廊内，雷鸣和吕胜并肩而行。雷鸣边走边向吕胜汇报：“昨天抓到的那个蒙面人，已经证实不是入室强奸、抢劫的蒙面人。身高、体态都对不上号，身上也无特殊怪味。据此人交代，他给刘宏发打工半年多，工资分文未拿，由怨生恨，持玩具手枪闯入刘家，想用这种恐吓手段讨要工资，结果被我们抓获。”

吕胜不无同情地发表自己的看法道：“外出打工也不容易，况且也没得逞。要是没有前科，依我看教育教育，拘留几天算了。”二人说着，来到会议室。

会议室正对着门的墙上，悬挂着一幅十分醒目的“命案攻坚再动员大会”的横幅，贺国庆坐在会议桌中间，吕胜及刑警支队、技侦支队支队长、政委、大队长、两个直属分局、五个县局的局长、分管刑侦工作的副局长参加会议。文章华被杀案再次被提上议事日程。

贺国庆首先向与会人员通报情况道：“据省厅通报，文章华的亲属已到北京上访，中央首长做了重要批示，要求公安机关尽快破案，公安部把此案列为全国十大挂牌侦破的命案之首。遗憾的是由于现场条件差，我们到现在连一条有价值的线索都没有掌握，这如何向上级和死者亲属交代？”

雷鸣发言：“文章华被杀案我们确实比较被动，不仅死者亲属有意见，甚至就连聂凤翔这样的老上访户，也编顺口溜挖苦我们白吃群众的大米饭呢！身为刑警支队长，我感到压力超前。”

吴国发接着纳闷地说：“老鼠爬过去还留个脚印呢，可文章华被杀案，光明机电厂家属院爆炸、敲诈案的作案分子，案发后通通销声匿迹，我就奇怪了，难道他们有腾云驾雾之能，遁地运行之术不成？”

大家各抒己见后，贺国庆对下步工作做具体安排道：“同志们，我们要树立必胜信心，坚信一个哲理，那就是久做必犯。马打过滚的地方，总会掉落毛的。关键是我们能不能发现。这需要慧眼，需要过硬的技能和艰辛的努力与付出。从今天起，局党委决定进一步加强对文章华被杀案的领导，成立专案指挥部，我亲任指挥长，吕胜同志任前线指挥长，雷鸣同志任副指挥长，不破此案，誓不罢休！”

快要散会时，身着警服的卫民安突然出人意料地推门而入。他比以前明显消瘦了许多，面色苍白，一副有气无力的模样。贺国庆忙起身关切地问：“老卫，是不是报医……”

卫民安摆手道：“贺局长，我要求上班。躺在家中等死，我心中不是滋味啊！我想好了，活一天，我就要为党的公安事业奋斗一天。”

“老卫——”贺国庆动情地迎上前，紧紧握住卫民安那双干枯的手，使劲晃动。

风高杀人夜，月黑放火天。夜晚十一时左右，一个中等身材，体态偏胖的蒙面人，翻墙跳入一独院内。蒙面人蹑手蹑脚来到屋门口，从腰间抽出一把寒光闪闪的尖刀，熟练地插入门缝中拨门。

“咯吱，咯吱”的响声，虽然很轻微，但还是惊醒了刚刚进入梦乡的女主人宋秋韵。宋秋韵偏身侧耳听听，觉得不对劲，很快意识到有窃贼光顾，忙麻利地披衣下床，鼓足勇气，用肩膀扛住门。

这时，牛头锁舌已被拨开，外边有人使劲推门，尽管宋秋韵拼尽全力顶着，怎奈对方力大如牛，门还是被推开一道缝，半个黑乎乎的脑袋使劲往门缝内钻，宋秋韵觉得快要支撑不住时，便扯起嗓门呼喊起来：“快来人呀，快打‘110’，抓贼啊！”

呼救声划破宁静的夜空，传得很远很远。

蒙面人担心脖子被门夹住，只得像乌龟一样又把脑袋缩回门外，但仍不甘心地挥舞着尖刀，凶恶地威胁道："别叫，再瞎叫唤我就杀了你！"同时，隔着门缝照宋秋韵身上乱捅几刀。宋秋韵临危不惧，她清楚，蒙面人一旦把门推开，她就会命悬一线，羊入狼口，后果不堪设想。求生的本能使得宋秋韵勇气十足，不仅没有顺从蒙面人，反而加倍用力呼喊。

此时，附近有的居民家窗口开始陆续亮起灯光，蒙面人见不能得逞，更害怕被闻声而来的群众抓住，只得后退几步，"嗖"地越墙而逃。

警车呼啸着在夜色中疾驶。接到报警后，吕胜、雷鸣、林忠、吴国发等技侦民警从不同方向，驰向宋秋韵家。跳下车后，民警们熟练地在案发现场拉上警戒线，立即对现场进行勘查。在院墙豁口处潮湿的土地上，林忠发现两枚完整的新鲜脚印。脚印的形成是人以足或穿鞋、袜为造痕体，在承受客体上做站立或行走运动时，在肌力自身重力的作用下，足底面和鞋、袜底面的形态结构在承受客体上留下的痕迹。一枚寻常人看来毫不足道的足痕，在侦技民警眼中却如获至宝，因为它储存着赤足、穿鞋、穿袜、步幅、小脚穿大鞋、大脚穿小鞋、人体气味、行走姿态、负重方式等丰富的人体信息，为刑侦民警在侦破案件时缩小侦查范围，锁定嫌疑人，发挥着非同寻常的重要作用。林忠取出石膏粉，熟练地在每枚脚印外撒个圈。显而易见，这是蒙面人留下的。保护好后，这才唤道："雷支队、雷支队，脚印！藏族同胞的袍子，该你露一手了。"

前已有述，雷鸣的父亲雷振川曾师从马神仙学习步法追踪。马神仙本名叫马玉林，此人堪称是中国步法追踪领域的泰斗级人物。他出身赤贫，父亲给地主打长工，母亲拖儿带女乞讨。为了生存，马玉林九岁就开始给姓王的地主家放羊、打杂、做小活儿，稍有不慎，就受到管家的暴打和虐待。一次，因给东家烧水睡着，被管家用开水浇头，头顶终生留下烫伤的疤痕。因为放牧丢了羊，被管家打断过稚嫩的胳膊。十多岁时，马玉林就开始放一百多只的大羊群。苦难磨砺了他的心志，狼群锻炼了他的胆量。一次有四只羊跑到管家小舅子的羊群里，马玉林又闯下大祸，幸亏得到老羊倌顾文财的帮助，顺着丢失羊的蹄印，帮他找回了那四只羊，马玉林才幸免于难。打这儿开始，马玉林为了不挨打，开始拜顾文财为师，学习看羊蹄、牛蹄和人脚印的技能。这一学才知道"数羊数蹄不数头，看蹄一羊一个样"的奥秘，悟出了羊、牛、马的蹄踪及人的脚印的千变万化。年幼的马玉林从此迷上了这门技能，不管是风霜雪雨还是春夏秋冬，他犀利的双眼总是死死地盯在那些有蹄有脚，杂乱纷繁的蹄印、脚印上，长短、宽窄、轻重、踏压、叠卧、抬搭、磕坐、扫坐、蹬擦、抠挖、豁挑、甩拧……

皇天不负苦心人。日复一日，年复一年，马玉林一心扑在步踪的破译上。十三岁时，就能利用这招，找回丢失的羊，十四岁就能用辨踪、跟踪本领，帮亲戚找回跑出去二十多公里的四头毛驴，到了十八九岁，马玉林已名闻乡里，邻居们谁家丢了牲畜、财物，都上门找他求助。马玉林有求必应，胜多败少，深受当地群众褒奖。

有一年除夕之夜，公安特派员登门拜访马玉林，道明来意说，乡供销社被盗，想请他出山，协助公安机关破案。马玉林听后脚下生风，一口气跑到十多公里外的供销社，看过脚印后认定作案人一大一小，大的是个歪脖，高个儿，三十多岁；小的十多岁，是个学生。公安机按照马玉林说的特征排查，次日便人赃俱获。打那以后，马玉林便经常受到公安机关邀请参与破案，且斩获颇丰。

1958年，赤峰公安局召开步法追踪经验交流会，马玉林作为民间追踪能手的代表，出席会议并介绍经验，影响进一步扩大。马玉林的步法追踪技术引起公安部的高度关注和认可，次年，年过半百的马玉林被赤峰市公安局特招为步法追踪员，由一个羊倌转变为公安民警。为培养更多的步法追踪人才，公安部多次在赤峰举办步法追踪培训班。雷振川就是在那时认识并拜马玉林为师，并深得其真传。

有道是名师出高徒，学成回到颍川市后，雷振川理论和实践相结合，经过不断摸索，也总结出一套行之有效的方法，并编出一本《步法追踪手册》的工具书，总结出诸如："前掌压力面的五倍等于年龄。少年未到成熟期，走路特点不规律；前掌力重蹬、挖、抬，后跟压轻边沿虚。前掌压个洼，年龄不很大。一步一挑，四十不少；一步一擦，五十七八。男性身高骨骼大，肌肉较多又发达；脚大步长压力重，步态常有蹬抠挖。女性脚小骨盆大，突出特点内滚压；动作轻缓压力匀，偏外起脚有短擦。"等一套易记可行的识别脚印的规律。雷振川牺牲后，雷鸣女承父业，静心专一，学习父亲的这些经验，百炼成钢，便也成了识踪辨印的行家里手，在侦破案件时经常派上用场。前年，中秋节前夕的中午，岭北市法院院长刘志豪和几个朋友在酒店吃饭时，让司机给他的妻子李金花打电话，说早晨上班时走的急，钥匙忘家中了，让司机找李金花取。

司机拨打李金花的手机，语音提示关机，转而拨打家中电话，无人接。刘志豪又给对门邻居打电话，说李金花可能在家午休，让邻居敲门把她唤醒。邻居敲了半天门，室内仍无人应声。这时有人提议去看看，于是刘志豪和几个朋友饭也不吃了，马上驾车回家，因无钥匙，便让人借来梯子，隔窗一看，见靠窗的床上血肉模糊直挺挺地裸躺着一个人。只一眼便吓得连滚带爬从梯子上秃噜下来。

死者正是刘志豪着急上火寻找的李金花，这是建国后全省首个法院院长的妻子被杀案。

由于刘志豪家的防盗门打不开，警方迅速调来切割机，叫来了开锁匠。切割机很快锯开了刘志豪家阳台的铁栅栏，市公安局刑侦民警首先进入室内。这时，外边的开锁匠将刘志豪家防盗门的猫眼拆除掉，也从外边打开了防盗门。只见刘志豪的妻子李金花赤身裸体，手、脚被白色尼龙绳紧紧捆绑着，浑身是血死在床上。

警方勘查现场发现，刘志豪家床靠背上有甩溅血迹，多处发现擦拭血迹、血手套印痕，客厅至卧室地面有单趟灰尘鞋印。李金花被人用绳子捆绑手脚，用锐器在胸、腹部共刺二十一刀，致其心、肺、脾破裂后失血性休克死亡，这毫无疑问是他杀。

是谁吃了熊心豹胆，竟敢杀害法院院长的妻子？究竟是仇杀、财杀、情杀，还是报复杀人？中央和省、市相关领导明确指示，立即查明真相，限期侦破此案。

为了尽快将案件查个水落石出，岭北市警方迅速成立了高规格的专案组，抽调数十名精兵强将，对此案展开全面排查。为了加快案件的侦破进度，公安部也先后派去三个专家组，督导、会诊、协助破案。

针对刘志豪家门窗案发时完好无损，防盗门锁没有撬别痕迹，家中不少现金未丢失等情况推析，犯罪人员排除了外人开门或翻窗入室作案的可能。结合李金花死亡的状态，表明她也不可能开门引狼入室。而刘志豪头天晚上在家中，直到次日早七时许离家上班，具备作案时间。深入了解，警方又获悉，李金花因为刘志豪包养姐妹俩为情妇的事，多次与刘志豪吵闹，两人感情出现危机。刘志豪具备作案动机。种种疑点都慢慢集中到刘志豪身上。但是，拿贼拿赃，捉奸捉双。苦于缺乏直接证据，因此，警方迟迟无法对刘志豪采取强制措施。

就在岭北市警方左右为难的时候，省刑警总队唐总队长去督办此案时，在现场发现有成趟脚印，对症下药，他立马就想到了雷鸣。于是一个电话打到颍川市，向贺国庆求援道："老兄，岭北市发生一起杀人案，受害人是法院院长的妻子，在当地影响很大，中央两位领导批示，要求抓紧侦破。现场有成趟的脚印，我想请老兄帮个忙，派雷鸣过来看看。"

次日，雷鸣便被接到岭北市。独自一人在现场勘查了四个多小时，审思明辨，得出三个结论：一是案发现场只有进屋的脚印，没有出屋的脚印；二是犯罪分子年龄四十出头，身高一米七左右，体型偏瘦，穿四十码鞋，步态呈大外八脚；三是尸体床沿下有一枚与室内客厅相同的血脚印，这应该是犯罪分子作案时留下的。

上述判断给专案组通报后，专案组这才告诉雷鸣，公安部专家也锁定一个嫌疑人，就是死者的丈夫刘志豪。他体貌特征与你推析的差不多，只因没有直接证据，所以我们一直没有动他，现在有了雷专家给出的结论。我们就可以马上对刘志豪采取措施了。

为做到万无一失，雷鸣稍加思忖，慎重地对专案组民警说："能不能再给我找双刘志豪穿过的鞋？"

专案组民警说："他家鞋架上有好几双穿过的皮鞋呢。"马上提取来与现场血脚印比对，雷鸣果断做出同一认定，证据确凿，专案组认为一把稳拿了，立即采取措施，将刘志豪刑事拘留。一年后，刘志豪被法院判处死刑，雷鸣荣立二等功，这是后话，暂且不表。

时下，正在向受害人宋秋韵了解情况的雷鸣听到林忠唤她，应声走了过去，趴到地上，让林忠打开勘查灯，利用侧光，仔细观察着足迹的重压点、重压面、次重压面、轻压面、实边、虚边等特征后，熟练而内行地判断道："前掌压力在中间，三十多岁是中年。"说完又换个角度，逆光观察一会儿道："痕迹四边不完整，虚边明显不稳定；压点位置不相符，脚鞋不合很分明。"接着，雷鸣又用手机的计算器，用"足迹长 × 体足比系数"的公式，计算出嫌疑人的身高。

俗话说外行看热闹，内行看门道。算完，雷鸣拍打几下手上的土，吩咐林忠："拍照、灌石膏提取。"然后大致勾勒出蒙面人的特征说："根据这两枚脚印推断，这个蒙面人年龄在三十岁以上，三十五岁以下，一米七零左右的身高，上下相差最多两厘米。此人体态偏胖，走路外八，展度较大，是个十分狡猾的惯犯，这次作案是小脚穿大鞋。嗯！蒙面、入室、年龄、身高、体态，作案方式、侵害对象，从眼下掌握的信息推断，这起未遂案完全具备与系列强奸、抢劫案并案侦查的条件。”

人逢喜事精神爽。听完雷鸣的分析，吕胜满意地连连点头，兴奋地断言道：“躲过初一，躲不过十五。蒙面人的狐狸尾巴，终于被我们捉住了。”稍停，又接过雷鸣的话茬儿补充说：“蒙面人作案之所以蒙面，主要原因极有可能是担心受害人将其认出，这表明他的居住地距案发地不太远。加之此人作案不用交通工具，也可证实这种推断。现在三个大队同时行动，趁热打铁，抓住稍纵即逝的战机，以案发现场为中心，向四周辐射，圈踪排查三公里。”

部署完警力，吕胜盯住嫌疑人留下的足印，临机处置，对雷鸣道：“赶紧把‘黑豹’调来。”

“黑豹”是一只德国纯种罗威尔犬。它身体雄健，高大威猛，肌肉结实，四爪锋利，长且宽阔的鼻腔内排列有两亿个嗅觉细胞，是人类的四十倍，嗅觉灵敏度要高出人类的几万倍。人穿过的鞋子，时过三个月，它仍能嗅出穿鞋子的人。是警方以嗅源循迹寻找嫌疑人的好帮手。

很快，从武警某养犬基地转业的驯犬员肖鹏，带着他屡立战功的爱犬“黑豹”赶到。下车后，吕胜给肖鹏简单交代几句，肖鹏引领“黑豹”到墙根下嫌疑人遗留的脚印处嗅了嗅，取下牵引带，轻轻一拍“黑豹”的臀部，同时发出追踪的口令。但见“黑豹”引颈绕嗅源又转了两圈，一抖背毛，“嗖”地越墙而过，肖鹏、雷鸣尾随其后，一直追到通往大路的路口时，“黑豹”突然徘徊不前，在原地转了几个圈，垂头丧气，两眼无光地注视着肖鹏。

望着川流不息的车辆，经验丰富的肖鹏无奈地对雷鸣说：“雷支队，嗅源断了。路面上车辆排出的废气和其他气味，严重干扰了‘黑豹’的嗅觉。”讲完原因，肖鹏言犹未尽地又补充道：“看来，嫌疑人是越马路而逃了。”

夕阳西下，火红的晚霞把大地辉映得绚丽多彩，随着那个红彤彤的大圆球缓缓向地平线沉落，霞光渐渐暗淡、消失。当一个新的夜晚降临的时候，刀水莲浓妆淡抹，独自缓慢地行走在县城一条大街的林荫道边。就像一朵含苞待放、招蜂引蝶的花儿，搔首弄姿，左顾右盼，意在引起路人的关注。

这时，一名中年男子，腋下夹着一个鼓囊囊的公文包，迎着刀水莲走来。从来人投向她的目光中，刀水莲似乎一眼就看出此人是个寻花问柳的主儿，故意轻咳一声，风情万种地一摆头，把披肩的秀发甩到脑后，挺起胸前那两个像熟透的梨儿一样丰满的胸脯，朝越走越近的中年男子忽闪着圆圆的双眼，投去多情的一瞥。

果然，中年男子在刀水莲面前停下脚步，满脸堆笑，醋瓶子打飞机，酸气冲天地问:“妹子，你一个人在此闲逛吗？”

刀水莲含情脉脉地点点头。中年男子又搭讪道:“怪孤单的，哥陪你玩玩，好吗？”

“要得嘛！”刀水莲飞去一个媚眼，满口应允。

“方便吗？”中年男子显得十分老到地火力侦察。

“有啥子不方便嘛！”男子偷女万重山，女子偷男一张纸。刀水莲柔甜的声音里，充满着神奇的、对男性销魂夺魄的吸引力。中年男子馋猫似的，用色眯眯的眼神盯着刀水莲高耸的乳峰，心猿意马，不能自制，禁不住想去拉刀水莲的手。

“急啥子嘛，找个地方，有你开心的……”刀水莲娇嗔地说着，转身急走几步，然后又欢快地转回头对中年男子嫣然一笑，娇滴滴地招手唤道:“快跟上嘛！”

轻柔的呼唤，犹如兴奋剂，撩拨得中年男子欲火中烧，像一只驯熟的小狗，顺从地尾随刀水莲，走进附近一所公园。

由于潘登高的精心运作，柳婉玉如愿以偿地走进了颍川市电视台，担任了主持人。从外表形象看，颇有几分姿色的柳婉玉，还是很上镜的。但她属于那种缎子被面盖鸡笼，外面好看里面空的那种人。肚里没有多少墨水，在文化含量极高、应变能力极强的岗位上，工作起来势必捉襟见肘，更要命的是在直播新闻稿时，错字连篇，简直成了家常便饭。她把“挟”字念成“夹”，把“粤”念成“奥”，把“驴”字念成“马户”，把“郁郁葱葱”念成“悠悠忽忽”，把“巴彦淖尔”念成“卓尔”。这还不算，一次在播新闻时，监听监看的唐浩发现点小问题，马上写个便条让人传进直播室，柳婉玉拿起纸条习惯性地播道:“下面播送本台刚刚收到的消息:小柳，你的门牙上沾一块韭菜。”

更要命的是春节前台里组织联欢会，唐浩知道她与潘登高的关系非同寻常，一来是想让她露一鼻子，二来也想借以讨好潘登高，便力排众议，让她担任联欢会主持人，岂料从未经过这种场面的柳婉玉，上台报幕时，心中一紧张，报节目道："下一个节目，请欣赏新疆歌舞，掀起你的头盖骨！"

"轰——"全场哗然，听者一个个毛骨森悚，惊愕失色。

"简直一个白字专家。"

"几个字都说不成句，这样的水平怎么进的电视台，更别说担任主持人了！"

整天咬文嚼字惯了的编辑、记者们，难免不议论纷纷，把柳婉玉的种种失误，当为笑料传来传去。

唐浩听到这些笑谈之词，马上通知召开紧急会议，严肃批评道："我们有些同志，自以为是飞机上挂暖壶，高水平，其实是五十步笑百步。尤其令人不能容忍的是，缺乏人情味，缺少爱心。某同志念错几个字，有些人就大惊小怪，说三道四，甚至还议论说，压根儿就不该接收这样的人进电视台。既然这样，今天我也当面鼓，对面锣地把话挑明了，在座的哪个有能耐，能给台里引进五十万，你推荐个这样的人，我也同样接收……"

编辑、记者们听完台长的这番宏论，面面相觑，张口结舌，一个个洋鬼子看戏，傻了眼。

夜色渐渐由灰蒙蒙变成淡暗、深暗、漆黑。刀水莲与中年男子俨然一对难分难舍的恋人，挽臂漫步在公园内蜿蜒幽深的小道上。在一块僻静的草坪前，刀水莲止步不前，中年男子自作多情地认为，陶醉销魂的时刻马上就要来临，忙打开公文包，抽出两张百元钞票递给刀水莲，接着迫不及待地取出一张折叠得方方正正的塑料布，抖开摊到草坪上。

在中年男子拉开公文包的时候，借助不远处路灯射来的微光，刀水莲定神往包里瞅去，看到里面装着几沓大面额的人民币，知道今天钓住大鱼了，不由得心花怒放，暗自得意地冷笑一声，情缠意绵地主动仰面躺到塑料布上，解开上衣扣，裸露出起伏的酥胸，刺激得中年男子两眼放光，欲火升腾，立即像饿虎觅食一样，迫不及待地扑了上去，紧紧搂抱住刀水莲。

岂料，刀水莲这时却突然翻脸不认人，面目狰狞地扬起手，"啪"的一记清脆的耳光，既准又狠地扇到中年男子脸上，同时尖声骂道："流氓！"

"你——"事发突然，这是令中年男子完全不曾想到的，他从一碰见她，就认为她是站街女。挨了一掴的他莫名其妙地一怔，正欲光火，听到动手信号的马彪、刘道光、李海深，突然从旁边的灌木丛中蹿将出来。马彪使个虚招，撩掌在中年男子眼前一晃，跟步翻手，一势裹横，把中年男子重重地摔倒于地。刘道光抢上一步，一脚锁住中年男子的咽喉，用手枪对准中年男子的脑袋，怒目吼道："老实点，敢吱声，老子一枪把你吃饭的家伙打成烂西瓜。"

中年男子惊恐地注视着黑洞洞的枪口，惟恐对方下毒手，忙不迭跪地讨饶："好汉饶命，好汉饶命！"马彪、李海深围上去，三个人对中年男子一阵拳打脚踢，中年男子痛苦地抱头在地上翻滚、呻吟。顷刻，便被马彪三人的飞脚重拳打得头破血流，鼻青脸肿，昏迷过去。

马彪一伙抢过中年男子的公文包，又对其进行搜身后，匆忙逃离现场，消失在苍茫夜色之中。

根据雷鸣给蒙面人的画像，颍川市警方采取切块排查的办法，在全市范围内筑起一道排查与搜索并进，明访与暗查同步，侦查与预防兼施的缉拿蒙面人的天罗地网。晚上，海沿路派出所两名民警到"海韵休闲中心"执行排查任务。当他们查到四楼的一房间时，摁了几次门铃，屋内仍不开门，这更加引起两名民警的怀疑，便命跟在身后的服务员，用钥匙打开屋门。

此时，罗金虎、谷蕊正在屋内窃玉偷香，扭滚在床。听到敲门声，不禁大惊失色，忙慌张失措地起身披衣。

这时，屋门已经被服务员打开，两名民警警惕地举枪冲进屋，扑上去将欲下床的罗金虎摁住。罗金虎极为不满地挣扎着嚷叫道："干什么，你们这是干什么？"

谷蕊故意用头发遮住脸，把头深埋在被子上。

民警检查罗金虎身上没带凶器后，喝令他抱头蹲到床边："我们是海沿路派出所民警，现奉命执行公务，请你们出示结婚证。"

二人本是偷情的，吓得浑身哆嗦，自然拿不出结婚证。罗金虎低声嘟囔道："没有。"

民警肃若严霜地质问："知道这属于什么性质吗？快穿好衣服，跟我们到所里去一趟。"

被带到派出所后，谷蕊靠墙蹲着，用手机拨个号码。时间不长，贺国庆驱车赶到，把谷蕊拉到一边，低声埋怨道："你怎么就不顾一点影响呢，这事要是传出去，让潘市长的脸面往哪儿搁呀！"

谷蕊杏眼圆睁，气冲冲地发泄道："哼，他整天拈花惹草，寻欢作乐，我就是要报复他。"

贺国庆无奈地摇摇头："好好，啥都别说了。"他转身把执勤民警召集到另外一间办公室，用不容置疑的口吻命令道："做好询问笔录，暂时封存，等候局党组拿出处理意见。至于两个当事人，先放他们回去。像什么事都没有发生一样，这件事就此打住，谁也不准扩散，听明白了吗？"可以听得出，他的语气中也是带着气的，事涉一个副市长的夫人，他贺国庆处理时不得不慎重。

"明白！"民警有力地回答。

夜色中，雷鸣、吴国发、何惠敏在派出所一位民警的引导下，排查到斜阳胡同韩振山家。对情况了如指掌的派出所民警向雷鸣介绍道："这家的户主叫韩振山，三十岁左右。十五六岁时因奸污女同学，被劳教三年；后又因强奸妇女被判刑五年。这次刑满释放后，听说本分多了，自谋职业，凭劳动吃饭，在火车站附近以摆摊卖烧鸡为生。"

"有前科啊？"雷鸣异常警觉地问，同时使个眼神，让派出所民警敲门。此刻，韩振山正忙着煮烧鸡。他神态平静地默默打开门后，也不与来人搭话，又自顾回到锅灶旁，观望一下灶里的火势，弯下腰，把圆圆的脑袋伸到锅边，吸溜着鼻子，使劲嗅嗅从煮鸡的锅里飘散出来的气味。这种各色调味品熬煮后散发出来的气味，也同时钻进雷鸣等民警的鼻孔。

"怪怪的，并不难闻的香味！"

"这种异味，我认为应该和蒙面人所从事的职业有关。"

受害人的反映，此前对嫌疑人特征的判断，刹那间像闪电一样从雷鸣的脑海掠过。她举目仔细审视韩振山，三十岁左右，中等个，胖乎乎的。又联想到此人有前科，加上特殊的气味。雷鸣暗自思忖：雷鸣呀雷鸣，你还挺能耐的，刻画的蒙面人的种种特征，活脱脱就像参照着面前的这个人描绘的一般。想到这儿，不由得又对韩振山增添了几分怀疑。于是盯着正弯着腰，全神贯注往锅里加调料的韩振山发话道："喂！别忙活了，请你跟我们到痕迹检验点去一趟。"

韩振山神态自若，不慌不忙，操着显然是充满着不耐烦的语气诘难道："你没看正忙着呢吗？这会儿抽不开身，明天去行不？"说完，又意犹未尽地强调道："我可是就指望这吃饭的，误了明天早上卖烧鸡，谁负责？"

"如果没啥事儿，你马上就可以回来的。"雷鸣目光如炬，威严地瞪韩振山一眼，语气中充满泰山般不可撼动的力量。

韩振山磨磨叽叽拖延了片刻，大概是觉得胳膊终究拧不过大腿，阴沉着脸无可奈何地瞅一眼正翻花冒气的鸡锅，关上火门，勉强答应道："好吧，心中没玄事，不怕鬼敲门。去就去！"极不情愿地被吴国发、派出所民警左右夹拥着，来到痕迹检验点。

痕迹检验点有一行约一米宽，二米长，刨松耧平的土地。林忠让韩振山在土地上走几步，然后俯身与提取的石膏检样比对，发现有几处特征十分吻合，马上起身欲控制韩振山。此时，韩振山已大模大样地走到大门口，林忠机智地吆喝道："韩振山，你回来，刚才走的不清楚，再走一遍。"

韩振山听到喊他回去，知事不妙，马上由慢走变成小跑，同时，巫婆请神，装腔作势地应答道："我的烧鸡快煮烂锅里了，回去看看火，马上就过来。"

雷鸣等守候在一旁的民警听到林忠的喊叫，心中早已明白，马上撵了上去。韩振山扭头一看，拔腿就跑。

情急之下，雷鸣如猛虎下山，飞身跳上停放在院里的一辆摩托车，打火加油，"吼"的一声蹿了出去。

正是好马不如道熟，韩振山凭着对这一带地形的了解，在胡同里狂奔乱钻，雷鸣奋起直追，驾摩托飞一般紧紧咬定韩振山不放。快接近韩振山时，她凝神屏气，瞄准时机，摩托前轮对准韩振山的小腿处有分寸地撞了一下。只听"嘭"的一声，没费多大劲儿，便把韩振山撞了个狗啃泥。这时，其他民警陆续赶到，冲上去把韩振山摁住，砸上了背铐。

吕胜接到雷鸣"控制住一个重点嫌疑人"的报告后，马上驱车赶到痕迹检验点，让人用绳子拴住韩振山的双手，像遛狗一样，又让韩振山在刨松耧平的土地上走一趟、跑一趟，仔细观察后抚掌大笑道："此人是蒙面人无疑。"言毕，怒视韩振山一眼，厉声道："带回去，立即突审。"同时安排雷鸣："你马上带人到韩振山家，寻找犯罪证据。"

一家中档宾馆的房间内。刀水莲涂得猩红的厚唇叼着烟，把抢劫中年男子的公文包口朝下拉开，往床上"哗啦"抖搂出几沓百元面值的人民币。马彪大方地用两个指头夹起一撮，递给李海深并叮嘱道："你明天启程，把我上次安排你的那几件事，回颍川市后一件一件办好，等我们回去，杀他个回马枪，咱弟兄们再痛痛快快干几把，何愁再缺钱花。"

李海深接钱在手，顺从地对马彪说："我这就去买票。"

马彪又分给刘道光一些钱，剩余的让刀水莲收了起来。

刘道光往兜里装着钱嘟囔道："彪哥，既然出来了，何必再回去。咱们就这样，打一枪换一个地方，吃喝玩乐不是蛮好的吗？"

马彪鄙视地注视着刘道光，吵三岁孩童般数落道："说你有勇无谋吧，你还觉得委屈。俗话说，好马不如道熟。咱在外人生地不熟，两眼一摸黑，能干成啥大事？尤其失策的是，咱这次留下了活口，在这巴掌大的地方，公安上不用咋排查，咱三个外地人就会像白娘子喝雄黄酒一样，现出原形。"讲到这儿，马彪心一横决断道："俗话说，树挪死，人挪活。回到颍川市就不同了，咱在那儿土生土长，知根知底，有利于我们干事和藏身。"

"中、中。"刘道光不再抬杠，咧嘴一笑，算是明白了马彪的用意。

马彪兴致勃勃地说："今天水莲功不可没！走，咱们找个有地方特色的饭馆，好好啖一顿，连给海深老弟壮行都有了。"

按照吕胜的安排，雷鸣率领两名民警，迅速返回到韩振山家，翻箱倒柜，依法搜查。在枕头下，找到尖刀一把；在抽屉里，找到一顶挖两个小洞的猴头帽。

与此同时，吕胜趁热打铁，连夜对韩振山实施突审。韩振山对自己作的孽心知肚明，知道讲出来必然难逃一死，因此百般抵赖，矢口否认自己曾入室抢劫、强奸，大叫大嚷："过去我虽然犯过事，但早已浪子回头。我现在是卖烧鸡的合法公民，天地良心，我是卖烧鸡的合法公民！"

为了让韩振山尽快认罪服法，吕胜把林忠叫到办公室，分析韩振山的畏罪、拒罪的心态并安排工作道："韩振山多次受到过政法机关的打击处理，心理素质比较稳定，具有一定的反审查能力。因此，对于蒙面强奸、抢劫犯罪，自恃手段高明，行动诡秘，认为我们没有掌握他犯罪的真凭实据，所以他才敢藐视我们的侦破能力，才敢不惧怕法律的尊严，才紧咬牙关坚不吐实。看来，我们这次碰上个不见棺材不掉泪，不见真佛不烧香的对手。为尽快让韩振山张口吐供，你连夜编几组测试题，明天对韩振山进行测谎测试。"

第十章　歹徒自作聪明杀回马枪
雷鸣挺身缉盗英勇负伤

次日上午，韩振山被两名民警押进技侦科的一个房间。这个房间十分静谧，雪白的墙壁，整洁的摆设。靠墙的一排桌子上，放着一台国产ＰＧ—１型心理测试仪。

测试仪和微机连接，旁边放一个沙发，押解民警给韩振山打开手铐，让韩振山坐到沙发上。沙发前摆放着一个小茶几，林忠让韩振山两手平放在茶几上，在韩振山的中指夹上皮电夹。皮电夹的另一端，连接着心理测试仪。

林忠心平气和地提醒韩振山："你不要紧张，平心静气，全身尽量放松。问你几个问题，你只要回答'是'或'不'就可以了，也可以不回答，明白吗？"

"明白。"韩振山面无表情，侧目睐一眼测试仪，阴死阳活地回答。

林忠坐到微机前，打开微机和心理测试仪。微机显示屏马上显示出韩振山的皮电、心跳、呼吸三项指标。林忠问：

"你叫韩振山吗？"

"是。"

"你家住斜阳胡同吗？"

"是。"

"你今年三十一岁？"

"是。"

"你入室抢劫过吗？"

"不、不不。"

"你入室强奸过吗？"

“不、不不。”

“中秋节那天夜里你在颍川市吗？”

“不是，是。”

“中秋节夜晚，你到过陌生人的家吗？”

“不，没。”

“你到过一名刚生过小孩的妇女家吗？”

“不不不。”

……

雷鸣、何惠敏走大街，穿小巷，掂着用塑料袋装着的韩振山的一件上衣，分别登门让丽君、李巧云等受害人嗅辨气味。受害人仔细嗅闻后点头确认道：“就是这种气味！”

聂凤翔背着斗大的“冤”字，在镇海寺门前的广场内东游西逛，疯疯癫癫，旁若无人地说黄论黑道：

一毫之善，与人方便；
一毫之恶，劝人莫做；
衣食随缘，快乐安然；
算什么命，问什么卜，
欺人是祸，饶人是福。
天理昭彰，报应甚速；
听信我言，神钦鬼伏。

聂凤翔唱的有滋有味，引来不少人围观看热闹。他人来疯似的接着又耍嘴皮子道：

天地生人原不匀，
几人富贵几人贫；
时来自有扬眉日，
莫因钱少起歹心……

林忠拿着系列入室抢劫、强奸嫌疑人韩振山的心理测试报告，敲门走进吕胜的办公室。欣喜地向吕胜汇报道：

“吕局，我们编了八组内容的测试题，采用GKT测试法，对韩振山进行了心理测试，结果其中七组有强烈对应关系，对应率为87.5%。而中外心理测试实践认为，对应关系大于50%者，其犯罪即可予以肯定。因此，从心理测试角度认定，韩振山就是系列入室抢劫、强奸的作案人。”

“好！这样我们心中更有底了。再加上雷鸣他们从其家中提取的其他铁证，即便是零口供，韩振山照样逃脱不了法律的惩罚。”吕胜信心十足地说着，接过林忠递给他的报告书。

颍川市一家餐馆内，李海深与孟娜娜兴趣盎然地边吃边聊。孟娜娜多情地问李海深：“李哥，好久不见，到哪儿发财去了？”

“发财谈不上。”李海深往肚里灌一口酒：“到深圳打工。唉！辛辛苦苦，钱都让老板赚了。这次回来，我想在市郊租个地方，搞养殖，投资少，见效快，挣多挣少都是自己的，心理上平衡。”

孟娜娜幼稚地赞同道：“养殖场办起来，我辞掉饭店的活儿，跟着你干，好吗？”

“求之不得呢，到时候肯定缺人手。来，干杯！吃过饭，咱先到市郊转转，选个合适的地点。”李海深举杯与孟娜娜相碰。

饭后，李海深与孟娜娜走出餐馆，李海深骑摩托车带着孟娜娜，沿外环路寻找地点。在西南角一个村庄南边约三百米处，他们看到一处孤零零、独门独户的小院，院墙不高，了无生气，一派破败不堪的萧条景象。

李海深见这个小院符合马彪的要求，甚为理想。于是便停下摩托车，向一位在路边摆小摊的老汉打听道：“老大爷，请问那个院子是空闲的吧？”

老汉眯起眼，慢腾腾地顺着李海深手指的方向眺望一眼，告诉李海深：“那里过去是一家养猪场，三四年前不干了。地点太背，一直空着呢。”

“房主是不是这庄的人？往外租不？”李海深又问。

“村委会的。”老汉打量李海深一眼：“想租用，找村长去，他巴不得呢！”

韩振山再次被提审。与上次不同的是，他这次是被砸上了脚镣、戴上了手铐，被两名民警押着，“哗啦、哗啦”蹚着走进审讯室的，脚镣的碰撞声令人心悸。一进门儿，韩振山就看到了桌子上摆放的原本属于他的头套、尖刀。不禁一惊，贼亮的眼珠子骨碌碌转了几圈，心中先自胆怯三分。然事到如今，他也只好强打精神，提着镣链，不用人提醒，主动坐到专门给他预备的一个木凳上。沉默不语，等待发问。

室内极静，掉地下一根针，似乎便能听到声响。这种沉寂令韩振山心慌意乱，如芒刺背。

在焦灼不安的等待中，忽听雷鸣出其不意，单刀直入地发问道："韩振山，拨门那天，你穿的那双鞋呢？"

"我，我没穿……"韩振山猝不及防，支支吾吾，前言不搭后语。

"啥？没穿！大冷的天，光脚啊。你那天穿的，是一双比你的脚大的鞋，这双鞋现在何处？"雷鸣穷追不舍，如一记重拳，狠狠地击到韩振山的致命处。

韩振山方寸大乱，无以对答。额头瞬间冒出虚汗。可以看得出，他脑海中在进行着激烈的斗争。

"说啊！"雷鸣步步紧逼。

韩振山理屈词穷，在无可奈何之下，终于像一只斗败的公鸡，垂头丧气地开口吐供道："我白天踩点，看到那家东隔壁院里晒一双鞋，就顺手牵羊偷走了。拨门那天，我把我的鞋放到墙外，穿上偷的那双鞋跳进院。离开院时，又换上我的鞋，把偷的那双鞋又隔墙扔回去了。"

"为啥穿别人的鞋作案？"

"就是怕被你们查出来，想伪装一下，结果怕中有鬼，还是在鞋上栽了。"韩振山垂头丧气地摇摇头。

"这两样东西，你认识不认识？"雷鸣陡转话题，手指匕首、猴头帽厉声质问。

韩振山尽管一进门便看到了那两样东西，见问仍不由自主地朝桌子上瞅一眼，有气无力地答："认识。"

"继续往下交代。"

……

已经三天了，"颍港丝绵品总厂"的工人们打着"孩子要上学、工人要吃饭、坚决惩治贪污犯"的巨额横标，集体上访，把市政府大门围得水泄不通。

张政明焦灼地在屋内来回踱步，思量着妥善解决的办法。突然，他疾步走到办公桌前，抓起电话拨出一个号码：

“喂，国庆吗？我是张政明。‘颍港丝绵品总厂’在企业改制时，转卖给现任厂长高一峰。高一峰到任后，歇岗几百名工人，又没向有关部门上缴社会保障金，致使这些工人的生活发生困难，现聚集在市政府大门外上访。你马上派人维持一下秩序，千万不能使事态再扩大。”

“我一直在电视前监视着呢。而且昨天已经派治安、防暴警察和交警便衣守候在周围了，就等着你的指示呢。如果需要，把刑警也拉上去。”显然，贺国庆是未雨绸缪，先走了一步，这就掌握了工作的主动权，张政明听后自然十分满意。

潘登高此时也守候在办公室。他神不守舍地大口大口抽着烟，吞云吐雾，一支烟刚刚吸几口，便按到烟灰缸里，使劲按灭。黑虎着脸，怒气冲冲地抓起电话，拨通高一峰的手机，急不择言，怒目切齿，劈头盖脸训斥道：“高一峰，让我说你什么好啊！你意识到问题的严重性了吗？这样闹下去，你我都得完蛋。”他喘口气儿，憋气窝火地命令高一峰：“你马上到市政府门前，好话多说，把上访的工人先劝回去再说。”

“现在这帮人视我如仇敌，他们要求上岗，要求补发工资，我怎么劝呢？”高一峰束手无策，向潘登高哭穷。

“我不管你怎么劝，给他们下跪磕头喊爹叫娘都中！”潘登高怒气冲冲地摔下电话。

高一峰硬着头皮，携石助理出现在市政府门前，群情激昂的上访工人见厂长驾到，迎上去欲与高一峰理论。高一峰误以为上访工人们要来揍他，吓得转身便跑。上访工人起着哄紧追不放，高一峰的皮鞋跑掉一只，踉跄着没跑几步，被一个膀大腰圆的年轻人撵上抓住衣袖，高一峰金蝉脱壳，顺势脱掉上衣，甩掉脚上的另一只皮鞋，狼狈而逃。

石助理更是慌不择路，在夺路奔逃时，脚下不知被什么东西绊了一下，“扑通”摔个大跟头，近视镜跌出去老远，也顾不上捡了，爬起来拔腿又跑，引起路人和上访工人鄙夷的嘲笑。

贺国庆、吕胜率治安防暴民警、交警和部分技侦民警赶到市政府门前，疏导交通，耐心劝说上访工人要依法上访，不要采取过激行动。

张政明神态怡然地来到上访工人中。他的身后，跟着分管工业的副市长潘登高。

上访工人见市长出面，纷纷围上前去，七嘴八舌，你一言他一语吆喝道：

“卖厂有猫腻！”

“合资是假的。”

“春节快到了，我们要求补发工资过年。”

一位中年妇女叉着腰，粗声大气地反映道：“当初卖厂时，说是‘债务不悬空，职工有安置’。现在可好，老债无人还，新债又背上，工人撵下岗，国资流失光，职工利益屡受侵害。张市长，你说说，谁负这个责？谁替我们撑腰？”

张政明听上访工人把话说完后，心平气和，笑容可掬地解释道：“工人师傅们，大家有意见，可以而且允许反映，政府也一定会权为民所用，利为民所谋，保护大家的合法权益，竭尽全力，妥善解决大家提出的问题。但是，我今天想要告诉大家的是，目前这种方式只能泄愤而不能真正解决问题。因此啊，我建议大家选出几名你们信任的师傅作为代表，通过他们，表达大家的心声和要求。明天，我亲自到厂里去，倾听大家的意见，和各位师傅推选的代表一起，共同探讨解决问题的办法，大家说好不好？”

“好！”上访工人通情达理，异口同声表示赞同。

潘登高掏出手绢，沾沾额头上沁出的冷汗。

上访工人的外围，雷鸣接到黄毛的电话：“哦，黄毛，有事吗？”

“雷队，有一辆从上海偷来的银灰色面包车，现停在南环路‘千里香食用油厂’附近，正等待买主交易。”

“明白。”挂上黄毛的电话，雷鸣马上到无人处，拨通吕胜的手机：“吕局，据特情汇报，南环路‘千里香食用油厂’附近，停一辆涉嫌盗窃的银灰色面包车。我得带几个人去看看。”

得到吕胜的口头同意后，雷鸣马上率冷一飞和另外两名民警，驾车直奔南环路“千里香食用油厂”。老远，便发现路边果然停着一辆银灰色面包车。雷鸣从腰间抽出枪道：“靠上去。”车刚停稳，雷鸣、冷一飞和另外两名民警便跳下车包抄上去。

这时，面包车车门突然“哗啦”一声拉开，紧跟着“嗖嗖”从车里跳出两个年轻人，拔腿便朝附近一居民区鼠窜。

“站住！”“啪！啪！”雷鸣鸣枪示警，厉声喝令二人停下，接受盘查。一逃窜者听到枪声，顿时兔子拉稀，打了蔫儿，吓得抱头跪地讨饶：“我老实，我老实，别开枪！”

冷一飞率一名民警追赶另一人，雷鸣转身冲向驾驶室，强行拉开车门，一把将手抱方向盘，刚迷瞪过神，正要打火起步的驾车人拽下车。喝令道：“双手抱头，趴到车门上。”

驾车人假装顺从，在往车门上趴时，陡然拉开车门，抽身跳上车，打火起步便逃。雷鸣严词警告：“你如果再逃，我就开枪了。”驾车人置若罔闻，不理不睬。

这时，冷一飞二人没撵上逃跑的嫌犯，大口大口地喘着粗气，返回来控制面包车。见面包车欲逃，忙冲上前阻挡。驾车人见状，咬牙捣蒜，心狠手辣地紧急换挡倒车，企图将冷一飞等民警撞倒。冷一飞机警地闪身躲过。驾车人旋即换挡前行，“呼”地蹿了出去。雷鸣凝神屏气，把手枪架在左臂上，“啪啪”连开几枪，面包车的后轮胎应声被打瘪，趁驾车人迟疑的刹那间，雷鸣如离弦之箭，冲向面包车，拉开车门，敏捷地跳上车。

驾车人顽固抵抗，不仅拒不停车，反而加大油门，将车速开到极限，同时瞪着血红的眼珠子威胁雷鸣：“臭娘儿们，想活命就快滚下去。不然，老子就与你同归于尽！”

面包车“哞哞”怪叫着，摇摇摆摆前行。身处险境，面对亡命之徒，雷鸣趺趺撞撞来到驾车人背后，对准挡风玻璃“啪啪”连开两枪，挡风玻璃顿时粉碎。

雷鸣再次厉声警告：“停车！否则，我就开枪了。”驾车人困兽犹斗，左手握方向盘，右手突如其来地从脚下抄起一柄大号扳手，反臂照雷鸣前额砸去，雷鸣猝不及防，扳手重重地砸到脸上，登时血流满面。

在这生死搏斗的危急时刻，前方不远处，突然又迎面走过来几名路人。为了避免伤及无辜，怒火中烧的雷鸣边对行人高呼：“闪开——闪开——”边将正义的枪口对准驾车人的后背，果断扣动了扳机。

几秒钟前还嚣张至极的驾车人只应声“哼”了一声，刹间便形同死狗般，一头趴到方向盘上。失控的面包车登时犹如脱轨的火车头，七扭八拐地乱闯乱撞，巨大的冲击力，撞断路侧一座小桥上坚固的水泥护拦，一头栽进路沟。

冷一飞追上来时，满脸鲜血的雷鸣正挣扎着往车外拱。看到冷一飞，用充满喜悦的心情说：“我把那家伙撂、撂……”话没落音，便昏迷过去。

漫天风雪，寒气袭人。卫民安的妻子望着窗外纷纷扬扬的飞雪，心疼地给卫民安戴上部队发的棉帽，体贴地劝阻说："老卫啊，你看这天，今儿个就别去上班了。要是有个三长两短，你让俺娘俩咋过啊！"

"放心吧，累不着。同志们对我照顾着呢！"卫民安佝偻着身躯，不以为然地对妻子说着，就又顶风冒雪走出家门。没走多远，恰巧碰到在市检察院工作的一个战友。卫民安乐呵呵地扭脸背着风打招呼道："老战友，上班啊？"

战友望着卫民安气竭形枯的脸庞，既心疼又关切地问："民安，气色不太好呀！这么冷的天，你不在家待着，还干啥去？"

卫民安微微一笑道："系列入室强奸、抢劫嫌疑犯已做交代，需要提取受害人的证言。支队近段工作太多，人手不够，我跟着搭把手。"

战友一听急了，动情地劝卫民安道："唉！你拼命哩不是，能不知道自己得的是啥病！照这样下去，你这灯油非熬完不可呀。"

卫民安倔强地抬杠道："我主意已定，只要还有一口气，就要干到底！"

"咯吱、咯吱"，雪地上留下卫民安两行坚实的脚印。战友伫立在风雪中，凝视着卫民安渐渐消失的背影，泪水模糊了双眼……

雷鸣苏醒过来时，已经躺在了市医院的病床上。她头上裹着纱布，脸上也有一两处青紫红肿的轻微擦伤。何惠敏坐在床头，细心地不时用棉球蘸点水，湿润她那干裂的嘴唇。这时，林忠从外边走进来，附耳对雷鸣说："领导们马上就来慰问你。"

话刚落音，张政明等市领导，在贺国庆、吕胜的陪同下，带着花篮、水果走进病房。雷鸣挣扎着要抬起身，被张政明抢前一步阻止住。张政明俯身关切地询问雷鸣的伤势和治疗情况后，感慨道："巾帼不让须眉啊！"他动情地指示："全市政法机关都要向雷鸣同志学习，争当人民满意的政法干警。"转而又问贺国庆，"听说还跑一个？"

吕胜汇报："逃跑的那个绰号叫马泡，今晨五时已被抓获。雷支队击毙的名叫王明辉，是盗车集团首犯。另外，上海警方已发来传真，证实我们缴获的这辆面包车，正是上海警方通报协查的车辆。王明辉一伙涉嫌多起杀人抢车案。经双方协商，我们抓获的两名嫌犯，将移交上海警方并案查处。"

这时，电视台记者将话筒靠近雷鸣，问道："雷支队，在这场惊心动魄的生死较量中，你当时是怎么想的？”

雷鸣莞尔一笑，淡然答道：“没怎么想。遇到这样的情况，我相信每一位民警都会这样做的。”

接到李海深已经租好房的电话后，马彪、刘道光、刀水莲便开始忙活起来。他们有的搬箱子，有的卸枪。把微冲拆开，分开混装进几个内有电视机零件、衣物的小木箱内，钉上盖，包装好后，马彪吩咐刘道光、刀水莲：“找家不太正规的物流公司，分几次邮。另外给海深打个电话，让他收到后，放到他租的地方，千万保管好。”

得到马彪、刘道光要回颍川市的消息后，李海深说不上是喜是悲。他想，反正是这样了，只有破罐子破摔，跟着马彪混一天少两晌吧。次日一大早，无所事事的他便来到位于朝阳路的孟娜娜美容美发店。这是一间临街房，屋内放一把椅子和几样简陋的美发工具。为了按马彪的要求找个女的，李海深以和孟娜娜谈朋友为诱饵，哄骗孟娜娜辞了饭店的活儿，帮孟娜娜租了一间简易房，开了这家美容美发店，算是拢住了孟娜娜。

到了店内，李海深毫不客气地坐到椅子上，让孟娜娜给他洗头。孟娜娜热情有加，娴熟地给李海深抓、搔、敲、洗，冲洗净头上的洗发液泡沫后，李海深又坐回椅子上，孟娜娜开始给李海深做头部按摩。李海深心怀鬼胎，为实施马彪的计划，先做铺垫，说服孟娜娜说：“娜娜，养殖场快开工了，我一人忙不过来，你不是早就想到我那儿干吗，每月至少给你两千。到时把这个店转让出去，你到我那儿管账去。”

孟娜娜莞尔一笑，甜甜地道：“那就先谢海深哥了。我这儿门面小，生意不太好，正想关门呢！”

“好，好！咱一言为定，改天，我带你到场里去看看。”

上午十时许，马彪、刘道光各背一个包，走出省城火车站。二人边走边嘀咕怎样转车回颍川市。马彪眼珠一转，驻足不前道：“按我的设想，反正下步需要一辆车，咱又没钱买，就是有钱也不能买。租辆吧，到颍川后，咱卸磨杀驴，把司机……”马彪老谋深算，阴险狠毒地做了个用刀抹脖子的手势。

“一箭双雕，彪哥想的就是周全。”刘道光鸡啄米般连连点头附和。

二人合计好后，便直奔火车站停车场。说来也巧，那里正好停着一辆八成新的红色普桑。司机正在闭目听收音机等客。马彪轻敲车门问："师傅，跑长途不？"

司机翻眼上下打量二人一番问："去哪儿？"

"颍川市。"

"包车贵啊！"

"我们急着赶路，得多少钱。"

"过路费、汽油、往返……"司机嘟囔着心算了一阵子，给马彪报价说："最少得八百，再少连饭钱都挣不够。"

马彪为了取得司机的相信，故意磨蹭一会儿，讨价还价说："六百行不，路上吃饭由我们负责。"

司机再次打量马彪、刘道光一番，看二人也不像坏人，又抬头看看太阳，琢磨着天黑之前赶到颍川市没问题。于是，歪歪头，十分勉强地答应道："行，既然老弟说出口了，只要够来回的油钱就行。就这吧！"

张政明在市政府黎秘书长的陪同下，如约来到"颍港丝绵品总厂"，耐心倾听工人们反映的意见和要求后，辞别工人代表，驱车返回市政府。途中，张政明安排黎秘书长说："马上通知各位市长，到小会议室开个紧急会。"

当张政明和黎秘书长跨进市政府小会议室时，在颍川的几位副市长早已班班到齐。张政明匆匆落座，扫视一眼与会人员，愤然怒声道：

"今天请各位来，主要议题就一个，就是'颍港丝绵品总厂'的问题。春节即将来临，节后学校开学，下岗工人的吃饭和子女学费迫在眉睫。这个问题如果解决不好，将会出更大的乱子。"

张政明将锐利的目光投向潘登高，用几近命令的口吻要求道："潘市长，会后你马上与高一峰联系，让他设法先筹些资金顾急，要确保下岗职工春节都能吃上饺子。还是那句老话，稳定压倒一切，没有稳定，何谈和谐！"

潘登高当即表示："我马上与高一峰联系。"

张政明接着道："工人们还反映，'颍港丝绵品总厂'是假合资。高一峰骗取国家'两免三减'税金中饱私囊。潘市长，你是分管工业的，'颍港丝绵品总厂'合资之事又是你亲自运作的，这究竟是怎么回事？"

潘登高啄木鸟发疟子，嘴硬心虚地打马虎眼答："张市长，当初港商林老板汇到'颍川市丝绵品总厂'的三千万资金，那可是世人皆知，报纸、电台也都做了报道的呀。假合资的说法，我认为是极不负责任的，也是缺乏根据的。今天，我当着各位市长的面，以一个共产党员的名义向您和诸位市长保证，‘颍港丝绵品总厂’与港商合资的事情，是绝对不存在任何猫腻的。”

“你也不要把话说得太绝了，俗话说：过去的人会算，现在的人会看，工人的眼睛是雪亮的。”张政明操着不太信任的目光瞥了潘登高一眼，严肃地亮明自己的观点道：“真不行，让纪检、监察部门介入，这事一定要查个水落石出，给工人们一个明确答复。”

潘登高怒形于色，不满意地嘀咕道：“天阴不查，你晴（情）查啦！”

在颍川市西郊的高速路口，马彪租乘的红色普桑驰下高速。马彪对刘道光说：“给海深打个电话，告诉他我们已回到颍川市，让他到北环路口接我们。”然后指点着司机朝北环路驶去。

李海深接到电话后，立即来到北环路口。一只脚支着地，骑在摩托车上等候马彪的到来。不多时，红色普桑驶近。马彪让司机将车停靠到路边，与刘道光先后走下车，李海深见是马彪，忙跳下摩托车迎上去，激动地说：“彪哥，可把你们盼回来了，都快把我急死了。”

马彪问：“租的地方在哪儿？”

李海深遥指路北不远处的一个院落：“那，就那儿！独门独院，离庄有三四百米，很僻静。”

马彪低声对二人说：“看我的眼色行事。”言毕，转身来到红色普桑前，煞有介事地拉开一个小包，扒拉半天，难为情地对司机说：“师傅，真对不起，包里就剩四百了。”

司机有点不耐烦地说：“快点吧，我还得往回赶路呢！要不先给恁那俩伙计转借一下。”

“喂，恁俩谁有二百块钱？”马彪煞有介事地问。

刘道光暗示李海深一眼，摇头道：“没有。”

“这咋办呢？”马彪自言自语嘟囔着，忽然皮笑肉不笑地对司机说：“师傅，这样吧，我朋友干的养殖场就在前面，你再辛苦几分钟，咱到场里去拿钱。”

刘道光也趁水和泥，在一旁摇唇帮腔相劝道：“师傅，天还早呢！过去喝口水，拿完钱再走不迟。”

“唉！看你们是实性人，咋净干不实性的事？好吧，快上车！”正是强龙不压地头蛇。为了拿够钱，司机无可奈何，只得勉强同意随三人去养殖场。

红色普桑在李海深带领下，开进养殖场院内。偌大的院落，简直像个老鬼窝，除几排废弃的猪舍和几间简易房外，空落落的没个人影。

马彪下车后铺排道：“道光，给师傅倒杯水。海深，快拿二百块钱来，别耽误师傅赶路。”

刘道光在一旁帮腔打边鼓道：“钱一分不会少。师傅，先进屋喝口水。”司机拿钱心切，默不作声地走下车，随刘道光进屋。

马彪递给司机四百元钱：“师傅，这是四百，先拿着。”

司机接钱在手，先细心地捏捏，后又用双手展开，对着屋外明亮处照照。显然，他是担心收到假币。

就在司机小心翼翼地一张张照钱时，马彪悄悄把手伸向腰间，司机无意间朝马彪瞅瞅，马彪忙若无其事地把手放下。司机“嗨嗨”笑道：“不假！”

马彪不自然地咧咧嘴，阴冷的目光睥睨着司机，附和道：“假一赔十。”

司机接着仔细看下一张，马彪迅速从腰间抽出手枪，高高举起。司机听到动静，警觉地回头观察，马彪的手枪已从空中飞快地落下，枪柄顺势重重地砸到司机脑袋上。

“啊——”司机惊呼一声，忍疼弹跳而起，蒙头转向地惨声哀告马彪：“钱我不要了，钱我不要了，饶命，饶命！”

这时，刘道光也闻声赶来，二人用枪柄照司机头部猛砸。霎时，司机便满脸开花，眦裂脑迸，衔恨扑倒于血泊之中。

马彪连手上的血都没顾上擦，便把刚才给司机的钱捡起来塞进兜里，然后又搜寻司机的衣袋，翻了半天，才找出一百多块钱来，一并装进自己腰包。这才喘口气儿，心慌意急地指着司机的尸体对李海深说：“快，找个被子裹住，先在院里挖个坑埋了。”接着，又嘱咐刘道光：“晚饭后，你赶快去买套假车牌，再找个私人修理厂，把车的颜色变了。”

第十一章　大接访智破盗鼋案
恶歹徒还吃回头草

颍川市方圆数百里内，最大的商品集散地“海宇商贸中心”办公楼门前，马彪、刘道光贼头鼠目，看似在悠闲地胡龇狗游，其实是包藏祸心在踩点。

石助理陪同高一峰找“海宇商贸中心”总经理孔世儒洽谈完业务，孔世儒客气地送二人下楼。高一峰与孔世儒握手道别后钻进轿车，石助理在给高一峰关车门的刹那，无意中突然看到不远处有个熟悉的面孔，定神仔细一瞅，果然是他最不愿看到的马彪。不禁倒抽一口凉气，心想：这个亡命徒别是跟踪我的吧！是福不是祸，是祸躲不过。既然照面了，正好探个究竟，于是让司机先走道：“碰到个熟人，你们先走，我随后就回去。”

高一峰的轿车绝尘而去后，石助理强作笑颜，走过去主动给马彪打招呼道：“哦！这世界真小，没想到能在这儿与马老弟幸会。”

马彪见是石助理，因有佣金没有兑现的疙瘩，便不冷不热，西北风刮蒺藜，连风（讽）带刺地挖苦道：“有缘千里来相会，无缘对面不相逢嘛。你老兄不是找我还钱的吧？”

正是人有心头病，猫叫也心惊。石助理心虚胆怯地急于摸清马彪在此晃荡的目的，最让他担心的，是谋杀文章华之事，承诺的钱没到位，马彪因此而跟踪他，伺机对他图谋不轨。于是忙把马彪拉到无人处，低声问：“你怎么还在颍川市，不是说好的远走高飞吗？我告诉你，文章华的案子，可是不算完，警方一直在明察暗访着呢。”

“让他们查去呗，查不到老子头上算万幸，查住了咱是一根绳上拴两个蚂蚱，飞不了我，也蹦不了你们。”马彪操着一副玩世不恭的口吻，没好气地抢白石助理道:“再说啦，老子又没卖给你，高兴到哪儿就到哪儿。你们言而无信，日后若有风吹草动，休怪老子不讲情义！”

石助理忙赔个笑脸，有点为难地解释:“你老弟要是这么说，我真就有口难辩了。确实是因为活儿干得不利亮，你弄错了，救火泼汽油，帮了倒忙，老板才没如约兑现的。”

马彪眼珠一滚，心想:光脚的不怕穿鞋的，见鳖不捉，一场大罪。既然无意中碰上了，何不趁机敲他一竹杠。于是沉下脸道:“再给五千块的封口费，咱算一事清百事了，这辈子谁也不欠谁的了，中不中？”

石助理知道像马彪这样的人，心狠手毒，不计后果，什么屙血尿脓的损事都干得出来，担心如果闹僵，马彪万一把他雇凶杀市长的事儿抖搂出去，后果简直不堪设想，遂施一缓兵之计，应酬马彪道:“此事好商量。不过，你老弟也知道，我也是给人家打工混碗饭吃，容我给老板汇报后，给你回话，中不？”没等马彪回话，又补充道:“把你的手机号码给我留下。”说着掏出自己的手机，马彪略一迟疑，有点不情愿地给他说了个号码，石助理当即储存到机内。

颍川市郊区一家野味餐馆的房间内，心情欠佳的潘登高与高一峰借酒浇愁。潘登高已喝得酩酊烂醉，抓起一高脚玻璃杯白酒，还要往嘴里灌，高一峰因驾车未敢多喝，心中还清楚。他忙抬身夺下潘登高手中的酒杯，竭力劝阻道:“大哥，别再喝了。”

酒后失态的潘登高，毫不顾及自己的身份，在高一峰松开他放酒杯时，骨头架像散了一样，直往下堆崴，前额“嘭”地磕到桌子上，从盘子里溅出的汤水澎了一脸。高一峰忙把潘登高扶直，抓起餐巾纸往潘登高脸上胡乱擦了几下，潘登高一时三刻变成了三花脸。高一峰刚一松手，潘登高又抓起筷子，眯着眼往盘子里胡乱扒拉起来。由于已经被酒精麻醉得不由自主了，他扒拉半天，什么也没夹住。

高一峰见状，架起潘登高的胳膊苦苦劝道:“大哥，咱走吧！今天喝得差不多了，改天再来。”

潘登高瞪着血红的眼珠，舌头发硬，酒后吐真言，嚷叫着发泄心中的郁闷道:“逼上梁山，知道啥叫逼上梁山吗？姓张的在颍川市一天，老子就休得安宁一天。这次，真照他说的查下去，母、母、他娘的母牛肚里死胎，咱、咱就全完犊子啦……”

“不能想法把他拱走吗？”高一峰幼稚地问。

“唉！”潘登高无奈地摇头长叹，“谈何容易，太沉，拱不动啊！”

高一峰铁青着脸，咬牙切齿口出狂言道：“娘的，看来非跟他拼个鱼死网破不可了。捉虱子烧棉袄，这回我豁出老本，也要把姓张的给灭了。”

颍川市公安局大门上方，突然悬挂出一幅“人人受到局长接待，件件得到依法处理”的巨额横标。大门旁边的控申接待室，有二三十名上访群众，排队等待局长接待。背着斗大冤字的聂凤翔，也夹杂其中，讨饭的抱个扁嘴子，穷嘴呱嗒舌地数白道：

一劝世人行孝道，
父母恩情比山高；
在家孝养爹和娘，
胜如远处把香烧。

二劝世人莫偷盗，
偷盗罪恶真不小；
不义之财非可取，
违犯法律罪不饶。

三劝世人莫贪财，
贪得财多惹祸灾；
几多有钱人不在，
不如人在少贪财。

四劝世人莫赌钱，
赌钱之人坏心田；
瞒心昧己把人骗；
品德家产齐败完。

五劝世人莫乱淫，
奸淫丑名到处闻；
父母妻子无脸面，
败德丧名罪孽深。

六劝世人莫逞强，
强人做事强人当；
强中更有强中手，
哪个强人好下场。

七劝莫要斗闲气，
斗气招祸惹是非；
不怕人心硬似铁，
官法如炉不饶你。

局会议室内，对着屋门的墙上，悬挂着一幅“颍川市公安局局长集中接待群众信访问题启动仪式”的横额，贺国庆率局党委全体成员和三个分局、五个县局的公安局长正在集中接待上访群众。贺国庆拍一下面前的麦克风，简短动员道：

“这次公安机关大接访，实际是公安机关偿还欠老百姓的感情账、经济账、法制账。欠账要还，天经地义。我们要用真诚和爱心还感情账；用赔偿和补偿还经济账；用公平和正义还法制账。同志们，还‘三账’不能怕丢面子，不能怕受损失，不能怕担责任，我们要放下架子，丢掉面子，正视错误，用我们的真心、真诚、真情，换来群众的理解、谅解和支持。”

这时，两名女民警领着一位农村打扮的中年妇女，走进会议室，坐到贺国庆对面的椅子上，女民警礼貌地给中年妇女倒杯水，然后退立一旁。

中年妇女言未出口，早已哭成了泪人，起身就要给贺国庆磕头，被女民警上前拦住。

贺国庆劝阻道：“你不要这样，说说你要反映的问题。”

中年妇女用餐巾纸沾沾眼泪，伤心地诉说道：“贺局长，俺是永安县的农民，丈夫三年前被人杀害，俺要求公安局赶紧破案，给俺死去的冤魂报仇。”

贺国庆扭头在局长坐的后排寻找着唤道："永安县的万局长！"

万局长叫万永年，听唤应声而答："到！"

"人命关天，你马上组织精干警力，尽快侦破，给受害人亲属一个满意的结果。"

"是。"万永年离开座位，把中年妇女领出会议室，去询问详细情况。

贺国庆又道："下一个。"

一个身着工商制服的中年男子，应声走进会议室。他先礼貌地递给贺国庆一份材料，然后落座反映说："去年，我们工商所两名工作人员，对一家涉嫌销售不合格化肥的门市部进行货物封存时，遭到店主的无理阻挠和谩骂。身为所长，我闻讯后立即报警，并会同两名民警到现场制止。当我正埋头办理法律文书时，突遭店主袭击，我的脾脏被打破裂，手术切除。出院后，我要求公安机关依法查处这起暴力抗法凶手时，一名法医却充当和事佬，劝说我与店主私了，致使凶手至今仍逍遥法外。"

"简直不可理喻。暴力抗法，绝不允许。对这个法医的行为，一定要调查落实，如果属实，要严肃处理。"说到动情处，贺国庆拍案而起，严肃地强调："今后，凡执法人员遭到暴力抗法，公安民警一律不准出面调解，这要作为一条死命令，谁再出这样的馊主意，就追究谁的责任。"贺国庆目光冷峻，环视四座，言犹未尽地接着感慨道："执法人员遭到暴力抗法，凶手逍遥法外，那往后谁还敢秉公执法啊！"

此时，公安局大门外，已经排上号，等待接访的聂凤翔站在路边，又触景生情地数白起来：

天心最平和，
无私曲，有定夺，
在人头上查勘过；
善的也记着，
恶的也记着，
报应哪个曾饶过。
君请看，
古往今来，
哪个能走脱；

天眼最光荧，
照乾坤，无遁形，
朝朝万古悬明镜，
你做得甚妙，
他看得最清，
机关枉费，
有何用，
莫欺蒙，
神目如电，
暗室也偏明……

一名民警走过来，态度和蔼地提醒聂凤翔："老聂，别唱了，挨到你啦！"

聂凤翔耸肩吐舌做个鬼脸，百依百顺地跟随民警走进会议室。贺国庆见聂凤翔这身装扮，道士不像道士，尼姑不像尼姑的，暗自发笑地问："你是咋回事儿？还背个这么大的'冤'字！"

聂凤翔一反常态，谈吐如流地诉说道："我是海东县农民，五年前，我贷款三万元，买鼋鱼苗饲养。俺一家起早贪黑，换水喂食，好不容易把鼋鱼养到每只一斤多重时，这天我投食后，看到饲料大量剩余，担心鼋鱼出病，便抽干水检查，发现满池鼋鱼一夜之间便被盗得剩下没几只了，直接经济损失十几万元，当天我就到派出所报了案。不久，银行找我还贷款，鼋鱼被盗，血本无归，哪里还得上贷款。银行便以骗贷为由，把我举报到经侦支队。结果，派出所没有给我破掉案，经侦支队又以涉嫌诈骗，把我刑事拘留一个月。五年来，我蓄发明志，身背冤字，多次上访，问题始终没有得到解决。今天，我再次要求恢复名誉，还我清白，抓捕盗鼋贼，挽回我的经济损失。"

贺国庆仔细翻看着聂凤翔的申诉材料，不禁感慨激昂道："农民辛辛苦苦养的鼋鱼被盗，经侦部门又轻信银行的一面之词，将原本是受害人的聂凤翔，以涉嫌诈骗刑事拘留，致使聂凤翔的声誉受到损害，这是绝对不能容许的。"他转过身，皱眉寻找到坐在他后排的海东县公安局局长单良，没好气儿地质问道："单局长，聂凤翔所养鼋鱼被盗案，为啥迟迟没有侦破？"

单良小心翼翼地注视着贺国庆，不紧不慢，婉转解释道："这是我到海东县局工作之前发生的案件。我去之后听刑侦大队的同志讲，当时也抓住一个嫌疑人，但检察机关以证据不足为由，未予批捕，所以咱们只得把人取保释放，致使该案悬搁至今。”

贺国庆有点着急地明确指示：“这样啊！你马上组织专人复查，如果当初我们确实认定性质有错，致使聂凤翔同志的人身自由受到侵害，就要敢于正视，不遮不掩，立即做出执法过错责任认定，在严肃追究原办案民警责任的同时，由局领导带领原办案民警，到聂凤翔同志所在的行政村，召开村民大会，公开向聂凤翔同志赔礼道歉，恢复名誉。同时，由市局刑侦支队和你们局联合组成专案指挥部，搜集证据，全力侦破，迅速抓获鼋鱼大盗。”

贺国庆一口气对单良讲完解决问题的办法后，转而征求聂凤翔的意见：“老聂同志，你反映的事儿，先这样处理，你看行不行？”

“好，好！做梦都没想到贺局长办事这么利亮！今天你这一表态，我窝在心里几年的憋屈，立马消失了一半儿，保证不再到处上访了！”聂凤翔破颜一笑，心悦诚服，热泪盈眶，深深给贺国庆鞠一躬，满意而去。

“啪、啪！”李海深租赁的院子内，猪圈前的半截墙头上，立着一溜易拉罐饮料桶。马彪、刘道光、李海深有的举短枪，有的端微冲，在练习瞄准，李海深好奇地不时扣动一下扳机。

马彪抹一把额头的汗，自言自语道：“偷比骗狠，抢比偷快。偷要靠点子，抢要靠胆子。自打从云南回来，咱养精蓄锐，歇得也差不多了。明天，各自回家看看，该尽孝的尽尽孝，完了，咱再干他一把。”

刘道光乐不可支地赞同：“彪哥，要干就干大事，别老鼠娶媳妇，小打小闹，担心受怕的，也弄不那仨核桃俩枣一个小蚂虾的，买盐不咸，买醋不酸，没劲。”

“嗯！剃头的拿铡，是干大事的料！”马彪朝刘道光投去一个满意的目光，鼓劲打气道。

一辆黑色普桑轿车，顺着颍川河北岸的河堤，来到海北县马庄村。驾车者不是别人，正是马彪。这辆车，就是抢劫后改变颜色的那辆。到村头后，身着西服，眼戴墨镜，掂着一只密码箱，俨然一副大款派头的马彪跳下车来，热情地给在田间地头干活的老少爷们打招呼。

在地头干活的乡邻乡亲见是马彪回来了，同样热情地寒暄道：“那不是马彪吗？一年多不见，在哪儿发财呀？”

马彪大方地给乡亲们敬烟，应酬道：“发财！发劈柴！在深圳干保安，撑不着，饿不死而已。”

到家见到父母，马彪打开密码箱，拿出约有五六千块钱道：“这是孝敬恁二老的。”

俗话说，臣怕君不正，父怕子不良。一下子往家拿这么多钱，这可是开天辟地第一回。马彪的父亲知道啥钱都不是好挣的，担心儿子在外面不走正道。于是用心良苦地提醒马彪道：“老话说，君子爱财，取之有道。孩子，咱家老几辈都是老实本分的庄户人，千万不能因为几个钱，干违法的事呀！”

马彪心情复杂地翻眼白父亲一眼，他心里十分清楚，父亲讲的都是至理名言，都是为了让自己好，但自己已经踏上了一条一步走错，百步难回的不归路，现在表面上人模狗样的，其实已形同僵尸，只能混一天少两晌，啥时候被公安逮住啥时候死。于是不耐烦地顶撞其父道：“活人总不能让尿憋死。别管咋弄，有了钱万事如意，没有钱寸步难行……”

“你个小鳖熊情犟了，不听老人言，吃亏在眼前，不信咱走着瞧！”

早上，方雅娟给卫民安端水喝药时，蓦然发现卫民安脸色蜡黄，连眼珠子都变成黄的了。不禁陡吃一惊，她心里明白，丈夫的病又加重了。于是心中难受表面仍不露声色地对卫民安说：“老卫，今儿个不对劲，你的脸色咋黄恁狠啊！”

卫民安默然对镜瞅一眼，有气无力地对妻子说：“唉，住院又要增加局里开支，你到街上，给我买瓶降黄疸的药吧。”

方雅娟前脚离家，卫民安后脚便骑上自行车，来到郊区一片坟头耸立的墓地。这里长眠着他的父母。卫民安从车篓里拿出刚才顺便买的烧鸡、苹果等几样供品，摆放到父母坟前，拖着沉重的脚步，绕坟转了三圈，然后双膝下跪，虔敬地给父母的坟头磕三个头，哽咽地念叨道：“爹、娘，孩子来看恁二老了。孩子不孝，往后再缺钱，只有让恁儿媳给恁二老送了……”

言毕，卫民安又心情沉重地在父母的坟前默坐良久，才恋恋不舍，一步三回头地离去。此时此刻，他心明如镜，知道自己已经来日无多，今生今世，这恐怕是最后一次尽孝了。

离开父母的坟地后，卫民安咬牙坚持，又来到烈士陵园。在一座烈士墓前，卫民安拆开一盒烟，摆到墓碑前。墓碑上，“雷振川烈士之墓”几个涂成红色的大字，十分醒目。

卫民安吃力地打开一瓶白酒，围着水泥构面的圆坟头，毕恭毕敬地把酒洒在坟头上，然后无力地席地坐到坟头前，深情地回忆说：“老科长，兄弟最后再来看看你。不是你那次壮举，安息在这方墓里的，本应该是兄弟我啊。”这时，他的脑海，禁不住又浮现出那铁血的一幕：

那天上午，南郊乡党委霍书记急如星火地来到刑侦科，找雷振川报案说：“雷科长，有人多次给我打匿名电话，索要十万块钱，扬言今天上午十二点前不按他说的汇款，就用炸弹炸死俺全家。”

雷振川看了看表，此时距犯罪嫌疑人规定的最后时限仅有两个小时，时间紧迫。雷振川立即布置警力，分头秘密排查。很快便获悉，犯罪嫌疑人是一个绰号叫瘦猴的人。

对瘦猴实施抓捕前，雷振川向参战民警通报排查情况说：“据了解，瘦猴在煤矿打工时，学会了爆破技术，为牟取横财，便以爆炸要挟，多次打电话敲诈霍书记，后因目的未达到，便动了杀机，扬言要炸死霍书记全家。据可靠情报，瘦猴现藏匿在郊区一个路边店内，等候被害人汇款，我们现在马上去控制此人。”

卫民安劝阻道：“科长，你正感冒发烧，就别去了。你这次在家留守，我带人去抓瘦猴。”

“头疼脑热的算啥病。眼下，还有什么比抓捕嫌疑人，尽快消除瘦猴对社会的危害更重要！”雷振川置个人安危于不顾，大手有力地一挥，催促道：“情况紧急，快走！”

卫民安等民警紧随雷振川，驾一辆挂地方车牌的车，朝瘦猴的藏匿地赶去。在业主的指认下，雷振川等民警悄悄贴近瘦猴租住的房间，破门而入，不想却扑了个空。

见瘦猴不在屋内，雷振川果断下令：“搜，寻找犯罪证据。”

卫民安掀开床上的被子，发现有个纸盒，附耳细听，里面发出“滴答，滴答”的声响。卫民安小心翼翼地掀开盒盖，盒子里显现出一枚自制炸弹。令人毛骨悚然的“滴答、滴答”声响，正是从这枚自制炸弹的定时引爆装置处发出的。

卫民安不由自主地惊呼道：“科长，这儿有炸弹！”说完就去抱纸盒，想把炸弹转移到屋外安全的地方。

雷振川浓眉倒竖，抢前一步，一把推开卫民安，大喝一声："蹲下，我来排险！"

他不由分说，双手捧起纸盒，冲出屋门，刚走到楼梯口处，忽听"轰"的一声巨响，炸弹在雷振川手中爆炸。雷振川当场便血肉横飞，倒在血泊之中。

"为雷科长报仇！"卫民安等民警震怒万分，将形同惊弓之鸟、潜回家拿钱、准备外逃的瘦猴，团团包围在家中。四面楚歌，自知罪不容诛的瘦猴，在走投无路的境况下，绝望地悬梁自毙。

想到此，卫民安意犹未尽地又念叨道："老科长，值得告慰您的是，咱们所钟爱的公安事业后继有人，兴旺发达。咱的宝贝女儿雷鸣，女承父业，也挑起了大梁。倘若有知，您可以含笑于九泉了。遗憾的是，恁兄弟我的身体不争气，恐怕今后再也不能来看老兄你了……"

吕胜、雷鸣、何惠敏一大早便按照贺国庆的要求，来到海东县公安局单良局长的办公室，单良在吕胜一行来到之前，已经接到电话并进行了必要的准备。见吕胜一行已到，马上找来刑侦大队李大队长、徐教导员，一起研究如何侦破盗鼋案。吕胜首先谈了自己的看法说："此案虽然不大，但由于搁置时间过长，而且犯罪分子可能已经流窜到外地，侦破起来还是有一定难度的。"他意味深长地询问单良，"你们不是曾经抓到过一个嫌疑人吗？那是咋回事儿？"

单良介绍说："海东县公安局党委对聂凤翔上访案高度重视，从市局回来后，我立即召集有关民警，听取了前期工作汇报。大致情况是这样的，案发伊始，我们通过秘密排查，了解到在城乡接合部一所租赁房内，有三四个年轻人，经常驾一辆白色面包车出入，夜聚明散，不见做什么营生，一个个却出手大方，海吃海喝，每人还包有小姐。有邻居甚至曾见过这伙人在院里晾晒粘网，在缺乏犯罪证据的情况下，我们决定先密控面包车车主马明新，扩大线索，打开突破口。俗话说，世上没有烧不热的锅。经过一天一夜的审讯，马明新供出以王彬为首的盗鼋犯罪团伙，每次给他二百块钱，多次租用他的面包车，后又将他拉入伙，在海东县及周边县、市，甚至流窜到安徽、河南、江苏数省盗鼋的犯罪事实。当天对王彬等实施抓捕时，狡猾的王彬因一天未与马明新联系上，马上意识到马明新可能已是凶多吉少。因为他们内部约定，无论有无事，每天必须通个平安电话。如果联系不上，就说明是出事了，其他人就会马上躲避。当下见马明新断了线，王彬即如惊弓之鸟，溜之大吉。后来，检察机关以证据不足为由，未对马明新批准逮捕。”

“对王彬的情况掌握多少？”雷鸣插话问单良。

单良绘声绘色地介绍道：“据马明新交代，王彬自幼生长在河边，习水性，憨胆大，从小就在河里摸鳖钓鳖，熟而生巧，果然练出一双识鳖眼。他一看水纹、水泡，便知道坑塘中有无老鳖。逮鳖的技术更是高人一等，鲜有其比，几挂粘网下到塘里，一塘鳖用不了两回，便会吸尘器擦地板，被他们一扫而光。由于他们作案前先踩好了点，所以极少落空。”

李大队长补充说：“据马明新交代，王彬生性狡猾，诡计多端，为逃避打击，他总是采取打一枪换一个地方的作案方式，甲地行盗，乙地销赃，丙地藏身，丁地消费，行踪飘忽不定。团伙成员之间，也像坐台小姐一样，不用真实姓名，平时全部以绰号相称。王彬叫老狈，马明新叫老鹰，另两个团伙成员穆树林叫老豹，郭清亮叫老狼。”

吕胜听后思忖片刻归纳道：“单局长他们介绍的这些情况，对侦破盗鳖案弥足重要。看来，我们有必要旧案重提，再抓马明新，促其为我所用，断线结网，骑驴找马。”

卫民安筋疲力尽地回到家中，一头栽倒在床上。方雅娟坐到床沿，心疼地嗔怪道：“身体都这样了，还往外跑！”随后接着问：“降黄疸的药买回来了，现在吃不？”

卫民安恋恋不舍地拉着妻子的手，感激之情溢于言表地吐露自己的心声道：“老婆，假如真有来世，咱还做夫妻，我一定会加倍把这辈子欠你的感情债还给你！”

“老卫，啥都别说了！”方雅娟实在忍受不了生离死别的精神折磨，她的心像刀扎一样，肝肠寸断，满怀深情地凝视着卫民安黄巴巴的面孔，泪水止不住地流了下来。

卫民安眉头紧锁，说声“心里难受”，挣扎着抬起身，“哗”地吐出一大口鲜血来。方雅娟知事不好，急忙拨打“120”电话，叫救护车。

救护车风驰电掣般赶来，人们七手八脚，用担架把卫民安抬上救护车，一路鸣着笛驶向医院。

贺国庆、吕胜、雷鸣等民警闻讯，也陆续赶到。医生告诉贺国庆：“病人是肝腹水并发脾脏动脉大出血，医院已经下了病危通知书。”

贺国庆心情沉重地对医生说：“要不惜一切代价，挽救卫民安同志的生命。”

病床前，贺国庆附耳轻唤：“老卫，老卫！”

卫民安从昏沉中苏醒过来，用充满深情而留恋的目光，凝望着贺国庆，嘴唇翕动几下，没吐出一个字来。贺国庆关切地询问：“老卫，你还有啥要求，请告诉我，局党委一定满足你！”他多么希望卫民安在生命的最后时刻，提出老婆孩子的安置问题呀！此前，局领导担心增加他的思想负担，私下议过几次，但没有给他正式谈过。

然而，令贺国庆失望的是，在生命的最后时刻，卫民安摇摇头，脸上流露出一丝苦笑，用舌尖抿抿干裂的嘴唇，吃力地断断续续说：“我也没有给国家做过多大贡献，就……就别提什么要求了。谢谢，谢谢组织的关怀！”

卫民安的病情继续恶化。在生命的弥留之际，他突然回光返照，恋恋不舍地拉着儿子的手，声若游丝地叮嘱道：“乖孩子，爸不能照顾你了！要听妈妈的话，努力完成学业，靠自己的本事吃饭……”

“爸——”儿子失声呼喊着，令人心碎地哭唤着，一头扎到卫民安怀里。卫民安干枯的手无力地摩挲着儿子的后背，转而断断续续地嘱咐妻子：“我不行啦，死后火化，千万不能给组织添麻烦……”

晶莹的泪水，顺着卫民安微闭的眼角潸潸滚落。突然，他的身躯痉挛一下，“哇”地又喷出一大口鲜血，脑袋一歪，溘然长逝。

微云半掩，缺月如钩，在云层中时隐时现。蓦然，一颗流星划破长空，拖着一道灿然的亮光，迅疾地降落，并且在降落的过程中黯然失色……

大海呜咽，苍天泣泪。颍川市公安局党委，为卫民安举行了隆重的遗体告别仪式，上千名各界人士和群众自发参加，寄托哀思，送人民的好卫士卫民安远行。

“迷梦歌舞厅”的包间内灯光昏暗，散发着一股刺鼻的空气清新剂、烟酒、香水的混合气味。马明新与一袒胸露怀，裙不掩腚的小姐对饮着啤酒，那小姐用纤细的、涂着指甲油的手指夹着一支香烟，另一只手拿起话筒，假惺惺地相邀道：“老鹰哥，这支歌你唱吧！”

马明新瞅一眼电视显示屏上的歌名，推脱道：“我不会，你唱吧。”

小姐使劲吸一口烟，将烟蒂扔掉，低眉折腰，阿谀谄媚地讨好马明新道：

“老鹰哥，那我就献丑喽。”说完举起话筒，忧伤地唱道：

旧梦不需记，逝去种种昨日已经死去；
以前人渺，随梦境消失，莫再回忆泪流怨别离。
旧事不需记，事过境迁以后不再提；
以前的爱，何用多等待，
万千恩怨何日再还你，
此后人生漫漫长路，
自寻路迹天际分飞，
他日与君尚有缘，
始终都在海角相聚……

一曲未了，勾起了马明新的舞虫，他“咕咕咚咚”往肚里灌下一杯啤酒，抬身邀请小姐道：“小妹，跳一曲。”小姐放下话筒，默默与马明新拥抱在一起，缠绵地移动起舞步。这时，房门突然被人推开，有人冷不丁唤道：“老鹰！”

马明新猝不及防，应声而答：“哎！”

话未落音，冷一飞、李大队长等几名便衣民警已疾雷闪电般扑了过去，麻利地擒腕别背，将马明新扭住。小姐吓得抱头跑出房间。

李大队长自我介绍道：“马明新，我们是海东县公安分局的，现依法传讯你到局里问点事儿，请跟我们走一趟。”

“我配合，别拧恁狠，恁别拧恁狠中不中！”马明新哭丧着脸讨饶，被民警三下五除二蒙起头，扭出舞厅，押上警车。

海滨浴场。平缓的海滩，细软的海沙，湛蓝的海水。身着各色游泳衣的红男绿女，尽情地在浅滩嬉戏，犹如给海岸线镶嵌上一条彩色的花边。

高一峰把墨镜掀到游泳帽上，双手漫不经心地撩着水，一步步走向沙滩。石助理像只跟屁虫，紧随高一峰身后。二人来到一个撑起的阳伞下，高一峰旁若无人地自顾坐到玫瑰色塑料椅子上，石助理颇有自知其明地半躺在沙滩上，漫不经心地撩几把沙子盖住腿。

高一峰抓起塑料圆桌上的纯净水，先含水漱了嘴，然后“咕嘟”饮一大口，慢慢地咽着，同时远眺着海水中游泳的人们，突然询问石助理：“手底下还有得劲的人吗？”

“干啥事？”石助理反问。

高一峰轻叹一声，没好气地嘟囔道：“唉！心病不除，寝食不安呐！不是我埋怨你，上次活儿要是干利亮了，哪能再操这份心。与其眼睁睁地看着人家砸我们的饭碗，我们何不先下手为强，杀条血路，死中求生呢。”

石助理精神一振，怪怪地一笑道：“高总，巧啦！有件事儿我正想给您汇报呢。马彪这小子又回颍川了。前天，咱到‘海宇商贸中心’找孔经理谈完业务出来，我就是因为看到了那小子，才让您先走的。我担心这小子打咱们的鬼主意，便主动接近他，探探虚实。看样子他也不是专门盯咱的梢的。不过，对那件事仍耿耿于怀，提出再要五千封口费，就一笔勾销，一清百了。”

高一峰阴沉着脸问：“你怎么答应他的？”

石助理咧嘴一笑，极尽巴结之能事地回答：“未经您的允许，我有啥权力答应他！当时我就对那小子说，得给老板汇报后再定，让他候信。”

“嗯，这回算你聪明。”高一峰脸上露出一丝少有的笑容，赞许地点点头。

石助理进而献策道：“既然这样，我看倒不如再利用这小子一次。如果再找人，保密系数至少又降低百分之五十。”

高一峰思索片刻，递给石助理一瓶饮料，心中虽然有些不大愿意，但自己已经在潘登高面前打了保票，夸了海口，一时又无计可施，只得勉强答应道：“这事弄的，事到如今，也只好如此啦！”

石助理问：“出啥价？”

高一峰阴鸷的目光扫视石助理一眼，这次显得颇为慷慨地许诺道：“干大事不惜花小钱，你先听听那小子的口气，不过……”高一峰沉吟着咬牙狠狠地要求：“不过，这次一定要干活儿出正品，不可造次。”

马明新被押到海东县公安局刑警大队以后，吕胜立即组织民警对其连夜进行突审。雷鸣兵不厌诈，含而不露地掂起面前的一叠卷宗，轻轻往桌子上一撂，声色俱厉地先发制人道：“马明新，你原来的交代我都看了，团伙作案、盗窃、销赃，且数额巨大，够你喝一壶的了。”她扫视马明新一眼，变换语气，委婉地接着说：“不过，这次我们可以再给你个立功的机会。机不可失，时不再来。配合得好，你可以马上回去做你的生意。否则……”雷鸣两道利剑般的目光直刺着马明新，威严地警告道：“看守所的滋味你是知道的，这次我们还得留客！”

“别，别介，公安大姐。不不，公安大姨！上次把我闷进去，我已经饱尝了监狱的滋味，简直是人间地狱，至今想起来我还心惊肉跳呢。这次我一定老实，有一说一，有二说二，好好给政府配合还不行吗！”

经过政策教育，马明新表示愿意立功赎罪，配合警方抓获老狈、老豹、老狼。

次日傍晚时分，马明新驾着自己的白色面包车，徐徐地停到一酒吧门前。下车后走进酒吧，来到大厅一隅，在一张小圆桌旁落座，要两杯扎啤，饮了一口，然后掏出手机打电话。工夫不大，一个妖里妖气，走起路来浑身上下花枝乱颤，恰同一百个螺丝钉没上紧似的女人，嘴里叼一支烟卷，搔首弄姿地朝马明新走来。离老远便油腔滑调，外带鼻孔里灌醋，酸溜溜地吆喝道：“哟，这不是老鹰哥吗！哪阵风把你给吹来了？”

“哦，芸芸！”马明新忙打个让芸芸坐下的手势，待芸芸落座后，又殷勤地端到芸芸面前一扎啤酒。芸芸也不客气，端起便与马明新碰杯。

马明新讨好地问：“芸芸，在这儿干还可以吧？”芸芸垂眉抽口烟，以玩世不恭的语气道：“干我们这行的，说白了，也就是消磨生命吧，可以不可以无啥区别。”她颇有心计地瞟了马明新一眼，不无揶揄地反问道：“有道是，无事不登三宝殿，老鹰哥该不是专门儿到这里怜香惜玉的吧！”

马明新脸色一沉，神秘兮兮地压低声音说：“哥手底下有笔生意，想找老狈哥一起干，事成之后，自然少不了妹子你的好处。”说话间，马明新掏出钱夹，抽出两张百元面值的人民币，塞到芸芸手中。

正是有钱道真语，无钱语不真。芸芸见钱眼开，环视左右，见隔墙无耳，方小心翼翼地千叮万咛马明新道：“老鹰哥，妹给你说了，你可一定得保密啊！”马明新轻舒口气，一本正经地点头应允道：“放心好啦，我和老狈哥是在一个战车上绑着呢。上次公安把我闷进去，像熬鹰一样熬我，为了老狈哥，我硬是坚不吐实，一个字没说。他们没有证据，不是还得把我放出来。嘿嘿。”马明新自鸣得意地自吹自擂。

芸芸见马明新态度坚决，这才压低声音告诉马明新说：“不瞒你说，老狈昨天还给我打过一个电话，说他现在在海平县他表弟杜天兵那儿。”

马明新故作好打听事地问：“杜天兵在海平干啥？”

芸芸皱眉沉默一会儿答：“原先似乎听老狈讲过，好像是在一家汽车修理厂打工。”说完，她自己也没把握地摇摇头：“问这干啥，干鱼行不问鳖市，我也弄不太准。老鹰哥，生意做成，可别忘了我啊！”

马明新微微一笑，大大咧咧地满口答应道：“当然，那是当然！哥啥时候做过对不起小妹的事。”说着举杯劝芸芸道：“妹，咱哥妹俩今儿个喷的得法，来，再干一杯，咱今儿个喝它个一醉方休！”

艳阳高照，蝉鸣鸟啼。马彪、刘道光、李海深龟缩在租赁小院的陋室内，一个个圆睁着充满贪婪和杀气的眼睛，在密谋干一桩“大买卖”的计划。

马彪对刘道光、李海深附耳讲了自己的打算后。刘道光一时惊愕得合不拢嘴，愣怔半天才迷过神来，一拍大腿叫道：“高！绝啦！彪哥说的办法绝对管用。”

马彪立马吓唬下脸，话锋一转，阴冷地说：“管用不管用先搁一边儿，咱哥仨是同打老虎，同吃肉。事情干成了，可以弄几十、几百万，后半生情挽着胡子喝蜜了。可是，也别做梦娶媳妇，光想好事。如果犯到公安手中，脑袋十有八九就保不住了，这就叫浓缩生命。今天咱丑话先说到前面，到时候谁他妈乱啃乱咬，就杀了他全家！”李海深听后不由自主地缩颈打了个寒战。

两辆警车，悄然无声地驶进了海平县公安局院内。吕胜、雷鸣、吴国发、冷一飞等七八位民警陆续跳下车。海平县公安局武局长早已在办公楼前恭候，见到吕胜一行，热情地表示：“吕局、雷支队，欢迎欢迎！”

搭眼一看，吕胜与武局长就是知根知底的老朋友。他家常地拍拍武局长的肩头，开门见山地提议道：“为了争取时间，咱长话短说。据可靠情报，重大盗窃团伙首犯王彬，现藏匿在海平县其表弟杜天兵处。据说杜天兵在一家汽车修理厂打工，此人至少也应该知道王彬的落脚地点。”

武局长见吕胜抓得很紧，不敢怠慢，当即表示：“我马上通知各派出所，立即着手排查辖区内的汽车修理厂点，先重点寻找杜天兵，一旦发现，立即将其秘密控制，然后再顺藤摸瓜，牵出你们要找的王、对啦，王彬。”

“行！”吕胜满意地点头同意道，“不过，我们也不能就这么干等呀！”他稍加思忖，要求道：“你给我们几个找辆地方牌照的面包车吧，我们到街上随便转转，找不到杜天兵，熟悉一下环境也好吗！你这边如有情况，马上跟我联系。”

武局长想想道："恭敬不如从命。那行，就按吕局说的办。"

警令如山。海平县公安局治安大队及各派出所民警紧急行动，以审验暂住证的名目，分组深入到辖区各汽车修理厂点，查找杜天兵。

在一家临街的汽车修理店，一民警手持一份暂住证，再三端量着面前一个二十五六岁的年轻人问："你就叫杜天兵啊？"

"对！"

"你的暂住证填写缺项，跟我们到所里重新填表补办。"

"天地良心，这可绝对不假呀！"杜天兵不明就里地嚷叫着摆理，不愿到派出所。

"我说是假的了吗？疑神疑鬼的。不是给你说得清清楚楚的吗，是缺项。"民警颇有心计，连哄带劝，把杜天兵拉上车，直接拉进海平县公安局。

正在大街上寻找目标的吕胜，接到武局长"杜天兵找到啦"的电话后，高兴地说："好，我们这就回局里！"

在海平县公安局值班室，吕胜动之以情，晓之以理，耐心做杜天兵的说服工作："杜天兵，你应当清楚，你们县的人在海平打工的足有成千上万，这么多人，我们为啥专门找你。我明确告诉你，王彬是盗窃团伙首犯，知情不报，就是包庇，是要承担法律责任的。我们希望你摒弃哥们儿义气，大义灭亲，协助政府把王彬一伙抓获归案，否则，你就摆脱不了包庇的责任。"

杜天兵哭丧着脸，埋头沉默不语。吴国发看到杜天兵像个撕不烂的破毡帽似的样子，一时性起，着急上火地厉声喝问道："杜天兵，你到底愿说不愿？不愿说咱就一块回颍川市！"

"别、别，我正考虑咋说呢。"杜天兵抹了一把额头上沁出的虚汗，一部二十五史，不知从何处说起地道："过去，我光知道王彬整天游手好闲，不务正业。但他具体犯了啥法，我真的不知道。他这次来海平，还不到十天。刚来时我请他和跟他一块儿来的两个人吃过一顿饭。第二天，他们让我帮助找房，我就帮他们在郊区租了个小院。安顿下来后，俺各干各的事，他就再也没有找过我，我天天忙着上班，又没啥事，也没给他联系过。"

吕胜见杜天兵就范，就问："既然如此，你带我们去认认那个地方，怎么样？"

杜天兵为了赶紧洗清自己，几乎是不假思索地满口答应道："可以、可以。"

吕胜使个眼神，两名民警会意地先把杜天兵带出去。吕胜对雷鸣、吴国发等民警部署说："如果王彬等人在租赁房内，立即捂窝抓捕；如果不在，根据地形地物，就地蹲点守候，等兔撞网。"

太阳慢慢沉落地平线。华灯初上，又一个新的夜晚降临了。一辆挂地方牌照的中型轿车，缓缓地停在位于海平县城乡接合部的一家养鸡场附近。车内，杜天兵遥指不远处一所独门小院，对吕胜说："就那个院！"

身着便衣的吴国发、冷一飞麻利地跳下车，悄悄走近大门一推，铁门紧闭。吴国发投石问路，找一小块土坷垃，"啪"地投到院里，院内毫无反应。于是，二人返回车内向吕胜汇报："无人。"

"深更半夜，他们能去干什么呢？难道说又去作案？真是贼人见不得月黑天呐！"望着黢黑的旷野，吕胜当机立断，对吴国发、冷一飞布置道："恁俩留下守候观察，发现情况马上发信息。我们先把车开到养鸡场院内等候。"

夜不归宿，王彬一伙干什么去了呢？还真让吕胜猜准了。此时，在一个养殖鼋鱼的坑塘内，王彬、穆树林正踩着水，往塘内下粘网。岸上，一条大花狗"汪汪汪"地狂吠。王彬、穆树林往水中一伏，大花狗顿时息声停吠。

不远处一条小路边，郭清亮从大篷车内拿出一个肉包子，蹑手蹑脚溜到坑塘的院墙根儿，将包子投到墙内，大花狗扑上去闻闻，叼起包子吞下，不一会儿便被包子里的"药狗蛋"麻翻在地。

天不作美，午夜时分，突然降起小雨来。吴国发、冷一飞蹲在院墙外的黑暗处，冷得牙齿打颤，但仍全神贯注地大睁着警惕的眼睛，注视着周围的动静。

凌晨五时许，毫无睡意的吕胜走出面包车，在院内踱来踱去，盘算着可能发生的情况和处置办法。作为一名指挥员，他知道自己责任的重大，自己决策的任何疏忽，都会给抓捕工作造成重大的失误甚至是不可挽回的损失。正思量间，突然，一柱车灯从他眼前掠过，打断了他的思绪，他警觉地抬头一望，但见一辆大篷车，"咚咚咚"地开进王彬等人租住的小院。这时，冷一飞也发出目标出现的信号。

吕胜疾步走近面包车，压低声音提醒大家道："快，快，目标出现。"

雷鸣等民警急忙下车，悄悄向目标包抄过去，按照事前分工，迅速把小院三面包围。吕胜一声令下："开始行动！"参战民警奋勇出击，破门进院。

第十二章　焚尸案忙中添新案
潘登高偷情引祸端

王彬、穆树林、郭清亮正在从大篷车上往下搬被鼋鱼滚搅成一团的粘网，打算择下鼋鱼，以便天亮后卖给鱼贩。当下见有人陡然破门而入，有的还掂着枪，做贼心虚的王彬大喊一声："快跑！"与穆树林越墙而逃。在车上往下递东西的郭清亮，稍一迟疑，尚未来得及跳下车，便被雷鸣等民警堵在车厢擒获。

冷一飞忘却困顿疲劳，如猛虎下山，大步流星追赶王彬；吴国发似雄鹰搏兔，健步如飞撵穆树林。

王彬狂奔不止，冷一飞鸣枪示警，穷追不舍。路上不断走过三三两两晨练的群众，为免误伤无辜，冷一飞只得收起手枪，甩开膀子与王彬拼毅力。追出一千多米远时，冷一飞渐渐接近王彬，说时迟，那时快，冷一飞以猛虎扑食之势，飞身跃起，以头猛撞王彬腰间，一下子把王彬撞了个狗啃泥。随后紧跟而来的民警一拥而上，把在地上滚成泥鳖的王彬制伏，戴上手铐。

抓捕王彬容易，而抓捕穆树林则遇上些小麻烦。穆树林十分狡猾，沿一条小路往一片树林处狂奔。吴国发边追边吆喝："站住，你小子今天就是一只兔子，老子也要把你撵瘫。"直追得穆树林气喘吁吁，骨软筋酥。情急之下，走投无路的穆树林见不远处有一条小河，便拼出吃奶的力气冲将过去，"扑通"跳入水中，向对岸游去。

贼能往，我亦能往。吴国发也毫不含糊地纵身跳了下去，一个蛙泳动作，箭一般接近穆树林。穆树林拒捕，在水中奋力挣扎，与吴国发进行殊死搏斗。你来我往中，吴国发瞅个机会，机警地一个猛子扎下去，从身后抱住穆树林的双腿，把穆树林拽入水底，穆树林连喝几口水，呛得眼冒金星，毫无招架之力，像落水狗一样，被吴国发拎上了岸。

盗鳖案胜利告破后，被省公安厅作为“大接访”的典型，在全省进行宣传。贺国庆、吕胜、单良、雷鸣等适时来到聂凤翔所在的行政村，召开村民大会，公开坦诚地向聂凤翔赔情道歉，恢复名誉，场面十分感人。在鼓乐和鞭炮声中，贺国庆、吕胜等民警，把特意给聂凤翔购买的鼋鱼苗放进池塘。

聂凤翔百感交加，感动得当着众人的面，一把扯下背在身上几年的“冤”字，摔到地下，又狠狠地跺几脚，然后挥起剪刀，剪掉头上的长发。他感慨万千，即兴又编一段顺口溜：

大接访、受称赞，
局长关心盗鳖案；
终于打掉该团伙，
继续养鳖信心添。

远山如黛，波光粼粼。颍川市郊区一垂钓中心的鱼塘边，石助理、马彪坐在马扎上，煞有介事地垂钓。

石助理递给马彪一支烟，又殷勤地给马彪点燃，搭讪道：“姜太公钓鱼，愿者上钩。钓鱼好啊，能陶冶情操，消除疲劳，清心寡欲，令人心旷神怡，是延年益寿的绝好健身项目啊。”

马彪白了石助理一眼，不热不冷道：“哼，还延年益寿呢！吃我们这碗饭的，脑袋都是在裤腰上掖着呢。今日有酒今日醉，哪管明日刀割头。朝不保夕，过一天少两晌，还他妈谈何延年益寿。”

石助理自感说的不应景，无意中戳到了马彪的麻骨上，赧然一笑，赶紧掏出烟来，又让给马彪一支，以掩饰自己话语不周的尴尬。

香饵之下，必有死鱼。说话间，马彪眼前的鱼漂倏然被拉入水中。马彪精神一振，匆忙扔掉手中的烟蒂，提竿收线。一条约有一斤多重的鲤鱼，“扑扑棱棱”被钓出水面。刚刚拉到岸边，鲤鱼摆尾拧头，往水中一拽，又沉入水底。

“快，快拿抄网。”马彪慌忙招呼袖手旁观看热闹的石助理帮把手。石助理扔下自己手中的鱼竿，抓起身边的抄网，跑过去帮马彪逮鱼。马彪收收放放，游悠了数分钟，眼见得那鱼被盘得没了犟劲，再次将鱼引到水边，石助理伸出抄网兜鱼，不想抄网碰着鲤鱼，鲤鱼一惊，以尾拍水，猛然一挣，脱钩而去。

马彪惋惜地注视着水面荡起的波纹发呆，石助理见状，拍拍马彪的肩头安慰道："走走，离了这条鱼，照吃八大碗，咱先找个餐馆去喂饱肚子，不过瘾的话，再回来接着钓。"

二人收竿来到附近一家小酒店，石助理点了干炸鲫鱼、川味老腊肉、香椿炒柴鸡蛋、芙蓉嫩豆腐两荤两素四个菜，又要了几瓶啤酒。

等菜的工夫，马彪不管三七二十一，早已抓起一瓶啤酒，用牙"咯吧"咬掉瓶盖，对着嘴将一瓶啤酒"咕咕咚咚"饮下了肚。抹一把沾在嘴角的啤酒沫问石助理："上次说的那个事儿，你们准备怎么办？究竟是给还是不给？"

"唉，有钱的老板大三分，没钱的秀才门前蹲。不怕你老弟笑话，哥我也是帮人打工，仰人鼻息吃饭。小丫鬟拿钥匙，当家做不了主。我要说了算，早给你办了。望老弟涵谅。"石助理诉罢委屈，马上又换副语气接着道："俗话说得好啊，敢干是英雄，能忍是贤哲。忍得一时忿，终身无烦恼。刚才说的那一张，从今儿个起，就算掀过去了。如今，老板仍愿出上次那个价……"石助理伸出五指，一反一正打个十万元的手势："还是那个人儿，活完付款，怎么样？"

"那个人是谁呀？恁跟人家到底有多大的仇呀，非要让人家从这个地球上消失不可！"马彪不解地想探个明白。

"嘘——"石助理神秘兮兮地打了个制止马彪说话的手势，一本正经地提醒道："不该问的，最好一个字别问。"

马彪点头撇过这个话题，因为有了上次的教训，仍觉得不放心地问："说话要算数！"

石助理信誓旦旦地答："做事要彻底。"

马彪道伸出手，说："君子一言！"

石助理把手搭在马彪手上，做了个击掌的姿势，说："驷马难追。"

二人心照不宣地奸笑着，起身碰杯道："来，为我们的再次合作顺利干杯！"

密议已定，石助理、马彪哪里还有心思钓鱼，遂离开垂钓中心。马彪送石助理登上一辆出租车，转身向一直在暗中等候在附近林荫下的一辆黑色普桑招招手，刘道光驾车来到马彪跟前。马彪上车后对刘道光说："跟紧，看这小子到底是哪个坑里的臭腥泥。”

七拐八弯，出租车在“颍港丝绵品总厂”大门前停下，石助理走下车，礼貌地给门卫点下头，径往厂里走去。

马彪在车里狠狠盯几眼“颍港丝绵品总厂”的厂牌，狡黠地笑笑对刘道光说：“走，咱转回去。”

行驶中，马彪恨得牙根疼地对刘道光流露怨气道：“记住，此人言而无信。日后，咱临死也得拉他做个垫背的。哼！这小子还想拿咱当枪使呢。墙上挂竹帘，没门。俗话说，好马不吃回头草。他这回就是说得天花乱坠，咱也不能再干了！”

“为啥？”刘道光打一把方向盘不解地问。

“为啥？为的是咱能多活几天，为的是能再给老公们多玩几把。”马彪气焰熏天，但又显得城府颇深地盘算道：“这个熊货让咱灭的人，看着不是普通老百姓，也不像是生意人。看那天的阵势，警车开道，前呼后拥的，倒像是个不小的官哩。如若事发，老公们肯定重视程度高，我们稍有不慎，就得玩栽。能行一点儿，咱也别装傻，鸡蛋硬往石磙上碰。”

刘道光张牙舞爪，跃跃欲试地抬杠道：“那咱总不能老闲着，整天蹲在家里看蚂蚁上树吧！”

马彪“嘿嘿”一笑，胸有成竹地对刘道光说：“有道是磨镰不耽误割麦，性子急喝不得热稀饭。哼哼！你看哥是闲得住的人吗？脑子天天在转着轱辘呢。自打咱从云南回来后，哥就一直在琢磨着点子。你就等着瞧吧，老鼠拉木锨，大头儿在后头呢。”

吕胜正在办公室聚精会神地伏案比对一枚足痕，忽然听到几声轻轻的敲门声，遂放下手中的检样，朝屋门口扫视一眼，答应道：“请进！”

吴国发应声推门而入，龙一山腋下夹一个黑色公文包，尾随其后。未等二人落座，吕胜便对龙一山说：“你们万老板被杀案，侦查环节已经终结，听说检察机关已经起诉到法院了。”

为了长话短说，吴国发插言挑明来意道：“吕局，龙老板今儿个找你，不是为万达的事儿。”说到这儿欲言又止，秃子脑袋上抹油，滑头地冲龙一山使个眼神，把要表述的实质性话头推给龙一山道：“龙老板，还是你亲自给吕局汇报吧！”

龙一山满脸堆笑，“嘿嘿”一笑，吃蜜带糖瓜地道：“吕局，有这么个事，我那个不争气的外甥，据说因为涉嫌强奸，被颍南县公安局抓起来了，他娘整天光哭哭啼啼地到家里找我，我能有啥法！关键时候就想起了你这位老朋友，啊不！想起了你这位老领导，想托托您的面子，给颍南县局打个招呼，办个取保候审。”

道明来意，龙一山“刺啦”拉开公文包的拉锁，分两次从里面抓出五扎崭新的人民币，放到茶几上：“听说支队办案经费紧张，有的民警出差抓逃，还得自己垫钱，回来报不掉，日积月累，每人手中都握着一把条子，这怎么行啊！人民警察为人民，可人民也得想着点人民警察呀！所以，我以公司的名义，赞助支队五万，如果不够，吕局你尽管开口，我们一定鼎力相助，鼎力相助！”担心吕胜拒绝，为了不给吕胜留下说话的时间，龙一山有一搭没一搭地扫视一眼墙上的挂钟，大方地邀请道：“哟，时间过得真快，没说上话哩可都到饭点儿了。吕局，今天上午我请客，咱到‘满堂金’吃鲍鱼去！”

吕胜怫然作色，沉下脸侧目瞥吴国发一眼，问：“老龙说的是哪个案件？”吴国发提醒说：“就是颍南县炮楼乡的刘广志，咱一块去的……”

“噢，原来是那个案件。”吕胜登时又想起侦破刘广志强奸案的过程来：

前不久，颍南县炮楼乡行政村周边，连续发生多起夜间入室调戏、扎伤、强奸妇女案。接到报案后，吕胜率警前往指导、协助侦破。这天上午，吕胜、雷鸣、林忠、何惠敏和县局刑警大队的民警，正在炮楼乡政府一间简陋的办公室内，分析林忠绘制的“犯罪分子活动定时定位图”，吴国发、冷一飞推门而入。吕胜关切地打招呼道：“弟兄们辛苦了！”

“辛苦命不苦，损失局长补！”吴国发打哈哈道。

“没空跟你饶舌拌嘴。是不是又白忙一宿，无功而返呐！”

冷一飞答：“可不是吗！”

吴国发强压火气汇报道：“这家伙狡猾得像条泥鳅，市局一大队配合县刑警大队四个中队，分组化装巡逻，蹲点守候，在作案分子曾经出没的六条必经之路苦守一夜，这个色魔却潜踪藏影，不见踪迹。”

吕胜放下手中的图，淡然一笑，精辟地分析道：“火到猪头烂，功到自然成。同志们，觅凶探案，有时好比抽丝结网，理不出头绪就成了乱麻一团，结错了网眼又会弄巧成拙，关键是采取的方法要对头，也就是我们常说的，要对症下药。”说到这儿，吕胜手指标在图上的圆点，以一个刑侦民警应具备的敏锐的洞察力，有板有眼，一语道破地分析道：“大家发现没有，假如把炮楼村比喻成一口大铁锅，把附近几个村庄比喻成锅沿，你们看，这十多起强奸案，全部发生在锅沿的位置。而地处锅底部位的炮楼村，却没有发生过一起类似案件……”

雷鸣急于知道下茬，忍不住插话问：“这能说明什么？”

“问得好！这也正是我想告诉诸位的。”吕胜接着刚才的话茬儿精辟推析道：“这个零发案点是怎样形成的？是偶然巧合？还是兔子不吃窝边草呢？”他目光如电，扫视众人一眼，接着自问自答道：“我认为应该是兔子不吃窝边草。也就是说，作案分子十有八九，可能就是炮楼村人。”

就在吕胜他们研究怎样轰兔撞网时，一个乡干部模样的中年人，神色匆匆地领着一名二十出头的女人推门而入，对吕胜说：“吕局长，这位是楼西村的夏秋莉，想跟你们说点事儿。”

“好好，请坐，请坐！”吕胜忙不迭地让座。他深知兵民齐心是胜利之本的道理。公安工作无论何时都离不开群众的支持，离开了群众的支持，他们就会变成聋子和瞎子，寸步难行，谈何破案。大概是看夏秋莉是女性，考虑到极有可能会涉及到个人隐私，吕胜留下雷鸣、何惠敏给夏秋莉谈，摆摆手对其他民警道：“女士优先！让她们在这儿谈，咱再找个地儿。”

开始，夏秋莉颇显局促地瞅着雷鸣，扭扭捏捏地羞于启齿。在雷鸣的再三鼓励下，她迟疑半天，终于若有所思地述说道：“事情是这样的，昨天，我回娘家给去世三周年的父亲烧纸。送走客人，帮母亲收拾停当后，看天色已晚，便没回婆家。晚饭后和母亲说完话，就和衣睡在了院里的架子车棚上。大约是今天凌晨三点多时，我突然被人拨拉醒，迷迷糊糊中睁眼一看，不禁大吃一惊，只见有个中等身材、长发、蒙面的人站在我身旁。撒子儿不发芽，俺知道遇上坏种了，正思忖怎样应付时，忽见这人在我眼前挥动着锃亮的匕首，恐吓道：‘别吭，吭声就扎死你。’俗话说，好汉不吃眼前亏，我便沉默不语。这人问我结婚没有，我急中生智骗他说，大哥问的啥话，俺今年才十八岁，男朋友还没找呢！日后真有这一天，俺就找个像你这样的，有胆有识、敢作敢为的男子汉……”

夏秋莉几句柔情蜜语，恰似一壶迷魂汤，灌得这人晕乎乎、美滋滋的，心花怒放地收起刀子，拉掉面罩，坐到夏秋莉身旁，语气中掩饰不住欣喜地问:“你真的愿意嫁给我吗?”

“巴不得哩!俺早不想待在娘家啦。”夏秋莉顺水推舟,这时,她才看清对方是长脸、高颧骨、偏瘦,留着寸头。

“你说的都是真心话吗?”那人急不可待地追问,“如果是真心话,咱现在就远走高飞,到南方打工去,我保证不让你受罪!”

“扛着救生圈跳水,你也太小心过分了吧!哪辈子被人骗怕啦!”夏秋莉转守为攻,嗔怪地沉吟道:“没看出,你个子不高,性子还怪急哩。就是跟着你走,我总得带几件换洗衣服吧。再说啦,眼看天也快亮了,走不多远,要是被俺两个哥发现,打你不打你我不敢说,但我要再走,可就比登天还难了。不如你定个时间,定个地点,明天我准时去找你,中不中?”夏秋莉光棍不吃眼前亏,连哄带吓,尽量不激怒那人。

那人一听夏秋莉讲的言之有理,自己一时又想不出更好的办法来,只得鸡啄米似的连连点头称是道:“明晚十一时,我在炮楼村西头闸桥上等你。不过,咱说话可得算数呀!你要是唾了唾沫舔起来,我还来找你;你要是报案,我就杀了恁全家……”

黄昏的时候,老天陡然翻脸,原本晴空万里的天际,突然乌云聚合,狂风大作,几个“喀喀嚓嚓”的响雷过后,雨点儿便炒芝麻炸豆般,噼里啪啦地落将下来,顷刻之间,便大雨滂沱,如泄似泼。颍川市人民医院门诊大楼的廊檐下,刚下班的谭静泓和几个女医护人员在躲雨。三个女人一台戏,谈笑之间,有丈夫给妻子送伞离开的,有驾车接走的,转眼之间,只剩下一名小护士和谭静泓了。小护士忽闪着稚气的大眼睛问:“谭姐,看来我今儿个得沾你的光了,待会儿吕局长来接你时,我也蹭蹭车。”

“等他接啊,蒸馍的话,下箅(辈)子吧!”谭静泓满腹委屈地摆理道,“俺也想让他下雨时送伞,加班时送饭,下夜班时接俺回家。可哪有啊,连想都别想,谁让姐摊上个当警察的丈夫了呢!

“那年,孩子半夜发高烧,哭着找爸爸,就在我哄不住时,他回来了。连孩子都没看一眼,就一头扎到灯下,摆弄起一个石膏模来。我让他拿酒精,帮我给孩子擦擦身子退烧,他心不在焉地递给我,就又埋头摆置那个宝贝似的石膏模,你说气死人不?俺娘俩难道还没有个破石膏模重要!一股无名火冲上脑门,我恼得无处发泄,张嘴喝了一大口酒精。他这才慌了,赶紧把我和孩子送到医院。我心想，这回他总该服侍俺娘俩两天了吧，哪知刚挂上吊针，电话又催他去一个凶杀现场。人命关天，咱咋忍心拉他的后腿……

“唉，俗话说，有山靠山，无山独担。俺家是有山靠不住，时间一长，也就习惯了，这几年，买粮灌气之类的小事儿不说，甚至就连孩子考学、婆母生病住院、装修房子搬家这样的大事儿，都没指望过他。”

小护士有点不解地感慨道：“真没想到，嫁给警察会是这样，怪不得人家都唱，军功章上有我的一半也有你的一半呢！这大概就是奉献吧。”她把“奉献”两个字说得特别重。

“唉！”谭静泓牵肠挂肚地仰天望雨，通情达理地道：“气归气，心里却还总是不由人地牵挂着他。如今的犯罪分子都是穷凶极恶，真枪真刀地与警察拼，你说能不让人担心吗？他一走，我的魂也跟着走了。苦点累点都不怕，就是精神压力太大！这么大的雨，也不知他现在正干啥呢……”

就是在谭静泓与女护士唠嗑的时候，吕胜正在炮楼乡指挥擒捕色狼的行动。天，漆黑一团，伸手不见五指。吕胜率二十多名参战民警，分成四个战斗组，冒雨步行，隐蔽运动到炮楼村西闸桥，埋伏在桥两头的槐树丛、玉米棵里。参战民警虽然一个个都淋成了落汤鸡，但却无一人发牢骚、讲怪话。他们知道，此时此刻，吕胜、雷鸣也和他们一样，同淋雨、同流汗、同熬夜、同忍饥。总而言之，在和他们同甘共苦。

晚十一时，雨下得稍微小了点，引蛇出洞的夏秋莉，手撑雨伞，左胳膊上挎个小包袱，如约而至，在闸桥中间徘徊瞻眺。

蹲在一棵大树旁的吕胜，端着红外线望远镜，仔细观察现场情况并搜索着目标。

风声雨声，蛙叫虫鸣。就在夏秋莉焦灼不安地在桥中间徘徊等候时，突然，吕胜意外地发现，有一双手从桥下缓缓伸出并有力地扒住桥面边沿，接着，一个黑影像翻单杠一样，从桥下石礅处敏捷地倒卷身翻上桥面，一步步朝夏秋莉走去。看来，此人是担心夏秋莉报警，留个后手，狡猾地预先潜伏到桥墩上，仔细观察，确信闸桥周围没有异常情况后，才放心地从桥墩上钻出来赴约的。

“出击！”吕胜见时机成熟，“啪”地朝天鸣一枪，下达了行动信号。

枪响的瞬间，十多支电筒光柱，从不同方向同时照向黑影。与此同时，参战民警如同神兵天降，从桥两端围堵过去。

虎死要摆尾，蛇死跳三跳。黑影见状，知事不妙，惊恐中狗急跳墙，纵身跳下桥，企图游水遁逃。几名民警见状，也毫不犹豫地随之跳入水中。黑影不甘束手就擒，挥舞匕首，朝游在前面的冷一飞迎面扎去，冷一飞眼疾手快，接住黑影手腕，一招外撇筋，黑影“哎哟”一声，匕首脱手掉落水中。黑影知不是对手，转身蹬水欲逃，又一民警利箭般游了上去，一把抓住黑影的头发，使劲将其脑袋往水中连摁了几下。黑影被水呛得头晕眼花，完全失去了反抗能力，落汤鸡似的被民警提溜上岸。这时，几辆警车赶到，民警将黑影摁进警车，吕胜、雷鸣立即对其就地突审。

雷鸣：“姓名？”

“刘广志。”

“现住址？”

“炮楼村二组。”

“知道公安机关为啥抓你吗？”

“知道。我交代。因为我长相一般，家庭条件不好，文化低，人又没啥能耐，媳妇不好找，就想自己碰一个。这一年多我一共找过二三十名妇女，其中强奸有五六个，估摸有十几个不从的被我扎伤，我对不起受害人，人家千刀万剐我，我都不亏！……”

想到此，吕胜剑眉倒竖，两道犀利的目光，扫视一眼茶几上的几沓钱，火冒三丈，一拍桌子，“腾”地抬起身，怒不可遏地斥责龙一山道：“狗咬汽车，我看你龙一山是找错对象了。还取保呢，就凭他刘广志犯的罪，枪毙他八回都不亏。”吕胜情绪激动地指着帽子上的国徽，厉声质问龙一山：“这国徽值多少钱？嗯，你龙一山能买得起吗？经费困难我们可以克服，但我们绝不会贪赃枉法，快把钱收起来拿走，否则，我就隔着窗户给你扔出去！”

吴国发见吕胜发火，忙给龙一山使个赶紧走的眼神。龙一山知趣地匆忙抓起那几沓钱往公文包内塞，同时悻悻不乐地试图缓和这难堪的气氛道：“吕局长，咱又不是外人，不办就算了，何必这么绝情……”

吕胜气呼呼地怒视龙一山离去后，余怒未消地厉声喝住也欲离去的吴国发：“国发，你停一下。”

吴国发忙止住步，转身拐回吕胜办公桌前，心虚胆怯，底气不足地问：“吕局，还有事儿？”

吕胜火气未消地训斥道："好你个吴国发，你真是昏了头了。老虎身上练拳，你好大的胆！这样的事情，你竟敢领着人到办公室来说情，那你啥事还不敢干？说轻点儿，你这是干扰办案；说重点儿，你这是贪赃枉法，出卖良心。将心比心，要是你的亲戚被刘广志糟蹋了，你还领人说情，还要求放人吗？我看你这个政委快当到头啦。"

"吕局，我保证，以后再也不干这种糊涂事了。"吴国发无地自容，赧颜汗下。

吕胜缓和一下语气，语重心长地告诫吴国发道："身为民警，我们只有维护法律尊严的义务，而没有亵渎法律的权力，更不能利用党和人民赋予我们的权力，去干那些让一人高兴，万人骂娘的蠢事。"

就在吴国发进退两难，下不了台阶的时候，雷鸣大步流星，焦急地推门进屋，向吕胜报告道："吕局，西环路边，发现一具烧焦的尸体。"

吕胜仍感不解气地狠狠瞪吴国发一眼，驾轻就熟地命令："通知在家的刑侦、技侦民警，马上赶到案发现场。"

一颗负罪的心灵，如果仍能泰然自若，性静情逸，不饱受自身良心的谴责、心灵的煎熬，那他肯定是精神病或者白痴。这段时间，潘登高就是处在这种生不如死的精神折磨之中，心情简直糟糕到了冰点。这天下午，他闷闷不乐地把自己关进办公室，独自一人想起了心思。

自从文章华案发生之后，他每天提心吊胆，寝食不安。静下心来时，也曾多次扪心自问，暗自责怪、怨恨过高一峰。当初自己不过是在酒后情绪失控的状态下，发泄发泄对张政明的不满，仅仅是口出狂言，说要教训教训他，比如说给他搞出个什么桃色绯闻，往上级写封败坏他声誉的匿名信，在市委、市政府大门前贴个小字报之类鸡鸣狗盗的小动作，让他哑巴吃黄连，有苦难言，知道他潘登高也不是谁想捏就能捏的软蛋，并没有明确指使他去杀掉张政明。没想到这小子为了迎合、讨好自己，居然下手这么毒，做出一件惊天大案来。

事到如今，临崖勒马收缰晚，船到江心补漏迟。一来自己牵连其中，断难摆脱干系；二来世态炎凉，人情薄如纸。别看平时有些人像哈巴狗一样，对自己摇头摆尾，百依百顺，其实他心里镜子一样清楚，他们敬畏的并不是他这个人，而是他手中掌握的权力。有朝一日东窗事发，高一峰为了减轻罪责，绝对不会守口如瓶舍命保他潘登高，最后，屎盆子还得扣到他潘登高的头上。一旦出现这样的结局，树倒猢狲散，大难来临各东西，民众仇官心理的无情宣泄，媒体毫不留情的推波助澜，自己的下场如何……当然，投案倒不失为上策，但他心存侥幸，不甘自投罗网，况且也没有这个勇气。

后果不堪设想啊，潘登高禁不住打了个冷战，不敢再往下想了。他心焦意躁地从办公桌后靠山墙的一排书柜里信手抽出一本书，百无聊赖地歪躺在松软的四人沙发上，漫无目的地翻阅起来。

突然，一则故事吸引住了他的眼球。故事讲的是有个年轻人要到一个小村庄去办事，小村庄在大山深处，那儿经常有野兽出没。临行前，家人嘱咐他："万一遇到野兽时，千万不要惊慌，赶快爬到树上，野兽便奈何不了你。"年轻人牢记在心，一个人上路了。

进大山后，只见路险林密，阴森森的，年轻人心中不免有些害怕，正在这时，突然发现一只斑斓猛虎，张着血盆大口，向自己飞奔而来，年轻人吓得两腿发软，眼看猛虎离自己越来越近，为了保命，他急中生智，猛然想起家人的叮嘱，慌忙爬到一棵树上。

老虎追到树下，咆哮如雷，前爪拼命扒树，年轻人心惊胆战，手一软，从树上掉将下来，刚好跌到老虎背上。情急之下，他死死抱住老虎脖颈不放。老虎同样受到惊吓，驮着年轻人狂奔起来。不知缘由的路人看到这情景，一个个十分羡慕地赞叹道："看，人家骑在老虎背上玩，多神气、多威风啊！"

而骑在老虎背上的年轻人却苦不堪言，心想："你们表面上看我神气、威风，其实我是骑虎难下，胆战心惊，快要吓死了。"

"编的真匀呀！"这个近似于笑话的简短故事，居然潜移默化地引起了潘登高强烈的共鸣。他只觉得心中像灌了铅一样沉重，"啪"的一声把书撂到茶几上，不由自主地扶额叹息："老子的心情，与老虎背上的年轻人有何异！"

往事如风，却带着淡淡的伤和痛。他想到自己出身农家，十年寒窗，参加工作后又在宦海媚上悦下二十来年，几经升迁，职位已至副局级，在外人看来，自己风光无限，光耀得很。其实，他内心最清楚，那都是打肿脸充胖子，逢场作戏而已。自己的一肚子苦水，又往哪儿倒呢！文章华这本难念的经不说，柳婉玉逼着结婚的闹心事不讲，就说自从担任副市长以来吧，有的开发商、企业家为了达到征地、招标、项目、资金、批文等目的，投其所好，不择手段地拉拢贿赂自己，请吃、请喝、请浴、请旅游，送钱、送房、送车、送美女。由于自己意志不坚强，未能有效抵制住奢靡之风的诱惑与侵蚀，曾先后与多名女子发生过不正当关系。一次，他收到一封匿名信，虽然没有署名，一看语气便知道是出自女人之手。大意是说他曾经占有过她，手中掌握着二人颠鸾倒凤、鬼混偷情的铁证，现在她想自食其力，开一家小超市，希望他能顾及旧情，赞助五万块钱，并附汇款账号。

开始，他并没有把这件事搁到心上，哪知没隔几天，他再次收到此人来信，这次毫不客气，死嘴黏牙地威胁道：我知道钱对你来说不是问题，问题是你想不想出这管子血！如果你拔屌无情，光脚的不怕穿鞋的，那我也撕破脸皮，实名向省、市纪检等反贪部门、新闻媒体举报你这位市长大人的丑行劣迹。

真是不怕贼偷，就怕贼惦记！这回，他潘登高就是铁打的，也不能无动于衷，不予重视了。心虚胆怯的他既清楚自己所做的种种见不得人的龌龊事，又无从核实这封信的真假，但无论如何，他更愿意宁可信其真，不可信其假。权衡利弊，觉得还是花钱消灾为妥，于是，捏着鼻子按对方提供的账号，汇去五万块钱。

风光何在？威风何在？胆怯、自责、悔恨、汗颜、失败、丢人，多种情感交织在一起，最终汇成掀天揭地的精神波涛，时时撞击着他那脆弱的神经。想想日后怎样面对父老乡亲，怎样面对昔日的领导同志，怎样面对亲朋好友，怎样面对妻子女儿，思前虑后，恰似乱蜂蜇头。“怎么会是这样？怎么会是这样？”潘登高茫然无助地仰天发问。由于过分激动，忽觉得头昏脑涨，五内俱焚，一时间跳楼自杀的念头都有了。

西环路焚尸现场，集结待命，等着现场勘查结果的参战民警，为打发枯燥乏味的时光，你一言，他一语，饶有兴味地在拼凑四黑四白四绿四红四肮脏四难听的顺口溜：

四黑：包文正、呼延庆，打铁的脖子黑驴圣；
四白：风雪地、粉刷墙，一群孝子赶着羊；
四绿：青草地、西瓜皮，王八帽子邮电局；
四红：寺院门、杀猪盆，大姑娘的裤头火烧云；
四肮脏：秃子头、臁疮腿，骑马布子洗澡水；
四难听：打磨锅、驴叫唤、山西小枣要利钱。

这是一具被烧得龇牙咧嘴、面目全非、宛若非洲黑人的男尸。林忠带着两名法医，有条不紊地对现场进行录像、固定现场、寻找嫌疑人遗留在现场的物证，这些工作做完之后，才能对尸体进行勘查。

经过初步勘查，现场情况已大致弄清楚。吕胜马上召集雷鸣、吴国发和三个大队的大队长开碰头会，听林忠通报现场情况。几个人席地坐在田埂上，林忠不时扫视一眼笔记本，条理分明地汇报道：

"死者年约三十，双腿细得像两根麻秆儿，由此可以认定，此人生前是患有小儿麻痹症的残疾人。

尸检表明，死者死于饭后三至四小时，系被人扼颈窒息死亡。死亡时间约五十个小时左右，推算应为前天夜晚十一时左右。由此推断，此处应为移尸现场。

尸体被泼上汽油焚烧，身下压有未燃尽的焦糊尼龙编织袋残片。尸体旁，有一道摩托车轮胎痕迹，开始往南，后又掉头往北，返回市区。这表明，凶手移尸时，是用尼龙编织袋装的尸体，运载工具是摩托车。

"分析认为，一人作案，熟人作案特征明显。"

"小儿麻痹症！"正是愚者谙于成事，智者见于未萌。听完林忠的汇报，吕胜马上从纷繁的现象中抽丝剥茧，理出头绪来。得心应手地调兵遣将道："一，不等不靠，刑侦三个大队，以案发地为中心，向四周辐射，进行地毯式排查，寻找尸源，扩大线索；二，雷鸣马上给市残联打电话，让他们提供全市年龄在二十至四十岁之间，男性小儿麻痹症患者的姓名和住址。"

雷鸣转身打通"114"，查到市残联办公室的电话号码，拨通讲了几句，对吕胜说："市残联值班人员讲，今天是双休日，都没有上班。"

"活人总不能让尿憋死呀，没了张屠夫，照样吃猪肉。"吕胜又想出个主意对雷鸣道："你和国发赶紧回市里，在大街上先找个肢残的人来辨认一下，说不定会有意外收获呢。"

在焦灼的等待中，吕胜点燃一支烟，脑海中像达到沸点的水，踱步沉思着："在偶杀可以排除的情况下，何人如此残虐，将人活活溺死，仍不解心头之恨，还要焚尸于光天化日之下。是仇杀，还是财杀呢？

"一个其貌不扬的残疾人，总不会因情吧？"

就在吕胜漫无边际地做出多种假设之时，雷鸣、吴国发带着一名下肢残疾的中年人，星飞电急地返回现场。雷鸣将中年人扶下车，说：“老师傅，你仔细瞧瞧，认识这个人不？”

乍见这具令人骇目惊心的“黑人儿”，中年人的心像突然被人刺了一针，禁不住陡吃一惊。他瞠目结舌，举步不前地瞧几眼“黑人儿”，不敢确定地对吕胜、雷鸣说：“我觉得这个人跟老毛兔差不多。不过，都烧成这样了，皮焦肉烂的，我也不能百分之百确定。”

“老毛兔？师傅，这不是真名吧？”雷鸣认真地追问。

中年人答：“老毛兔真名叫方启明，因平时为人老奸巨猾，故而人送外号老毛兔。在我的印象中，方启明与开机动三轮车跑出租的独眼霍三交往密切。方启明有钱，经常请霍三抿二两。霍三跑出租，方启明走远点的路都是坐霍三的车，二人取长补短，搁合的不错，据说还是换帖兄弟呢。你们把霍三找来一看，便可确定是老毛兔不是了。”

“能领我们找找霍三吗？”雷鸣望着中年人，含笑与之商量道。

“我有他的手机号码，你拨拨看开机没有，他要是没开机，我再领你们去找不迟。”中年人热情主动。

雷鸣拨通独眼霍三的手机一听，还好，没关机。待对方问话时，雷鸣礼貌地自报家门道：“霍师傅吗？我是市公安局刑警支队的，想麻烦你到西环路来一趟，这里发现一具下肢残疾的无名男尸，有人说像是老毛兔，我们想请你来辨认一下，以便确定死者身份。”

电话那头传来独眼霍三热情豪爽的声音：“可以可以，协助破案，公民义务。你稍候，我这就过去。”

转眼工夫，独眼霍三便驾一辆机动三轮车，心忙意急地来到现场。

由于特征明显，吕胜忙迎上前，将独眼霍三搀扶下车，指着地上的焦尸，客气道：“霍师傅，给你添麻烦了！你看，认识这个人不？”

独眼霍三认真地瞅着尸体，左转一圈，右转一圈，然后对雷鸣说：“把他的嘴唇扒拉开。”雷鸣俯身将死者的嘴唇翻开。霍三伸过头来瞅瞅：“没错，我敢肯定这就是方启明。大板牙、长头发、两腿残疾、下颚第三颗牙是镶的。唉，我早就说过，他早晚非死到那个骚娘儿们的手中不可……”

吕胜冷静地注视着霍三，递给他一瓶纯净水：“霍师傅，你慢慢讲，你说的骚娘儿们指的是谁？方启明为何非要死到她的手里？”

“咚咚”秘书极有分寸地轻敲几下门，推门进屋。翻开一个灰色硬皮公文夹，象征性地瞅一眼汇报道：“潘市长，下午三点，市纪委召开反腐工作会议，通知在家的市长全部参加。”

“知道啦！”潘登高的目光在手中的文件上游离一下，不冷不热地回答。

“另外，”秘书用商量的口吻补充说，“宏达房地产开发公司的汪总，中午想请您在一块坐坐，征求您的意见，看能否抽出时间。”

“免啦，简直成了负担！你给汪总好好解释一下。”潘登高面无表情地沉默片刻，矜持地表明态度后，意犹未尽地向秘书道明推辞的理由：“你知道的，上周六已经与‘颍港丝绵品总厂’厂长高一峰约定，今天中午在一起共进午餐，顺便论证一个项目。”正是吃了人家的嘴软，拿了人家的手软。自从收受汪总的一套三室两厅的房子，一个一百万元的银行卡后，潘登高就总觉得在汪的面前底气也不那么足了，权威也不那么大了，应有的尊严似乎也荡然无存了。而汪对他，也不似刚开始接触时那样卑谄足恭，唯唯诺诺了。说话间，潘登高打了一个哈欠，瞥一眼墙上的挂钟，时针正指向十一时。

“那好，我这就去给宏达的汪总回话。”秘书恭而有礼地轻步离去。

潘登高呷口水，索然无味地双手抚案，闭目思忖片刻，起身准备离开办公室，就在他按下锁心，准备关门的时候，手机铃骤然响起，一看是柳婉玉打来的，潘登高迟疑片刻，决然返身，又反扣上门，这才摁下接听键，只听柳婉玉嗲声嗲气，查户似的问道：“潘哥，干吗呢？把人家一个人扔在这儿，膀子一甩，不管啦！人家好想你，想让你马上过来一趟！”

母狗不浪，公狗不上。潘登高心中一动，顺从地连声应允道：“好、好好，宝贝儿，我答应你，不过……”他警觉地扭头朝门口瞄一眼，压低声音道：“不过，只能在你那儿待半个小时。”说句掏心窝子的话，他就喜欢柳婉玉这种百依百顺，小鸟依人的嗲啦劲。

潘登高如约来到柳婉玉住处，二人言笑嬉戏地缱绻相拥，手忙脚乱地调了一会儿情，潘登高心燎意急地将早已是油条泡汤，浑身绵软的柳婉玉放倒在床上，自己顺风趁势，偎依在柳婉玉散发着青春气息的胴体旁。

柳婉玉瞟潘登高一眼，“咯咯”一笑，翻嘴弄舌道：“昨天下午，台里安排我做一期儿童访谈节目，有个小孩问我什么叫小米加步枪。我告诉他，就是把小米装进步枪的枪筒里。小孩问，那能打死日本鬼子吗？我一想对呀，但在那种场合，又不能不回答，我灵机一动，解释说，打不死小日本，也打他一脸大麻子！一句话引起哄堂大笑。节目一结束，台长便找我谈话，要我停职‘充电’。”诉完委屈，柳婉玉风情万种地翻身俯到潘登高胸脯，用纤纤细指抚弄着潘登高的面颊，撒娇做痴地问：“登高，你说，这电怎么充吗？”

潘登高缓缓睁开微闭的双目，操着几许轻蔑的神情扫视柳婉玉一眼：“孤陋寡闻！一两句话也给你讲不清楚。宝贝儿，抓紧时间，一峰他们都在饭店等我呢。”

显然是早有所备，柳婉玉麻利地爬起身，从床头柜上变戏法似的摸出一粒药片来，塞到潘登高唇边，燕语莺声道：“性总统，保你金枪不倒。登高，吃下它，你好，我也好！”

此药果然具有立竿见影的奇效。俄顷，潘登高便觉得浑身发热，血脉扩张，欲火昂昂升腾起来。他失控地用近似粗鲁的动作，在柳婉玉身上胡揉乱摸起来。

柳婉玉亦是干柴烈火，如枯苗望雨般渴求异性的温存。她神怡心醉地微启香唇，任潘登高散发着烟臭味的嘴，在自己脸上亲吻。两个火烫的舌头，乾坤倒转地搅在了一起，随着潘登高身躯的剧烈抽动，柳婉玉全身花枝乱颤，开始“哎哟！哎哟”地呻吟起来。撩人的淫声浪调，由低渐高，由缓到急。潘登高大口大口地喘着气，地动山摇，不能自禁，动作越来越猛烈，猛烈得几近疯狂。

就在二人神魂颠倒，你死我活，恣意纵情之时，潘登高的手机突然铃声大作，他抓起一看是高一峰的，心中不快又不便发作地接听道：“一峰，我在这儿给一个老弟说个事儿，马上就过去。要不你们先开始！噢，不用接，今天司机有点事，我自己开的车，也快！”潘登高一句俩瞎话，连脸都不带红的。

高一峰忙恭维道：“老大你不到，借个胆俺们也不敢动筷呀，咱长话短说，这帮弟兄们都等着你这位美食家点菜呢！”

“行、行，知道了！”潘登高不耐烦地应酬着，边手忙脚乱地穿衣下床，边懒洋洋地嘟哝道：“这几个货，晚到一会儿，就急得跟催命鬼似的。”言毕，匆匆驾车去赴宴。

为了赶时间，在一个十字路口，由东向南左转弯时，正赶上绿灯熄红灯亮，潘登高以为没事，加速想闯过去。恰在这时，一辆大货车由南往北照章行驶，刚过斑马线，司机吃惊地发现前面突然钻出来一辆刚拐到一半的轿车，事发突然，措手不及，一脚刹车没踩下去，只听“轰隆”一声巨响，潘登高驾的车恰似一粒弹丸，被大货车巨大的冲击力拦腰撞飞，瞬间旋转一百八十度，“呼腾”翻了个底朝天。

当交警和过往群众合力将车翻过来，撬开被撞凹进去的车门，拉出被方向盘和车座紧紧夹住的潘登高时，只见他浑身是血，早已气绝身亡。

一个副市长被撞得车毁人亡，公安机关不能不高度重视。为了排除其他人为因素，警方对当天给潘登高电话联系的机主，逐人进行了审查。在找柳婉玉询问情况时，少不更事的她经不住三问两问，便和盘托出她刚到颍川市时当发廊女，后由高一峰牵线认识了潘登高，不久被大她二十多岁的潘登高包养，以及如何进的电视台，潘登高如何承诺与妻子离婚，与她同结连理的风流韵事。

这档子事警方虽然对谷蕊守口如瓶，但是谷蕊还是找上了门。原来，谷蕊在收拾潘登高办公室的遗物时，意外地发现一本《房屋所有权证》，产权人是潘登高。按照证内房屋坐落地点一路寻去，这就不可避免地给柳婉玉照上了面。谷蕊疑惑地问：

“你叫什么？”

“柳婉玉。”

“你咋住在这儿？”

“我的家，我咋不能住在这儿！”

“你和潘登高啥关系？”

“夫妻呗！”柳婉玉大言不惭。

谷蕊闻言，登时气得三尸乱暴，七窍生烟。抡圆了巴掌，对准柳婉玉劈脸就是一个重重的耳光。人在气头无好言，嘴里还不干不净地骂道：“你个臭不要脸的养汉精，恁是夫妻，那老娘是谁？你立马从这屋里给我滚出去！”柳婉玉自然不甘心鸡飞蛋打，竹篮子打水一场空，死活不愿意交出房子。为了争夺这套房产，与谷蕊吵上法庭，对簿公堂，闹得满城风雨，不可开交。

北京中央党校附近，一家门脸虽然不大，倒也十分洁净的餐馆雅间内，金挽群、张政明、贺国庆鼎立而坐。面前的餐桌上，摆放着香菜拌木耳、小葱拌豆腐、北京烤鸭、芙蓉鸡片几个家常菜和两瓶已经开启的啤酒。服务员把酒斟满后退出。三个人浅斟慢酌，边吃边聊。金挽群慎重地追问贺国庆：“死因是否准确无误？”

贺国庆十分有把握地回答："我们经过认真调查，其他人为原因全部排除，确认这就是一起交通事故，这一结论可以肯定是科学的。"

"那包养情妇的事呢？"

贺国庆扫视一眼张政明，同样肯定地回答："千真万确！而且在车祸发生前，他就是从他包养的情妇住处出来，去赶酒场的。"

张政明神情肃然，举杯与金挽群象征性地碰一下，嗤之以鼻地插话道："俗话说，好事不出门，坏事传千里。光着身子推磨，他潘登高这回可是丢人丢一圈子啦！"

"丑闻，典型的丑闻！嗯！死在花丛中，做鬼也风流……"金挽群毫不掩饰自己的情绪，怒从心生地把酒杯重重往桌面上一蹾，愤然表态道："政明啊，你回去向常委们转达我的意见：一、不以组织的名义举行追悼会；二、不写悼词；三、其生前好友可以以个人身份向遗体告别。另外，要举一反三，通过这个反面典型，教育全市的干部尤其是领导干部，务必要抵制奢靡享乐的腐朽生活方式；务必要经得住金钱、美色的诱惑和考验。"

张政明点头答应道："好，明天我一到家就立即向全市科级以上干部传达您举一反三的指示。"

金挽群拿起酒瓶，给张政明、贺国庆各斟一杯酒，然后高高举起自己的酒杯，心事重重地感慨道："百年养德不足，一日丧德有余啊！"

"颍川市育英中学"大门外对面的人行道上，马彪、刘道光、李海深一个个面目阴鸷地闪动着罪恶的目光，在乱得像惊散的羊群似的学生中搜寻目标。刘道光眼睛一亮，踮起脚再次眨巴几下眼，暗暗给马彪指着一个十四五岁胖乎乎的小男孩，低声对马彪说："就是这孩子！叫高小宝。"马彪狠狠扔掉手中的烟："跟上去。"

三个人装着无所事事的模样，不远不近地尾随小男孩拐了两个弯，目视着小男孩一蹦三跳地钻进一条胡同，推门进院。

马彪脸上掠过一丝不易察觉的冷笑，对刘道光、李海深一歪头，三个人又从原路退回。行走间，马彪仍不放心地对刘道光、李海深安排说："明天，恁俩再跟一次，一定要掐准这个小孩走到胡同口的时间，做到不动则已，动则必成。"

刘道光、李海深阴死阳活地答："中……"

尸源确定后，火化所的工作人员，把方启明的尸体抬上运尸车，拉往火化所。

独眼霍三心情复杂地目送着绝尘而去的运尸车，饮口瓶装纯净水，对吕胜、雷鸣介绍说："启明今年三十一岁，父母双亡，无兄无妹，腿虽残疾，但脑子特别好使，看啥懂啥，学啥会啥，是个百事通。初中毕业后，在一家私立技校学会了修表技术。结业后，自谋职业，为了省钱，在一个临街刻印章门市部店内，靠墙占一个角，转租巴掌大的一片地方，从业修表。其间，他又凭着惊人的毅力和聪明，偷偷学会了刻印章的本领。有了能耐，启明便开始犯起精来，为挣大钱，他刻假印，卖假证件，虽然被公安局'闷'进去过几回，但仍挣了不少黑钱。有了钱，一些女人也如蚊见血，往启明身上偎过来。有段时间，他同时与几个女人相好。"

"简直不可思议，闻所未闻。"吴国发愤然鸣不平插话道："恁说、恁说，他瘸着个熊腿有啥好？如今、如今这有的女人也太掉价、太不值钱了。"

吕胜白吴国发一眼，打断他的话说："别打岔，听霍师傅讲。"

逗哑巴挨口水，吴国发招个没趣，吐下舌头，站一边凉快去了。

霍三寻思片刻，接着道："这其中啊，有个叫许翠萍的，与方启明最好，二人是在合伙制售假证件时，勾搭到一块的。许翠萍的丈夫甘汉患肝硬化多年，今天死，明天活的，泥菩萨过河，自身难保，根本管不住也管不了许翠萍。恼恨之下，心想反正自己难久于世，许翠萍迟早要改嫁，索性想得开，放得下，撒手不管，忍辱负重地与方启明当面鼓、对面锣地达成协议，约定方启明每月付给他五百元钱治病，待其辞世后，保证善待其子；作为交换条件，甘汉则对方启明、许翠萍的苟且之事，睁一只眼闭一只眼，看见全当没看见，不再过问。后来，方启明、许翠萍得寸进尺，越发嫌甘汉碍眼，索性在文海路买一套房子，公开姘居。"

讲到此，霍三问吕胜："我说这些对你们不知有用没用？如果没用，就不絮叨了，也耽误我挣钱。"

吕胜赶紧微笑着递给霍三一盒烟："霍师傅，这起案件要是告破了，头等功非你莫属，快讲下去，我们都在洗耳恭听呢。"

霍三受到鼓励，高兴地点燃一支烟，又道："俗话说，破罐子熬个柏木桶。去年以来，甘汉的病不知咋的奇迹般地好转了，于是又开始约束许翠萍，不允许她再与方启明来往。但早已不想与甘汉过苦日子的许翠萍，有奶便是娘，身在曹营心在汉，仍与方启明藕断丝连秧不清，前不久听说还怀上了方启明的孩子……”

霍三一番离奇古怪的介绍，直听得在场的民警一个个目瞪口呆，摇首吐舌。雷鸣注视着吕胜不怒自威的脸庞，自言自语分析道：“难道是甘汉为报夺妻之恨，诱杀了方启明并焚尸泄愤？”

第十三章　雷鸣智斗风流女　吕胜妙侃神探功

吕胜瞥一眼雷鸣那双会说话的眸子，舒展开紧锁的眉头，若有所思地点头附和道："不是没有可能，但必须用证据印证。俗话说，河里无鱼市上瞧。走，不讲有鱼没鱼，先撒它一网再说。"

在辖区派出所所长的带领下，吕胜、雷鸣等民警，来到与许翠萍家隔路相对的一幢楼的三层。所长轻轻敲开屋门，吕胜、雷鸣进屋后要换拖鞋，房东老大娘热情地阻止道："不用，快到里边坐！"几个人落座后，老大娘忙不迭倒水、让烟。看来，她和所长很是熟识。

趁雷鸣与老大娘嘘寒问暖拉家长的当儿，吕胜独自来到窗前，掏出望远镜，透过窗户玻璃，观察许翠萍家的情况。

映入望远镜的，是一个独门独户小院。三间破旧的门朝北的南屋，院里凌乱地放着一些杂物。在靠近大门的太阳底下，依门框蹲着一个中年男子，他耸肩缩颈，阴死阳活，面黄肌瘦，瘦骨嶙峋，两手抱膝，屈背弓腰，正眯缝着眼睛晒太阳。

瞭望片刻，吕胜转身摆摆手，把雷鸣招到窗前，把望远镜递给雷鸣。雷鸣会意地对目标观察了一会儿，知吕胜必有话说，边把望远镜还给吕胜边问道："局座有何高见？"

吕胜遥视一眼晒暖的人，低声道出自己的看法说："门边晒暖的这个人，看来就是甘汉了。你看，此人病入膏肓，就他那风大一点儿便能刮倒的身子骨，别说杀人移尸，我看他连杀鸡的力气也不一定有。另外，甘汉久病致贫，也极难有钱雇凶杀害方启明。有动机，无能力，可以排除，你说呢？"

“什么！放弃这条线索？”雷鸣眨巴一下魅力四射的大眼睛，显得有点愕然地反问吕胜。

吕胜沉思片刻，严谨地回答道：“不，准确地说，应该是只能放弃半条。”

“你是说在许翠萍身上做文章。”

吕胜浓重的剑眉一忽闪，用锐利的目光瞅雷鸣一眼，操着调侃的语气道：“对付女人，你应该比我有办法。”

雷鸣俏皮地反唇相讥道：“你激我？”

“欲知山中事，须问砍柴人。”吕胜画龙点睛道。话虽不多，却充满着智慧和哲理。

“大智不智，大谋不谋。吕局，我算服你啦！”雷鸣豁然大悟，禁不住流露出发自内心的赞佩。

许翠萍很快被传讯到派出所，警方给出的理由是向她了解方启明的情况。她体态微胖，因怀有身孕，似乎更加显得有些臃肿。出乎雷鸣意料之外的是，与许翠萍刚一接触，二人便舌枪唇剑地打起了嘴仗。不知警方传讯她的真实目的的许翠萍，因了与方启明的不正当关系，虽然心虚胆怯，但为了遮丑，便无理赖三分，猪八戒倒打一耙子，像一头发怒的母狮，情绪激动地吆喝道：“我一没偷，二没抢，为啥抓我？你们这是侵犯人权……”

待许翠萍发泄一通后，雷鸣心平气和地劝导她说：“许翠萍，你冷静点儿，我们既然请你来，自然有其理由。我问你，有个叫方启明的，你认识吗？”

俗话说，人怕输理，狗怕夹尾。一提方启明，许翠萍顿时像泄了气的皮球，火气消了一半儿。登时像被蝎子蓦然蜇了一下似的，陡吃一惊，垂头沉思好长时间，才支支吾吾地承认道：“认、认、认识啊！”

“仅仅是认识吗，你们二人究竟是啥关系？”

许翠萍遮遮掩掩地答：“前几年他做证件生意，因为腿脚不利索，让我帮他跑跑业务。”

“除此之外呢，譬如你们的个人之间？”雷鸣紧逼猛追，步步施压。

许翠萍翻眼白雷鸣一眼，似乎揣摩出雷鸣是有备而问，只得不情愿地坦承道：“说实话，他待我不薄，我同情他残疾人干事不容易，就有意无意地从生活上关照他一些。一来二去，我们便跑、跑到一个床上去了。不过，现在这种事多到老鼻子上去啦，兴啥啥不丑嘛！”

“别净说些不沾闲的！你最后一次与方启明见面，是什么时间？”雷鸣见许翠萍入彀，穷追猛打地追问。

许翠萍嘴里嘟哝着，仰面瞪着天花板心算了一会儿答："大约三四天前吧。自那以后，那个龟孙就小鬼不见面了，连个电话也不打了，不信你们可以调查。"

"他出事了。"

"出事啦，出啥事啦？是不是因为做假证件，又被你们逮着啦？"许翠萍瞪着眼急切询问。

"不！是被人害死了。"雷鸣平静地告诉许翠萍。

"害死啦，真的？天哪！我的命咋恁赖啊，我肚里怀着他的孩子咋办呐？"许翠萍一听雷鸣说方启明被人害死了，登时菩萨身上长草，荒（慌）了神儿。也不顾有人在场，便没羞没臊，呼天唤地地喊叫起来。

雷鸣见状劝阻道："车到山前自有路。孩子的事以后再说，当务之急，是需要你尽快如实向警方提供线索，在你的印象中，谁会是嫌疑人？换而言之，你认为谁最有可能杀害方启明？"

"我哪儿知道是谁呀！刚学会理发就碰上络腮胡，你这不是净给我出难剃（题）吗。"许翠萍乍听方启明被害，一时六神无主，双手无措地扣在已凸显的腹部，有点不明事理地埋怨说。

"哼！"雷鸣凤眼怒视，咄咄逼人地直视许翠萍，"这难道还用我提醒你吗？譬如，与方启明有夺妻之恨、不共戴天的你的丈夫甘汉……"雷鸣一针见血，点到即止，直击许翠萍的软肋。

俗话说，猪爪煮千滚，总是朝里弯。许翠萍听后一怔，随即替丈夫辩白道："不，不可能，不是他杀的！"

"不是他是谁，你说呀！"雷鸣见预期的效果已经达到，便柔中有刚地又紧逼一步。

"你们这是捏不住鼻子拧耳朵，缠不过铁蛋子缠找麻泡。"许翠萍愤然作色，情绪显得十分激动地责怪道。从她的眼神和紧皱的眉头中，可以猜测出，为了证明丈夫的清白，她正在绞尽脑汁、搜肠刮肚地思索、回忆。蓦然，她仰起面对雷鸣说：

"有这样一件事，不知能证明方启明不是甘汉杀的不能？"

雷鸣见许翠萍愿意配合，也顺水推舟，客气地递给许翠萍一杯开水，换了副表情，和言细语鼓励道："讲讲看。"

许翠萍饮口水，停嗔息怒，为了证明丈夫的清白，她不得不向雷鸣坦承出一件秘密来：

“三天前，下午六点多钟时，甘汉正因为我与方启明相好的事跟我生气，方启明突然打来手机，约我到迎宾旅馆，说他在二一八房间等我呢。那个地方我们曾不止一次去过。关上手机，我借口去接该放学的孩子，脱身赶到迎宾旅馆。刚走到房间门外，便听到屋里高一声低一声的争执声。我冒冒失失地推开房间门，看到方启明正与邵敏拌嘴。他们每人嘴里叼着一支烟，吞云吐雾地在吵吵。屋里烟雾弥漫，呛得我眼辣嗓燥，几乎喘不过气来。我顺手关上门，赶紧拉开一扇窗子，让屋里透些新鲜空气。

“当时二人都阴沉着脸没理我，我找个地方刚落座，便听到方启明用十分生气的语气，瞪眼巴扎地对邵敏说：‘不是哥不讲交情，我确实急用钱。赌的钱暂且不说，你借的四万块钱，这两天必须还给我。’

“邵敏埋头抽烟，沉默不语。急得方启明怒视着她又摆理道：‘人心都是肉长的，你看翠萍也快生产了，人家看得起我这个残疾人，我总得讲个良心，起码得给她母子买套房子吧！’

“邵敏长叹口气，推一天少两晌地央求方启明：‘启明哥，一分钱难倒英雄汉，你缓我十天半月中不中？你又不是不知道，这几年，我挣几个钱都哈进去不说，还欠了一屁股两肋巴的账，加之这阵子扫黄打非，我也没有挣手里钱。四万块又不是小数，短时间内我真的还不上。’

“‘杀人偿命，欠债还钱，这自古以来都是天经地义的事。你可好，借钱时是朋友，索债时成冤仇。当初你烟瘾上来，难受得跳楼投河的无钱买，我好心好意顾你的急了，让你还钱时却难哩跟劝寡妇上轿似的，反倒落个我不仁义，你说兴这不兴？兴这不兴？哼！今儿个咱先把丑话说到前头，这三两天内你如果不把钱还给我，看我咋要你的好看……’方启明得理不让人，毫不留情地发出狠话。”

“邵敏是干啥的？”雷鸣打断许翠萍的回忆问。

“邵敏是个卖淫女，贱货。都三十出头的人了，冒充二十多岁的小姐卖淫。为显年轻，脸上整天抹得花里胡哨，像个活鬼似的，俗不可耐。她经常活动的地点就是‘迎宾旅馆’，私人干的。噢！对了，这个邵敏还吸毒。”

“好，接着讲。”

许翠萍偷偷瞅一眼雷鸣的脸色，接着道：“当时，我看二人吵得不可开交，怕他们伤和气，便充当和事佬相劝道，恁俩平时亲得跟没出五服一样，好得恨不得合穿一条裤子，这会儿因为几个钱，就闹得跟斗鸡似的，值当吗！

"'你咋这么多废话呀！' 正在气头上的方启明朝我咆哮道，'此地无青草，不要多嘴驴。不说话能把你当哑巴卖呀！'

"邵敏见方启明火气难消，话已说绝，知道再无协商的余地，顿时也火冒三丈地'扑通'跳下床，双眉倒拧，狠狠地把手中的半截烟摔到地上，负气斗狠道：'既然你老毛兔拔屌无情，把话说到了这个份儿上，我邵敏就是押袜子卖鞋，去偷去抢，也把钱还给你。等我的电话拿钱好了。' 言毕，气得吹胡子瞪眼地摔门而去。

"邵敏走后，我陪方启明到'新浪洗浴中心'洗了鸳鸯浴，我们二人在浴池里做……" 说到这儿，许翠萍翻眼皮瞥雷鸣一眼，没羞没臊地道，"我们干了一回那事儿，我帮他穿好衣服，他要请我吃晚饭。因为甘汉这段时间管我管得特严，我担心回去太晚了，他又跟我吵闹，便以得赶紧回去给孩子做饭为借口，抽身回家。

"晚上九点多时，我又给方启明打了个电话，他说他在'狂欢迪厅'看热闹呢。从那以后，他的手机就一直处于关机状态，我再也没有跟他联系上过。"

讲到这儿，许翠萍若有所悟地又提供道："方启明随身带一个银行卡，卡内存两万多块钱，密码就我们俩知道，是六个八。"

"邵敏的手机号码、住在什么地方，你知道吗？" 雷鸣敏感地把思绪转移到邵敏身上。利害关系明显，因果关系成立。她凭直觉预感到，这个叫邵敏的身上可能有戏。

许翠萍迟疑片刻，摇头答："不知道。"

"邵敏长得啥样？" 雷鸣又问。

许翠萍语气中充满着几许醋意地形象刻画道："那个半拉门子人长得是不赖。大高个儿，个头儿有一米七多；细长条，披肩发，双眼俏皮，皮肤也怪白净。听方启明讲，他认识我之前不止一次嫖过她。"

"还有什么补充的吗？"

许翠萍摇摇头。

雷鸣看许翠萍的"牙膏"已挤完，便对何惠敏说："让她看看笔录，如无不对，就签字。" 然后匆匆离开审讯室给吕胜打电话，她要把邵敏这条新线索，尽快反馈给吕胜。

省公安厅分管刑侦工作的柳副厅长、刑警总队唐总队长再次莅临颍川市，听取文章华一案的侦破情况，与颍川警方一起把脉会诊，督导办案。

“嘟——嘟——”吕胜手机的振铃响，他一看是雷鸣打来的，便压低声音告诉对方：“正给省厅领导汇报案件，等会儿我给你打过去。”

这时，贺国庆的开场白已接近尾声：“关于文章华一案的侦破情况和我们前段所做的主要工作，我就简单汇报这些。下面，请柳厅长、唐总队长做指示。”

“指示就谈不上喽！”面色白中透红、双目炯炯有神、体态微胖但又不失匀称的柳副厅长摆摆手谦虚道。他讲话的声音不高，但不失力度和威严：“这次，我和唐总队长受厅主要领导的指派，专程到颍川市，一是了解文章华一案的侦破进展情况，二是根据现在所掌握的线索，和你们共同研究下步工作如何开展，以使此案早日得到侦破。”

柳副厅长环视四座，谈吐如流地讲道：“同志们，在形形色色的案件中，凶杀案件最严重、最恶劣、最残忍，危害最大，也最能引起社会的关注。天地之间，还有什么比人的生命更宝贵的呢！凶杀案件不仅对人民群众的生命构成极大威胁和危害，严重影响人民群众的安全感，而且影响社会的稳定，影响党和政府在人民群众中的威望。因此，此类案件历来是我们公安工作的重点。”

讲完命案侦破的重要意义，柳副厅长感慨万端地强调：“同志们，保护人民群众的生命安全，是我们公安机关最基本的职能，是我们义不容辞的神圣职责；如果我们连人民群众的生命安全都保护不了，还何谈执法为民，何谈‘三个代表’，何谈科学发展，何谈构建和谐社会。”

柳副厅长呷口水，接着通报关于文章华案的最新动态道：“前不久，文章华的亲属到北京上访，要求尽快破案擒凶，为死者申冤雪恨。好端端的一个人，一个颇有建树的海港设计专家，居然在自己的家里，被不明不白地害死了，其亲属要求破案，这个要求不算高、不过分嘛！中央一位领导同志和公安部领导高度重视，先后做出批示，把文章华案列为公安部挂牌督办案件，要求加大侦破力度，尽快给死者家属一个满意的结果。”

讲到此，柳副厅长收放自如地把目光投向贺国庆：“刚才国庆同志讲了，前段尽管下劲不小，还带破了一批形形色色的案件，但文章华案却仍然是云遮雾罩，扑朔迷离。下步怎么办，我想听听你们的具体设想和打算。”

为了留些回旋、进退的余地，贺国庆眼观六路，耳听八方，通达谙练，机变如神地把话题引向吕胜道："还是让分管刑侦工作的吕胜同志汇报吧！当然，他讲的也是我们局党组的意见。"

吕胜环视一眼一个个正襟危坐的其他局党委成员，自己是分管刑侦工作的，汇报案件，责无旁贷，无法推辞，加之贺国庆点了他的将，于是清清嗓门道："还是在部队的时候，我曾经听到过这样一个故事。从前，有个富商娶了四个妻子，第一个妻子整天陪伴着他，寸步不离；第二个妻子长得貌若天仙，商人疼爱无比；第三个妻子伉俪情笃，一旦分离，就会相互思念；第四个妻子与商人形影相随，任由商人驱使，却毫无怨言。

"有一天，商人要外出远游，渴望与一个妻子同行。第一个妻子推辞说，你自己去吧，反正我们迟早是要分手的。商人失望地征求第二个妻子的意见，第二个妻子说，虽然你离不开我，但我可不愿随你去受长途颠簸之苦，你还是找别人吧！商人伤心极了，只得去问第三个妻子，第三个妻子说，风餐露宿的，我可受不了，我最多只能陪你到城门外。肝肠寸断，伤心至极的商人怀着最后一线希望，去找第四个妻子，第四个妻子回答，亲爱的，我是永远不会离开你的，山无陵，江水为竭，冬雷震震，夏雨雪，天地合，乃敢与君绝。

"佛说，众生啊！这个商人就是你们自己。第一个妻子，就是死后要与你分开的肉体；第二个妻子是生不带来死带不走的财物；第三个妻子是你们活着时相依为命，死后仍会分道扬镳的夫人；第四个妻子是你们的本性，它会忠诚地永远伴随你们的一生。"

吕胜旁征博引，结合故事内容，接着阐明自己的见解道："这个故事告诉我们，人的本性是不容易改变的。就文章华案件的侦破而言，此案成因复杂，犯罪分子手段残忍，深奸巨猾，使我们侦破起来大有老虎啃天，无法下嘴的感觉。"

吕胜举目四座，接着自问自答道："此案怎么破？我认为一头撞到南墙上，碰一头青疙瘩仍不知道拐弯不行。一条路走不通，我们就必须再换个走法。按我们的行话讲，破案三六九，这几天是最佳时间段。三天破不了六天，六天破不了九天，九天破不了乃至超过一个月仍无眉目，那在很大程度上就只能靠带破了。这不是故弄玄虚，因为偶然的现象蕴含在必然的因素之中，如从 1960 年 3 月开始，陆定一的夫人严慰冰化名'基督山''黄玫'等，多次直接寄信给林彪、叶群，痛骂叶群不是人母是人兽、是破鞋、是假党员。这些信犹如一颗颗投向林府的重磅炸弹，使林彪、叶群坐卧不安。林彪把侦查‘基督山’的任务，交给了公安部，侦破好多年，也没有搞出个眉目。

“可是，有心栽花花不发，无心插柳柳成荫。1966年春天的一天，严慰冰到王府井特供商店买东西，由于高度近视，视力不好，不小心踩了一个人的脚。这个人大发脾气道：‘你没长眼睛吗？’

“‘对不起，我没看见。’严慰冰连忙礼貌地道歉。但那人却得理不让人，不依不饶，脏话连篇骂道：‘没看见。说得轻巧，长着眼撒尿啊！’真是冤家路窄，严慰冰仔细打量此人，这才发现原来乃是她本来就十分憎恶的叶群。两个人原本是认识的，在延安结下了怨。严慰冰无名火骤然而起，于是也没好气地回敬道：‘你有什么了不起。’

“‘嗨，踩了别人还蛮有理，你头上长着机关枪咋的？少在我面前摆臭架子。’叶群毫不示弱。

“‘你头上长着刺刀啊？你不要盛气凌人！’严慰冰与叶群骂完仗后，越想越气。心想，你是军人，我找你们领导去，让组织管你。于是便径往总政反映叶群。岂料，总政负责人是江西人，严慰冰是上海人，加之在气头上说话快，那位负责人听不懂，于是就让严慰冰把经过写一写。

“事后，那位负责人真的拿着严慰冰写的东西，去找林彪汇报。林彪、叶群一看字很眼熟，这就想到了匿名信上的字，拿出来一对照，二者笔迹十分相似，于是又请来公安部的笔迹专家鉴定，最后锁定‘基督山’就是严慰冰。就这样，在一连串的偶然与巧合中，这起所谓的匿名信要案得到告破。”

吕胜见大家耐心倾听，破例点燃一支香烟，使劲抽了一口，接着又收放自如地把他发言的落脚点转到文章华案上道：“刚才我讲的虽然是一起老掉牙的案件，但此案对于我们侦破文章华案，还是相当具有借鉴意义的。就文章华被害案而言，作案得手的成功体验，必然会使犯罪分子的犯罪心理、犯罪欲望不断得到强化和膨胀，甚至形成顽固的动力定型和行为习惯，也就是我们常说的山难改，性难移，贼人见不得月黑夜。

“而从另一方面讲，我们还必须看到久做必犯的定理。杀害文章华的凶手，绝不会做一次案就放下屠刀，立地成佛。因此，我们现在有针对性地提出一个口号，叫作命案攻坚，命案必破。既破现行案件，又破积案旧案。在广布耳目、明察暗访，狱内检举、重金悬赏、公秘结合、扩大线索的同时，多策并举，通过多破积案、多破命案；破新案带旧案，排除小案带大案，破明案带隐案，用这种拔出萝卜带出泥的方法，力促文章华案件的早日告破。”

吕胜口若悬河，滔滔不绝地讲完自己的看法，全场鸦雀无声。显然，与会人员一个个都在全神贯注地思索、回味吕胜讲话的要点。

柳副厅长、唐总队长侧身贴耳交换一下意见，唐总队长清清嗓子，归纳总结道：“同志们，刑侦工作的性质，决定了我们总是被动，总是走马后炮，总是比犯罪分子慢半拍，这没有什么奇怪的。案发之后，现场条件好，因果关系明确，证据充分，分析科学，查证到位，三下五除二案件就破了；现场条件差，因果关系模糊，判断失误，摸排不出线索，就会进退两难，就会走弯路，瘸子撵狗，一步跟不上，步步跟不上，案件就难以迅速告破。”

与会者被唐总队长内行而幽默的话语所感染，不禁发出会心的微笑。唐总队长神色肃然，声情并茂地接着道：“同志们，各级党委、政府和受害人的亲属，把降妖捉怪、擒凶除恶的希望寄托在了我们的身上，他们迫切渴望着对令人发指的罪恶进行最后清算。从对人民群众的感情而言，这也是我们的心愿，但侦破案件需要一个过程。从理论上讲，世界上没有破不了的案件。但是，我们也必须得承认，凶杀血案的侦破，许多时候并不是以我们的意志为转移的，刑侦民警也不是先知先觉、能掐会算的神仙。有些案件完全可以快侦快破，有些案件的侦破确实需要一个过程。就文章华个案而论，刚才吕胜同志讲的，我和柳副厅长认为思路清晰，措施可行。俗话说，心急吃不了热豆腐。普遍撒网，重点拿鱼。内紧外松，主动出击。我认为这个基本的侦查思路是正确的，无论我们在主观上是否认同，但在目前线索上不来的条件下，都只能如此。”

酒吧。房间装饰得虽然十分豪华，但在色彩斑驳，混浊光线的照耀下，氛围却显得异常的沉闷、压抑。昏暗的灯光下，谷蕊、罗金虎相对而坐。

神情沮丧，愁眉紧锁的谷蕊左肘无力地支撑在桌面上，掌心向上托住左腮，右手端着高脚玻璃杯，杯内有大半杯白酒，她心不在焉地把酒杯举到眼前，不停地晃动、旋转着杯中的酒，双眼死鱼般凝视着杯中因离心作用而荡起的酒花。良久，忽见她怒目横眉，心狂意乱地引颈将杯中的酒一饮而尽。由于酒力不胜，她马上便显露出醉态，酒后吐真言地嘟哝道：“你燃起了我的情火，曾经令我神魂颠倒。但我似乎已经预感到，这名不正、言不顺的熊熊烈焰，却迟早是要把我烧死的。”她醉眼蒙眬地凝视着罗金虎，“哐啷”把酒杯狠狠蹾到桌面上，只听“咯吧”一声，高高的杯脚应声断为两截。她拧眉立目，满腹怨气地质问罗金虎：“你知道多少了吗？二百多万呐！这么大个窟窿，你猴年马月能填上？一旦被查出来什么结果，你想过没有？我可不想把牢底坐穿！”说到动情处，谷蕊显得有些语无伦次。

罗金虎矫情镇物，忙惺惺作态洗白自己道：“商战无情，市场魔道。稍一疏忽，整个投资就稀里糊涂打了水漂，赔得血本无归。”

“你是真的因项目不当、经营不善赔的吗？快收起你美丽的谎言吧！你当别人都是阿斗，就你一个人是诸葛亮！”谷蕊直眉瞪眼盯着罗金虎斥责道，“你一夜豪赌，输掉近百万；你嫖娼被抓，罚款数万。你、你，你简直把我当成了取之不尽，用之不竭的摇钱树、聚宝盆了。可、可那都是公款啊！”

罗金虎顾左右而言他，狡猾地避开谷蕊的话锋，施展惯用的温情软化、俘虏谷蕊的伎俩，哭丧着脸，信誓旦旦地表白道：“蕊，天地良心，我对天发誓，我所做的一切，都是为了咱们两个未来地老天荒的幸福。否则，我抛妻离子，图的啥呀！”大概是自己都感到辩解苍白无力，为掩饰尴尬的局面，罗金虎猛往肚里灌下一大口酒，摇动三寸不烂之舌，接着云天雾地劝导谷蕊说：“再说啦，商场如战场，有输便有赢。想当年，共产党还被国民党从江西撵到陕北哩。后来，时来运转，转败为胜，三大战役，就把国民党的主力消灭殆尽，一下子就翻回了老本。亲爱的……”

说到动情处，罗金虎眼噙晶莹的泪花，可怜巴巴地“扑通”跪倒在谷蕊面前，求告道：“宝贝，求求您，设法再划拨出一笔款，给我最后一次翻本的机会。”他继续施展骗术道：“据可靠信息，颍川市将与全国最大的乳制品企业联合兴办乳业颍川工业园，上马二十五条液态奶生产线，日加工鲜奶九百吨，年加工鲜奶三十多万吨。如此大的生产能力，肯定需要大量的奶源支撑。所以，我想引进一批纯种荷斯坦奶牛，需资金一百二十万元左右，请你无论如何再帮我一把，一有盈利，我保证先填上咱塌的窟窿……”

“起来，快起来，莫这么匪气嘛！”谷蕊见罗金虎这样，心倒先自软了。她爱恨交加地挽起罗金虎。虽然她已经知道罗金虎不是什么好鸟，但他毕竟与她有了那么种关系，满足过她生理的渴求，尤其是潘登高死亡后，坠入情网的她甚至痴情地考虑过，打算把自己的后半生托付于他。现在，她心中明镜般清楚，若不照罗金虎说的办，二人是打断骨头连着筋；若照罗金虎说的办，自己就又往深渊里迈一步。思前虑后，她左右为难地迟疑道：“哪里还有什么最后翻本的机会哟，雪里藏不住人，纸里包不住火。年底了，审计组很快就会按照常规进行年审，我挪用的巨款，到时候肯定要露馅。你说，你叫我怎么办哪？”

罗金虎移动座椅，靠近谷蕊，伸展左臂，一把将谷蕊揽到怀中，右手从领口处探入谷蕊衣内，不停地抚摸着谷蕊起伏的双乳，“嘿嘿”奸笑着给谷蕊壮胆打气道：“现在不是还没有查到你头上吗，就吓成了这副模样。真是头发长，见识短。嘻嘻！”

罗金虎面目狰狞地又吞下一大口酒，像输红了眼的赌徒，花言巧语诱骗谷蕊说：“债多不愁，虱多不痒。如果你觉得真迈不过这个坎，咱就豁出命再赌一把。一不做，二不休，索性再弄它一大笔，然后，三十六条计，走了是便宜，一拍屁股，咱改名换姓到外国享清福去。”罗金虎瞅瞅谷蕊的表情，揣测着谷蕊此时的心态，接着打保票道：“我深圳的一个朋友，可以帮咱弄护照，费用也就三四十万。”

爱情，有时就像陈酿老酒，饮用适量活血化瘀，提神解乏。饮用过量，则会令人迷头转向，昏聩糊涂。事到如今，早已被罗金虎套牢，无计可施，难以自拔的谷蕊形同磨道里的牲口，只有听喝的份儿了。只见她长长地叹口气，惨白的嘴唇痉挛一下，愁眉苦脸，既没主见又无计可施地道：“唉，真是阎王爷不嫌鬼瘦啊！”一步走错，百步难回。要不是跟那个死鬼尿不到一个壶里，哪能生出这许多变故来。临崖勒马收缰晚，船到江心补漏迟。事到如今，也只有豁出去，顺天听命了……

雷鸣、吴国发、何惠敏、冷一飞到吕胜办公室汇报方启明被害案的排查情况，见吕胜不在，便忙里偷闲，津津有味地打起了升级。

冷一飞、吴国发熟练地调整着手中的牌，嘴里也不闲着。冷一飞三句话不离本行地讲道：“你们看这期省厅的通报没有？现在的人真胆大，有个叫什么海的，流窜作案，滥杀无辜，报复社会，制造事端，一年多时间内竟然杀死杀伤二十多人。听说东北也有个杀人狂团伙，也杀害二十多人，尤为骇人听闻的是，这帮人还将女人的心肝、嫩肉炒着吃，把肠子、肚子和肥肉喂猪，硬是用人肉养了几头大膘猪……”

讲到这儿，冷一飞感慨道：“真是人上一百，形形色色。林子大了，啥鸟都有。恁说，这些货算啥人！”

吴国发使劲甩出两张牌，跟着不甘落后地神侃道：“别说人啦，就连动物，胆子也大到天上去了。恁没听人家讲吗，一家老鼠晚饭后聊天，不知怎的就扯到了胆大胆小的问题上。小老鼠首先发言：‘现在的人真狠，居然生产出一种叫着什么毒鼠强的药，想把我们这一类通通毒死。不过，在我面前，那是隔年的皇历，不起作用。我不管它强不强，嘴里没味了就去找那玩意儿吃，就像吃白砂糖一样。’

“鼠妈妈听后咧嘴一笑，不以为然地道：‘从前呐，没有什么鼠药，人类想斩尽杀绝我们时，就支起一个夹子夹我们。要说这玩意儿还是蛮厉害的，被它碰着就伤筋动骨，不死也得脱层皮。被夹得少胳膊少腿，少爪子少尾的也不少。你说那玩意儿厉害不厉害？但是，要想夹住老妈，那却是老虎头上拍苍蝇，相当地不容易。有时我想松松筋骨什么的，就抓住那玩意儿当单杠耍。’

“嘿嘿！鼠爸爸听后匪夷所思地摇摇脑袋，不屑地奸笑一声，故作生气地抬身就往外走。鼠妈妈忙问：‘天这么晚了，你还干啥去？’鼠爸爸色眯眯地讪笑道：‘恁娘俩的胆都大，就我胆小，行啦吧！八十岁的小脚老太跳迪斯科，我也赶赶时髦，泡猫去……’”

吴国发讲到这儿，雷鸣、冷一飞、何惠敏早已忍俊不禁，笑得前仰后合。何惠敏手中的牌散落到地上竟全然不觉。雷鸣从兜里摸出一片纸巾，轻轻沾着湿润的眼角，嗔笑道：“你真是狗嘴里吐不出象牙……”

几个人正热热闹闹地说笑着，吕胜夹着笔记本，一只手端着茶杯，推门而入，振振有辞道：“象牙只能长在象嘴里，狗嘴里不会长出象牙；所以，狗嘴里就吐不出象牙来。这完全符合推理结论！”说话间，吕胜把茶杯、笔记本放到办公桌上，不明就里地转身打趣道：“几位抓得挺紧的嘛，等人的这点儿时间，还在研究逻辑与破案呢。”

“什么呀，你就别打岔了，我们在听老吴喷大空呢！”雷鸣向吕胜解释着，话题一转，郑重其事地道：“俺几个是来给你汇报案件的，要不是等你，才没空在这儿闲聊呢！”

“哦！说说看。”吕胜言归正传。

几个赶紧撂下手中的牌，马上严肃起来。雷鸣汇报说：“一拃没有四指近。许翠萍为了洗清丈夫甘汉，提供在案发前几天，方启明曾因向卖淫女邵敏讨债，致使二人失和，翻脸大吵大闹一场，二人之间明显存在赖债杀人的因果关系。”

雷鸣注视一下吕胜的表情，接着补充道："另外，许翠萍还提供，方启明生前随身携带一个银行卡，卡内存现金两万多块，密码就他们两个知道。国发、一飞到银行挂失，同时想安排银行协助我们控制取款人，不想有人捷足先登，已把款从自动取款机处取走。调取录像资料让许翠萍辨认，由于摄像头是俯照，影像失真、模糊，许翠萍也没有认出取款的男子是谁。

"通过调话单排查，方启明在'狂欢迪厅'接到的最后一个电话，是用邵敏的手机打的。综观案件的整个链条，我们认为邵敏有为赖债而铤而走险作案的动机，因果关系明确，她明显具有杀人或雇凶杀人灭口的可能。"

吕胜点头认可，当即决断道："马上控制邵敏。"

由于颍川市公安局近期掀起打黄扫非风暴，这几天"迎宾旅馆"冷冷清清车马稀，门可罗雀顾客少。丰乳肥臀的老板娘坐在大门口，大腿跷到二腿上，悠闲自在地嗑着瓜子。她年约四十，个头偏低，腰粗得像水桶，一双扫帚眉，描得又粗又浓，活脱脱像两根倒插着的乌鸦毛。圆圆的胖脸上，整天涂抹得白乎乎的，咧嘴一笑几乎能裂出纹来，宛若马粪蛋上蒙了一层厚厚的白霜。因她姓麻，叫凤莲，故人送外号"马粪蛋"。

嗑了一阵瓜子，感到百无聊赖的马粪蛋懒洋洋地抬起身，欲进屋端茶喝，忽见一个手提密码箱的年轻人，大步流星地直奔旅馆而来。此人不是别人，正是被雷鸣称之为"一号特情"的黄毛。为了掌握邵敏的潜址，他再次被雷鸣使用。

待黄毛走近，马粪蛋主动搭讪道："住宿吗？"

"对，有单间没有？"

"有，一天六十。"

黄毛老练地讨价还价，颍川的生意拦腰砍道："贵了点吧，五五折吧！"

马粪蛋开旅馆原本就是幌子，真正挣钱靠的是容留介绍妇女卖淫，四六提成，收取房间费，收入颇丰。故房价高点儿低点儿，对她来说无所谓。阴天打孩子，反正闲着也是闲着。当下，马粪蛋再次翻眼上下打量黄毛几眼，用满不在乎的语气答应道："行行，三十就三十吧。先付两百押金，离店时多退少补。"

黄毛交罢押金，马粪蛋手中提溜一串钥匙，径直领黄毛来到二楼，打开一个房间。黄毛尚未进屋，一股刺鼻的霉味、烟臭味、空气清新剂残留的混合异味，便扑面而来，呛得他直觉得倒胃。再看屋内，凌乱不堪，床上的被褥，油渍斑斑，黑黢黢、脏兮兮的，像是八年没洗过似的。于是不满意地埋怨马粪蛋道："你闻闻这房间里是啥味？看恁这床上脏的！"

"钓鱼台国宾馆味好闻还干净，在地上打几个滚，身上都不沾一星半点儿灰，你三十块钱能住得上吗？也不是啥高干，你就将就着住吧。"马粪蛋油腔滑调，劈头盖脑抢白黄毛几句。说完扭着肥臀扬长而去。直气得黄毛瞠目结舌，七窍生烟，本想和这个不知王二哥贵姓的臭娘儿们理论一番，转念一想，自己此行原本就是醉翁之意不在酒，逢场作戏，何必认真。于是便压下火气，心字头上一把刀，忍了。放下密码箱后，他先拉开窗户，透透气儿，然后索性仰面倚在床上，双手捧着后脑勺，盘算着下一步该如何"钓鱼"。

斜阳衔山，霞影铺地。不知不觉中，一轮圆月无声无息地钻出了天幕，是那么的皎洁、妩媚，宛若一位刚刚出浴的佳丽，含情脉脉的向大地投送着绵绵秋波。如此温馨的景色，最易令独身男子心猿意马，想入非非。黄毛无所事事地打开电视机，调换了几个台，播放的节目基本上是大同小异，不是皇上戏美女，就是爱情床上戏。正史不是正史，虚构不是虚构的，故事没有故事，情节没有情节，瞎编乱造，玄乎离奇，一会儿"喝喝"，一会儿"哈哈"，穿孝服道喜，净是瞎胡闹。黄毛看了一会儿，觉得索然无味，于是关闭电视，下楼找到马粪蛋，厚着脸皮说："老板，电视里也没啥好节目，一个人又睡不着，怪乏味的，能找个小姐陪陪咱吗？"

马粪蛋警惕地环视左右，神头鬼脑地低声解释道："老弟，你就委屈点儿吧，这几天公安局扫黄打非忒紧，说是在掀起什么风暴。哪个小姐还敢出来自触霉头，万一被公安抓去，起码得罚个三千五千的，好几天算白让人睡了。你说，谁愿意在这风口浪尖上拿鸡蛋往石碳上碰。"

"唉！"黄毛用不相信的眼神瞥马粪蛋一眼，噘着嘴，扫兴地扭头返回房间。他心知肚明，因为是生客，马粪蛋对他怀有戒心。欲速则不达，此时，他需要耐心等待，见机行事。

到晚上十点多钟时，意料之中的事情终于发生了。黄毛忽然听到两三个醉醺醺的男人，高谈阔论着闯进旅馆。进门就大呼小叫道："麻老板，找三个小姐。要有、有点人样的。"又听马粪蛋压低声音提醒这伙人说："少爷，你们小声点行不。快上楼吧，等会儿我领着到你们房间。"这更证实了黄毛的猜测。

次日上午九时左右，黄毛洗漱完毕，打算出去吃些早点。刚到大门口，不想被马粪蛋迎头拦住搭讪道："老板，在哪个部门发财呀？"

"啥部门啊！跑业务的。"黄毛神态自若，对答如流。

"业务！社会上三百六十行，你跑的是哪门子的业务啊？"马粪蛋打破砂锅问到底。

"办证，你如果需要，我免费给你办一个。"黄毛转守为攻。

"哦，原来你是颍川县贾庄那一片的人呀，怪不得你昨天一过来，我听口音就知道你不是太远的人。"黄毛趁机又提出让马粪蛋帮助找个小姐说："老板，我一个人住在这儿怪寂寞的，昨天托你办的事儿，再想想办法呗！"

马粪蛋"扑哧"一笑，打情骂俏道："别看你年纪不大，还怪骚哩！老弟你别着急，今晚我一定给你找个称心可意的，让你好好潇洒走一回。"

黄毛呲牙一笑："要高个儿，漂亮的……"

"颍川市育英中学"大门口。放晚自习的学生潮水般往外涌。对面路边的黑影里，李海深闪动着阴鸷的目光，紧紧地盯着大门口，搜寻着他要猎取的目标高小宝。不大会儿，高小宝便一蹦三跳地从校内走出来，纳入了李海深的视野。他忙掏出手机，告诉给此刻正在高小宝家胡同口等候的马彪："彪哥，我正在尾随，马上就到。"

高小宝家附近的胡同口，停着一辆黑色普桑。刘道光手抱方向盘，侧目倾听马彪接电话。马彪简短地答："明白了。"说完随即关上手机。

走出校门后，高小宝在路边买了一串炸鸡肉串，边吃边走。李海深像只咬人的哑巴狗，偷偷地尾随在高小宝身后。

待高小宝走到普桑车旁时，马彪冷不丁"啪"地推开车门，李海深紧走几步，从后面推住毫无戒备的高小宝，将高小宝劫持到车内。

"干啥、干啥呢？"高小宝挣扎着，尚未弄明白是咋回事，早已被马彪用胶带封住嘴和眼，耳朵里也被填进一副耳机。马彪拍拍刘道光的肩头，刘道光会意地加油起步，普桑"呼"地一声绝尘而去……

"迎宾旅馆"房间内。黄毛正在看电视，忽听几下敲门声，开门一看，原来是马粪蛋。她的身后，站着一高一低两个涂脂抹粉，搔首弄姿的女人。马粪蛋卑谄足恭道："老弟，我一下子给你找俩。今夜你就尽兴销魂吧，嘿嘿！"

说着，马粪蛋把两个女人推进屋，肥臀一扭，径自离去。

两个女人没羞没臊地鱼贯进屋，高个儿女人用脚反蹬上门，二人不由分说，色中饿鬼般一人拉住黄毛一只胳膊，不问青红皂白，便嬉皮笑脸，毫无顾忌地在黄毛身上乱抠、乱摸起来，同时动作娴熟地把黄毛按倒在床上，手脚麻利地要脱黄毛的衣服，还不时地在黄毛身上胳肢几下，挑逗得黄毛浑身的不自在。挣扎起身，急中生智对二人道："恁急慌个啥哩，老子可是没钱！"

两个女人闻听黄毛没钱，立马像火烧手了一样松开黄毛，一个个拧眉竖目，阴沉着脸，声暴如雷地斥责道："没钱你来干啥！想赚老娘的便宜，没门。"

黄毛油嘴滑舌地与二人调侃道："真的没钱。就是有钱，也没劲。"

"那你来浪白个啥？这不三国的蒋干，误事吗！"二人属狗的，转面无情，气呼呼地挖苦黄毛几句，骂骂咧咧，悻悻地摔门而去。

"呸！婊子无情。"黄毛朝二人的背影狠狠啐一口。

两个女人走到楼梯口时，黄毛听矮个子女人问高个儿女人："邵敏，你干啥去？"

被叫作邵敏的女人仍余气未消，嘴里不干不净地骂道："真他妈倒霉！大年初一放炮，弱捻。不干了，到'海宇商贸中心'逛夜市去。"

黄毛一听高个儿就是邵敏，心中暗喜，真是歪打正着。忙用手机向守候在"迎宾旅馆"附近的雷鸣通报道："目标正要出门，高个儿，长发，穿花裙，挎个黑色抛光坤包。"

大功告成，黄毛舒展口气，关上手机，正要下楼找马粪蛋解释。不想马粪蛋却早已怒眉横目地破门而入，兴师问罪道："你这个老弟是咋回事儿？不给你找吧，你急得像狗不得过河似的。给你找来了，你又来糊弄人家，你是不是公安局的卧底？"

黄毛斜腰吊胯地从裤兜里摸出一支烟，大大咧咧地噙到唇上，点燃后使劲抽了一口，在自己面前喷出一团烟雾，眯细着一只眼，用另一只眼侧视着马粪蛋，反诘道："我、就我这熊样儿，公安局的卧底，你看像吗？"

马粪蛋一怔，再次定神审慎地打量黄毛一番，满脸堆笑道："不像，不像。不是老大姐抱怨你，你让找的，又为啥给人家说没钱呢！"

"我身上的现金，给你交押金后，已所剩不多。谁知道你一家伙找来俩，你让我咋办？"黄毛搪塞道。

马粪蛋听了，撇嘴鄙视道："没钱难办趁心事。屎壳郎打光棍，你就安粪

（分）守己吧！”

急于脱身的黄毛虚与委蛇道：“你也别隔门缝瞅人，把人看扁了，我这就到我哥那儿拿钱去。”

马粪蛋一听黄毛要去拿钱，气也消了，脸上顿时一天云彩散个净，马上笑逐颜开，忙不迭提醒黄毛道：“老弟，你可千万别给恁哥说是找妞呀。多要点，啊！”

黄毛冲马粪蛋做个鬼脸，“呵呵”一笑答：“知道，你就把心放到肚里吧！”

第十四章　破绑票案吕胜设谋
审卖淫女雷鸣攻心

邵敏人模狗样地走出“迎宾旅馆”后，立即便被隐蔽在对面不远处一辆乳白色面包车内的吕胜、雷鸣瞄上。吕胜用红外望远镜遥望着邵敏，压低声音提醒坐在驾驶位置上的雷鸣：“目标出现，跟上去！”转而又叮嘱冷一飞、何惠敏：“注意，尽量密捕。”

雷鸣娴熟地打火、松离合、加油门、挂挡起步，缓缓尾随上去。邵敏走了一段路，往路边一停，招手拦一辆摩的，也没讲价钱，跷腿一纵坐了上去。

俗话说骑车有三快，顺风下坡带女人。那开摩的的拉着邵敏，像撒开缰绳的马驹一样，“吼吼”地飞驰而去，转眼便拐上颍川大道。宽阔的十里长街，华灯如昼，人来车往，川流不息。雷鸣惟恐跟丢目标，不敢稍微松懈。她目不转睛，紧紧咬定目标。

行到一个十字路口时，摩的“嗖”的一声，闯红灯而过。吕胜眼看目标要脱钩，气急交加地骂道：“妈的，这个该死的摩的。等会儿撵上了，我非啐他一脸臭唾沫不可！”骂完指使雷鸣：“冲过去！”雷鸣加大油门，紧随摩的闯过红灯。就在面包车快要越过路口时，一辆照章右拐的小轿车，冲面包车腰部撞来。好险，雷鸣大吃一惊，急忙往左打一把方向，轿车司机吓得赶紧急刹车，小轿车发出一声“哇——”的怪叫，“喀嚓”停了下来，引来众多路人惊愕的目光。而此时，雷鸣驾的面包车早已无影无踪。

面包车追至“海宇商贸中心”北大门附近时，吕胜环视周围环境，指着前面不远处一片灯下黑的地方，对雷鸣说：“靠上去！”

“明白。”雷鸣全神贯注，加大油门，不停地鸣着喇叭，将摩的往路边靠。

直到被挤得无隙可钻时，摩的司机才不得不用脚支着道牙，不情愿地停了下来，气得拧脖子瞪眼，十分不满地冲雷鸣嚷叫道："会开车吗？你是咋走的！又不是公检法的车，你牛个啥？"

雷鸣心中有数地微笑着盯着驾摩的的，也懒得跟他理论，任由其嚷叫。同时向冷一飞、何惠敏一挥手，早已做好准备的冷一飞"哗"地打开车门，跳将下去，一把揪住邵敏的脖领。吕胜、何惠敏紧跟着也下车冲了上去，不由分说，架起邵敏就往车里推。

措手不及的邵敏惊恐地吆喝道："干啥，你们想干啥？绑架，绑架人啦！打'110'、打'110'……"

三个人七手八脚将身材高挑的邵敏推进车里后，吕胜轻拍一下仍站那儿发愣的摩的司机的肩头，规劝道："年轻人，往后开车悠着点儿，闯红灯多危险啊！"言毕，健步如飞，跳上面包车。厉声对吵吵嚷嚷、挣扎着要下车的邵敏说："你够绑架的资格吗？我们是公安局的，找你问点事儿，你嚷叫个啥呀！"冷一飞掏出警官证，在邵敏眼前晃一下，邵敏这才慢慢地消停下来。

路上，雷鸣哪壶不开提哪壶，故意逗吕胜道："吕局，你刚才恼得不是要啐人家一脸臭唾沫吗？怎么反而又宣讲起交通法规来着。"

吕胜笑了笑，自圆其说："气话而已！刀子嘴，菩萨心，有时我也是心太瓤。"

何惠敏插话纠正道："是心太软。"

"软就是瓤，瓤就是软。"吕胜故意强词夺理，引起众人"哈哈"大笑。

高小宝家宽敞的客厅内，高小宝的爸爸高仲贤，身着一袭睡衣，懒散地倚在沙发上看报纸。他年约四十挂零，上中等身材，肤色白皙，体态微胖。和不少政界人士所走的路相同，他大学毕业后，开始从事教师工作，教的虽是理科，但对书法却情有独钟。苦尽追求，临池不辍。有一年"双节"前夕，市直机关工委举办书画展，高仲贤半斤烈酒下肚，抖擞精神，一气呵成，创作出一幅六尺大的书作参展。内容是东周列国志开篇词：

"道德三皇五帝，功名夏后商周；英雄五霸闹春秋，顷刻兴亡过手！青史几行名姓，北邙无数荒丘；前人田地后人收，说甚龙争虎斗。"

这幅书作字体楷书，用笔险劲，露锋不浮；侧笔不佻，气雄力坚。结体奇而不野，恬淡雍容。顿挫磅礴，若猛兽之搏噬；进退钩拒，若秋鹰之迅击。清逸绝俗，果见风姿。悬挂出去以后，好评如潮。内中有一人，本是当时的市委书记，此公为了老有所为，老有所乐，欣然迷上了书法，闲暇时常常舞文弄墨，写写画画。当下见高仲贤的这幅作品书文俱佳，知非一日之功，便慧眼识才，立马表态，把高仲贤调到他做梦都不敢想的市委办公室工作，以方便其谈书论艺。

泡几年机关后，市委书记升迁为副省长，离任的当夜，突击提拔一批干部，高仲贤名列其中，被提拔为永安县县委常委、县委办公室主任。七八年前，高仲贤再次腾达，被提升为颍川市教育局局长。

高小宝的母亲夏爱芳，在一家医院工作。此时，她正倚坐在沙发上看电视。高仲贤若有所思地把目光从报纸上缓缓移开，端起保温杯，呷口水润润嗓子，下意识地抬头瞅一眼墙上的石英挂钟，牵挂地对夏爱芳说："小宝怎么到现在还没有回来，要不我去接接他。"

夏爱芳手执电视遥控板，索然无味地转换着频道，心不在焉地猜测道："莫不是又跟同学一块去电子游戏厅了吧。唉，这孩子，我去看看。"

就在夏爱芳关闭电视，起身更衣时，桌上的电话铃陡然响起，高仲贤像寻常一样，慢慢腾腾地拿起话筒问："喂，哪位？我是高仲贤。"

出乎意料的是，话筒里传来的却不是听惯了的摧眉折腰、阿谀奉承之声，而是一个阴森恐怖的声音。这声音慢条斯理，但却足以令高仲贤心惊肉跳、魂飞胆裂："听说过香港的张子强吗？"

"噢——，听说过，听说过。"高仲贤知事不妙，但又不知对方目的何在，只得拘挛地随声附和。

"知道就好！你的儿子高小宝，现在我们手中。赶快准备五十万，我们保证他毫发无损，安然无恙。否则，你就准备收尸吧！"对方言狠语重，杀气腾腾；一斧两橛，不容商量。

从未经过这等事的高仲贤，闻言脑袋登时"轰"的一声，就像爆炸了一样。心中暗自叫苦不迭，这真是人在屋里坐，祸从天上来啊。过去，他曾听人们讲过什么绑票的事儿，可万万不曾想到，这要命的人祸，竟然会降临到自己的头上。为了宝贝儿子免遭荼毒，高仲贤强打精神，调整一下情绪，丢下局长的架子，委婉而又不失明智地与对方套近乎道：

"伙计，咱过去不是没有啥过节儿吗？往日无仇，近日无冤，何必这样呢？你大概还不太了解我的为人吧？我们可以交个朋友，你如果缺钱，我一定鼎力相助，但你不能伤害我的孩子。另外，你说的钱数也太大了点儿，咱兄弟俩最好能面谈一次。”

“嘿嘿，你当十来年的教育局局长，调整干部、调动教师的事儿不说，光低分考生想上重点学校的，哪个不给你送礼才能上成！我们说的数，对你来说简直是九牛一毛。快准备吧，报警的后果，你是会估计到的，就不用我们提醒了吧，我们想你也不会拿你儿子的性命赌着玩。”

“啪！”对方把电话挂断。高仲贤木讷地听着话筒里发出的嗡鸣声发呆。

正准备更衣出门接儿子的夏爱芳，听说宝贝儿子被绑架，手中的衣架“啪”的一声掉落，惊慌失措地一屁股堆崴到地上，泪流不止，两泪千行地哽咽着催逼高仲贤道：“你快拿主意，救出小宝啊。孩子这回真要是有个三长两短的，我也不活了，呜呜……”

吕胜一行押着邵敏刚驶进局里，便接到贺国庆的电话：“吕胜吗？我是贺国庆，你现在在哪里？”

吕胜如实回答说：“贺局，我与弟兄们执行抓捕焚尸案重点嫌疑人的任务，刚刚回到局里，准备连夜对其进行突审，请问有何指示？”

贺国庆道：“突审的事儿交给雷鸣，你马上到我办公室来一趟。”

“行！让雷鸣先负责突审。”言毕，跳下车直奔贺国庆办公室。敲门进屋，见贺国庆背靠老板椅，平心静气地在翻阅当天刚到的《人民公安报》。高仲贤急得像热锅上的蚂蚁，焦灼不安地在屋内来回走动。吕胜看到高仲贤，不待贺国庆介绍，便主动热情地打招呼：“是高局长，哪阵风把你给刮来了？”

“哦——恁俩认识啊！”贺国庆并不感到惊奇地道，算是给二人做了介绍。

高仲贤忙给贺国庆解释说：“我刚担任教育局局长不久，就和探案如神的吕局打上了交道。”

吕胜摆手自谦道：“高局长过奖了。”转而对贺国庆感慨道：“光阴如箭，转眼已过好几年了。那还是在刑侦科时，我是一大队大队长，卫民安同志担任科长……”

提起二人的相识，与几年前一起轮奸案有关：

皓月当空，蓝天如洗，皎洁的月光下，城郊高中女学生范莹冰，与男同学赵世强在校园外的公路边闲聊，一辆“彩虹”牌机动三轮车，由西向东，慌得投胎似的，从他们身旁飞驶而过。范莹冰举目望去，看到除驾驶者外，车上还坐有两名男青年。

过有十多分钟，这辆车又掉头返回，径直停到范莹冰、赵世强跟前。车上的两个年轻人“扑通”跳下来，冲赵世强呵斥道：“你们不好好上学，半夜三更还出来谈恋爱。走，跟我们到学校去。”说着，两个年轻人就动起手脚，要抱范莹冰。赵世强奋不顾身抢上去与之争夺，没想到驾车的男子哑巴狗偷咬人，在车厢里掂出一块砖头，从背后使劲朝赵世强砸去，赵世强听到动静，本能地把头一偏，砖头砸到肩头，赵世强打个趔趄，知好手敌不过人多，便捂着肩头落荒而逃，回校喊人。

突如其来的变故，早已把范莹冰吓得魂不附体，虽经竭力挣扎，但羔羊怎敌群狼，她终究还是被挟持上车。机动三轮车加足马力，顺国道驶了一会儿，然后掉头拐入一条乡间公路，左拐右转，在一块玉米地边停下，车上的两个家伙将范莹冰挟持下车。一个家伙胁肩谄笑地侧着头，盯着范莹冰惊恐的面孔，色狼饿鬼一样，赤裸裸、无耻至极地调戏道：“妹子，不要害怕，哥几个就是想跟你玩玩！”

范莹冰欲哭无泪地讨饶道：“叔，我把身上的钱都给你们，你们就行个好，放我走吧，我还是个孩子呀！”

驾车的家伙听说有钱，忙跳下驾驶台，猴急地跑了过去，嘴里不迭声地对范莹冰说：“好、好好，有钱就能办称心事，拿来！”

范莹冰忙将身上的四百块钱掏出来，哆哆嗦嗦地递了过去。

接钱的家伙“呸”地往手指啐口唾沫，贪婪而得意地数了一遍，恬不知耻地谄言道：“恁看，这小妮还怪有钱哩！”

范莹冰哭腔哭调嘟哝道：“这是我准备交学费的钱。”这时，另外两个家伙早已像蚊蝇嗜血一样，迫不及待地扑上去，粗暴地将范莹冰摁倒在地。范莹冰拼死反抗，绝望而无助地嘶声喊叫：“你们说话不算话，快放开我，不放，我就喊人啦……”

“敢喊，就掐死你！”一个色魔声色俱厉地恐吓范莹冰。同时，“啪啪”劈脸扇了范莹冰两个耳光。夜深人静的旷野里，这两个耳光显得格外清脆、响亮，直打得范莹冰眼冒金花，浑身瘫软得像面条一样昏厥过去。

看范莹冰不再吱声，三个色魔狞笑着，动手扒掉范莹冰的衣裤……

接到学校报案后，卫民安立即召集吕胜等人赶到案发现场，听取赵世强、范莹冰陈述的受害经过和二人所提供的犯罪分子特征后，连夜研究从何处入手，侦破这起恶性劫持、轮奸少女案。与会者你一言我一语，议论一会儿后，吕胜发表自己的见解道："根据受害人提供的情况，此案性质明确，犯罪分子是三个人，年龄在二十五至三十岁之间，具备拥有'彩虹'机动三轮车和砖块的条件。从这些已知条件推断，犯罪分子应该是城乡接合部或郊区的农民，这些地方建筑工地较少，所以，他们似乎应该与砖场有着更为密切的联系。因此，我建议以案发地为中心，辐射周围三十公里，对该区域的建筑工地，尤其是砖场进行'地毯式'排查，根据现场提取砖块的特征，顺藤摸瓜，以砖找场，以场找车，以车找人，以人觅凶。同时，速派人到省厅，对范莹冰内裤上的提取物，进行DNA鉴定，以备确认嫌疑犯。"

吕胜谈完自己的想法，将目光投向卫民安，期待他最后拍板定案。卫民安满意地表态道："就按吕大队讲的办。我要强调的是，时间要抓紧，以免贻误战机。要打破常规，二十四小时不间断排查，逮不住色狼不煞戏，案件不破不收兵。排查时，不要怕麻烦，做到细而又细，善于从不起眼之处，发现蛛丝马迹。"卫民安动情地强调："同志们，这起恶性轮奸少女案发生以后，社会上反映强烈，领导高度重视，受害人更是悲不欲生，精神上受到莫大伤害，这种切肤之痛，可能要影响到她的终生。从另一方面讲，此案在社会上产生的负面影响也不容忽视，受害人所在的学校，女生人人自危，早晚自习不敢去上……我们要变压力为动力，力争尽快破案，给受害人和全市人民一个满意的结果。"

会后，参战民警分组包片，吃住在一线，持现场提取砖块的图片，到各砖场、建筑工地，与实物比对重量、纹理、颜色等特征。正是滴水能把石穿透，万事功到自然成。经过八天八夜工作，参战民警终于在虎坡乡一家砖场，找到了与案发现场遗留砖相同的砖块。通过深入走访，业主提供，该砖场负责开"彩虹"机动三轮车的工人叫王亚辉，年龄二十四五岁，和警方讲的差不离。按照吕胜安排，业主让王亚辉往市里送一车砖，吕胜、雷鸣陪范莹冰在进入市区的收费站房间内秘密辨认。当王亚辉驾车通过时，范莹冰喷射着怒火的双眼，一下子便认出王亚辉就是抢她钱的犯罪分子。吕胜果断下令，埋伏在周围的民警当场将王亚辉抓获。

经突审，王亚辉供出曾与另外两名同在砖场打工的狐朋狗友，驾车多次抢劫、轮奸的犯罪事实。当夜，吕胜率人返回砖场工棚捂窝，成功将正在睡梦中的另外两名嫌犯抓获……

就在吕胜组织民警对王亚辉三人突审，扩大线索，调查取证、固定证据的时候，一位老干部气呼呼地破门而入，毫不客气地质问吕胜："你这个刑侦队长说说，轮奸女学生的案，能破不能？你要说不能破，我就发动群众凑钱，到外地聘请有本事的专家来破。”

吕胜热情地给老干部让支烟，和颜悦色地回答：“老同志，我可以十分负责地告诉您，此案能破，也已经破了！”

老干部听说案已经破了，把手中的大半截烟使劲往烟灰缸中一摁，二话没说，抬身便走。工夫不大，吕胜忽听办公室外锣鼓喧天，响器齐鸣。他纳闷地隔着窗子往楼下一瞅，原来是那位老干部——高仲贤带领受害人亲属、部分师生和学校周边自发而来的群众，感谢公安局来了。吕胜忙下楼迎上前，高仲贤把一面上书“为民除害，功在千秋”的锦旗，献给吕胜。

“谢谢！谢谢！这是我们应该做的。”目睹眼前这感人的场景，吕胜这个铁打的汉子，双眼也被泪水模糊了……

这时，高仲贤打断吕胜的思绪，迎上前双手紧紧抓住吕胜，没头没脑地对吕胜说：“吕局，全靠你了，全靠你了。”由于心情过于激动，以致泪水也夺眶而出。

吕胜以为高仲贤是要求公安机关协助开展学校周边环境治理的，憨厚地“呵呵”笑道：“什么呀，就全靠我了。家有千口，主事一人。就是天塌下来，也该我们的贺局顶呀！”

“少贫嘴！”贺国庆慢条斯理地放下手中的报纸，欠欠身，满脸严肃地告诉吕胜：“刚才，具体地说、就是今晚九时左右，高局长的儿子高小宝遭到绑架。九点四十左右，绑匪往高局长家打电话，声称不给五十万，就杀害人质。

“对这起绑票案，金书记、张市长等领导高度重视。远在北京的金书记，电话中特意点将让你上，要求我们竭尽全力，确保人质的生命安全

“张市长刚才还答应特批给我们十万元经费，要求我们组织精兵强将，不惜一切代价，全力、快速侦破此案，打掉这伙害群之马，稳定校园周边环境，解除学生家长的后顾之忧，为创建和谐社会再立新功。”

说完，贺国庆把期待的目光投向吕胜。高仲贤更像个馋嘴的孩子看到想吃的食物一样，眼巴巴地凝视着吕胜。

贺国庆这番话，形同一块巨石，沉重地压在吕胜的肩头，使他顿时陷入深思默想之中。焚尸杀人案刚见端倪，他原打算让参战民警稍作休整，喘口气后，再集中时间，集中警力，乘势而动，从破现行带积案、追逃、打黑、狱侦、特情等方面多策并举，攻坚克难，全力侦破文章华被害案。可人算不如天

算，计划赶不上变化，眼下又发生了这起绑架案。

对绑架案的侦破，按说吕胜是得心应手的。如果是因仇绑架，犯罪分子得手后就会撕票。如果因为财绑架，犯罪分子为了得到钱，就不得不活动，这样，狐狸尾巴势必会暴露出来。不过，让吕胜感到头疼的是，近几年发生的绑架案，绑匪比过去更狡诈、残忍、歹毒，有几起绑匪绑架人质得手后，马上就把人质给杀害了，然后再行敲诈。这种情况的结局是，即便抓住了绑匪，警方也无力回天使人质死而复生。而不明就里的受害人亲属，由于思亲心切，往往会怪罪警方无能，甚至悔不当初地埋怨："要知道是这么个结局，我们宁可花钱消灾，也不去报警。"

面对非难，一切辩解都是苍白无力的。参战民警上下不落好，恰同耗子钻风箱，两头受气；八戒照镜子，里外不是人。在此情况下，他们只能捏着鼻子吃大葱，忍气吞生（声）。

怎么才能最大限度地避免悲剧发生，成功解救人质呢？这时，吕胜脑海中突然迸出《兵略训》中的一段话来："兵贵谋之不测也，形之隐匿也，出其不意，不可以设也。谋见则穷，形见则制。故善用兵者，上隐之天，下隐之地，中隐之人。隐之天者，无不制也。"

想到此，一个成熟的设想，随即在吕胜脑海产生：不使绑匪觉察到有受到打击的危险，密侦密破，方属上策啊。于是，吕胜断然决定以"上隐"之智侦破这起绑架案，他沉稳冷静地向高仲贤面授机宜："高局，这事搁到谁身上，都不好过。但你要强忍悲愤，不露声色地配合公安机关与绑匪周旋，为我们赢得时间、赢得战机。

"第一，绑匪再打电话时，你要恰到好处地向其哭穷，亲家母借黑豆，没话找话说，尽量拖延通话时间；

"第二，态度强硬地向绑匪要求，与高小宝通话，直言不讳地告诉绑匪，只要孩子活着，就按照他们的要求拿钱赎人。听不到孩子说话，分文不给。说这话时要把握好分寸，不要太刺激绑匪，以免这些亡命徒铤而走险；

"第三，机不密则事不宜。要委曲求全，在公开场所示弱，散布没有报警，现在正千方百计筹钱，为保孩子的命，即便倾家荡产，也在所不惜……"

响鼓不用重槌敲，高仲贤心有灵犀一点通，他明白吕胜的良苦用心，连连点头道："明白！明白！我们家一定全力配合。"

为了不使高仲贤过于忧伤，吕胜信心十足地向高仲贤表示："高局长，你放心，哪怕只有百分之一的希望，我们也会付出百分之百的努力，设法把小宝成功解救回来。”

稳定住高仲贤的情绪后，吕胜马上拨通林忠的手机：“我是吕胜，你马上率两名技术员，隐蔽进入教育局高局长家，将他家中的电话进行技术处理，全天候侦监，如有异常电话，迅速确定对方活动的地域和范围。”

快刀斩乱麻，干净麻利快地部署完后，吕胜真诚地征求贺国庆的意见：“贺局，您看先这样办行不？”

贺国庆凝神思索片刻，明确表态：“行，先这么办，你马上调警进行外围布控，有枣没枣先打一竿子，以后根据案情进展，再对症施策。”

民谚说：“屁是屎的头，风是雨的头。”阵阵强劲的东南风掠过地平面，飞沙走石，天高云低。黑云万马奔腾般急骤密集，滚雷在天尽头“轰轰隆隆”作响，一声近似一声。陡然，一道耀眼夺目虬龙似的闪电，撕破黑压压的乌云，瞬间闪现于长空，紧跟着“喀嚓”一个响雷，犹如震落了天筛中的豆粒，密集的雨珠随之铺天盖地降落下来。顷刻之间，浩浩大千世界一下子被笼罩在“哗哗”的雨声中。

倦游宜听雨，这原本悦耳美妙的雨声，此时此刻却像令人揪心、伤感的音符，给坐困愁城的高仲贤平添了几多忧思和惆怅。仅仅一天多时间，他突然显得苍老了许多，头发蓬乱，双目无神，面容憔悴，愁眉紧锁，整个人乍看也比以前瘦了一圈儿。儿子凶吉未卜，生死不明，他心里是啥滋味啊！按照吕胜的安排，他坐守家中，准确地说是守在电话机旁，专候绑匪的电话。风声、雨声、雷声，声声敲击着他惶恐不安的心弦。儿子惨遭不测，危在旦夕，他怎不心如刀绞，万箭穿心般难受啊！

“嘟，嘟——”电话铃终于响了。高仲贤先是一愣，旋即匆忙抓起话筒，里面传来的，仍旧是那个阴冷的声音：“钱准备好了吗？”

高仲贤依计哭穷道：“老弟，五十万不是小数，我东拼西凑，才拼凑五六万。”

“哼！”对方显然是极为不满意地恐吓道，“别要花招，不许报警，如果不按我们的要求办，把钱看得比人贵，我们就让你后悔一辈子，到那时你可别怪哥们儿心狠手毒。”

“老弟！”高仲贤强压怒火，继续与绑匪周旋道，“我总不能人财两空吧，你能让我儿子给我说句话吗？如果确认我儿子现在平安无事，我会更放心地抓紧时间筹款。”

大概是觉得这个要求合情入理，并不过分，对方沉默不语，可能是在考虑。屋内沉寂得瘆人。高仲贤呆呆地抓着话筒，不知所措。

蓦然，话筒里传来高小宝可怜巴巴、撕心裂肺的呼叫声：“爸、爸——”身陷魔窟，在死亡线上挣扎的高小宝，只叫了一声爸，便憋屈得“哇”地发出凄惨的哭声。这个充满恐惧的孩子，抽抽噎噎地向高仲贤哭喊道：“爸，快把钱给这些叔叔送来吧。我今后会还你的，儿子求你了……”

听到儿子的血泪哭求，高仲贤悲喜交加，潸然泪下，心就像被人活生生揪出来又揉碎了般痛楚。喜的是儿子仍然活着，活着就有希望。悲的是儿子小小年纪，竟遭此横祸，这会给他幼小的心灵造成多么大的创伤啊。他忍悲劝慰儿子：“好孩子，你一定要坚持住，听他们的话，爸就是砸锅卖铁，也要筹钱救你。”

这时，对方“啪”地挂断了电话。从最后传来的一点声响中，高仲贤判断出，绑匪是野蛮地从高小宝手中抢走电话的。

蓬头垢面的邵敏被押进刑警支队审讯室。开始，她以为自己被抓，仅仅是因为卖淫的事儿，因此，满脸的不在乎，责备民警是拿不住烧窑的，就惩罚卖盆的。甚至竟恬不知耻，刁滑诡谲地向讯问她的雷鸣等民警高谈歪理道：“不用水，不用电，自己的机器自己转；也不吭，也不响，也不反对共产党。一节约能源，二不污染环境，三无政治问题，恁说，恁逮俺干啥呢？”

待邵敏信口开河，胡诌一通，邪气放完后，雷鸣怒挑柳眉，厉声问道：“邵敏，你也别扯得太远了，赶快收起你瞒天过海的鬼把戏。我问你，认识方启明吗？”

邵敏心头一惊，强装镇静答：“认、认识啊。”

“方启明被害你听说了吗？”

“听说了。”

“不仅仅是听说吧？”雷鸣敲山震虎，引而不发。两道锐利的目光逼视邵敏，刺得原本就做贼心虚的她心中发毛，屁股不由自主地欠动一下，长叹口气，再不吭声。接下来，问得轻了，邵敏便紧咬牙关，一言不发；问得重了，便避重就轻，躲躲闪闪，翻来覆去只交代她卖淫、吸毒，有时为筹毒资，也曾倒手转卖过几包白面。

邵敏坚不吐实的态度，无形中便使这场审讯变成了她与警方展开的智慧与狡诈、正义与邪恶、意志与顽固的红、黑大较量。几个回合下来，神倦心疲的邵敏，身体左歪右倒，就有些坐不稳了，一味唉声叹气。她身旁的条椅上，放着一碗香喷喷的五香豆沫和两根焦香酥黄的油条，但困乏得像丢了魂似的她，根本就没了食欲。

不知何时，吕胜悄然出现在审讯室。雷鸣不失时机地告诉邵敏："邵敏，这是我们的吕局长，他亲自来审问你，你该掂量掂量，自己的问题有多么严重了吧！"

邵敏阴死阳活地翻眼瞅吕胜一眼，马上又把眼皮耷拉下去。吕胜同样审视一眼邵敏，信手拿起讯问笔录看看，耐心引导道："邵敏，政策都给你讲过了，侥幸心理，趁早打消。狡猾抵赖，死路一条。一切幻想都是多余的。只有老实坦白，才是你惟一的出路。"

邵敏面若死灰，哑口无言，无动于衷。

吴国发见邵敏是煮熟的鸭子，嘴还硬。一时气得七窍生烟，怒火不打一处来，掂根尼龙绳，怒气冲冲地冲到邵敏跟前，数落道："我看你这货是花岗岩脑袋，不开窍；茅房板做棺材，臭了半辈子还装人。吕局，别给她摆那么多理了。我看这个熊货分明是散柴火一堆，欠捆。我今个儿非把她捆服了不中……"

吕胜忙迎上去夺下吴国发手中的尼龙绳，把吴国发拉到一边，劝阻道："看你这麦秸火性子，别着急，容邵敏再考虑考虑嘛！"转而又开导并提醒邵敏说："吸毒贩毒的问题，你一个字不说，我们也已经掌握。你现在需要如实交代的是，那天晚上，你给方启明通话后，又干了些什么？"

邵敏脑袋耷拉着，整个身子就像被猫盘软了的老鼠，软弱无力地支不起架来，不时往前栽头打瞌睡。雷鸣抬身过去，掂着肩头的衣服把她晃醒，提醒道："哎，问你话呢！"

邵敏不情愿地睁开充满血丝的惺忪睡眼，死嘴粘牙狡辩道："我没给方启明打电话。"

吴国发气呼呼地训斥道："你当我们是吃干饭的？没有真凭实据，我们能传讯你！铁证如山，你毒蛇咬秤砣，嘴硬也没用。"

吕胜担心吴国发说到气头上再动粗，忙打断吴国发的话，正言不讳地警示邵敏说："邵敏，这些人没工夫给你磕牙拌嘴。我们办案，历来是重证据，不轻信口供。你不承认，只能说明你心中有鬼。"

邵敏缄口结舌，略有惧色。耷拉着头沉思片刻，终于少气无力地问："吕局长，我文化不高，想向你请教个问题，你看中不中。"

"行啊，只要是我知道的，一定毫无保留地奉告。"吕胜以诚相待，绝无讥讽歧视之意。

"那——那国法规定，犯了啥事枪毙？"邵敏吞吞吐吐，试探着又往前蹚了一步。

吕胜听问暗喜，心想，此人的心理防线看来已经崩溃，于是便尽其所知告诉邵敏："危害国家安全罪中，背叛国家、分裂国家、叛乱、暴乱、间谍、资敌等犯罪，情节严重，造成严重后果的，可以判处死刑；

"危害公共安全罪中，放火、决水、爆炸、投毒、破坏交通工具、破坏交通设施、破坏电力设备、破坏易燃易爆设备等，犯罪情节严重，造成严重后果的，可以判处死刑；

"妨害社会管理秩序罪中，劫持航空器、制毒、贩毒、传授犯罪方法等犯罪，情节严重，造成严重后果的，可以判处死刑；

"侵犯公民人身权利、民主权利罪中，故意杀人、故意伤害、强奸、奸淫幼女、绑架、拐卖妇女儿童等犯罪，情节严重，造成严重后果的，可以判处死刑。"

"可以不枪毙吗？"邵敏一步步接触实质问题问。

"当然可以。"为了打消邵敏交代罪行的顾虑，吕胜明确答道："过失、被虐待、有前因、防卫过当、有重大立功表现、能主动坦白、投案自首的，都符合从宽处罚条件。"

"嘿，嘿嘿！明白了。"人困马乏，眼皮打架的邵敏，魂不守舍地突然发出一阵令人浑身起鸡皮疙瘩的惨笑。然后哭丧着脸向吕胜请求道："吕局长，我实在困得撑不住了，你能不能让我睡一会儿，哪怕是半个小时也行。头脑清醒了，我一定交代。"

吕胜正颜拒绝："现在的问题是态度。你的事儿，只要想交代，五分钟就能说清楚，卸下包袱后，再休息，多好。"

在警方的穷追猛打和政策感召下，邵敏的最后一道心理防线终于坍塌，像一只斗败的公鸡，夹尾服输道："让我喝口水，我交代，我交代！

“那天，我与方启明争吵后，回到‘迎宾旅馆’，正好有个叫刘道光的去找我。他经常去嫖娼，慢慢地与我熟识后，每次去都找我。我见他人挺横的，心想不定什么时候能用得着这小子，于是便对他热情有加，百般讨好。有时钱给多给少，我也不与他计较，感动得他见面直喊我姐，我也乐得顺理成章地称他弟。当下见我眉头紧锁，心事重重，便追问我发生了什么不愉快的事儿。我就把方启明逼债，与他争吵的经过向刘道光叙说一遍，同时央求刘道光帮我想想办法。刘道光思索了一会儿，目露凶光，突然恶狠狠地从嘴里迸出一句令我大吃一惊的话来：‘邵姐，量小非君子，无毒不丈夫。干脆把那小子灭掉算啦，省得他再逼你了。’我听后开始有些胆怯，转念一想，为了赖债，别无他法，于是便一时糊涂，鬼迷心窍，在想不出更好赖债办法的情况下，默然点头答应下来……”

第十五章　公安砺警岗位练兵　警匪血战初露形踪

“蹦得爽”迪厅门前灯火辉煌，霓虹灯交相争辉。高大的台阶，给人以威严、神秘莫测之感。

方启明架着拐杖，吃力地一阶一蹬往上爬。紧随其后的，是一个年约二十出头，浓妆艳抹，袒胸露乳，下着超短裙的女人。其衣着仪态，一看就会令人自然而然地把她与坐台小姐联系到一起。大概是看方启明举步维艰，她便极有眼色地急走几步，赶上去搀住方启明的胳膊，助其拾阶而上。

二人外部形象的巨大反差，不可避免地引起迪厅门口两个值班保安的好奇。二人窃窃私语，感而叹之道：“唉，南京到北京，没见过瘸子进迪厅。你看这小子那熊样儿，鸡胸龟背，拐腿撇腚的，艳福还不浅哩，真是好汉无好妻，孬汉子娶个花滴滴。嘿嘿！”

另一位侧目扫视方启明和那小姐一眼，世故地教训说话的保安道：“我看你老兄也是少见多怪！如今的女孩儿，都他妈是马尾拴豆腐，别提了。她们在婚恋问题上崇尚啥你知道吗？”言者故意拖着长腔问。见对方答不上来，接着卖弄道：“年龄不是距离，长相不是问题；体重不是障碍，只要有钱就依。你说，这他妈叫嘛玩意儿！”

林荫道边一棵粗大的法国梧桐后，刘道光阴鸷的目光死鱼眼般在愣愣地盯着方启明的背影，直到他一瘸一拐地消失在迪厅大门内，才阴险地咧嘴“哼”了一声，闪身离去。

舞池内，犹如弥漫着雾霭的昏暗灯光下，伴随着“嘭嚓嚓、嘭嚓嚓”动感而刺激的摇滚乐声，一个个红男绿女身上像一百个螺丝钉没上紧似的，手舞足蹈，摇首摆尾，也不怕闪了腰，踏着音乐的节拍狂欢。

方启明进舞厅后，颇有自知之明地偕陪同的小姐，在舞池北面觅个不显眼的地方，坐了下来。二人边欣赏舞池里令人眼花缭乱的场景，感受着喧嚣、刺激的气氛，边嗑着瓜子闲聊。工夫不大，方启明的手机突然响了起来，他从衣袋里拿出接听，由于声音实在太嘈杂，乱哄哄的什么也听不清楚。于是，索性架起拐，一瘸一拐地走出舞厅，到门外接听："哦，是邵敏呀，我正在迪厅呢！刚才里面太闹，听不清，有啥事，你说吧！"

"哥，你可别跟我一般见识！其实，我这个人你也知道，有嘴无心，说完没事儿。那天赶到气头上，拉不下脸面，跟哥顶撞几句，回来我就后悔了。"

"后悔不后悔都没关系，关键是赶紧还钱！"方启明提起这事就生气，寸步不让地拉硬事弓道。

"是啊，好借好还，再借不难。为表忏悔之意，那天咱分手后，我就人托人，脸托脸，七拼八凑，总算把欠哥的钱找够了。我现在在租赁房内，你看是我给你送去，还是你来拿呢？"邵敏按照刘道光教的，甜言蜜语诱骗方启明。

方启明一听邵敏要还钱，喜不自胜，笑逐颜开地想，这哪儿是还钱的地方，当下便顺水推舟夸奖道："你还是有办法的嘛！行，还是我过去拿吧。"

关上手机，方启明兴冲冲地到吧台结完账，又拐回舞厅，对陪同的小姐解释说："兰兰，账我已经结过了。你先在这玩会儿。我有个急事儿，一会儿就回来。"

兰兰有点恋恋不舍地献殷勤道："我陪你去嘛，也好有个照应。"

"不用！"方启明不想让她知道这笔款的事儿，一口回绝，转身一步一拐，踉踉跄跄地走下门台，招手拦辆出租车，往位于城乡接合部邵敏的租赁房而去。他前些年曾多次到邵敏住处寻花问柳，所以，那个地方他并不陌生。

当方启明紧赶慢赶，摸到邵敏凌乱不堪、脏得简直与猪窝无异的租赁房后，才知道上了当，邵敏不仅根本无钱可还，而且还找了个彪形大汉仗胆。当然，他不知道此人就是刘道光。于是，二人又针尖对麦芒地戗起茬来。吵闹了一会儿，方启明质问邵敏究竟打算怎么办？邵敏不长不圆，直眉瞪眼，喘着粗气，不停地在方寸之地走动着。方启明耷拉着脸坐在一个小木凳子上，嘴噘得能拴个老叫驴，一条残腿伸得直挺挺的，绷在拐杖上，气得吹胡子瞪眼，摆出一副藐视的神气，乜斜眼盯着邵敏。

蓦然，邵敏"扑通"跪倒在方启明面前，泣诉恳求道："哥，不是妹子蒙你，欠你的钱，我一时确实还不上。今儿个请你来，就是想求你缓个一年半载的，妹一定有情后补。”

方启明得理不让人，愤然喝道：“你敢耍老子，看我明天要你的好看……”言罢起身欲走，被一心想讨好邵敏的刘道光飞起一脚，“啪”地踢中脑门。方启明应声倒地。刘道光给邵敏使个眼色，二人索性一不做，二不休，双双扑了上去，邵敏按住方启明蹬弹的双腿，刘道光死死卡住方启明纤细的脖颈。方启明见二人欲下毒手，心想光棍不吃眼前亏，先躲过这一劫，再给你小子算账。于是便挣扎着讨饶道：

“老弟，钱我不要了，屁股兜里还有个银行卡，也送给你，放我一马，行不？”

“密码？快说密码！”刘道光双手使劲在方启明的脖颈处摇晃着，咬牙切齿地逼问。

方启明被卡得上气不接下气，吃力地答：“六、六、六个八……”

“去你妈的！”刘道光深知杀虎不死，必被虎伤之理，况且又是为了帮邵敏赖债，蓄谋要索方启明命的，遂置方启明的苦苦哀求于不顾，心一横，两个铁钳般的手同时发力。俄顷，方启明便眼鼓筋暴，细麻秆腿儿急促蹬弹、抽搐几下，吐舌翻眼，浑身一软，魂赴阴曹了。

见方启明命断气绝，刘道光起身喘口气儿，用脚将方启明的尸体挑翻个个儿，从其裤兜内搜出一个银行卡和几张百元面值的现钞，然后从床底下拿出一个早已预备好的尼龙编织袋，把方启明的两条细腿儿“喀吧”折到胸前，手慌脚乱地把方启明的尸体给塞了进去，拉上拉锁，推到床下，然后与邵敏商量取钱之事……

次日黄昏时分，刘道光在给摩托车加油时，特意多灌一塑料壶汽油，为掩盖罪恶，他又设计了移尸、焚尸的反侦查手段。

一切准备就绪，等到夜深人静时，刘道光把装方启明尸体的尼龙编织袋掂下楼，放到摩托车后架上，前面驮着邵敏，朝西环路驶去。

在一个十字路口，一道手电筒的光柱，突然直射到刘道光脸上，他双眼被照花，忙刹住车，定神一看，但见两名臂戴红袖章、手提水火棍、由下岗职工组成的治安巡逻队员，拦住他们厉声盘问道：“干啥的？”

心中有鬼的刘道光见问，登时吓得出了一身冷汗，暗自叫苦不迭。心想，厨师拍屁股，坏菜！仓促间，他随机应变，急中生智答道：“卖肉的，刚从屠宰场进货走到这儿。”

“卖肉的！”一名巡逻队员沉吟着走上前，不经意地捏一把尼龙编织袋，觉得里面软乎乎的像肉，但他无论如何也没有想到是人肉。于是，轻轻拍着袋子感慨道：“唉，干啥事儿都不容易，起早摸黑的，走吧，快走吧！”

早已吓得心提到嗓子眼儿的刘道光，像溺水的人捞到了救命稻草，暗自庆幸巡逻队员没有仔细检查，于是忙求之不得地点头哈腰道：“是，是！”然后加大油门离去。

驶到西环路，刘道光停下车，前后左右打量一番，见空旷无人，便把方启明的尸体卸下来，掂到路边。邵敏先把汽油泼到方启明尸体上，刘道光让邵敏闪开，从裤兜内掏出一根用汽油浸泡过的、手指粗的尼龙绳，将其一端压到方启明尸体下，另一端拖出去数米远，掏出打火机点燃。

乌漆墨黑的夜色下，尼龙绳跳跃着蓝色的火焰，携着“噼啪”分离的火星儿，像一条发光的长蛇，“吱吱”地向前蠕蠕而动，快蔓延到方启明尸体旁时，只听“嘭”的一声，方启明的尸体眨眼间便变成一个炽烈的火团。

“哼，叫你狗日的还逼邵姐还钱……”火光辉映出刘道光狰狞的面目，他故意在邵敏面前谄媚逞能地发泄一番，得意地掉转车头，返回市内。

案件听到这里，雷鸣对吕胜附耳提醒道：“哦——，这就形成了我们在现场发现的开始往南，后又往北的半个S形车痕。”

吕胜会意地点点头，注视着邵敏问：“讲讲刘道光的基本情况，面貌特征，居住何地，手机号码？”

邵敏摇头答：“我只知道他叫刘道光，别的真的一概不知。他高个儿、长脸，左腮帮子上有一条刀疤，胳膊上文青龙盘剑。自去年认识他以来，每次都是他到‘迎宾旅馆’找我，来去匆匆，神秘兮兮，就像街头送小广告的，随便一塞就走人。从未见他用过手机，也不讲自己的事儿，言谈举止中，我隐约觉得他好像是黑道上的人物。再说啦，妓女与嫖客，他拿钱我供色，毫无信义而言，加之我开鱼行懒得问鳖市。唉！”邵敏长吁短叹一声问：“竹筒子倒豆子，我都毫无保留地全倒出来了，该让我睡会儿了吧？”

吕胜以胜利者的口吻，干脆地答应道：“嗯，我看可以！”而他的脑海里，此时已在盘算着如何大海捞针，尽快寻觅到神秘人物刘道光。

颍川市新世纪广场。旌旗猎猎，歌声嘹亮；豪情似火，龙腾虎跃。

坐北朝南，临时搭建的阅警台上方，悬挂着红色巨幅横额，上面醒目地贴着“颍川市公安机关阅警式暨岗位练兵成果汇报表演”的白色仿宋体大字。阅警台两侧，一对硕大的橘红色气球悬若日月，腾空摇曳，一个气球下拖着一条瀑布般、从天而降的颀长红布，上面贴着一副对联。上联是：“与时俱进求发展振奋精神顽强拼搏全力维护社会治安稳定”；下联是：“固本强基上台阶从严治警苦练精兵切实加强公安队伍建设”。

金挽群在北京学习尚未结业。不过，他对这次活动仍高度重视，特意发来了热情洋溢的贺电：

颍川市公安局：

欣闻你局举行阅警式暨大练兵成果汇报表演，谨表示支持和诚挚祝贺！此次活动，将对展示我市敢战敢胜的警力，震慑犯罪，鼓舞士气，起到不可估量的推动作用；愿全市公安机关继续切实肩负起巩固我党执政地位、维护国家长治久安的历史重任，在创建优良经济环境，保障人民安居乐业方面，勇往直前，再立新功。预祝活动圆满成功！

张政明等市委、人大、政府、政协领导，在贺国庆的陪同下，就坐于阅警台前排。贺国庆身着警装，比寻常显得更加英武、潇洒。

张政明眺望着威武雄壮的武警、消防官兵、公安民警和自发而来的黑压压的群众，按捺不住激动的心情，把面前的麦克风扭到一边，侧身若有所思地对贺国庆说：“古人曰，虽有良剑，不锻砺则不锋；虽有良弓，不排檠则不正。”

“是啊！”贺国庆亦深有感触地道，“刀不磨不快，警不练不精。全员素质的提高，是振兴我们颍川市公安工作的关键。而今年以来我们开展的岗位大练兵活动，就是为了从根本上解决‘说不过，追不上，打不赢’的问题。我们立足岗位，着眼基层，贴近一线，注重实战，干什么，学什么；缺什么，补什么，以实现战中练，练促战，战必胜的终极目标……”

就在张政明、贺国庆谈兴正浓时，雄壮的乐曲声响起。贺国庆礼貌地给张政明打个招呼，悄然离席，走下阅警台。

这时，喇叭里传出男女解说员甜润、清晰，极具穿透力的声音：

男：“各位领导！”

女："各位来宾！"

合："你们好！"

男："阅警场上，沙场点兵。"

女："人民卫士，热血沸腾。"

男："在新世纪的征程中，我们牢记宗旨，执法为民，不辱使命，开拓创新，用青春和汗水，铸就辉煌的篇章。"

女："为了能拉得出，用得上，打得赢，展示我市公安机关大练兵的丰硕成果，我们组织了这次盛大的阅警和汇报表演。来自全市公安机关的一千多名公安民警、武警、消防官兵，将在这里接受党和人民的检阅。"

解说员话刚落音，一辆敞篷吉普车，恰到好处地徐徐驶到阅警台前。面色凝重，挺立于车厢的贺国庆，面向阅警台，对着张政明敬礼道："报告首长，受检方队准备完毕，请您检阅！"

张政明矫健地走下阅警台，登上敞篷车，在贺国庆的陪同下，检阅了屹然昂立在检阅台东侧的受检方队。他用亲切的口吻，不时向官兵们致礼：

"同志们好！"

"首长好！"官兵们洪亮有力地回答。

"同志们辛苦了！"

"为人民服务！"

张政明、贺国庆检阅完方队，返回阅警台，分列式开始。

四名武警战士踏着进行曲节拍，高举迎风招展的五星红旗，行进在受检方队的最前列。

在国旗的引导下，四名公安民警抬着巨大的警徽，迈着铿锵有力的坚实步伐，齐步行进。紧随其后的，是八一自动步枪、徒步、车辆等方队。阅警台前，铁流滚滚，挟风裹电。各受检方队，精神抖擞，势不可当，充分展示了威武之师、正义之师的雄风和豪情。

方队过完，进行曲停播，标兵撤位。

喇叭里又响起女解说员的声音："各位领导，各位来宾，下面将要进行的是大练兵成果汇报表演，内容有擒敌术团体操、金融网点处突、交警队列指挥手势、警棍盾牌操、特定目标查缉、摩托特技擒飞贼、消防灭火等。首先表演的是：擒敌术团体操。"

擒敌术是在博取国之瑰宝中华武术精髓的基础上，融会现代散打、拳击、摔跤的实用招法，综合运用踢、打、摔、擒等招数克敌制胜。此套擒敌术手随意出，力随声落，打人快如卷地风，躲闪犹如火烧身。马踏虎践夺敌位，任他神仙也得晕。真可谓出手狠毒，交手敌惊，招招伤人，拳拳索命。十六个动作，表演方队一气呵成，其势静若处子，动如脱兔，气势磅礴。掏裆砍脖，掀腿压顶，抱腿撞裆，肘膝连击，挡爪锁喉，一招一式，刚柔相济，干净利落，赢得观众阵阵喝彩。

汇报表演紧打慢敲，扣人心弦。擒敌术团体操方队刚整队退场，A、B、C三名“歹徒”又粉墨登场。他们中A掂一把利斧，B持一把短枪，C腰缠一圈雷管炸药。三人像遛街之狗，鬼鬼祟祟窜到一银行营业厅门前，三人的“狼子野心”是显而易见的，那就是暴力抢劫银行。

附近不远处，两名巡警操着警惕的目光，在街头执行巡逻公务。

A、B、C三人在银行门前凑到一起，咬了一会儿耳朵，只见B举枪朝银行营业厅一挥，发出信号，三个人立即行动起来。B、C首先闯进营业厅。

此时，银行营业厅内仅有两名女工作人员。一名是刚走出校门，上岗时间不长的年轻姑娘；另一名是年约三十出头的少妇。看到在厅内东张西望的B、C，少妇礼貌地询问：

“你好！请问二位需要办理什么业务？”

B、C也不搭话，陡然，B凶相毕露，隔着防弹玻璃墙举枪对准姑娘的脑袋，C一把扯开上衣纽扣，露出胸前的炸药。B疯狂地号叫道：“不许动，快把钱递出来，否则就打死你们。”

C火上加油，接着恐吓道：“快，快点，不准报警。敢报警老子就与你们同归于尽！”

险情猝临，从未见过这种刀光剑影、逞凶撒泼打劫场面的年轻姑娘见枪失色，吓得“嗷”地惊叫一声，瘫倒于地。少妇临危不惧，机智勇敢地缩身隐蔽到防弹玻璃墙下的掩体内，同时按响了自动报警器。

霎时，银行营业厅内外铃声大作，报警装置终端的“110”指挥中心，也同时接到警情。指挥中心主任立即启动快速反应机制，指令在该营业厅附近巡逻的巡警，迅速赶往案发现场。两名就近巡逻的民警听到对讲机发出的指令后，掉头冲向营业厅。

银行营业厅门外的一名值班保安听到警铃，知道发生了意外，欲到厅内察看端倪，被A用利斧相逼，顺势挟持到厅内。A惊慌万状地向B、C吆喝道：

“伙计，老公来了，老公来了！”

B忙到银行营业厅门口察看动静，看到几路民警匆匆从不同方向包抄过来，忙焦急地对A、C道：“坏了，我们被堵在这里了。”话未落音，便听到警笛大作，满载治安、防暴民警的车辆，陆续到达。

警车呈扇状摆开，片刻工夫便形成对案发现场的半包围态势。车未停稳，全副武装的参战民警便争先恐后、奋不顾身地跳下车来，以车体作掩护，人人呈射击姿势，枪口直指银行营业厅门口处，进入战斗状态。

现场指挥以最快的速度，熟悉当前环境和情况后，首先对歹徒展开政策攻心。他手持半导体喇叭，对龟缩在银行营业厅内的歹徒喊话：“里边的人听着，我们是颍川市公安局的，你们已经被包围。我劝告你们立即悬崖勒马，终止犯罪，缴械投降，争取走宽大处理的道路。若执迷不悟，负隅顽抗，只有死路一条。”

银行营业厅内，三名歹徒听到警方的喊话一个个心慌意急，像没头的苍蝇一样，在大厅内扒窗拉门地乱撞，试图寻觅一条能避开警察枪口的逃窜之路。然而令他们失望和遗憾的是，除了那道一堵大山似的防弹玻璃墙，把他们和两名工作人员泾渭分明地阻隔开外，其他靠门临窗之处，均被民警包围得水泄不通，已形成关门打狗之势。三人就是插上翅膀，也休想逃出这个营业厅，除非是警方围三阙一，故意放他们一条生路。

B看逃窜无望，惊恐慌乱之下，气急败坏地举枪朝防弹玻璃墙上“砰”地开了一枪，岂料防弹玻璃墙形同坚甲，子弹头仅在上面留下一个钉头大的小白点儿，被反弹到一边，徒落个屎壳郎推屎蛋，劳而无功。

B仍不死心，又想出个点子，沮丧地指着防弹玻璃墙与柜台之间的一个窗口，气急败坏地指使C：“老C，炸，炸，看能炸开个窟窿不能。真能炸开，咱就从这儿进去收拾钱，然后设法从后门逃出去。”

C喜怒不形于色地白B一眼，冷嘲挖苦道：“我说你是白脖，还是装不懂呀？这屋子一炸塌，我们全被埋到碎砖烂瓦、钢筋水泥下，即使万幸没有被砸死，也变成了笼屉上的馒头，正好被老公们稳拿了，还怎么脱身呀！”

“嗯，行，行，算你有理。”B撇开C，指着防弹玻璃墙又对A发火道：“都什么时候了，你还愣着干什么？躺在棺材里绝食，你等死呀！快，快用斧头砸砸看。”

A用下巴努一下被挟持着的那名保安，哭丧着脸，左右为难地嘟哝道：

“他，他咋办？”

B眼珠一转，出主意道：“把他的鞋带解下来，一条拴着他的两个拇指，反剪到背后，一条系到脚脖上，绊他的腿，还怕狗日的跑脱不成。”

“行！”A言听计从，迅速照B说的如法炮制，把被挟持的保安拴妥当，“呸”地往手心啐口唾沫，抡起斧头，“嘭嘭”地砸起防弹玻璃。

“不好，歹徒开始施暴。我命令立即实施二号预案。”现场指挥听到营业厅内的动静，断然下令。

警令如山，两名民警敏捷地接近银行营业厅，从窗口处“嘭嘭”向厅内发射两颗催泪弹，然后又迅速撤回原来的位置。

顷刻之间，银行营业厅内烟弥雾霏，三名歹徒被呛得涕泪交流，一个个抹眼揉眵，咳嗽不止。泥菩萨过河，自身难保，哪里还有气力砸防弹玻璃墙，他们咬牙坚持数分钟，憋得实在忍受不下去了，B决定冲出营业厅：

“咳咳，老子实在呛得受不了啦，与其这样坐以待毙活受罪，倒不如拼个鱼死网破，冲出去，该死该活，听天由命算了。”B大口大口喘着气，嚷叫着钻出营业厅，刚出门便对正面的民警“啪啪”开两枪，试图杀开一条血路。

守候在其对面的狙击手，一个个处之泰然，怒视歹徒，沉着地将乌黑的枪口对准B，瞄准具中间的十字线，不时随着B脑袋的晃动而移动。

B冲出银行营业厅约两米左右，贼心不死，又要举枪对民警射击时，狙击手先其几秒钟扣动了扳机，首发命中，一个点射，将B的脑袋打了个大开花，刚刚还嚣张至极的B当场“毙命”。

停约片刻，但见A狡猾地躲在被挟持保安的身后，一只胳膊紧紧挽着保安的脖颈，一手将铮亮的斧刃横逼在保安咽喉处，以保安作掩护，推着保安走出营业厅。就在他心迷目乱，左盼右顾，寻思从哪个方向奔命之际，一民警从营业厅东侧墙根处倏然飞身跃起，说时迟，那时快，出手以拳变掌，一势掏裆砍脖，“啪”的一声，以千钧之力砍到A后脑勺处，只听A“哼”了一声，应声松开保安和斧头，身子天旋地转地摇晃几下，“扑通”摔倒在地，随即被冲上来的两名民警拖死狗般架上警车。

紧步A的后尘，蹿出营业厅的C，性情罕见的暴戾，他双手持引爆线，在银行营业厅门外弓腰咳嗽一阵子，缓过气后，忽如苏醒的毒蛇，陡然直起身，倚着墙凶残地狂叫道：“不准过来，敢过来我就引爆，炸死你们，咳咳……和……和柜台里的那两个臭娘儿们。”喘了口气，C又狂吼道：“老子今天豁出去了。叫你们当官的出来说话！”

正在密切观察事态发展的现场指挥放下半导体喇叭，坦然地把枪交给身旁的民警，赤手空拳，单刀赴会，无畏无惧地一步步来到距C适当的位置，心平气和地对C晓以大义道：“小伙子，你不要冲动。一失足成千古恨，凡事须三思而行，多想想后果，多想想生你养你的父母和亲人，他们含辛茹苦把你拉扯大，容易吗？当他们知道你落到今天这样的结果时，该是何等的伤心啊！

“俗话说，听人劝，吃饱饭。你还年轻，人生之路还很长！男子汉大丈夫，干什么不能安身立命，不能混出个人样儿来，何必出此下策，非要干这种使自己身败名裂的傻事儿。亡羊补牢，未为晚也。如果执迷不悟，顽固不化，一头撞到南墙上不知道拐弯，你身旁躺着的这个人，就是你的下场。那时，你就一失足成千古恨，悔之晚矣！”

C默思片刻，仍然胡搅蛮缠地顽抗道：“少废话，老子才不上你们的当呢！事已至此，反正横竖都是死，我给你们十分钟时间，快给我送来一辆车和五十万元现金，放我远走高飞。不然的话，老子就拉响炸药包，炸塌这个银行，大家一起完蛋。”C气焰熏天，狂三诈四地向警方提出条件。

为免C铤而走险，现场指挥耐心地给C解释：“你冷静点儿，提什么条件我们都可以商量。”稍停，又补充道：“你先耐心稍等片刻，你要的东西，总得容我安排人去准备吧！哦，对啦，如果你渴了，我马上让人给你送几瓶纯净水来。”

“哼，笑话。傻瓜才上你们的当呢，你想不动一枪一刀，麻翻我呀！那是石头狮子的屁股，没门儿。”C狡猾至极，马上就识破了警方的企图。

现场指挥只得暂时稳住他道：“那行，我安排人给你提车找钱。”言毕，撤回原位置。

时间不长，一名年轻英俊的民警，一手掂款箱，一手提溜着一个银光耀眼的汽车钥匙，缓缓走近C，二人相距约一米左右时，C神经质地晃动着手中的引爆线阻止道：“停，停，再往前走一步，我就让你听不花钱的炮响。”

民警收脚止步，沉着冷静地注视着C，进一步麻痹其道：“你要的东西，我都给你送来了，你还要怎样？”

C用疑惑的目光打量着民警，略一迟疑，抖抖精神诡谲地喝令民警：“就这样提着东西，转过身去，让我看看你带家伙没有。”

“行！”民警顺从地按C的要求转过身，C小心翼翼地走近民警，腾出一只手来，麻利而老到地在民警腰间、脚腕处摸一遍，见没带什么武器，这才壮起胆威胁道："转过来，把箱子打开，敢糊弄我，老子就抱着你同归于尽。"

民警先把车钥匙轻轻放到地上，用手指弹到C脚前，C只是低头扫视一眼，警觉地没有弯腰去捡。民警一计不成，于是又不慌不忙地伏下身打开款箱，箱子内一层层码得整整齐齐、红压压的百元面值的人民币，顿时映入C的眼帘。C贪婪的目光一亮，脸上情不自禁地流露出得意之色问："底下的不会有假吧？"问话间，C不由自主地弯腰翻看第一层下面的钱是否有诈。机不可失，时不再来，就在C罪恶的魔爪刚刚接触到款箱的瞬间，民警抓住战机，陡然爆发，一个箭步蹿过去，出招别背砍脖，其势如疾风闪电，锐不可当。C猝不及防，被民警击昏倒地。利令智昏，不可一世的C，须臾之间，便成了一条断了脊梁骨的癞皮狗。

端坐在阅警台后排的吕胜，正全神贯注，看得入神时，林忠从后面蹑手蹑脚走过去，轻轻拍一下吕胜的肩头。吕胜扭脸看时，林忠朝台下努努嘴，吕胜会意地抬身随林忠走下阅警台，见雷鸣正在下面等他。

雷鸣见吕胜走来，满脸含笑地投向吕胜一个炽热的目光。吕胜微微点下头，算是相互打了招呼。

林忠礼貌地对雷鸣说："你汇报吧！"

雷鸣莞尔一笑，反应敏捷地又把"皮球"踢给林忠道："各司其责。技术上的事儿，本来就该你汇报嘛。"

"那好吧！"林忠的嘴唇微微翕动几下，慢条斯理地道："根据昨晚绑匪往高局长家打电话暴露的线索，我们今天分头进行了排查，基本是劳而无功。据查，绑匪打电话用的是手机，卡是持假身份证买的，一个卡绝不使用第二次。"讲到这儿，林忠窝火地抱怨道："我要是人大代表，非写份提案，建议手机卡实行实名制不可……"

林忠属于那种慢性格的人，讲话的语速总是比常人慢半拍，以至于吕胜听他说话时，常常有不接气的感觉。此时见他正事已经讲完，不想再听他发"先天下之忧而忧"的感慨，打断他的话狠狠骂道："真是狡猾的家伙！"

膏药人人会卖，各自熬法不同。雷鸣却没有林忠那么悲观。她站在不同角度补充道："虽无重大突破，但我们从中还是发现、揣摩出一些端倪。如从作案手段、作案方式、作案目的、狡猾程度、反侦查能力诸因素审视，高小宝绑架案与王厂长家被炸案，作案手段、作案目的、敲诈方式上有着惊人的相似。因此，我认为这两起案件存在并案侦查的条件。”雷鸣观察一下吕胜的面部表情，接着又道：“广而论之，假如上述推断成立，那么，在西餐厅给你打电话的挑衅者，也极有可能是这帮家伙。”

“立足一点，统观全局，条分缕析，精义入神，让我茅塞顿开，佩服佩服！”吕胜操着满意的口吻，用风趣、幽默的方式，故意逗雷鸣几句，真实目的则是表达对雷鸣分析判断能力、鉴别案件能力的欣赏和褒扬。

雷鸣却不买这个空头人情，故作生气地把小嘴一噘，佛然作声道：“吕局，人家是在正经八百地向你汇报工作呢！”

“对，对呀！本局也是正经八百地谈自己的看法啊。”闹了几句，吕胜在雷鸣所讲的基础上，又引申一步，画龙点睛道：“刚才雷支队讲的，我也有同感。果若如此，销声匿迹多日的恶魔，终于又浮出了水面。坏事变好事，只要他们蠢动，就为我们抓捕他们埋下了伏笔，提供了条件。”讲这话时，吕胜心中也同时意识到了对手的狡猾、残忍和老辣，但他没有说出口。而是从长计议，有的放矢道：“下一步，先按照这一思路开展工作，要告诫参战民警，不能怕麻烦，不能怕吃苦，尤其要克服厌战情绪，二十四小时不间断监听、监控绑匪动向的措施不能动摇。一旦发现绑匪潜址，就马上启动快速反应机制，铁壁合围，擒匪救人，力争双胜。”讲完，他回视一眼表演正酣的阅警场，务实地道：“临渊羡鱼，不如退而结网。走，干咱的活去。”

高仲贤家宽敞的客厅内，愔愔无声，气氛显得压抑、沉闷，压抑沉闷得几乎令人透不过气来。夏爱芳在儿子被绑架后，忧思成疾，住进了医院。吴国发和另一名年轻的侦查员杨振海，根据吕胜的安排，暗中潜入高家，陪同高仲贤守候、监控电话。时已过午，高仲贤哪里有心做饭，吴国发、杨振海每人撕开一个盒装方便面，添入作料，倒上开水，碗口氤氲缭绕，袅袅升腾，立刻散发出一种特有的酱香味，令人闻之食欲大增。

在等候方便面冷凉的工夫，吴国发把一块干的方便面“喀吧”掰成两半儿，一半儿递给杨振海，一半儿留给自己，掉落的几粒碎渣，吴国发也珍惜地一点一点捏起来，放进自己嘴里。二人“嘎嘎嘣嘣”，津津有味地干啃起来。

“高局长，你也吃点东西吧！”吴国发劝高仲贤道。

“胃满，不想吃。你们先垫垫吧，唉！让你们跟着受委屈了。”守在电话机旁的高仲贤摇头长叹。此时，他人在屋里坐，心早已飞到儿子高小宝身上去了。他脑海中翻江倒海，浮想联翩，牵挂的全是儿子身陷何处？吃住如何？是否会受到虐待？发生此事是政敌雇凶折磨自己，还是绑匪纯粹为钱使然？他甚至想到了儿子那鲜活的生命，是否已经被绑匪残害……

就在高仲贤茶饭无心，身陷愁城之际，电话铃突然响起。高仲贤扫视吴国发一眼，颤抖着手，迫不及待地抓起话筒。电话中传来的依旧是那个令他厌恶、不愿听到却又不得不听的阴冷的声音：

“高局长，我们要的东西，你准备得怎么样了？”

“朋友，如今的人情比纸薄，钱不好借啊！我东拼西凑，又借了两三万，现在筹有七八万了。”高仲贤以商量的口吻恳求对方，“实在不行，送过去你们先花着，我继续找……另外，是不是能让孩子先回来，学习耽误的时间太长了，也是个事啊！”

对方沉默一会儿，不耐烦地道：“少啰嗦。你抓紧，至少得兑够十万。此外，找一辆微型小轿车备用，随时等着接我们的电话，以钱换人。我再重申一遍，如果报警，你看到的将是你儿子身首不全的尸体……”

高科技给公安技侦民警安上了千里眼，顺风耳。二人的通话内容，自然在警方的录音、监听之中。取下耳机，林忠马上来到吕胜的办公室，正好雷鸣也在。林忠道明来意，用右手的中指往上掀了掀压在鼻梁上的近视镜镜框，慢条斯理地向吕胜、雷鸣汇报道：“绑匪又动了。据监侦，这次是用手机给高仲贤通话的，信号出现区域在颍川河北岸蛤蟆坡一带，由于该信号始终在运动中，故具体方位不能确定。”

“这个货比泥鳅都滑！”雷鸣深恶痛绝地感叹道。

“是啊！我们这次的对手是典型的智力型犯罪。”透过扑朔迷离的表象，明察秋毫，举一反三，迅速从千丝万缕中理出头绪，找到破案最需要最有价值最关键的节点，也就是人们常说的突破口，这是一个经验丰富，精明超群的刑警尤其是指挥员所应具备的素质。吕胜沉思片刻分析道：“不过，从刚才绑匪的活动中，我们还是可以捕捉到一些可资判断的信息：

“第一，绑匪让高仲贤备车，这表明绑匪拥有机动交通工具，交钱的地点可能在市区以外较远的地方或者是在运动中；

“第二，绑匪疑心较大，对高仲贤心存戒意，惟恐高仲贤报案，所以他们让高仲贤找微型轿车，因为这种车速度慢，载人少，就是我们随车埋伏，也上不了几个人。这样，即便高仲贤真的报了案，对绑匪仍构不成太大的威胁，这可能就是他们让高仲贤找微型车的目的和如意算盘；

“第三，绑匪索钱心切，很快还会有所动作的。因此，我们现在所要做的，只能是因势利导，静观其变。在进行监听、监侦的同时，准备几辆地方牌照的车辆，就近守候在高仲贤家附近，以便随时出动。池大网小，切不可操之过急，如果我们现在就大张旗鼓地公开搜索，首先是五眼枪打兔子，光有响头，没有准头。其次是绑匪有可能杀掉高小宝，然后逃之夭夭。所以，这个案件的破法与无头女尸案不能相提并论，我们只能密侦密破，在暗中与绑匪斗智斗勇，寻找擒匪救人的最佳时机，做到不动则已，动必成功。”

夕阳西下，当又一个黄昏降临的时候，高仲贤再次接到绑匪的电话：“高局长，上午说的那两样东西，都准备好了吗？”

“他娘都快急疯了，想孩子啊，都按要求办好了，专门租一辆红色出租车，现在就停在家门口，随时按你的要求办。”高仲贤按照警方的交代，不温不火，恰到好处地应对。

“嗯！还行。我们也体谅你思念儿子的心情，现在就成全你，只准带一名司机和你的一部手机，见面地点听我们的。”稍停，绑匪又具体要求说：“你现在就上车出发，接到我们的电话，马上接听，直到我们见面，不准挂断，明白吗？”

高仲贤心中七上八下地答：“知道了。”

“如果多带手机或者挂断，我们马上就对你儿子不客气，具体怎么走听我们的。”绑匪前怕狼，后怕虎，畏首畏尾，恶狠狠地进一步威胁。

吴国发摘下耳机，忙把刚才出现的情况报告给吕胜。

一年三百六十天，难得在家吃一顿应时饭的吕胜，此时正从厨房里端着一碗粥出来，放到母亲面前。接听吴国发的电话后，忙从沙发上抓起那件寻常穿的咖啡色夹克衫，往身上披，三步并作两步冲出家门。

谭静泓闻声从厨房里撵出来，望着吕胜消逝的背影，无可奈何地摇摇头，不可思议地喃喃自语道：“你，你看，又有啥案了，慌得像去找魂似的……”

吕胜亲自驾一辆挂地方牌照的乳白色普桑，往高仲贤住处附近驶去。途中电话通知雷鸣：“毒蛇要出洞，通知各组马上行动，交替跟踪国发开的红色出租车，我马上就到。”

化装成司机的吴国发，和高仲贤登上停在家门口的那辆出租车，刚驶上大道，便接到绑匪的电话："高局长，从现在起，你不准挂断手机，明白吗？敢玩点子，我们拿你儿子是问。"对方语气中充满着杀机。

高仲贤有气无力地答："知道，照办！"他十分清楚绑匪之所以这样要求，是在限制他与外界的联系。

听到满意的回答，绑匪这才指令："你的车顺镇海大道，一直往北，咱颍川大桥北头见。你到达后对着手机说声'到'即可。"

"行行！"高仲贤想到马上就能见到儿子，连连满口应允。在他们乘坐车辆的前前后后，吕胜、雷鸣、冷一飞、王海涛等乘坐的车辆，将计就计，若即若离，不露声色地交替尾随。

出租车穿过繁华的街道，刚驶上颍川河大桥，见儿心切的高仲贤便对着手机喊一声："到！"

对方似早有心理准备，蓦然诈问："你的车后，跟的有公安局的车吧？"

同样有心理准备的高仲贤沉着应对道："人无信不立，老弟，你哪辈子被人骗怕了！"为消除绑匪的戒备心理，高仲贤反守为攻道："路上跑的车，像蝗虫一样，一辆接一辆，我可管不了，但我敢保证，我没有报案。"

对方"嘿嘿"一笑，自我解嘲道："小心无大差嘛，谅你也不敢。这样吧，你让司机继续往前走，咱颍北县南关收费站附近见。"

高仲贤拍拍吴国发的肩头："师傅，往颍北县南关收费站开。"

吴国发煞有介事地"嗯"一声，算是明白了。他憋气窝火地在心中暗暗骂道："火力侦察，居然察到老子头上了。"

同样跟踪尾随的技侦车上，林忠焦急地向吕胜汇报："吕局，我们捕捉的信号不停地移动，很难确定具体方位。"

坐在副驾驶位置上的吕胜，胸有成竹地答道："稍安毋躁，沉着应付，牛吃不了日头……"

夜幕降临，迎面而来或超过的车辆呼啸闪过。吴国发打开车大灯，熟练而沉稳地掌握着方向盘，直驶目的地。车至中途，绑匪突然再次改变见面地点："高局长，情况有变，我们现在在'海宇商贸中心'南门等你。"

"行啊，我们马上掉头往回返。伙计，你这样让我们瞎跑，唱的究竟算是哪一出啊！"原本就窝着一肚子气的高仲贤，气得竟然斗胆向绑匪拉起硬弓来。

吴国发忙向他摇摇头，暗示他小不忍则乱大谋，万万不可发作。同时，掉转车头，返回颍川市。刚进入市区，绑匪又发话道："高局长，实在抱歉呐，今天你的儿子没从外地送回来，咱们只好改日再见啦，哈哈哈哈！"对方讲完，发出一阵得意的狂笑。这笑声，比哭还难听，令听者毛骨悚然，不寒而栗……

吕胜返回办公室后，立即与雷鸣、林忠和三个大队的大队长分析案情，研究对策。

雷鸣纳闷地沉吟道："难道绑匪已经把人质杀害了？他们以逸待劳，牵着我们的鼻子漫游两个多小时，突然又销声匿迹。这些货葫芦里装的是什么药？他们究竟想要干什么呢？"

镇定自若的吕胜，再一次表现出处置复杂案件的智慧道："从目前我们掌握的情况看，绑匪索钱重于索命。换而言之，假如他们是报复，当晚就会把高小宝杀死在家门口，何必劫走。看来，绑匪此举还是图钱。因此，他们在没有拿到钱和没有发觉高仲贤报警的情况下，暂时还不会杀害高小宝。刚才他们之所以那样搞，除了他们的狡猾外，归根结底还是对高仲贤不相信，担心他报警，所以就费尽心思地搞了一次试探。其目的有二：

"其一，如果发现高仲贤报警，他们可以杀害人质后脚底抹油，溜之大吉；

"其二，为下步真正交钱换人进行预演，以便他们设计路线、时间和脱身的办法。

"各位，我们这次可是遇上真正的对手了，切切不可小觑。我判断，这伙胆大妄为的'毒蛇'，由于求钱心切，不用引很快还会出洞的。我们怎么办呢？还是那句老话，欲速则不达。绑匪有千条计，我们有老主意，这就是以不变应万变，高度保密，外松内紧；静观其变，沉着应对；捕捉战机，一网打尽。"分析完，吕胜接着宣布："贺局明令，为了确保人质生命安全，如果生擒不成，可以当场将绑匪击毙。"

在焦灼的等待和渴盼中，心神不宁、魂不守舍的高仲贤，又挨过一个饱受煎熬的白昼。令他稍感庆幸的是，晚九时许，绑匪又打电话来："高局长，交钱方式和昨天相同。你现在就出发，在半个小时内赶到颍北县东关，过时不候。"

趁上车前的空隙，吴国发匆忙用手机给吕胜发了一条"已经出发，往颍北县东关"的信息。

吕胜看完信息，立即通过对讲机指示各行动组："毒蛇出洞，循踪追击，目的地：颍北县东关。"

当吴国发加足马力，紧赶慢赶，快到绑匪指定的地点时，他们突然又改变主意："高局长，你马上掉转车头，开往颍北、海东、海平三县交界处的三通乡。"

经过近一个小时的颠簸，二人又赶到三通乡。车到十字路口，吴国发故意大声问："师傅，到三通乡了，现在往哪儿拐呀？"透过倒车镜，他看到有两辆自己人的车，擦着他的车身飞驰而过，心中更增添了与绑匪周旋的勇气。

绑匪大概透过手机，听到了异常，忙惊慌失措地追问高仲贤："怎么回事儿，你在跟谁讲话？"

高仲贤知道绑匪在虚张声势，诈唬自己，遂装作漫不经心地告诉对方："我们已经到三通乡十字路口了，司机问往哪儿走。"

"哦，是这样，谅你也不敢报警！"绑匪沉默了一会儿，似乎是在捕捉这边的动静。觉得安然无恙后，才又道："你们从十字路口往东拐，过加油站不远，右边有一个'T'字形路口，你把车停在路边等信。"

"知道了！"被绑匪折磨得精疲力尽的高仲贤，不知道他们接下来还会耍什么花招，有气无力地回答。

吴国发抖抖精神，心中暗暗佩服绑匪周密的计划和狡诈的心理。驾车东拐前行，驰过加油站不远处，果然看到一个"T"字形路口，便把车慢慢停靠到"T"字路口的三点交会处，熄火等待绑匪发话。

穹空如墨，四野阒然。这样的氛围，使原本就愁云密布、忐忑不安的高仲贤的心中，又平添了几多凶吉未卜的惶恐。正在疑惑之际，只听绑匪冷不丁道："把车门全部打开，你和司机都下车，面朝南站立。"

吴国发、高仲贤按照绑匪的要求，不紧不慢地走下车来，并一一打开车门，面朝南刚站定脚跟，只听"刷"的一声，两道刺眼的车大灯光柱，瞬间将他们笼罩起来。二人被强光照射得眼花缭乱，头晕目眩，完全暴露在绑匪的视线之中。

在确认车上没有隐藏其他人后，绑匪又道："高局长，现在你可以挂断手机，让司机双手抱头原地蹲下，你一个人掂着我们要的东西，顺着车大灯光柱，一直往前走，不要左顾右盼。"

“可以！”不知绑匪葫芦里装的什么药的高仲贤，救子心切，依言挂断手机，让吴国发蹲下，然后深一脚，浅一脚，趺趺撞撞地逆车灯而行。走至半道，蓦然从路沟的黑影处蹿出一个人来，一把夺过高仲贤手中装钱的提包，然后把高小宝猛推到高仲贤怀里，拔脚朝他们停车的方向跑去，几乎是与此同时，车灯“啪”地熄灭。

吴国发见状，冲高仲贤大喊一声：“趴下！”同时疾步冲过去，边追边对绑匪停车的地方“啪啪”开两枪。

绑匪狗胆包天，毫不示弱，开枪还击。枪声在沉寂的旷野里显得格外清脆。吴国发机警地闪到一棵树后，怒目寻找射击目标。

吕胜听到枪声，率十多名民警火速赶到增援，以群攻之势往前冲，岂料绑匪技高一筹，呈扇形互为依托，从三个方向，同时朝吕胜等民警开枪。参战民警迅速卧倒，各自利用地形地物，摸索着匍匐前进，快要接近绑匪时，意想不到的险情再次发生，绑匪突然疯狂地用微冲“哒哒哒”地向民警扫射起来，火力猛得犹如点燃了输油管口，枪口闪耀着火光，撕舔着苍茫夜色，无情地喷射向民警，压得吕胜、雷鸣等参战民警抬不起头来。所幸这场枪战是发生在夜间，绑匪的火力虽然强，但命中率却极低。混战中，仅有一名民警肩部负伤。

绑匪疯狂扫射一阵后，火舌骤然熄灭，一个家伙操着侮蔑的口气，甚嚣尘上地狂妄喊叫道：“你们军人的不是，战术的不懂，老子不跟你们玩了。哈哈哈哈！”说着，三人迅速合拢，驾车南逃。

“追，要不惜一切代价，打掉这伙亡命之徒！”吕胜一时性起，大喝一声，率警登车追赶。

雷鸣驾一辆面包车，一马当先，冲在前面。眼看快要靠近绑匪的车时，剽悍异常的绑匪诡谲地施以蛇行之势，左堵右挡。狭窄的乡间公路，白天会车尚紧紧巴巴的，何况是视线不好的夜晚，加之绑匪又千方百计阻挡，雷鸣不仅难以超越，有几次还险些被绑匪的车挤到路沟。情急之下，被激怒的雷鸣加足马力，朝绑匪所驾车的左后侧撞了一下。随着一声震撼人心的声响，绑匪的车向前猛杵一下，却仍未停下。

为了阻止警方车辆，车里的绑匪这时又施怪招，兴云吐雾，从车窗里撒出一把把白石灰和木屑的混合物来。眨眼之间，警方的几辆警车犹如钻入千山万壑间恣意弥漫、奔腾的云海之中。每辆警车的挡风玻璃上，都厚厚地蒙上一层这种混合物。白石灰把民警迷得睁不开眼，呛得不能呼吸。他们只得摇起玻璃，任绑匪肆虐。

“哈哈哈哈！”绑匪发出了得意的狂笑。

驾警车的民警被混合物所困，无法识别前方路径，几与瞎子无异，别说追赶绑匪，自己不翻进沟里就谢天谢地了。如果继续贸然尾追，随时都可能发生车毁人亡的严重后果。万般无奈，吕胜只得沮丧地下令停止追击，眼睁睁地看着绑匪借着茫茫夜色逃遁……

第十六章　雷鸣力主并案侦查
警方以枪顺藤摸瓜

撤退时，吕胜留下辖区派出所六名民警保护现场，次日一大早，便又率雷鸣、林忠等技侦民警，到警匪枪击现场寻找物证。在绑匪伏击民警的三个位置，技侦民警收集到三十多枚微冲和短枪弹壳。他们一枚枚用镊子夹起来，装入塑料袋。此外，还提取足痕若干枚。

林忠经过仔细观察，确定几枚条件较好的，用枯树支一一画圈，让技术员灌石膏提取。

就在现场勘查快要结束的时候，派出所王所长给雷鸣打电话，报告了一个新情况。雷鸣听后答道："好，好！我这就向吕局汇报，你们先保护好现场。"

雷鸣旋即来到正在埋头专心致志观察一枚足痕的吕胜身旁，汇报道："吕局，派出所王所长打电话，报称有村民反映，离这儿约五公里处，三圣塔的河湾内，发现一辆被焚烧的抛弃车辆。"

"是绑匪昨晚驾驶的那辆吗？"吕胜精神一振，直起腰杆道："走，咱们快去看看。"

当吕胜、雷鸣、林忠等赶到抛车现场时，看热闹的群众早已把这辆车围得里三层外三层。见有民警来，人们主动闪开一道缝儿，让吕胜一行过去。

这是一辆黑色普桑，车头扎进路沟，差点没翻过去。车门和前后挡风玻璃全部破碎，左后侧瘪下去个窅窝。两个后轮胎仅剩"铁锅"，车内被焚烧过，所幸由于油箱剩油无几，没有引起爆炸。

吕胜勘查一遍后，让林忠拍照。林忠从不同角度照相、录像后，又小心地将头探进车厢，侧光、逆光用放大镜在方向盘、摇柄、车门等处仔细寻找纹痕，因烟熏火烧，忙了半天，也没有找到一枚指纹。

吕胜让人找几块砖，挡住车前轮，然后仰面拱到车底下，用手抹去车架上的油泥污渍，对林忠说：“林忠，记下车架号。”

马彪眼戴墨镜，刘道光、李海深尾随其两侧，三人说笑着，漫无目的地在颍川市繁华的大街上游逛。

马彪仰视一眼太阳问：“现在几点？”

“差不多快十二点了吧。”刘道光估摸着回答。

“瞅个上档次的饭馆，今儿个晌午咱好好撮一顿，庆贺昨晚逢凶化吉，遇难呈祥。”由于昨晚敲诈得手，且又从公安眼皮底下逃掉，马彪今天的心情显得格外舒畅。

李海深指指不远处一家餐馆，提议道：“彪哥，‘闻香来’。这家馆子里，有几样菜管吃。”

“噢，有何特色，说来听听。”马彪肚里的馋虫被钓出，对李海深的提议表现出极大的兴趣。

“山不在高，有仙则名；水不在深，有龙则灵。别看这个餐馆门面不大，但来的晚点儿，就找不到座了。靠的就是几个门面菜。什么金葱烧鱿鱼、清蒸鲨鱼排、扒海参、盘龙鳝、炒面条、生氽丸子。”李海深如数家珍，一一道来，直讲得刘道光心动嘴痒，着急地嚷叫道：“中中，今儿个咱就尝尝这几样菜。”

说话之间，三人已经来到“闻香来”门前。马彪举目观望，但见门面虽然不大，收拾得倒也干净整洁，尤其是门两边那副“香招云外客，味引洞中仙”的对联，与餐饮业倒也十分的贴切醒目，吊人胃口。

“香招云外客，味引洞中仙。嗯，有点意思。”马彪反复品味着这副对联，饶有兴趣地确定道：“行，今天就这儿了。”

三人进得餐馆，让服务员找个单间，尚未坐定，刘道光往脑后抿一把光头，便冲服务员吆三喝四道：“茶，茶！”

服务员年约十六七岁，从衣着、神态、举止上一看，就知道是个刚从农村来到城市的小姑娘。她显然是经验不足，听顾客让“查”，便老实地从正在摘墨镜的马彪开始，“一二三”地数起人数来。刘道光生气地呵斥道：“倒茶！”

小姑娘一愣，心想，这人看着不咋样，还怪难伺候哩。于是又反过来，从李海深跟前：“三二一”地倒查一遍。

刘道光啼笑皆非地问:“你数(属)啥哩?”

小姑娘答:“属狗哩。”

刘道光知道小姑娘没明白他的意思,本不想啰嗦地又问:“啥主食?”

“啥主食都有,俺这店里数拉面最好,你们想吃细哩让师傅给你们拉细哩,想吃粗哩让师傅给你们拉粗哩,端上来还都冒着气热乎乎哩。”

李海深知小姑娘因口音不同而误解了,忍俊不禁劝刘道光:“算了,算了!别难为这妞了。”转而对小姑娘道:“报名。”

“小名叫臭妮,大名叫刘讷。”小姑娘腼腆地回答。

李海深“扑哧”笑道:“咳,哪个叫你报自己的名嘛!是让你报菜名的,我们好点菜。”

小姑娘脸一红,有点难为情地赔不是道:“不好意思,我刚上班两天,对这里的规矩不熟,请先生多原谅!”

这时,马彪早已不耐烦地催促李海深道:“算了,算了,老瘦牛摆尾,净瞎磨水门,你赶快点几个菜算了。”

“行行!”李海深慌忙俯首听命地对小姑娘说:“快记,来个蒜焖鲶鱼、金葱烧鱿鱼、椒盐乳鸽、红烧蹄筋。另外,再点两个素的,菠菜豆饼、水煮花生米,主食要一大盘炒面条,一盆儿生氽丸子。”

“够了,够了,咱人少。”刘道光阻拦道,“这些能吃完就不错了,一个人再抿二两哩。”

“哎,对了,再来两瓶‘闷倒驴’酒。这个酒劲大,喝了还不上头,不闹胃。”刘道光一句话提醒了马彪。

一杯水没喝完,服务员已把酒、菜陆续端上,礼貌地把每人面前的酒盅斟满,然后彬彬有礼地退出房间,守候在门外。

马彪、刘道光、李海深每人三盅酒下肚,各人抄起筷子,取菜就嘴。

“嗯,菜味儿还行。”马彪吧唧着嘴解开上衣扣儿,袒胸露臂上劲道:“喝闷酒没劲儿,道光,咱来几个响枚。”

刘道光见马彪叫阵,秤砣过河,一点不浮(服)地咧嘴一笑道:“嘿嘿!就你那臭枚……两口子打铁,这回你可找着对手了。不过,咱丑话可得先说到前头,快声快叫,一枚一,桃木的要现钱,小本生意不赊账,不攀不挑不等不替,输了赶紧撂窑里,中不中?”

“中!你说来啥?”马彪本来就心高气傲,被刘道光一激,登时也掳袖揎拳，跃跃欲试地问。

刘道光见问，毫不给马彪脸面，要饭的抱个扁嘴子，穷嘴呱拉舌地又数白道：“是来枚，是猜宝，杠子老虎大压小，尽你挑。”

“行行，就来响枚。歪嘴骡子卖个驴价钱，我看你吃亏就吃到嘴上。”马彪以老大自居，当真不当假地熊刘道光几句。二人捋袖出拳：“宝一个，鸳鸯对；巧七枚，八大仙；快九州，满堂红。”大呼小叫几个回合，刘道光连赢数枚，马彪一喝再喝，刘道光仍不依不饶，在一旁说风凉话，故意气马彪道：“口朝下，底朝天，滴一滴，翻一番。”直气得平素颐指气使惯了的马彪脸色铁青。欲发作吧，自己是输了枚该喝，只好心字头上一把刀，捏着鼻子忍了。

李海深见二人相互不服，都拉硬弓，担心他们猫脸狗屁股的闹翻了，为缓和尴尬气氛，忙和稀泥地把手伸到桌子底下，轻轻照刘道光大腿上拧了一下又晃晃，暗示他少赢几个：“光棍打九九，不能打加一；该喝酒时便喝酒，得饶人时且饶人。”按下这头，李海深转而呲牙一笑，充当和事佬，意在阻止二人再上别劲，又给马彪打岔道：“彪哥，昨天那事儿，不是你指挥有方，咋着也干不了恁板正。”

马彪乜斜李海深一眼，越说他胖他越喘地自鸣得意道：“哥走南闯北，见过世面。不是吹，喝的酒比恁喝的水都多，过的桥比恁走的路都多。哥不是窝囊废，哥吃过大把荆芥。听哥的，错不了……昨天要是听你的话，把车找个地方藏起来，瞅机会再卖掉。做梦娶媳妇，你想得倒美，今天别说在这儿喝酒喷空了，恐怕不死也得脱层皮。”

“有这么严重吗？怎么会呢？”李海深不解地问。

“咋会这样！你是不懂还是装迷啊？你以为老公们会睡大觉？今天全市的老公就会倾巢而出，旮旯缝道地寻找那辆破车，然后以车找人，你说我们能安生得了吗？我们把车扔掉，轻装而逃，呈凶化吉，与毛泽东当年四渡赤水，扔掉盆盆罐罐，有着异曲同工之妙。眼下，老公们可能正在围着那辆破车拍照、检查，狗咬尿泡瞎喜欢呢！”

“嘿嘿！”刘道光、李海深阿谀逢迎道：“彪哥智勇双全，技高一筹，分析得太到位了。”

马彪“咕咚”往嘴里灌一杯酒，告诫二人道：“两位老弟，记住了，干我们这行的，一要心狠手毒，尽量不留活口；二是千万不能因小失大，丢了西瓜捡个芝麻。”

“是是，彪哥言之有理。不过……”刘道光吞吞吐吐地沉吟道，“不过咱那两支……”他担心再遭没趣，欲言又止，用手比划个微型冲锋枪的动作。

马彪倾过身，神秘地低声道出自己的想法说：“恁想过没有？老公们发现咱扔的车后，杀死那个司机的事，也可能被牵扯出来。眼下，咱不能吹鼓手赶集，没事找事儿了。先埋在那儿，既缩小了目标，又沤不坏，等过去这阵风头再说。”

“哦，彪哥虑事周全，真不愧在特警混过，我算服了。”刘道光佩服得五体投地，就差没跪下磕头了。

“唉——”马彪举杯长叹，“话虽是这样说，但是，弟兄们千万不要忘记，我们的对手，毕竟不是乌合之众，而是一个高举执掌法律大旗、训练有素、装备精良的武装集团。这个集团小到一个派出所，大到全中国，都能像一个人一样调动自如，动用成千上万的人同时为一个案件而行动。一个人、几个人、一伙人，和这样一个集团斗法，终极惨败的必然是一个人、几个人和一伙人。这就好像耗子戏猫一样，耗子虽然敢戏猫，但最终变成佳肴的一定不是猫而是耗子。况且，久做必犯。人有失手，马有漏蹄。智者千虑，必有一失。不定哪一天，在哪个细微的环节上没玩好，我们就可能把小命给玩进去了。恁看看张子强、白宝山、魏振海、张君，哪个不是智谋过人，机关算尽；盛名鼎鼎，横行一时，而最后没有一个能逃脱身败名裂的可悲下场。他们有的被生擒活捉，有的挨枪饮弹，死无葬身之地……”

马彪一席话，直听得刘道光、李海深骨寒毛竖，心寒胆碎。刘道光下意识地捞摸一下自己的光头，咂吧几下厚嘴唇，怅惘问道：“彪哥，那咱往后咋办？”

“咋办！”马彪怪异地一笑，桀骜难驯地答：“到了这步田地，我们还能怎么办？就好像卖淫者明知丢人现眼，吸毒者明知倾家荡产，高官明知贪污受贿违法违纪，怀揣自杀炸弹者明知要粉身碎骨一样，开弓没有回头箭，现在再想拔腿也晚了。为了钱，我们只能明知不可为而为之，一条道儿走到黑。反正杀一个人是死，杀一百个人也是死。人生大难，无非一死。”大概是刚才与刘道光来枚时喝的急了，马彪瞪着因酒精刺激而血红的眼珠，说话舌头有点打卷地接着长叹道：“唉！人贵有自知之明，自从我们杀死姓文的那一刻起，社会就已经把我们打入了另册。我们实际上就成了过街老鼠，人人喊打的魔鬼、毒蛇、杀人狂、社会渣滓、害群之马、不齿于人类的臭狗屎之类的妖魔鬼魅。你们说，不这样，我们又能怎样……”

“彪哥醉了吧，本来是高兴事儿，怎么突然说起这些扫兴话来！”李海深打断马彪的话，不想让他再说下去。

“醉，真醉了倒好了，怕只怕没醉、似醉非醉。今日有酒今日醉，管它明日刀割头……快吃，吃完咱找个地方洗洗澡，泡泡妞，再设法干一把，然后远走高飞，躲得远远的，让老公们分析、推理、排查、悬赏去吧……嘿，嘿嘿！”

夜阑更深，繁星闪烁。颍川市公安局会议室里。吕胜、雷鸣、吴国发、林忠及大队长冷一飞、王海涛、胡长生及各县局、分局分管刑侦工作的副局长、刑警大队长班班到齐，一个个面色凝重，正襟危坐。

等约片刻，贺国庆端着保温杯，腋下夹着一个笔记本，稳步走进会议室。贺国庆在他习惯坐的位置上落座后，放下保温杯和笔记本，从口袋内摸出一个小塑料袋来，不紧不慢地从袋里一样捏一撮，放进保温杯里。

雷鸣眼里有活儿，起身掂起水瓶，往贺国庆杯中沏水并好奇地问：“贺局，泡的啥好茶呀？这么金贵。”

“谢谢！”贺国庆礼貌地以手扶杯，风趣地答：“哪里是什么好茶，绞股蓝、丹参、枸杞子、决明子还有山楂片。降脂降压，以茶代药。”说完，示意吕胜，“开始吧！”

“行！”吕胜轻咳一下，清清嗓子宣布道：“现在开会。议题只有一个，分析高小宝绑架、敲诈、武装袭警案案情，集思广益，把脉问诊，研究制订侦破方案。”他扭头问林忠：“准备好了吗？”

林忠点点头，应声摁下录音机的放声键，绑匪与高仲贤的对话旋即响起：“听说过香港的张子强吗？”

“听说过，听说过。”

“听说过就好。你的儿子高小宝，现在我们的手中，赶快准备五十万，我们保证他毫发无损，否则，你就准备收尸！”

林忠摁下暂停键，解释说：“刚才放的是高仲贤报案时的录音。下面请听我们的监录：

“爸——哇——爸，快把钱给这些叔叔送来吧，我回去后会还你的，儿子求您了……

“好孩子，你一定要坚持住，听他们的话，爸就是砸锅卖铁，押袜子卖鞋，也一定筹钱救你……

“哈哈哈哈——”

林忠“啪”地按下停止键，录音机戛然无声。瞬间，偌大的会议室一片沉寂，沉寂得每个人似乎可以听到自己的呼吸和“怦怦”的心脏跳动声。

“庆父不死，鲁难未已。暴徒不除，寝食不安。”贺国庆揉揉湿润的眼窝，打破令人压抑的气氛说，“同志们，从昨夜发生的公然袭警情况看，我们面对的，已不是三个仅仅为了金钱而犯罪的绑匪，而是一伙经过训练，具有一定反侦查能力，胆大妄为、不计后果、穷凶极恶的智力型犯罪的亡命之徒……”思忖片刻，贺国庆接着道：“为迅速打掉这伙对社会危害极大的暴力犯罪团伙，从现在起，全市技侦民警进入临战状态，各警种全力以赴，密切配合，在全市范围内形成大兵压境，全力围歼的态势，把侦破此案，放在与侦破文章华被害案同等重要的位置，打出我们颍川市公安机关的警威，向党和人民交出一份优秀的答卷！”

贺国庆目光炯炯，神情凝重地强调：“同志们！我们在这场你死我活的较量中，一定要做好两手准备，一是要充分发挥我们的智慧，随时做好与这伙暴徒斗争的准备；二是要各自安排好自己的后事，在保存自己，消灭敌人的大前提下，随时做好光荣献身的准备……”

贺国庆话刚落音，雷鸣热血澎湃，以从未有过的气概，忽地挺身而起，语气坚定地表态道：“我代表刑警支队，向局党委保证，除暴安良，忠于职守，流血牺牲，在所不惜。作为个人，不破此案，我就主动脱下警服，永不言穿。”

一石激起千层浪。在雷鸣激情的感染下，会议室内的气氛顿时活跃起来，与会者一个个激情满怀，纷纷表决心，发誓言，主动请缨，踊跃参战，案件研究会刹间变成了战前誓师会。

“至于排查的情况。”看大家讲得差不多了，雷鸣环视众人一眼，一板一眼地说道，“综合受害人高小宝提供和枪击现场勘查的情况，我们现在能够掌握的这伙暴徒的主要特征，有如下几点：

“暴徒是三个人，本地口音，年龄在二十至二十五岁之间，其中有一个人习惯戴墨镜；他们中至少有一人具备一定的军事素质，懂驾驶技术；三人均拥有短枪和至少两支微冲，具有射击技能。

“从其手机卡从不重复使用这一点可以看出，这伙暴徒作案手段之狡猾，虑事之周密，预谋之充分，皆为过去同类犯罪者所不可企及。作案特点是开始时勒索金额较大，经过讨价还价，不低于万元；交接时先反复试探，认为万无一失后，才具体实施，但从不做长时间周旋。交接地点选择的大多是城乡、县乡、县县接合部的开阔、便于作战和逃离的偏僻地带。

“高小宝一案的敲诈手法，与去年光明机电厂副厂长家被炸一案相似。首先炸光明机电厂副厂长家，然后敲诈王厂长，先索价十万，后减至三万。此外，与在北环路口夺王厂长款得手的作案手法、手机使用方法、思维方式也有着惊人的相似。所不同的是，那次是爆炸而没有动枪。”

“俗话说，习惯成自然。”吕胜接过雷鸣的话茬儿，站在专家的角度补充分析道，“犯罪分子为了达到既能得逞又可逃避法律铁拳打击之目的，往往会根据自己的智力和判断，对作案手段进行精心的设计。多次得手，屡试不爽后，认为自己的手段高明，就会逐渐形成稳定的心理定式和动作定式，也就是我们通常所说的习惯。而这种习惯，恰恰会为我们将多个案件并案侦查，提供有力的依据。”

讲完自己的想法，吕胜又把话头转交给雷鸣道：“噢！雷支队，你还接着讲。”

“行！”雷鸣文雅地点头接着道，“假如上述并案的推断成立，那么，王厂长被敲诈后，忘乎所以、在西餐厅打电话给吕局斗法者，也应该是这伙人所为。另外，今天上午查获的轿车，可以肯定是昨天夜里我碰撞的那辆，毫无疑问，也是暴徒抛弃的。

“据交警支队车管所证实，该车非我市入户车辆，车牌号是假的。经查对各地发来的协查通报，该车的引擎号、车架号，均与前段在徐州市火车站广场失踪的出租车司机刘景龙的车相符。不同的是车的颜色改变了，如果这辆车不是这伙暴徒购买的赃车，那么，他们也就极有可能是涉嫌抢劫车辆、杀害刘景龙的罪犯。”

“小窟窿掏出个大螃蟹。看来，我们面对的这伙暴徒，不仅既狡猾猖獗，而且还是一伙作恶多端，恶贯满盈的惯犯！”吕胜待雷鸣讲完，高屋建瓴地做总结性发言道，“鉴于高小宝已脱离魔爪，我们侦破的重点，下步应该全力转移到袭警案上来，紧紧抓住这个系列案中的牛鼻子，以期达到事半功倍的效果。诚如雷支队长刚才讲的，如果此案告破，就极有可能拔茅连茹，带破诸如光明机电厂爆炸敲诈案，绑架高小宝案，劫车杀害刘景龙案等一系列大案……

“此外，我们还应该考虑到，这伙暴徒在西餐厅明目张胆地给我打过电话后，突然像露珠一样从颍川市蒸发，类似案件随着他们的消失也不再出现了。时隔数月，他们突然死灰复燃，卷土重来，令人不可思议的是，还居然肆无忌惮地和我们真刀真枪地干了起来。枪从何来？他们销声匿迹期间，干什么去了？他们会悬崖勒马，改邪归正，放下屠刀，立地成佛吗？如果不会，是否流窜到外地搞枪？然后又杀回来作大案呢？”

贺国庆目光一闪，意味深长地赞同道：“嗯，不能排除这种可能。”

吕胜顺着自己的思路继续道：“确定侦查方向、选准突破口、锁定嫌疑人，是破案成功的关键，也是我们侦破这起恶性系列案的关键。具体怎么办？我看不外乎归纳和排除。

“刚才雷支队长在介绍这伙暴徒的主要特征时，我注意到‘并具射击技能’六个字，其他特征固然也很重要，但这点更具个性，试问，在我们这个对枪支控制极其严格的国家里，具有射击技能者，主要有哪些人呢？”

吕胜呷口水，自问自答道：“我们的同行、现役军人、射击运动员，另外就是军转退伍军人。而从我们目前已经掌握的情况看，这四类主要群体中，前三类暂且可以排除。排查的重点，应侧重于近两年全市的退伍军人。”

吕胜扫视众人，意在征求是否有不同意见。见众人不语，他又接着道：“为确保上述整体侦破方案的顺利实施，我提议成立排查、应急、技术三个分队，分工合作，各有侧重。

“排查分队立足全市，在进行地毯式排查的同时，重点对近两年的退伍军人进行排队澄底，一人不漏地查清其来踪去影；应急分队抽调三十名军事素质好，枪法准的民警，集结待命，随时准备出击。假如再有类似昨晚的警情发生，即以优势警力，争取在交接中将这伙暴徒击毙或生擒；技术分队要充分发挥千里眼、顺风耳的优势，再接到受害人家属报案，迅速利用高科技手段，监听监录，确定这伙暴徒的活动区域和范围。”

“会看的看门道，不会看的看热闹。行家一出手，便知有没有。”贺国庆语气中不无赞赏地明确表态，“除了吕胜同志刚才讲的外，我再强调两点：一是要发扬大协作精神，强化全市刑侦一盘棋的理念，相互配合，情报共享；普遍撒网，重点拿鱼，迅速打掉这伙暴徒嚣张的犯罪气焰；二是要充分发挥纪检、督察的作用，案件告破之后，实行责任倒查，失职者罚，有功者奖。”

正义邪恶，形同冰炭。一场违法与护法、作恶与除害、捣乱与维稳、侦缉与反侦缉的铁血较量，在波澜不惊的平静中酝酿并紧锣密鼓地拉开了大幕。

一宿辗转反侧，难以入睡的谷蕊，天刚蒙蒙亮就翻身起床，先轻手轻脚地把屋内清扫干净，恋恋不舍地摸摸这儿，看看那儿，徘徊良久，然后走进厨房，麻利地做好一顿丰盛的早餐。看看天已大亮，这才走进女儿的房间，轻轻唤醒仍在熟睡的女儿起床吃饭。

昨天，谷蕊特意打电话，让在省城读大二的女儿潘莉务必回家一趟。

“妈，人家想睡个囫囵觉都不成，吃饭啥早晚嘛！”潘莉趿拉着拖鞋，睡眼惺忪地边往洗手间走，边撒娇地嘟囔。

谷蕊爱昵地注视着女儿充满青春气息的身影，淡然一笑催促道：“快洗洗，待会儿饭菜都凉了。”说完坐到餐桌旁，耐心等待女儿。

稍顷，潘莉洗漱完毕，急急慌慌往脸上擦着美人霜，来到餐桌前，水灵灵的眸子往桌上一睄，见餐桌上早摆上了烤香肠、炒豆芽、萝卜丝煎饼、牛奶和她最喜欢吃的拌草尖、荷包蛋。不禁惬意地喊叫道：“哇！这么多好吃的。妈，你今天是怎么了，想撑死你的宝贝女儿呀！”

“女孩家，话多！”谷蕊嘴角闪过一丝苦笑，只觉得鼻孔一酸，晶莹的泪珠情不自禁地涌出眼眶，像一串断了线的珍珠，顺着面颊“嘟噜”滚落下来。为了掩饰自己的失态，她忙假装去厨房拿东西，偷偷揩去脸上的泪水。

“妈，你怎么了？为何伤心落泪？是不是在想念爸爸？”尽管谷蕊竭力掩饰，但她的表情，仍然没有逃过女儿那双黑白分明的大眼睛。

谷蕊赧然一笑，深情地凝视着女儿，在女儿白里透红的脸蛋上轻轻抚摸一下，喃喃地搪塞道：“看到我的宝贝女儿高兴呗，来！快吃饭。”略一迟疑，她又若有所思地道：“明天，妈到南方出差，时间可能要长一些。所以才特意让你回来见个面。对了，吃过饭，你陪妈到街上，往你卡上存些钱，再买些衣服和化妆品。女孩子离不开化妆品，知道吗？”此时此刻，谷蕊多么想告诉女儿，妈妈情迷心窍，已经被别人牵着鼻子引上了一条不归之路。明天，她就要身不由已地与爱女天各一方，偷偷离乡背井，避灾躲难，踏上一条凶险莫测的逃亡之路。

世上万般悲苦事，无过死别与生离。今生今世还能再和女儿相见吗？绵绵无期哟绵绵无期！想到此，谷蕊肝肠寸断，千愁百结，她多么想拥抱着女儿痛哭上三天三夜，让愧疚的泪水冲刷掉罪恶和悔恨。吃一堑长一智啊！事到如今，她终于明白了让乌鸦领路，只能走到死人堆里去的哲理。然而，一失足成千古恨，一切的一切都为时已晚。作为追悔和补偿，她现在惟一能够做到的，就是倾注全部的心血与母爱，给女儿做好这顿丰盛的、也是最后的早餐……

颍川市看守所。高墙上，架着铁丝网。监所大院东北、西南院墙的对角处，各高耸着一个武警战士执勤的岗楼，穿过厚重冰冷的大铁门，右边是一幢坐北朝南，看守所民警办公、值班的单面楼。再往南不足十米远，又有一道四周架着铁丝网的高墙。这个院中院，就是监区。

监号是经过精心设计的，虽然是单层，但比普通房屋跨度宽得多、高得多，房顶建有巡视道，监所民警可以从天窗窥视各监号内的情况。监室的铁门外，是三面围墙的天井，天井上面是用钢筋焊成的天网。这是被羁押人员放风、晾衣被、盥洗的地方。

天井的南墙，又有一个从外面上锁的，用于被羁押人员出入的厚重大铁门。门锁下方，有一个圆孔，用途是供监所民警从外面观察监号内的情况，往监号里送饭。每天下午收号后，这两道门全部落锁，里里外外，不说是固若金汤吧，也还应该算是坚固严密，壁垒森严的。

各监号南北窄长，靠西墙是一个用木板搭起的硕大通铺，平时一般容纳十多名被羁押人员，如果遇到警方掀起“严打”高潮、破案竞赛，被羁押人员就会骤增，甚至翻番。出现这种情况，夜晚睡觉时，被羁押人员一个个就会形同冷冻的沙丁鱼，只能直挺挺的侧身“浓缩”在一起，想翻个身都很难。如果半夜有人爬起来方便，撒泡尿的工夫，铺上便无了插脚之地。

“开饭喽，开饭喽，五号！”两个身着号服的外劳人员，推着一辆架子车，车上放个大笸箩，笸箩里盛着馒头；车杆上一边吊一铁桶稀菜汤，在挨监号送饭。

五号监号内，韩振三、梁满仓、万品三、孙金娃及其他七八名羁押人员，依次把碗从铁门中间的圆孔中伸出，接过一个约二两重的馒头和大半碗不见油星的稀菜汤。

内中，一个上中等身材，年约四十出头，大背头，草包肚，目光呆滞，面部表情如泥塑木雕般茫然而毫无生机，举手投足却又显得颇有教养的男子，刚缓慢地从圆孔内接过馒头，孙金娃便一把抢夺去，递给韩振三，同时瞪眼巴扎地冲大背头吼道：“先给号长吃。他妈的，你哪儿来的野毛兔，一点儿规矩都不懂。你小子的眼睛让老鹰叼走啦？新买的木鱼，我看你是欠揍！”

“你他妈的！”大背头虎视着孙金娃，怒气冲冲、毫不示弱地反唇相讥并摆谱道：“老子不是小子，老子是市长。”

都进这里了，还什么这长那长。在这个狭小的空间里，能称王称霸的是号长。监所为了让被羁押人员相互制约，以赖治赖，通常会在每个监号里明确一个号长。出发点虽无可非议，但有时也事与愿违，所谓的号长不仅不起好作用，反而养虎为患，成了牢头狱霸。他们睡最好的铺位，有饭先吃，有烟先抽，不倒马桶，不打扫卫生，如有被羁押人员亲属送吃的，必须先敬奉给他们，甚至对新进号的被羁押人员搜身、勒索、打骂，横行霸道，肆意妄为。五号监号的号长，正是头顶长疮，脚底板流脓，全身坏透了的韩振三。

“你狗屁！”正等着坐吃的韩振三见大背头竟敢在自己的一亩三分地里耍横，飞身跃起，三步并作两步来到大背头面前，也不摆理，抬手掐住大背头的下巴，左右晃动着，用阴冷的目光恶狠狠地怒视着大背头，气急败坏，轻蔑地嘲讽道：“哟呵，屎壳郎爬铁轨，充大铆钉呀！还市长呢，嘿、嘿嘿！明白告诉你，这里没有市长，只有他妈的狗屁！”随着粗野的辱骂声，“嗖”地飞起一脚，狠狠踢到大背头裆部。大背头猝不及防，“扑通”蹲坐于地，双手捂裆，龇牙咧嘴，痛苦地扭动起来。韩振三仍不善罢甘休，气呼呼地叉着腰，对其他人发号施令道：“踢，狠狠踢，每人给我踢这个臭狗屁三脚，看他还是市长不！”

滴水能把石穿透，万事功到自然成。雷鸣带领专案组连轴转了几天，对全市近几年退伍的三千多名退伍军人，逐人过筛子似的滤了一遍，终于从中发现十多名有疑点者。尤其令雷鸣惊喜的是，他们居然在颍北县刘老家村查到了一个叫刘道光的，真是无意插柳柳成荫。此人是邵敏交代的刘道光呢，还是同名同姓呢？无论怎样，雷鸣决定把这条线索查清楚。

据刘老家村的村民反映，从某指挥学院退伍的刘道光，性情暴戾，逞强嗜赌，凡事好钻牛角尖，非与人争个高低不可。服役期间，一天晚上，熄灯后刘偷偷翻墙跳出营房，找地方上的几个熟人到街上喝酒，因争一个小醋壶，与另一个桌上的几个小混混发生口角，年轻人火气大，又争强好胜，三句话没说完便挽袖揎拳，动起手脚来。

俗话说，胆小的怕胆大的，胆大的怕不要命的，不要命的怕不要脸的。内中有个既不要命，又不要脸的小混混，跑进后厨掂出一把铮亮的菜刀，冲出来不由分说，对刘道光劈头就是一刀，刘道光本能地急忙躲闪，脑袋一偏，刀尖划到其左腮帮上，留下了一道终生消失不了的记号。事后，部队将刘道光做提前退役处理。

经济条件上，刘道光家在村里属中下等，他退伍后不愿在农村修地球，便到颍川市打工，先是干保安，不久嫌工资低，自动辞离。

村主任提供说，这一年多，刘道光小车上墙，突然抖起来了。几次回家，都是骑的摩托车不说，最后这次，村主任恰巧在村头迎面碰上刘道光："嘿，道光在城里混得不瓤啊，都骑上电驴子了。村里修柏油路，恁家的集资款啥时交啊？"

"不就几百块钱吗！"刘道光骑在摩托上，一腿支地，从兜里掏出一沓钱来，满不在乎地递给村主任道："你数数够不够，不够再添。"

刘道光对象的女友反映，刘道光锅里和面，发了。给对象马爱芹买了金项链、金耳环，还有名牌衣服……

打工挣钱，收入有限。刘道光一没开公司，二不会印钞票，巨额钱财从何而来？

雷鸣以一个刑警特有的目光，敏锐地捕捉到刘道光陡然暴富的致命破绽，对刘道光产生了极大的怀疑。她把自己的看法向吕胜汇报后，吕胜也有同感，认为这条线索很有价值。但美中不足的是，现在手中尚缺少刘道光犯罪的证据，如果直接和刘道光正面接触，显然火候不到，弄不好甚至会出现打草惊蛇的结果。

"多鸣之猫，捕鼠必少。"吕胜经过再三思忖，决定放长线，钓大鱼，要雷鸣沉住气，先秘密经营，设法摸清刘道光现在何处，从事何职业，与谁关系密切，通讯联系方式等情况后，再确定怎么办。

雷鸣衔命化装侦查，与何惠敏一块儿，先与颍北县民政局结洽后，以普查退伍军人就业状况的名义，来到刘老家村暗访，统计到刘道光家时，雷鸣道明来意，落落大方，不露声色地问刘父："道光现在哪儿打工呢？"

不知内情的刘父一肚子气抱怨道："说不准，儿大不由爷！他一会儿说在广东，一会儿说在新疆，平时连个电话也不往家打，谁说得清他在哪儿。"沉默一会儿，刘父又不冷不热地补充道："有时跟掏火哩样，回家一趟，打个卯就走……"刘父纳头抽几口烟，恍然对雷鸣说："哎，要不你们到马庄去问问他对象马爱芹，看爱芹能说清不，千万别误了普查。"

“马庄离这儿多远？”雷鸣问。

“不远！不隔庄，有三四里地。”刘父答。

雷鸣、何惠敏旋即骑着自行车赶到马庄，一路打听，来到马爱芹家。见一中年妇女，正端着半盆猪食，往猪圈里去喂猪。雷鸣礼貌地问：“大婶，这是爱芹家吗？您是……”

“啊，我是爱芹她妈。”爱芹妈略一迟疑，放下手中的盆问：“你们找爱芹有事啊？我眼生，也认不出恁是谁了！”

何惠敏机警地顺水推舟搪塞道：“俺和爱芹是朋友，找她闲玩呢。”

爱芹妈啰里啰嗦摆理道：“如今的年轻人，心野！都不愿守在家里。收罢麦，就到县城她表舅开的饭馆干活去了。真有急事的话，你们到那儿去找她好了。好找，县政府西隔壁，就是那个‘颍北海鲜城’。”

雷鸣、何惠敏礼貌地告辞道：“那行，反正我们是要回县里的，正好顺便去找她。”

“吃过饭再走呗。看恁，说走就走，连口茶都没喝，不送啦，慢走啊！”爱芹妈见客人执意要走，马上假惺惺地热情一番。

雷鸣听到这充满着农民狡黠，家长里短的话语，心中暗自好笑，忙不迭地应答道：“行，您快忙吧！”

马爱芹打工的“颍北海鲜城”内，香味撩人，酒肉熏天。诱人的香味，引起雷鸣、何惠敏的食欲。二人虽然早已饥肠辘辘，但因有任务在身，顾不上吃饭，便直奔总台，向一个大堂经理模样的姑娘问道：“请问，马爱芹在吗？”

那姑娘也不搭话，举目在食客和服务员中间搜寻一会儿，麻利地搭手一指一个手掂托盘，正往后厨去的女孩道：“那不，爱芹。”

雷鸣道了声谢，与何惠敏撵了过去。在后厨旁边一间堆满杂物的小屋内，雷鸣仍以民政局普查人员的身份，委婉地向马爱芹道明来意。马爱芹忽闪着疑惑的目光反问：“道光莫不是出啥事了吧？”

“怎么突然想起问这个问题？你感到道光能出啥事？”雷鸣顾左右而言他，反问马爱芹。为了打消马爱芹的疑虑，她再次重申：“我们就是普查退伍军人就业情况的。”

马爱芹的鼻翼翕动几下，堆下笑脸对雷鸣说：“说实话，我也不知道他现在在哪儿。只知道他跟马彪在一块儿，说是给一家物流中心搞押运。”

“你打手机问问他行吗？”何惠敏见缝插针，给马爱芹出主意道。

“他从来不用手机，说是整天随车走南闯北，漫游话费贵。隔三差五地联系，他都是用电话找我。”马爱芹干脆地回答，从表情看不像是撒谎。

“马彪是谁？”雷鸣顺藤摸瓜，装着漫不经心的样子问。

不知内情的马爱芹见问，打开话匣子说：“马彪是我大伯的儿子，我叫他堂哥。他比刘道光大一岁，二人从小在一块长大，对脾气，好得跟一个人似的。我和刘道光认识，就是我堂哥从中介绍的。他俩是同年当的兵，我堂哥在家自幼练武，到部队后分配到特警部队，道光干的是站岗、种菜的后勤兵，比俺堂哥早回来两年。”

挂着一块“娜娜美容美发店”招牌的店内，李海深眯着双眼，跷着二郎腿，端坐在简易理发椅上。打扮妖冶，赤皮露肉的孟娜娜，刚给李海深干洗完头，正按头捶背。李海深王婆卖瓜，自卖自夸，又不无讨好地对孟娜娜道：“娜娜，我给你出的这个主意不错吧，挣多挣少，都是自己的，不比给别人端盘子洗碗强百倍。”稍停，又言犹未尽地补充道：“稳住事以后，再收两个徒弟，你赌等着当老板啦！”

孟娜娜幼稚无邪地谢道：“妹子能有今天，还不是多亏了你海深哥。”

“那你准备怎样感谢我呀？”李海深狡黠地试探道。

“滴水之恩，当以涌泉相报。有用得着我的地方，妹一定尽力帮助。”孟娜娜说着承情的话，突然若有所思地问：“对啦，你不是答应过我，到你办的养殖场干活吗，什么时候能去？”

李海深睁开双眼，心中不禁赞叹孟娜娜好记性道：“这几天正忙着整理猪舍牛圈，一旦开工，就聘请你过去管账，当会计。”说着，李海深扭头朝孟娜娜面颊吻一下。孟娜娜做痴撒娇地用纤纤细手在李海深后背轻推一下，朝门外努努涂得猩红的小嘴唇，内心高兴表面故作羞羞答答地责备道：“看你，也不怕被人看见！”

不杀不抢便无事可做的马彪、刘道光，在租赁院内以打牌消磨时光。刘道光突然想起昨晚给爱芹打电话时，爱芹告诉他县里普查退伍军人就业的事儿，当作闲话告诉马彪：“彪哥，昨晚我给爱芹打电话，听她说民政局的人找我，说是搞什么退伍兵就业普查，你听说这事没有？”

“啥？你说啥？有这事儿！”比兔子还精的马彪脸色陡然一沉，“啪”的一声，把手中的牌重重摔到桌子上，警觉地责问刘道光："你怎么不早说？快走，咱赶紧想法核实一下。"说着拉起刘道光便走。

二人在北环路招手拦辆出租车，直驶市内。下车后，马彪在路边找到一个公用电话，拨通"114"，查询到颍川市"退伍军人安置办公室"的电话号码，旋即一个电话拨到退伍办。

接电话的是个女性。马彪拿腔撇调自报家门道："喂，我是一名退伍军人，现在外地打工，听说咱们那儿搞什么退伍军人就业普查，有这事吗？"

对方迟疑片刻，态度和蔼但语气肯定地答："没有啊，绝无此事。现在网上的很多信息都不可信。"

马彪一激灵打个寒战，赶紧挂上电话，一言不发，铁青着脸，扭头便走。

"哎，彪哥……"刘道光茫然失措，没皮没脸地紧追上去。

第十七章　吕胜桃僵李代写情书
马彪瞒天过海玩失踪

吕胜值夜班，次日早快九点了才起床，刚洗漱完，司机恰到好处地敲门进屋，勤快地给他用食品袋提溜过来四个热气腾腾的包子和一杯热的豆浆："吕局，快趁热吃。"

"谢谢！先放茶几上吧。"司机放下手中的东西默不作声地转身离去，突然又被吕胜喊住："哎，把车放楼下就行了，我马上得出去一趟。"

吃过早点，吕胜驾车来到"小贝壳花店"，选定一束鲜花后，吕胜交给年轻的女店员一张纸片，又叮嘱几句什么，然后付钱离去。

正在办公室聚精会神阅卷的雷鸣，忽听两声"咚咚"的敲门声，头也没顾上抬便应声应答道："请进！"

一个瓜子脸，披肩发，螓首蛾眉，嘴角挂着微笑的小姑娘，手捧一束散发着芬芳的鲜花，轻轻推门而入，笑意盈盈地问："您是雷小姐吧？"

雷鸣觉得这种称呼挺别扭，抬头看看来人，见是一位陌生人，颇感纳闷地沉吟道："您是……"

"哦，我是'小贝壳花店'的员工，有位先生订下一束鲜花，留下话来，让送到您这儿的。"

"什么样个先生呀？"不知是花的诱惑，抑或女孩对花儿天生钟爱使然，雷鸣惊喜交加地欣然起身，深情地接过这束鲜花，赞不绝口道："哟！真鲜艳。"她情不自禁地将鼻孔贴近花朵，深深翕动鼻翼闻了闻："真香！"

送花姑娘走后，雷鸣好奇地欣赏起这束花来。职业习惯使然，她先是警惕地将花束审视一番，确认无异常后，又暗自寻思："这是谁如此浪漫呢？"

就在纳闷的不经意间，她水汪汪的眸子陡然一亮，愕然发现花束中夹有一个纸片儿，忙用指夹出，放下花束，心慌意急地展开一瞅，原来是一封用英文书写的便函：

Lei Ming:

A lot of money gets easily, the sincerity is difficult to beg. Be worth your birthday moment, I have an informal dinner especially, hope you to resign a miscellaneous matter to leave for Hongbin Hotel · Weimei room at 7 : 00 tonight.I raise a head to come here by hoping you. Don't decline.

Lin Zhong been loyal to you forever

This very day

雷鸣翻来覆去浏览了几遍，不完全看得懂。于是便从办公桌后的书柜中，找出一本厚得像砖头一样的英汉词典，借助词典，她很快弄明白了这封英语便函的内容：

雷鸣：

千金易得，真心难求。值你生日之际，特备便宴一席，望于今晚七时务必拨冗赴聚贤阁·味美思厅，吾翘首以待，盼大驾莅临，万勿推辞。

永远忠于您的林忠于即日

雷鸣阅览再三，不禁心跳加快，脸上漾起幸福的微笑。被人关爱自然是幸福的，此时，心花怒放的她只觉得像喝了一大碗蜂蜜似的，心中甜丝丝、美滋滋的。她发自内心地莞尔一笑，暗暗思忖："真是人不可貌相，海水不可斗量。林忠这个臭小子，平时看着老实巴交的，没想到玩得还怪花哩！看来谚语说的还真不错：爱情会让人变得聪明。"

打完电话返回租赁院后，心烦意乱的马彪铁青着脸，一味大口大口地抽烟。尽管一言不发，但从他的面部表情上，依然可以看得出，他的大脑在高速运转，绞尽脑汁在思索着什么。

良久，马彪狠狠扔掉烟蒂，对刘道光断言推猜道：“世界上没有无目的的行为。左思右虑，我总觉得老公们已经怀疑上你了。”

“不可能！彪哥，我看你是走路摸屁股，太小心过度了。”虑事总是粗线条的刘道光认为未必。

“怎么就不可能，你以为老公们都是吃干饭的呀。”自我保护意识极强，狡猾得像狐狸一样的马彪，固执己见，毫不怀疑自己判断的正确性。

“就算你分析得对，他们怀疑上我，又能怎样？证据呢？”刘道光大大咧咧，不以为然地犟嘴抬杠，一时激得马彪性起，他猛然像一头发怒的雄狮，气急如火，暴跳如雷地劈胸抓住刘道光，奋力摇晃着吼叫道：“混蛋，说，你是怎样暴露的？不是嫖娼受到牵连，就是你花钱大手大脚露馅的。”马彪用力一搡，将刘道光推个趔趄，踉踉跄跄一屁股蹲坐到床沿，仍不解气地又训斥道：“小隙沉舟，你懂吗？对于在刀刃上跳舞的我们，针尖大的纰漏就可能断送我们的性命，你知道后果有多么严重吗？你简直是拿我们的命开玩笑啊！”

马彪越说越气，索性把心中想的一股脑发泄出来：“刘道光啊刘道光，我算是有眼无珠高看你了。成事不足，败事有余。你，你简直就是糊不上墙的烂稀泥。”

气得一佛出世，二佛升天的马彪正数落着，李海深从孟娜娜理发店返回，推门进屋，见状摸不着蚂虾从哪头放屁，心想多一事不如少一事，正要转身离去，只听马彪喘着粗气唤道：“海深，给我支烟。”李海深赔个笑脸，赶紧递给马彪一支烟，又忙不迭掏出打火机给马彪点上。马彪狠吸一口，就在这一瞬间，他脑海中突然迸发出舍车保帅，杀人灭口的念头。转念又想，对这个蛋子跟胡椒一般大就与自己在一起，现在又形同义犬一样，对自己忠诚的密友，他一时又不忍心下此毒手，况且公安对刘道光现在仅仅是怀疑或是真的掌握了什么把柄，还尚不明了，自己虽然说得骇人听闻，有鼻子有眼的，毕竟也还是对表面现象的分析、猜测而已。思忖再三，只得无可奈何地长叹一声，吹胡子瞪眼地对刘道光说：“老寿星上吊，我看你是活够了。”

刘道光经马彪这一顿劈头盖脑、狗血喷头的臭骂，也如梦初醒，意识到了事情的严重，不觉也菩萨身上长草，荒（慌）了神儿，哭丧着脸恳求道：“彪哥，事已至此，再抱怨也晚了，念咱哥们儿是一根绳上拴的蚂蚱，走不脱我，也跑不了您的份儿上，你总得帮我想个脱身的办法呀。”

李海深也心有余悸地帮腔说："是啊，彪哥，寡妇的儿子，你是咱惟一的指望了。要不，先让道光哥跑出去躲躲风头？"

马彪不屑地瞅李海深一眼，冷笑道："下策。躲，往哪里躲？你这一跑，反而更加暴露了自己，印证了老公们怀疑的正确。再说啦，走了和尚走不了庙，躲过了初一躲不过十五。任你逃到天涯海角，老公们想抓你，简直是易如反掌，不信你试试看！"

"言之有理，言之有理。彪哥所言高人一筹，入木三分，兄弟佩服、佩服！"李海深心悦诚服地恭维道。

马彪安之若素，方寸不乱："脚底抹油，实乃下策；釜底抽薪，方为奇招。"正是贼人点子多，他头脑中突然闪现出这么一个故事来：

南宋时，临安城有个江洋大盗，身手了得，专盗达官富府，每次入室行窃后，还要在门壁上，用白粉写上"我来也"三个字。

官府派捕快昼夜巡查，设法缉捕多日，却连"我来也"的屁是香是臭都没有闻着。而来无影去无踪的"我来也"，却好像专门与官府作对，哪里巡查得严，他就在哪里现身。一时间，"我来也"名声大振，街头巷尾，茶余饭后，"我来也"几乎成了人们议论的中心。

一天，捕快抓到一个盗贼，据说就是大名鼎鼎，轰动临安城的"我来也"。知府亲自审问，但任凭怎么动大刑，盗贼缄舌闭口，始终矢口否认自己是"我来也"。由于缺乏证据，无法定案，知府只得命先将盗贼打入牢狱，严加看管，同时继续缉捕"我来也"。

盗贼被戴上刑具，关押进单人牢房。那盗贼每天和狱卒打交道，一回生，两回熟，一来二去，竟与内中一名狱卒混得滚瓜烂熟。一天，盗贼私下对狱卒说，我虽然手脚不干净，但绝不是什么大盗"我来也"。官府为邀功请赏，怀疑我就是"我来也"，实在冤枉。俗话说，滴水之恩，当以涌泉相报。念你这些时日待我不薄，为报答你对我的关照之恩，我有一笔银子，藏在西湖保俶塔上第七层的砖洞里，你去取出用吧。

狱卒将信将疑，按照盗贼所讲去取，果然有一包银子。

次日，狱卒买上酒肉，感谢盗贼。酒酣耳热后，盗贼又对狱卒说，我还有一坛银子，藏在侍郎桥桥墩旁的水中，你取回用吧。

狱卒犯难地问，桥上人来人往，怎好下手？

盗贼一笑，面授机宜说，这有何难，让你妻子用箩筐装衣去洗，趁人不注意，将坛子捞出放进箩筐，上盖衣服，谁看到也不会怀疑的。狱卒依计行事，果然又得到了一坛银子。正是有钱能买鬼推磨，无钱鬼也不上门。自此，狱卒感恩戴德，越发与盗贼亲近。

一天二更时分，盗贼突然对值班的狱卒说，我家有八旬老母，想回家尽尽孝心。天亮之前一定回来。

狱卒犯难地说，你要是跑了，俺全家都得为你抵罪。盗贼说，言重了。跑了我，你最多挨一顿板子，大不了开除回家。而我送给你的银子，已足够你全家享用一辈子，你还有何后顾之忧。况且，我是一定会回来的。狱卒想想也是，遂打开刑具，放盗贼出牢。

三更过后，提心吊胆的狱卒正担心盗贼不回时，忽见一个黑影，从房上轻轻跃下，闪身钻进牢房。狱卒定神一看，果然是盗贼返回。这才放下心来，重新给盗贼戴上刑具，只当什么事情都没有发生过。

天亮换班的时候，狱卒听接班的人讲，昨夜临安巨富张府被盗，并在府门上写下“我来也”三字，他心中不禁“咯噔”一下想，莫不是……

知府接到报案以后，更是大吃一惊，想到被关在监牢的那个被认为是“我来也”的盗贼，吃惊之余也连连自责，由于除盗心切，差一点儿冤枉了此人，难怪他百般狡辩，拒不承认，原来真正的江洋大盗“我来也”仍逍遥法外。于是重审盗贼，以触犯宵禁之罪名，打二十大板，驱逐出京了事。

却说狱卒回到家中，听老婆说半夜里有人扔进院内两布袋东西，狱卒忙让打开看，原来袋里都是张府丢失的金银器皿，这才恍然大悟道，原来自己整天看守的，不是别人，正是江洋大盗“我来也”呀……

故事讲完，马彪狡黠地眼珠一滚：“‘我来也’瞒天过海，自救脱身之法，很是值得我们借鉴。事情既然已经这样了，一不做，二不休。索性将计就计，就再给那个被报纸、电视吹嘘是什么神探的吕胜、女杰的雷鸣玩一把，看看究竟是关公的本事大，还是秦琼的本事大。下步，咱们……”马彪神秘兮兮地招招手，刘道光、李海深俯耳近前，凝神屏气听马彪如此这般讲了自己的想法后，刘道光、李海深吃惊地异口同声问：“这是不是太冒险了？”

马彪摆出一副君临万国的神情，不无揶揄地训斥道：“说你们是狗肉上不了大席面吧，恁还觉得委屈。啥叫艺高人胆大？啥叫化险为夷？啥叫没有金刚钻，不敢揽瓷器活？啥叫置之死地而后生？古往今来，哪有不冒险而能干出掀天揭地大事业的。”

暗忖片刻，马彪又道：“从某种意义上讲，最大的冒险，就是最大的智慧。诸葛亮借东风火烧赤壁，宋真宗御驾亲征血战澶州，朱棣清君侧靖难之役，孙中山十一次起义推翻大清，蔡锷狎妓脱身反袁，共产党四渡赤水、飞夺泸定、爬雪山、过草地，这些震古烁今，闪耀着大人物智慧光芒的历史事件，哪一桩不是冒险而名垂千古的？”

马彪前三皇，后五帝地一番宏论，直说得刘道光、李海深瞠目结舌，哑口无言，二人张飞逮耗子，大眼瞪小眼，一时又想不出更好的主意来，只好硬着头皮答应道：“行，就按彪哥说的办。命该三枪死，难躲一把杈，我们认了。”

泰国首都曼谷是美丽多姿的，湄南河及其两侧血管般支流的河面上，舢板穿梭，笑语喧阗，繁华热闹的水上市场……

距水上市场不远处的泰式剧场内，座无虚席，一个个身材窈窕、容貌若仙、皮肤细腻、衣着华丽、双乳高耸、婀娜多姿的人妖，或唱或舞，在进行着表演……

市中心紧偎湄南河，错落有致，规模宏大，极具暹罗建筑风格，融泰国绘画、雕刻、装饰艺术精粹为一体的大皇宫就屹立于此。洁白的宫墙，巍峨壮观的素泰萨旺尖顶宫殿，神圣的王族寺院玉佛寺正殿中央的金箔台上，九层华伞之下，供奉着一尊高六十六厘米，宽四十八点五厘米，晶莹剔透，苍翠典雅，备受泰国人尊崇的玉佛。游人脱鞋进殿，虔敬地或跪或拜，合掌祈祷。皆戴墨镜的谷蕊、罗金虎依偎着，也人模人样地夹杂在熙来攘往的游人中，俨然一副富豪做派。不过，畏罪潜逃的他们，现在已经数典忘祖，改名换姓，谷蕊改名陈谷合美，罗金虎改名陈志雄。

三天前，谷蕊、罗金虎每人以二十万元的价格，在蛇头的策划、协助下，每人办一个台湾人的假护照，乔装打扮，混在出海打鱼的渔船上，从深圳附近的一个小村庄偷渡到澳门，而后持假护照飞抵泰国。为缓解连日来极度疲惫的身心，二人在五星级的“康拉德大酒店”整整蛰居了两天，直到惊恐的心绪稍许有所稳定后，才像冬眠的蛇一样，出来游览曼谷的名胜，顺便熟悉当地的环境。此时，仍沉浸在偷渡成功喜悦中的罗金虎，像刚刚过足瘾的鸦片烟鬼一样，兴奋而又自鸣得意地鼓舌对谷蕊说：“亲爱的，我们终于成功了。从今往后，咱就会像欢快的小鸟一样，尽情地享受美好的生活，等稍微消停些时日后，我们先购买一处赖以安身立命的住宅，然后而今迈步从头越，考察个适合我们干的项目，重打鼓、另开张，闯出一片新天地来。”

而黄连树下跳舞，苦中作乐的谷蕊，压根儿就没有也不敢考虑以后能怎么着。她心中像镜子一样明白，罗金虎这梦幻般的设想，基本上就像嫖客在床上慷慨向妓女作出的承诺一样，兑现的可能，微乎其微。再说，自己犯下了弥天大罪，单位和警方也是绝不会善罢甘休的。思来想去，谷蕊郁郁寡欢地感叹道：“唉，此地虽好，却非久留之地！”

“你要变卦？”罗金虎面沉若水，不解地问。

谷蕊丢了魂似的，有气无力地告诉罗金虎：“这几天我的眼皮一直跳，终日提心吊胆的，总感到有一种被人追杀的感觉和莫名其妙的惶恐，这恐怕是不祥之兆。”她冷漠地瞅罗金虎一眼，言犹未尽地接着道：“你听听这个鬼地名，曼谷，漫谷！这不正是预示着要陷我于灭顶之灾吗……”

罗金虎听罢此言，不禁也打了个冷战，心想：“乖乖，是有点不吉利。”于是对谷蕊说：“宁可信其有，不可信其无；真不行，咱吃过午饭就走。”

穿过大皇宫前的椭圆形广场，二人寻找到一家豪华餐馆，点了几样正宗的泰菜尝鲜。酒足饭饱后，又慌得像不着窝的兔子一样，搭乘飞机，飞往距曼谷八百六十二公里的东南亚最具代表性的旅游胜地普吉岛。

风光旖旎的普吉岛，和煦的阳光，湛蓝的穹空，壮阔的海洋，满目的椰林和飞鸟。

在海水中玩累了的谷蕊、罗金虎身着泳衣，在海浪的簇拥下，牵手走向浅滩。海水不紧不慢地追逐着他们，裹着层层浪花，拍抚着他们的脚底板，“哗哗”的海浪幻化成一排排、一片片雪一样洁白的泡沫，又调皮地欢跳着退回大海。脚下，细腻的白沙，随着海水的涤荡，抽丝般丝丝缕缕从他们的趾缝中滑脱，摩挲得脚心痒痒的，犹如少女的纤纤细手抓痒痒般令人惬意。此刻，海水虽然暂时冲去了这一对逃亡者的闷郁和惊恐，但能够永远冲刷掉他们的罪行和负罪的心病吗？他们是否曾经想到过，当他们在竭尽全力，甚至不惜采用犯罪去追逐幸福的时候，死神却也在悄悄逼近着他们呢……

吕胜在一份传阅的文件上签完字，合上文件夹。抬头扫视一眼墙上的挂钟，见快到下班时间，便给吴国发要了个电话，让吴国发召集刑警支队的三个大队长冷一飞、王海涛、胡长生，在楼下等他。然后他来到技侦科，见林忠正在专心致志，埋头比对一份检材，风趣地打招呼道："还没忙完呢？该喂肚子了。人是铁，饭是钢，一顿不吃心发慌！走，今晚我请客。"

林忠抬起头，用颇感意外的目光迟疑地瞅瞅吕胜，心想，吕局难道有什么事要找自己办？但又不便直问，遂不好意思地谦虚道："无功不受禄，哪能无缘无故让局长破费呢。再说，我今晚还有事呢！"林忠虽然脾气肉，但哑巴吃饺子，心里有数。他没有把他今晚想独自给雷鸣庆生的打算说出来。

"啥事也得吃饭，走吧！国发他们都在楼下等着呢。集体活动，不参加总不太好。"吕胜不由分说，连拉带拽，拖起林忠便走。二人走出办公楼，见吴国发、冷一飞各驾一辆车已在楼下恭候。吕胜拉林忠登上吴国发驾的那辆，告诉吴国发说："去聚贤阁。"

为啥去"聚贤阁"，吴国发被蒙在鼓里，但吕胜一说去处，他已知道是吃饭。于是摸不着头脑地问道："吕局请客呀？聚贤阁有几道菜还是很有特色的。"

吕胜不置可否道："说说看。"

吴国发稍加思忖道："凉盘像色泽金黄，口感香辣的干炸鲫鱼；清凉可口，爽而不腻的十样菜拌猪耳丝；开胃建脾，咸鲜味美的陈皮狗肉；还有吃了驴板肠，香得忘了小孩娘的五香驴板肠，都很不错。热菜有五彩斑斓、栩栩如生的孔雀鱼；造型美观、风味别致的盘龙戏珠，外脆里嫩，补中益气的糖醋脆皮鱼……"

吕胜补充说："猴头菇鱼翅也很不错。这道菜是用猴头菇片摆成猴面，用木耳摆出猴的眉、眼、口、鼻，用鱼翅摆成猴的头发，用南瓜条刻成金箍，整道菜活脱脱就是一个美猴王造型，那栩栩如生的神态，真的让人不忍动筷。这道菜入口质地柔软，咸鲜醇美，据说还有补脏益气，预防骨骼老化的功效呢。"

论菜之间，"聚贤阁"已在眼前。临下车时，吕胜特意提醒吴国发："车放远点儿，别让督察民警查住了，这几天不是正刮'督察风暴'吗。"

吴国发不以为然地想点子道："没事儿，万一查着了，就说与特情在这儿接头呢！"

吕胜白吴国发一眼："亏你想得出来。"

刚进大厅，吕胜一行被一名身材颀长，身着红色绣花旗袍的迎宾小姐领到"味美思"厅。吕胜见雷鸣尚未来到，便没话找话，装着郑重其事的神情，逗吴国发的乐子问："国发，听说每次出差回家，如果满足了弟妹的要求，次日早上，你人没起床，弟妹就把热牛奶、葱花油饼做好了。否则，就得自己下厨体验生活，今天你给大家说实话，真的是这样吗？”男女之事总是男人们之间闹笑话，互寻开心时喋喋不休、不厌其烦的话题之一。众人听后禁不住哄然大笑。吴国发却不温不火，不急不躁。待人们止住笑后，他观衅而动，转移矛盾，机智地岔开吕胜的问话，随机应变编了个意在反击并出吕胜洋相的故事道：“告子曰，食色性也。”

吴国发引而不发，举目环视众人问：“在座的，有坐怀不乱的柳下惠吗？哪位是，请报名。”众人不知他葫芦里卖的什么药，自然无人应声。吴国发见无人吭气，接着又道：“没有不食人间烟火的神仙吧！这说明什么呢？这说明大哥别说二哥，补锅的别说卖盆的。性爱这种事儿，年轻人喜不自持，年纪大的其实也乐此不疲。何以为证呢？”

吴国发故弄玄虚，自问自答道：“我小的时候，听俺庄老人们讲过这样一个故事，有个姓吕的老汉与独子三间屋子两头住，独子新婚不久，新媳妇为显示自己勤劳能干，这天晚上见婆婆在堂屋当门纺花，便也陪着‘嗡嗡’地纺。独子久等着急，便催新媳妇：别纺了，让咱妈纺，你快睡吧！

“新媳妇不好意思起身，口中答应着，就是不动。如此催促几遍，新媳妇依然故我，惹得独子性起，隔着箔篱子发火道：咋着，不叫你纺你还纺，再纺我把纺花车给你砸掉。

“独子话未落音，只听吕老汉在东间高兴地支持道：孩子砸，砸，把恁妈哩也砸掉……”

吴国发不露声色地抖出包袱，出其不意地把笑料引到吕胜身上，逗得众人捧腹大笑，连喊：“经典，经典！”

几个人嘻嘻哈哈，正闹得不可开交时，雷鸣和尾随其后的何惠敏敲门而入。

众人见雷鸣、何惠敏到，马上相互递个眼神，知趣地戛然止声。

雷鸣搭眼一瞅，见该来的都已班班俱齐，遂先入为主，不无幽默地质问：“哟，这么热闹呀！刚才还像热鏊上翻饼，焦芝麻炸豆似的，怎么眨眼间便缄舌闭口、鸦雀无声了？这俗话说，好话不背人，背人无好话。你们是不是在说本姑娘的坏话呀！”

“岂敢，岂敢！吕局正在表扬你呢，说你勤劳能干，还会纺花。”冷一飞故意糊弄雷鸣道。

“去去，少花搅我！”雷鸣莞尔一笑，礼貌地向众人表示歉意道：“不好意思，让诸位久等了。”

人贵有自知之明。说话间，何惠敏见下座有个空位，麻利得像个猴子，抢在雷鸣前头，闪身坐下。

吕胜指着空着的主宾位礼让雷鸣道：“今天你是寿星，唱主角的。来，里边请，里边请！”

颇知酒场礼仪的雷鸣见状，忙摆手推辞道：“吕局吓我呀，你扒扒历史，看本人啥时候坐过那个位置。”

“你不坐这儿，让谁坐呀？”吕胜明知故问。

“小秃头上的虱子，这不是明摆着的吗！”雷鸣噘起小嘴，以女人特有的眼神，妩媚地瞅着吕胜，也故意不挑明。

“谁呀？”吕胜心里明白装糊涂，继续追问。

雷鸣黑白分明的大眼睛一忽闪，眉头一皱，计上心来，出人意料地讲道：“一个记性不好的差役，奉命解送一个犯罪的和尚到府上去，临走时怕忘记所带的东西，细细查点一遍，编成两句话：包裹雨伞枷，文书和尚我。

“差役一路上念叨着，惟恐中途丢失一件。和尚这就看出了门道。这天到一处旅店，就用酒把差役灌醉，然后把其头剃光，把枷套在其脖子上，自己跑掉了。

“差役一觉醒来，觉得似乎少了点什么东西，就念着自己编的两句话盘点：包裹雨伞还在，摸摸脖子，嗯，枷也有。再看文书，也在。忽然惊叫道：哎呀，和尚呢？走了罪犯，这还了得。急得差役直抓头皮，当他摸到自己的光头时，又惊喜地叫道：幸亏和尚还在，可是我呢，我到哪里去了……”

雷鸣讲完，不禁又引起大伙儿一阵舒心的欢笑，同时把目光不约而同地投向吕胜。意思是说，吕局，你就别谦让了，净耽误吃饭。

心直口快的吴国发早已等得不耐烦了，直截了当劝吕胜说：“吕局，你不坐谁坐啊！别让了，看来这个位置今天是非你莫属了。”

吕胜见拗不过大家，只得答应道：“行行，恭敬不如从命，算我给雷支队擦干净个凳子！”说着抬身挪到正对门口的主宾座位上，雷鸣坐到吕胜刚才坐的位置，林忠坐到吕胜右侧主陪的位置。其他几位按职务、年龄以此类推。

吕胜见众人皆已各安其位，便一本正经地轻轻拍下自己面前的桌子，对众人道：“这可是埋单的位置，看来今天得由我拿毛喽。”

雷鸣赶紧解释说：“今日非比寻常，坐这儿也不让你埋单。”

“噢，那由谁买？”吕胜装聋作痴，故意反问雷鸣。

“林忠呀！”雷鸣不假思量地脱口而出。

“怎么，怎么会变成我了呢！”凡事好认死理的林忠，有点着急地推脱道：“有言在先，吕局请客的嘛。”

雷鸣见林忠黏黏糊糊的，脸上顿时掠过一丝异样的神情，毫不客气地追问道：“我说林忠，你没患健忘症吧？”她把那张写有英文的纸条递给林忠：“白纸黑字，你吐了唾沫总不能再舔起来吧！”

林忠如坠五里烟雾之中，迟疑地接过纸片，翻来覆去看了几遍，理直气壮地如实对雷鸣说：“真的，这不是我写的。今晚，我本来是打算请你一个人去吃西餐的。可是，计划撵不上变化，临下班时，吕局就把我拉到这儿了，并说你也要来，我才取消了自己的打算。”林忠赧然一笑，不好意思地补充道，“既然是这样，我负责埋单就是了，但我必须得弄明白，是哪位冒充我写的这封便信呢？”

“原来是这样！”雷鸣释然。她扫视众人，黑白分明的眸子一骨碌，定格到正襟危坐，面若枯井，毫无表情的吕胜的脸上。恍然大悟地惊叫道：“吕局，肯定是吕局！”她异常感动，以至说话也有些哽咽了，只觉得一股暖流涌上心头，一句话没讲完，晶莹的泪珠早已涌出眼窝，顺着面颊“嘟噜”滚落下来。什么是人格魅力？什么是领导艺术？一个成功的领导者，不一定拥有最好的下属，但他却能充分调动下属的积极性，通过自己的言行，让下属心悦诚服。也就是在这一瞬间，雷鸣心中突然蹦出一个想法：士为知己者死。跟着像吕胜这样关爱、体贴下属的领导工作，再苦再累，也心甘情愿了！

此时，服务员已将凉菜摆上桌，正欲斟酒，吕胜给服务员要过酒瓶，一一把每个人面前的酒杯斟满，环视众人，深情地含笑道：“今天是包桌，钱我订桌时就已付过。没有别的意思，我先敬大家三杯酒：第一杯，祝我们的雷支队生日快乐！”

“祝雷队生日快乐！”众人齐声附和，不约而同地起身，举杯相碰后一饮而尽，然后“呼呼啦啦”落座。

吕胜清清嗓子，接着道：“前段时间，大家加班加点，苦争恶战，十分紧张，第二杯，向大家表示慰问和感谢。”

“谢谢吕局关心！”大家再次举杯投箸，又干了一杯。

“这第三杯酒嘛……”吕胜的神情突然变得严肃起来，但见他表情复杂，感慨万千地高高举起酒杯道：“愿文章华被害案、爆炸案、绑架高小宝案、枪击民警案早日告破！”

众人“刷”地再次起立，一个个神情庄严，面色疑重地举起酒杯，精神抖擞，斗志昂扬地齐声表示：“愿这几起大案早日告破！不破此案，绝不罢休。”庄重的誓言，振山撼海，响彻云霄……

碧海苍天，皓月当空。无垠的天幕上高悬的那轮像蒙着一层薄纱的大银盘，把柔美的清辉无私地泻向大地，把大地万物辉映得迷迷蒙蒙，亦幻亦真，充满着雾里看花的朦胧和神秘。已是凌晨时分，在海平县通往颍川市的高速公路上，一辆警车在全速行驶，两侧的树木、村落被“刷刷”地闪到车后。车内的后排座上，端坐着海平县公安局局长甘为民。由于心中有事，急如星火的他，根本就没有闲情逸致欣赏这浪漫的夜色和美妙迷人的星空。车将要进入市区时，甘为民拨通了贺国庆的手机：“贺局，我是甘为民。现在已经进入市区，马上就到。”从说话中可以听得出，他此次见贺国庆是已经约好了的。

“直接到办公室吧，我这就通知吕胜他们，一块听听情况。”电话里传来贺国庆沉稳而有力的声音。

“行，好好。”甘为民放下手机，用大拇指和中指掐住太阳穴，闭目陷入沉思。

吕胜的手机突然响起。连日劳累，人困马乏的他，加之昨晚又喝了几盅酒，沉睡得打炸雷都震不醒，何况手机铃声呢。谭静泓被吵醒后，有些不忍心地用胳膊肘轻轻碰吕胜几下：“哎，手机响了。”

吕胜“嗯嗯”一声醒来。谭静泓体贴地把手机递给吕胜。蒙眬中的吕胜接过手机，迷离恍惚地问：“哪位？”

“我是贺国庆，又有事了，你马上到我办公室。”贺国庆的回答简短、有力，语气坚定，不容置疑。

吕胜听说有事儿了，知道肯定又发生案件了。尽管他不知道是多大的、什么样的案件，但职业的敏感和习惯使他毫不犹豫地激灵坐起，一骨碌身跳下床，披衣冲出家门。

“小心点儿！”望着丈夫渐去的身影，谭静泓心疼而又无可奈何地摇摇头。

吕胜前脚到贺国庆办公室，雷鸣、吴国发、林忠也陆续赶来。甘为民早已捷足先登，正在与贺国庆交谈着什么。

见召集的几个人均已到齐，贺国庆面色凝重地道明连夜把大家找来的原因说："由于事发突然，只得半夜三更把你们几位从被窝里薅出来。"平时就不苟言笑的他望一眼墙上的挂钟，接着道："凌晨一点了，我们公安工作的特殊性，决定了我们不可能像其他行政机关那样按部就班。

"人命关天呐，我深信，如果你们知道又有一名可爱的少年被绑架的消息后，就是让你们睡，你们也是睡不安稳的。具体情况，还是请为民同志介绍吧。"

甘为民掐灭手中的烟，谈吐如流地介绍说："今晚，哦不！准确地说，应该是昨天晚上十点多时，我局'110'指挥中心接到县教育局局长黄震宇的报案，称他上初二的儿子黄涛，下晚自习后，没有按时回家。家里人动员几家亲戚，分头到街上、学校、电子游戏厅、网吧寻找，不见踪影。快十一点时，突然接到一个匿名电话，问黄震宇是不是教育局长，黄震宇听对方口音是陌生人，加之孩子找不着，不知对方意图，于是便随机应变说不是，是下岗职工，现在扎鳖拿鱼，做点小生意糊口。俗话说有备无患，黄震宇之所以能应对自如，是因为前不久市教育局高局长家出事后，黄增强了自我保护意识，与家人统一过口径，以防不测，没想到歪打正着，这次还真起作用了。

"对方听后沉默片刻，蛮不讲理地提条件说，不讲是不是，你的儿子现在我们手中，如果要儿子，就拿五十万！否则，别怪我们下毒手。黄震宇讨价还价说，我一个下岗职工，上哪儿去给你弄五十万啊！就是倾家荡产，把我卖了，也不值呀。双方讨价还价，磨了半天嘴，最后对方极不情愿地勉强同意，以不少于三万换人。附加条件是不许报警。绑匪声称，公安局的家伙不行，你就是报警，他们也奈何我们不得！"

甘为民"咕咚"饮口水，继续道："绑匪犯罪气焰嚣张，简直达到了无以复加的地步。鉴于此案的侵害对象、作案手段与绑架高小宝案有着惊人的相似，并且还提到我们的武器不行，所以我们接报后，马上向贺局长做了汇报，看能否并案侦查。与此同时，我们闻警而动，不等不靠，主动出击，已组织警力展开秘密排查，寻找线索。目前掌握的情况，大概就是这样。"

"怎么样，都谈谈自己的看法吧。"贺国庆征求大家的意见。

吕胜首先发言道："从甘局长讲的案情看，这起绑架案的诸多元素，的确与绑架高小宝案极其相似，不排除是同一伙人所为，我认为具备并案条件。这次，我们要吸取上次与绑匪枪战的教训，搬倒树掏老鸹，稳当着来。我建议至少组织五百名警力，采用大区域包围，大兵团作战的战术，对绑匪指定的交接地域，实施三层包围：第一层，由应急分队配合，负责合围搜索；第二层，由调查分队配合，负责控制盘查；第三层，由各县抽调的刑警配合，负责策应堵截。”

雷鸣疑云满腹地对并案提出质疑道：“绑架高小宝时，我们曾将目光锁定刘道光。这次要说仍是他们所为吧，昨晚九时左右，就是说恰好是海平县发案时，布建在刘老家村的耳目向我报告，刘道光昨晚在刘老家村出现，说是要置办结婚的东西，准备年底结婚。海平县与刘老家村相距至少六十公里，刘道光绝无分身之术去绑架黄涛，假如认定是同一伙人所为，这又该做何解释呢？难道我们此前的判断出现了问题？”雷鸣纳闷地喃喃自语道：“真是剪不断，理还乱，事情变得越来越错综复杂了。”

事不说不透，理不辨不明。处置棘手问题善于秉要执本的吕胜，在山重水复，疑团莫释的关键时刻，再一次显示出一名智慧超群的神探所应具备的卓尔不群的睿智和高超的决断能力。他快刀斩乱麻道：“并案与救人，是一个问题的两个方面，人的生命压倒一切，救人如救火，十万火急。眼下，我们只能也必须先把解救人质放在首位，在救人的大前提下，不遗余力擒匪。至于日后能否并上案，腾蛇游雾，飞龙柔云；云罢雾霁，与蚯蚓同。到那时，水落石出，真相大白，并案问题自然就迎刃而解了。”

“不愧为神探，果然技高一筹。只是，刘道光抓不抓？”雷鸣口服心服地征询吕胜的意见。

“抓人要凭证据。”吕胜谋深虑远地分析道，“无论刘道光是否绑匪团伙成员，也不论他要啥花招，现在抓他的时机都不是很成熟。即便抓了，检察环节也批捕不了，原因是缺乏证据。不批捕，我们二十四小时之内就得放人。欲速则不达，这不仅把案件办成了一锅夹生饭，而且还会打草惊蛇，使我们狐狸未捉到，惹得一身臊。为恶必灭，久似必犯，是疮早晚要化脓的。现在，我们还是应集中力量，把眼下这起绑架案办好才是。”

讲完自己的意见，吕胜把目光投向贺国庆，意在让贺国庆拍板。

“还有什么建议、看法？”贺国庆环视众人，目光如炬问，见大伙皆沉默不语，旋即用饱含哲理的话语接着道：“我听说有经验的猎人，在捉狐狸时，是不急于逮住他发现的第一只狐狸的，而是跟踪它，欲擒故纵，直到把它一窝打尽。至于海平县发生的这起案件，我完全同意吕局长的意见。你们几位马上出发，先走一步，移师海平，成立一线指挥部，吕胜同志担任指挥长，为民、雷鸣同志任副指挥长，密切关注绑匪动态。我在家调警，天亮后亲自带队，秘密集结到海平，以备不时之需。”

当天下午七时左右，黄震宇再次接到绑匪的电话，要求晚八时，带钱到“翠竹公园”附近赎人，具体地点临时告知。

位于海平县县城西郊的“翠竹公园”面积不大，但园内有山有湖，苍松翠竹，浓荫蔽日，地形偏僻复杂，的确是一个搞地下勾当的好去处。

准备窝弓以擒恶虎，安排香饵以钓鳖鱼。天黑之后，吕胜指挥参战民警，按照预订方案，神不知鬼不觉地把“翠竹公园”一带团团包围。五百多名公安民警、武警官兵盘马弯弓，静候绑匪撞网。

就在警方紧锣密鼓、排兵布阵的时候，海平县北干渠桥头附近，正停放着一辆红色面包车。车内，除马彪和李海深外，还有一个被蒙眼封嘴、双耳被塞上耳机的小孩，他就是黄涛。黑暗中，马彪“刷”地把黄涛嘴上的透明胶带撕掉，吹胡子瞪眼逼问道：“说实话，你到底姓啥？名谁？你爸是干什么的？敢说半句瞎话，我就活剥了你的皮。”

按照其父平时所教，黄涛机警而稚气地答：“姓王，叫王超，俺爸下岗在家，有时做点小生意。”

“黄涛，王超！他妈的，难道是老二打听错了！”马彪心中反复掂量着，将信将疑地问李海深。

李海深担心说不好招没趣，多一事不如少一事，手抱方向盘，默不作声，只当没听见。马彪见状，心想，反正这次是故布疑兵，搅乱公安视线的，真实的本意就不是单纯为诈钱。于是，捏一把黄涛稚气的脸蛋，老虎挂念珠，假装善人地感叹道：“唉，现在最苦的就是下岗职工了！给你爸要钱，老鼠尾巴上的疖子，有脓也不多。要杀了你吧，小孩长得不赖，杀了怪可惜的。算了，算我倒霉！”说完指使李海深道：“喂，你把这孩子扔到桥下去……”他想，这次虽然没弄手里钱，却可以减少警方对刘道光的怀疑。

李海深一声不吭地跳下车，转过去拉开车门，抓着黄涛的胳膊，往河底下走去……

第十八章　孟娜娜骗入虎口丧命
孔世儒屡遭恶魔纠缠

造型新颖，巍峨壮观的颍川市人民检察院，办公楼楼前宽阔的广场中央，高大的不锈钢旗杆上，飘扬着鲜艳的五星红旗。银行行长巴春亭和纪检组长高权友，神情慌忙地推开反贪局局长管社会的办公室。巴春亭与管社会是同一列火车拉走的老战友，到部队分在同一个营，转业后又同时被安置到市直机关。逢年过节，两家礼尚往来，私交颇佳，所以也就免去了许多客套。

正在聚精会神审查一个县委书记受贿案卷宗的管社会，见老战友不速而至，习惯地掩上手中的卷宗，面朝下放好。抬身相迎道："哟，哪阵风把金融大亨给吹来了。稀客稀客，是顺便还是专程？"

巴春亭心中有事，慌得忘了向管社会介绍高权友，便愁眉不展，长吁短叹，一肚子苦水往外倒道："闲言少叙，老弟是来求你帮忙的。唉！弄不好，我这顶乌纱帽也去尿喽……"

管社会看起来干脆带利落，却也世故地"哈哈"笑道："发生什么事啦，这样严重，不至于吧？看把你慌的！天塌不下来，说说看，咱谁跟谁啊，只要别把我的饭碗踢了，能帮忙的，老兄一定全力以赴。"

巴春亭急急如律令道："这次搞年检，意外发现原潘副市长的妻子谷蕊任主任的分理处，缺失款数百万元，经纪检、银监核查，发现这些款都是经谷蕊的手，分十多次用空头支票转走的。现在谷蕊不辞而别，下落不明，玩起了失踪。我们感到问题严重，便来报案，想请反贪部门立案查处。"

管社会听后沉思片刻，起身从书柜中抽出一本最高人民法院《关于罪名司法解释的理解和适用》的书来，飞快地从目录中寻找到贪污罪和金融凭证诈骗罪的词条，分别翻看后，直言不讳地对巴春亭谈自己的看法说："贪污和诈骗虽然都是非法占有，但作案手段是有区别的。定性的准确与否，将涉及到今后的起诉、审判环节。从你谈的情况看，我认为谷蕊的做法定金融凭证诈骗罪的性质更准确些。"管社会惟恐说服不了巴春亭，掰着书让巴春亭看道："你看，她的做法符合刑法第一百九十四条'签发空头支票……骗取财物的'这一款。"

"行行，只要能尽快立案查处，追回国家巨款，挽回国家损失，定啥性质我们都没意见。奶奶的，真窝囊，听说这事后我的肺都快气炸了。"巴春亭两手一摊诉苦道："你说，她把牛牵走了，让我来拔橛，这叫我咋跟市里和上级行交差啊！"

管社会耐心劝抚巴春亭说："事情既然已经发生，你老弟着急上火也没用。回去赶快建章立制堵漏，同时抓紧报案，寻人追赃。不过，道班工人，各管一段，诈骗案件归公安局经侦支队侦办，我可是爱莫能助了！"

巴春亭心慌意急地抽身告辞道："多谢老兄指点，跟贺国庆也不算陌生，俺这就找他去。"

海平县北干渠桥旁。李海深推推搡搡，把黄涛拉到桥下，自己一溜小跑，返身上车。屁股刚沾座椅，便听马彪催命鬼似的道："快，返回颍川市，杀他个回马枪。"

平坦、笔直的高速公路上，李海深驾面包车飞也似的行驶。其间，曾与几辆飞驰海平逮他们的警车对头而过，但因相互不知，虽擦肩而过，亦有惊无险。正应了"得胜的猫儿欢似虎"这句老话。马彪狡猾地换个手机卡，瞥一眼腕上的表，拨通刘道光的手机，自视甚高地向刘道光吹嘘道："老二，老公们不是整天编圈让别人往里头跳吗，今儿个咱也让他们尝尝上当受骗，被别人当猴耍是啥滋味。我估计，瓤儿这些卫士们，可能正焦头烂额地忙着往海平县赶呢。嘿嘿，这回中了我的连环计，不死也让他们脱层皮。兴师动众的，够他们喝一壶的！"

"我现在咋办？"屎壳郎搬家，一向不守本粪（分）的刘道光问。

"这样，你马上悄悄出庄，九点整咱在北环、西环路交叉口见。"马彪脸上掠过一丝骄横阴险的狞笑，一时心血来潮，又恶作剧般拨通了黄震宇家的电话："喂，王师傅吗？你的小孩毫发无伤，现在北干渠桥下，你快去把他领回家吧！"

面包车如脱缰野马，似弹丸出膛，急返颍川市。

刘道光驾摩托星飞电急，犹箭离弦，直奔北环、西环路交叉口。

工夫不大，三个人便在约定的地点碰上头。刘道光支稳摩托，钻进面包车，三人窃窃私语一阵，马彪拍拍刘道光、李海深的肩头，再三叮嘱道："就这样，都干利亮点。"言毕，三人兵分两路，李海深跳下车，跨上刘道光骑来的摩托，独自而去。刘道光驾面包车，与马彪往市里驶去。

晚上顾客少，百无聊赖的孟娜娜，正无语独坐，一个人看电视。听到敲门声，扭头一看是李海深，忙抬身让李海深进屋。李海深笑嘻嘻地道："不长停了，趁这会儿没活儿，我带你到场里看看。拐回来饿了，我请客吃饭。"

孟娜娜看看天色，用商量的口吻推辞道："太晚了，明儿个白天去吧！"

"哎——"心怀鬼胎的李海深缠磨道，"不是早说好的吗！好娜娜，这回你就赏哥个脸吧。"

孟娜娜难为情地想了想说："好吧，等会儿你可还得把我送回来。"涉世不深的她，几乎是毫不设防地应允下来。李海深略一迟疑，马上满脸堆笑答应道："这，这还用说？"

"海宇商贸中心"总经理孔世儒的家，闹中取静，高墙独院，两层小楼。厚重的大铁门，气派严实。这天，孔世儒和寻常一样，很有规律地晚十时回到家，自己沏上一杯茶，"刺溜"喝一小口，水热得有点儿烫嘴，他放下紫砂茶杯，来到衣架前，打算更换睡衣后再慢慢品茶。这时，忽然听到两声"啪啪"的敲门声，忙对楼上的老伴吆喝道："看谁来了，开门。"老伴怀抱着不满周岁的小孙子，忙从楼上下来，应声道："哎，知道啦，就来！"当她打开门，见是两个素昧平生的陌生人，警惕地问道："你们二位？"

"噢，找孔总。省里有个领导，让给他捎封信。"此二人不是别人，正是对孔世儒跟踪已久，完全掌握其活动规律的马彪和刘道光。

平常到家中找孔世儒办事的人，也不在少数，习以为常的孔妻未加深虑，便客气地对二人道："刚回来，请进吧！"把马彪、刘道光让进屋，老伴径直上楼，哄小孙子睡觉去了，她从不过问孔世儒工作上的事。

马彪、刘道光进屋后，见室内没有其他人，便问道："你是孔总吧？我叫老大，他叫老二，有人让我们带给你一封信。"这样的事儿过去多有发生，不以为然的孔世儒信以为真，以为又是哪位老领导、老同志托他办什么事，习以为常的他便接过信展开一看，不禁大惊失色，只觉得一股凉气从汗毛孔中“嗖嗖”地钻了出来，心脏也好像被人活生生揪下来，扔进了万丈枯井中一般。原来，马彪递给他的，并非是什么领导的信，而是一封敲诈信：“我们都是亡命徒，手中缺钱，找你只为财，若能配合，不会伤害你。”

孔世儒以为自己酒后产生了错觉，从兜里摸出老花镜来，再次仔细看一遍，方知千真万确不是虚幻。他马上想到，从此刻开始，无论自己是否愿意，眼前的这两个不速之客，都已经将厄运强加给了他。凶吉未卜，接下来事态如何发展，实难预料。

就在孔世儒边看信边思索如何应付眼前的局面时，马彪、刘道光面目狰狞地各掏出一把手枪，横鼻子竖眼地把乌黑的枪口对准了他的腰间。

海阔凭鱼跃，天高任鸟飞，年轻人做点什么不好！何必出此下策，干这些敲诈勒索，打家劫舍，一失足成千古恨的蠢事呢！孔世儒看完信，正想劝劝二人弃恶从善，中止犯罪时，但见马彪、刘道光突然“刷”地拉开上衣，裸露出捆绑在腰间的炸药包。孔世儒话到嘴边又咽了回去，吃惊地问：“你们要干什么？”

马彪面目狰狞地“嘿嘿”一笑：“孔总，你放心，我们现在是不会伤害你的，但你得跟我们走一趟。”

孔世儒清楚，这些顾头不顾腚的亡命之徒，为了几个钱，什么屙血尿脓的坏事都会做得出来，为了老伴和可爱的小孙子免遭于难，孔世儒思索一下，毅然答应道：“行！”

行前，刘道光又从桌子上把敲诈信拿走。马彪尾随孔世儒登上面包车，强行给孔世儒戴上背铐和头罩。

刘道光驾车狡猾地在市内左拐右转，兜几个圈后，才把孔世儒拉进租赁的院内。

此时，先一步被骗来的孟娜娜，正跟李海深吵吵着要走。马彪押着孔世儒走下车来，见状对李海深咆哮道：“先把她带到外边去！”

孟娜娜欲趁机离开这个阴森恐怖、犹如乱坟岗一样的地方。李海深花言巧语哄骗说：“别怕，没事儿。他们几个可能喝多了，等他们消停下来后，我亲自开车送你回店里。”

时值深秋，乍寒还暖时。但孔世儒、孟娜娜却已经感觉到了午夜的寒冷。月光清冷，朦朦胧胧，默无声息地笼罩着这个死一样沉寂的院落，越发令人感到云谲波诡，毛森骨立。对于受害者孔世儒，牺牲品孟娜娜而言，则更是一个度时如年，生死难料的灾难之夜。

昏暗的灯光下，刘道光虎视眈眈，持枪侧立在孔世儒身后，大张着机头的乌黑枪口，近距离对着孔世儒。马彪鼓着腮帮子，直愣愣地瞪着充满血丝的双眼，与去掉头罩的孔世儒四目相视。他目露杀机，阴森森地冷笑道："孔总，俺也不多要，只借你存款的三分之一，我们也就知足了。但是这对你而言，只不过是九牛一毛，老虎吃蚂蚱，小菜一碟，不会伤筋动骨的。"

孔世儒心中明镜似的，从绑匪口中吐出来的这个"借"，实际上是肉包子砸狗，没得还。尽管他心知肚明，但为了免遭不测，仍不由自主地反问道："你究竟想要多少？"

"三百万！"马彪狮子大张嘴，贪相毕露。

"老大，你简直是在跟我开国际玩笑！"孔世儒啼笑皆非地苦笑道，"我是共产党的干部，靠工资吃饭，哪有那么多钱啊！"

"你是共产党的干部，这我们承认。但别忘了，你还是'海宇商贸中心'的总经理，这你也不否认吧？兴建'海宇商贸中心'，据说先后投入三十多个亿。眼下，建筑承包商与发包方的回扣率是百分之十，这个暗箱操作的潜规则，其实早已是公开的秘密。只要你掌握着发包权，想不要都不成。这三十多个亿，你从中得到多少实惠，咱就不用细算了吧！"马彪阴阳怪气地给孔世儒讨价还价道，"三百万，要说不算少，但对你孔总而言，其实跟牛身上掉下来一根毛一样，无伤大雅。换而言之，你吃肉，我们喝点儿汤而已。"

孔世儒据理解释说："你说的都是市井传言，如果真像你说的那样，纪检、反贪部门早就把我办了，哪里还轮上你们把我绑到这儿来逼我。"孔世儒说着说着有点想动气，转念一想，君子斗智不斗勇，能大能小方为龙。于是强压心火，不屑地白马彪一眼道："反正，给你也说不清楚……"说心里话，他真的懒得理这两个泼皮。

"咋？没有你孔大经理懂得的多是吧？好啊，给你好商好量说不清楚，那咱就用这个说清楚？"说着，马彪凶相毕露，变戏法似的从兜里摸出一骨碌保温茶杯大小的无缝钢管来，在孔世儒面前晃晃问："知道这是啥吗？"

孔世儒扫视一眼，心不在焉地冷言冷语道："不知道。"

马彪面呈得意之色，操着调侃的口吻对孔世儒说："看来，咱文的说不清楚，只有靠武的说清楚了！只要我定个时间，这家伙就会'轰'地一声爆炸开来。你可别小瞧这破玩意儿，金刚钻虽小能钻瓷器，家伙小威力可不小哇，要不咱试试？”

“不必了！”孔世儒担心他真弄出个好歹来，没好气地一口回绝。

马彪一计不成，又施一计，进一步逼迫孔世儒就范道：“孔总是有福之人呐，财运兴旺，儿女双全。他们的家住哪儿，在哪个单位上班，你人见人爱的小孙子，在哪个学校上学，我们可都是一分钱撂到水盆里，摸得一清二楚啊！如果你真的要钱不要命，那不妨就先让他们尝尝这些遥控炸弹的滋味。”

“我也不是守财奴，只是你们要得也太多了，本人实在无能为力。”孔世儒担心城门失火，殃及池鱼，苍白无力地解释道。

“二百万总行了吧？”马彪思忖片刻，故伎重演，主动减少一百万。

“二百万也没有！”孔世儒闭目摇首，断然回绝。

马彪翻眼瞅瞅窗外的天色，目射凶光，眉隐杀机，形同一条上蹿下跳的疯狗，焦躁而不耐烦地威逼道：“你自己说个数吧！”

面对绑匪手枪、炸弹的威胁和软硬兼施，身陷魔窟且已被熬得精力不支的孔世儒脑海中，陡然闪现出一句早已忘记出处的话来：买肉喂狼，是为了不被狼伤害。他想，为了子女和自身的安全，就委曲求全，吃个哑巴亏吧。全当是花钱买平安，消灾祛祸了！于是生气地回答道：“给你们五六十万吧，多了没了。如果你们执意不从，我就只有听天由命，随你们的便喽。”

“啧啧，孔总真不愧为商界奇才，果然精明过人。这样吧，先按孔总说的办，钱到手后，我们马上送你回去，不过……”马彪满口答应。他之所以不继续在钱数上纠缠，并非是其良心发现、断恶修善了，而是其诡计多端，另有鬼把戏。

首先，他担心天亮之后，人们一旦发现孔世儒失踪，肯定会马上报案，警方对于一个市管干部、商界明星的失踪，肯定会高度重视，全力寻找，甚至会动用一切可以动用的力量，采用人海战术，在全市范围内进行所谓的“地毯式”排查。这样，他们位于城乡接合部的租赁房，肯定是排查的重点。如果真的出现了这种局面，岂不正应了“贪多嚼不烂”这句老话了吗。到那时，事与愿违，因小失大，不仅五六十万得不到，反而会前功尽弃，鸡飞蛋打。豆腐垫桌腿，白折腾一夜不说，更为严重的是，说不定还会炒韭菜搁葱，连自己也可能被白搭进去。有道是两害相加取其轻，因小失大不可为，这就是马彪的精明之处。况且，五六十万已经不是小数，可以说他长这么大，还没有见过这么多钱呢！

其次，他在预谋绑架孔世儒时，就研究了不少杂志上关于绑架人质的作案手段，然后归纳分析，绞尽脑汁，苦思冥想，在总结他人作案得失的基础上，标新立异，别出心裁地设计出一个大胆、野蛮、恶毒、残忍，令人发指，世所罕见的毒谋，那就是把孔世儒拉入共同犯罪的泥坑，使其为了名声、地位而不敢报案。如果迫使孔世儒按他的设想就范成功，那么，既可掩盖自己的罪行，又可使孔世儒变成案板上的鱼肉，任其宰割。到那时，再次向其索钱，他想不给都没办法……

出于上述两点考虑，马彪当机立断，不再在钱数上讨价还价，纠缠不休了。他支支吾吾沉吟道："不过——嗯，孔总！现在离天亮还有些时间，这样的地方，反正你也睡不习惯，就委屈些，咱干点别的事儿，打发打发时光如何？"

"你还要干什么？"孔世儒抬起涨疼的脑袋，厌恶地白马彪一眼问。

"害人之……啊，防人之心不可无！"马彪把"害人之心不可有"刚讲出三个字，觉得引用不当，马上咽了回去，仅断章取义地引用后半句道："为了防止你日后举报我们，咱们最好相互制约一下，我们想请你亲手把院里的那个女人干掉。这样，咱们就都是双手沾满人民鲜血的杀人犯了，虽不同流，却已合污。老鸹趴到猪身上，咱们都成一路货色了，免得日后节外生枝，引发出许多不必要的麻烦来。"马彪阴阳怪气地说到这儿，话锋一转，冲李海深厉声吆喝道："老三，把她带过来！"

已觉察到李海深让她来这里，是黄鼠狼给鸡拜年没安好心的孟娜娜拼命挣扎着，嘴里不停地叫骂道："李海深，你扒灰头讲圣谕，说人话不做人事儿。我算瞎了鼻子烂了眼，没认出你这个孬孙来！"

自知理亏的李海深任由孟娜娜叫骂，连搡带拖，费了九牛二虎之力，气喘吁吁地好歹总算把孟娜娜拉拽进了屋。

马彪看到孟娜娜吵吵嚷嚷的样子，横眉竖眼，怒气冲冲地跳将过去，抡圆了胳膊，"啪啪"对孟娜娜狠狠扇了两个响亮的耳光，恶狠狠地骂道："狗坐花轿，不识抬举。再瞎叫唤，就活剥了你。"

孟娜娜被打得眼冒金花，鲜血顺着嘴角流出，她痛楚地用手擦了一把看看，再也不敢吱声。抬头又见马彪、刘道光凶神恶煞，拿枪舞刀的赖样，更是吓得浑身筛糠，凄然泪下，忍悲跪地磕头求饶道："各位大哥，只要别害我，你们咋着我都行，俺娘身患重病，还等着我挣钱治病呢！”求生的本能，使得孟娜娜不顾屈辱，甚至无条件地放弃了自己的人格和尊严，但她那令石人落泪、铁人动容，凄凄惨惨戚戚的泣诉，居然没有引起有着蛇蝎一样心肠的马彪的丝毫怜悯和同情。

“少啰嗦！”

马彪咆哮着使个眼色，刘道光、李海深狗通人性，鹰叼小鸡般扑向孟娜娜，三下五除二，将孟娜娜剥了个赤身裸体，寸丝不挂。然后倒捆起双手，用胶带封住嘴，抬起来“扑通”一声，仰面八叉扔到床上。

制伏孟娜娜后，马彪转身对孔世儒道：“孔总，该你了，是自己亲自动手呢，还是让我们助你一臂之力呢？”

“呸！”孔世儒极为厌恶地狠狠往地上啐了口唾沫，倔强地背过身，闭目沉默，对马彪不予理睬。

马彪朝刘道光、李海深努努嘴儿，二人心领神会，如狼似虎地扑向孔世儒，七手八脚，把孔世儒也扒了个浑身精光。

马彪阴冷地“嘿嘿”一笑，与刘道光、李海深一起，抬腿架胳膊，强行把孔世儒按到孟娜娜早已麻木的躯体上。

孟娜娜喉管里发出“呜呜”的哀鸣，本能地进行着痛苦的挣扎。然而，一切都是徒劳的，换来的只是马彪一伙淫荡的狞笑。是啊，恶狼口中的羔羊，除了任由恶狼的蹂躏之外，她还能怎样呢！

刘道光铁钳般的大手，狠狠卡住孔世儒的脖颈，无耻地把孔世儒的脑袋按到孟娜娜的面颊和乳沟处，摆弄出各种不堪入目的姿势，马彪端着个傻瓜照相机，撅着屁股，从不同角度“啪啪”拍照。完了又把刘道光、李海深扒拉到一边，对着孔世儒、孟娜娜叠在一起的裸体，拍了个大全景。然后洋洋自得地晃动着相机，把丑恶的嘴脸探到孔世儒面前，阴险地虚声恐吓道：“这就是证据，这几张照片要是邮给纪检会，流传到网上或者是你子女的手中，后果如何？孔总，这就不用我多说了吧……”

孔世儒从孟娜娜身上滑脱下来，慌忙抓起衣服往身上披。

孟娜娜经过这一阵折腾，气怒交加，早已人不像人，鬼不像鬼。她挣扎着想坐起身，刘道光顺势拎小鸡般将她提溜到一个靠墙放的、断了一条腿的椅子上。孟娜娜软绵绵地侧身趴到靠背上，凌乱的头发，耷拉到胸前。

“老三！”马彪喝叫一声，冲李海深伸出一只手。李海深毕恭毕敬地把自己的手枪递过去，小心翼翼地放到马彪手心。马彪右手握枪把，拇指按住压弹匣卡榫，左手熟练地卸下弹匣，将弹匣里压的子弹一粒粒抠出来，然后又压进去一粒，“哗”地装上弹匣，左手后拉套筒顶上膛，递给孔世儒，强迫孔世儒摆了个用枪瞄准孟娜娜头部的姿势，拍照后敦促道：“孔总，动手吧！”

这很是出乎孔世儒的意外，他冷冷地说：“你们想干什么？”话未落音，只觉得后脑勺一凉，侧目视之，原来是刘道光冷冰冰的枪口抵住了自己的脑袋。接着又听马彪威逼道：“你只管干吧……”

“因为几个钱，你们不认为这样做太过分了吗？放了这个姑娘，我保证不报案，行吗？”滥杀无故，是暴虐的犯罪行径，是每一个有良知的人所不屑之事。孔世儒怎忍心平白无故地枪杀这个与自己往日无冤，近日无仇的陌生姑娘呢，他想尽力挽救她，勃然大怒，竭力拒绝。

“哼！在我们的词典里，从来就没有‘过分’这个词汇……”马彪收敛奸笑，面目狰狞地发火道：“都到这个份儿上了，你还磨蹭个啥。”言毕，挥枪朝孔世儒脚前“啪啪”就是两枪，子弹“嗖嗖”尖叫着钻入土中，火花和掀起的尘土，在孔世儒脚下飘起一团雾霭。孔世儒吓得弹跳一下，惊恐中手指一颤，碰动了扳机，只听“啪”的一声，子弹飞出枪口，孟娜娜白皙的肩头登时皮开肉绽，鲜血飞溅。她痛苦地痉挛了一下身躯，“呜呜”地发出撕心裂肺的惨叫。

孔世儒见状顿觉灵魂出窍，一下子呆住了。惊愕之中，手中的枪不由自主地滑落在地。打了个趔趄，头晕目眩地“扑通”跌倒。马彪、刘道光、李海深见状得意地“哈哈”大笑，每人又冷酷无情地朝孟娜娜身上开一枪。

殷红的血，从孟娜娜失去生命的裸体，汩汩地流淌到地下。转眼之间，她几乎连弹蹬、抽搐都没有来得及，便毙命身亡，成了马彪犯罪团伙的枪下冤魂。这个可怜的农家姑娘，原本是怀着美好的愿望和憧憬，进城打工，想挣些钱补贴家用的。结识李海深后，她曾幼稚地期盼着依靠李海深改变命运，岂料命运不济，到头来竟成一场噩梦，受骗上当，连自己宝贵的生命也白白地搭了进去，不明不白地做了马彪犯罪团伙要挟孔世儒的牺牲品。

“拖出去，埋掉，快！”马彪干净利落地喝令刘道光、李海深。

当暴行即将结束的时候，天已放亮。马彪急不可待地用枪管捅捅因体力不支，坐在地上前仰后合打盹的孔世儒道：“孔总，天明了，咋办？是到你办公室呢，还是……”

孔世儒吃力地睁开浮肿的眼皮，一夜之间，他苍老了许多。裸照、奸情、开枪杀人、姑娘惨死，这些成了“老大”一伙要挟自己的把柄，犹如大山，压得他喘不过气来，精神几近崩溃。备受摧残的心，像被人揉碎了，有一种悲凄而又难以言状的痛。他缓缓伸出手，少气无力地要道：“手机，我的手机！”

马彪把手机递给孔世儒。孔世儒深深吸了口气，强打精神，拨通了“海宇商贸中心”财务科科长田苗的电话：“我是孔世儒。有这么一件事，省里有位老领导，急需六十万现金，你抓紧准备一下。”

电话的另一端，传来田苗清晰的解释声：“孔总，前天支付第四期工程款后，咱账面上已经没有钱了，这你是知道的！”

“活人能让尿憋死呀！嗯，想想办法，赶快去借。人家一个星期就能还，我等你的电话。”满腹怨愤的孔世儒，头昏脑涨，魂不守舍地给田苗下了死令。

大约十点多钟时，田苗给孔世儒回电话说：“孔总，腿都跑细了，找好几个商户，总算拼兑了五十万，咋办？”

“找个烟箱子装好，放到我办公桌底下，剩下的你再想想办法。”孔世儒有点存不住气了。

马彪听说已筹五十万，脸上得意地掠过一丝不易觉察的奸笑，刽子手烧香，假装慈悲地对孔世儒说：“一分钱难倒英雄汉！真不好借，就别作难了。反正牛吃不了日头，剩下的改天补上不迟。”说罢，命刘道光在孔世儒腰间捆上遥控炸弹，李海深给孔世儒戴上头罩，押着孔世儒上了面包车。

李海深驾车徐徐驶出租赁院，在市区胡乱转了几圈，马彪才把孔世儒的头罩扯掉，直接把车开到了“海宇商贸中心”办公楼前。下车后，三个人前后拥着孔世儒，走进办公室。刘道光麻利地从孔世儒办公桌下拉出装钱的烟箱，过眼后掂起便走。马彪、李海深挟持着孔世儒，紧紧尾随刘道光，离开孔世儒的办公室，四人返回车上，李海深把车开到郊外一个无人的十字路口旁边停将下来，马彪解下系在孔世儒腰间的炸弹，婊子送客，虚情假意道：“孔总，弟兄们多有冒犯，望涵谅，后会有期！”言毕，转而对刘道光说：“老二，给孔总拿点零钱打的。”然后放孔世儒下车……

吕胜、雷鸣和经侦支队支队长文志敏，陆续来到贺国庆办公室。贺国庆不紧不慢地在面前摊开笔记本，把目光投向文志敏，开门见山，直接点将道：

“谈谈排查的情况吧。”

四十出头的文志敏，是一名有着二十多年警龄的老公安了。他身材虽然算不上十分高大魁梧，却也胖瘦适中，思维敏捷，一双炯炯有神、穿云破雾的眼睛，充满着精明和睿智。尤其是近几年，他主办的亿元增值税发票案、千万元贷款诈骗案、利用虚假合同百万货款诈骗案，使他声名鹊起，誉满警界。谷蕊采用空头支票转走巨款案东窗事发后，贺国庆即与吕胜合计，调文志敏及其他三名经侦民警，与刑侦支队组成联合专案组，查寻谷蕊的潜址。

当下，文志敏见贺国庆点自己的将，便条理分明、言简意赅地汇报道：“立案以后，专案组在本市没有发现有价值的线索。于是我们另辟蹊径，发挥高科技千里眼顺风耳的优势，在网上发布了通缉令，吁请各兄弟省、市公安机关、边检、海关部门协查。结果锯响便有末，很快，便收到澳门海关向我们提供的信息，称一名持台湾护照，叫陈谷合美的女人及其叫陈志雄的丈夫，曾从澳门海关出境，飞往泰国。这个叫陈谷合美的女人，与通缉令上谷蕊的相貌殊无二致，可以认定是同一个人。他们还热情地通过电子信箱，把谷蕊出关时的监控资料发给了我们。经银行行长巴春亭辨认，这个陈谷合美就是谷蕊。由此可以确认，谷蕊现在已经改名换姓，畏罪潜逃到了泰国。”

“这个不争气的女人！”贺国庆愤愤地摔下手中的铅笔，心中暗自骂了一句。脑海中随之闪现出那天晚上在望海楼派出所，看到的那名男子的模样，陈志雄，难道是此人？神思间，他用中指和食指有节奏地轻轻点击几下桌面，根据文志敏汇报的情况表态道：“谷蕊外逃，已经得到证实。她所谓的丈夫，十有八九是其同案犯，好在我们与泰国在一九九三年就已经缔结了引渡条约。吕胜，你马上组织人，编写有关谷蕊身份的资料、犯罪事实和有关法律文书，通过省公安厅，速报国际刑警组织中国国家中心局，力争在国际刑警组织的支持下，早日抓获嫌犯。”

有了狠招，没了忍招。颍川市“一品香海鲜城”的雅间内，虾、蟹、鱼、贝摆了满满一桌。马彪、刘道光、李海深用这种海吃海喝，暴食豪饮的方式，庆贺他们敲诈孔世儒成功。此三人今日有酒今日醉，明天没酒再拼兑。来钱容易，花钱如水，吃喝嫖赌，无所不为。醉醺醺的马彪瞥一眼桌子上的几个空酒瓶，抓壶斟酒，仍不尽兴道：“人生得意须尽欢，莫使金樽空对月。来，再干一杯！”

“啥他妈对月不对月的，反正是今日有酒今日醉，管他明日刀割头！干！”醉眼蒙眬的刘道光、李海深说起话来嘴已打漂，一摇三晃，嘟嘟噜噜地附和道。

马彪兴奋地放下酒杯，示意李海深掩上门，在脚底下抽出一个破提包，从包里抓出两包用报纸裹着的钱来，分赃道：“还是老规矩，论功行赏。海深，十万。”马彪把薄点儿的纸包放到李海深面前。

“道光呢，敢闯敢干，十五万。”马彪把厚点儿的纸包放到刘道光面前。

平时，刘道光最讨厌马彪盛气凌人的霸道作风和分赃不公。一听这次只分给他十五万，加上李海深的，才二十五万，而他自己却搂一半，顿时就七窍冒火地诘问马彪：“这钱是咋分……”

“分的咋啦？”不等刘道光话落音，早有心理准备的马彪，便蛮横地打断刘道光的话，冷冰冰地反问。

一贯充当和事佬的李海深担心事情闹大，窝里斗伤了和气，忙给刘道光使个眼神，暗示他气往下行，千万别发火。刘道光随机应变，这就把快到嘴边的话咽了回去，换个口气呐喊道：“这钱分的，弟兄们挺满意……”

马彪早已看出刘道光的心事，也不挑明，没好气地白刘道光一眼，从兜里掏出两三千块钱，递给刘道光说：“老二，散场后，你和海深去想办法买些盐酸、硫酸，咱得抓紧把孟娜娜和那个司机的尸体处理掉，然后交足房租，把租的那个地点儿退掉。”

“行，咱一散场我们就去办。”刘道光顺从地答应道。

当西边天际那个硕大的橘红色火球，缓缓地沉落到天尽头的时候，新的一个夜晚便悄悄地降临了。夜色是美妙的，但也遮掩了一些人间魑魅魍魉的恶行。朦胧的月光下，马彪、刘道光、李海深像一团幽灵，吃力地把一口发酵猪食的大缸，抬进猪圈。马彪低声指使刘道光、李海深道：“抓紧，把买的东西倒缸里。招呼着点儿，澎身上了可是比害眼都厉害。”

刘道光、李海深小心翼翼地把盐酸、硫酸倒进缸内。马彪一挥手，三个人跳出猪圈，直奔南墙根，摸黑把孟娜娜、刘景龙的尸体扒将出来，用一床破被子兜着，抬进猪圈，一齐动手，挥刀舞斧，剁头的剁头，卸胳膊腿儿的卸胳膊腿儿，不大会儿，便把两具尸体肢解成一堆带骨的碎块儿，像煮肉一样投进缸中，用一块早已准备好的塑料布，把缸口蒙严实。

“他妈的，这尸臭味儿，甜不绌的比大粪都呛人，可把老子熏坏了。”马彪嘟囔着边洗手，边对刘道光、李海深铺摆道，“快将被子烧掉，把地下冲干净。完了咱赶紧找个地方去弄二两，压压胃……”

离开猪圈时，李海深又扭头瞅一眼那口大缸，半信半疑地问：“彪哥，就那点水儿，能行吗？”

马彪“嘿嘿”奸笑一声，拍拍李海深的肩头，自视甚高地显能道：“这两样东西，混合在一起，化学上称王水。王水，知道吗？能熔金化铂。熔点在一千摄氏度以上的金子都能熔化，化几块腐骨烂肉，岂不是大吊车吊蚂蚁，轻而易举吗。不识戏，光看大花脸，明天恁就等着瞧吧，哈哈……”

物极必反，乐极生悲。纵情于山水、椰风、海滩、落日美景的谷蕊，在下山的羊肠小道上，脚下出溜一滑，顿如一片飘零的落叶，悠悠荡荡，坠落于万丈深渊。山底下，是烟波浩渺，无边无碍的汪洋大海，掉下去摔不死，也得淹死。死亡的威胁渐渐逼近，她吓得“啊——”地惊叫一声，瞬间激灵坐起，神不守舍地喘着粗气，瞪大眼睛摸摸胸前的虚汗，方知是南柯一梦。

罗金虎被谷蕊的一惊一乍搅醒，他默默地把手臂搭到谷蕊肩头，轻声问：“怎么，又做噩梦了？”

“唉——”谷蕊鼻孔一酸，凄楚不堪地闭目点点头，垂涕言道：“提心吊胆，惶惶不可终日。这样的日子，什么时候是个头啊！”她痛楚地瞅罗金虎一眼，接着道：“再说啦，坐吃山空，就我们带出来的那点儿钱，像这几天的花法，能撑多长时间？”

“天无绝人之路，船到桥头自然直嘛！事已至此，开弓没有回头箭，不这样，那你说怎么办？”罗金虎操着玩世不恭的口吻反问谷蕊。

谷蕊忧心忡忡地与罗金虎商量道：“咱们明天还是返回曼谷吧，取出存放在‘康拉德大酒店’房间里的箱子，先飞往新加坡，每人先找一份赖以安身立命的工作，然后再从长计议。”

罗金虎嬉皮笑脸，轻佻地照谷蕊的脸蛋上捏一下道：“先安心休息，明天就照你说的办，行了吧！”说完，不由分说把谷蕊按进被窝折腾去了。

孔世儒经过那场折腾与惊吓，回到家便得了失眠症。马彪残忍狡诈，凶神恶煞的模样，裸体、强奸、杀人，尤其是孟娜娜呼天抢地的惨叫和她身中数弹后血肉模糊的尸体，不时历历在目，浮现在他的眼前，折磨得他不寒而栗，寝食难安，内心痛苦无比，又哑巴吃黄连，有苦说不出。

这天晚上，他正独坐在沙发上，仰面盯着天花板发呆，电话铃突然响起。孔世儒胆怯地望望话机，音乐铃声响个不停，往日那优美的步步高旋律，似乎也变得刺耳了。是福不是祸，是祸躲不过。迟疑片刻，他还是心有余悸地抓起话筒，果然是怕啥有啥，他还是听到了一个他最不愿意听到的声音："孔总吗，我是老大。上次你给兄弟们的，按说是不少了，但嗑瓜子嗑出个臭虫，我们都是啥仁（人）呀，都是在浓缩生命啊！旱涝不均啊，连输带丢的，这两天手头又紧了……"

马彪在肢解完孟娜娜、刘景龙的尸体后，腾出手便给孔世儒打了这个电话。狗忘不了吃屎，他还惦记着孔世儒少给的十万呢！而回家后便悔之莫及的孔世儒，知道自己一步走错，百步难回。他几次曾想到过报案，但奸情、杀人的证据在人家手中，尽管他清楚这些都是伪造的，但人家照片在手，自己百口莫辩，跳进黄河也洗不清，弄不好自己丢人现眼打家伙，还可能会殃及子女。这种心态，使他一忍再忍，只好把天大的屈辱窝憋在自己心中。而这，恰恰正好中了马彪的奸计。

听马彪贪得无厌，又在催逼，孔世儒禁不住愤火中烧，怒从心起，厉声正告马彪道："老大，你也不要欺人太甚，逮住面杏使劲捏，兔子急了还咬……"讲到这儿，孔世儒转念又想，反正事情已经这样了，好鞋不踏臭屎，长痛不如短痛，自己吃个哑巴亏，早点儿给这些赖皮撕扯清，往后就可以平安无事了。于是就强压怒火答应道："这样吧，明天上午十点钟，你到我办公室取吧！"

经过九十分钟的飞行，谷蕊、罗金虎从普吉岛又飞返曼谷。二人相拥着，从候机室直接奔向售票台，购买了去新加坡的机票，然后拦了一辆出租车，驶往"康拉德大酒店"，去取箱子、退房。在去普吉岛时，二人觉得带几个箱子既不安全又行动不便，于是便没有退房。

就在谷蕊、罗金虎匆匆收拾行装时，忽然听到门铃响，谷蕊以为是服务员例行送水、打扫卫生之类的公事，开门一看，不禁倒抽一口凉气，大惊失色，原来是两名泰国警察出现在她面前。二人随谷蕊进屋后，其中一人礼貌地主动出示证件，然后操着生硬的中国话对谷蕊、罗金虎说："请出示你们的有效证件。"

谷蕊、罗金虎相互对视一眼，之后强装镇定，不情愿地把护照递给泰国警察。泰国警察心不在焉地翻翻，毫不客气地道："你们的护照，假的！"另一人郑重地把一份印有刺眼的"国际刑警组织中国国家中心局通缉令"字样的文件在谷蕊、罗金虎眼前一晃，严厉地宣布："你们被捕了！"

"先生，你们一定是搞错了，我们是来贵国旅游的合法公民，没有违犯贵国的法律，我们……"谷蕊心存侥幸，竭力辩解，试图蒙混过关。这时，吕胜、雷鸣、文志敏、何惠敏如神兵天降，突然出现在谷蕊、罗金虎面前。雷鸣当头棒喝道："纸里包不住火！谷蕊，闹剧该收场了，我们是颍川市公安局的！"

谷蕊一听是颍川市公安局的，登时吓走了三魂，惊走了七魄，只觉得天旋地转，眼前一黑，像一摊烂泥一样，浑身哆嗦着瘫倒于地。

罗金虎知大势已去，猛然像疯狗一样扑向窗口，企图跳楼自杀，被早有提防的文志敏拦腰抱起，撂起来重重地摔到地板上，骑背将其双手反剪起来，雷鸣上去"喀嚓"给他砸上了手铐。

原来，设在法国里昂的"国际刑警总部"接受了中国 NCB 请求后，迅速向谷蕊、罗金虎落脚的泰国国际刑警组织发出国际红色通缉令。泰国警方立即循踪排查，很快便从微机中搜索出谷蕊、罗金虎利用假名在"康拉德大酒店"包房落脚的信息，于是在他们包房的对面另开一房，蹲点守候，同时电告中国警方速赴泰配合，所以，谷蕊、罗金虎刚一返回，便落入法网。

雄鸡高啼，晨光熹微。当夜色由黑到暗，由暗到灰白，由灰白到乳白，渐渐被从东方地平线升腾的红日驱赶得烟消云散时，一个充满着喜怒哀乐的一天又开始了。犬吠鸟鸣声，把马彪聒噪醒。他一骨碌从床上爬起身，见刘道光、李海深还在蒙头盖脑地酣睡，便用脚将二人蹬醒，催促道："赶紧起来，看看咋样了。"

三个人溲都没顾上解，直奔猪圈。刘道光星飞电急地用一把铁锹，掀掉蒙在缸沿的塑料布，往缸里一搅，感觉都是水，登时乐不可支地惊叫道："咦，绝啦！别说肉，我觉得连骨头都化了。"

"嘿，嘿嘿！"马彪得意地奸笑着，指使二人道："把缸里水倒阴沟里。"三个人挽袖合力，将缸一点一点掀歪，把化尸水全部倒进阴沟，又放些水冲走。倒到最后，发现缸底下还剩一小块骨头渣，刘道光用铁锹扒拉出来，轻轻一拍，即成齑粉，也一并用水冲走了。

愁城难解，心力交瘁的孔世儒，像丢蛋的老母鸡，无精打采地来到办公室。他心烦意乱，百无聊赖地点燃一支烟，边抽边呆坐在那儿想心事。

这时，马彪又打来电话："孔总，我十点钟过去，不会有啥问题吧？"

孔世儒强压怒火，没好气地答："能有啥问题！"远愁近虑的他，心中犹如一团剪不断，理还乱的麻团，烦躁至极。凝视着用黑色塑料袋包着，装在一个纸盒里，外用胶带缠着的十万元现金，愤恨地狠狠拍一下桌子，怒目切齿地抓起电话，给"海宇商贸中心"保安大队大队长白胜利打电话说："胜利，我孔世儒！你马上到我办公室一趟。"

转眼工夫，一个身材高大，虎背熊腰，身着水泥灰保安装的年轻人，步履如飞地来到孔世儒办公室。此人就是出身武术世家，自幼习练形意拳，在颍川市武术界颇有名望的白胜利。

形意拳以劈、崩、钻、炮、横和龙、虎、猴、马、鸡、鹞、燕、蛇、鼍、骀、鹰、熊十二形拳为基本拳法，另有杂式锤、金刚八式、四把拳、十二洪捶、出入洞、五行相生、五行连贯、龙虎斗、八字功、上、中、下八手等。对练套路有三手炮、五花炮、安身炮、九套环。器械以刀、枪、剑、棍为主，有连环刀、三合刀、六合刀、六合大枪、连环棍等。拳法尤其神奇，把十二种动物的特点及形象，融入武技中，如龙的飞腾纵横，虎的勇猛气势，猴之灵，燕之巧，鸡敏好斗，鹰、鹞威猛等。仿其形揣其意而精妙地纳入攻防拳技中。一招一式要求意念集中，劲力裹含，蓄后而发。束身而起，长身而落。手随意发，力随声落。起势快如卷地风，收势犹如火烧身。抓发、破面、掐喉、打穴、击裆等招数凶猛狠毒，头、肩、肘、掌、拳、胯、臀、膝、脚皆可为犀利武器，搏击中攻防兼备，威猛凌厉，对手一旦中招，轻者则伤筋动骨，重者则呜呼哀哉。白胜利七岁练武，二十年坚持不辍，功夫了得，孔世儒发挥其专长，聘任他担任保安大队长。

见到白胜利，孔世儒一反常态，热情地先递给白胜利一支烟，又忙着找打火机，要给白胜利点着。白胜利受宠若惊地忙把孔世儒手中的打火机夺过去道："孔总，您甭客气。俗话说，养兵千日，用兵一时。有什么事儿您尽管吩咐，我一定尽力办好！"

孔世儒起身掩上门，愁眉苦脸，喟然长叹道："唉！这几天，我的肺都快气炸了！”

“发生了什么事？”白胜利惊讶地追问。

孔世儒不想把真相告诉白胜利，不说吧，让白胜利收拾老大总得有个理由，左右为难，只得编了个瞎话，掐头去尾告诉白胜利：“有几个小赖毛敲诈我，欺人太甚。等会儿他们又来讹钱。你找几个手底下明白的朋友，埋伏在我办公室的套间里，我拍桌子为动手信号，好好教训教训这帮小子，以解我心头之恨。但一定注意掌握分寸，出手不要太重，更不能把人打死！”

血气方刚、容易冲动的白胜利听完孔世儒的诉说，只觉得热血沸腾，怒不可遏地发嘘道：“难道他们吃了熊心豹子胆，竟然欺负到孔总头上了，真是无法无天，可恼可恨。孔总放心，这事包给我了，抓住了我非一个个把这几个鳖仔子的蛋子儿挤出来喂狗不中！”

几乎是与此同时，“海宇商贸中心”大门外人行道边，鼻梁上架着墨镜，诡计多端的马彪，招手拦住一辆拉板车的壮年男子，用商量的口吻道：“师傅，有个巧活干不干？”

“多巧啊？”那师傅停下脚步，擤把鼻涕使劲甩到地上问。

马彪对他道：“你的板车，先放到路边，我给你看着。”说着递给师傅一个香蕉，叮嘱道：“你呢，拿着这个香蕉，去到‘海宇商贸中心’办公大楼，找孔总经理，帮我取回一个小盒子，我给你二百块钱的跑路费，来回不过十分钟，干不干？”

师傅用疑惑的目光打量马彪一眼，不大相信地问：“乱啥，你说这话当真？”

“绝非戏言，哄你是鳖。”马彪一本正经，肯定地回答。

这人世间，哪有嫌钱扎手的。那师傅几乎未假思索，便欣然满口应承道：“行，我去。”说完撂下板车，一路哼着小曲而去。

“哼，香饵之下，必有死鱼；重赏之下，必有勇夫。”望着拉车人渐去的背影，马彪奸诈地一笑，转身给孔世儒打电话道：“孔总，实在有点抱歉呐，我这儿有点急事，不能亲自过去了。我派一个拿香蕉的人过去，你把东西装好交给他就行了……”

孔世儒铁青着脸刚放下电话，师傅便拿着香蕉，美滋滋地推门进屋，问孔世儒道：“你是孔总经理吧？有人让我来找你，说是帮他取点东西。”

孔世儒抬头打量师傅一眼，询问道：“谁让你来的？你们是啥关系？”

“啥关系也没有，我就是在咱中心干装卸活儿的。是一个中上等身材，四方脸，白净子，戴墨镜的年轻人雇我来的。”师傅如实对孔世儒说。

“这个阴狠狡猾的混蛋！”孔世儒暗暗骂了一句，思忖道，射人要射马，擒贼先擒王。干脆一不做，二不休，先抓住这个跑腿的，再让他领着去逮“老大”，好好收拾收拾这个龟孙，出出心中积郁已久的闷气。想到此，孔世儒怒视来人，两道浓眉之间，拧成了一个疙瘩，愤怒地扬起手臂……

第十九章　警方布下天罗地网　恶魔狡猾竟然脱钩

就在孔世儒高高扬起手臂，准备给白胜利发信号的时候，他突然心虚胆怯，鬼使神差地又犹豫起来。他想，收拾了“老大”，他的那两个狐朋狗友会与自己善罢甘休吗！这些家伙心狠手黑，形同毒虫蛇蝎，无恶不作，什么缺德事都干得出来啊。恍惚之中，裸体、奸情、枪杀、孟娜娜血淋淋的裸尸，一幕幕触目惊心、令人羞于启齿的场景，又浮现于他的眼前。同时，耳畔又响起“老大”恶魔般狰狞的面目和杀气腾腾的恐吓声：“你的儿女家住哪儿，在哪个单位上班，你人见人爱的小孙子在哪个学校上学，我们可是都掌握得一清二楚，如果你要钱不要命，那就先让他们尝尝这些遥控炸弹的滋味……哈哈哈哈！这就是证据，这几张照片要是邮给省、市纪检会，流传到网上或者你儿女的手中，后果如何？孔总，这就不用我多说了吧！”

想到此，孔世儒顿如冷水浇头，怀中抱冰，打个寒战，瞬间便油条泡汤，软了下来。他无力地落下手臂，目光呆滞无神地把装钱的小纸盒，从桌面上推给来人。养蛇咬自己，忍辱含垢、任人宰割，怨谁呢？悲剧，始于对绑匪的软弱和宽容。

不知内情的师傅，拿起纸盒，扬长而去。

眼睁睁地看着又一笔巨款被敲诈，孔世儒直气得三尸乱暴，七窍生烟，一股难以名状的怒火冲上脑门，急火攻心，只觉得眼前一黑，“啪”的一头栽倒在办公桌上。

埋伏在套间内的白胜利听到动静，以为孔世儒发出了动手的信号，精神抖擞，“呼啦”打开门，与两名保安队员飞也似的冲将出来，准备大显身手，却见室内并无他人，只有孔世儒趴伏在办公桌上，人事不省，白胜利知事不妙，忙搬起他的脑袋掐人中穴，同时让保安队员赶紧拨打“120”……

颍川市公安局会议室的主席台上方，醒目地悬挂着“铁网行动誓师动员大会”的巨幅横额。台上有前后两排，在前排就座的有贺国庆、吕胜及市局其他几名副局长，后排就座的是各县局、分局局长。参加会议的还有各县局、分局分管刑侦工作的副局长，刑警支队长和刑警大队全体民警。会场气氛热烈，与会者踔厉风发，斗志昂扬。

刚讲完话的吕胜，合拢手中的文件，礼貌地把麦克风挪到贺国庆面前。

贺国庆环视会场，清清嗓门，沉雄顿挫地总结道：“刚才，吕局长向大家传达了‘铁网’行动的指导思想、实施方案、警力部署和预期目的，我完全赞成，这也是局党委的意见。”贺国庆左右扫视主席台上各位副局长一眼，似乎是在证明自己讲话的准确性和权威性。他翻开笔记本，瞅几眼接着道：“今年以来，我市刑侦部门以命案侦破为龙头，开展了有针对性的专项行动，严厉打击了各类刑事犯罪活动，现行命案的破案率达到百分之九十六，名列全省前茅，全力维护了我市社会治安的平稳，有力地证明了颍川市公安机关是一支骁勇善战，关键时刻能够拉得出、冲得上、打得赢，值得党和人民信赖的优秀队伍。这次‘铁网’行动，是前段我局开展的‘命案攻坚’‘打击两抢一盗’‘扫黄打黑’等专项斗争的延伸，我们要继续发扬敢与强手比，敢同勇者争，敢向高峰攀，魔高一尺，道高一丈的精神，树立命案必破的信心和勇气，紧盯命案，整合资源，多警联动，以快制胜，综合运用多种行之有效的侦查措施和手段，强力实施攻坚突破，力争侦破一批现行大要案，带破一批陈年积案。”讲到此，贺国庆举目扫视一眼与会民警，有力地问道：“大家有信心没有？”

“有！”台下齐声回答。

“听着底气不足啊，像三天没吃饭似的。”贺国庆抚案起身，淡然一笑，再次极富鼓动性地厉声发问：“到底有信心没有？”

“有！”会场里声如雷动，气贯长虹。

“古人曰，战，勇气也。我们破案，也要树立敢打必胜的勇气，树立一不怕苦，二不怕死的拼命三郎精神。”贺国庆满意地点头赞许，含笑落座。

“开弓没有回头箭，好马崖前不低头。”吕胜见贺国庆讲完，又插话补充道，“尤其值得大家学习的是，雷鸣和林忠同志，本来预定近期结婚，但他们为了不影响‘铁网’行动，毅然决定推迟婚期……”

“噢！”贺国庆颇受感动地把目光投向主席台下的雷鸣和林忠。确切地讲，他只是试图在众人中寻找到二人的脸庞。他打心眼里为有这样的属下而感到自豪，含笑赞扬道：“这种祖国的利益高于一切，人民的利益至上，公而忘私的思想和精神，我看是很值得大力提倡和表彰的……”他象征性地呷口水润润喉咙，话锋一转，继续刚才的话题道：“同志们，俗话说，逮住一个补锅的，顶一群星秤的。这次，我们要把文章华被害案作为‘铁网’行动的重点，振奋精神，强力攻坚，扩大线索，缜密侦查，锲而不舍，背水一战，实现命案攻坚新突破，不达目的，誓不罢休！”

却说孔世儒气怒交加，突然昏厥。白胜利让保安队员拨打“120”，颍川市中心医院的救护车赶到时，他已经苏醒，但精神仍然萎靡不振，尤其是感觉头晕、心慌得厉害。拉到医院，急忙办理了住院手续，挂上吊针，然后按这家医院的规矩，无论头疼脚疼，必须验血、胸透、B超、CT、多普勒，全身器官翻肠剔肚地挨个儿检查一遍，太严重的病变虽然没有查出，却也确诊孔世儒患有高血压、高血脂、脂肪肝、轻微脑供血不足等多发病、常见病。对症治疗，所用药品无非是“脉络宁”“清开灵”之类，每天打两瓶吊针，卧床休息。

然体病好医，心病难治。望着爸爸愁眉苦脸，茶饭不思，终日长吁短叹，走神发呆的模样，侍奉在侧的女儿孔令玲心疼地开导说：“爸，有啥不顺心的事情，你别窝在心里呀。究竟发生了什么事情，说出来大家帮你解决，行吗？”她用纤纤细手剥下一瓣橘子，送到孔世儒唇边。

“唉！”孔世儒神情沮丧地望着女儿，哑巴伸冤，有理难诉，喟然而叹道：“爸自幼争胜好强，从来没干过这么窝囊的事情。一步走错，百步难回。事已至此，悔之晚矣！”他沾沾湿润的眼窝，欲言又止，故意岔开话题道，“反正这事已经过去了，只能自认倒霉，别提它了。”接着话锋一转，指着另一张病床上和地下堆着的亲朋好友探视他时送的鸡蛋、牛奶、水果，叮嘱道：“去找个车，把这些东西拉回家。该送人的送人，吃不完放坏了怪可惜的。另外，让医生开些安眠药，我明天想出院。”

“爸，凡事想开些，我这就去找车。”

孔令玲前脚出门，一个头戴长檐旅游帽，鼻梁上架一副墨镜，提一塑料袋水果的人，后脚便闪身钻进孔世儒的病房。来人进屋后放下手中的水果，摘下帽子、墨镜，孔世儒这才认出原来是“老大”，禁不住翻眼用游离而饱含敌意的目光注视着他，正思忖这个恶魔为何又不速而至，自己如何对付时，马彪抢先搭腔道：“听说孔总贵体欠安，小弟前来探视！”

“谢啦！”孔世儒满心不高兴地沉下面孔，待理不理地敷衍一句。马彪知话不投机，知趣地没再接茬。孔世儒却抑制不住心中的愤懑，情不自禁地纵身坐起，晓之以理道：“实话告诉你，其实我手中也并不太宽裕，更不像社会上有人传的，说我有几千万，那不是胡扯吗？尽管如此，我言而有信，答应给你们的款数，我找人拆借、卖房，已经全部兑现。希望从今以后，咱井水不犯河水，云南的老虎，内蒙古的骆驼，谁也不认识谁，相互不要再打扰了。”

马彪听后死皮赖脸，行奸卖诈地谄笑道：“我也是这样想的。不过，那晚咱干的那桩事，眼下可是少林寺里填窟窿，补庙（不妙）啊！”

“有啥不妙的，你们不是已经达到目的了吗？”孔世儒诧异地问。

“要说也是。但，有道是不怕虎生双翼，就怕人起二心。俺仨内部窝里斗起来了，老二这家伙不地道，贪而无信，嫌钱分给他的少，要把咱干的事儿抖搂出去。更为不妙的是，那天照的胶卷也都被他偷走了，万一这小子把这些照片弄到网上抖搂开去，我担心你堂堂的孔总丢人现眼事小，弄不好身败名裂闷进去，事就大啦……”马彪软硬兼施，说话间滚动着两只贼精的眼珠，阴鸷的目光窥视着孔世儒。停顿片刻，见孔世儒面凝寒冰，默思不语，便得寸进尺，接着咄咄相逼道：“孔总，有道是明人不用细提，响鼓不用重槌。利害关系你比我更清楚。权衡再三，为了保你平安无事，我准备把老二除掉，以绝后患，省得他再干对不起你的事了。”说到这儿，马彪看看孔世儒，故弄玄虚，无赖嘴脸毕露地狞笑道：“不过，我给你消灾祛祸，你得再给我拿笔经费。”

“流氓，敲诈！”孔世儒竭力控制住自己的情绪，心中暗暗骂了一句。他冷眼怒视马彪，恼恨得一口回绝道：“老大，咱做人总得讲点良心吧？我又不是造币厂、摇钱树！你也清楚，先前给你们的六十万，开始那五十万是让财务科给私人借的，这个大窟窿至今还没填上呢。后来这十万，是我背着孩子、老婆，忍痛卖了一间门面房筹的。”他心情沉重地叹口气，抱着息事宁人的态度，柔中有刚地坦言相告道，“过去的事就算了，现在你要除掉老二，那是你们黑吃黑的事儿，与我姓孔的毫不相干，我不管。”

蛇会脱壳，但不改其性。马彪见孔世儒漠然置之，宛若狗脸，立马转面无情，龇牙咧嘴，胡搅蛮缠道：“好，这事你不管，当时我们给你要三百万，你只给六十万，就按颍川市的生意拦腰砍的说法，你给得也太少了吧。因此，你至少还得再给我们一百万！”

孔世儒听后心中“咯噔”一下。正是人急智生，他灵机一动，施以缓兵之计，用商量的口吻对马彪道：“如今我躺在医院，就是想给你，这么大的数也无法去借。这样吧，你先回去，等几天我出院后，咱再联系，行不？”

此番，马彪的本意就是来蹚蹚水，带有极大的试探性。见孔世儒终于松口，正中下怀，于是便也顺水推舟，满口答应道：“不过，你可一定当个事儿办，我回去先设法稳住老二……”

夕阳在远山缓缓坠落，遥远的天际橘红色的余晖，渐渐收敛，暮色无声无息地降临。但燥热的气浪仍然弥漫在空气中，人们三三两两走出家门，或找风口纳凉，或在路边徜徉。镇海寺大门外广场一带的夜市，热闹异常。小贩的叫卖声此起彼伏。

广场一隅，有五六个上了年纪的人，环坐在一张茶桌旁，弹着三弦、拉着二胡、敲着响板，唱着地方小调，在自愉自乐，吸引不少围观者：

太阳出西落了东，满天的月亮一颗星；
万里晴空下大雨，树梢不动刮大风；
种棵玉米结土豆，萝卜发芽长成葱；
小蚂蚁踩死个驴驹子，麻雀叨死一只大老鹰；
那边来个出殡的，抬着红色轿一乘；
轿里坐个大姑娘，雪白的胡须飘前胸；
八十多岁老太婆，一蹦多高去当兵；
跳蚤怀孕坐月子，它生了一窝大狗熊。

地方风味小吃一条街，更是语笑喧阗，扰扰攘攘。有卖水煎包、炸肉盒、胡辣汤、白吉馍、烧麦、烧鸡、葱油饼、生氽丸、焦油条、热豆沫、羊肉汤、牛肉汤的摊点，一街两行，殊滋异味，花色俱全。一些超市、商场为抓商机，延长营业时间，店铺、门面前的霓虹灯五光十色，闪闪烁烁，把原本就热闹的夜市，点缀得更加绚丽多彩。一个头戴绣花礼帽，身着少数民族服饰的中年男子，动作娴熟，麻利地把穿有羊肉片的铁钎，均匀地排放到烤炉上。炉中的炭火正旺，他把羊肉串排放好后，又用三个指头撮些精盐、辣椒面和孜然，天女散花般撒到羊肉串上，烤炉上登时发出"吱吱"的油滴到炭上的响声，冒起一缕夹杂着特殊气味的浓烟，那氤氲随风荡散开来，喷香扑鼻，令人垂涎。"熟啦，羊肉串！烤羊腰……"摊主操着生硬的、有点儿怪怪的少数民族普通话招徕食客。

马彪、刘道光、李海深围坐在一个小方桌旁，桌上摆着烤羊肉串、烤外腰、烤内腰、烤羊板筋。三个人边吃边高谈阔论，饮酒聊欢。马彪仰头往肚里灌一大口酒，摆出一副得意洋洋、踌躇满志的神情，把刚才独闯病房，找孔世儒索要一百万的经过，添油加醋、眉飞色舞地给刘道光、李海深讲述了一遍。刘道光"吧唧吧唧"大口嚼着羊板筋，"哧哧"笑着恭维道："彪哥胆大心细，浑身上下净麻子，点子特别多。剃头的拿铡，是干大事的……"

李海深却忧心忡忡地提醒道："老鳖咬人，光叼着姓孔的不放，是不是有点过？俗话说，老虎不吃回头食。彪哥，咱可别把姓孔的逼急了，你没听人家说吗，兔子急了，还咬人呢。"

得意忘形的马彪趁着酒兴，用蔑视的目光瞟李海深一眼，西北风刮蒺藜，连风（讽）带刺道："我看你是扛着救生圈跳水，小心过分了。俗话说，见鳖不捉，佛也怪罪。说书的掉泪，你就别替古人担忧了。咱赶紧再喝几杯，完了我给恁俩找个地方泡妞去……"

身着病号服，神黯心焦的孔世儒，此时也在病房一杯接一杯地喝闷酒，他时而捶胸顿足，时而涕泪交垂。百感交集，犹如万箭穿心的他，万分悔恨自己遭绑架之夜心醉魂迷，被绑匪抓住了怕丢人，担心儿女惨遭不测的软弱心理，结果一失足成千古恨，至如今落得人为刀俎，我为鱼肉，任人宰割，跳进黄河洗不清的悲惨结局。马彪的贪得无厌，使他真正领悟到士可杀而不可辱的真谛；领悟到从某种意义上讲，使人最容易上瘾的不是毒品，而是金钱；领悟到金钱对于绑匪而言，犹如是海水，他们饮得越多，渴得越厉害；领悟到恶狼，永远也喂不饱的哲理。

没完没了的敲诈，整天生活在恐惧之中，这样的日子，啥时候才是个头呢！已经被折腾得不人不鬼，忍无可忍，终日如坐刀山愁城的孔世儒，终于被一步步逼入绝境。绑匪这次索要他根本无力支付的一百万，让他噩梦忽醒，彻底打消了得过且过一味容忍的心理，打消了前怕狼，后怕虎的顾虑。哼！一个人长一个脑袋，谁怕谁呀！人生大难，无非一死。他横下心来，决意与绑匪拼个鱼死网破，即使自己丢人现眼，削职为民，粉身碎骨……经过痛苦的思索和激烈的思想斗争，孔世儒毅然选择了投案自首，依靠法律和政府，结束被绑匪宰割、凌辱的惨痛命运。

主意拿定，孔世儒又酣畅淋漓地饮下一大口酒，心绪出奇地平静了下来。从枕头底下摸出手机，断然拨通了吕胜的手机，垂涕而道："吕局长吗？我是老孔呀！孔世儒。对，我想马上见你，投、投……"孔世儒一个"案"字没有说出口，只觉得鼻孔一酸，心中的憋屈就像猛提闸门的洪水，锐不可遏地一下子倾泻出来，就像一个被别人欺负的孩子，遇到亲人一般，"哇"地失声恸哭起来。

吕胜与孔世儒早就熟识。二人都在市直机关工作多年，寻常低头不见抬头见的。那年秋季，"海宇商贸中心"内掂包绺窃，用镊子夹钱包、手机，用刀片划包偷盗的现象一度十分猖獗，群众去购物时财产安全得不到保障，意见纷纷，反映强烈。根据市委综治办的要求，吕胜率工作队进驻"海宇商贸中心"进行重点治理，通过明察暗访，化装跟踪抓现行，一举打掉几个在该中心作案的绺窃团伙。对这些人该刑拘的刑拘，该劳教的劳教，使"海宇商贸中心"的治安状况很快得到扭转。

治理期间，孔世儒全力支持，积极配合，使吕胜对孔世儒有了更深的了解。当他冷不丁听孔世儒要投案的哭诉后，觉得匪夷所思，大惑不解。他以一个刑侦专家特有的敏感，马上意识到孔世儒出事了，尽管他尚不清楚究竟是什么事。于是，吕胜心平气和地安慰孔世儒说："孔总，天塌不下来，你先不要着急。要不这样，为稳妥起见，我现在就到颍川宾馆，订好房间后，再电话告知你，咱在那儿见面，你看行不行？"

"行、行，你快点，房间费由我负责。"瘦死的骆驼比马大，心急如火的孔世儒仍不失企业家的做派。他刚换下病号服，便接到了吕胜的电话："孔总，我现在在颍川宾馆三号楼 608 房间恭候。"

"行行，我这就过去。"孔世儒急不可待地匆匆下楼，在住院部大门外拦下一辆出租车，一直开到颍川宾馆三号楼前。他对这里并不陌生，轻车熟路，下车后乘电梯到六层，敲响了 608 房间的门。吕胜热情地把孔世儒迎进屋，风趣地道："男儿有泪不轻弹，孔总，深更半夜的，你老兄唱的是哪一出啊？"

"嗨！"孔世儒局促不安，悲愧交集，无地自容地摇摇头。懊丧地道：

“马尾拴豆腐，别提了。老兄我聪明一世，糊涂一时，做了一件天大的愚昧事啊！”

吕胜质疑而惊讶地伸开五指，轻轻在孔世儒眼前晃晃问：“老兄是不是喝多了，逗我玩的吧？投案的事，可不是闹着玩的，那是要承担法律责任的。”

“哎哟，我都快急死了，你老弟就别给我打岔了。”孔世儒着急上火，脸上流露出哭笑不得的神情。

“这老兄究竟犯了什么事呢？如此心慌意急。”吕胜心中暗自嘀咕着，为缓解孔世儒的紧张情绪，吕胜不慌不忙地给他倒杯开水，含笑道：“你老兄要是真投案，咱就得包公铡包勉，公事公办，我必须找人做个笔录。”吕胜见孔世儒点头认可，旋即拨通雷鸣的手机：“雷支队，你马上到颍川宾馆三号楼608房间，做个投案笔录。”

吕胜与孔世儒东扯葫芦西扯瓢地唠闲嗑儿的当儿，雷鸣带着何惠敏匆匆而至。吕胜、孔世儒起身相迎，吕胜给雷鸣、何惠敏介绍道：“这位是‘海宇商贸中心’的孔总经理，今天是来主动要求投案的。”

雷鸣礼貌地微笑道：“久仰大名，如雷贯耳！孔总，请坐。”

孔世儒落座后，何惠敏就着灯光，摊开稿纸记录。雷鸣依照惯例问道：“姓名？”

“孔世儒。”

“谈谈你的基本情况。”

“男，五十六岁，汉族，大专文化，家住丹阳路三十八号，现任颍川市‘海宇商贸中心’总经理。”

“你以前是否受过刑事、行政处罚或者被劳动教养过？”

“没有。”

“我们是颍川市公安局刑警支队的民警，你投案涉及到什么问题，请具体地讲讲。”

“去年十月份的一天晚上，我遭到自称叫老大、老二的两个年轻人的绑架，两次被他们敲诈六十万现金。现在他们仍不放过我，以掌握我的‘把柄’作为杀手锏，要挟、恐吓我，逼我再给他们一百万。”

“反映情况要实事求是，讲真话。提供伪证，是要负法律责任的，你知道吗？”雷鸣提醒孔世儒。

“我知道。”

“好，请你详细谈谈被绑架、敲诈的经过。”

“行！”孔世儒饮口水，尽其所记，原原本本向雷鸣讲述了自称老大、老二的人如何骗开他家的门，如何以遥控炸弹相威胁绑架他，强行拍裸照，伪造奸情，胁迫自己开枪打伤一女子，自己如何编瞎话，让财务科长田苗给私人借五十万，自己卖房十万，两次共给绑匪六十万，绑匪贪如饕餮，又索要一百万，自己被逼得走投无路，毅然决定投案自首的整个过程。

离奇的情节，直听得亲历过形形色色大案要案奇案怪案的吕胜、雷鸣动魄惊心，摇首吐舌。心中连连叹道：“真是闻所未闻，见所未见！”

当然，吕胜毕竟是吕胜。洞庭湖里的鲤鱼，他可是经历过大风大浪的。长期的刑侦生涯，锻铸了他泰山崩于前而色不惊，麋鹿兴于左而目不瞬，在任何突发、复杂的情况下，依然能安之若素，沉着冷静处置的良好心理素质。

等孔世儒如释重负地在笔录上签名并摁上手印后，吕胜颇为慎重、认真地又翻看一遍，竭心尽意地叮嘱孔世儒道：“你先回去等候消息，要严格保密，随时与我们保持联系。出院以后，你要一如既往地与绑匪周旋，在问题搞清楚之前，我们会暗中保护你的。”与此同时，吕胜还对孔世儒下步如何对付绑匪，进行了技术性的提醒。

贺国庆办公室内灯明如昼，墙上的挂钟，时针已滴答滴答地转至午夜十一时。吕胜、雷鸣精神饱满，毫无倦意地端坐在沙发上，敛声屏气，平静而安详地等待着贺国庆看孔世儒的询问笔录。他从头至尾认真看完，重点之处又翻看再三，才缓慢地摘下花镜，掩卷感叹道：“太蹊跷了！离奇古怪，云山雾罩，简直有点儿离谱，真实性究竟能有几成？”他猜测地问吕胜：“难道孔世儒是因为经营不善或手脚不干净，致使账上出现无法弥补的亏空，便处心积虑，编造出遭人敲诈的谎言，移花接木，借以掩盖自己的问题？”

在案件上从不人云亦云的吕胜则变换视角，反证道：“假如孔世儒报假案，假自首，那么，他又何必编造什么遥控炸弹、拍裸照、伪造奸情、遭胁迫用手枪杀伤女人等令人百思不解、经纬万端，甚至连最善于编故事的小说家，都难以虚构出来的这些情节呢？”为了证实自己判断的合理性，吕胜从理论的高度进一步论证道：“从刑事侦查学的角度讲，当事人叙述的情节越多，暴露破绽的概率就越大。孔世儒何苦引火烧身，自找不利索，屎盆子自己往自己头上扣，他精神有病啊！须知，这个被媒体称为商界奇人的孔世儒，可不是一个智商低下的人啊！”

吕胜瞅一眼全神贯注倾听的贺国庆，索性放开思维空间继续讲道：“孔世儒讲的这伙人拥有手枪、遥控炸弹，以爆炸威胁受害人，绑架人质后，开始索要巨款，经过受害人讨价还价，最后降低数额，老大一伙作案的思维方式，我越分析，怎么就越感到跟敲诈光明机电厂王厂长、绑架高小宝的作案手段有着惊人的相似呢，难道敲诈孔世儒的，又是那一伙人所为？”

长期的刑侦生涯，养成了吕胜善于联想的放射性思维方式。而这种思维方式，又总是能使他登高望远，敏锐地洞察到案件的症结所在，从扑朔迷离，乱如麻团的复杂表象中理出头绪，发现并找出案件的规律和本质性特征。

受到吕胜分析的启发，雷鸣忍不住发表自己的见解说：“孔世儒所提供的老大等三人，我们只要抓住一个，事情就可以水落石出，真相大白了。关键是我们现在应该如何处理孔世儒所提供的这些情况？”

“兵来将挡，水来土掩。”贺国庆用食指、中指交替着“咚、咚”敲击几下桌面，高屋建瓴，一语破的明示道：“孔世儒所讲情况的真实性究竟有多大，可不可以并案，最终只能靠证据证实。现在，无论真假，既然他投案自首了，作为职能部门，我们就有责任组织精兵强将，在高度保密的状态下，查它个清清楚楚，水落石出。说得具体点儿，就是尽快抓获老大涉嫌犯罪团伙，证实孔世儒投案自首的真实性。”

孔世儒自从投案之后，一块石头落了地，积郁在心中的垒块冰消了，虽然时而仍有七上八下之感，但经历了这场灭顶之灾的他，似乎在一夜之间进行了一次脱胎换骨的洗礼，突然大彻大悟了尘世间的一切。对名利前程、儿女情长心灰意冷，无所企求的他，想到天下事，富贵功名无非是戏；世间人，权利荣辱何须认真。芸芸众生，善善恶恶一抔土；茫茫大地，真真假假总是空。他心中豁然开朗，感受到一种过去从未有过的安稳、达观、泰然。出院一个多星期来，他每天按部就班，稳坐钓鱼台，静等鱼咬钩。

香饵之下，必有死鱼。不知孔世儒已经投案自首，钱迷心窍，尝到甜头，仍在做着发财梦的马彪，形同蚂蟥见血，叮住孔世儒不放。这天下午快下班时，他又给孔世儒打电话催着要钱道：“孔总，我是老大。咱上次说的东西，你准备好没有？”

“没找够！”孔世儒讲话时底气足了很多。按照吕胜将计就计，引诱绑匪上钩的谋略，从容不迫，不露声色地应付道。

“这样吧，你先准备三十万，我急用。”马彪施展惯用伎俩，主动让步。

孔世儒假戏真做，婉言解释道：“你能不能体谅体谅我的难处，动辄要几十万，那一张张伟人票子不是自来水管里的水，一拧就淌出来了，总得给我个筹措的时间吧！”

马彪默思了一会儿，大概觉得孔世儒所言在理，也缓和语气道：“大家都是朋友了，我也不能太难为你，这样吧，我再给你三天准备时间。”

“如何联系？”孔世儒问。

滑如泥鳅的马彪顾左右而言他，专横跋扈地呵斥道：“不该问的就别问，到时候我自有安排。”

雷鸣、林忠匆匆来到吕胜办公室，把刚刚监录到的老大给孔世儒打电话的内容，用文字形式报告给吕胜。吕胜看后拍案叫好：“由此看来，孔世儒所提供的情况并非虚构。说不定，我们这一回还能逮住一条大鳄呢！从作案手段推断，这伙人能把案件设计得如此天衣无缝，如此专业，如此周密，他们绝对不是首次作案。”讲到这儿，吕胜突然想起一件事，他抓起电话，拨通了督察大队大队长石辉的电话，开玩笑地道：“石大队长吗？我是吕胜，向你汇报个事呀！”

吕胜冷不丁这么一闹，石辉脑筋猛地一下没转过弯来，不知所措地支吾、迟疑半天，才尴尬地说：“吕局，哪点儿得罪你了，批评我呀！有何指示，您就快讲吧，我洗耳恭听，坚决照办。”

吕胜这才言归正传，正儿八经地道：“最近，我在‘海宇商贸中心’有个行动，想请你配合一下，除路过的之外，别让其他警车在那一片晃悠，更不能停在‘海宇商贸中心’里边，以免把快上钩的鱼给我惊跑了，明白吗？至于用什么理由，采取什么措施，那是你的事，我相信你石大队长是有办法的。但咱丑话说到前头，你用啥方都行，就是不能暴露刑侦上在这一区域有行动。”

钩月早收，只有满天星斗。夜色中，几个身着便衣的人，从不同方向汇集到“海宇商贸中心”办公楼斜对面的一幢三层单面楼楼顶。这是吕胜召集刑侦支队的雷鸣、吴国发以及三个大队的大队长，到这里实地观察地形，熟悉环境。

吕胜、雷鸣、吴国发依次用望远镜眺望“海宇商贸中心”办公楼院内外的环境后。吕胜根据地形地貌部署道："行动之日，冷一飞率一名民警，化装成保安，守候在门卫室，出其不意，攻其不备，抓嫌犯个措手不及。"然后遥指"海宇商贸中心"办公楼一层西头的一间办公室，安排雷鸣道，"雷支队、国发率二大队，隐蔽进入，埋伏到这间办公室内，如果是晚上，要绝对控制灯光。这个位置与门卫室调角，可以凭借院里的树、花坛，随时策应门卫室。我和三大队负责外围堵截，需要强调的是，如果发现嫌犯携带疑似爆炸品的不明物品时，为最大限度地减少不必要的伤亡，可以暂缓行动，待其拿到钱后，秘密跟踪，尾随到环境对我们有利的地方时，再实施缉捕。"部署完毕，吕胜扫视众人，有力地问："都明白没有？"

"明白！"

"好，分头准备，随时待命！"

设下香饵计，专等鳖上钩。时间并没有因警方的紧锣密鼓而有所停留，一晃又是三天。马彪蠢蠢欲动，再次给孔世儒打电话逼问道："咋样，我过去吧！"

孔世儒沉着应对道："嗨！一分钱难倒英雄汉呐，我舍着老脸东拼西凑，总共才借二十万左右。'海秀酒家'的老板，答应借给我五万，但眼下还没有到位。"沉默一会儿，孔世儒故作真诚地对马彪说："好人做到底，送佛到西天。要不这样吧，我再追追他，尽可能给你多筹几个，达到你的满意，你晚上八九点钟来办公室拿吧。"

黄昏的时候，吕胜指挥参战民警分组行动，悄然到位，架网守候，等兔撞网。偌大一座"海宇商贸中心"办公楼，没有了白日的喧嚣，显得格外沉寂，只有三层孔世儒办公室的窗口，仍然灯明亮。

吕胜与参战民警守候不到两个小时，便发现一高一低两个年轻人，低个儿在前，高个儿在后，二人獐头鼠目，踏进"海宇商贸中心"的大门。在二人后边不远处，若即若离还跟着一个五短身材，甲字脸型，蓄平头，腋下夹个文件包的人，此非别人，正是马彪。走在前面的，低个儿是李海深，高个儿是刘道光。

李海深、刘道光一前一后来到门卫室，被化装成值班保安的民警拦住盘问道："师傅，二位找谁？"

李海深虚张声势答道："俺是孔总经理的亲戚，找他有点事儿，约好的，你看他在办公室等着我们呢。"

“请登个记。”保安礼貌地履行职责，这个要求顺理成章，无懈可击。

李海深侧目斜视刘道光一眼，意在征求意见。做贼心虚的刘道光狡猾地往黑压压、空荡荡的院内看看，又见孔世儒的办公室亮着灯光，多次尝到甜头的他，遂满不在乎地给李海深暗示个进屋登记的眼神。

李海深猢狲入袋，自投罗网。进屋后，保安推给他一个外来人员登记簿说：“自己填吧！”

李海深轻轻“嗯”一声，俯身提笔刚要写字时，躺在床上的冷一飞陡然掀掉被子，像发怒的雄狮，飞身跃起，以迅雷不及掩耳之势，用胳膊从背后紧紧锁住李海深的脖颈，另一民警配合默契地控制住李海深的双手，冷一飞操枪抵住李海深的后心，低声威严地警告道：“公安局的，不老实就打死你。”

李海深一听公安局的，顿时吓得魂不附体，屁滚尿流，几乎未做任何挣扎，便哭丧着脸讨饶道：“别，别开枪，我不动。”此时，控制李海深手的民警“喀嚓”一声给他砸上手铐，并就势将其腰间的手枪拔出。

等候在门卫室窗口的刘道光见势不妙，大惊失色，稍一愣怔，旋即反应过来，马上杀猪般扯起嗓子号叫道：“老大快跑，咱他妈中计了……”同时癞蛤蟆挂勋章，硬充英雄地拔枪往门卫室射击。

早有所料的冷一飞机灵地拉灭电灯开关，屋内顿时一片漆黑。几乎是与此同时，另一名民警也依计行事，迅速启动关门电钮，原来闪开一条通道的电动门，晃晃悠悠地铿然关闭，对刘道光形成了关门打狗之势。

前进无路，后退无门，又找不到攻击目标的刘道光，正寻思如何逃离面前这块死亡之地时，埋伏在办公室的雷鸣、吴国发、王海涛等民警，一个个龙腾虎跃，神兵天降，从屋里冲了出来，凭借院里的几棵大树、花坛做掩体，把正义的子弹射向刘道光。

刘道光发现背后有情况，一个倒摔，滚趴于门卫室墙角，拼命进行垂死挣扎。

双方对射一阵后，雷鸣厉声高喊道：“对面的人听着，我们是颍川市公安局的民警，我命令你放下武器，缴械投降，负隅顽抗，只有死路一条。”

虎死要摆尾，蛇死跳三跳。对于警方的规劝，自知犯下弥天大罪，自己早晚是一枪两眼结局的刘道光，置若罔闻，继续丧心病狂地向民警射击。在忍无可忍的情况下，雷鸣果断下达了击毙持枪拒捕歹徒的命令。刹间，枪声大作，刘道光当场被乱枪击毙。

却说诡计多端的马彪，在大门外听到刘道光突如其来的号叫后，马上意识到厨子拍屁股，坏菜了。情知不宜恋战，马上脚底板抹油，掉头便跑，打算溜之大吉。岂料刚跑几步，便看到对面有几个人，呈扇形正迎面向他步步逼近。狡猾的马彪第一反应便是，面前的这几名不速之客十有八九是民警，于是忙又折回头，试图另觅逃路，不想后面又有几个人包抄上来，他分明看到，有的手中还掂着手枪。

说来也巧，就在马彪道尽途穷、走投无路、万分危急的时刻，但见一中年男子骑着一辆摩托车，恰好驶到马彪跟前，狗急跳墙的马彪临危制变，不由分说，冲着车主迎面就是一拳。车主猝不及防，应声倒地。马彪抢过摩托车，偏腿骑上，一手加油门，另一只手抽出枪，“啪啪”向正面的民警开枪射击，妄图杀开一条血路，死里逃生。

说时迟，那时快，就在摩托车将要启动时，忽见冷一飞身轻如燕，一个箭步，以逐电追风之势，飞身跃到马彪跟前，一把拽住了摩托车后架。

马彪急于脱身，“吼吼”地拼命加油门。冷一飞为擒匪，拼尽全力，咬牙往后拖。二人拔河似的来来往往拉扯较了一阵子，杀人不眨眼的马彪见其他人跑步快要围将上来，心动杀机，翻转手臂，欲对冷一飞开枪，岂料冷一飞亦非等闲之辈，眼明手快的他以疾如雷电之速，以拳变掌，在马彪的枪指向他的刹间，瞅准战机，运足丹田之气，一招砍腕，只听“喀嚓”一声，马彪只觉得手臂犹如雷轰电击，登时麻木得失去知觉，手枪也应声被击落于地。

马彪见状，又欲驾摩托溃逃，冷一飞临危不惧，大喝一声，勇猛无畏地毅然把腿插进“突突”转动的摩托车后轮前，在阻挡摩托不能前驶的同时，用力往上掀去，失去平衡的摩托车“砰”的一声歪倒，惯力把冷一飞、马彪同时重重地摔倒于地。

自幼习武的马彪身手倒也敏捷，但见他快如脱兔，就势在地上打个滚，一个鲤鱼打挺跃将起身，撒腿便向路边的建筑物奔去，冷一飞反手一枪没打中。这时，吕胜与前堵后追的民警赶到，吕胜等人向马彪连开数枪，马彪在利用地形地貌躲避的同时，转身投向民警一枚自制炸弹，吕胜忙喊卧倒！只听“轰”的一声，炸弹在民警前面不远处爆炸，由于威力不大，唱戏的挨刀，所幸有惊无伤。等到硝烟散去，大家寻找目标时，哪里还见踪影……

第二十章　马彪归案案案清晰
吕胜施法法法精准

目标不翼而飞。墙根处，一溜点状血迹，无声地告诉警方，此人已中弹受伤。但从流血情况看，伤势并不是太严重。

难道此人会逾墙钻地不成？吕胜、王海涛、胡长生正分析目标是怎样脱逃之时，雷鸣、吴国发一行押着垂头丧气、像霜打的茄子一样，耷拉着脑袋走过来的李海深。雷鸣向吕胜汇报道："据此人交代，他叫李海深，被击毙的叫刘道光，此人正是早已被我们纳入视线的那个人。逃跑者叫马彪，就是孔世儒所说的老大，颍北县马庄村人，早年习武，当过兵，城府深，性嗜杀。"言毕，有力地一挥手，两名民警将李海深押进警车。雷鸣叮嘱道："就地突审。"

吕胜神情凝重，操着调侃的口吻嘲笑道："马彪，退伍军人，我们这个曾经的半个同行呀，不仅给自己的光荣名称抹了黑，而且也给我们制造了不少麻烦。"

吴国发有感而发道："我要是全国人大代表，非写个如何正确引导、妥善安置、加强教育、科学管理退伍军人的提案不可！这几年，在社会上惹是生非的退伍兵还少吗？就拿去年三月，我们侦破的那起绑架、抢劫杀人案来说吧。三名犯罪分子在广州市海珠广场附近，故意用摩托车撞正在等红灯的少妇陈粤秀驾驶的本田轿车，陈粤秀生气地下车与他们理论，被他们强行拖入车中，然后抢劫陈粤秀的车逃遁。在车上，他们把陈封嘴捆绑，搜身后见陈未带银行卡，现金也少，便连夜驾车窜到我市，然后给陈的丈夫打电话，索要现金一百万。得不到满足后，竟残忍地把陈粤秀活活勒死，沉尸于颍川河。如果我没记错的话，此案的主犯范立华，也是个退伍军人。"

雷鸣一分为二看问题，直言正论道："哪筐里没有烂杏啊，一块臭肉坏锅汤。"

吕胜瞧瞧吴国发，用开玩笑的语气道："谠言可嘉，可惜呀，我们的国发同志目前还不是人大代表。这个问题，还是让现在就是人大代表的人去考虑吧。我们的职责，就是破案。"接着，他话锋一转，坚定有力地说："不讲他是谁，也无论他能耐有多大，只要胆敢以身试法，其结果必然会像汹涌的波涛，撞击岸边耸壑昂霄的巨岩那样，落得个粉身碎骨，化为渣滓浊沫的可悲下场。"

讲完，吕胜顺势应变，调兵遣将："立即启动快速反应机制，在各要道口设卡堵截，派出所、治安、巡警支队，颍北、颍南、颍东三个分局的民警，统一行动，对大小医院、私人诊所、出租房屋、建筑工地、酒吧、饭店、舞厅、旅馆等易藏污纳垢的地方，进行地毯式排查。国发、一飞率一大队民警，轮流换班，继续突审李海深。"

部署完毕，吕胜高识远度，神机妙算分析道："俗话说，穷猿奔林。负伤的马彪，逃回老家的可能性不能排除。雷支队，马上调车，组织二十名警力，抢占先机，赶快到颍北县马庄村对马彪实施围堵。"

俗话说，狗急跳墙，人急上房。马彪在硝烟的掩护下，施展以前练就的徒手攀爬功夫，以双掌夹墙角，像耗子一样，"嗖嗖"爬上楼顶，然后借高沿低，龟行蛇蠕，逃离险境。臀部挨了一枪的他，预料到警方肯定要在各个路口设卡盘查，四处搜捕他。于是便撇开大道，专走小路，连钻几个胡同，在路边拦个摩的，送他到颍川河边。等摩的离去后，方忍着伤痛，连跌带爬地溜下河堤，沿水边一瘸一拐地走了一会儿，见河边停泊着一条小船，心中暗喜道，真乃天无绝人之路。于是装出一副可怜巴巴模样，编瞎话向正坐在船头抽烟的老汉求告道："大爷，我因打抱不平，遭人追杀，屁股上被几个街霸捅一火锥，我给你老一百块钱，你行个好，把我送回家吧。"

老汉年近七旬，姓李名山，以在颍川河打鱼为生。这时刚下完几挂粘网，点支烟喘口气。见马彪赤手空拳，一瘸一拐地甚是痛苦，不免心生怜悯之情，加之又肯出钱，也是利动人心，遂问道："有多远啊？"

"足天了也就二十里水路吧。顺风顺水，把我送到马庄渡口就行。"马彪巧舌如簧，人到弯腰处，不得不低头，好话说尽，以期能博得老汉的同情。

老汉默然无言，不紧不慢地吸完手中的烟，把烟蒂投到水中，起身掂篙，叹声道："唉，在家千日好，出外一时难。打工也不容易，被人捅一火锥，怪可怜的，上船吧，我就摸黑送你一趟。”他想，反正坐船上等收网也是闲着，拐回来正好收粘网，一举两得，何乐而不为呢。

顺水行舟，工夫不大，马庄渡口便已遥遥在望。马彪拖着瘸腿钻出船舱，假装递钱给老人，趁老人不备，一掌把毫无戒备的老人打落水中，用篙将老人捣沉河底。然后猫哭耗子，作揖祷告道：“老人家，休怪马彪心毒手狠。今天你不死，明天公安找到你，我马彪就得完蛋。今日害你，实出无奈，望您老九泉之下，体谅马彪的无理。”

言毕，撑篙靠岸。下船后，已感伤口越发疼痛起来。为了逃命，他咬牙强忍，趺趺撞撞，狼狈不堪地摸回家中，一见其父马孝德，便杀猪般扯起嗓门喊叫道：“爸呀，快救我，我屁股上挨了一枪。”接着，掐头去尾，编圈捏弯，简要向其父诉说了被民警击伤的大致经过。

本可以大义灭亲，报案立功的马孝德，在亲情和法律的天平上，糊涂地砝码倾斜向亲情一边，心疼地对马彪说：“你先忍一会儿，我去叫咱庄的朱村医。”说完，便慌得脚后跟碰后脑勺而去。马彪娘一壶水还没有烧开，马孝德便已领着朱村医回来了。

马彪旧调重弹，对朱村医说被人用火锥捅了一家伙。那朱村医本是赤脚医生出身，在村里开个无执照的诊所，平日里给村民看些伤风感冒、头疼脑热的小病，根本就没有见过枪伤是啥样，因此对马彪所说深信不疑。他先用酒精给马彪清洗伤口，然后在伤口上撒些消炎粉，简单包扎一下叮嘱道：“明天再换回药，过两天如果还不见好，就赶紧到城里大医院去看看，别耽误了。”

说话间，吕胜、雷鸣在当地派出所民警的带领下，已率警深一脚、浅一脚地摸进了马庄村。村里万籁俱寂，漆黑一片。劳作了一天的村民们，早已进入香甜的梦乡。远处，时而传来几声犬吠，家家户户瞎灯灭火的。吕胜一行正犯愁不知马彪家的具体位置时，忽见一个人打着手电从斜对面走来，忙迎头拦住，客气地打探道：“老乡，我们是公安局的，请问马彪的家住在哪儿？”

乡下人厚道，不知道蚂虾从哪头放屁的朱村医，以为吕胜他们是来处理马彪被人扎伤事儿的，古道热肠地道：“真巧，我刚从他家出来，不知因为啥事儿，屁股上让人给捅了个窟窿，幸好没伤着骨头。”朱村医转身指着不远处一个亮着灯光的房舍，对吕胜指点道：“你看，就是屋里亮着灯的那家，要不我带你们去！”

“谢谢，不麻烦你了。”吕胜目送朱村医离去后，迅速指挥参战民警把马彪家包围。一声令下，大家一个个像下山猛虎，翻墙入院，抵近马彪家屋门口。吕胜一马当先，飞脚踢开屋门。雷鸣、王海涛、胡长生紧随吕胜冲进屋，堂屋无人，两名民警机智地封锁住西间，其他人堵住亮灯的东间。

正撅着屁股在东间床上趴着的马彪，听到屋外有动静，条件反射地意识到大事不好。潜意识告诉他，收获的季节到了，自己播种下的罪恶种子，该到结出永坠深渊恶果的时候了。尽管明知大限已到，但他仍不甘心就这样轻易地束手被擒，只见他强忍臀部疼痛，赤着脚从床上跳将下来，目射凶光，急不暇择，顺手抄起一根木棒，张牙舞爪地狂啸道："你们把我打成这样，仍不罢休，老子今天和你们拼了。"

雷鸣沉着地怒视着马彪，义正词严地警告道："马彪，你的末日已到，敢反抗就打死你！"她"哗"地拉套筒顶膛上火，把乌黑的枪口对准了马彪的头颅。几乎是与此同时，王海涛、胡长生也同时将枪举起。

计穷力竭的马彪，面对几支快枪，知道一切反抗都是徒劳的了，加之刚刚尝过挨枪的滋味，心中一惊，整个人便软了下来，嘶声讨饶道："别开枪，别开抢，我跟你们走。"

胡长生、王海涛冲将过去，麻利地把其双臂反剪起来，摁跪于地。雷鸣上前一步，"喀嚓"一声给他砸上背铐，厉声喝道："带走！"

马彪就势给伫立在侧，呆若木鸡的父亲母亲"嘭嘭"磕三个响头，怆然而泣道："爸、妈，这次我肯定回不来了，下辈子再当你们的儿子吧，不孝子给你们谢罪了……"

吴国发、冷一飞等民警挑灯夜战，突审李海深。他的颈部刚才被冷一飞用力勒一下，不知伤着了哪根筋，脑袋耷拉着，一抬头就钻心地痛。

经过政策攻心，李海深断断续续交代了他与马彪、刘道光酒店结盟，和刘道光往光明机电厂副厂长家门口放炸弹，敲诈厂长三万；和马彪、刘道光一起云南买枪，为筹集返回颍川的钱，由刀水莲勾引，与马彪、刘道光在红河县抢劫一男子；马彪、刘道光打死出租车司机、抢劫七成新的轿车一辆；参与绑架高小宝，敲诈十万；交易时在三圣塔附近与民警枪战，后遵照马彪旨意，弃车路沟，埋枪于三圣塔旁一个坟边；参与在海平县绑架一名男学生；把孟娜娜骗到租赁房内，当作控制孔世儒的牺牲品，在马彪、刘道光绑架孔世儒得逞后，为了既敲诈孔世儒，又封住其嘴，使其不敢报案，强行先给孔世儒和孟娜娜拍裸照，而后他们四个人每人朝孟娜娜身上打一枪，枪杀孟娜娜；马彪担心退房后，埋藏的尸体被人发现，又把孟娜娜和被打死司机的尸体挖出来，肢解化掉的犯罪事实和经过。

熬了近一夜的李海深，头昏脑涨，精神崩溃，仅仅纲目似的对一系列令人发指的犯罪，初步交代了个梗概。

“还有呢，接着说！”吴国发目光犀利地穷追不舍。

“我，我……”李海深吭哧半天，怯生生地试探着询问：“我、我如果检举个大事儿，政府能不能不枪毙我？”

“这小子八成还有戏！”吴国发不动声色，心中暗喜道：“这要看你检举的问题有没有价值，如果确实属于有重大立功表现的，我们当然会向起诉、审判机关建议从宽量刑。”

李海深默思良久，泥菩萨过河，自身难保的他为了保命，此时也顾不得当初“处事交友不可不义，不乱供兄弟”的誓言了，横下心来，咬牙交代道：“去年春天，大约三四月间吧，有人愿意出十万块钱，雇马彪杀个人，马彪就是因为这事，才找刘道光和我结伙的。那次，马彪让我在大门外望风，他和刘道光进院做的活。后来，雇主说杀错人了，我们也不知道究竟错不错，只给马彪五千块钱。马彪还因为对方说话不算数，气得暴跳如雷，说非宰了那人不可！”

“雇马彪的人，你知道是谁吗？”冷一飞进一步追问。

李海深想了想，回忆道：“后来我听刘道光讲，好像是‘颍港丝绵品总厂’一个姓石的什么助理……”

这时，职业习惯已经使吴国发敏锐地意识到，李海深所说的，极有可能就是久侦不破的文章华案。为了印证自己的判断，忙急如风火地盘问道：“被害人家住哪个地方？交代具体点。”

“大概在镇海寺附近，是个独门独院。”李海深嗫嚅道。

吴国发、冷一飞对视一眼。冷一飞神情威严地对李海深道：“李海深，你今天交代问题态度尚好，但说得不细，希望你再考虑考虑，下次要把每次犯罪的细节谈出来。另外，你好好想想，还有漏掉的犯罪事实没有？”

李海深被押走后，冷一飞慌忙往卫生间跑。为了一鼓作气拿下李海深，这泡尿他足足憋有个把钟头了。吴国发抬身伸个懒腰，双手揉了揉发胀的眼睛和有些浮肿的面颊，清醒一下头脑，急切地拨通了吕胜的手机，汇报了李海深吐供，文章华案取得重大突破和马彪把两支微冲埋在三圣塔附近坟地的情况。

雄鸡高啼，残星消散。吕胜是在从马庄返回的途中，接到吴国发电话的，听后精神一振，心想事不宜迟，当机立断，便直接押着神倦心疲的马彪，来到三圣塔附近那片杂草丛生的坟地，蹚开没膝的杂草，前来寻找埋枪的坟头。

在一个较大的坟头前，马彪仔细观察一下三圣塔与坟头的角度，指认道："可能就是这儿，你们刨刨看。"两名民警用铁锹挖有一尺多深时，果然挖出了两支微冲。

金乌西坠，玉兔东升。雨过天晴，晚风徐徐。仅一天工夫，阴霾驱散，嫌犯落网，几个扑朔迷离的大案真相大白，真个是好戏连台，一顺百顺。吕胜心中高兴，个人掏腰包，请雷鸣、吴国发，以及三个大队长，在公安局门口的一家快餐厅撮一顿后，几个人心情轻松地有说有笑，来到贺国庆办公室。

贺国庆高兴地起身与大家一一握手，寒暄道："我早就说过嘛，逮住一个轱辘锅哩，顶一群星秤的。'铁网'行动旗开得胜，首战告捷，大家功不可没。改天我请客，好好犒劳犒劳诸位，好好庆贺庆贺。"

正说着，林忠敲门进屋，把两份鉴定书交给吕胜。吕胜看后劲头倍增，"哈哈"一笑，告诉在场人员："从三圣塔附近枪击现场提取的弹壳，分别与缴获马彪犯罪团伙的三支短枪、两支微冲的弹匣摩擦痕迹、枪机底部摩擦痕迹、撞针位置、形状、大小、凹陷特征、膛线特征相符。也就是说，那天与我们枪战的，不是别人，正是马彪、刘道光、李海深。另外，那天雷支队在西餐厅提取的手机卡上遗留的指纹，经比对，与马彪的右手拇指指纹相符，这表明，给我打电话猖狂挑衅的，也是这个马彪。"

吕胜通报完法医对几样物证的鉴定结果后，雷鸣补充说："经过密查，'颍港丝绵品总厂'的那个石助理，名叫石老虎，是该厂总经理高一峰的表弟。"

贺国庆瞅一眼墙上的挂钟，操着深邃的目光望望吕胜，思维活跃，发人深思地探究道："杀人放火，必有因果。'颍港丝绵品总厂'那个石老虎，与文章华素昧平生，既无杀父之仇，又无夺妻之恨，更无争权夺利的利益冲突，杀文章华根本就不存在因果关系，他雇马彪杀文章华没有道理呀？世界上没有无缘无故的恨！俗话说，木偶不会自己跳，背后定有牵线人。所以，我感到还应该有个在幕后指使他的人物。"贺国庆把目光游移到雷鸣的面孔上，再三权衡道："如果我们现在动这个石老虎，摸摸簸箩米动弹，打骡子肯定要惊马。怎样才能两全其美，既能先控制石老虎，又不打草惊蛇呢？”

雷鸣见问，眉头一皱，计上心来，直抒己见道：“我觉得，要达到贺局要求的一箭双雕的目的，还得用穿针引线，拔萝卜带泥的办法。”

“怎么个穿针？怎么个带泥？你能不能不让我们猜谜，再讲具体点？”贺国庆对雷鸣的主意颇感兴趣，进一步求证道。

为了证明自己建议的可行性，雷鸣采用类比的方法，旁征博引，绘声绘色地回答道：“清嘉庆年间，江西南昌有个叫邓世麒的人，常年在湖北武昌经商，家中只有一个继母和一个小他十多岁的弟弟，名叫邓世麟。邓世麒对其弟极为友爱，赚了钱总是寄回家，不仅负担起继母和弟弟的生活，而且还聘请老师教弟弟读书。邓世麟长大后，中了秀才。随着生意的兴旺，邓世麒便寄钱让弟弟在家广置田产，兴建房屋。邓世麟虽没有考上举人，但依靠着邓世麒的资助，娶妻生子，日子过得却相当富裕。转眼二十多年过去了，邓世麒年近五十，他在武昌曾经娶过一个妻子，但没有生子妻子就病故了。他孤身一人，长期在外，年岁渐老，加之生意失利，于是决定不再经商，叶落归根，回故乡安享晚年。谁料他到家后，其弟看见他这个如今生意亏本，年纪又老的哥哥，非但对自己没好处可捞，而且还是一个负担，于是便将他拒之门外。邓世麒气极，他做梦也没想到，这人世间竟会有如此忘恩负义之人，而且这个人竟然是自己素来关怀备至呵护有加的弟弟。他与邓世麟辩理，但邓世麟一口咬定家中所有财产都是他自己经营致富的，邓世麒在外经商，根本没有寄回家半文钱。邓世麒气怒之下，一纸诉状告到南昌县，知县看他们家所有的田地房产契约，上面都是邓世麟的名。可想而知，邓世麒败诉。他有冤没处诉，有家无法住，幸亏返家时身边尚有少许积蓄，无可奈何之下，只得又重回武昌。他想自己在武昌经商多年，人熟地熟业务熟，或许能够重整旗鼓，再赚些钱，摆脱自己的困境。不想运气不好，生意又亏本了。邓世麒自此万念俱灰，自寻短见时，幸被一老翁所救，在其指点下，邓世麒又写了一张状纸，直奔总督府喊冤告状，适逢进士出身的张百龄任湖广总督。这天他在总督府门口散步，听到有人喊冤，便叫人将鸣冤之人带来并收下状纸，然后让鸣冤之人回去等候传讯。

“当晚，张百龄仔细看了状纸，了解了鸣冤之人的不幸遭遇和其弟弟的不义行为，不禁怒发冲冠，拍案而起，马上提笔在状纸后面批了八个字：欺兄霸产，天理难容。派一个亲兵将状纸连夜送到武昌府知府程治平处，命程治平火速审理，三天之内回禀结果。

“程治平半夜接到了总督大人批交的案件，知道此案非同小可，不敢怠慢，次日便将邓世麒传来，详加询问。退堂之后，程治平犯了难，他想：这个案子非常棘手，真不好处理。如果这案子发生在湖南就好了，因为湖广总督管辖湖北、湖南两省，总督一纸命令便可将邓世麟抓来，一顿板子，就可迫使邓世麟道出真情。现在被告在江西南昌，江西归两江总督所辖，这样的案件，按惯例只能具咨文转交当地处理，但是邓世麒已经在南昌县告过状，南昌县又已作判决，接到武昌的咨文之后，南昌方面肯定会例行公事，将判决情况通报一下完事，如此，邓世麟仍然会逍遥法外，而邓世麒也照旧含冤莫白，流落他乡。

“左思右想，程治平实在没了主意，第三天只好硬着头皮去回禀。张百龄问他案件审理得如何，程治平连忙摘下顶戴，双膝跪地，口称：‘卑职无能，此案极为棘手，卑职一筹莫展，请大人恕罪。’张百龄要他起来，戴好顶戴，赐他坐下，询问何故？程治平将自己的想法向张百龄做了陈述，张百龄也认为言之在理。他低头沉思了一会儿问：‘你近来办什么大案、要案没有？’程治平思考片刻答：‘近来破获了一伙江洋大盗，已将他们收押在监。’张百龄问：‘是否定罪了？’程治平说：‘定了，斩立决，正准备申报刑部。’张百龄问：‘赃物呢？’程治平说：‘追回了一部分，其余的尚无着落。’张百龄高兴得一拍桌子，起身说：‘有了，你速回衙，把关押这伙江洋大盗的狱吏召至后堂，命他在这伙强盗中选一个罪行较轻坦白又好的，送来见你。你见此强盗后，可以示意，只要他招认没有追回的赃物，都存放在江西南昌邓世麟的家中，便可减轻处分，将斩立决改为斩监候，然后你再把供状火速报给我即可。’

“程治平随即回到府中依言行事。张百龄接到这份供状之后，马上办好一纸公文，派一名营官带兵丁直奔南京两江总督衙门。公文内容是：‘南昌邓世麟系盗伙之一，坐地分赃，理应捉拿到武昌，一并处理。’随即，两江总督批转给江西巡抚，江西巡抚便下令将邓世麟捉拿归案，交由营官押解回武昌。

“抵达武昌之后，张百龄马上升堂提审，邓世麟当堂大呼冤枉，不肯承认。张百龄说：‘你没有坐地分赃，你家中的财产有多少，可据实报来。’于是邓世麟开出一张田地房产的清单。张百龄又问：‘你这些田地房产是什么时候，花多少银子购买的，可据实报来。’邓世麟又开具出一张购进时间和银两数目的清单。张百龄一算共约三千两银子之巨，便厉声责问：‘你一个不农不商的穷秀才，这么多银子从何而来，这不正好证明你是坐地分赃而得来的吗？’邓世麟连连叩首，急道：‘这真是天大的冤枉，这些银子都是小人的哥哥在外面经商寄回家的。’张百龄问：‘你哥哥叫什么名字，在哪里经商？’邓世麟答：‘叫邓世麒，就在武昌经商。’张百龄又问：‘你讲的可是实话？’邓世麟答：‘小人不敢有半句谎言。’于是张百龄要他具结画押，然后当堂传来邓世麒。邓世麒一见邓世麟，不由得又愤恨，又伤心，走上前便把几个耳光赏给了他。张百龄脸一沉，对邓世麟说：‘你参加盗伙坐地分赃之罪，可以免予追究；但你欺兄霸产，丧尽天良，罪无可赦，天理难容。’于是下令革去他的秀才功名，重责四十大板以示惩戒，交由邓世麒带回严加看管，家中所有财产归邓世麒所有。

“这场地跨一省，时隔二十多年，而且又经过判决的民事诉讼案，在张百龄的巧妙安排下，峰回路转，仅仅问了几句话，真相立显，最终使正义得到了伸张，恶人得到了严惩。”

讲完这个故事，雷鸣现身说法，独具慧眼地认为：“张百龄通过甲粘乙的做法，把两不相干的人联结到一起，这就是我说的穿针引线，拔萝卜带泥之法，此法对落实贺局‘既打骡子又不惊马’的要求，完全具有异曲同工的借鉴意义。”

贺国庆与吕胜对视一眼，当场拍板：“石老虎的工作，就这么定了，由雷鸣按照上述思路负责实施，掌握证据后，再扩大战果。”稍停，贺国庆言犹未尽地补充道：“我想提醒你的是，机不密则事不宜，打骡子时千万别惊了马。”

“保证完成任务！”雷鸣精神振奋，信心百倍地表示。

吕胜看抓捕石老虎的事已定，接着提出一个新话题道：“马彪、李海深的交代，印证了孔世儒投案时所交代的情况基本属实。现在已经证明，孔世儒为了保全自己的身家性命，以非法剥夺他人的生命为交换，在尚未完全丧失行为意志的境况下，在马彪、刘道光的胁迫下，首先开第一枪，杀害无辜，其行为已经触犯刑法第二百三十二条，构成故意杀人罪。”他凝视着贺国庆，用商量的口吻问道：“孔世儒属于市管干部，怎么办？”显然，吕胜意在让贺国庆拿主意。

贺国庆见问，瞅一眼悬挂在墙上的时钟，叮嘱雷鸣道：“按刚才的分工，你马上组织行动，以免夜长梦多，再生枝节。”说完冲吕胜一摆头道：“你，跟我走！”

吕胜不知道贺国庆葫芦里装的什么药，略一迟疑，有点丈二和尚摸不着头脑地疾步撵了上去。而雷鸣的脑海里，也已经有了再次起用一号特情的念头。

轿车启动之后，贺国庆提醒司机道：“机场。”

当贺国庆、吕胜紧赶慢赶来到机场停机坪时，张政明等四个班子领导已经恭候在那里。贺国庆礼节性地与各位点头打招呼后，便默不作声地与吕胜站到自己应该站的位置。刚过几分钟，便见一架大型波音 747 飞机呼啸而降，在跑道上平稳地滑行一段后，徐徐停在了停机坪。地面工作人员有条不紊地推过舷梯，光彩照人的空姐打开机舱门，乘客开始有秩序地下机。从中央党校学习结业返回的市委书记金挽群，也夹杂在乘客之间，不紧不慢地走下飞机。张政明等急走几步迎上前，金挽群满面春风，微笑着亲切地与众人一一握手寒暄。行将上车前，张政明吆喝道：“我代表大家陪挽群同志回市委，出机场后大家可以自主活动了。”

贺国庆的警车开道，金挽群、张政明的车随后，一路畅通无阻，直抵市委常委办公楼前。

金挽群、张政明热情交谈着什么，走进金挽群办公室。贺国庆、吕胜若即若离，默默地尾随其后。

金挽群脱掉外罩，对张政明感叹道：“白驹过隙，星霜荏苒。呼吸之间，又是一年。我在党校清静悠闲，让你老弟和同志们在家受累了。”

张政明含笑摆摆手，谦虚地道：“哪里、哪里，也就是维持现状而已，巴不得你早一天回来呢，我也可以喘口气了。”

金挽群见贺国庆、吕胜尚未离去，便体贴地催贺国庆道：“时间不早了，你们也回吧。有啥事儿明天再说！”

贺国庆起身恭敬地道：“二位领导都在，我们有个事儿急需请示汇报。”

“噢，你贺国庆抓得真够紧呀，但说无妨。”金挽群风趣地答应道。

贺国庆定了定神，正色汇报说：“在这次公安机关开展的‘铁网’行动中，我们旗开得胜，首战告捷，成功打掉了一个持枪犯罪团伙，使文章华案取得了突破性进展。在侦破文章华案中，我们先后带破了梁满仓盗牛杀人案；马彪犯罪团伙受雇杀人案、爆炸敲诈案、绑架敲诈案；卜如意、齐炫炫谋财杀人案；孙金娃、艾小芒勾奸夫害亲夫案；韩振山系列入室强奸、抢劫案；万品三贩毒杀人案；龙梦福流氓杀人案；王明辉抢车杀人案；刘道光、邵敏抢劫、杀人焚尸案；罗金虎、谷蕊巨额诈骗案。”

“好，市公安局有力地清除了一批害群之马，割除了危害共和国肌体的毒瘤，净化了社会环境，维护了法律尊严，保持了颍川经济社会大局的平稳，为人民又立了一大功。庆功之日，我和挽群同志再忙，也要抽身参加会议。”张政明高兴地重申他过去曾经表过的态。

“还有个事情！”贺国庆接着补充道，“现有证据已经证实，‘海宇商贸中心’总经理孔世儒，也涉嫌故意杀人。孔系市管干部，我们……”贺国庆谨慎地观察一眼金挽群、张政明的神情，欲言又止。

俗话说，锣鼓听声，说话听音。尽管贺国庆话仅讲了七分，但精明的张政明已经听出了他话里的弦外之音，马上毫不拖泥带水，斩钉截铁地表态说：“领导干部违法，更要依法查处。只要证据确凿，该拘的拘，该捕的捕。法律面前，人人平等嘛。这没有什么好说的！”

金挽群蹙眉沉思道：“我完全赞成政明同志的意见，企业家也好，党政干部也好，功臣也好，名人也好，无论他位有多高，权有多重，有什么社会背景，只要涉嫌犯罪，就必须依法严办。在这个问题上，市委、市政府一不护短，二不姑息迁就！”

长空万里，月光如泻，刚刚下过一场透雨，熏风吹散了飘荡在半空的浮云，广袤的苍穹犹如剔透的宝石，格外湛蓝、晶莹。闪烁的群星，在碧空中俏皮地眨着眼。陡然，一颗流星“嗖”地划破夜空，飞流斜降，由耀眼、明亮、黯淡，渐渐消失。

走出常委办公楼，贺国庆仰望星空，深深地吸了一口新鲜空气，语气坚定地对吕胜说：“按计划行动吧！”

一个小时后，吕胜、雷鸣、吴国发等民警敲开了孔世儒家的门。事在预料之中，知道这一天迟早会来临，早有心理准备的孔世儒，赧颜征求吕胜的意见道：“老弟，我能拿几件换洗的衣服吗？”吕胜点头同意。

稍顷，孔世儒掂着个显然是早已准备好的布包从卧室里出来，坦然地对吕胜说：“走吧！”

吕胜打量孔世儒几眼，惋惜而又无奈地宽慰道：“老孔啊，事情既然已经发生了，你一定要想开些，在里边要好自为之！”

孔世儒噙泪注视着吕胜，喃喃地说：“谢谢！”

这是一个周末的晚上。石老虎与孩子、妻子在“草原肥牛城”吃完涮羊肉，刚头冒热气，红头涨脸地走到饭馆大门口，忽见黄毛流里流气，一摇三晃地从斜刺里钻出来，一膀子把石老虎撞了个趔趄。石老虎立脚未稳，正欲发作，黄毛却出言不逊，狗血喷头，蛮不讲理地倒先开骂了：“操恁娘我日死，扔到河里喂鳖！这是哪个有人生无人教的龟孙子？敢撞老子。不识字你摸摸招牌，我看你小子是秋后下地，找茬；冲着兄弟媳妇飞眼，找骂；铅笔秃尖，欠削；背着架子鼓赶集，找捶；抓住老虎尾巴喊救命，你个龟孙家儿是找死啊！”

黄毛说熊话不沾嘴唇，连珠炮似的一串歇后语，把个石老虎气得一佛出世，二佛升天，半句话也对答不上，只是怒气冲冲地喝问道：“你小子头顶圣旨啊，撞了人还要横！”话未落音，只听“啪”的一声，黄毛一记重拳，狠狠打在石老虎左眼眶上，直打得石老虎眼冒金花，顿时变成了乌眼牛。石老虎被激怒得一时性起，扑上去与黄毛厮打起来。围观者越来越多，石老虎的妻子替丈夫助威帮腔道：“无理赖三分，张嘴就骂，抬手就打，天底下哪见过这种不讲道理的货！”同时嚷叫着提醒石老虎：“快把手机给我，打‘110’报警，不能便宜这货。”

报警后只过了几分钟，雷鸣便带四名民警，乘一辆面包车赶到。她佯作认真地听石老虎的妻子摆几句理后，指着黄毛、石老虎道：“你，还有你，跟我们到派出所去处理，别在这儿影响交通。”

石老虎就这样被智擒落网，刚才黄毛假装醉汉寻衅滋事的闹剧，正是雷鸣精心设计的。为了避免打草惊蛇，捉住石老虎背后的黑手，雷鸣君子斗智不斗勇，以黄毛之针引石老虎之线，顺风吹火，名正理顺地达到了将石老虎抓捕归案的目的。

“留客”伊始，石老虎不以为然，认为自己只是与人发生口角和厮打，自己还是受害方，公安机关办案不公，偏袒对方，才把自己滞留的。直到雷鸣神不知、鬼不觉地把他秘密转移到刑警支队，让他老实交代别的罪行，而且打架斗殴、鸡毛蒜皮的小事，让他免开尊口时，他才如梦方醒，意识到了问题的严重性。心中暗自盘算道，难道是雇凶的事儿败露了吗？这个念头在脑海中仅仅是一闪而过，接着心存侥幸地又想，不可能吧，小偷进溜冰场，贼滑贼滑的马彪，不可能被抓吧！再说啦，也没听说文章华案告破呀！思忖到此，他心一横，暗自拿定主意想：哼，你有千条计，我有老主意。你有关门法，我有跳墙计。只要马彪逍遥在外，就是死无对证，看你们公安机关能奈我何。

抱着侥幸心理，妄想蒙混过关的石老虎像是煮熟的鸭子，嘴还硬。一口咬定自己是南天门上的过木，干板直正，遵法守纪，从未干过什么违法的事儿。

就在石老虎与民警磨牙掉嘴，软抵硬抗，坚不吐实时，忽听走廊里传来一阵“呼呼啦啦”，令人心焦的铁链拖拉着摩擦水泥地板的声响。他不由自主地侧目偷偷朝窗口一瞥，登时摘胆剜心般一惊，直吓得心寒胆裂，魂飞魄散。真应了那句怕中有鬼的老话，他分明看到，戴镣走过的，不是别人，正是他曾经雇用过的杀手马彪。只这一眼，他心中刚刚燃起的侥幸之火，犹如突遭疾风暴雨，一下子被彻底浇灭了，心理防线也随之崩溃坍塌，禁不住头冒虚汗，神不守舍，心中叫苦不迭，如坐针毡般躁动不安起来。

雷鸣釜底抽薪，见兔放鹰，一鞭一条痕，一掴一掌血地发起攻势道：“石老虎，看似聪明你却装糊涂。天堂有路你不走，地狱无门你偏去闯。人命关天的事儿，你一个人想独揽吗？如果人家先交代了，到时候你哭天无泪，呼爹喊娘的后悔都来不及了。一切幻想和侥幸心理，都是徒劳的。走坦白从宽之路，现在还为时不晚。何去何从，你好好掂量掂量！”

“坦白从宽，牢底坐穿；抗拒从严，回家过年。这话是真的吗？”石老虎首鼠两端，满腹狐疑地向雷鸣求证道。

“竟有此说？”雷鸣惊讶地反问道，“荒唐，无稽之谈。你相信政府，还是相信这些瞎编乱造，不负责任的顺口溜？”

“当然，当然相信政府，只要能给我留条生路，我如实坦白，老实交代……”

“铁网”行动开展以来，吕胜连天加夜奔波在案件现场，身心极度疲惫，难得有一天休息时间。海宁、海平、颍北几个县的数起命案，尤其是马彪犯罪团伙案皆见眉目后，他想放松一下自己高度紧绷而疲惫的神经，便忙里偷闲，星期天一大早，就骑着摩托车，独自一人来到颍川河支流的一条小河汊边，选个能站住脚的地方，喂窝甩钩，钓起鱼来。这里草木交翠，飞鸟啾啾，清幽僻静，人少车稀，果然是个怡神休闲的好去处。

钓到上午快十点时，平时不大抽烟的吕胜点燃一支烟，又全神贯注地盯着鱼浮漂，优哉游哉，正陶情适性时，雷鸣、吴国发不知怎么竟驾车找到了这里。雷鸣跳下车，老远便风风火火地嚷叫道：“吕局，赶上哪一拨了？收获如何？石老虎这回可真的变成‘死老虎’了。”

“哦，快说说咋个死法。”

雷鸣一股脑汇报道：“据石老虎交代，指使他雇凶者，不是别人，乃‘颍港丝绵品总厂’厂长高一峰。令人触目惊心的是，高一峰所要置之于死地的对象，并非是文章华，而是市长张政明，这点我们以前曾经有过判断。结果阴差阳错，事与愿违，蚊子叮菩萨，杀手马彪认错人了，结果张市长幸免于难，文章华则不明不白地惨死魔爪。至于高一峰为何要谋害张市长，石老虎也说不清楚，解铃还须系铃人，看来只能由高一峰来揭开这个谜底了。”

吴国发破案心切，急如星火地征求吕胜的意见道：“吕局，啥时候抓高一峰？”

吕胜把烟蒂使劲投入水中，沉思一会儿道：“我们办案，既要讲究法律效果，也要讲究社会效果。为了最大限度地减少抓捕高一峰以后，‘颍港丝绵品总厂’的社会声誉将会产生的负面效应，我的意见还是密捕！”

正是无巧不成书，吕胜刚讲完抓捕高一峰的设想，心想经雷鸣、吴国发这一搅和，鱼是钓不成了，正要收竿打道回府时，手机突然响了起来。他看看来电显示，忙示意雷鸣、吴国发止住话语，同时指着手机低声道：“说个王八来个鳖，是高一峰！”

“喂，吕局啊？我高一峰。”

“哦——高厂长。这不年不节的，你这个大老板咋想起给我打电话呢？想必是有什么事吧？”吕胜哑巴吃饺子，心中有数，欲擒故纵，家长里短地寒暄道。

“果然是神探，名不虚传，还真有点事儿求你帮忙。”

“只要能帮上，我一定尽力。”

“嗯，是这么回事儿。我有个表弟，昨天晚上在‘草原肥牛城’吃完饭，无缘无故地被一个寻衅滋事的小赖毛给打了。派出所却不分青红皂白，偏袒对方，反把我表弟给拘留了。我想请你老弟给派出所打个招呼，把咱的人给放出来。要罚款，咱不缺那几个碎银子，拿几个也没关系。”

“高老板，你说的这个事，是治安案件，不归刑侦口管呐！”吕胜暗自发笑，继续施放烟幕弹，卖关子迷惑高一峰道：“是哪个派出所办的案？治安上的事儿，不知道我说话他们买不买账！”

“是镇海楼派出所！别管啥口，你局长的话他派出所敢不听？再说啦，凭你的名气，到哪儿不是一路绿灯呀！你老弟就别谦虚了，算我求你了，好吧！有情后补，完了我请客。”高一峰三句话不离庸俗的钱权交易。

“请客就免了吧，你说的那个人叫啥？噢，石老虎！行，我给他们所长打个电话试试看，说成了你也别高兴，说不成你也别生气，等几分钟你再打来个电话，听回信。”

吕胜讲完，胜券稳操地暗自好笑着关上手机。雷鸣也会意地“扑哧”笑道：“俗话说，打死人偿命，蒙死人不偿命。吕局，土地爷牵猴，你真是老玩家了。这小词编得顺理成章，天衣无缝；话说得滴水不漏，脸不变色心不跳。”

吕胜轻松地抚掌含笑道：“运用之妙，存乎一心。红楼梦太虚幻境的对联是怎么写的来着，假作真来真亦假，无为有处有还无。兵不厌诈嘛！”

三个人谈笑间，高一峰就又打来了电话。吕胜仍然不显山露水，顺水推舟告诉他：“派出所民警讲，石老虎的事情不是太大，就是态度不好。你如果能抽出点空儿，过去说说他，让他端正端正态度，把人领走算了。”

“谢谢吕局，我马上过去。改天我备酒场面谢，啊！”

高一峰担心夜长梦多，暴露了他指使石老虎雇凶杀人之事。因此，恨不得一时三刻就把石老虎从派出所里“捞”出来，得到吕胜的话后，立马驱车到派出所领人。

这边，吕胜含而不露地鼓励雷鸣、吴国发说：“鱼儿已经咬钩，就看你们怎样收线了。抓紧时间过去吧，我等着你们胜利的消息！”

高一峰神秘失踪两天后，《颍川日报》在一版抢眼位置发表了一则轰动全市的消息，眉题是《雇凶杀人杀错人，为保己命害人命》，主标题是《文章华被杀案胜利告破》，副标题是《犯罪团伙首犯马彪，成员李海深落网，主犯刘道光被击毙。连带破杀人、绑架、爆炸、敲诈案多起。政府官员、厂长、经理各涉嫌雇凶杀人和杀人》。

消息称：昨日，记者从颍川市公安局获悉，在社会上造成极大影响，备受省、市领导和公安机关高度重视的文章华被杀案，经过颍川市警方一年的不懈努力，终于胜利告破。首犯马彪、成员李海深落入法网，主犯刘道光开枪拒捕被警方当场击毙。

据马彪、李海深交代，他们杀害文章华，是受雇于“颍港丝绵品总厂”原厂长助理石老虎，石老虎则供称是受厂长高一峰的指使。而高一峰交代，他之所以这样做，皆系去年意外死亡的原副市长潘登高的主谋。潘认为市政府某主要领导阻碍了其升官晋阶，因恨生愤，遂与高一峰多次密议，除掉政敌，以十万酬金，雇凶杀掉该主要领导；后因马彪等三人阴差阳错地杀错了人，致使文章华成为替死冤鬼。

又讯：马彪犯罪团伙为了封住受害人的嘴，不使之报案，在制造另一起骇人听闻的绑架、敲诈案时，采用令人发指的手段，杀害女青年一名。本系受害人的商界奇才，原“海宇商贸中心”总经理孔世儒，为保己命害人命，受害者变成害人者，涉嫌枪杀一女青年，亦被警方拘捕。目前，此案正在进一步审理之中。

颍川市看守所，两名民警“咣当”打开五号监室的铁门，高声叫道：“七十六号！”

自称市长者应声而出：“到！”

“拿你的东西，调号。”

“市长”前脚离号，两名民警后脚押着伤口已基本痊愈的马彪过来，取下马彪腕上的手铐，把马彪关进五号监室……

斗转星移，日往月来。呼吸之间，马彪在看守所已经熬过了三个多月。

这天上午放风时，马彪独自蹲在天网下监室头道门的铁门口，全神贯注地往地上瞅着什么。万品三甚觉奇怪，觍着脸凑过去好奇地问：“老弟，在这儿犯啥神经呢？那地方有嘛好看的？还恁专注。”

马彪诡谲地向万品三招招手，歆羡地叹道：“唉，成群结队的蚂蚁，进进出出，自由自在，咱闷在这人间地狱里，他妈的连只蚂蚁都不如。‘若为自由故，两者皆可抛。’没有蹲过大牢的人，绝对不能真正感受到这十个字的深刻含义。此刻，真恨不得变成一只蚂蚁钻出去啊！”

“你还想幻化成一只美丽的蝴蝶，飞出去找祝英台呢！咱都到啥时候了，你还做梦娶媳妇，净想美事哩。”万品三撇着嘴，不冷不热地埋汰马彪几句。

“老万，你说这话我可就不爱听了！”马彪像个好斗的公鸡，一斧子两橛地抬杠道：“虽然我们现在经受着牢狱之灾。但，事在人为，天无绝人之路。这些天我一直在琢磨，像咱们这些身负命案的人，与其坐以待毙，何如死里逃生。成功了是我们的造化，假如不成功，本来就该如此，也不存在亏不亏的问题。人的命，天注定。豁出去这一百多斤再搏一次，你敢不敢？”

“人生大难，无非一死。我和梁满仓、韩振山、孙金娃都是命似悬丝，一审被判死刑的了，说不定哪天就被拉出去交炮了，还有啥敢不敢的。不过，孤掌难鸣，人多壮胆。要真干，我想给他仨也通个气儿。”正是鱼找鱼，虾找虾，乌龟专找大王八。万品三破罐子破摔，进一步出主意道。

马彪想了想，同意道：“行，你先分别探探他仨的口风，问他们是想等死还是想逃出去，想逃出去就一块儿干，不想干也不勉强，但丑话一定得跟他们说到前面，不成事也别坏事，谁报告就溺死谁。一定要把利害关系跟他们讲清楚，等到突然从被窝里拉出去验明正身那一天，就王八坐月子，完蛋了，再想跑都来不及了。”

俗话说，物以类聚，人以群分。马彪、万品三、梁满仓、韩振山、孙金娃这五个利害攸关，臭味相投，无一不想死里逃生的重案犯，恰似新式钢窗，一拍即合，异口同声同意暴狱脱逃。罪恶的计划形成后，老谋深算的马彪又犯难地道：“下一步的关键，是得设法打开监室、天网铁门这两道锁。咋办？”

梁满仓一拍胸脯，自告奋勇打保票道：“看来马老弟还不知道我的底细，找到我，算你找到家了。想当年，我在外边就是吃‘卡子’的。你打听打听，十里八村，哪个不晓得我开锁王梁满仓。”他不屑地瞅一眼门锁道：“哼，不是吹！就弄开这两把小锁，在我手里那是老虎吃蚂蚱，小菜一碟。只要有个一指宽的小铁片，哼哼！打开它那容易得简直就像翻掌看纹。”

“真的？”马彪圆睁双眼，吃惊地追问梁满仓一句，心想：“乖乖，真不能小觑这藏污纳垢的地方，还真有几个能人哩。”

“飞机不是吹的，火车不是推的，不信就试试，打不开我姓梁的倒着走。”梁满仓包打天下，肯定地回答。

马彪听后，犹豫片刻，当即脱下右脚上的鞋子，掏出鞋垫，从里面倒出一个约有一两厘米宽，四五厘米长的小铁片来。这就叫贼人点子多，也正是马彪的精明过人之处。他深知人有失手，马有漏蹄之理。自己图财害命，为非作歹，说不定什么时候就会栽到公安手里，为防范于未然，每次作案前，他总是要随身暗藏一两样能捅开手铐之类械具的铁器，以备将来逃生时用，没想到有备无患，现在还真的派上了用场。

次日，梁满仓从铺板上抠掉一个铁钉，趁放风的时候，把锁芯捣鼓下来，先研究结构，后在铁片上对好锁槽和弹子距离，心中有数后，又偷偷把锁芯原封装好。打那以后，梁满仓就每天在墙角的砖头上磨铁片，边磨边试。俗话说，滴水能把石穿透，万事功到自然成。经过几天的打磨，钥匙居然让梁满仓给配成功了。

蝉鸣蛙噪，溽暑蒸人。这天下午收号前，马彪身着裤头，在放风场冲凉，忽见一只喜鹊趴在天网上，翘着尾巴“嘎嘎”啼鸣。他仰面盯着那只喜鹊，不由得心中暗喜，这分明是上苍昭示我，今日是吉日良时，瑞从天降，再不行动，更待何时。于是便兴奋地唤出万品三、梁满仓、韩振山、孙金娃，如此这般道出自己的打算，几个人逃命心切，乐不可支地恨不得马上行动。韩振山转身从监室里掂出一条破床单，故意用水浸湿，搭到放风场西北角的晾衣绳上，让梁满仓缩身在床单后面，潜藏起来。

隔了一会儿，值班民警带一外劳人员，挨监室收号。本该逐一点名进号的民警一时麻痹，图省事地让外劳人员进去把监室门锁上了事，这就使得隐藏在床单后面的梁满仓，如愿以偿地被锁在了监室外。

凌晨时分，梁满仓像老鼠一样从床单后钻了出来，轻而易举地打开了监室的门。马彪、万品三、韩振山、孙金娃同时从床上爬起来，对监室内另外七八名被羁押人员道：“哥几个打算逃跑，恁几个咋办？”这几个人大都是打架斗殴、盗窃、贩假之徒，判不了重刑，因此没人愿意再冒加刑的风险，跟着这些死囚越狱。遂一起趴在铺板上捣蒜般磕头恳求道：“恁走恁的，只求别连累我们，我们全当没看到。”

马彪轻蔑地瞪这几个人一眼，喝道：“既然这样，那就委屈你们一会儿，以免政府追究你们知情不举的责任。我们不勉强，但你们也不能坏俺哥几个的事，我们走时谁报告就溺死谁。”说完朝韩振山、孙金娃一挥手，早已准备好的二人“刷刷”撕掉几绺床单，三下五除二，把那几个不愿越狱的人反剪双臂捆将起来。万品三又一一用毛巾、破袜子塞上他们的嘴，五个人这才放心地离开监室。

梁满仓走在前面，把胳膊伸出观察孔，打开门锁，几个人贴着墙根，蹑手蹑脚溜进值班室。

夏季人乏，前半夜天热，蚊叮虫咬难入眠。后半夜南风起，热气散，加之两名值班民警岁数偏大，渐觉人困马乏，倚着沙发不知不觉便进入了梦乡。

马彪一挥手，几个人“呼啦”冲进屋，两个人按住一个民警。俩民警措手不及，惊醒后挣扎着反抗，但为时已晚。马彪道：“别吭声，我们不害恁，把大门上的钥匙交出来。”

一名民警义正词严地拒绝道：“休想！来……”他奋力挣扎，试图唤人。

但一个“人”字尚未出口，马彪便已扑了上去，残忍地握住这名民警的脖颈，用力一卡，那民警身子一软，瘫倒于地。

另一名民警与万品三、韩振山搏斗时，梁满仓哈巴狗偷咬人，从背后抄起一个硕大的玻璃烟灰缸，狠狠砸在了民警头上。只一下，这位民警便头烂血出，“嗷”地惨叫一声，被砸昏过去。

马彪急忙从晕倒民警的身上，找到看守所大门的钥匙，正准备去开大门时，忽听从二楼走下一人来，边走边大声质问：“咋回事？咋回事啊？”长期和平年代的生活，使不少国家工作人员产生了和平麻痹思想，这名狱警压根儿就没想过，固若金汤的看守所内，此时此刻会发生暴狱。

原来，二楼的这名狱警听到异常动静，不知发生了什么事情，便慌里慌张下楼打探究竟。马彪给韩振山使个眼色，二人闪身躲到楼梯口黑暗处。等到楼上的狱警毫无戒备地走到跟前时，马彪冷不丁蹿出，一势单风贯耳，重重击打在民警脑门处。那民警疏于防范，“扑通”被击倒于地。马彪欲扑上去继续施暴时，那民警反应倒也不慢，一招兔子蹬鹰，踢中马彪小腹，马彪踉跄倒退几步，民警趁势一个鲤鱼打挺，纵身跃起，正欲迎战马彪时，不想韩振山掂个木凳从黑影里摸到民警背后，以泰山压顶之势，照民警头上狠狠砸去，只听“啊”的一声，民警满脸蹿血，应声倒地……

马彪担心夜长梦多，忙低喊一声：“快走！”几个人如丧家之犬，漏网之鱼，惊恐万状，手慌脚忙打开看守所的大门，在夜色的掩护下，拔腿朝郊外的青纱帐逃去。

十多分钟后，一名受伤的民警渐渐苏醒，他忍疼抹掉已眯住双眼的血迹，吃力地爬到办公桌旁，抓起话筒，拨通了指挥中心的电话，用微弱的声音呼叫道：“1——1——0……”

第二十一章　死囚暴狱亡命边陲
巾帼女杰血染南疆

急促的电话铃声，打破了夜空的静谧，把梦境中的贺国庆惊醒。接听电话后，睡意蒙眬的他精神悚然一振，复又吃惊地追问道："什么？嗨！马上通知局党委成员、刑警支队、治安支队、防暴支队全体民警，火速赶到现场。"

夜色中，警车从不同方向驰向颍川市看守所。门前的路边空地上，转眼间便云集了一片闪烁着刺眼警灯的警车。值班室内，倒卧在血泊中的负伤民警，在痛苦地呻吟，横倒竖歪的办公用具，凌乱不堪，一片狼藉。

在众人的陪同下，贺国庆双眉紧锁，神色凝重地从五号监室一路查看到值班室。面对这一突如其来的恶性事件，他处惊不乱，沉着应对，严词厉色地对分管监所工作的黄天戈副局长安排道："你负责抓紧抢救受伤民警，核查暴狱脱逃人员姓名、人数，收集他们的照片、个人资料，迅速稳定看守所秩序。"

临机处置后，贺国庆喘了一口气。两道有神的目光在黑压压的人群中搜索一会儿，朗声问道："吕局、吕胜呢？"

站立在黑影处待命的吕胜精神抖擞地应声答："到！"

"你马上组织警力，以看守所为主心，在五公里范围内布下包围圈，然后搜索合围，力争将暴狱逃犯罩在这一网内。"稍加思忖，贺国庆接着调兵遣将道："警令部传达我的命令，立即启动市、县、乡三级防控网络；各县局、分局全体民警、武警、消防官兵紧急行动，全员上阵；同时动员专职、义务巡逻队员、保安队员和人民群众配合，在全市范围内查缉布控，设卡堵截。要对交通要道，市县、乡镇出入路口，乡村公路，实行全天候堵截，严格盘查可疑人员和过往车辆。

"在城市、城镇，重点清查所有的宾馆、旅店、浴池、网吧、录像厅、歌舞厅、车站候车室和出租房屋。

"在农村，重点清查荒郊野外的废弃屋、独立房、机井房、桥涵、窑洞、坑塘边、麦秸垛、青纱帐。

"在交通沿线，重点清查沿途候车站点、干店、路边店、餐馆、沟渠、屋棚。

"此外，对逃犯的三亲六眷，战友、狱友、工友、同学、同事、朋友，必须逐个登记造册，一一询问。对他们的居住地，包括猪圈、牛舍、阁楼及其附近一切可能藏身之处，责任到人，分片划段，逐个区域，逐个场所，逐个村庄，逐个地块过筛子，进行'拉网式''地毯式'清查，做到村不漏户、户不漏人，不留死角。"

三策并举，临机处置完毕，贺国庆强压内心的火气，正言厉色，忧心如焚地强调道："同志们，几名身负命案的要犯袭警暴狱，这在我市是建国以来罕见的。案情重大，我们要采取一切可以采取的手段和措施，不惜一切代价，力求早日把袭警暴狱逃犯抓捕归案。恶狼出笼，后患无穷。这几个集抢劫、杀人、爆炸、绑架、敲诈、盗窃、贩毒于一身的亡命之徒，像疯狗逃离囚笼般流窜到社会上，他们要吃要喝，要玩要乐，钱从何来？只有靠偷靠抢，杀人越货，其后果无异于打开了潘多拉魔盒，将会给人民群众带来无法预料的灾难和损失。所以，我们必须以高压态势，迅速在全市范围内形成一个块状的、立体的、严丝合缝的追捕网络。有必要的话，还要辐射全省、全国。"

贺国庆采取的措施堪称周密严谨，无懈可击。然而，谋事在人，成事在天。黑夜、遍野的青纱帐、民警们在明处、逃犯在暗处等多种不利因素，致使民警错过最佳追捕时间。吕胜率领的技侦民警和后继增援的治安、防暴民警，排查搜索到天亮，不仅未能达到预期目的，甚至连五名逃犯的影子都没有见着……

五名重罪羁押嫌犯袭警暴狱的信息，在第一时间逐级上报到市和省党委、政府和省公安厅、公安部及中央有关领导，各级领导高度重视，分别作出批示："要全力抓捕逃犯，同时通报各地，加强监所的管理，不再发生类似事件。""要总结教训，堵塞漏洞，一个不漏，悉数抓获。"

金挽群看完中央、公安部、省委有关领导的批示后，用三个指头揉揉眉心，提笔正要在《关于我市看守所发生在押人员袭警暴狱脱逃事件及处置情况的报告》上写点什么时，突然又改变了主意。他想，贺国庆正在承受着前所未有的压力，他现在最需要精神上的鼓舞和支持啊！于是撂下手中的笔，抓起话筒，拨通了贺国庆的手机：

“国庆吗？”

“金书记，您好！这回我们捅娄子喽。”由于心情沉重，贺国庆的语气显得苍白无力。

“娄子！仅仅是个娄子吗？你们这一回是把天捅了个大窟窿，已经惊动中央、省有关领导了。”金挽群言简意赅的话语中，虽然不无批评之意，但他竭力控制住自己的情绪，尽量把语气说得柔和一些，简单向贺国庆通报点情况后，接着情真语切地道：“要说的话，中央、省有关领导都已经作了明确批示，我就不多讲了。古人说：花繁柳密处拨得开，方见手段；风狂雨骤时立得定，才是脚跟。这人世间的事，阳阴交替，坏事变好事嘛！市委、市政府相信颍川市公安机关，是有能力打好追逃这一仗的……

“还有啊，俗话说：兵马未动，粮草先行。刚才我已与政明市长协商过，为了解除你们的后顾之忧，市里决定，特批给你们一百万的抓捕经费，你抓紧时间写个报告送给政明同志。”

听着听着，贺国庆的眼眶湿润了，渐渐模糊了镜片。他缓缓摘下眼镜，用手指上下卡着镜片不断捻着，感动地连声道谢说：“谢谢，谢谢领导的理解、关心和支持！我们保证打好抓捕暴狱歹徒这一仗！”

荒郊旷野，一望无际的青纱帐，犹如辽阔的绿色海洋。马彪等五人窜出看守所后，一个个就像被猎人追赶的野兽一样，用尽浑身解数，抱头鼠窜，豕突狼奔，漫无目的地一头扎进一人多高的青纱帐。跑一程后，扭头看时，梁满仓、韩振山不知何时已经跑散，身后若即若离地只跟着万品三、孙金娃。马彪寻思，人多目标大，加之在他看来，孙金娃窝囊还外加没成色，纯属吃才一个；万品三则是个刁钻古怪的老油条，只能利用不能共心。因此，二人皆为成事不足，败事有余的累赘，跟这样的人在一起，轻则背亏，重者还得“二进宫”。当下便产生了摆脱万品三、孙金娃，独自奔命的念头。

马彪正琢磨如何打发二人时，透过稀稀疏疏的玉米秆，突然发现不远处有个小院，因为想知道已经逃到了什么地方，便支棱起耳朵听了一会儿，见外面无甚动静，便蹑手蹑足地钻到玉米地边一瞧，不禁大吃一惊。原来，小院门口的牌子上清清楚楚写的是“颍川市公安局东郊派出所”。不禁大惊失色，像火烧着眉毛似的，忙掉头退缩回来，着急上火地对万品三、孙金娃道：“厨子拍屁股，坏菜。咱迷失方向了，瞎屎转半夜，还没有摸出郊区呢。你们听，到处都是警车叫，各路口肯定少不了警察，咱仨一块儿太显眼，我看还是分开跑为妙。恁两个正西，我正东，免得再被他们一网打尽。”言罢，也不管万品三、孙金娃答应不答应，便蚂虾似的缩颈弓腰，一溜小跑，独自逃去。

眼睁睁地看着马彪一个人奔命而去，万品三、孙金娃一时没了主心骨，像丢蛋老母鸡似的，垂头丧气，漫无目的地又蹚过两块玉米地，找个空地儿喘息了一会儿。万品三狡猾地指派孙金娃到地头找点水喝，孙金娃前脚离去，万品三脚底抹油，也溜之大吉。

过了一会儿，没有找到水的孙金娃空手而返，却不见了万品三，低声喊叫几声，哪里有人应答，心中已明白万品三也油手攥泥鳅，溜了。只得怏然不悦地掰个玉米棒子啃几口，又像没头的苍蝇一样，乱钻乱撞起来。天大亮后，人困马乏的他耗子般伏在地垄沟里睡起大觉来，挨到天黑，继续逃窜。玉米叶上的露水，把他身上打得像落汤鸡似的。为了逃命，他全然顾不得这些了。更要命的是，一天两夜靠偷几个生玉米、几块生红薯充饥的他，早已感到骨软筋麻，有气无力。天将蒙蒙亮时，饿得眼冒金花，双腿打颤，几乎连四两的力气都没有了。实在支撑不住了，孙金娃心一横，索性像鬼一样，从玉米地里钻将出去，趺趺撞撞摸到一个村庄的西头，拣一户小而破旧的房子，敲门想讨口吃的。这家的赵老汉，是个没儿没女的五保户。孙金娃谎称自己是遭人抢劫的落难之人，哀求赵老汉行个好，给他弄点吃的，再借给他几个钱，并声声保证，一定永世不忘老人的大恩大德，日后一定加倍报答。

赵老汉见孙金娃落汤螃蟹似的，没个人样儿，一眼就认出此人是这两天电视中播放的，公安局悬赏十万抓捕的逃犯。于是，他心里明白装糊涂，假意应酬，不露声色地稳住孙金娃说：“唉，在家千日好，出外一时难。老汉我虽然不富裕，但吃顿饭也吃不穷我。你先歇歇，我给你做点吃的，把衣服晾干，再走不迟。”

工夫不大，赵老汉便笑呵呵地用馍筐给孙金娃端来几个馒头，一大碗稀饭。孙金娃饿死鬼似的，把抓口啖，狼吞虎咽吃了起来。赵老汉见状暗笑道：“别噎着了，你慢点吃，我去给你找钱。”

“谢谢老大爷，你真是我的再生父母！”孙金娃嘴里嚼着一大口馒头，乌乌拉拉表示感谢道。

人世间，越是质朴忠厚之人，越更具有疾恶如仇的正义感。心中有数的赵大爷掩上门，一溜小跑，直奔村支书家报告去了。

过了约莫半个小时，吕胜、雷鸣率二十多名刑侦民警、武警官兵，风驰电掣般赶将过来，在村支书的带领下，关门打狗，把孙金娃堵在屋内。孙金娃见状一怔，气急败坏地抓起面板上的一把菜刀，刎颈自杀。刚划破一层皮，雷鸣眼疾脚快，急跨一步，飞起一脚，踢中孙金娃的手腕，菜刀"当啷"飞落于地。几乎是在同时，两名身着作战服的武警战士如雄鹰擒兔，敏捷地扑将上去，擒腕别臂，抓小鸡子般把孙金娃摁跪于地，制伏了这个"倒霉蛋"。

无独有偶。且说梁满仓、韩振山在无边无际的青纱帐中狂奔两天。其间，二人与孙金娃的经历几乎相去无几，饿了掰个玉米或偷扒几块地里正长着的红薯充饥，渴了喝点路沟里的脏水。次日，二人便开始穿肠冒肚，拉起稀来。俗话说，壮汉顶不住三泡稀。两天下来，这二人早已是抽筋拔骨，举步维艰。咬牙坚持到第三天一大早，他们跌跌撞撞逃到海宁县与海平县交界处的一个集市附近。

这儿是个露水集，集市虽然不大，但麻雀虽小，五脏俱全。南来的，北往的，做生意的赶集的，吃的用的，琳琳琅琅，应有尽有。

饿得形同涸辙之鲋的梁满仓，透过玉米秆，眼巴巴地遥望着集市上熙来攘往的人流和一个个热气腾腾、散发着香味的饮食摊，喘着粗气对韩振山说："老韩，不吃点东西，我一步也挪不动了。收拾那两个民警时，我趁机从一个人裤兜里掏出百十块钱。集上这么多人，咱脸上又没刻字，我看不会有人认出咱的。你先在这等一会儿，我去买几个烧饼，咱俩填饱肚子再走不迟。"

韩振山用可怜中夹杂着疑惑的目光打量梁满仓几眼，有点不放心地问："你不会把我扔到这里，自己窜圈吧？"

"哪里话，咱哥俩现在是一根藤上的瓜！要不放心，你去买。"梁满仓递给韩振山二十块钱，心惊肉跳，捻神捻鬼地提醒道："伙计，招呼着点儿，快去快回。"

"嗯！"

韩振山走出玉米地老远了，梁满仓又压低声音吆喝道："哎，别忘了捎盒烟回来，还有打火机！"

做贼心虚的韩振山，为能饱餐一顿，壮着胆子来到一个烧饼摊前。他实在是饿坏了，也不问价钱，抓起个烧饼就啃。旁边有个年轻人看在眼里，甚觉可笑，心想哪儿来的饿死鬼？搭眼一瞧，不禁失声惊叫道：“逃犯，抓逃犯！”

这一声惊叫犹如五雷击顶，韩振山听后只觉得头皮发麻，脑袋“轰”的一声，像炸开了一般。又见四周的人们开始向他这边围过来，菩萨身上长草，登时就荒（慌）了神。扔下手中刚啃一口的烧饼，蹽脚便往玉米地逃，钻进玉米地后，上气不接下气地对梁满仓说：“大事不好，这地儿的人眼真尖，一出去便被人认出来了，咋办？”

“还能咋办，别迷瞪了，耗子见猫，跑呀！”形同惊弓之鸟的梁满仓，话没说完，便吓得“嗖”地一个箭步，往青纱帐深处钻去。韩振山不由自主地扭头往青纱帐外观望一眼，随即也跟了进去。

集市所在地的村干部，听说集上发现了市公安局通缉的暴狱逃犯，立即组织千余名群众，铁桶般把梁满仓、韩振山藏身的玉米地围了个水泄不通，同时向“110”报警。

在人声鼎沸中，吕胜、雷鸣率颍川市公安局刑警支队民警，海宁、海平两个县的公安局长也各自率警，相继赶到。

观察地形地貌后，吕胜向村支书谈了自己的想法。村支书慷慨表示道：“惩治犯罪，为民除害，别说是毁几棵庄稼，就是这几亩地颗粒无收，我们也在所不惜……”言毕立即动员群众，把嫌犯藏身地块四周的玉米棵拔掉，辟出一圈约一米宽的无障碍地带。这样，逃犯外窜时，便能及时发现。然后，警民协同，过篦子似的搜索合围，随着包围圈的逐渐缩小，塘干见鱼，蛇死足出。腹饥力疲，半死不活的梁满仓、韩振山趴在地垄沟里，像挨了刀的小鸡一样，虽然尚有一口气，但是已经扑棱不起来了，被警民拿死鱼般生擒活捉，押上了警车。

返回的途中，坐在前排的吕胜一时高兴，若有所思地侧过头，对坐在后排的雷鸣旧话重提道：“雷支队，那天给你们讲了人有十大优点的内在五点，你那天询问外在五点，我当时没回答，现在还想知道不？”

雷鸣白吕胜一眼，洋洋自得，俐齿伶牙地脱口而出道：“听觉、视觉、嗅觉、触觉还有味觉。”稍停，她神气地操着不无揶揄的口气补充道：“本队这次还不准备向知识渊博的局座学习了呢！而且本队还知道，这些特点有的虽然在动物身上也能看到，但却比不上人类的优越，正因为如此，人才称之为万物之灵。”

“好啊！”吕胜偷鸡不成蚀把米，一眼就看出了雷鸣是在报那天他引而不发，制造悬念的一箭之仇。抚掌大笑地自我解嘲道：“怪不得我办公室书柜里的那本《卡布斯教诲录》不翼而飞了，原来是你……行行，好你个雷鸣，窃取手段居然搞到我头上了。”同车的几个人忍俊不禁，哈哈大笑。欢声笑语，飘然远去，大家顿时忘却了瞌睡和疲劳。

随着孙金娃、梁满仓、韩振山的落网，抓逃工作到了焦芝麻炸豆的节骨眼上。贺国庆每天晚上召开一次由吕胜、雷鸣、吴国发和三个分局分管刑侦工作的副局长参加的碰头会，在各追捕组汇报当天工作开展情况的基础上，部署次日工作。

孙金娃、梁满仓、韩振山落网后，虽然社会各界给予了颍川市公安局高度的评价，但警方的压力并没有因此而有丝毫减轻。贺国庆、吕胜自打暴狱案件发生后，抱着逮不住奸贼不煞戏，抓不住马彪、万品三不收兵的必胜信念，没回过家，没吃过一顿应时饭，没睡过一个囫囵觉，为了不遗漏接听来自各方的举报电话，他们甚至连洗澡都不敢到街上的洗浴中心，每晚在办公楼洗手间内，用凉水冲冲完事。他们白天指挥各路民警排查、落实线索，随时调动警力，调整部署；晚上召开碰头会，总结当天工作，明确次日任务，车轱辘般连轴转。

在抓获梁满仓、韩振山当晚的碰头会上，雷鸣发言说：“马彪和万品三的亲戚、战友、近邻、同学、工友、牌友、狱友等二百多条线索已经全部查完，仍未发现有价值的线索。今天下午五点多时，高速路口一路边餐馆老板举报，有一上中等个，四方脸，长平头，面色苍白的年轻人，到他经营的餐馆里找小姐。他看此人极像悬赏公告中的马彪，于是便以出去叫小姐为借口，将此人诱骗到房间等候，自己脱身去给派出所报案。我和一大队的人闻讯赶到并将此人传讯，澄清此人是市内一无业青年，白天足不出屋，晚上像夜猫子一样到街上逛荡，把脸捂得苍白，乍看像刚从监狱里出来似的。听别人讲路边店嫖娼便宜，于是便心生邪念，不想没逮住狐狸，反落得一身臊。由于没有形成事实，我们对其进行批评教育后，将其释放，这条线索让我们白忙了几个小时。”

贺国庆听后鼓劲道：“这几天，大家不等不靠，不讲条件，有线索马上去查证落实，确实很辛苦。但是，我们也必须看到，暴狱逃犯像丧家之犬一样，缺吃少喝，钻到密不透风的玉米棵里，其条件比我们更恶劣。这场智力与毅力的较量，谁能坚持到最后，谁就能笑到最后。因此，我们一定要克服厌战情绪，发扬颍川市公安民警连续作战，不怕吃苦，敢打硬仗的顽强拼搏精神，一鼓作气，把剩余的两名暴狱逃犯缉捕归案，向党和人民交一份合格的答卷。”

听贺国庆讲完，吕胜舒展开一直皱着的眉头，对雷鸣道：“雷支队，明天一大早，你就率人到看守所，提审李海深，问他除了我们已经掌握的情况之外，马彪是否还有过往密切的人和落脚点。”

“嗯，这倒是个扩大线索的好主意！”贺国庆显然十分赞同。

与会者畅所欲言，正议论间，林忠匆匆推门而入。吕胜翻眼瞅瞅林忠的面部表情，机敏地测猜道：“看来，我们的林支队又发现新情况啦，说说看！”

林忠环视众人一眼，喜上眉梢汇报说：“万品三的狐狸尾巴终于露出来了，这家伙跑得倒不慢。我们刚刚监听到，这小子居然在新疆出现了。他打电话给其二姐，打听公安机关现在是不是正在到处抓他，同时让其二姐给他准备一些钱，等托人办好身份证，落住脚后，另行告知其二姐邮寄地址，并狡诈地谎称自己现在深圳。”

这时，雷鸣利索地翻开“暴狱脱逃人员基本情况及社会关系一览表”查找了一会儿，插话道：“据我们收集到的情况，万品三有个维吾尔族朋友，住乌鲁木齐市八道湾，叫玉买尔。此人几年前来颍川市做羊皮生意，被一个体制革厂老板欺骗。玉买尔人生地不熟，束手无策，流落街头哭诉，恰巧被万品三碰到。万品三当时正试图开辟从金新月地区偷运‘双狮牌’海洛因的地下通道，因此对这个新疆人极感兴趣。问明情况后，诡计多端的他想，多认识个人多条路，往后自己可能要经常往返于新疆，这个维吾尔族人说不定哪一天就能派上用场。于是，便放长线钓大鱼，提前进行感情投资，挺身而出，路见不平，拔刀相助，动用自己手下的几个打手，以赖对赖，以黑治黑，不仅帮玉买尔讨回了被骗的货款，而且还布德施恩，盛情款待玉买尔。不知万品三真实意图的玉买尔，认为万品三豪爽仗义，感恩戴德，不胜感激地解下随身佩带的英吉沙短刀相赠，从此把万品三视为知己。由于有了这层关系，我推断，万品三不逃往新疆便罢，若逃往新疆，则必去投奔玉买尔。”

贺国庆听后凝神思索片刻。果断拍板道：“时间紧，任务重，夜长梦多，战机稍纵即逝。吕局，你现在就带人到机场，飞赴乌鲁木齐。”贺国庆边说边拿起话筒，补充道：“我这就给机场保卫处打电话，让他们马上安排机票。”

东西绵延，雄伟高峻的天山。雪线以上，洁白的冰川仿佛一条银龙盘旋在山腰，千态万状，气贯长虹。雪线以下，绿茵似毯的亚高山草甸和草原，禾木科、蓼科牧草郁郁葱葱，竞相生长。美丽的雪莲，一张张薄得几乎透明的白色荷片，中间包着一枚紫球似的花蕊，傲雪怒放。龙胆、紫菀、金莲、银莲鲜艳的花朵，嫣红姹紫，群芳竞艳。辽阔的盆地草原上，一群群肥壮的黄牛、花牛“哞哞”欢叫，波尔山羊、长尾绵羊、红毛羊和毛肉兼用的细毛羊，有的低头寻觅嫩草，边走边啃；有的半卧半躺，消食晒阳；有的交首摩颈，传递友情。赤兔马、枣骝马、黄骠马、白龙马、乌骓马，有的放蹄奔腾，有的昂首嘶鸣，有的打滚撒欢，有的追逐嬉戏。人说新疆好地方，果然是一幅天然的、绝世无双的“天山放牧图”。

在这壮美天山的北麓，准噶尔盆地的南缘中部，坐落着一个高原明珠般的城市——乌鲁木齐。吕胜、吴国发、冷一飞等五人，经过五个多小时的飞行，于黎明时分走出乌鲁木齐机场，登上一辆中巴公交车，径往位于解放北路的乌鲁木齐市公安局。吕胜向刑侦支队支队长艾尼通报案情和来意后，厚道的艾尼热情地表示一定全力支持和配合内地同志的工作，并亲自带吕胜一行来到八道湾辖区派出所。值班民警从微机里同时调出三个叫玉买尔的。排除一老一少后，吕胜认定家住 304 号的玉买尔，可能就是他们要寻找的人。于是安排片警找个理由，把玉买尔叫到派出所。

玉买尔年约三十七八岁，高鼻子，蓝眼睛，蓄着漂亮的逊尼胡，卷曲蓬松的乌发上，戴一顶极能体现维吾尔族特色的塔什干四棱花帽。落座后，玉买尔默然无声，两只闪烁疑惑与不安的眼睛，骨骨碌碌地直往吕胜等几位陌生人身上打量，似乎要从他们身上揣摩出警方突然把他叫到派出所的意图。

艾尼用维吾尔语打破这冷寂的场面道：“玉买尔，颍川市公安局的同志找你问点事情，你要如实回答，知情不报，是要承担法律责任的。知道吗？”

“明白。”玉买尔点点头，同样用维吾尔语回答。

吕胜给玉买尔倒杯水，客气地问：“玉买尔，你是否到颍川市做过羊皮生意？”

玉买尔多一事不如少一事地摇摇头，因不知警方意图，他担心话说错了惹麻烦。心想糊里糊涂应付过去算了。

“你是否认识一个叫万品三的？”

玉买尔又摇摇头，并用维吾尔语说着什么。艾尼知道吕胜不懂维吾尔语，主动翻译给吕胜道："玉买尔说，他听不懂汉语。"

"怎么可能呢！"吕胜寻思，玉买尔到内地做生意，打交道的大都是汉族人，说听不懂汉语，显然是在撒谎。于是略施小计，对玉买尔道："听不懂？算了，你回去吧。"

玉买尔听后激灵站起，右手放到胸前中央，上身微微向前倾斜，向吕胜点头退一步，施了个维吾尔族礼节，转身便走。艾尼、吴国发等人见状"扑哧"笑了起来。吕胜沉下脸"啪"的一拍桌子喝道："回来，这你咋听懂啦？"玉买尔见西洋镜被揭穿，方知上当，一时不知所措，瞠目结舌呆了一会儿，无奈地两手一摊，摇头叹气，又老老实实地返身坐下。

吕胜不厌其烦地接着开导玉买尔说："玉买尔，过去我们互不相识，千里迢迢到新疆专门找你，难道毫无缘由吗？"

玉买尔怯生生地盯着吕胜分辩道："我做生意一向安分守己，真的不知道你们为什么来找我。"

"你认识颍川市的万品三吗？"

"哦，你是说万老板嘛，认识、认识！在我遇到困难的时候，他曾经无私地向我伸出过援助之手，我一直视他是我的好朋友。"玉买尔莫明其妙地如实回答。

"他现在何处，能告诉我们吗？"

"对待朋友，要亲如兄弟。出卖朋友，就等于出卖自己的灵魂和良心，是要受到真主惩罚的。我可以不告诉你们吗？"大概是觉得言未尽意，玉买尔接着补充道："如果他没有犯法的话。"

"我也听说维吾尔族有这样一句谚语：'与好人交友，遇难能相救；与坏人交友，头上挨石头。'玉买尔，我可以负责任地告诉你，万品三是一个全国通缉的贩毒、杀人、袭警暴狱逃犯，如果知情不报，那是要承担法律责任的。"

艾尼趁机用维吾尔语劝告玉买尔道："别放着聪明装糊涂啦，现在说实话，尚为时不晚，政府可以不追究你包庇的责任。"

"假若万品三犯法，真像这位民警说的那样，我绝不包庇他。"玉买尔显得有点左右为难地低头默思片刻，率直地告诉吕胜："从衣着、神情的狼狈相看，我也隐隐约约意识到万品三像是出了什么事，但绝没有想到会像你们说的这么严重。他是前天夜里扒货车来到乌市的，找到我后，昨天整整睡了一天，刚才拿着我给他买的换洗衣服，到我家附近的天山浴池洗澡去了……"

洗浴室内雾气弥漫，惊魂稍定的万品三泡在水池内，不时往身上撩些水，惬意地闭目养神。在暗自庆幸摆脱死神、脱逃成功的同时，他还自鸣得意当年挺身相助玉买尔之举的目光之深远，脑海中盘算着下步如何在这天高皇帝远的地方栖身。

做梦娶媳妇，就在万品三想入非非，正在做着美梦之际，陡然，室内灯光突亮，艾尼、吕胜等民警如神兵天降，突然出现在水池旁。吕胜一眼就认出了泡在水中的万品三，他朝吴国发一摆头，吴国发、冷一飞“扑通”跳进水池，把赤身裸体的万品三老鹰叼小鸡般赤条条地架了出来。万品三浑身筛糠，结结巴巴地哀叹道：“你们这、这么、快、快——就来啦！”

吕胜正气凛然，冷峻的目光扫视万品三一眼，轻蔑地诘问道：“法网恢恢，疏而不漏；为恶必灭，插翅难逃，你知道吗？”

万品三痛楚地仰视着吕胜，鸡啄米似的点头哈腰道：“知道、知道！唉，早知如此，何必再逃。吕局长，这回我是彻底心服口服了。”

“快穿衣裳，带走！”

望着万品三斜肩卑躬，丧胆失魂的丑态，吕胜掏出手机向贺国庆汇报道：“贺局，我向您报告一个好消息，万品三已经落网。”

“祝贺你们马到成功！另外，我正准备给你联系呢。据李海深交代，马彪到云南买枪时，与红河县西关正义路开杂货店的寡妇刀水莲勾搭成奸，而且早有心理准备，预谋做几桩大案后，再回红河县藏身。我们和公安部、公安厅督导抓捕工作的专家分析，马彪极有可能已经流窜到红河县。雷鸣他们今晚启程，你派两个人押送万品三回颍川，速与吴国发、冷一飞飞往昆明，与雷鸣会合，然后，到云南省公安厅刑警总队接洽，公安部五局的领导已经给他们打过招呼了。”

林忠难分难舍地在帮助雷鸣收拾行装。想到雷鸣此去关山万里，险象环生，不禁感慨万端，触景生情，低吟道：

吴山青，越山青，
两岸青山相送迎。
谁知离别情？

“噢，是北宋词人林逋的长相思吧？”雷鸣受到林忠情绪的感染，停下手中的活，抬身凝视着林忠附诵道：

君泪盈，妾泪盈，
罗带同心结未成；
江边潮已平。

诵毕，二人默思无语，各自品味着离别的情思。良久，林忠才打破这多少有点令人感伤的气氛道：“宋朝有个叫王观的，填写的一首表达离别、相思的词，也是声情并茂，读来令人感慨万千的。”说着轻轻背诵道：

关山魂梦长，
塞雁音书少。
两鬓可怜青，
一夜相思老。
归傍碧纱窗，
说与人人道。
真个别离难，
不似相逢好。

吟罢，二人对彼此的爱意情不自禁地大量释放出来，一种发自内心的、汹涌澎湃、回肠荡气的激情瞬间充溢全身。四目对视，相顾无言。二人不约而同地撂下手中的物品，心动神驰地拥抱到一起。雷鸣微闭双目，缓缓翘起绝伦逸群的下颌，温柔而深情地翕动着性感的香唇，犹如干涸的大地，焦急地渴盼着春雨的滋润。林忠意乱情迷地把自己的唇迎上去，二人忘情地热吻起来。良久，雷鸣满足地轻轻移开面颊，放开林忠，含情脉脉地凝视着林忠俊逸敦厚的面孔，慢声细语而又有些腼腆地向林忠表白自己的心迹道：“林忠，我要……等着我。等我凯旋，我就、就嫁给你……”说完，她突然想起要把几样随身携带的零碎东西捆到一块儿，脱口对林忠道，“快，给我点荆子。”这一带方言，老百姓习惯把没有搓成绳子的尼龙带、麻坯称作“荆子”。

林忠听后一怔，诙谐地重复道：“什么！让我给你精子？”

雷鸣同样一怔，原本白皙的脸庞，一片红晕瞬间泛到耳根，像涂了苹果红一样，显得越发妩媚可爱了。她明白是自己说走了嘴，让诡计多端的林忠钻了音同字不同的空子，使自己吃了个哑巴亏。但她又不甘示弱，于是“咯咯”地笑着，爱昵地褒贬林忠道：“花生壳里的臭虫，我看你也不是啥好仁（人）儿！”

林忠做个鬼脸，一本正经地道出自己的想法说：“趁你不在家，我抓紧时间装修咱们的新房，等你凯旋，咱就……”说到这儿，林忠戛然止声，趁雷鸣不备，冷不丁将雷鸣扑倒在床上。青春的火焰在燃烧升腾，二人欢快地扭滚到一起……

吕胜、雷鸣两路人马在春城昆明会合后，立即与云南省公安厅刑警总队取得了联系，云南警方调车、派人，直奔红河县。

山道弯弯。行至开远市时，吕胜突然接到谭静泓的电话，她焦灼不安地告诉吕胜：“咱妈昨天夜里突发脑溢血，十分危险，正在抢救。医院已经下了病危通知书，你快回来吧，妈在昏迷中还多次唤你呢……”

吕胜心中一沉，不知说什么好。他左右为难地对谭静泓说：“静泓，我已经从新疆飞到云南，一条重要线索急需排查落实，实在脱不了身啊！”说完，不由分说，毅然关上了手机。

红河县副县长兼公安局局长常咏戈，热情接待了吕胜一行。主客双方无拘无束，亲密无间。常咏戈慷慨地对吕胜表示：“请省厅和颍川市的同志放心，昨天接到省厅的电话后，我已经派人对刀水莲的杂货店进行了外围调查，邻居反映这几天刀水莲家确实有一名男子出入，待会儿行动时，你们派一名认识马彪的同志配合，先去探探虚实。其他警力守候在周围待命。”他胜券稳操地对吕胜说：“吕局长，你就放心吧！这里山高林密，交通不便，群众觉悟也高，只要马彪胆敢踏足此地，就无异于飞蛾投火，自己找死。”

“谢……”吕胜起身道谢。一个谢字尚未出口，便被手机铃声打断，他一看又是谭静泓的号码，一丝不祥之兆登时掠过脑海，他重若千斤地晃了一下手机，礼貌地对常咏戈道：“对不起！”急切走出办公室外接听。电话的那一端，谭静泓早已泣不成声地抽泣道：“吕胜，咱妈……她、她颅内再次大面积出血，已经不中了。你快点回来见她老人家最后一面吧！”

惊闻慈母仙逝，吕胜只觉得肝肠寸断，天旋地转，眼泪也不由人地扑簌簌夺眶而出，心脏就像被人掏出来揉碎了般疼痛。想想眼前的任务，他定了定神，强忍悲痛对谭静泓解释说："眼下正是抓捕最后一个暴狱逃犯的关键时刻，能否尽快完成中央、省有关领导'全部抓获，一个不漏'的要求，成败在此一举。作为分管刑侦工作的副局长，行动在即，我怎能离开自己的战斗岗位呢！"他缓了一口气，既遗憾又愧疚地毅然接着道："静泓，妈的后事，全靠你了！"吕胜语塞咽喉，欲言又止。他强忍悲痛，沾干脸上的泪痕，正准备返回常咏戈办公室时，不想又接到贺国庆的电话："吕胜吗？我命令你马上飞回颍川，料理老母亲的丧事。"贺国庆声音低沉，但却十分严肃，毋庸争辩。

吕胜禁不住热泪洗面恳求道："贺局，您就原谅我这次的固执和抗命吧！抓捕马彪，行动在即。此时此刻，我不能离开自己的战斗岗位啊！不擒马彪，我誓不回颍川！"说完，断然关上手机。

贺国庆话筒在耳，着急地连声呼叫："吕胜、吕胜，你……"怎奈手机里已经没了音，他缓慢地压下话筒，重新拨号，不想吕胜已经关机。贺国庆摇摇头，无奈地放下话筒。他被吕胜舍小家，为大家，公而忘私的崇高情操所震撼、所感动了，一时间心潮澎湃，热血沸腾，激动得不能自抑。他焦灼地在屋内踱了几步，动情地自言自语道："多好的同志啊！为了除暴安良，为了国家太平，他们在父母妻子儿女面前，欠情欠义;而对于国家，对于人民，对于党，对于公安事业，他们却忠勇无比，大忠大孝。试问苍天大地，我们的这些好战友，究竟欠了家里多少感情债？谁能算得清？谁能算得清啊！"想到此，贺国庆疾步返回办公桌前，抓起电话话筒，拨通警令部武建刚主任的电话，声若雷霆地命令道："武主任，通知在家的党委成员，马上跟我到殡仪馆。"

颍川市火化所殡仪馆，哀乐低回，肃穆庄严。吕母安卧在水晶棺中，容貌若生。

棺前，摆放着公鸡、刀头、馒头、水果四样供品。室外的黑色帷幕正中，悬挂着吕母的遗照。眼泡红肿的谭静泓及亲属袖戴黑纱，胸挂白花，支应着前来吊唁的亲朋好友。

贺国庆率颍川市公安局党委成员匆匆赶来，谭静泓看到忙迎上前，含泪礼貌地道："贺局长，您来了……"说着就要下跪，贺国庆急跨一步，将谭静泓搀起道："吕胜征战在外，家里发生了这么大的事儿，都不能赶回来，我和在家的党委成员，来替他尽尽孝。"

这时，司仪走过来提议说："领导们按新规矩，在老人遗像前行三鞠躬之礼，就可以了。”

贺国庆悲情溢于言表，含泪拒绝道：“不，我一定要给吕老太太磕三个头，替我的好兄弟吕胜尽尽人子之孝。”言毕，在吕母的遗像前“扑通”跪地……

有人说，男人的膝盖是金子铸的，只能上跪天，下跪地，中间跪父母。而此刻，身为一局之长的贺国庆，却义无反顾地跪在了战友母亲的灵前，他心中默默地祷念道：“妈妈，我替吕胜兄弟给您老送行来了。为了国家的长治久安，万家幸福，在母子生离死别的最后时刻，您的独生子却没能守在您的身边，没能给您老人家尽孝送终，若论亲情，他真的对不起您老人家；若论道义，您教育出来的好儿子却对得起人民，对得起党啊！妈妈！吕胜兄弟是好样的。在您最需要他的时候，他虽然没有守在您的身边，但我守在了您老的身边，他的这么多战友，都守在了您老的身边。我也是您的儿子，我们都是您的儿子，妈妈……”想到此，贺国庆泪如雨下，泣不成声地道：“妈妈，儿子贺国庆给您老磕头了！”言毕，恭恭敬敬对着吕母的遗像磕了三个头！

庄严一跪，天地动容。哀乐揪心，泣声一片。只听“哇——”的一声，有人实在无法抑制自己的感情，失声痛哭起来……

刀水莲的杂货店是一幢临街的二层小楼，下面经营，上面住人。顾客不是太多，无所事事的刀水莲正嗑着瓜子儿在看电视。

警方在外围布置妥当后，首先派红河县公安局刑警大队副大队长马卫国和冷一飞前往探听虚实。二人不速而至，马卫国主动亮明身份后，开始询问刀水莲的家庭情况，刀水莲故意大声回答，正在楼上的马彪闻听来人是公安局的，知事不妙，没等警方赶鸟出笼，心虚胆怯的他便已先沉不住气了，情急之下，慌忙从枕下抽出一支短枪来，插在腰间，又往口袋内装几个弹匣，推开窗子，纵身跳了出去。但见他脚尖点地，稳稳立定，然后拔脚朝野外跑去。

冷一飞听到动静，一个箭步蹿到门外，一眼便认出了他曾提审过多次的马彪。大声喝道：“马彪，站住！”

“啪！”马彪回头对准冷一飞就是一枪。冷一飞忙闪身隐蔽到路边的一棵树后，拔枪还击。马彪并不恋战，大步流星，顺着人行道飞奔而去。

在外围守候的吴国发，见马彪提着枪，大步流星朝他这边鼠窜过来，便毫不畏惧地迎了上去，拦头截住马彪，鸣枪示警，喝令马彪放下武器，停止反抗。马彪破罐子破摔，顽固不化，哪里肯听，手起枪响，击中吴国发右手腕。

吴国发手中的枪“砰”地掉落于地。

趁吴国发弯腰用左手捡枪的空儿，马彪“嗖”的一个箭步，三步并作两步，冲了过去。

此时，雷鸣、何惠敏正坐在一辆越野车内，守候在正义路西头。听到枪声，雷鸣警觉地摇下车窗玻璃，往外观察情况。同时机警地对何惠敏道：“有情况，快下车。”哪知车门刚推开一半儿，正与冲过来企图抢车逃命的马彪照面。马彪一眼就认出了雷鸣，仇人相见，分外眼红。他形同疯狗般怒目切齿咆哮道：“臭娘儿们，叫你还给老子戴手铐！”说着，对准雷鸣就是一枪，由于事发突然，毫无戒备的雷鸣猝不及防，被马彪击中颈部动脉，登时血流如注，“扑通”跌下车来！

何惠敏在车内施展不开身手，匆忙中隔着雷鸣对马彪开了一枪，却没有击中。马彪见车内有人，遂放弃抢车的念头，又惊恐地夺路朝附近的一座小山包上逃去。

雷鸣凤眼喷火，怒视着马彪的背影，拼尽全身最后一点力气，吃力地举起手枪，以左臂为依托，对准以低姿蛇行战术动作仓皇奔命的马彪，扣动扳机，射出一梭子正义的子弹。马彪一条腿中弹，一瘸一拐地钻进树林中。

右手腕负伤的吴国发，左手掂着枪，和其他民警一起，大步流星地陆续尾追过来。

雷鸣身子一软，因失血过多而昏迷。何惠敏忙扑上去，把雷鸣紧紧地抱在怀中，不停地呼唤着雷鸣的名字，难过地失声痛哭起来。雷鸣回光返照，缓慢地睁开双眼，灿然一笑，喃喃地对何惠敏说：“不哭！好妹妹，有空常去看看姐……”她声音渐渐微弱，“如有来生，咱姊妹俩还在一起逮坏、坏……”雷鸣挣扎着说到这儿，苍白的脸庞痉挛一下，头一歪，英勇牺牲。

“姐——”何惠敏肝肠寸断，心如刀绞，使劲摇晃着雷鸣已失去知觉的身躯，嘶声呼唤道：“雷鸣姐——”

这时，在正义街东头设伏的常咏戈、吕胜率警赶到，问明情况后，吕胜命何惠敏守护雷鸣。常咏戈急调全局民警参战，围剿马彪。同时，向边防大队通报情况，要求他们速调三百名警力参战，又紧急动员两千多名群众，配合围堵。很快便在马彪逃跑的槟榔寨一带设下一个大包围圈，三千多警民，开始了漫山遍野过篦子般的合围搜索。

槟榔寨地处边境地带，山高草茂，当年的那场旷日持久的自卫反击战中遗留的防空洞、猫耳洞，随处可见，给搜捕工作造成极大不便。警民们逐洞寻找，逐山清查，进度十分缓慢。

第三日黄昏时，饥饿难耐的马彪溜进槟榔寨，想偷点吃的，被两个村民发现。二人一商量，一个村民跟踪，在路上留下标记，另一村民飞快报警，行至一山崖边时，由于心忙意急，一脚踏空，滚落山沟，摔成重伤。这个村民咬牙坚持，硬是爬着找到搜山的民警，报告了马彪出现的地点。

常咏戈在地图上寻找一会儿，对吕胜道："看来，这个马彪企图越境啊！"吕胜着急地道："绝不能让他得逞。"常咏戈也不答话，即令边防大队，加强国境线的控制。同时，指挥参战警民，快速向马彪出现的地点合围。

红河北岸的一个山岗上，狡猾的马彪凭借一块块嶙峋怪石和一个个山洞作掩护，终于潜逃到岸边。雷鸣的一枪，虽然只是击中了其小腿，却有效地迟滞了他逃跑的速度，为抓捕民警合围赢得了时间。形同一只受伤的恶狼一样的马彪，狼狈地一瘸一拐着沿河而下，试图寻找最佳越境河段。不会水的他眼巴巴地望着湍流，正发愁无法过河时，蓦然，他发现不远处竟有一个废弃的竹排，不由仰天得意道："真是天无绝人之路啊！"言毕，惊喜若狂地连滚带爬蹿上竹排，趴在上面，用双手划水，向对岸驶去。眼看再有一米多就要越过国境线时，被尾追而至的吕胜、常咏戈发现。吕胜鸣枪示警，喝令马彪悬崖勒马，掉过头来。

虎死要摆尾，蛇死跳三跳。自知罪孽深重的亡命之徒马彪，怎甘束手被擒，不仅不悬崖勒马，迷途知返，反而丧心病狂地垂死挣扎，继续作困兽之斗，举枪朝岸边的民警射击。"绝不能让这个恶贯满盈的暴狱逃犯，在自己的眼皮底下逃越国境，逍遥法外。"想到此，吕胜怒火万丈，一声令下："打！"公安民警、武警狙击手闻令同时开火，顷刻之间，子弹在竹排上炒料豆般飞迸，趴在上面的马彪，浑身转瞬便被打成了马蜂窝，吹灯拔蜡，一命呜呼见了阎王……

数日之后，颍川市公安局在市中心广场隆重召开系列杀人、抢劫、敲诈、袭警暴狱案胜利告破庆功暨表彰大会。

会前，颍川市人民检察院反贪局局长管社会突然找到贺国庆，通报了吴国发担任一大队大队长期间，在办理一起案件时，以办案经费不足为由，收受当事人现金五万元。经检察机关落实，其中两万元用于办案时加油、就餐，三万元中饱私囊，装入自己的腰包，已构成犯罪，检察机关决定对吴国发采取强制措施。

贺国庆沉默了一会儿，毫不护短地同意道："如果管局长所言属实，你们可以把人带走。不过，是不是等散会以后？"他遗憾地长叹道："唉，多么能干的一个同志，又毁在了钱上！"

金挽群、张政明等市委、市政府领导出席了庆功暨表彰大会。张政明致词，贺国庆汇报了侦破马彪一案的过程和辗转万里追捕暴狱逃犯，穷追猛打，不给暴狱逃犯以喘息之机，使他们无隙作案、一个不漏，全数抓获的可歌可泣的壮举。金挽群宣读了省委关于任命贺国庆为颍川市市委常委、市政法委书记的决定；市委关于任命吕胜为颍川市公安局局长、党委书记的决定。吕胜宣读了雷鸣被授予革命烈士称号，追记一等功和全国一级英模的决定，吴国发、林忠荣立二等功，冷一飞、胡长生、王海涛、何惠敏等十多名民警荣立三等功的决定。

接受勋章和证书时，何惠敏双手捧着雷鸣的遗像，走在领奖人员的最前面。在雄壮的进行曲中，戴着红领巾的少年儿童从后面"呼啦"拥向主席台，向功臣们敬献鲜花。全场掌声陡起，欢声雷动，市领导分别把勋章佩戴到功臣们胸前。

散会后，林忠、何惠敏带上一束鲜花，前往烈士陵园去祭奠雷鸣的英灵，用绷带吊着右臂的吴国发，则被守候在会场外的反贪干警带走，他的身后，似乎留下一串"叮当"作响的勋章撞击声……

图书在版编目（CIP）数据

巨岩碎涛 / 张新安 著. -- 北京：作家出版社，2015. 7
ISBN 978-7-5063-8011-9

Ⅰ. ①巨… Ⅱ. ①张… Ⅲ. ①长篇小说－中国－当代
Ⅳ. ①I247.5

中国版本图书馆CIP数据核字（2015）第104214号

巨岩碎涛

作　　者：张新安
责任编辑：徐　乐
装帧设计：回归线视觉传达
出版发行：作家出版社
社　　址：北京农展馆南里10号　　　　邮　　编：100125
电话传真：86-10-65930756（出版发行部）
86-10-65004079（总编室）
86-10-65015116（邮购部）
E-mail:zuojia@zuojia.net.cn
http://www.haozuojia.com（作家在线）
印　　刷：三河市华业印务有限公司
成品尺寸：170 × 240
字　　数：380千
印　　张：23
版　　次：2015年7月第1版
印　　次：2015年7月第1次印刷
ISBN 978-7-5063-8011-9
定　　价：37.00元